CAROLINA SE ENAMORA

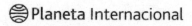

Planeta Internacional

Federico Moccia

CAROLINA SE ENAMORA

Traducción de Patricia Orts

 Planeta

Obra editada en colaboración con Editorial Planeta – España

Título original: *Amore 14*

© 2008, Federico Moccia

Derechos reservados

© 2011, Patricia Orts, por la traducción
© 2011, Editorial Planeta, S.A. – Barcelona, España
© 2011, Editorial Planeta Mexicana, S.A. de C.V.
Bajo el sello editorial PLANETA M.R.
Avenida Presidente Masarik núm. 111, 2o. piso
Colonia Chapultepec Morales
C.P. 11570 México, D.F.
www.editorialplaneta.com.mx

Primera edición impresa en España: enero de 2011
ISBN: 978-84-08-09890-4
ISBN: 978-88-07-70194-8, editor «I Canguri» Feltrinelli, Milán, edición original

Primera edición impresa en México: febrero de 2011
ISBN: 978-607-07-0635-6

Impreso en los talleres de Litográfica Ingramex, S.A. de C.V.
Centeno núm. 162, colonia Granjas Esmeralda, México, D.F.
Impreso en México – *Printed in Mexico*

A Giulia, mi hermosísimo sol

Tiene gracia. No cuenten nunca nada a nadie. En el momento en que uno cuenta cualquier cosa, empieza a echar de menos a todo el mundo.

J. D. SALINGER

Hoy es uno de esos días que, de verdad, empieza con una sonrisa. ¿Sabes cuando miras en derredor y todo te parece más bonito: los árboles que te rodean, el cielo o una nube tonta con aire de tener algo que decir? Pues eso, en pocas palabras, que te sientes en perfecta sintonía con el mundo, tienes lo que se dice un buen *feeling*... Con el mundo, además. Y no porque yo me haya alejado mucho del sitio donde vivo. Bueno, pensándolo bien, el invierno pasado crucé por primera vez la frontera italiana. Estuve en Badgastein.

—Una ciudad preciosa y risueña —comentó mi padre.

Y yo sonreí haciendo que se enorgulleciese de sus palabras. Tuve la impresión de que las había leído en alguna parte, en uno de los folletos que había llevado a casa tras decidirse a hacer ese viaje. Pero no quise insistir mucho ni hacérselo notar, y por un instante llegué incluso a desear que fuesen suyas. Por otra parte, eran las primeras vacaciones que mi padre se tomaba en invierno desde que yo vine al mundo. Así pues, desde hace casi catorce años. De modo que sonreí e hice como si nada, si bien todavía no lo había perdonado. ¿Perdonado por qué?, me preguntaréis. Pero ése es otro capítulo y no sé si tengo ganas de abordarlo. Ahora no, por lo menos, eso seguro. Hoy es mi día y no quiero que suceda nada que me lo pueda arruinar. Tiene que ser perfecto. De hecho, éstos son los tres deseos que he querido concederme:

1) Comprar unos cruasanes de Selvaggi, los mejores del mundo, al menos en mi opinión. Cuatro. Primero dos y luego otros dos. ¿Y

después qué?, me diréis... Esto sí tengo ganas de contarlo, sólo que lo haré después.

2) Pedir una botella de cristal y llenarla de capuchino. Pero ha de ser de esa clase de capuchino ligero hecho con café que no esté quemado y leche desnatada, que te bebes cerrando los ojos y cuando lo haces casi te parece ver una vaca que te sonríe y te dice: «Te gusta, ¿eh?» Y tú asientes con la cabeza mientras alrededor de la boca se te queda un ligero bigote de espuma de nata y café, y sonríes encantada con tu mañana.

—Perdone, ¿podría ponerme un poco de nata montada?

—¿Así está bien, señorita?

—Sí, gracias.

Dios mío, cuánto odio que me llamen «señorita». Te hacen sentir más pequeña de lo que eres, como si mis pensamientos no estuviesen a la altura de los de ellos. Puede que me falte la experiencia, no lo niego, pero la inteligencia no, eso seguro. En cualquier caso, me hago la sueca y cuando me da el ticket voy a pagar a la caja. Apenas me pongo a la cola, una señora —y no una señorita, por descontado— se me adelanta.

—Perdone...

Me mira con aire de fingida indiferencia y hace oídos sordos. Es una rubia con un fuerte perfume y un maquillaje aún peor, con un azul que ni siquiera Magritte habría tenido el valor de usar en uno de sus cuadros más expresivos. Lo sé porque lo hemos estudiado en el colegio este año.

—Perdone —le repito.

Es cierto que hoy no tengo en absoluto ganas de arruinarme el día, pero si no lo hago tendré que tragarme el abuso y quizá después éste me suba de nuevo por la garganta. Y no querría que ese estúpido recuerdo me llegase justamente en un momento de felicidad. Porque estoy convencida de que hoy seré feliz. De forma que le sonrío concediéndole una última oportunidad.

—Quizá no se haya dado cuenta de que yo estaba primero. Además, por si le interesa, detrás de mí está este señor.

Mientras le hablo indico al hombre que está a mi lado, un tipo elegante de unos cincuenta años, o quizá sesenta, en cualquier caso, mayor que mi padre. El tipo sonríe.

—Bueno, la verdad es que ella estaba antes —dice.

Por suerte no ha dicho «la chica», de manera que, orgullosa del tanto que acabo de anotarme, avanzo y pago. Ostras, menudo sablazo. ¡Siete euros con cincuenta por un poco de nata y tres capuchinos! Este mundo no hay quien lo entienda.

Meto en la cartera los dos euros con cincuenta de la vuelta y me marcho.

Antes de salir, veo que el hombre elegante hace un ademán para dejar pasar a la «coloreada». Y ella avanza como si nada, arqueando una ceja y haciendo incluso una extraña mueca como si dijese «menos mal». La observo más detenidamente: lleva unos pantalones demasiado ajustados, un cinturón enorme con una H en el centro, un grueso collar de oro o algo por el estilo con dos grandes C y, cuando se vuelve para marcharse, veo que en el culo, que no es moco de pavo, le asoman una D y una G. ¡Esa tía es un alfabeto andante! ¡Y el tipo elegante la ha dejado pasar!

Es lo que hay. Cuando quieren, los hombres saben cómo dejarse engañar, desde luego.

Sin embargo, uno que no permitirá que lo engañen nunca es Rusty James. Yo lo llamo así porque, en mi opinión, tiene algo de americano. En realidad se llama Giovanni, es italiano de los pies a la cabeza y, sobre todo, es mi hermano. Rusty James. Erre Jota. R. J. Tiene veinte años, el pelo largo, siempre está moreno, a pesar de que no hace nunca rayos UVA, tiene un cuerpo que, según dicen todas mis amigas, tira de espaldas, cosa que yo suscribo, pese a que no puedo añadir mucho más ya que soy su hermana y, de otra forma, cometería pecados aún más graves que el que voy a cometer hoy. Pero de eso hablaremos después, ya lo he dicho. En cualquier caso, R. J. es genial. Siempre me apoya y me comprende. Me basta mirarlo, él me sonríe, cabecea, se atusa el pelo, me devuelve la mirada y me hace enrojecer porque me doy cuenta de que lo ha entendido todo. ¡R. J. es verdaderamente guay! Porque, aunque he de reconocer que nunca nos hemos contado gran cosa, siempre nos ha unido una bonita relación de afecto, hecha de pocas palabras y grandes silencios, de esos que hablan, sin embargo, que te dan a entender que te han comprendido, vaya. Por ejemplo, cuando me riñeron en octubre —¿o era febrero?, la verdad es que no resulta fácil acordarse de todas las veces que me regañan— y me castigaron como hacía tiempo que no habían hecho, bastó una mirada fugaz de él para que me sobrepusiese. Me recordó una película en que actuaba Steve McQueen, *Papillon*.

Pues bien, yo estaba encerrada en mi habitación y él vino a verme, llamó a la puerta y yo le abrí. Me había encerrado con llave incluso, nos sonreímos mutuamente y con eso bastó. No nos dijimos nada. Pero yo pensé que debía de tener la misma cara que Papillon porque había llorado a moco tendido, y cuando me miré al espejo me espanté de ver lo «consumida» que estaba. Con eso no quiero decir que me hubiese frotado mucho los ojos, pero en cualquier caso los tenía como dos tomates, y no sé cómo —dado que no me había puesto ni una gota de maquillaje porque todavía no domino la técnica del «maqui», pero bueno, eso también será objeto de otro capítulo—, las lágrimas habían chorreado por mis mejillas dejándolas cubiertas de rayas. Pero de esto no me di cuenta hasta más tarde. En cualquier caso, R. J. me acarició bajo la barbilla y a continuación me sonrió y me dio un fuerte abrazo, como sólo él sabe hacer, de forma que, a partir de ese momento, yo podría haber resistido más aún en mi reclusión. Menos mal que, sin embargo, ésta no duró mucho. En cambio, quien no dio señales de vida ese día, ni siquiera un hola, un qué tal o un mensaje en el móvil para transmitir su solidaridad fue Ale. Mi hermana Alessandra. Aunque la verdad es que ni siquiera estoy segura de que sea mi hermana. Con eso quiero decir que es mi polo opuesto. Tiene el pelo oscuro y largo, es alta —mide 1,65— y curvilínea, incluso demasiado, con un pecho que, en mi opinión, roza la talla noventa, maquillaje a gogó, al igual que sus constantes cambios de novio, uno cada media estación. La han castigado numerosas veces por ese motivo, y yo he sido siempre solidaria con ella, con su dolor, más o menos real, o no. Aunque, ¿quiénes somos nosotros para poner en tela de juicio lo que sienten los demás? Y aquí hago un poco de filosofía. Sea como sea, yo la he apoyado siempre y, en cambio, ella no ha dado señales de vida.

Tal vez porque ahora, debido en parte al hecho de que hemos cambiado de habitación, las cosas ya no son como antes. A saber. No tengo ganas de darle muchas vueltas. Por otro lado, R. J. me apoya bastante, y eso es lo que cuenta. Entre otras cosas porque siempre ha sido él quien me ha recargado el móvil, no ella... Pero no quiero parecer demasiado interesada.

En cualquier caso, volvamos a mi programa. La otra cosa que quiero hacer como sea es ésta:

3) Los periódicos.

—Buenos días, Carlo, ¿qué me das hoy?

—Pues eso, Carolina..., ¿qué te doy?

Tiene motivos para estar perplejo. Hasta hace poco, siempre que iba a un quiosco de prensa era para comprar *Winx* y *Cioè*, un par de revistas para adolescentes. Hace sólo un mes que leo la *Repubblica*. No pretendo darme aires de nada, pero la verdad es que al final me ha interesado de verdad. Lo encontraba en su casa y de vez en cuando me quedaba en la sala porque *él* tenía cosas que hacer con sus amigos. Así fue como empecé a leerlo. Al principio lo hacía sobre todo para, como se dice, darme un poco de importancia o, en cualquier caso, sentirme ocupada. En pocas palabras, para hacer ver que no estaba malgastando mi tiempo y que no dependía sólo de él y de sus decisiones. Y al final me he aficionado. Me resulta extraño porque me parece como si hubiera crecido un poco... Por ahora lo compro los martes, los jueves y los viernes, y me gusta lo que leo. Un tipo que me vuelve loca es Marco Lodoli. Aparece ahí, en un rincón, con el pelo enmarañado y diciendo siempre unas cosas que me hacen sonreír. Buscando en Google he descubierto que ha escrito también varios libros, pero por el momento no he comprado ninguno.

En la agenda del colegio he escrito la lista de gastos del mes pasado, junio, y tengo que decir que entre las recargas, el cumpleaños de Clod y las dos camisetas Abercrombie me he dejado una pasta. Así que, como dice mi madre, tengo que apretarme el cinturón. Pero hoy no. Hoy es un día especial. Y me niego a ponerme límites.

—Dame la *Repubblica*, *Il Messaggero*, el *Corriere dello Sport* y...

—Miro las revistas que tengo delante y añado sin dudar—: *Dove,* quiero también el *Dove.*

Tiene una foto fantástica en portada, una isla de ensueño con muchas palmeras inclinadas sobre la playa. En mi opinión, esas islas las hacen por ordenador. Me cuesta creer que haya sitios tan bonitos. La saco de entre otras dos revistas y veo por el rabillo del ojo que debajo ¡hay dos euros! Se le deben de haber caído a alguien, seguramente no se habrá dado cuenta. Le paso a Carlo la revista y coge una bolsa de debajo del mostrador. Bien. Está distraído. Me agacho y menos mal que mi mano sigue delgada... Así que cojo los dos euros. Carlo no se ha dado cuenta de nada. Ha sido cosa de un instante. Lo pienso por un momento y después entiendo que hoy es realmente un día especial.

—Eh, Carlo, mira lo que he encontrado ahí abajo.

Me sonríe. Le tiendo la mano con los dos euros y él los deja caer en la suya.

—Gracias, Carolina.

Acto seguido, con parsimonia, los pone debajo, donde debe de tener una cajita o algo para guardar el dinero. Y sonríe de nuevo. A saber si se había dado cuenta. Jamás lo sabré. Me recuerda un poco a *Hombre de familia*, esa película con Nicolas Cage, a la escena en que una chica va a un supermercado a hacer la compra y el tipo que está en la caja finge equivocarse cuando le da la vuelta para ver cómo reacciona ella. ¿Os acordáis de quién es el cajero? ¡Es Dios! O sea, un hombre de color que está ahí y que hace las veces de Dios. Con eso no quiero decir que les tenga manía a los tipos de color, pero no puedo imaginarme que... En fin, sé que estoy abordando un tema delicado, pero entiendo que un poco de color, obviamente, no puede ser lo que determine la cuestión más importante, esto es, si Él existe realmente o no.

Carlo mete los periódicos en una bolsa.

—Uno, dos, tres... Son siete con cincuenta.

A estas alturas me he acostumbrado, ¡es mi precio fijo! Con los dos euros que le he devuelto me hubiera salido por cinco con cincuenta, pero, bueno, hoy tengo que estar por encima de estas cosas, todo debe ser positivo, no hay lugar para ofensas o errores porque quiero recordarlo siempre como un día perfecto: el día en que hice el amor por primera vez.

Está bien, lo sé... Tengo casi catorce años y medio y alguien podría objetar que es un poco pronto. Ni que decir tiene que no lo he comentado en casa y, menos aún, con mi hermano. Tampoco con mi hermana, quien, de todas formas, y en caso de que os pueda interesar, lo hizo a los quince, según descubrí espiándola mientras hablaba por teléfono con Giovanna. Todavía lo recuerdo. La mayor parte de las chicas de mi colegio lo han hecho aproximadamente a esa edad o, al menos, eso es lo que dicen. En fin, he mirado también en internet, he leído varios artículos, he buscado aquí y allá y os aseguro que estoy *in target*. Bueno, quizá me falta un mes para ser precisos, como diría Gibbo, mi amigo matemático del colegio, pero cuando existe el amor, cuando todo es perfecto, cuando incluso los planetas se alinean (yo acuario, él escorpio, hasta eso he verificado), cuando incluso Jamiro —su verdadero nombre es Pasquale, pero desde que echa las cartas en la piazza Navona se hace llamar así—, dice que todo sigue en curso, que no se debe ir contra los astros, ¿no te digo?, los astros... Así pues, ¿quién soy yo para negarme al amor? Por eso estoy preparando este supermegadesayuno... Porque es para él, para mi amor. Dentro de nada estaré en su casa. Sus padres se marcharon ayer a la playa, y él, como no podía ser menos, salió hasta tarde con sus amigos, de forma que quedamos en que yo lo despertaría esta mañana.

—Antes de las once no, te lo ruego, tesoro... Mañana puedo dormir.

No es posible... Esa palabra. «Tesoro.» La palabra más dulce, más importante, más delicada, más... más... «planetaria», sí, la que abarca a todos los planetas además de la Tierra, naturalmente, dicha por él y de esa forma, ha borrado cualquier sombra de duda. Lo hago, me dije anoche después de su llamada. Y, claro está, no he pegado ojo. ¡Esta mañana he salido de casa a las ocho! Algo que no me sucedía ni siquiera cuando iba al colegio y debía copiar antes los deberes.

Pero quiero contaros mejor lo que me ha sucedido a lo largo de este año escolar y de vida para que entendáis que mi decisión de hoy es fruto de una larga y ardua reflexión, que hace que ahora me sienta segura, serena y, sobre todo, enamorada. ¡Qué raro! Consigo pronunciar esa palabra. Antes no era capaz. Pero, como dice Rusty James, todo requiere su tiempo, y para pronunciar esa palabra he necesitado tres largos meses. Para decidirme a hacer el amor, casi un año. No obstante, quiero contaros con más detalle cuál ha sido mi trayectoria. En pocas palabras, da la impresión de que la vida te pasa por delante como en una película. ¡Como si se tratase de una serie de momentos, de situaciones, de fases, de cambios que te llevan inevitablemente a hacer el amor! Dicen que, por lo general, cuando ves pasar la vida por delante es porque te estás muriendo. Y yo me estoy muriendo... ¡pero de ganas de estar con él! Y dado que son... Miro el reloj, ¡un precioso IVC de esos transparentes con abalorios que me regaló precisamente él! Son las nueve y diez, tengo tiempo de sobra para hacer un repaso del año pasado.

Septiembre

Cinco buenos propósitos para este mes:

—Adelgazar dos kilos.

—Comprar unas bailarinas negras con un lazo.

—Conseguir que me regalen un bono de 500 sms.

—Ir con Alis y Clod a ver el concierto de Finley.

—Comprar *Mil soles espléndidos* de Khaled Hosseini, dicen que es bonito.

Nombre: Carolina, alias Caro.

Cumpleaños: 3 de febrero.

¿Dónde vives? En Roma.

¿Dónde te gustaría vivir? En Nueva York, Londres o París.

¿Dónde no querrías vivir? En casa cuando mi padre grita.

Número de zapatos: ¡Menos de los que querría! ¿O te referías al número de pie?

Gafas: Grandes, de sol.

Pendientes: Dos, a veces, pero con frecuencia no.

Marcas particulares: Las del corazón.

¿Pacifista o guerrillera? Pacigu. Pacifista/guerrillera según el momento.

¿Sexo? ¿El mío, o si lo he hecho alguna vez?

Septiembre es un mes que me gusta mucho, a pesar de que vuelve a empezar el colegio y las vacaciones se acaban. Todavía puedo ir vestida con ropa ligera, como a mí me gusta. El verano es estupendo... El mar, la playa, remover la arena con los pies trazando círculos, ¡y haciendo enfadar al encargado de los baños, que debe aplanarla por la noche para que a la mañana siguiente esté impecable! Las sombrillas me parecen, en cambio, inútiles, ya que nunca estoy debajo. La toalla grande con dibujos de animales que siempre tengo llena de arena; jamás he podido entender por qué las de los demás están más limpias que la mía. El verano es mi estación favorita. También septiembre es precioso, aunque sería mejor si no hubiese colegio, que fuese el último mes de vacaciones, pero entero. Me han dicho que en la universidad se empieza en octubre. ¿Ves?, ellos sí que saben.

Acabo de comprar mi nueva agenda. La estreno con pocas ganas de escribir. Sí, porque la verdad es que me gusta más enviar sms y mails y, cómo no, hablar por el Messenger. Pero claro, es necesario tener una agenda de papel para el colegio, así también puedes guardar las dedicatorias de las amigas (¡sobre todo eso!), de manera que la he comprado. Una fantástica Comix, como no podía ser de otro modo, ¡al menos de vez en cuando me río un poco!

Entramos a las ocho, y eso es ya de por sí dramático. Desde el principio resulta todo muy interesante: la de tecnología nos ha pedido que hagamos un paralelepípedo con una cartulina negra y que compremos un cuaderno de dibujo con hojas cuadriculadas.

—Traed también tres cuadrados de cartón de quince centímetros de lado, unas tijeras, pegamento y lápices HB —nos ha dicho después.

Pero bueno..., ¿qué se cree que soy? ¿Una papelería? ¡Me importan un comino los paralelepípedos! ¡Ya sé cómo son! ¡Mi móvil es un paralelepípedo!

Acaba la hora y, sin darnos tiempo a respirar, entra el profesor de inglés. En una mano lleva el habitual maletín destrozado y, en la otra, un lector de CD. Nos miramos estupefactos. Nos escruta desde detrás de sus gafitas de culo de botella.

—Mañana debéis traer una agenda con índice para anotar el vocabulario nuevo de la canción que vamos a escuchar. Obviamente quiero que traigáis también los deberes de las vacaciones y dos cuadernos. ¡Repasadlo todo!

¿Cómo que todo? ¡Pero si acabamos de empezar! Tengo la impresión de que este año las cosas van a ir mal. Alis me pide la agenda. Se la paso. Veo que garabatea algo en la página correspondiente al 18 de septiembre. Pasada media hora, me la devuelve. Leo: «Palabreando. Arreglárselas: reparar el Range Rover de papá. Bovino: rumiante gordo aficionado al vino. Cósmico: cómico espacial.» Dejo de leer. La miro. Se está tronchando de risa. No sé qué decir.

Leone, el profesor de italiano, termina el inventario.

—Para mañana escribid en el cuaderno cuáles eran las necesidades de vuestros padres cuando eran pequeños.

Pero ¿qué es esto? ¿Las necesidades de cuando eran pequeños? ¿Las necesidades necesidades? Todos se ríen. Cómo no. ¿Os habéis puesto de acuerdo? ¿Y además tres materias para mañana? Es obvio que tendré que apresurarme para poder salir con Alis y Clod. Nos miramos.

—Nos vemos a las dos y media, habrá que hacerlo todo en hora y media.

En efecto, después nos espera la consabida visita a Ciòccolati. Septiembre me gusta además porque puedes recordar el verano que acabas de dejar atrás. ¡Y menudo verano! El verano en que he besado por primera vez. Vale, no es un título original, estoy de acuerdo, pero las cosas sólo son extraordinarias en la vida de la persona a las que le suceden. Y, en cualquier caso, ésta os la quiero contar como sea; mejor dicho, todavía recuerdo cómo se la conté a mis dos amigas íntimas: Clod y Alis.

Clod es una chica fantástica. Se come todo lo que le ponen por delante, te roba incluso la merienda si no estás atenta, pero en dibujo es una hacha y por eso se lo perdonas todo. De hecho, pasa los deberes a media clase y se aprovecha de esa circunstancia para hacerse con las meriendas que más le gustan. La mía, pan con aceite y Nutella, es sin lugar a dudas la más apetecible y la que, por tanto, desaparece en primer lugar. Alis, en cambio, es una especie de princesa: es alta, delgada, guapísima, elegante, con un no sé qué de aristocrático que parece diferenciarla de las demás, pero luego, de repente, sabe ser tan divertida que cualquier duda sobre ella queda despejada. Aunque a veces es de un pérfido...

En cualquier caso, estamos a la entrada del colegio, a principios de septiembre, acabamos de volver de las vacaciones y es el primer día de clase.

—¡Yujuuu! —grito como una loca.

—¿Por qué estás tan contenta?

Llego morena como nunca, con el pelo tan rubio que casi parezco sueca, una de esas cantantes que surgen de repente con la melena larga casi blanca, los vaqueros rigurosamente desgarrados, los pies descalzos, la guitarra en las manos y la mirada lánguida. Bueno, yo era poco más o menos así, exceptuando la guitarra y los pies descalzos... Dios mío, durante un tiempo probé también a tocar la guitarra, pero ¿sabéis esas cosas que heredas de tus hermanos y que pruebas a hacer bien por ti misma y al final te rindes porque entiendes que no estás hecha para eso? La guitarra en cuestión era de mi hermano; ahora Rusty James se ha agenciado una nueva, y él sí que la toca de maravilla. Yo, en cambio, he probado un millón de veces. He comprado partituras y todo lo demás, y si bien en la escuela de música no me iba mal del todo —es decir, había comprendido a la perfección dónde se ponían las notas, cuáles iban entre los espacios del pentagrama y cuáles sobre las líneas—, cuando después intentaba trasladarlo todo al instrumento, al principio la cosa funcionaba, pero luego tardaba tanto en encontrar la nota sobre la cuerda de la guitarra que al tocarla me olvidaba del sonido precedente, y mientras buscaba el primero y el segundo llegaba mi madre y gritaba: «¡La mesa está puesta!» ¡No sé por qué, pero el caso es que mis ejercicios de guitarra coincidían siempre con la hora de cenar! Bueno, la verdad es que creo que todos estamos dotados para algo y que muchas veces lo comprendemos demasiado tarde. Aunque también es cierto que, como dice nuestro profe Leone, nunca es demasiado tarde para nada. Y yo creo que he encontrado mi pasión y que, en cualquier caso, si es ésa, he necesitado catorce años para hallarla, es decir, el tiempo necesario para entender algo con profundidad, mirar alrededor y poder elegir. No hay nada más bonito que una elección. Y yo he elegido.

—¡Holaaa!

Me abalanzo sobre Clod y acto seguido sobre Alis, ¡y mi exceso de felicidad casi nos hace rodar por el suelo a las tres!

—¡Qué locura, qué locura! —Empiezo a brincar alrededor de mis amigas agitando los brazos de manera extraña—. ¡Soy un raro ejemplar de pulpo!

Y me meto entre ellas moviendo lentamente los brazos y las piernas, me insinúo, me transformo en una odalisca y después en una jirafa, y a continuación en otro raro scr capaz de cabecear de esa manera. Mientras tanto, ellas permanecen allí plantadas mirándome asombradas. Alis es genial. He de decir que es la que tiene más dinero de la escuela, o al menos eso es lo que asegura Brandi, la radio macuto del Farnesina, que es mi colegio. Y debe de ser verdad, dada la casa tan espectacular que tiene. Recucrda una de esas que salen en los anuncios. Un lugar donde todo funciona, donde todo está impoluto, donde las paredes son perfectas, donde apenas tocas un interruptor se encienden las luces, bajan y suben, donde todos los muebles son oscuros, brillantes y negros, y el televisor es uno de esos planos que se cuelgan de la pared y se encienden nada más rozarlos, y también la música es perfecta y las alfombras son bonitas y los cristales están siempre como los chorros del oro. Pues bien, su casa está en la via XXIV Maggio y da a unas antiguas ruinas romanas, las del gran imperio que nos toca estudiar. Y ella nos invita a su casa para que podamos contemplarlas directamente desde la ventana y nos toma el pelo, señalándolas con un puntero.

—Ésa es la roca Tarpea... Ése es el Arco de Constantino, eso otro, lo que está al fondo...

—El Coliseo —respondemos al unísono Clod y yo. Es lo único sobre lo que no podemos equivocarnos.

En cualquier caso, Alis abre el bolso y extrac un Nokia N95, el último que ha salido al mercado, y me saca una fotografía.

—¡Esto lo quiero recordar, Caro!

—¡En ese caso, grábame mientras sigo con el bailecito!

Alis no se hace de rogar y empieza a grabarme con su teléfono, que es mejor que todas las cámaras del mundo juntas. Y mientras bailo de lante de ella, comienzo a agitarme como una loca, muevo las manos, mejor que Eminem y 50 Cent., abro los dedos y rapeo que da gusto.

—«Y yo lo beso, y sí que lo besé en una noche de luna llena con un deseo ardiente de él y, sobre todo, de su culo.»

Alis y Clod se ríen como locas. Alis sigue grabándome mientras Clod baila siguiendo el ritmo y yo continúo con mi canción.

—«Y qué beso largo e irresistible, en la barca, con el salvavidas...»

Sin embargo, se interrumpen de repente y se quedan boquiabiertas como si sólo en ese momento se hubiesen dado cuenta de que, por fin, he dado el gran salto. Pero yo no me detengo.

—«Sí, lo he lamido por todas partes, le he mordido los labios e incluso lo he chupado un poco.»

Sin embargo, de repente me percato de que su sorpresa se debe a otra cosa. En efecto..., el profe Leone está detrás de mí. De manera que yo también me quedo boquiabierta y me imagino en un instante todo lo que puede haber oído. Me sonríe.

—Ha sido un bonito verano, ¿verdad, Carolina? Te veo muy morena y, sobre todo, muy contenta.

—Sí, profe.

—Sólo que ahora empieza de nuevo el colegio y éste es el último año. Y el último año tenéis que esforzaros... Pero tú ya lo sabes, Carolina, ¿verdad que sí?, siempre te he dicho que todo tiene su momento...

—Claro, profe.

—Bien, pues, por ejemplo, ahora no podéis seguir aquí; tenéis que entrar en clase.

Alis vuelve a meter el móvil en su Prada último modelo. Clod se acomoda los pantalones y las tres nos dirigimos a nuestra fantástica aula, la III-B.

Aquí estoy, en mi nuevo pupitre junto a la ventana. El paisaje que puedo contemplar desde él no es, lo que se dice, gran cosa, ¡pero al menos entra luz! Alis y Clod están a mi lado. Por el momento. Porque en mi clase tenemos la manía de cambiar de sitio cada dos meses, echando a suertes los pupitres y las filas. Es una costumbre que los profes impusieron en primero para obligarnos a relacionarnos más. Y luego, cuando apenas empezábamos a conocernos, zas, te cambiaban otra vez de sitio. De todas formas, ahora las filas son de tres, menos mal; a veces incluso los bedeles se enteran de algo.

Último año de secundaria. Tengo un poco de miedo. ¿El examen? Bah. Lo que me asusta es, sobre todo, lo que viene después. Pero es fantástico pensar que el verano próximo seré libre, libre, ¡libre! ¡Sin deberes! Tres meses completos para hacer lo que me venga en gana. Dentro de un momento entrará el profe Leone. Nos preguntará si hemos leído los cinco libros que nos encargó antes de las vacaciones, si hemos hecho las redacciones, si hemos acabado el cuaderno de ejercicios. Y, además, como es habitual, fijará la fecha del examen que hace cada inicio de curso. Qué palo. Seguro que es mañana, de modo que esta noche también me tocará volver antes a casa para que mi madre no se cabree. Miro de nuevo por la ventana..., querría estar posada sobre ese árbol, ahí delante. Observar a los que pasan por debajo, el tráfico, este colegio, mofándome de los que ahora están sentados aquí, en el aula. La ventana. Como la canción de Negramaro: «Si te llevas el mundo contigo, llévame también a mí.»

Mientras esperábamos al profe traté por todos los medios de robarle el móvil a Alis, pero no hubo nada que hacer. Ella me juró que había borrado el vídeo.

—Te lo juro, Caro, ¿por qué no me crees?

—Si es así, dámelo que lo compruebe.

—Pero ¿por qué no me crees, eh? Entre nosotras tiene que haber confianza.

—Y yo la tengo, pero esta vez me gustaría además que me dieses el móvil para poder comprobarlo, ¿vale?

—Está bien, en ese caso, te diré lo que pasa, ¿eh? No puedo dártelo porque tengo unos mensajes que no quiero que leas, ¿de acuerdo?

—¿Y eso? ¿No puedo leer tus mensajes? ¿Y por qué, perdona? ¿No acabas de decir que tenemos que tener confianza?... y, además, ¿de quién son?

En fin, que proseguimos con la discusión hasta la hora de tecnología, y yo estaba tan nerviosa que, por primera vez, serré y pegué todos esos trozos de madera directamente del dibujo, sin mirar siquiera, ¡y al final esa extraña muesca que debía ser un portaplumas lo fue de verdad! ¡Increíble, el primer bien que saco en mi vida! Únicamente tuve una experiencia similar en tecnología el año pasado, cuando me corté el dedo índice de la mano izquierda con una especie de ecalpelos. El escalpelo es la herramienta que sirve para hacer grabados sobre una tabla de plástico verde. Sí que graba, sí... ¡pero también graba dedos! Resultado: llamaron a mi madre, que me llevó a urgencias. Tres puntos de sutura. Vi Saturno con todos sus anillos, después Marte, Júpiter e incluso Neptuno. ¡Otra vez los planetas! Y tras la panorámica astronómica, volví al colegio. Sí, justo así. Cualquier otra persona habría vuelto a casa, pero yo no, mi madre dijo que con eso bastaba. En cualquier caso, ¡perdí una hora de mates!

Bueno. Por lo demás, a propósito del vídeo en el que aparecía el profe Leone a mis espaldas, nada de nada, ni siquiera la posibilidad de volver a verlo, cuando menos para reírnos un poco. Nada. Y esa historia de la grabación..., una prueba de lo que has hecho... Quiero comprar una caja, una de ésas de cartón rígido con dibujos de flores. Grande, grandísima, para meter dentro las cosas que dejaré de usar a partir de este año. Porque me siento un poco más mayor. Son una infinidad. Por ejemplo, las Bratz, las Winx, los libros de Lupo Alberto, las camisetas de Pinko Pallino, que mi madre me compraba siempre sin importarle que yo me enfadase, los diarios secretos con su candadito que he llenado de adhesivos y de frasecitas de todo tipo, los libros de Geronimo Stilton, los DVD de dibujos animados, las fotografías de primaria, el calendario con la cara que tenía a los cinco años disfrazada para Carnaval, fea a más no poder, la caja con las cuentas para hacer pulseritas, el enorme lápiz de plástico de las Bratz, el estuche con los lápices de cera, las diademas para el pelo con flores de plástico. Todo lo que ahora me parece inútil. ¡A pesar de que tengo casi catorce años! Me siento diferente del momento en que esas cosas lo eran todo para mí.

Esa tarde. Alis y Clod están sentadas delante de mí. Se niegan a creerme.

—En ese caso, os voy a contar...

Es justo que sea yo la que invite, por otro lado, la mayor parte de las veces lo hace Alis, y es incluso natural, y las llevo a Ciòccolati, un pequeño local que se encuentra en la via Dionigi, junto a la piazza Cavour, donde está el Adriano, que, entre otras cosas, no conocían y que, además, hace horario continuado.

Clod se pone en seguida a comer, pide el Trilogy, que es peor que el anillo de Bvlgari en cuanto a precio, pero mejor como exquisitez. Se lo zampa en un abrir y cerrar de ojos.

—¿Nos puede traer también dos granizados de chocolate y una tisana?

Alis está en ascuas, la veo que se agita, ella ha nacido para el cotilleo incesante sin importar por qué parte se empiece y dónde se acabe. ¡Y tienen que suceder muchas cosas! A estas alturas, las aventuras de Paris Hilton o de Britney Spears casi la aburren.

—¡Bueno, Caro! ¿Nos cuentas algo o no? ¡Venga!

Clod asiente con la cabeza y se lame los dedos como si quisiera comérselos también. A continuación se seca con un pañuelo de papel, ¡y poco falta para que éste acabe también entre sus fauces!

Pero Clod es así siempre. Recuerdo cuando nos inscribimos las tres a catequesis para hacer la comunión. Comprábamos bolsitas con hostias dentro y ella, con la excusa de que tenía que entrenarse, se las comía una detrás de otra. ¡Las guardaba en el pupitre del colegio y parecía una especie de ametralladora al revés! Tum-tum-tum..., se las disparaba en la boca como si nada y de vez en cuando se quedaba bloqueada, pero no porque la hubiese pillado el catequista..., ¡noooo! Lo que sucedía era que se le quedaba una pegada al paladar, y entonces trataba de realizar una extraña intervención quirúrgica para «extraerla» valiéndose únicamente de dos dedos rechonchos manchados de pintura, porque le gustaba el dibujo, la única asignatura en la que se las arreglaba sin problemas, pues bien se llevaba los dedos al paladar y excavaba sin cesar. Mirarla era un espectáculo similar a *La celda* o *The ring*, en fin, ¡que incluso Wes Craven habría dudado sobre si contratarla o no para uno de sus horrores!

—Pero ¡¿a qué esperas, Caro?! ¡Vamos, ya no resisto más!

¡Alis no tiene pelos en la lengua, y eso me encanta! ¿Es posible que ese modo de comportarse se deba al dinero? Porque el dinero nos hace libres. Bah, tal vez me estoy volviendo demasiado filósofa.

—¿La tisana?

La camarera se acerca a nuestra mesa con una bandeja.

—Es para mí, gracias.

Levanto la mano a una velocidad increíble, igual que las pocas veces en las que el profe Leone hace una pregunta general y por casualidad, digo, por pura casualidad, resulta que sé la respuesta.

—Así que los granizados son para vosotras dos.

La miro y sonrío para mis adentros. La tipa no debe de ser un as en matemáticas. La resta es tan evidente que me deja patidifusa. Pero, aun así, todas sonreímos y le decimos que sí; al menos nos la quitamos de encima y puedo empezar con mi relato. Por fin se marcha.

—¿Y bien?

—Lore, como lo llamo yo, es un chico muy dulce. Lo conozco desde que éramos niños y nos hemos ido viendo desde entonces, pese a que él tiene dos años más que yo... —Bebo un poco de tisana—. ¡Ay, quema!

Alis me pone la mano en el brazo.

—Precisamente por eso, déjala estar, ¡sigue!

Incluso Clod está tan intrigada con la historia que se ha quedado con un trozo de chocolate suspendido en el aire y me mira pasmada.

—Sí, vamos, Caro, no te detengas...

De modo que dejo definitivamente mi taza en el plato y sonrío a mis dos mejores amigas.

—¡Venga, adelante! ¡No te hagas de rogar!

Está bien. Y en un instante regreso allí.

Anzio. Agosto. El verano está a punto de acabar. Un gran pinar, Villa Borghese, un camino que atraviesa unos bosques llenos de hojas, de agujas de pinos y de cigarras. Y, además, el calor de ese sol que se prolonga durante todo el día. Un eco a lo lejos, el rumor de las olas del mar.

—Esto es peligroso, ¿verdad?

Avanzamos en grupo. Somos cinco. Stefania, yo, Giacomo, Lorenzo e Isabella, a la que siempre hemos llamado Isafea, entre otras cosas porque lo es. Estamos en medio de la senda del pinar, tenemos que caminar medio escondidos porque está prohibido traspasar la gran verja de la villa. Y, en cambio, nosotros lo hemos hecho, hemos decidido correr el riesgo y aventurarnos. Vamos a ver el castillo de Villa Borghese.

—Pero es peligroso...

—¡Qué peligroso ni qué ocho cuartos! Lo único que puede pasar es que el vigilante nos ponga una multa si nos pilla.

—Sí, pero ¡está lleno de víboras!

—¡Qué va! ¡Las víboras no salen de noche!

—Cómo que no. ¡Salen al atardecer porque tienen hambre!

—Que no, te digo que no.

Stefania está obsesionada. Se cree que lo sabe todo. No la soporto cuando se comporta así. Pero su madre hace una torta de ensueño y a la hora de comer nos la trae a la playa, de manera que nos conviene tenerla de nuestra parte. Lorenzo guía el grupo, es el más valiente. Giacomo, que, desde siempre o, al menos, desde que lo conozco, es amigo suyo, parece tener miedo de nosotros, quizá porque es el más pequeño.

Trac. Lorenzo separa los brazos y todos nos paramos en seco. Hemos oído un ruido sordo a la derecha del arbusto.

—Quietos, podría ser un animal... Parece grande.

—Puede que sea un erizo —apunta Stefania.

Pero acto seguido oímos unas carcajadas. Nos volvemos todos. Isafea está al final de la fila y se ríe como una loca, es más, se deja llevar por la hilaridad, se ríe a mandíbula batiente. Debe de haber tirado algo que ha causado ese ruido. Giacomo entorna los ojos.

—Eres... ¡eres una estúpida!

Lorenzo se encoge de hombros. Yo corrijo la frase como se debe.

—Haz el favor de hablar como es debido... Es una imbécil, una gilipollas, nos ha dado un susto de muerte.

Stefania cabecea.

—Bueno, ha sido lista, ha tirado la piña justo al arbusto con las bolitas rojas...

—¿Qué quieres decir?

—¿No lo sabéis? ¡Las víboras precisamente comen esas habitas rojas!

No sé qué llegará a ser Stefania en la vida, ¡pero si no se dedica a la botánica o al estudio del mundo animal, cometerá un gran error! ¡Como el que hemos cometido nosotros dejando que nos acompaña-se! Sin embargo, no consigo reírme de mi ocurrencia porque justo en ese momento...

—¡Eh, vosotros! ¿Adónde se supone que vais?

Un vozarrón interrumpe de repente nuestras carcajadas. Lo diviso a lo lejos, avanzando amenazador entre los árboles. A sus espaldas, a un lado del camino, está su viejo Seiscientos gris con una de las puer-tas delanteras abiertas. No cabe ninguna duda.

—¡Es el vigilante! ¡Huyamos!

Y echamos a correr a toda velocidad entre las plantas, entre los árboles. Lorenzo me coge de la mano y tira de mí.

—¡Vamos, venga, corre lo más de prisa que puedas! Vayamos por aquí, que están las cuevas.

—¡Tengo miedo!

—¿Miedo de qué? ¡No debes tener miedo, estás conmigo!

De manera que echamos a correr entre las plantas altas, en el bos-que, en medio de los arbustos, cada vez a más velocidad, en línea recta.

Giacomo y Stefania, en cambio, se han desviado a la izquierda, mientras que Isafea corre más despacio, casi se tambalea detrás de nosotros. Esa chica no tiene remedio, es un alfeñique.

—Venga, de prisa, vamos.

Lorenzo me arrastra al interior de una de las cuevas. Tienen una altura de, al menos, diez metros y de repente se tornan frías y oscuras, tan oscuras que tras dar dos pasos no vemos nada. Es un buen escon-dite, y nos apretujamos contra la pared. El silencio es absoluto y se percibe un extraño olor a verde, como si todo estuviese húmedo, mo-jado. Después vislumbramos al vigilante que pasa a lo lejos, a través de los tablones de madera que hacen las veces de puerta de la cueva, de esas que apenas las rozas se te clava una astilla y te hace un daño horrible.

Se divisa un poco de luz y el verde del bosque con los reflejos del sol en las hojas más grandes. Pero en la cueva hace frío y, cuando respiramos, se forman unas pequeñas nubecitas delante de nuestras bocas, como si estuviésemos fumando.

—Oye, Lore, pero...

—Chsss... —susurra mientras me tapa la boca con una mano. Justo a tiempo, porque el vigilante se asoma entre los tablones de la entrada y escruta a derecha e izquierda mientras nosotros nos aplastamos aún más contra la pared. No ve nada, de manera que retira la cabeza y se aleja. Pasados unos segundos, Lore me quita la mano de la boca.

—Uff.

Exhalo el aire que había contenido hasta ese momento.

—Menos mal.

—¿Has sentido miedo?

—No, contigo no.

Le sonrío. Y veo sus ojos en la penumbra, se iluminan apenas y son grandes y profundos y preciosos, y no consigo dilucidar si me está mirando o no, pero sonríe. Veo sus dientes blancos en la oscuridad de la cueva. Y la verdad es que un poco de miedo sí que he sentido. Un poco, no. Sea como sea, no quiero decírselo.

—Venga, sí que has tenido un poco de miedo. Si nos hubiera descubierto...

—¡Bueno...!

Pero no me da tiempo a proseguir porque se acerca a mí... y me besa. ¡Sí, me besa! Siento sus labios sobre los míos y permanezco un instante con la boca quieta sin saber muy bien qué hacer. Pero siento que él hace presión. Y su boca es blanda. Y, qué extraño, la va abriendo lentamente... y yo también lo hago. ¡Y lo primero que pienso es que, por suerte, no llevo el corrector dental! Lo llevé hasta el invierno pasado y ahora mis dientecitos están bien alineados. Pero, en caso de que lo hubiese llevado, Lore se habría dado cuenta. Es un chico atento. Sí, me gusta mucho porque es atento, es decir, piensa en ti, en si tienes miedo, en si te apetece, si te gusta ir al castillo, en fin, que le interesa lo que opinas.

Pero ¿qué ocurre? Siento algo raro en la boca. Estamos en la oscuridad de la cueva, tan cerca el uno del otro que ni siquiera sé si me está mirando o no. Abro lentamente un ojo, echo un vistazo pero no se ve nada, de manera que vuelvo a cerrarlo. ¡Es su lengua! Socorro... Sin embargo..., no me molesta. Menos mal. Qué bonito. Siempre me he imaginado este momento; quizá demasiado, en serio, porque al final los demás te cuentan tantas cosas que acabas preocupándote más de lo que harías por ti sola.

Así que por fin me abandono y lo abrazo mientras seguimos besándonos. Y sus labios son suaves y de vez en cuando nuestros dientes chocan, nos echamos a reír y volvemos a empezar, ligeros, sonreímos en la penumbra y él me besa mucho y tengo el contorno de la boca mojado. Pero no me molesta... De verdad, no me molesta.

Alis y Clod están delante de mí, ambas con un granizado en la mano, el vaso suspendido en el aire justo delante de la boca. La camarera se acerca a nosotras.

—¿Queréis algo más, chicas?

—¡No! —respondemos al unísono sin dignarnos siquiera mirarla. La camarera se aleja sacudiendo la cabeza.

Alice deja el vaso sobre la mesa.

—No me lo creo.

—Yo tampoco...

Clod, sin embargo, da un buen trago.

—¿Y después? ¿Y después?

—Pero si decís que no me creéis...

—Bueno, tú cuéntanoslo de todos modos, sí, ¡sea como sea, nos encanta!

Cabeceo. Alis no tiene remedio, es demasiado curiosa.

—Vale, vale, ¡pero que quede claro que todo es verdad! En fin, ¿por dónde iba?

—¡Te estaba besando! —me contestan las dos a coro.

—Ah, sí... Claro.

De modo que regreso a la cueva. Oscuridad. Parece una película. Y siento que me estrecha entre sus brazos con fuerza, con más fuerza aún... Y yo lo abrazo. Y él desliza su mano por debajo de mi camiseta, pero por detrás, por la espalda. Y no me molesta. Me siento extrañamente serena. Me gusta estar entre sus brazos..., pero permanece quieto, no se mueve, no sube para desabrochar mi pequeño sujetador. Ahora no, por lo menos. Empieza a acariciarme, eso sí. Y sigue besándome. Después se aparta un poco y me pasa la lengua por los labios. Siento como si me los picotease y justo entonces su mano empieza a ascender por la espalda, lo sabía... Pero no me preocupo. De repente oímos unos pasos apresurados. Nos separamos y miramos hacia la entrada de la cueva. Isafea pasa corriendo por delante de la puerta. Corre cada vez más de prisa, fuera, entre la hierba alta y, de repente, ¡se cae al suelo!

—¡Ahhhh! —grita con todas sus fuerzas—. ¡Socorro! ¡Ay! ¡Ahhh! —y sigue gritando. Parece la sirena de una ambulancia.

Pasado un segundo llega el vigilante y la ayuda a levantarse.

—¿Qué te ha pasado? ¿Qué te has hecho?

Isafea le enseña la mano.

—Me ha mordido un animal aquí, me hace un daño tremendo, era una serpiente, ha sido una víbora, moriré, ¡socorro! ¡Socorro! —dice chillando y pateando.

El vigilante le coge el brazo, le aprieta la muñeca con ambas manos y los dos desaparecen detrás de unos árboles. ¡Ya no podemos verla! Lore y yo nos miramos durante unos segundos.

—¡Ven, vamos!

Corremos hacia la salida de la cueva y, una vez fuera, apenas nos da tiempo a ver el viejo Seiscientos que dobla la esquina. Unos instantes después llegan Giacomo y Stefania.

—Pero ¿dónde estabais?

—En la cueva.

—¿En la cueva? ¿En serio? —Giacomo no nos cree—. ¿Y se puede saber qué hacíais?

Nos miramos fugazmente, acto seguido Lorenzo le da un empujón a Giacomo.

—¿Y qué se supone que debíamos hacer? ¡Estábamos escondidos!

—Ah, bueno. ¿Habéis visto al vigilante? ¡Se ha llevado a Isa! ¿Qué os parece? ¿La habrá secuestrado? Da igual que sea fea, ése lo que pretende es exigir un rescate, quiero decir que los padres de Isa son de Milán, ¡son riquísimos!

Giacomo está fuera de sí. Dios mío, antes casi nos pilla con lo de la cueva... ¡Pero esto!

—Venga..., a Isa le ha mordido una víbora.

Stefania esboza una sonrisa.

—Anda ya..., no es posible.

—¡La hemos visto!

—¡Las víboras desaparecen cuando anochece!

—Bueno, eso es lo que ha dicho, y el vigilante le apretaba el brazo con todas sus fuerzas, quizá para impedir que el veneno pasase a la sangre.

Stefania se encoge de hombros.

—Bah, ni siquiera el vigilante sabe de qué va la cosa. Como mucho, habrá sido una culebra.

Lore y yo nos miramos.

—¿Eh? —Incluso con cierto asco—. ¿Una culebra?

—Sí, una culebra, muerden, salen también al atardecer y no son venenosas.

—Ah, claro.

—Sea como sea, volvamos a la entrada de Villa Borghese, está oscureciendo.

De modo que echamos a correr por el bosque hacia el bar que está a la entrada del parque, donde se encuentran también las pistas de tenis y la secretaría del club. Cuando llegamos, jadeantes, vemos a un montón de gente alrededor de una mesa. Isafea está echada encima de ella. Parece medio muerta. Pero luego, cuando nos acercamos, nos damos cuenta de que en realidad está medio viva. Llora y sorbe por la nariz y se aprieta la mano. Un señor que está allí cerca le ha pinchado en un brazo. Debe de ser médico.

—¡Bueno, ya está! —dice acariciándole el pelo y despeinándola mientras Isa esboza una sonrisa—. Así nos evitamos posibles problemas...

Echa la jeringuilla en una papelera cercana.

Y yo me pregunto: ¿por qué cada vez que uno está mal y después sale bien parado o, en cualquier caso sobrevive o, en fin, supera el drama, todo el mundo te despeina? Porque, además, puede que incluso estés sudado y, sea como sea, a mí me molestaría que alguien a quien no conozco me alborotase el pelo. En fin. Después se aproxima un tipo que está siempre en la secretaría del club y que hasta el año pasado daba clases de tenis, y coge la mano de Isa.

—¡Enséñamela!

Mira el punto donde mi amiga asegura que le ha mordido la serpiente. El hombre sonríe y sacude la cabeza, y coloca poco a poco el brazo de Isa junto a su costado.

—Puedes levantarte ya, no corres ningún peligro, te ha mordido una culebra. —Después se dirige al vigilante—: Hemos desperdiciado una ampolla de antídoto.

Stefania se vuelve hacia nosotros y extiende los brazos.

—¿Veis? ¿Qué os había dicho? Una culebra. Y el vigilante ni siquiera se había dado cuenta...

—Pero ¿cómo podía saberlo si no reconoció la mordedura?

—Bastaba que Isa le dijese si tenía la pupila vertical o redonda.

—¿Quién, la serpiente?

—¡Sí!

—Estás como una cabra. A ver si lo entiendo, uno se cae, a continuación le muerde una serpiente y, según tú, ¿qué debe hacer? ¿Cogerla y abrirle el ojo para ver cómo lo tiene?

—¡Claro! ¡Porque, en caso de que la pupila sea vertical, se trata de una víbora! De todas formas, la mordedura no te la quita nadie..., ¡pero al menos sabes de qué animal se trata!

Interrumpo mi relato. Alis se echa a reír y cabecea.

—Esa Stefania es una tía absurda.

Clod se muestra de acuerdo.

—Sí, tú las conoces a todas.

Alis remueve el granizado, a continuación coge un poco con la cucharita y se la mete en la boca. Después vuelve a hundirla en el vaso y lame de nuevo la punta. ¡Incluso en eso es elegante!

—Y luego, ¿qué pasó?

—Perdone —dice Clod—, ¿me trae uno de éstos? —pregunta indicando la lista—. Delicias de chocolate negro.

—¡Clod!

—Oye, lo quiero probar. A lo mejor no me gusta y lo dejo.

—Ya veo, pero ¿y si te gusta? ¡Engordarás!

—Lo sé, pero, de todas maneras, a partir de la semana que viene empiezo de nuevo con la gimnasia y, además, ¿quién quiere adelgazar? He leído en un periódico que las gorditas están de moda. Sí, las gorditas. ¡No las anoréxicas! ¡Italia volverá a lanzar una línea de moda por todo el mundo que por fin aprecia a las mujeres que no están como un palillo!

La miro y doy un sorbo a mi tisana.

—¡En mi opinión, ese artículo lo has escrito tú!

—Sí —corrobora Alis—. O quizá una de esas que no consiguen adelgazar y que, por tanto, no ven la hora de que llegue esa moda. Es cómodo, se ahorra dinero y no tienes que hacer el menor esfuerzo. ¡Como si nada!

En cualquier caso, ya lo ha pedido y, de hecho, la antipática de la camarera se lo trae al vuelo. Oh, jamás ha sido tan rápida, a veces tarda una eternidad en servir incluso las cosas más sencillas, qué sé yo, una tisana, por ejemplo, y ahora, chas, visto y no visto. Tengo la impresión de que ha oído nuestra conversación. De todas formas, Clod no lo piensa dos veces. Para ella equivale a tener el consabido cartón de palomitas, enorme, claro está, mientras ve una película en el cine, ¡sólo que ésta es mi historia! Y la disfruta todavía más. Prueba uno detrás de otro los distintos tipos de chocolate, todos no, ¿eh?, es lista, primero mordisquea un trozo que, después, deja en el plato para comprobar cuál le conviene comer en último lugar, ¡el famoso manjar del rey! Y acto seguido, como no podía ser de otro modo, se lame el dedo.

—¿Entonces, Caro? ¿Qué pasó después con el tal Lore?

—Eh, pero ¿qué esperas? ¿Una película porno?

—¡Quizá!

—Vete a la... ¡Puedes considerar un milagro que lo besase!

—Anda ya...

—¡Que sí!

Vaya con mis amigas, ellas tan tranquilas. ¡Qué más les da! Tanto la una como la otra archivaron el capítulo beso el verano pasado. O, al menos, eso fue lo que me dijeron. A Alis la creí en seguida, respecto a Clod sigo teniendo mis dudas. Sea como sea, para ellas debió de ser más fácil, ya que no llevaban ortodoncia. Incluso cuando ya no la llevas te sigue complicando la vida, quiero decir, piensas que sigue en la boca y, si te entran ganas de besar a alguien, aunque la idea sólo te pase de manera fugaz por la mente, te reprimes por si acaso.

De todas formas, si tengo que dar crédito a lo que me contaron, las dos dieron su primer beso un año antes que yo, en verano. Alis en la playa, en Cerdeña, en el pueblo donde ella suele ir. Se pasó un día entero tumbada en el muelle charlando con un tipo que había conocido a las diez de la mañana, durante el desayuno, y al que besó a las dos, ¡después de sólo cuatro horas! ¡Y bajo un sol abrasador! Y yo digo, ¡a saber lo sudados que debían de estar! ¿Y la boca? La boca debía de estar seca. Bah, la idea no me gustó en absoluto. En parte porque, según creo, el tipo se llamaba Luigi.

A las cuatro le dijo: «¿Vienes a mi habitación a echar un polvo?»

La verdad es que no estoy muy segura de si Alis fue o no, pero creo que hay una manera mejor de pedir ciertas cosas, ¿no? Pase que el de Cerdeña sea un pueblo para ricos, y que los ricos, a veces –sobre todo los jóvenes, en parte porque son los únicos que he conocido– tienen una manera bastante ruda de comportarse, como macarras, vaya. Es más, me gustaría acuñar un término específico para ellos: son *chicosricosquevandemacarras*, con eso quiero decir que en ocasiones dicen cosas que podrían evitar, como el tal Luigi.

Clod, en cambio, fue a uno de esos clubes de tenis que suele frecuentar, y el verano del beso se convirtió incluso en un «cervatillo deseable». Según nos contó, se había besado con un chico encantador de su curso que, sin embargo, era el más torpe de todos a la hora de jugar al tenis. Vamos a ver, no digo que un tipo que sea encantador no pueda ser además torpe, pero, en mi opinión, no nos lo cuenta todo. No me preguntéis por qué, pero en la vida los guapos y ricos son siempre buenos en todo y, si uno es torpe jugando al tenis, no consigo imaginármelo como alguien encantador. Bueno, lo que quiero decir es que no me cuadra... Yo qué sé, cada vez que voy a ver los Internacionales de Roma con mis abuelos, que son muy aficionados al tenis, sólo veo jugadores hábiles, más aún, geniales, que además están buenísimos..., para comérselos. ¡Por eso, o ese tipo aprende cuanto antes a jugar al tenis, o se dedica a otro deporte o, lo que es más probable, seguro que no es tan encantador como dice Clod!

En cualquier caso, finalmente las he alcanzado, y tengo que decir que el hecho de haberme quedado un poco rezagada empezaba a preocuparme de verdad. Y no porque me considere fea; en fin, reconozco que no juego al tenis, pero eso no cuenta en absoluto en el caso de las mujeres. Pese a que no soy tan elegante como Alis ni tan entrada en carnes como Clod, creo que tenía las mismas posibilidades que mis amigas de ser besada. Sólo que hasta este verano no me había ocurrido. Pero lo que sucedió después, a mediados de agosto, tampoco les había ocurrido a ellas.

De modo que las miro y, al final, me decido.

—Está bien, quiero contároslo todo, pero todo todo...

Y veo que, de repente, Alis y Clod se demudan. Entienden de inmediato que lo que están a punto de oír es algo realmente inaudito.

Noche. Noche encantada, ligera, hechizada. Noche de estrellas fugaces, de deseos absurdos y locos, casi asombrosos. Era la noche de esa semana en que cada uno expresa su deseo más íntimo siguiendo las estrellas fugaces. Todos estábamos allí, en la orilla, Stefania, Giacomo, Isafea, que se había recuperado de la mordedura de la culebra, y un montón de personas más. Pero, sobre todo, estaba Lorenzo. No habíamos vuelto a hablar desde el día en que nos habíamos besado. Casi me había evitado. De vez en cuando, intentaba captar su mirada, pero él parecía no verme. Es decir, me daba cuenta de que, a pesar de que él miraba en mi dirección, cuando trataba de encontrarme con sus ojos jamás me lo permitía, su mirada nunca se cruzaba con la mía. Era como si me rehuyese. Bah, no hay quien entienda a ciertos chicos. Aunque, a decir verdad, tampoco tenía muchos ejemplos para comparar. Lore era el primero que había besado... y, sobre todo, ¡el único! Pero eso no me preocupaba, al contrario, en cierta manera me hacía sentirme más segura. Sí, ya sé que no me estoy explicando muy bien, pero hay cosas que, cuando las pruebas, van así y basta. En fin, que estábamos todos alrededor de un patín, habíamos extendido algunas toallas sobre la arena y nos habíamos sentado intentando mantener el culo seco, pero la humedad era tan alta que al final acabé con los vaqueros un poco mojados.

—¡He visto una! He pedido mi deseo.

—¡He visto otra!

—¡Yo también, yo también la he visto!

—¡Pues yo no consigo ver ninguna! —Creo que me están tomando el pelo. ¿Cómo es posible que sean ellos los únicos que las ven siempre?—. Disculpad... Quiero haceros una pregunta. ¿Qué pasa si dos ven la misma estrella? ¿El deseo vale la mitad?

Todos me miran mal. Pero, sea como sea, yo les he transmitido la duda. Veo que Giacomo escruta a Lorenzo, que Lorenzo mira a Isafea, quien, a su vez, mira a Stefania, que, tras mirar al resto del grupo, en esta ocasión se limita a encogerse de hombros.

—No lo sé —admite, derrotada.

Y para mí eso supone ya una gran victoria. Después, trato de recuperar terreno.

—No, en una ocasión leí en *Focus Junior* que, en cualquier caso, la estrella fugaz es un simple reflejo de algo que sucedió hace años luz, y que vale por completo para el que la ve...

Lorenzo exhala un suspiro.

—Menos mal...

¡A saber qué deseo habrá pedido!

Luego Corrado saca de su funda oscura, de piel, una guitarra último modelo, según asegura. Corrado Tramontieri es un tipo que viste de manera impecable. Bueno, al menos eso dice él. No hace sino vanagloriarse de sus elecciones y citar toda una serie de tiendas que yo, si he de ser sincera, no he oído mencionar en mi vida. Lleva unas camisas absurdas de rayas con un supercuello azul celeste con superdoble botón y unos puños del mismo color. Corrado Tramontieri es de Verona, dicen que él también es muy rico, pero a mí sólo me parece muy desgraciado. En estas vacaciones le ha pasado de todo. Por mencionar sólo una anécdota, el mismo día en que le robaron el coche a su padre, mientras estaba en la heladería que hay antes de llegar a Villa Borghese —donde venden unos helados que no es que sean mejores, son los mismos, pero cuestan un poco menos—, le birlaron la bicicleta. ¡De forma que el padre y el hijo se encontraron en Villa Borghese y se lo contaron el uno al otro! Se abrazaron divertidos. Quiero decir que a ninguno de los dos preocupaba lo más mínimo el robo. A ver quién es el guapo que se atreve a negar que eso es un insulto a la pobreza.

—Esta guitarra la usó Alex Britti en su primer concierto.

Luego se queda pensativo y comprende que lo que acaba de decir no hay quien se lo crea.

—Quiero decir que es el mismo modelo...

—Ah...

Y empieza con unos acordes. A continuación mira la luna como si buscase inspiración. Permanece así con los ojos cerrados, en silencio, delante de la hoguera que hemos encendido. Tengo la impresión de que no se acuerda de la letra. De ninguna canción. Sea como sea, al final se encoge de hombros y se lanza.

—«Oh, mar negro, oh, mar negro, oh, mar ne... Tú eras claro y transparente como yo...»

Lo sabía, lo sabía. Es la misma que cantó hace un año. ¡Y también el año anterior! ¡La verdad es que, con todo el dinero que tiene, en lugar de comprarse una bicicleta nueva se podría pagar algunas lecciones de guitarra!

Me acerco a Lore y se lo digo al oído:

—Creo que sólo sabe ésa...

Él se echa a reír.

—Ven.

Me coge de la mano y tira de mí y casi nos caemos al fuego y nos quemamos y saltamos con las dos piernas y nos reímos y nos alejamos corriendo hacia la oscuridad de la noche, con la respiración entrecortada a causa de la carrera, y me arrastra tras él y nos hundimos en la arena fría. Apenas puedo seguir sus pasos.

—¡Eh, ya no puedo más!

Y, de repente, se detiene delante de una barca con una vela grande que está apoyada allí, en unos caballetes, con la proa de cara al mar. Casi parece estar lista para adentrarse en el agua, hacia la oscuridad de un horizonte desconocido. Pero no es así.

Lorenzo se apoya en el casco. Me acerco a él jadeando.

—Por fin... Ya no aguantaba más.

E inesperadamente me atrae hacia sí. Y me da un beso que me envuelve, que casi me rapta, me aspira, me succiona... Bueno, no sé cómo explicarme... Todavía no tengo tanta práctica. Pero, en fin, que se apodera de mí y me deja sin aliento, sin fuerzas y sin pensamientos. Y os juro que la cabeza comienza a darme vueltas, y entonces abro los ojos y veo las estrellas. Y por un instante veo pasar una luz por encima y me gustaría decir ahí está, mi estrella fugaz, y querría expresar mil deseos, pese a que al final sólo tengo uno: él. Ha llegado el momento y no tengo necesidad de pedir nada. Mi deseo ya se ha cumplido. Soy feliz. Feliz. ¡Soy feliz! Y me encantaría poder gritárselo a todo el mundo. Pero, en cambio, permanezco en silencio y sigo besándolo. Y me pierdo en ese beso. Lore..., Lore... Pero ¿es esto el amor? ¡Y sabemos a sal, a mar y a amor! Bah, sí, quizá sea eso. Y nuestros labios son muy suaves, como cuando luchas sobre uno de esos botes neumáticos y resbalas, pierdes el equilibrio y te ríes y caes al agua. Y entonces tragas un poco, te ríes y reemprendes la lucha. Sólo que la nuestra no es una lucha. ¡No! Los nuestros son besos dulces, primero lentos y después repentinamente veloces que se mezclan con el viento de la noche, con el ruido de las olas y el sabor a mar. Y yo respiro profundamente. Y casi lo susurro entre dientes.

—Por fin...

Lore aguza el oído y también él suspira entre dientes.

—¿Por fin qué?

—Por fin has vuelto a besarme.

—Eh... —Me sonríe en la penumbra—. No sabía que te había gustado.

Esta vez la que sonríe soy yo, y no sé qué más decir. ¡Claro que me gustó! Me gustó un montón. Quizá en ciertos casos es mejor no decir nada para no parecer banales, de modo que sigo besándolo tranquila. Como cuando una está relajada, ¿sabéis? Y me gusta porque siento que me acaricia lentamente en la mejilla, luego introduce su mano en mi pelo y yo apoyo mi cabeza en ella... ¿Sabéis ese tipo de cosas que se ven en ciertas películas y que te gustan a rabiar? E incluso se oye una música a lo lejos como la de Corrado, que siempre es la misma, una música más fuerte que la de cualquier discoteca. No me lo puedo creer. Han elegido para nosotros una canción de Liga, *Quiero querer*. Y todo esto me gusta un montón y me abandono aún más. «Quiero encontrarte siempre aquí cada vez que lo necesite. Quiero querer todo y quiero lograr no crecer. Quiero llevarte a un sitio que no puedes conocer.» Esas palabras parecen perfectas... Cierro los ojos y canto para mis adentros mientras lo beso tranquila, serena, segura, pero, de repente..., oigo algo. Un movimiento extraño. Dios mío, ¿qué será? No, quizá me haya confundido. ¡De eso nada! ¡Es mi cinturón! ¡Sí! ¡Socorro! Ha metido la otra mano en mi cinturón. ¿Mi cinturón? Sí, me lo está desabrochando. Y ahora ¿qué hago? Menos mal que lo resuelve todo él.

—¿Puedo? —me pregunta esbozando una sonrisa.

¿Y qué le dices en un momento similar? «Claro, por favor»... ¿Claro, por favor? ¡De eso nada! O: «Sí, sí, aprovéchate»... ¿Aprovéchate? No, ¡no puedo decirle eso! Es decir, un poco me lo imagino... Pero no sé muy bien lo que de verdad está sucediendo. Al final asiento a medias con un gesto de la cabeza. Y Lore no se hace de rogar. Acelera de repente y parece que le entra una hambre repentina y respira cada vez más de prisa, de modo que casi empieza a preocuparme. Jadea, se agita, lucha con mi cinturón. Y al final gana la batalla e introduce la mano en mis vaqueros. Pero aquí frena de improviso, lo siento... y, por suerte, su mano está caliente y se desliza por el borde de las bragas. Lore me da un beso más largo, como si tratase de tranquilizarme y, después, sin preámbulos, mete del todo la mano.

Interrumpo mi relato. Bebo un poco de tisana. Bebo lentamente mientras las miro.

—¿Y entonces? —Clod está nerviosísima.

También Alis parece inusualmente atenta.

—Sí, sí, ¿y luego?

Clod me sacude los hombros con las manos hasta el punto de que casi me hace derramar la tisana.

—¡Venga! ¡Adelante! ¡Sigue!

Y come sin cesar todos los trocitos posibles de chocolate que encuentra en el plato, unas briznas minúsculas que levanta apoyando sobre ellas sus dedos regordetes antes de llevárselas a la boca. Le sonrío.

—Y después... me tocó ahí.

—¿Ahí... ahí? —pregunta Clod abriendo asombrada los ojos, estupefacta. Apenas puede creer lo que acaba de oír.

¡La verdad es que, a veces, es absurda!

Alis ha recuperado su autocontrol y da sorbos a su granizado con parsimonia, como si nada, como si todas las mañanas escuchase un sinfín de cosas parecidas. A continuación coloca el vaso en el platito con la mayor delicadeza. Luego me mira a los ojos.

—¿Y te gustó?

Clod la secunda al instante:

—Eh, sí, sí... ¿Te gustó?

—Bah, no lo sé... Me hizo un poco de...

—¿Un poco...?

—Un poco...

—¿De daño?

—¡No, de eso nada! Fue muy dulce.

—¡En ese caso, te hizo sentir bien!

Alice y su sentido práctico: ¡si no está mal, está bien!

—No..., me hizo...

—¿Te hizo...?

—Cosquillas.

—¿Cosquillas?

—Sí, cosquillas, quiero decir que me entraron ganas de echarme a reír. ¡Claro que no me eché a reír en su cara mientras me tocaba! No obstante, dentro de mí apenas podía contenerme. No sabéis cómo estaba...

Alis cabecea.

—Oye, pero ¿dónde te tocaba?

—Ya te lo he dicho.

—Sí, lo sé, pero ¿por encima?

—¿Qué quieres decir?

La miro interesada.

—Ahora te lo explico. Perdone —Alis llama a la camarera—. ¿Me puede traer un papel y un bolígrafo?

—Sí.

La camarera resopla. Como si no fuese su trabajo. Y por descontado, no lo es. En cualquier caso, le pagan. También para ser amable, ¿no? Mientras la esperamos, Alis da un nuevo sorbo a su granizado. Acto seguido nos sonríe segura de sí misma.

—Ahora os lo enseño. En cualquier caso, está más claro que el agua: es evidente que para Lore era también la primera vez.

—¡Yo no se lo pregunté!

Alis se arremanga.

—Calma, calma, ahora os lo explico...

Justo en ese momento llegan a la mesa un papel y un bolígrafo.

—Aquí tenéis... Luego devolvedme el boli.

La camarera se aleja sacudiendo la cabeza. ¡Qué tía, no me lo puedo creer! ¡Pero si nos ha traído una especie de Bic! Sea como sea, Alis ha empezado su explicación.

—Bueno, supongo que sabéis que Laura, mi hermana mayor, es médico, ¿no? Se ha licenciado en medicina.

—¿Y eso qué tiene que ver?

—¡Pues que me lo ha explicado todo! Cómo se siente placer y no cosquillas, por ejemplo...

Y hace un extraño dibujo, una especie de óvalo. Cuando por fin entiendo a qué se refiere, me quedo patidifusa.

—Alis, ¿de verdad quieres darnos una lección sobre sexo aquí?

—Claro, ¿por qué no? El sitio es lo de menos...

—Vale, como quieras.

—Vamos, prosigue. —Pero después me viene a la mente otra cosa—. Pero tu hermana ¿no es ortopedista?

—Sí, ¿y eso qué tiene que ver?

—¿Cómo que qué tiene que ver? Pues que te habrá explicado lo que se hace cuando uno se rompe un brazo o una pierna. ¡Pero yo todavía no me he roto nada en esa parte!

—¡Mira que eres imbécil!

—Hola, chicas, ¿qué hacéis?

Rosanna Celibassi. La madre más esnob, ¿qué digo esnob?, más superesnob de todo el Farnesina. Se planta delante de nosotras y nos escruta curiosa como siempre. No tiene remedio, es igual que su hija, Michela Celibassi. Son idénticas. La hija siempre quiere saberlo todo de todos, se informa, hasta nos coge las agendas para saber lo que hacemos. Yo, por suerte, conservo todas las informaciones, los pensamientos, las reflexiones, las decisiones y, sobre todo, los noviazgos, en caso de que suceda algo, en mi móvil. Mi fantástico Nokia 6500 Slide. Lo adoro. Yo lo llamo Noki-Toki. Pero ésa es otra historia, un poco más triste o quizá más bonita, no lo sé; sólo sé que hoy no tengo ganas de hablar de eso. ¡En parte porque ahora nos enfrentamos al problema Celibassi!

—Oh, hola, señora, nada... Estábamos tomando un granizado... —Alis dobla a toda velocidad el papel y lo esconde dentro de su agenda Comix—. Charlando...

—¿Recuerdas lo de mañana por la noche, Alis?

—Por supuesto, señora.

—A las nueve. Voy ahora mismo a encargarlo todo... —La señora Celibassi vuelve a meter su elegante cartera en el bolso—. A Michela le gustará, ¿verdad? Ella también me ha hablado de ese sitio, dice que hacen las tartas de sabayón y chocolate más ricas de Roma. ¿Sabes si le gusta algo más en especial? Desearía que se sintiese lo más feliz posible...

Alis sonríe y ladea un poco la cabeza.

—No, con eso será suficiente, no se me ocurre nada más.

—Bien, en ese caso nos vemos mañana.

La señora Celibassi se aleja emitiendo un ruido de colgantes, cadenas, pulseras y varios objetos de oro que se balancean por todas partes. Si alguien la desnudase, podría pasar con eso dos semanas en las Maldivas, una vez superado el susto inicial. Clod espera a que se haya marchado.

—Eh, no nos habías dicho nada.

Alis parece algo avergonzada.

—¿De qué?

—Sí, ahora finge que no me entiendes.

—¿Michela celebra una fiesta mañana por la noche?

—Es que no quería que os sentara mal.

Clod se encoge de hombros.

—Ya ves, no habría ido de todos modos... Os aburriréis.

Alis asiente con la cabeza. Clod la mira fijamente.

—¿Sabes a quién ha invitado?

—Ni idea. —Alis se encoge de hombros—. No lo sé. A varios de la clase...

—Pero ¿irán también Marchetti, Pollini, Faraoni y todos ésos?

Clod se ha puesto nerviosa. «Todos ésos» son los Ratas. ¿Creéis que un grupo de chicos más o menos imbéciles puede tener como apodo los Ratas? Bueno, la verdad es que van a otra clase, la D. Sólo arman bulla y son unos idiotas. Aunque he de reconocer que a veces me hacen reír mucho. Fueron a la fiesta de Bezzi, de Arianna, esa que se cree casi más que Celibassi, y uno de ellos, todavía no se sabe quién fue (aunque yo abrigo alguna que otra sospecha), hizo una cagada increíble. Pero no una cagada en sentido figurado, sino una cagada de verdad, que después metió en la lavadora, que estaba llena de ropa blanca: camisas, camisetas y jerséis de toda la familia. Luego la puso a centrifugar a todo meter. Supongo que os imaginaréis la especie de batido que salió de ahí. Los Ratas han gastado también otras bromas muy divertidas que ahora no recuerdo. Y, de todas formas, el que me lo contaba siempre todo era Matt. Matt, nombre verdadero Matteo, más bien rechoncho pero mono de cara, el pelo largo y castaño claro, un poco más oscuro que el mío. Iba hecho un guaperas, tenía siempre las camisetas y los pantalones justos o, al menos, era así cuando dejamos de vernos el verano pasado. No lo he vuelto a ver. Él fue quien me dijo que se apodaban los Ratas. Yo le pregunté de dónde venía el nombre, pero no quiso darme muchos detalles.

—Quizá te lo cuente algún día.

Fue más bien vago, daba la impresión de que me ocultaba algo, pero, aun así, yo me hice una ligera idea sobre el apodo, aunque temo que sea una supermacarrada. Por otra parte, si esos Ratas no dicen guarradas, no se divierten.

En cualquier caso, la historia de la fiesta de Celibassi se me ha quedado atravesada. Alis se apresura a coger la cuenta.

—Pago yo.

Casi me la arranca de las manos cuando llega la camarera. Tengo la impresión de que se siente culpable. ¡Aunque la verdad es que es ella la que paga siempre!

Clod se ha comido un último trozo de chocolate tras robarlo de mi platito y, al final, hemos salido. Nos tambaleábamos un poco al caminar, como esas amigas que comparten cierta amargura. En fin que, pensándolo bien, quizá Clod tiene razón: Alis debería habérnoslo dicho.

—Adiós, adiós... Nos vemos...

Y me doy cuenta en seguida de que algo no va bien, no tengo ganas de decir mi consabido adióóóós. De manera que me marcho. Alis sube a su microcoche. Clod la saluda y sube al suyo. Yo me hago la sueca y me alejo caminando, pero apenas doblo la esquina llamo en seguida a Clod. ¡No! ¡Joder, sólo me faltaba esto! Se me ha acabado el saldo. Ojalá me llame ella. Un segundo después recibo un mensaje: «¿Qué pasa?»

Me gustaría poder contestarle, pero no tengo saldo. Uf, siempre me sucede lo mismo en las situaciones más difíciles. Bueno, no pasa nada. Esperemos que Clod lo entienda. Pasado otro segundo, me suena el móvil. Es ella. Le contesto.

—Me apuesto lo que quieras a que no tienes saldo.

—¡Qué ojo tienes! ¿Y bien?

—¿Y bien, qué?

—Vaya cosa fea lo de Alis, ¿eh?

—Horrenda.

Se queda unos instantes en silencio, a saber lo que estará pensando. A fin de cuentas, paga ella. Después, como si por fin hubiese dado con lo que quiere decir, añade:

—Tal vez no deberíamos verla más, ¿no?

—No sé, me parece un poco excesivo...

Otro silencio.

—Sí, tienes razón. ¿Quieres que te lleve?

—No, prefiero dar un paseo, quiero relajarme, esa historia me ha puesto nerviosa.

—Deberíamos darle a entender que tendría que haber rechazado la invitación por solidaridad.

—Sí...

Pero noto que ninguna de las dos estamos convencidas, de modo que opto por dar por zanjado el asunto.

—Bueno, ya hablaremos. Nos escribimos luego por el Messenger, ¿vale? Total...

La verdad es que no sé qué quiere decir ese «total», pero llevo una temporada usándolo a menudo. Es decir, en mi opinión es bonito, te da libertad... Deja, en cualquier caso, espacio abierto a la imaginación. Equivale a decir: «Total, puede suceder algo...», «Total, es sólo una fiesta» o «Total, la vida sigue». O, al menos, yo lo uso y lo interpreto así.

—¿Estás segura de que no quieres que te lleve?

—No, no, ya te lo he dicho: me apetece caminar. Gracias, más tarde cogeré el autobús.

—Vale. En ese caso hasta luego.

—Sí, hasta luego.

A veces Clod parece asustada. Quiero decir que tiene miedo de finalizar las llamadas, piensa siempre en cosas extrañas, como si por el mero hecho de colgar uno se perdiese para siempre. Quizá porque sus padres trabajan a todas horas y en su casa nunca hay nadie. A saber. Mi situación no es diferente y, sin embargo, no siento esa necesidad constante de hablar con alguien.

Alis es la que parece sufrir menos de todas. Y pensar que sus padres están separados y que tiene una hermana a la que no ve jamás.

Los misterios de la vida. Mejor dicho, los misterios del mundo. Sobre todo el hecho de que es a ella a la que invitan a las fiestas, pese a que nosotras hablamos más a menudo con Celibassi. Ésta sí que no se la paso. Se me ocurre una idea. Sonrío. ¡He encontrado la manera de acudir a la dichosa fiesta!

—Buenos días, ¿qué deseas?

—Me gustaría darle una sorpresa a mi mejor amiga, Michela Celibassi. Más tarde vendrán a recoger su tarta de cumpleaños.

—Ah, sí, es cierto.

—Pues le explico, mis amigas y yo hemos pensado lo siguiente...

Y sin saber muy bien cómo consigo convencerlo, el dueño me lleva a la cocina y se distrae un instante, instante que me basta para llevar a la práctica mi diabólico plan.

—¡Gracias, ya está! Ha sido muy amable. Prepara usted todos estos dulces, ¿verdad?

—Bueno, sí.

—Es usted el mejor pastelero que he conocido en mi vida.

El tipo lleva un bonito gorro en la cabeza, claro que no tan grande como los que se suelen ver en televisión. Es un gorro más sencillo, como esos que usan los médicos de «Urgencias», sólo que el suyo es completamente blanco. Me sonríe feliz. Luego se congratula con su ayudante, que está allí cerca, una mujer que lleva la misma clase de gorro, y comparte el mérito con ella.

—Lo digo de verdad, son ustedes estupendos...

Y los dejo así, orgullosos de su trabajo. Yo también sonrío. Por otra parte, he hecho lo que pretendía hacer.

De forma que, cuando salgo de Ciòccolati, me siento un poco más aliviada. Me suena el móvil. Es Clod.

—Eh, ¿qué pasa?

—¿Crees que somos las únicas de la clase a las que no ha invitado?

—Y yo qué sé... Pero ¿qué más da? De un modo u otro, asistiremos también a esa fiesta.

—¿Qué quieres decir? ¿Que nos colaremos?

—No, eso no... Es una sorpresa. Luego te lo explico.

—¡Eres una tía grande, Caro!

—Y ahora disculpa, tengo que colgar.

—¡Pero si tú no pagas, te he llamado yo!

—¡Lo sé, lo sé, pero es que tengo que hacer una cosa!

Clod puede llegar a ser una auténtica plasta. No te suelta. Yo, a veces, necesito estar sola. ¡Además, hoy siento que estoy en vena creativa! Cruzo el puente sintiéndome como una de esas extranjeras que veo por Roma. Siguen sin dudar su camino y, en ocasiones, ni siquiera llevan un mapa en la mano. Simplemente se dejan llevar por lo que ven.

Lo primero que quiero hacer, cuando pueda, es viajar. Me encanta la idea, de forma que camino risueña, en parte extranjera y en parte no, por el ponte Cavour y, llegada a un punto, miro hacia abajo. Qué bonito. Ahí tenemos el gran Tíber, que fluye y que ha visto de todo. Desde los antiguos romanos a los años sesenta, cuando todavía estaba permitido bañarse en él. Algunas mañanas, cuando me quedaba en casa porque no estaba bien, veía una de esas películas en blanco y negro donde salía un actor muy musculoso y guapetón con cara de simpático que, me parece, se llamaba Maurizio y cuyo apellido no recuerdo bien. Pues bien, él y sus amigos se tiraban al Tíber, y había pocos coches, y todos parecían simpáticos y acogedores, y las fiestas estaban abiertas a todo el mundo.

—Perdona...

Un macarra detiene su moto delante de mí, lleva un casco grande, mejor dicho, enorme, y debajo una cinta de color amarillo que recoge su abundante cabellera de semirrasta. Dios mío, ¿qué querrá? Ya lo sé. Ahora intentará ligar conmigo.

—Oye, guapa, ¿sabes dónde está la via Tacito?

Veamos, en primer lugar está el hecho de que me haya llamado así, ¿me conoce acaso? Y en segundo lugar, ¿quién te crees que soy, tu GPS?

—Sí, claro, mira, debes retroceder, después del semáforo vas todo recto en dirección a la via della Concialiazione y, a continuación, giras a la izquierda. Está allí.

—Nos vemos...

Y se aleja dando gas con la moto, que tiene el tubo de escape medio roto; en pocas palabras, haciendo un ruido de mil demonios.

Y tercero, ni siquiera me ha dado las gracias. Aunque esto ya lo sabía, me lo esperaba. ¡Pero lo más grave es que no me ha parado para conocerme, sino para preguntarme por una calle! ¿Os dais cuenta? De modo que echo de nuevo a andar, un poco molesta al principio, pero luego serena y divertida. Yo, una extranjera en mi ciudad. Y sonrío y a continuación rompo a reír y empiezo a correr por el puente. Avanzo a toda velocidad. Como me pille... Porque ¡¿quién demonios sabe dónde está la via Tacito?!

—¡Buenos días!

Entro en Feltrinelli, que se encuentra en la galería Sordi, en la piazza Colonna, aunque, si he de ser sincera, antes me he dado una vuelta por Zara. ¿Sabéis cuál es? Es esa tienda tan chula que está enfrente, que vende ropa española que cuesta menos que la nuestra. Y las telas son incluso más bonitas, os lo juro. Sólo que no me he comprado nada. Había una cazadora que me gustaba con locura, pero en este último tiempo ando algo escasa de dinero, debería inventarme algo con mi madre o, quizá, con mi hermano. Rusty James me compraría una cazadora así sin pensarlo dos veces, sólo que su situación es casi peor que la mía. La abuela. La abuela podría ser un buen recurso. La abuela Luci. Mi abuela se llama Lucilla y yo soy su primera nieta, en el sentido de que soy su nieta preferida, como dice ella, pero ésa es también otra historia muy romántica. Podéis estar seguros de que os la contaré de cabo a rabo en otro momento, porque hoy me siento mucho más capacitada para las ciencias.

La historia de Alis no me ha dado buena espina y no me gusta saber que tuve que soportar las cosquillas por pura ignorancia. Quiero saber, documentarme, entender. Y, además, no sé si Lore y yo somos novios, si estamos juntos, en fin, eso... Sé que el beso me gustó muchísimo, al igual que lo del cinturón y el pantalón, sí, también todo el resto... Y conservo la botellita con la arena y la concha para no olvidar nuestra cita. Pero no quiero volver a presentarme sin estar debidamente preparada.

—Perdone, ¿dónde está la sección de ciencias?

—También aquí...

—Ah.

Miro alrededor. Hay un poco de todo. El tipo con la tarjetita donde puede leerse «Sandro» y debajo «Feltrinelli» me mira con curiosidad.

—¿Qué buscas?

Esto... La verdad es que no sé muy bien qué responderle, ¿qué le digo? Socorro. ¡No puedo pedirle un libro que me lo explique todo, no vaya a ser que luego, cuando Lore me toque ahí, ya no sienta cosquillas! Me imagino su cara. Trato de mostrarme lo más seria posible.

—Un libro sobre educación sexual.

El dependiente me indica con gran profesionalidad una zona.

—Mira, encontrarás todo lo que tenemos ahí.

De forma que respiro profundamente y me dirijo hacia esa sección. Vaya, hay un montón de libros. ¡No sabía que las cosas que uno debe saber eran tantas!

Educación sexual (10-13 años), Educación como prevención. Nuevos modelos para la familia, la escuela y los servicios. La sexología del 2000 y la educación al amor.

Y además... *La madriguera del conejo. Consejos y sugerencias para la educación sexual de los adolescentes. Con fichas operativas.* ¡La madriguera del conejo! De modo que, según ese libro..., ¿yo soy una especie de conejita? Algo así como las que vi una vez en las revistas de R. J., ¡una conejita de *Playboy*! ¡¡¡Socorro!!!

Empiezo a hojear uno. En las primeras páginas hay una infinidad de explicaciones técnicas y terminológicas. Eyaculación precoz. Frigidez. Orgasmo. *Petting*. Punto G. Punto K y punto C. Punto L. Vaginismo. Y unos dibujos que resultan impresionantes si se los compara con el que nos esbozó Alis. Abro el libro por la mitad. «La adolescencia, con sus cambios físicos (pubertad), requiere también de ciertos conocimientos que nos permitan entender mejor qué le está sucediendo a nuestro cuerpo y cuáles son las novedades más importantes de nuestro "crecimiento" y de nuestra diversidad sexual como chicos y chicas.» Hasta aquí... Sigo hojeando. «Consideradlo como un juego. Es sólo cuestión de práctica, y después se experimentará igualmente un intenso placer con la máxima seguridad...» Entiendo el significado

y poco me falta para enrojecer. Lo cierro de golpe y miro de inmediato alrededor, esperando que no haya nadie conocido. Sólo me faltaba
encontrarme con un pariente o, peor aún, con un profesor. Una como
la profesora Boi, por ejemplo, se lo largaría todo a mi madre. Bueno,
por lo menos no es como lo de aquella revista que sacaron los Ratas
en esa fiesta.

Recuerdo el día de la confirmación de Matt, nos había invitado a
su casa por la tarde. Acudimos todos y la verdad es que no estuvo
nada mal. Por las ventanas entraba un sol agradable y habían preparado un bufet de ésos tan ricos, donde hay sándwiches como es debido que no están secos y el pan es alto y blando, de esos sabrosos, vaya,
y para todos los gustos. Basta apartar el de arriba en caso de que no te
apetezca y seguir buscando por debajo hasta que encuentras el justo.
El justo..., ¡aunque luego resulta que no hay ninguno justo! Sería mejor decir el que te gusta; yo qué sé, por ejemplo, yo buscaba el de ca-
viar... ¡Que luego, Clod, que lo sabe todo sobre estas cosas, me explicó
que en realidad son huevas de lumpo! O también me habría parecido
bien uno de ésos de huevo y salami que me pirran, pero que nunca
como, aunque sólo sea por la remota posibilidad de tener que besar a
alguien, cosa que, por aquel entonces, todavía no había ocurrido. Su-
poned que un chico se acerca por fin, quizá abre la boca y... le basta
con sentir el aliento a huevo y salami para caerse de espaldas. De forma que no me planteaba ni remotamente la posibilidad... Pues bien,
que en cualquier caso era un bufet impresionante, había incluso pizzas pequeñas rojas, de las que venden en Cutini, en la via Stresa, frescas y rebosantes de tomate, una auténtica rareza. Por lo general, están
secas y tienen poco tomate, no sé por qué, no creo que sea por la diferencia de precio. Bah...
Clod estaba allí, prácticamente echada sobre el bufet, feliz como
unas pascuas, como dice siempre la abuela Luci. Y yo no acabo de
entender a qué se refiere. Vamos a ver, ¿es que uno en Pascua debe
sentirse a la fuerza feliz? Recuerdo que, por ejemplo, Ale, mi hermana, rompió con su novio precisamente en Pascua. ¡Y esos días fueron

dramáticos para ella! Había comprado un huevo con sorpresa dentro y permaneció todo el día sentada a una mesa sin dejar de mirarlo y, a buen seguro, no se sentía en absoluto feliz, ¡al contrario! Entonces, en ese caso, ¿cómo se dice? ¿Triste como una Navidad? Aunque tal vez Pascua esté bien. Bueno, será mejor que lo deje porque, de todas formas, al final Ale rompió el huevo y, antes de que hubiera acabado de comerse el chocolate, ya estaba saliendo con otro, pero ésa es otra historia.

En esa fiesta, sin embargo, lo más extraño era el comportamiento de Clod. Quiero decir que, mientras devoraba todos aquellos sándwiches y pizzas, colocaba a la vez algunos en el plato, ¡como si tuviese miedo de que se pudiesen acabar! Deberíais haberla visto, parecía un *pulpambre*, es decir, un pulpo del hambre. No sé si existe un animal semejante, sólo sé que Clod movía las manos como si tuviese mil en lugar de dos. Con una comía, con la otra cogía un sándwich y lo ponía en el plato, con la otra cogía de nuevo una pizza y se la llevaba a la boca o dejaba una en el plato, en pocas palabras, ¡parecía una máquina de guerra o, mejor dicho, una máquina de hambre!

Yo, en cambio, estaba un poco a dieta, de forma que deambulaba por la sala, como cuando no tienes nada que hacer y te aburres y entonces miras las fotografías y tratas de conocer un poco más a esa familia: la fotografía de los padres jóvenes el día de la boda, y después la de los padres de los padres cuando se casaron, y luego cuando nació alguien, las primeras fotografías de Matt cuando era niño, que son casi idénticas a las mías...; quiero decir que cuando somos pequeños todos nos parecemos, abrimos los ojos desmesuradamente delante de la cámara fotográfica y, desde luego, no podemos ni imaginar lo que sucederá en el futuro.

Pues bien, llegado un punto, miro alrededor y me doy cuenta de que, sin saber por qué, casi todos los chicos que estaban en la sala han desaparecido. Me acerco a Silvio Bertolini. Un tipo simpático. Bueno, quizá simpático sea una palabra exagerada. En fin, que de vez en cuando te hace reír. ¡El problema es que no lo hace voluntariamente! Lleva unas gafas enormes y corrector dental, y su madre, una tal Maria Luisa, está siempre encima de él. Apenas lo ve salir del colegio, le acomoda la bufanda y a continuación la gorra, después le abrocha el abrigo; en pocas palabras, lo somete, y él tropieza, cae, se golpea, le ocurre de todo, vaya. ¡Yo creo que es culpa de su madre! En cualquier caso, nosotros lo llamamos Silvietto.

—Pero ¿adónde han ido todos?

Se vuelve sobresaltado. Tiene un extraño canapé en las manos y trata por todos los medios de quitar la mayonesa porque no le gusta. La unta en el mantel que cubre la mesa. Cuando lo llamo da un brinco tan grande que el canapé sale volando, gira sobre sí mismo y aterriza precisamente sobre el mantel, mezclándose con la mayonesa y dando al traste con el trabajo que ha realizado hasta ese momento.

—¡Eh! ¿Qué pasa?

—Te he preguntado dónde están los demás. ¡No veo a ninguno de los chicos!

—Están allí.

Me indica enfurruñado un pasillo en penumbra.

—Vale, gracias.

Silvietto coge de nuevo el canapé y vuelve a concentrarse en el «quitamayonesa», como si eso fuese lo único que le interesase. Yo enfilo el pasillo: en la pared hay colgadas algunas viejas estampas, sobre un radiador veo una estantería de madera y, encima de ella, un jarrón. Lo reconozco: es el que hicimos durante las últimas prácticas de tecnología. Dentro cabe alguna que otra flor seca, dado que es de cerámica, ¡pero está tan mal hecho que si metes agua dentro corres el riesgo de inundar el parquet y de hacer brotar en él, en serio, alguna flor!

Matt no fue capaz de hacerlo bien, ¡tiene un montón de grietas! A mí me salió mejor, me pusieron un bien, pero luego, cuando lo llevé a casa, desapareció. Tengo que averiguar qué pasó. Sospecho que mi hermana se lo regaló a alguno de sus novios y que incluso se inventó que lo había hecho ella. En caso de que sea así, no sabe a lo que se arriesga, dado que abajo escribí con óleo Carolina III-B. La verdad es que no importa, porque si eso llegase a ocurrir ella sabría salir airosa.

Bueno, veo una luz. La habitación que hay al fondo del pasillo tiene la puerta entornada. Hay un extraño silencio. Me acerco de puntillas y me apoyo en la puerta. Quizá no haya nadie. No, no. Miro por el resquicio, todos están ahí, algunos se han sentado en la cama, otros en el suelo. Pero ¿a qué se debe ese silencio tan inusual?

—Ohhhhh.

De repente se produce una exclamación de estupor y algún que otro comentario que, no obstante, no consigo entender. Abro la puerta y todos se vuelven de golpe, asombrados, atónitos, mudos, casi asustados.

—¿Se puede saber qué estáis haciendo?

Matt es el más rápido de todos.

—No, no, nada... —dice mientras trata de tapar lo que hay sobre la cama, en medio del grupo. Sólo que alguien lo sujeta adrede y, gracias a eso, puedo verlo. Unas imágenes, unas fotografías y, sin poder evitarlo, me quedo boquiabierta.

—Noooo. No me lo puedo creer.

Mujeres desnudas y hombres y más mujeres que tienen en la mano su «cosa» y otras que hacen de todo.

Matt intenta cerrar de nuevo la revista, pero Pierluca Biondi, que siempre ha sido un cerdo muerto de hambre al que conocemos de sobra todas mis amigas y yo, le sujeta el brazo.

—De eso nada, que mire, quizá así nos pueda dar su interpretación... —Y luego me escruta con cara de lobo, como los de los dibujos animados, arqueando las cejas y babeando por la comisura de los labios. Y sonríe, el muy cerdo—. ¿Y bien, Caro? ¿Qué te parece? Dinos, ¿qué piensas?

Hago una mueca y sonrío con más malicia que él.

—Ah, eso... Es vieja. Deberíais ver la última, ¡en esa sí que salen unos buenos polvos!

Justo en ese momento siento una mano en mi hombro.

—¿Qué estáis haciendo, chicos?

Es la madre de Matt.

Esta vez la revista desaparece como por encanto, acaba bajo la almohada de la cama y Pierluca Biondi poco menos que se tira para sentarse sobre ella.

—¿Y tú, Carolina, qué estabas diciendo?

—Decía que no está bien que os marchéis de esta manera...

−Pues sí, tiene razón.

−Sí, mamá, estábamos poniéndonos de acuerdo para el partido de fútbol que celebraremos el domingo en el campo del colegio...

−Sí, lo sé, Matteo, pero no es de buena educación. Vamos..., el resto del grupo está en la sala, venga, id a hablar allí.

De manera que, lentamente, uno detrás de otro, Pierluca, Matteo y el resto de los cachondos abandonan el cuarto y la madre cierra la puerta después de que hayan salido todos.

−Vamos, id a la sala, que os llevo los pasteles.

−Sí, mamá.

Y ella esboza una sonrisa. Y Matteo vuelve a ser uno de los mejores niños de este mundo. Al menos, eso es lo que cree su madre.

Al entrar en la sala veo que Bertolini ha logrado, por fin, limpiar el canapé. Contempla orgulloso su trabajo, pero, cuando está a punto de llevárselo a la boca, Pierluca le da una palmada en la espalda.

−Hola, Silvie.

Lo hace volar de nuevo y, esta vez, cae al suelo boca abajo.

Bueno, que alguien me explique por qué cada vez que algo debe permanecer limpio se cae al suelo y, sobre todo, se cae boca abajo y se ensucia de manera irremediable. Vaya historia extraña. Es un poco como ese libro de la ley de Murphy, ese que hace reír tanto a Rusty James y a sus amigos. El de las reglas tontas, como la de que si una cosa debe ir mal, va mal... Y otras más. Bah. Ellos se ríen a mandíbula batiente. Me acerco a Matt en la sala.

−Eh.

−Eh. −No me mira a la cara, puede que esté algo avergonzado−. ¿Qué pasa? ¿Qué quieres? −Por fin me mira−. ¿Estás contenta de haber ido a la habitación, de habernos descubierto?

Niego con la cabeza.

−De eso nada, pero da gracias a Dios de que tapaba la puerta... Os he dado tiempo: si tu madre llega a entrar y os encuentra mirando esa revista todos cachondos... ¡Imagínate lo mal que habrías quedado, precisamente el día de tu confirmación!

−¡Y eso qué tiene que ver, no es pecado! Era un entretenimiento, y con los amigos...

—Como quieras, pero cuando ella te ha preguntado qué estabais haciendo, tú le has mentido... Precisamente el día de tu confirmación...

—Oye, ¿has acabado ya de dar el coñazo? Sí, me fastidia, me siento culpable por eso, lo admito. Pero ¿qué quieres? ¿A qué se debe toda esta historia, eh? ¿Qué quieres de mí?

—La revista.

—¿Ésa? —Me mira de hito en hito; después vuelve a sonreír—. Pero ¿no decías que la habías leído ya?

—Venga...

No quiero que se dé cuenta de que estoy avergonzada, así que esta vez soy yo la que no lo mira.

—Vale, Caro, te la doy... pero ¿puedo preguntarte una cosa?

—¿Qué?

Lo miro de nuevo a los ojos.

—¿Para qué la quieres?

—No me gusta la idea de que las mujeres lleguemos sin la debida preparación.

—Ahhhh.

Asiente de manera extraña con la cabeza, como si de verdad hubiese entendido algo.

El resto de la tarde transcurre con tranquilidad, quitando alguna que otra mirada estúpida que me lanza Biondi antes de que termine la fiesta aludiendo a lo que hemos visto en la habitación. Al acabar el día, voy al dormitorio de Matt. Él me espera ya allí. Ha metido la revista en una bolsa y se apresura a pasármela.

—De prisa, métela en el bolso.

Yo la guardo rápidamente, pero antes de marcharme simulo que tengo que entrar en el cuarto de baño. No me gustaría llegar a casa y encontrar que en realidad llevo en el bolso un *Topolino* o un *Dylan Dog* o, peor aún, uno de esos cómics manga que abarrotan la habitación de Matt. De forma que, una vez allí, abro el bolso y veo que dentro de la bolsa está esa revista obscena repleta de cosas prohibidas a los menores de dieciocho años. Me apresuro a cerrarla, como si alguien pudiese verme, y cuando salgo oigo que me llaman.

—Carolina, ha llegado tu madre, te espera abajo.

Así que me precipito hacia la puerta del salón y me marcho sin apenas despedirme de nadie, hasta tal punto se me ha acelerado el corazón. Salgo al rellano y me siento feliz porque estoy a punto de coger sola el ascensor. Pero de repente aparece Biondi con su padre y no me da tiempo a salir antes de que él pulse el botón del 0.

—¿Bajas con nosotros?

—Sí, claro.

De modo que bajo todos esos pisos con Biondi, quien no deja de escrutarme risueño. Y de repente...

—¿Qué piensas hacer cuando llegues a casa, Carolina? ¿Te irás en seguida a la cama o verás un poco la televisión?

—Bah, no lo sé, ¿por qué?

Tengo la boca seca.

—Bueno, porque nunca se sabe. Pensaba que quizá leerías un rato en la cama... —Y cuando sonríe me siento morir. ¡Matt se lo ha dicho! Me mira y a continuación mira el bolso y alza la barbilla como si lo estuviese señalando—. ¿No te gusta leer?

Dios mío, estoy a punto de desmayarme. ¿Y si ahora resbalo, me caigo, se me abre el bolso y su padre ve la revista? ¿Qué pensará de mí? Menos mal que, por suerte, es él precisamente quien me echa un cable.

—Venga, déjala en paz... ¡Que haga lo que quiera! Si está cansada, que se vaya a dormir.

Exhalo un suspiro. Ufff... Su padre es, ni más ni menos, mi salvador.

—Vamos, sal, ya hemos llegado. —Y lo empuja fuera del ascensor—. Saluda a tus padres de mi parte, Carolina.

—Gracias...

La verdad es que no sé por qué le doy las gracias, pero ese estúpido de Biondi insiste:

—Nos vemos mañana en el colegio y... me cuentas.

No lo saludo, faltaría más. Me dirijo hacia el coche de mi madre y entro en él como un rayo. Me mira. A buen seguro se ha percatado de mi palidez.

—Eh, ¿qué te pasa? ¿No te has divertido en la fiesta?

—¡Qué va! ¡Es que tenía miedo de que me echasen un cubo de agua desde arriba!

Mi madre no acaba de creerse lo que le he dicho. Se adelanta y escruta por el parabrisas. No hay ninguna terraza con las luces encendidas. Me mira fijamente a los ojos tratando de averiguar algo, de captar incluso un mínimo e imperceptible temblor en mis párpados. Yo miro hacia adelante. No me doy por aludida.

—Mmm...

Vuelve a escrutarme. No me puedo contener. Imaginaos si saliese ahora de mi bolso esa revista porno, le daría un ataque. De modo que me vuelvo lentamente hacia ella, curiosa, ingenua, un poco sonriente, aunque sin exagerar. Pero, sobre todo..., hipócrita a más no poder.

—¿Qué pasa, mamá? ¿Por qué me miras así?

—Nada...

En estos casos conviene pasar siempre al contraataque porque los desconciertas, y la que podría haber sido su reacción adecuada se reduce a algo extraño que a todas luces habían advertido de forma equivocada. Y, en efecto, mi madre dice «bah», se encoge de hombros, a continuación enciende el motor y se encamina directamente a casa. Mientras que yo, sin darme cuenta, exhalo un suspiro de alivio.

Paso la noche muy agitada. Me revuelvo en la cama y no consigo conciliar el sueño, controlo cada dos minutos la mochila, que he dejado bajo la silla, donde están los libros del colegio y, sobre todo..., ¡la famosa revista porno! ¡Pienso en el imbécil de Biondi, que se imaginaba que volvería a casa y me encerraría en el dormitorio a ojearla! Biondi..., ¡no todo el mundo es tan obseso como tú! ¡Ni siquiera he tenido valor para sacarla de la bolsa! La he metido en seguida en la mochila del colegio. Y también al día siguiente. ¡Por puro miedo! Miedo en el verdadero sentido de la palabra. Como de costumbre, voy al colegio en autobús. Pero no sé por qué, esa mañana tengo la impresión de que todos los pasajeros lo saben; sí, que de una forma u otra me tienen tirria. Como cuando ves esas caras astutas que parecen decirte: «Eh, guapa... ¿A quién pretendes engañar? Venga, enséñanosla también a nosotros... Sé lo que llevas ahí abajo, ¡¿qué te has creído?!» Y luego están los otros, los que son un poco más taimados, los más repugnantes... Ésos parece que te miran sólo a ti y que, por encima de todo, te dicen: «Te ha gustado, ¿eh? Ahora ya sabes lo que hacemos...»

En fin, que me siento culpable, hasta el punto de que me bajo una parada antes y echo a correr como una loca para llegar a tiempo al colegio, antes de que cierren la verja. Entro casi resbalando mientras Lillo, el portero, la está cerrando.

—¡Buenos días! Corre, corre, Carolina..., ¡que hoy hay lío!

¡Dios mío! ¡Él también lo sabe! ¡¿O lo habrá dicho por decir?! No lo pienso, sino que sigo subiendo a toda prisa los escalones, de dos en dos, y también de tres en tres, aunque esto lo logro sólo una vez, porque luego casi tropiezo en el segundo intento y llego jadeante al pasillo que conduce a mi clase. Aminoro el paso por un instante. Vuelvo a pensar en lo que me ha dicho Lillo. ¿A qué se refería? ¿Hoy hay lío? ¿Por qué me habrá dicho eso? ¿Me pillarán la revista? ¿Qué otra cosa puede suceder si no? De forma que, por si acaso, decido llamar a Jamiro. Tecleo a toda velocidad el número de su móvil, pero nada, lo tiene apagado. Uf, pero ¿es que mi cartomántico de confianza duerme hasta tarde? ¡¿Se puede saber para qué le sirven a uno las predicciones astrológicas pasado el mediodía?! ¡La mañana es la base de nuestra vida! Por desgracia, de cómo vayan las cosas en el colegio depende mucho lo que pueda ocurrir por la tarde y, aún más, si cabe, si existe o no la posibilidad de salir por la noche. De repente siento necesidad de ir al baño, y cuando salgo de él me siento mucho más ligera. Quizá porque me he quitado un peso fundamental, aunque no fisiológico, sino... digamos espiritual. El que tenía en mi conciencia. He dejado la revista en lo alto, detrás de la cisterna del baño. ¡Sé cómo es porque una vez ayudé a mi hermano R. J. a arreglar la de casa! Fue muy divertido. ¡Él hacía de fontanero y yo era su ayudante, y al final nos empapamos por completo porque se rompió una tubería! Pero no sabéis qué risa, fue una de esas cosas que nunca se olvidan. Pese a que el agua salpica y causa daños y coges cubos y trapos e intentas encontrar una solución, al final resbalas, te caes y te apoyas o te agarras a una cortina y la arrancas o la rompes o cualquier otra cosa, y después, quizá se vuelca sin más un cubo que acababas de llenar de agua y te echas a reír como una tonta. Y algo le pasa también a él. Y os reís aún más. Y os miráis y os parece que todo esté diseñado para haceros reír, y entonces te ríes, te ríes sin cesar, y da la impresión de que el destino está de tu parte, sí, que vale realmente la pena reír sin parar. Creo que todavía hoy ésa sigue siendo una de las cosas que recuerdo con mayor placer, porque los dos pasamos una tarde de ésas en las que, de verdad, la barriga se tensa y te duele de lo mucho que te has reído. En esos instantes no hay nada más hermoso que esa risotada, te olvidas de todo lo que te ha salido mal y te sientes de verdad reconciliado con el mundo. Y entonces dejas de reírte, sueltas aún alguna que otra risita nerviosa, pero después te sientes casi satisfecha y exhalas un largo suspiro, como de alivio. Pues bien, eso es vivir, partirse de risa con una persona a la que quieres y que te hace sentirte querida. ¡Y, si bien confío en que me sucedan cosas mejores, sé que la historia del cubo y del agua será uno de los recuerdos más bonitos de mi vida!

Sea como sea, entro corriendo en clase, justo a tiempo, porque en ese momento llega el profe de la primera hora. No. ¡No me lo puedo creer! No me acordaba. ¿Os dais cuenta del absurdo? ¡Es don Gianni! Habría pasado la clase de religión con el pecado justo a mi lado. Le habría bastado mirarme, notar mi rubor, y se habría producido el desastre, seguro que habría hecho un registro en toda regla.

—Eh, Clod...

—¿Qué pasa?

—Llama a Alis.

—¿Qué quieres decirle?

—Una cosa que quiero contarte también a ti.

—Vale... ¡Alis!

Alis se vuelve y ve que la estamos escrutando.

—¿Qué queréis? De comer ahora ni hablar.

—No —la miro negando con la cabeza—. ¡Nada de eso! En cuanto suene la campana del recreo tengo preparada una cosa increíble para vosotras. No bajéis en seguida, quedaos en este piso porque tengo que enseñaros algo.

De modo que las tres primeras horas pasan en un abrir y cerrar de ojos. No lo resistía más, veía que, de vez en cuando, Alis y Clod me miraban tratando de entender. Pero yo como si nada. He logrado contenerme y, al final, ha llegado la hora del recreo.

—Venid, venid conmigo...

Cruzamos los pasillos casi pegadas a la pared, parecemos las protagonistas de esa serie que me gustaba tanto, «Los ángeles de Charlie» o, aún peor, y para no salirnos del tema, las de «Sexo en Nueva York», con alguna que otra diferencia, claro... ¡Nosotras somos más jóvenes!

—Aquí. Entrad aquí.

Miro sólo un segundo alrededor y, al ver que no hay nadie, las empujo una detrás de otra al interior del cuarto de baño.

—Ah, pero ¿qué pretendes hacer? —Clod parece preocupada—. ¿Tienes drogas?

—¡Anda ya! —Alis se encoge de hombros—. Como mucho querrá escribir algo en la pared, como hace de vez en cuando la gente... Y quiere que la ayudemos.

—No... Tengo que enseñaros una cosa.

Subo a la taza del váter y asomo la cabeza por detrás de la cisterna. Introduzco una mano, la llevo hasta el fondo y busco, hurgo cada vez más de prisa. Después bajo de nuevo al suelo.

—¡Nada! ¡Qué capullos! Alguien me la ha mangado.

—¿El qué? ¿Qué tenías ahí detrás?

Se lo cuento todo, la confirmación de Matt, la fiesta, los Ratas encerrados en la habitación, el descubrimiento de la revista pornográfica, el escondite de esta mañana en el baño y, al final, el robo. Me escuchan con curiosidad, pero al final las veo indecisas.

—¿Qué pasa? ¿No me creéis?

Las miro a las dos.

—Oh, sí, sí...

Pero ¿sabéis cuando la gente te dice las cosas por decir, sin creérselas ni siquiera un poco? Clod, en cambio, ya está pensando en algo distinto.

—Oye, ¿qué os parece si salimos? Dentro de un momento se acaba el recreo.

De modo que poco después bajamos por la escalera que conduce al patio.

—En cualquier caso, os aseguro que estaba ahí...

Al final damos por zanjado el asunto y nos concentramos en el recreo. Clod se pone las botas como suele tener por costumbre, se sumerge en un paquete de patatas Chipster y se olvida de inmediato de la historia del baño, de la revista y de todo lo demás. Después de haber mordisqueado una pizza pequeña y de haberla desechado porque no le gustaba, Alis me da una palmada en el hombro.

—Venga, Caro, no tiene tanta importancia.

Y se aleja dejándome con la duda de si se habrá creído de verdad la historia de la revista porno. Sólo sé una cosa: he evitado en lo posible cruzarme con Biondi y con Matt, que lo han largado todo, y con el resto de los Ratas, que, a buen seguro, están al corriente. Además, otra de las cosas que me impresionan esa mañana... Cuando salgo del colegio, Lillo, el portero, me saluda con una sonrisa.

—¡Adiós, Carolina!

Jamás lo ha hecho. Y, además, es particularmente extraño, da la impresión de que está cansado aunque a la vez alegre y satisfecho. ¿Habrá sido él quien me ha robado la revista?

A mis espaldas, mientras sigo hojeando el libro, aparece Sandro, el dependiente de la librería.

—Bueno, entonces ¿qué? ¿No te lo llevas?

Me lo dice casi con aire de desafío, como si no tuviese valor... Pero ya ves tú lo que me importa a mí. Al final elijo otro y ni siquiera le contesto. Hago como si nada. No lo tengo en cuenta en absoluto. ¡Si no soporto responder y tener que dar explicaciones a mis padres, así que menos aún a ese tipo! Deambulo libremente entre las estanterías. A continuación decido escuchar un CD de James Blunt, *All the Lost Souls*. Me pongo los cascos y elijo el tema que quiero. Me veo reflejada en el espejo de la columna. Empieza la canción. Sonrío. Sola, independiente, con todo el día por delante para mí sola... Ah, qué bonito. Ahí está, comienza. *Shine on*. Me encanta cuando dicen: «¿Nos están llamando para nuestro último baile? Lo veo en tus ojos. En tus ojos. Los mismos viejos movimientos para un nuevo romance. Podría usar las mismas mentiras de siempre, pero cantaré. ¡Brillaré, simplemente, brillaré!» Es así. De modo que cierro los ojos. Y me dejo llevar por la melodía y me doy cuenta de que me estoy balanceando un poco... Y sigo el ritmo. Pero, cuando vuelvo a abrir los párpados, veo a un tipo reflejado en el espejo que me mira. Tiene los ojos de un azul intenso, el pelo oscuro, es alto, delgado y mayor que yo. De repente me sonríe y el corazón me da un vuelco. Bajo la mirada, me he quedado sin aliento. Dios mío, ¿qué me pasa? Cuando vuelvo a alzar la vista, él sigue allí. Ahora sus ojos me parecen incluso más bonitos. Ladea la cabeza y sigue escrutándome así, con su preciosa sonrisa y una mirada descarada. Parece muy seguro de sí mismo. Y a mí no me gustan los tipos demasiado seguros de sí mismos. Pero es guapísimo. No me lo puedo creer. Ha hecho que me ruborice. Bajo los ojos de nuevo. Dios mío, ¿qué me está sucediendo? No me lo puedo creer. No es posible. Pero, cuando los levanto de nuevo, él ha desaparecido. Puf. Se ha desvanecido. ¿Lo habré soñado? De ser así, ¡qué sueño tan maravilloso!

Me acerco a la caja.

—Buenos días... Me llevo éste.

Se acerca de nuevo Sandro, el dependiente.

—Ah, *Perdonadme por tener quince años*, de Zoe Trope... —Lo coge y le da vueltas entre las manos—. Es un buen libro. ¿Sabes que, sin embargo, no se sabe con certeza si el autor es un hombre o una mujer? Se trata de un seudónimo, alguien se oculta ahí detrás. —Sonríe y me lo tiende—. Pero no está mal.

—Gracias...

¿Se puede saber qué quiere ese tipo? No lo entiendo, ¿debe echar por tierra mi elección como sea? No lo comprendo. Quizá el libro encierre un mensaje oculto, o tal vez Zoe Trope, o quienquiera que escriba en su nombre, le haya birlado la novia a ese Sandro. Bah.

Pago. Salgo y echo a andar. Me paro delante de un escaparate. Esos zapatos le encantarían a mi madre. Parecen cómodos. Son bajos, elegantes, aunque también un poco deportivos, negros y brillantes. Mi madre trabaja todo el día en una gran tintorería. Es un trabajo pesado, siempre estás en contacto con la plancha y el vapor. Hace calor. Se suda y se trabaja un montón. Planchas y lavas la ropa. Las mismas cosas que, después, le toca hacer también en casa, sólo que ahí no te pagan. Mientras que allí, si las cosas no están listas cuando toca o salen mal, te las cargas. Hay clientes maleducados. Al menos, eso es lo que me cuenta. Yo sólo he estado una vez donde ella trabaja, cuando era pequeña, un día que no supo con quién dejarme. Yo la miraba, no se paraba nunca. ¡Dice que así se mantiene en forma gratis! Los zapatos cuestan ochenta y nueve euros y yo los estoy ahorrando, ya casi he alcanzado esa cifra. Luego, de improviso, oigo una voz alegre.

—Es éste, ¿verdad?

Veo el CD de James Blunt. Y oigo también la música, justo la canción que tanto me gusta. Parece cosa de magia. Me asusto, me ruborizo, sonrío a mi vez. Y él está allí, reflejado en el escaparate, detrás de mí, casi abrazándome. La música sale de su teléfono móvil. Después aparece sobre mi hombro sonriendo. Casi me olfatea. Me rodea, me mira y no dice nada, aunque no deja ni por un momento de sonreír.

—Toma, lo he comprado para ti. —Y me lo mete en un bolsillo del bolso, dejándolo caer—. Me ha dado la impresión de que te gustaba.

Sonríe nuevamente y apaga su móvil. Yo permanezco en silencio. Me recuerda a una escena de aquella película que vi una vez en casa a escondidas y que había mangado de la videoteca de R. J. con Clod y Alis. ¿Cómo se titulaba? Ah, sí. *Nueve semanas y media.* Ella es Kim Basinger, va al mercado y ve una bufanda que le gusta un montón, pero que cuesta demasiado. Entonces él se la compra y de repente se acerca a ella por la espalda y se la echa sobre los hombros mientras la abraza. Y ella sonríe. Me gustó esa escena. Él es Mickey Rourke. Y ese tipo es un poco como él. A pesar de eso, cojo el CD del bolso y se lo devuelvo.

—Gracias, pero no puedo aceptarlo.

—Te lo ha dicho tu madre, ¿eh? Eso sólo vale para los caramelos que te ofrecen los desconocidos. ¡Éste no tienes que comértelo!

Me lo tiende de nuevo.

—Puedes escucharlo cuando quieras... —me dice risueño.

Es amable. Parece simpático. Debe de tener unos veinte años, quizá diecinueve. Y me gusta más que Mickey Rourke. Y ya no parece tan seguro de sí mismo como cuando nuestras miradas se han cruzado en el espejo. Sonríe y me escruta. Parece más tierno. Me gustaría llamarlo «tiernoso»..., pero no es cuestión de arruinarlo todo nada más empezar, ¿no? De modo que permanezco callada y vuelvo a meter el CD en el bolso. Y echamos a andar. No sé por qué, me siento más mayor. Quizá porque él lo es y se ha interesado por mí. Y charlamos.

¿Qué haces?, ¿qué no haces?... Miento un poco y me doy importancia.

—Estudio inglés, y además he hecho una prueba porque me gusta cantar... —añado confiando en no tener que demostrárselo nunca, puesto que desentono bastante.

—¿Has estado alguna vez en el Cube?

—Oh, sí, voy de vez en cuando —le respondo, ¡confiando en que no me pregunte cómo es! En parte me siento culpable, y en parte no.

Compramos un helado.

—Elige tú primero.

—De acuerdo. En ese caso, doble de nata, castañas y pistacho.

—Yo también.

¡Me pirra! Tenemos los mismos gustos... Bueno, la verdad es que sólo me gusta la castaña, pero lo elijo idéntico al suyo para que parezcamos simbióticos.

—No, no, esto lo pago yo, es lo menos que puedo hacer.

Y él vuelve a meterse la cartera en el bolsillo. Y dice vale, y sonríe, y me deja actuar. Y yo abro el pequeño estuche Ethic y cuento el dinero, sólo tengo unas pocas monedas. ¡Nooo! Justo lo que me faltaba, pero al final, cuatro, cuatro con cincuenta, ¡cuatro con noventa! Lo he conseguido, menos mal... De otra forma, habría quedado de pena. Y, sin saber por qué, miento sobre mi edad o, mejor dicho, me añado algunos meses.

—Catorce años...

Por un momento parece perplejo, como si mi edad no lo convenciese. Busco su mirada, pero se hace el sueco.

—¿Qué ocurre?

—¿Qué?

—No, es que tenía la impresión de que...

Pero no me da tiempo a terminar.

—¡Ven, vamos!

Y me coge de la mano y echamos a correr entre la gente. Turistas extranjeros, gente de color, alemanes, franceses, y algún que otro italiano. Yo casi tropiezo, pero él me arrastra con su increíble entusiasmo.

—¡Venga, venga, que ya casi hemos llegado!

Y yo corro y me río y trato de seguirle el paso, y al final nos paramos delante de la *fontana* como dos perfectos turistas.

—¿Estás lista? Toma.

Me da una moneda y a continuación se da media vuelta, cierra los ojos y tira la suya hacia atrás por encima del hombro. Lo imito. Cierro los ojos, expreso un deseo y mi moneda vuela muy alta, gira y gira y, acto seguido, cae lejos en el agua y lentamente, describiendo un extraño remolino, toca fondo. Nos miramos a los ojos. Puede que hayamos expresado el mismo deseo. Él, en cambio, parece más seguro que yo. Es más, no tiene ninguna duda.

—Estoy convencido de que hemos pensado el mismo deseo...

Y me mira con intensidad. Y para mí es como si, de golpe, tuviese dieciocho años. Me avergüenzo por un instante. Mucho. Me ruborizo. Y el corazón me late a mil por hora. Y agacho la cabeza y jadeo y miro alrededor en busca de una balsa. Dios mío, estoy naufragando... Y, de repente, de la misma forma en que me ha hecho acabar bajo el agua, me salva.

—Por cierto, me llamo Massimiliano.

—Hola... Carolina.

Y nos damos la mano y nos miramos a los ojos durante un rato. Después me dedica una sonrisa preciosa.

—Me gustaría volver a verte.

Y yo querría decir que a mí también..., sólo que no puedo. Me siento muy torpe.

—Sí, claro —me limito a decir.

¿Os dais cuenta? «Sí, claro»... ¡¿Qué quiere decir eso?! Dios mío, cuando Clod y Alis se enteren. Y después me da su número de teléfono. Pero lo hace de forma extraña, lo escribe en el cristal del escaparate de una tienda con un rotulador. Mientras nos reímos, yo lo copio en mi móvil.

—Apúntate también el mío.

Massimiliano me sonríe.

—No. No quiero molestarte. No quiero que me des el tuyo..., te llamaría a todas horas. Búscame tú cuando tengas ganas de reírte como esta tarde.

Y se marcha así, dándome la espalda. Tras alejarse un poco, sube a una moto. Se vuelve por última vez y esboza esa maravillosa sonrisa. Y me deja allí, así, con dos únicas certezas. Una: ¿será por pura casualidad que mientras buscaba un libro sobre educación sexual lo he conocido a él? Y dos: el Lore de este verano ha dejado de gustarme de repente o, mejor dicho, ha pasado de buenas a primeras al segundo puesto.

Cojo al vuelo el autobús 311, que me lleva hasta casa. En medio de la gente, de tanta gente, me siento casi sola. Agradablemente sola. Perdida en mis pensamientos. Sonrío. Me gustaría mandarle ya un mensaje: «El destino ha hecho que nos encontráramos.» No, demasiado fatalista. «¡Gracias por el helado!» Práctica. «¿Será amor?» Excesivamente soñadora. «¿Sabes que estás muy bueno?» ¡Excesivamente realista! «Gracias por esta estupenda tarde...» Demasiado clásica, diría que hasta casi vieja. «¿Has visto?, no puedo resistir...» Chica fácil. «Aquí tienes mi número. Llámame cuando quieras.» Una que abandona porque teme tomar la iniciativa. ¡Menudo palo! Nada. No se me ocurre nada. Resoplo y me encojo de hombros. Y al final opto por no mandarle ningún mensaje.

De improviso, un hombre se apea y deja un asiento libre. Hago además de sentarme, pero entonces veo a una mujer tan anciana como mi abuela, aunque mucho más gorda, con varios paquetes en la mano. Está cansada. Me mira por un instante y yo le indico el sitio con la mano.

—Por favor...

Ella me lo agradece y se acomoda esbozando una sonrisa y alzando las piernas. Lleva unos calcetines de media que le llegan por debajo de la rodilla. Sólo se ven ahora que la falda se ha levantado, resopla, tiene las piernas cortas, por lo que debe echar el culo hacia atrás y apoyarse en un codo para alcanzar el respaldo. Acto seguido levanta todos los paquetes para colocárselos sobre las piernas y, por fin, parece sentirse cómoda. Exhala un hondo suspiro, satisfecha de haberlo conseguido a pesar de sus dificultades.

Y yo miro afuera, a los chicos que pasan, a la tarde que va tocando a su fin. Massimiliano... Eso es, ya tengo el mensaje: «Massi, eres lo máximo.» Chica superbanal.

¿Qué hora es? Miro el reloj, las ocho y diez. Qué lata. Mis padres estarán a punto de sentarse a la mesa y yo llegaré tarde. Alguien a mi espalda se inclina y toca el timbre. Se enciende la señal de la próxima parada. Ahí está. El autobús se detiene. Alguien me golpea para bajar. De nuevo. Me empuja contra la barra de la puerta. Otra persona se apoya en mí, esta vez durante más tiempo. No consiguen apearse. Un último empellón y salen. Los veo bajar de un salto del autobús. Son dos chicos. Tienen el pelo corto. Parecen extranjeros, quizá sean rumanos. Uno da una palmada al otro en la espalda y éste asiente con la cabeza y los dos se vuelven hacia mí sonriendo. El autobús arranca. Se escabullen corriendo. Me entretengo mirando por la ventanilla las últimas tiendas que están cerrando, las dependientas cansadas que bajan las persianas metálicas, una sube a un coche. Alguien cruza rápidamente la calle, una mujer se ríe mientras organiza su velada hablando por teléfono y un señor espera en medio de la acera, irritado por el retraso de alguien. Me apeo del autobús y me apresuro en llegar a casa. No me paro ni siquiera un segundo. Corro, corro, calle, plaza, derecha, izquierda, miro, cruzo, verja abierta. Bien. Llamo para que me abran el segundo portón.

—¿Quién es?

—¡Soy yo!

Abren de inmediato. Y subo por la escalera, primero, segundo y cuarto piso. Superaría incluso a una atleta de las más premiadas. La puerta está abierta, la cierro a mis espaldas.

—Aquí estoy. ¡Ya he llegado!

—Lávate las manos y ven a sentarte a la mesa.

Veo pasar a mi madre con una fuente de pasta humeante. La deposita en medio de la mesa tratando de que no se menee, pero no lo consigue.

Alessandra está ya con ellos, R. J. no. Papá se sirve el primero. Voy a lavarme las manos. Y antes de pulsar el tapón para que salga el jabón me viene a la mente una cosa. Ya tengo la idea. Por fin la he encontrado. Me toco los vaqueros. Nada. ¿Cómo es posible? Me toco el otro bolsillo, luego los de delante. De nuevo. Nada, nada, nada. Y, sin embargo, lo puse ahí. Corro a mi dormitorio y abro el bolso. Nada. Sólo tengo el CD, las llaves, una gorra y algo de maquillaje, eso es todo. No me lo puedo creer. No, no. No es posible. Me encamino a la cocina. Rusty James acaba de llegar.

—Os dije que llegaría tarde.

—Sí, tú siempre haces lo que te da la gana. Ni siquiera nos has avisado... A fin de cuentas... estamos aquí para servirte, ¿verdad? Esto parece un hotel.

No me lo puedo creer. No me lo puedo creer, siempre el mismo sermón, incluso las mismas frases.

—¿Verdad que te lo dije, mamá?

R. J. mira a mi madre. Ella le sonríe y baja la mirada.

—Sí —lo dice en voz baja mientras coge un plato de la mesa, simulando que tiene algo que hacer. Mi madre es incapaz de mentir.

—¡Por supuesto! Tú siempre encubriéndolo. ¡Faltaría más! ¡Sólo que yo ya estoy harto! ¿Lo entiendes? ¡¡Harto!!

—Papá, ¿podrías gritar un poco más bajo? —Mi hermana Alessandra. Siempre igual. ¿Cómo se puede gritar más bajo? O se grita o no se grita, ¿no?

—Estoy en mi casa y grito lo que me da la gana, ¿está claro?

Rusty James se levanta de la mesa.

—Ya no tengo hambre.

—De eso nada, tú no te mueves de aquí.

Papá se levanta de la mesa y prueba a aferrarlo por el suéter, pero R. J. es más rápido, se lo quita y escapa, casi resbala sobre la alfombra del salón, pero después se recupera en la curva, esquiva una silla y en un visto y no visto cierra la puerta a sus espaldas.

Alessandra empieza a comer en silencio, mi padre se enoja con mi madre.

—Muy bien, pero que muy bien... Supongo que estarás contenta. Felicidades... Se está educando de maravilla.

Mi madre trata de aplacarlo sirviéndole algo en el plato. Mi padre se pone a comer sin dejar de farfullar, pero ya no se entiende nada de lo que dice, las palabras se pierden entre un bocado y otro, sólo se oyen fragmentos de frases.

—Claro, era de suponer... Por supuesto, porque aquí el imbécil soy yo...

En mi opinión, sólo se entiende lo que él realmente quiere que se entienda. Aparto la silla y me siento también. No me atrevo a decirlo.

Mi madre me sonríe. Y me sirve. Mmm. Qué rico, qué bien huele. Ha preparado *tagliatelle* con tomate y el aroma es muy dulce. Respiro profundamente y hago acopio de valor.

—He perdido el móvil.

Todos dejan de comer al mismo tiempo y me miran. Mi padre deja caer el tenedor en el plato y extiende los brazos.

—Claro, claro..., a ella también le importa un comino. ¡A saber dónde lo habrá dejado!

Mi madre me coge la mano.

—¿Era el que te regalamos para tu cumpleaños, cariño?

Alessandra nunca puede quedarse callada.

—Sí, mamá, era ése. El Nokia 6500 Slide, el que cuesta trescientos setenta euros —lo dice esbozando una sonrisa que no puede ser más falsa—. Sí, el que es más pequeño que el tuyo.

Alessandra se encoge de hombros.

—Claro —mi padre empieza de nuevo a comer—, qué más da, a fin de cuentas el que paga soy yo. Como si el dinero lo cogiese de los árboles.

A pesar de que en nuestro barrio, por desgracia, no hay muchos árboles, la imagen se me antoja, de todas formas, adecuada. Mi madre me aprieta la mano.

—Tal vez si piensas un poco en dónde has estado, la vuelta que has dado...

En un instante recuerdo toda la tarde y caigo en la cuenta de que la última vez que cogí el móvil estaba con Massimo, cuando... ¡cuando copié su número! ¡Es cierto! Ahí lo tenía. ¿Y ahora? ¿Qué hago ahora? Ya no lo tengo. No puedo llamarlo. Y veo pasar al ralentí la escena. Él, que sonríe... «No quiero que me des el tuyo..., te llamaría a todas horas. Búscame tú cuando tengas ganas de reírte como esta tarde.» Y cierro los ojos. No me reiré más. No me puedo reír. Y, por encima de todo..., ¡no puedo llamarlo! La escena pasa por mi mente en un instante. Yo, que me meto el móvil en el bolsillo de los vaqueros como siempre y subo al autobús y, después, un detalle: la mano... Una mano que se desliza en mi bolsillo. Y la gente que me empuja para apearse del autobús. ¡Me empujan adrede! Y acto seguido esos dos chicos, los dos extranjeros, la puerta del autobús que se cierra, su mirada, la palmada en la espalda, ellos que se vuelven y me sonríen.

—¡Joder! ¡Ese tipo tiene mi móvil!

—¡Carolina!

Mi madre se queda boquiabierta. Mi padre apoya de nuevo el tenedor en el plato.

—Muy bien, muy bien, ¿has visto? ¿Qué te he dicho? Tú sigue así y verás cómo crecen estos chicos. Y luego te sorprendes cuando en el telediario dan esas noticias sobre hijos que matan a sus padres. ¿De qué te asombras? ¿Eh? ¿De qué?

Sólo me faltaba eso. No lo soporto más. Me levanto y me encamino hacia mi habitación.

—¿Y tú adónde vas? ¿Eh? ¿Adónde vas?

—Tienes razón, papá. —Vuelvo sobre mis pasos y me siento—. ¿Puedo ir a mi habitación?

—Cuando hayas acabado de comer.

Empiezo a engullir un bocado tras otro.

—Come despacio. Despacio, debes comer despacio.

Alessandra, como no podía ser menos, se entromete.

—*Prima digestio fit in ore.*

La fulmino con la mirada. Ella, en cambio, me sonríe. Bromista. En lugar de una hermana, me ha tocado en suerte una enemiga. Pero ¿por qué será tan gilipollas? Además, ni siquiera sé lo que significa la frasecita. ¡Que para hacer la digestión se necesita una hora!

Por fin me como el último bocado. Me limpio educadamente la boca con la servilleta...

—¿Puedo levantarme, por favor?

Mi padre ni siquiera me contesta, me hace un ademán con la mano como si quisiese decir «vete, vete». Y yo escapo y me encierro en mi dormitorio. Me tumbo sobre la cama.

Sé que no debería decirlo pero, a veces, cuando discuto en casa como hoy, pienso que Alis tiene mucha suerte. Y no porque sea una ricachona y viva en una megacasa, sino porque sus padres están separados. Sí, lo sé. Es horrible que los padres de una estén separados, pero, uf, al menos ves a uno cada vez y no a los dos juntos. Por ejemplo, ¿cómo es posible que mi hermana pueda hacer lo que le venga en gana y que nadie le diga nunca nada? Anoche volvió a las tres. Y no había avisado. ¡A las tres, y eso que era martes! Y esta mañana tenía que ir a clase. Como no podía ser menos, tenía sueño y no se ha levantado. Le ha dicho a mi madre que le dolía la cabeza porque está constipada. ¡Pobrecita! Mientras me preparaba para salir, oía que parloteaban en la habitación. Mi madre le decía que no podía ser, que no podía dejar de ir al colegio sólo por haber llegado tarde la noche anterior. Y ella, mamá, perdona, ¿sabes?, ¿cómo podía saber que Ilenia iba a sentirse mal y que íbamos a tener que llevarla a urgencias? ¡Eso es! ¡El golpe de efecto! Cuando no lo consigue con las excusas normales, pasa a las barbaridades. Se pasa la vida inventando justificaciones para hacer lo que le viene en gana. ¡Y mi madre incluso la cree! Porque es demasiado buena. Eso me da mucha rabia, por mi madre... Se mata trabajando todo el día, siempre está a disposición de todos, lista para decir una palabra conciliadora, para entender a los demás y, por si fuera poco, en casa se ocupa de infinidad de cosas, ¿y mi hermana qué hace? Le toma el pelo.

Sea como sea, y dejando a un lado a mi hermana, el problema es realmente serio. No me lo puedo creer, ¡tenía de todo en ese móvil! Música: Green Day, Mika, Linkin Park, Elisa, Vasco, The Fray y el guapo de Paolo Nutini... Y luego un vídeo de Clod, Alis y yo durante la excursión del año pasado, las zambullidas del verano y, además, todos los mensajes. Incluso el de Lore del verano pasado... Pero, por encima de todo, estaba el número de Massimiliano. Que acababa de copiar. Es decir, ¡que nada más grabarlo en el móvil, van y me lo roban! Intento recordar el número por un instante. El prefijo empezaba por 335; no, 338; mejor 334; no, era un 339; no, un 328; mejor un 347; no, no, era un 380. No, ¡eso es!, era un 393... Pero ¿por qué habrá tantas compañías telefónicas? ¿No era mejor una sola? ¿No? ¡¿Eh?! Cada vez que se puede ganar dinero con algo, todo el mundo se tira de cabeza... Pero, en fin, ¿de qué sirve decirlo? Y, luego, ¿cómo era el número? Tenía varios 2, luego otro 2 y también algunos 8... Quizá un 7...

De manera que cojo un folio y empiezo a escribir números y compongo todo tipo de soluciones. Parezco Russell Crowe en esa película, ¿cómo se titulaba? Ah, sí, *Una mente maravillosa*, en la que pegaba folios por todas partes y veía a unas personas que estaban siempre con él, ¡pero que en realidad no existían! Socorro, era un loco, un matemático chiflado... ¿Acabaré yo como él? ¡Me recuerda también a ese juego al que Gibbo quería jugar siempre!

Gibbo es un queridísimo amigo mío que adora las matemáticas, en parte porque es la única materia en la que le va bien... ¡Y le pirra jugar al Mastermind! Un juego en que debes adivinar cuatro números al azar y yo debo decir si entre los cuatro que he elegido yo y los cuatro que me dice él hay alguna coincidencia, es decir, si acierta algún número aunque no esté en el lugar adecuado, o si ha acertado tanto el número como la posición. En pocas palabras..., ¡un buen quebradero de cabeza! Es evidente por qué después uno se vuelve loco y ve a otras personas a su lado, ¡porque son como a ti te gustaría ser!

Yo creo que las matemáticas sirven para comprobar si gastas demasiado, si puedes gastar más aún y, por encima de todo..., ¡si puedes comprarte o no un móvil determinado! Y, en mi caso, a ver quién tiene ganas ahora de hacer cálculos... Al contrario, mejor no hacerlos. Tengo que bloquear la tarjeta. Lo sé porque esto mismo le sucedió ya a mi madre y mi padre lo convirtió en un conflicto internacional, en el sentido de que con su teléfono, de contrato, podían llamar incluso al extranjero. En mi caso no pueden ir más allá de Florencia... ¡Me quedaban cinco euros! ¡Acababa de grabar su número de móvil cuando me lo robaron! ¡Ahora entiendo lo que debo pensar de Massi: que el tipo trae mala suerte! O, peor aún, ¡que con él habría sufrido! Hubiera sido demasiado feliz, con lo cual me habría acabado trayendo mala suerte y no me habría hecho feliz. Eso me trae a la memoria dos nombres, pero ésa es también otra historia.

Me siento a mi escritorio, abro de inmediato mi Mac y entro en el Messenger. ¡Estaba segura! Sabía que estaría conectada. Escribo rápidamente y Alis me responde al instante.

«¿Todo ok? ¿Qué has hecho?»

«¡Drama y felicidad! —le contesto—. Por un lado, he conocido al hombre de mi vida. ¡Por otro, lo he perdido a él y al móvil!»

«Vaya, ¿te ha dado un beso y al mismo tiempo te ha birlado el móvil?»

«No me ha dado un beso.»

«Ah, ¿entonces sólo te ha mangado el móvil?»

«No ha sido él...»

«Pero ¿quién es ese tipo?»

«Me ha puesto música...»

En fin, que nos escribimos así durante un rato hasta que mi madre entra sin llamar antes a la puerta.

—¡Carolina! ¿Aún estás despierta? ¡Mañana hay colegio!

Apago el ordenador al vuelo.

—He mandado los deberes a Clod, el resumen de la película que nos han hecho ver esta mañana en la sala de proyecciones, *La gran guerra* de Monicelli, ésa en la que salen Sordi y Gassman, ella no tenía ganas de hacerlo... ¡A mí, en cambio, me ha gustado mucho!

Salto sobre la cama y, con una única zambullida, me meto bajo las sábanas. Mi madre se acerca y me arropa.

—Entiendo, pero así no aprende nada y, además, no veo por qué tenemos que pagar esas facturas de la luz a causa de su ignorancia..., ¡la verdad es que no lo entiendo!

Estoy segura de que esa reflexión es de mi padre, traducida de manera más dulce y afable por mi madre. Que después, de hecho, me sonríe. Lo ha dicho por decir, el pensamiento no es suyo, salta a la vista. Luego me acaricia con esa dulzura que sólo puede venir de ella, que no me molesta y que me hace sentir amada y segura.

—Que duermas bien, cariño...

Y, mientras sonrío, me quedo dormida.

Ahora no recuerdo muy bien lo que he soñado, sólo sé que cuando me despierto por la mañana en un instante todo me resulta claro. Llego al colegio y la primera hora pasa volando, como si nada, en parte porque ese día no me preguntan en clase, ni tampoco a Clod, de modo que no tengo que soplarle las respuestas. Alis no ha venido, no he entendido muy bien por qué motivo. ¡Me lo podría haber dicho! Hablamos de todo anoche y no me dijo que no pensaba venir. Bah, no hay quien la entienda. Mientras sigo absorta en mis reflexiones, suena la campana, fin de la primera hora... Y aquí está. Alis entra en clase sonriendo, lleva una camisa de lino de varios colores con algún dibujo transparente, una falda larga y unas botas oscuras, blandas, de esas que se deslizan por el tobillo. Me mira y esboza una sonrisa. Más que mi mejor amiga, parece una modelo desfilando entre los pupitres.

—Pero bueno, ¿cómo te has vestido?

Pasa junto a mi mesa.

—Hoy quería hacerme un homenaje... Lo necesitaba de verdad... —Y me sonríe. Un poco triste, un poco melancólica, con esa mirada que está siempre velada por cierta carencia de amor. Quizá se deba a que sus padres viven separados, a que no tiene un hermano, a su hermana mayor, a la que echa de menos. Me lo dice a diario: «Tú sí que tienes suerte, en tu casa hay mucho amor...»

Y yo le devuelvo la sonrisa y no consigo responderle, como mucho, «pues sí». No puedo contarle que mi padre está siempre enfadado con todo el mundo, que mi madre a veces está demasiado cansada como para bromear, que mi hermana, en cambio, me lleva la contraria y que el único al que quiero de verdad es a R. J., ¡que, por otra parte, nunca está en casa! Nos abrazamos y noto que trajina a mis espaldas... Me aparto sorprendida.

—Eh, ¿qué estás haciendo?

—Nada. —Se ruboriza un poco, pero a continuación sonríe y vuelve a mostrar su alegría habitual—. ¡Me estaba quitando el reloj!

Y acto seguido se precipita hacia su pupitre, que está al fondo de la clase, justo en el momento en que entra el profe Leone.

—Veamos, ¿podéis volver cada uno a vuestro sitio?

La clase se reorganiza lentamente y, poco a poco, todos regresan a sus asientos. El profe mira alrededor, así, para que nos preocupemos un poco, a continuación levanta del suelo una bolsa vieja, lisa y desgastada, la abre, saca un libro y empieza su explicación.

—Vamos a ver, lo que os voy a contar puede pareceros un cuento chino, pero es historia..., historia, ¿me entendéis? La historia de cómo una tierra se convirtió en un mito de libertad y de crueldad al mismo tiempo, de cómo el oro causó una fiebre generalizada y de cómo se llevó a cabo la famosa conquista del Oeste.

Y lo que nos cuenta el profe me gusta. Me subyuga incluso, y creo que es importante que ese hombre, Toro Sentado, del que nos está hablando, tuviese el valor de hacer todo lo que hizo. ¡Y que su nombre figure en la historia! Ahora está en los libros, hasta el punto de que nosotros, y todos los de antes y los que vendrán después, hablaremos de él.

—¡No tuvo miedo! Tuvo el valor suficiente para proteger sus tierras.

Apoyo la cara entre las manos con los codos bien asentados en el pupitre. El profe Leone me gusta mucho. Quiero decir, que me gusta cómo explica las cosas. Se nota que le apasiona lo que hace. No se aburre, podría ser un buen actor, sí, un actor de teatro, pese a que no puede decirse que yo haya visto tantos. Lo que más me gusta es que cuando retoma su relato lo hace siempre con una gran precisión, vuelve a empezar desde el punto justo en que lo ha dejado sin confundirse. Igual que en esa serie que me encantaba, «Perdidos», es decir, al inicio de cada episodio hacían un breve resumen y a continuación seguían con la historia. Jamás se te escapaba nada. No como mi madre, cuando yo era pequeña. Todas las noches me contaba un cuento para ayudarme a conciliar el sueño; el que más me gustaba era el de Brunella y Biondina. Pues bien, ella decía que estas dos niñas, un poco hadas, un poco brujas, habían existido de verdad. ¡Y a mí me cautivaba su historia! El problema era que cuando, algunos días más tarde, le preguntaba de nuevo por ella..., bueno, siempre sucedía algo raro: «Pero, mamá, la que perdía las llaves de casa no era Brunella, sino Biondina...», o «No, mamá, era a Biondina a quien invitaban a la fiesta del príncipe...». En fin, que había hechos que no acababan de encajar. De forma que las posibilidades eran dos: o la historia de Brunella y de Biondina se la había inventado mi madre, y cuando las cosas no son reales uno puede confundirse fácilmente, o era todo cierto y mi madre no tenía, lo que se dice, una gran memoria. Una cosa era cierta: fuera como fuese, la culpa la tenía mi madre. Sólo que cuando se lo decía ella esbozaba una sonrisa y me acariciaba la mejilla y tenía siempre la contestación a punto: «Ah, ¿no era así? En ese caso, lo pensaré... Y ahora, a dormir, que Morfeo te espera para abrazarte.» Y me tapaba con la sábana y me la alisaba bajo la barbilla. Yo la miraba mientras abandonaba la habitación con una única duda en la cabeza: ¿cómo será ese tal Morfeo? ¿Seguro que es un tipo como Dios manda? ¿Qué sueño me pondrá esta noche? Como si se tratara de DVD que introducía en mi lector. ¿Y si me pone una pesadilla? En ese caso, no debe de ser una buena persona.

En un instante vuelvo a la realidad. Justo mientras el profe Leone sigue con su historia sobre el Oeste oigo el timbre de un móvil. Dios mío, ¿quién será el idiota que ha olvidado apagarlo? O, al menos, de ponerlo en modo silencio o vibración. Dejarlo encendido e incluso con el timbre eso sí que no, ¿eh? De eso nada. Qué extraño. Ese timbre era el mío. A propósito, en cuanto salga tengo que ir a una tienda de teléfonos para que me den la nueva tarjeta SIM. Nada. El teléfono sigue sonando.

—¡Ya está bien! —El profe golpea la mesa con el puño cerrado—. ¿Queréis apagar ese teléfono?

Todos se vuelven hacia mí. Y me escrutan. Síí... Si fuese el mío... Me lo robaron ayer. Lo raro es que el sonido procede de mi pupitre. Y continúa. Miro debajo. Nada. ¿No será que se le ha caído a alguien y que ha ido a parar justo debajo de mi mesa? Bah... Nada, sigue sonando.

–¡Ya está bien! ¡¿Carolina?! ¡Bolla! –Me llama por mi apellido. Se está enfadando de verdad.

–Pero, profe, yo...

Y justo cuando estoy a punto de decirlo caigo en la cuenta. Miro dentro de la bolsa, la que antes tenía sobre la mesa, a mis espaldas, justo cuando Alis me abrazó, cuando se estaba quitando el reloj... Y de repente lo veo. Ahí está. ¡El Nokia 6500 Slide! ¡No me lo puedo creer! Entonces... ¿Lo había dejado en la bolsa? Cuando lo cojo entiendo lo que ha pasado en un abrir y cerrar de ojos. ¡Todavía tiene la película de plástico sobre la pantalla! ¡Es nuevo! ¡Me lo ha comprado ella, Alis! Me vuelvo y veo que me sonríe. Apaga el móvil que tiene sobre las piernas y se lo mete en el bolsillo. Y luego vuelve a adoptar una postura normal, como si nada hubiera pasado. Yo cabeceo mientras la miro, ella me sonríe. A continuación me vuelvo hacia él.

–Disculpe, profe, había olvidado que lo había dejado encendido, era mi madre... Al final me ha mandado un mensaje... No puede pasar a recogerme por el colegio.

El profe Leone abre los brazos y se encoge de hombros.

–Pero si vives a tres manzanas de aquí...

–Sí, pero tenían que ir a casa de mi abuela porque como luego se van, mi madre me pidió que la acompañase y, dado que todavía no saben qué hacer porque mi abuelo no quiere ir con ella, querría verla y entonces...

–Vale, vale. Está bien, está bien, basta. –El profe Leone se rinde–. De lo contrario, al final tendré que hablar de un libro nuevo, un libro escrito a propósito para esta clase, ¡*La odisea de Carolina*!

Todos rompen a reír, celebrando extrañamente la ocurrencia del profe... Claro, ¡este año tenemos el examen! ¡¿A ver quién es el guapo que piensa que no es conveniente reírse de todas las estupideces que diga?!

Pongo el móvil en silencio y simulo escuchar la explicación. En realidad me importa un comino lo que sucede en ese momento en el Oeste, porque, a fin de cuentas, lo pasado pasado está, esto es, ¡ya está escrito! De manera que quito la película de la pantalla escondiéndome detrás de Pratesi, que está bien oronda. Nada que ver con Clod, desde luego, ¡pero es en todo caso una discreta cobertura!

Lo examino con detenimiento. No me lo puedo creer, ha comprado el mismo que tenía, ¡y lo ha programado justo con la misma melodía de antes! ¡Alis es superenrollada! ¿Dónde encuentro yo a otra como ella? Es un cielo. Quiero decir que nunca se jacta de nada. Necesita afecto, eso sí, y lo demuestra exigiendo mil atenciones en todo momento, pero lo hace a su manera, sin exagerar. Y, además, trata de pensar también en ti, y lo hace como si fuese la cosa más sencilla y natural del mundo, para después acabar en ese gran cesto donde todo se confunde y en el que lo mío es también tuyo. Ese cesto se llama amistad. Oh, sé que cuando digo estas cosas soy un poco... ¿patética? ¡Pero es que la sorpresa del móvil me ha emocionado! ¿Qué puedo hacer? Os lo juro, estoy tan emocionada que parezco estúpida, y eso que emocionarse no tiene nada de malo. Lo sé. ¡Alguien que se emociona no debe ser a la fuerza estúpido! Al contrario... Es más estúpido el que no se emociona cuando le ocurren estas cosas. Bueno, creo que me estoy embarullando con este tema, pero lo más absurdo es que, de improviso, me llega un mensaje: «¡Vaya ridículo has hecho con el profe!»

Es Clod, que, como no podía ser menos, no se ha enterado de nada. Aunque la verdad es que a ella no le dije anoche que me habían robado el teléfono, pero si ahora me ha escrito... En ese caso..., ¡en ese caso dentro debe de estar también mi tarjeta! ¡Sí, es mi número! Alis es increíble. No logro entender cómo lo ha conseguido. No es fácil obtener la tarjeta, no digamos la de otra persona, ¡imposible! Pero en el recreo me lo explica todo. Apenas bajamos al patio, me abalanzo sobre ella.

—¡Gracias! ¡Gracias! ¡Eres una tía genial! ¿Cómo lo has hecho? ¿Cómo has logrado hacerte con la tarjeta SIM de mi número?

—Fui a Telefonissimo, al que está debajo de mi casa, le di mi documento de identidad y le expliqué tu historia, el robo del móvil y todo lo demás...

—¿Y ellos?

—Me creyeron.

—¿En serio?

—¡Claro! Fueron muy comprensivos, basta con tener una madre como la mía.

—Ya...

Pensad que la madre de Alis se pasa casi todo el día cambiándose de ropa porque debe ir siempre a la moda, compite con sus amigas y quiere siempre y de inmediato lo mejor de cada cosa, ¡incluso en cuestión de hijos debe superar a todo el mundo! Y ese hecho pesa muchísimo sobre Alis. Su madre, en lugar de darle los buenos días, la saluda así: «¿Sabes que la hija de Ambretta, Valentina, ha hecho esto y esto otro? ¿Y sabes que la hija de Eliana, Francesca, ha hecho esto y esto otro?... ¡E imagínate que la hija de Virginia, Stefania, ha hecho esto y esto otro...!» Sin embargo, todavía no ha entendido que es precisamente por eso que Alis, al final, siempre hace esto... ¡y aquello! Alis sonríe y se encoge de hombros.

—En fin, comprendieron perfectamente que si no me daban tu nueva SIM no compraría el Nokia 6500...

Por un instante me ruborizo. Recuerdo muy bien el precio de ese móvil. Mis padres ahorraron para poder comprármelo e incluso llevaron mi viejo Nokia 90 a un centro de reciclaje. Bueno..., de una manera o de otra, ahora lo tengo de nuevo y, eufórica por haber recuperado el Nokia, le cuento a Clod y a Alis toda la historia de Massi, el CD que me regaló, el paseo, el helado y todo lo demás.

—En fin..., creo, sí, estoy casi segura, sí, yo... ¡me he enamorado!

—¿Y Lorenzo?

—Pero ¿por qué me cortas el rollo de esa manera? Además, ¡a saber si vuelvo a ver a Massi! Debería hacer miles de intentos con igual número de prefijos para encontrar su número...

—¡Eso supone casi noventa millones de combinaciones!

—¡Gibbo! ¡Lo has oído todo!

—Claro...

Es mi amigo el matemático. Le encanta la película *El indomable Will Hunting*, que ha visto ya por lo menos diez veces. De cuando en cuando nos invita a su casa y nos la pone de nuevo mientras nos explica que todo está relacionado con las matemáticas, incluso el amor, pero no como cálculo, sino como dimensión. Jamás he entendido qué quiere decir.

—Eh, hola chicos.

Se acerca el ridículo de Filidoro. ¿Os dais cuenta del nombre que le pusieron sus padres? Filidoro. Parece uno de esos viejos dibujos animados. No obstante, ahora se lo ha cambiado por Filo, que no está mal. Pero hacerle partir con ese hándicap, no, ¿eh?... Es divertido, también Filo está siempre a la última, pero no como la madre de Alis: él sólo lo está en el terreno musical. Ama las notas.

—Eh, ¿habéis oído ésta? Es la última de Jovanotti. Escuchad...

Y te canturrea un fragmento al pie de la letra. Es realmente increíble. ¿Cómo consigue recordar todas las palabras? En el colegio, en cambio, tiene poquísima memoria.

Gibbo insiste.

—Eh, ¿de qué estabais hablando antes?

—¿Antes cuándo? —le responde Alis con altivez.

—¡Hace un segundo! Del tipo del móvil que perdió Caro. Mira que lo he oído todo...

—Pero ¿qué dices? Te equivocas, aquí está mi móvil.

Y lo saco al vuelo del bolsillo. Jamás me había parecido tan oportuno y fundamental tenerlo.

—¿Has visto como sueltas un montón de sandeces?

—Puede...

Gibbo no parece convencido, pero, por suerte, suena la campana y eso nos salva.

—Bueno, chicos, nosotras nos vamos. Eh, Gibbo, ¿nos vemos esta noche en tu casa?

—Sí...

—¿Por qué no venís?

—Sí, claro... —Y a continuación, todas a coro—: ¡A ver *El indomable Will Hunting*!

—¡Eh!

Gibbo pone una cara extraña y cómica. Y nosotras nos alejamos entre risas.

Una vez en clase, mando un mensaje a Alis con un dibujo. Una botella de champán con el tapón que sale despedido y muchas estrellitas: «¡Ser tu amiga es como celebrar una fiesta todos los días! Gracias.»

Ella me mira risueña y veo que escribe algo. De hecho, recibo un mensaje: «¡Feliz no cumpleaños!»

A Alis le encanta esa película. Quizá porque todos quieren a esa Alicia. Quizá porque vive en el País de las Maravillas y nunca está sola. El dolor del amor. ¡Hoy estoy muy poética! Veo que Alis se ha puesto a escribir algo en su agenda, frenética, como hace siempre cuando se le ocurre algo. De modo que ya no le mando nada más y la miro de lejos sonriendo. Mi amiga. Mi amiga más querida. Además de Clod, naturalmente.

—¿Cómo ha ido en el colegio?

—De maravilla...

No me han preguntado en clase, me gustaría añadir, pero ¿por qué debo recalcar una cosa así? Mi madre está preparando la comida.

—¿Queréis un trozo de carne?

—¿Quiénes estamos?

—Tu hermana y tú.

—Pero ¿todavía no ha llegado a casa?

—Está en su dormitorio.

—Ah...

Tengo que aprovechar ahora, antes de que venga. Sólo quiero contarle a mi madre lo de Alis, hasta qué punto es generosa y super-fantástica mi amiga, ¡el espléndido regalo que me ha hecho apenas se enteró de lo del teléfono!

Antes de que pueda decirle algo ella se vuelve, acalorada de la cocina, con el semblante risueño y una mirada benévola y maternal. Como sólo alguien como ella puede ser. Ella, que trabaja duro. Ella, que se levanta pronto por la mañana. Ella, que prepara el café para mi padre y el desayuno para nosotros y regresa a casa a la hora de comer y vuelve al trabajo por la tarde. Mi madre, que se esfuerza tanto, que es guapa, que jamás se va de vacaciones. Mi madre. Mi madre me parte el corazón cada vez que me mira.

—Mira lo que te he comprado...

Y lo pone sobre la mesa, nuevo, todavía dentro de la caja. El Nokia 90, el que tenía antes de que me robasen el otro, el sencillo, el que tiene las funciones básicas y no te permite hacer fotos. El que cuesta poco. Siento que el corazón se me rompe y no sé qué decir ni qué hacer. Pero después sonrío, y me sale del alma.

—¡Mamá! Es precioso..., ¡gracias!

La abrazo con todas mis fuerzas mientras el delantal, un poco húmedo, se interpone entre nosotras. Y ella me acaricia el pelo y esta vez no me molesta. Cierro los ojos y me entran unas ganas incomprensibles de echarme a llorar.

—¿Sabes? Conseguí escaparme del trabajo... Pedí permiso, me precipité a la primera tienda de teléfonos que encontré allí cerca y te compré ése... ¿Te gusta de verdad?

Me aparta un poco y me mira a los ojos, y yo me siento conmovida y asiento con la cabeza. Y ella entiende y me vuelve a abrazar.

—Sólo que no quisieron darme la tarjeta SIM de tu número; me dijeron que tenías que ir tú personalmente. ¡Te das cuenta! No puedo hacer esa clase de cosas por mi hija. —Acto seguido se queda perpleja por un instante—. Quizá no me la dieron porque tenían miedo de que quisiera usar tu número, qué sé yo, para leer tus mensajes. ¿No saben que entre nosotras no hay secretos?

Y se separa de mí y se pone de nuevo a cocinar, de espaldas, con el pelo recogido en lo alto y dejando a la vista su largo cuello, donde revolotean varios mechones más oscuros. A continuación se vuelve con una bonita sonrisa en los labios, feliz de su regalo, de esa bondad que desearía no tener límites.

—¿Qué querías decirme? ¿Cuál es tu sorpresa?

Y yo la miro un segundo con los ojos desmesuradamente abiertos, temerosos de decir una mentira y de que me descubra. Luego intento recuperar la calma, no decirle nada sobre Alis, sobre el teléfono supercaro que me ha regalado. Y mejor que Meryl Streep, Glenn Close, Kim Basinger e incluso Julia Roberts, en fin, como una consumada actriz, le sonrío para no desilusionarla.

—¿Sabes qué, mamá?

—¿Qué, cariño?

—¡Me han puesto un notable!

Por la tarde, después de comer.

He escondido el móvil de Alis, es decir, mi teléfono nuevo, he tenido que apagarlo porque, como buena actriz que soy, aunque no demasiado despabilada, no le he dicho que tengo ya la SIM, pese a que, en realidad, la tarjeta me la compró también Alis.

Discusión durante la comida con Ale, que, al ver que mi madre me ha regalado un teléfono nuevo, ahora pretende cambiar el suyo.

—Pero, mamá, entonces el mío... Mira, ¡llevo la batería sujeta con una goma!

Y yo, tonta de mí, he caído en su trampa.

—Sí, pero funciona perfectamente, y con él puedes sacar fotografías...

Mi madre se preocupa.

—Pero ¿por qué lo dices, Caro?, ¿con el tuyo no puedes?

—¡No, porque tiene poca memoria!

Alessandra no sólo es absurda, sino que además sigue insistiendo.

—Ahora lo entiendo... Tengo que fingir que lo he perdido o que me lo han robado para conseguir uno nuevo...

—¡A mí me lo robaron de verdad! Pero ¿es que crees que me invento esas cosas para que mamá me regale un teléfono?

O sea, que me pongo a discutir cuando ni siquiera ése es el problema. ¡Ahora tengo dos móviles y no puedo decirlo!

La única cosa positiva de Ale: me ha quitado las ganas de comer. Mejor, porque he decidido hacer un poco de dieta. Mi madre insiste para que coma; luego, al ver que no le va a servir de nada, me pela una manzana.

Mientras tanto, inmediatamente después de la discusión, cuando Ale y yo ya no hablábamos, llega Rusty James. Se sienta en seguida a la mesa y se alegra de poder dar buena cuenta de mi plato de pasta. Todavía está caliente y humeante y, en realidad, no le corresponde, dado que no estaba previsto que viniera.

—Eh, ¿qué pasa? ¿A qué se debe este silencio? ¡No es propio de vosotras!

Rusty tiene una manera absurda de comportarse, es decir, ¡se presenta siempre cuando menos te lo esperas y logra decir, en el momento más inoportuno, lo que no debería decir! Ale se enfada y se va a su dormitorio, yo me como encantada la manzana y Rusty mi pasta. Mi madre regresa al trabajo tras hacerme una única advertencia:

—Te ruego que no discutas con tu hermana...

En cuanto oye que la puerta se cierra, Rusty me pregunta, curioso:

—Oye, ¿qué ha pasado?

Se lo cuento todo. Le digo también lo del móvil de Alis. A él no puedo mentirle, imposible, de manera que saco el teléfono de la bolsa y lo pongo encima de la mesa.

—¿Ves? ¡Ahora tengo dos!

Rusty se echa a reír y sacude la cabeza.

—Eres única, perdona, pero podrías habérselo dicho a mamá... ¿Qué problema hay?

—De eso nada..., ¡le habría sentado fatal! Pidió permiso en el trabajo, se gastó sus ahorros para comprarme un móvil y darme una sorpresa, puede que hasta haya discutido con papá..., y yo..., ¿qué podía hacer? ¿Decirle que ya tenía uno? ¡Venga, no tienes ni una pizca de sensibilidad!

Rusty sonríe, divertido.

—No, si ahora la culpa será mía... Vale, está bien, en cualquier caso, he tenido una idea...

Me la cuenta y, acto seguido, se ríe divertido. Y, de hecho, la verdad es que no está nada mal. No se me había ocurrido.

—Eh, Rusty, ¿sabes que eres un genio?

—Lo sé. —Me sonríe—. ¿Qué vas a hacer ahora, Caro?

—No lo sé, estudiaré un rato y quizá salga después...

Rusty vuelve a ponerse serio.

—Yo también tengo que estudiar, qué tostón, no tengo ningunas ganas. Todavía me faltan un montón de exámenes para ser médico, y papá no sabe lo que he decidido.

Lo miro curiosa.

—¿Por qué? ¿Qué has decidido?

—Aún es pronto...

Y se marcha a su habitación dejándome en la cocina. Muerdo el último trozo de manzana que quedaba en el plato y me dirijo a mi dormitorio. Enciendo el ordenador. Con la excusa de las búsquedas, del estudio y de todo el resto, conseguí que mis padres me lo regalaran. No sé desde cuándo están pagando los plazos. Introduzco mi contraseña y entro de inmediato en el Messenger. Lo sabía. Gibbo me ha escrito: «He pensado que, restando todos los números de las personas que conocemos, las posibilidades de encontrar el número de tu "amado" desconocido son casi ochenta y nueve millones seiscientos cincuenta mil... O mandas un mensaje a todos, suponiendo que seas más rica que Berlusconi y el *Tío Gilito* juntos, o llamas al número 347 800 2001 y acabas de una vez por todas.»

Qué idiota. Naturalmente, ese número es el suyo. Tiene razón: es imposible. Pero, a veces, en la vida... De modo que cierro los ojos e intento volver a recordarlo. Me lo escribió en el escaparate mientras bromeaba, y trato de distinguirlo... 335, no, 334... Eso es, sí, 334... Y sigo cavilando hasta que lo veo nítido, claro, delante de mí.

Justo como era ayer. Lo escribo en un folio, a continuación lo grabo en el móvil y al final me quedo ahí, con el teléfono suspendido, sin saber qué hacer. Después abro a toda velocidad la pestaña de los mensajes y le escribo: «Eh, ¿cómo estás? ¿Eres Massi? Ayer lo pasamos bien. ¡Soy Caro!» Y lo envío a ese número esperando, soñando, fantaseando. Y veo a ese chico. Ahí está, es él, Massi. Estará estudiando o jugando al tenis, al fútbol o haciendo remo en el simulador de la piscina, el que tiene la canoa clavada en el suelo. Me lo imagino cuando oye que suena su móvil, o que vibra. El mensaje ha llegado. Lo abre, lo lee y se ríe... ¡Se ríe! Después, indeciso, se pone a pensar en lo que quiere escribirme, en cómo responderme. Luego sonríe para sus adentros. Eso es. Ha encontrado la frase que le parece más adecuada... O que es justa para mí. La escribe veloz. Pulsa la tecla de envío y el mensaje parte, atraviesa la ciudad, las nubes, el cielo, las calles y, poco a poco, se introduce por la persiana de mi casa, después en mi habitación y, por último, en mi móvil.

Bip. Bip.

Lo oigo sonar. Oh, de verdad que acabo de recibir un mensaje. ¡No me lo puedo creer! Me apresuro a abrir el móvil, busco la carpeta de mensajes recibidos. Y lo veo. No está firmado. No es de ningún amigo, de nadie que conozca. Veo ese número. De modo que es él. ¡No me lo puedo creer! Lo he conseguido, me he acordado del número. Luego leo el mensaje: «Me parece que te has equivocado de número. De todas formas, tengo cuarenta años, soy un hombre y no estoy casado, así que, querida Caro, ¿por qué no nos vemos?»

Borro el mensaje de inmediato y apago el móvil. Terror. «Querida Caro»... Encima, bromista. O, al menos, un intento patético de serlo. Nada. Qué vida infame. No era él. Así que, por desgracia, la única alternativa que me queda es ponerme a estudiar. Lástima. A veces los sueños se desmenuzan así, entre los dedos. Sobre todo cuando la alternativa al deseo de volver a ver a Massi es estudiar *Orlando enamorado*. Y no porque el tal Orlando esté mal. Su historia me parece preciosa. Y, de hecho, a medida que voy leyéndola la solución va apareciendo ante mis ojos. Sobre todo en lo tocante a cierto punto: «La rana habituada al pantano, si está en el monte, torna a la llanura. Ni por calor ni por frío, poco o bastante, sale nunca del fango.» Es cierto; como decir «lo inevitable es inevitable». Caro no podrá salir nunca de Massi... No me cabe ninguna duda. Pero bueno, ¿cómo no se me había ocurrido antes? Tengo dos posibilidades.

—Vuelvo en seguida.

Cojo la cazadora y me la pongo. Después me meto en el bolsillo mi segunda posibilidad. La golpeo con la mano sabiendo que, gracias a ella, encontraré seguramente a Massi y toda la información que le concierne.

Salgo corriendo del portal y, justo en ese momento, lo veo pasar.

—¡Estoy aquí, espere! —le grito al conductor del autobús, como si pudiese oírme. Imaginaos.

Echo a correr tratando de llegar a la parada antes que el autobús vuelva a arrancar. Nada. No lo lograré. El autobús está detenido. El conductor parece estar mirando por el espejo retrovisor.

—Estoy aquí, estoy aquí...

Acelero, pero ya no puedo más. Tengo la lengua fuera y temo que, de un momento a otro, pueda ponerse en marcha. La gente se ha apeado ya y los que tenían que subir lo han hecho. Estoy segura de que no me va a esperar, me hará un desaire, partirá en el preciso momento en que llegue a su lado. Nada, no lo lograré. Sin embargo, el autobús sigue esperándome con las puertas abiertas, llego corriendo y subo en el preciso momento en que pensaba que nunca lo iba a lograr. Uf..., lo he logrado. Las puertas se cierran.

—Gracias... —consigo decir con un hilo de voz.

El conductor me sonríe por el espejito, después agarra de nuevo el gran volante y empieza a conducir. Me mira mientras me acomodo en uno de los asientos. El autobús va medio vacío y se dirige rápido y ligero hacia el centro. En las calles hay también pocos transeúntes. Y yo recupero el aliento mientras pienso en la manera de hacer la pregunta.

—Disculpe.

—¿Sí? —Una dependienta joven me sale al encuentro—. ¿En qué puedo ayudarte?

Me gustaría decirle: «¿Sabe? Ayer vi unos zapatos preciosos que, en cualquier caso, cuestan demasiado...» Pero la verdad es que no es ése el motivo de que esté allí... No es el mejor modo de abordar el tema. Tengo que ser más directa.

—Ayer había algo escrito en el escaparate... Un número de teléfono.

—Sí, no me hables. Mira, incluso llamé al número en cuestión. Era de un chico, se ve que había quedado con alguien. Se echó a reír... No tenía ninguna cita. ¡Me dijo que era para su próxima novia!

—¿Eso dijo?

Y me entran ganas de echarme a reír. Está verdaderamente loco.

—Sí, eso dijo... ¿Qué pasa? ¿Por qué te ríes? ¿Es amigo tuyo?

—No, no.

—De todas formas, es un arrogante, se rió y después me colgó sin más.

Sólo se me ocurre decirle una cosa.

—Es que tenía mi móvil en la mochila, y él se lo llevó y no tengo su número.

No sé si me cree, pero la respuesta es en cualquier caso seca.

—Nosotros tampoco lo tenemos. Lo borramos... y lo olvidamos.

Acto seguido se da media vuelta y se aleja. Salgo y miro el escaparate. Nada, ya no se puede leer. Pruebo a mirar mejor. Lo han limpiado bien. Me pongo a contraluz. Me inclino a ras del cristal. Nada, lo han limpiado a la perfección y, por si fuera poco, detrás del escaparate veo que la dependienta me escruta. Nuestras miradas se cruzan y ella sacude la cabeza, se vuelve y me da la espalda de nuevo. Me levanto. Massi hizo bien al colgarle el teléfono. Afortunada ella que pudo llamarlo, sin embargo. Y, dicho esto, sólo me queda mi segunda y última oportunidad.

—Hola.

Detrás del mostrador de la caja de Feltrinelli hay una chica muy guapa con el pelo recogido en lo alto. Lleva también una tarjeta con su nombre: Chiara.

—Buenos días, dime.

Saco de la bolsa el CD que me regaló Massi.

—Ayer compré este CD...

La chica lo abre, mira uno de los lados, acto seguido le da la vuelta entre las manos y comprueba un pequeño sello plateado.

—Sí..., es nuestro. ¿Qué pasa? ¿Tiene algún defecto? Espera que llame a la persona que se ocupa de estas cosas.

Entonces pulsa un botón que hay a su lado. Antes de que pueda añadir nada, aparece él. Sandro. El tipo del libro sobre educación sexual. Por desgracia, me reconoce. Sonríe al verme.

—¿Qué pasa? ¿Has cambiado de idea?

Chiara toma las riendas de la situación.

—Hola, Sandro, perdona que te haya llamado, pero esta chica compró ayer este CD y creo que tiene problemas. —Después, como si se hubiese acordado de repente—: ¿Tienes el ticket? De no ser así, no podemos cambiártelo.

Antes de que pueda contestarle, Sandro interviene.

—Perdona, ayer querías comprar un libro sobre educación sexual... —Mira a su colega y opta por ahorrarme una situación embarazosa—.

Después eligió el de Zoe Trope y, por lo visto, al final compró un CD... Así no aprenderás nada.

Me sonríe, alusivo y fastidioso.

—No era para mí.

—¿Está defectuoso?, ¿se oye bien?

—De maravilla...

—Vale, pero ¿tienes el ticket?

—No quiero cambiarlo.

—En ese caso, ¿cuál es el problema?

—Pues...

Lo miro, ligeramente cohibida.

—Ya entiendo. Quieta. —Sandro me mira y se pone muy serio—. Burlaste la vigilancia. ¡Lo robaste, ahora te sientes culpable y quieres devolverlo! Sois todas iguales, las *baby gang,* vais por ahí atracando a la gente, les robáis el móvil, el dinero, incluso las cazadoras... ¿Eres la líder de una banda?

¡No me lo puedo creer! Y ya no sé cómo detenerlo. Sí, nos ha descubierto usted: somos Alis, Clod y yo. Las tres rebeldes del Farnesina. Incluso hemos dado un golpe: ¡media chocolatina para cada una!

—Perdone, ¿puede escucharme un momento?

Por fin se calma.

—Un chico me regaló ayer este CD.

Le cuento toda la historia, el escaparate, el número escrito en el cristal, a continuación el autobús, el robo de mi móvil, los dos chicos rumanos. Ésos sí que forman una auténtica *baby gang,* si es que se la puede calificar de «*baby*». Hasta le cuento lo del regalo de Alis del día siguiente.

—Qué amiga tan enrollada, fue muy amable. —Luego Sandro se queda un poco perplejo—. Pero, entonces, ¿qué puedo hacer por ti?

—Me gustaría saber quién es ese chico, quizá pagó con la tarjeta de crédito y salga allí su apellido, o a lo mejor pidió una factura y aparezcan en ella sus datos, su dirección...

Sandro me mira curioso, desconcertado, al final hasta un poco sobrecogido. A continuación arquea una ceja, puede que no acabe de tenerlas todas consigo. Intento convencerlo de que lo que le estoy contando es verdad y de que la única solución que tengo es decírselo.

—Ese chico, el que me regaló el CD, me gusta muchísimo.

Lo veo sonreír por primera vez. Tal vez porque piensa que podría ser su sobrina o que, en el fondo, está a punto de empezar una historia de amor o, sencillamente, porque esta vez se cree que no le he contado una mentira.

—Ven conmigo, vamos al despacho que hay ahí detrás.

Recorremos un largo pasillo. Encima de la puerta hay un cartel que reza: «Oficinas. Prohibida la entrada.»

—Venga, ven..., no te preocupes.

Abre la puerta y me deja pasar. Acto seguido, se sienta tras un escritorio, enciende un ordenador, saca unos recibos de un cajón y empieza a comprobarlos.

—Veamos, 15 de septiembre... Libros, libros, películas, CD dobles, más libros, libros... Aquí está. Esa persona sólo compró un CD, James Blunt, *All the lost souls,* recibo número 509. —Mira la pantalla—. Lo adquirió a las 18.25.

Sí, la hora es exacta. Es él. Yo había salido unos segundos antes. Sandro desplaza el cursor hacia abajo por la pantalla para averiguar cómo se efectuó el pago. Siento que mi corazón late cada vez más de prisa, cada vez más fuerte. Sandro sonríe. Es un visto y no visto, un instante. Porque después la sonrisa se borra de su rostro. Se asoma desde detrás del ordenador y me mira con seriedad.

—No. Lo siento. Veinte euros y cuarenta céntimos. Pagó en efectivo.

—Gracias de todas formas.

Salgo acongojada de Feltrinelli. Nada. Ya no me queda ninguna posibilidad. No volveré a ver a Massi. No sé hasta qué punto mis temores son infundados.

Subo al autobús de nuevo y todo me parece más triste, la realidad ha perdido color, se aparece casi en blanco y negro. Hay poca gente y todos dan la impresión de sentirse ofuscados, ni siquiera una pareja, alguien riéndose, alguien escuchando un poco de música, que siga el ritmo moviendo la cabeza. No hay nada que hacer, cuando un sueño se desvanece incluso la realidad pierde su belleza. Eh... ¡Caramba!, esa frase merece figurar en mi diario de citas. La verdad es que todavía no tengo uno, ¡pero me encantaría comprármelo! He recopilado ya alguna que otra, pero las he escrito en la agenda del colegio o en el móvil que aquellos dos tipos me robaron.

De improviso me viene a la mente el e-mail que Clod me escribió ayer. Está leyendo un libro de Giovanni Allevi, quien, entre paréntesis, a ella le gusta a rabiar, no tanto por su manera de tocar, sino por su forma de ser; se titula *La música en la cabeza*. Me ha copiado una cosa que a mí me parece muy fuerte y que ahora viene al caso: «Cuando persigues un sueño, encuentras en el camino muchas señales que te indican la dirección, pero si tienes miedo no las ves.» Eso es, no las ves. Miro con desconfianza detrás de mí. ¿Acabará de la misma manera el móvil que me ha regalado Alis? De modo que, para estar más segura, lo paso del bolsillo trasero al delantero. Ahora me siento más aliviada. ¿Cómo era esa frase que tenía en el móvil? Sí, porque sólo había una realmente sincera. Eso es: «¡No hay nada más bonito que lo que empieza por casualidad y acaba bien!»

Me gusta un montón y, no sé por qué, me hace pensar de nuevo en Massi y en todo lo que podría haber ocurrido entre nosotros y... ¡Eh, pero si ésta es mi parada! En cuanto toco el timbre, el autobús se detiene con brusquedad. El conductor me mira por el espejito y a continuación sacude la cabeza. Una señora un poco regordeta no consigue agarrar a tiempo la barra de hierro y cae en brazos de un anciano. Pero él no se enfada. Al contrario, sonríe. La señora se disculpa de todas las maneras posibles. Y él sigue sonriendo.

—No se preocupe. Estoy bien.

Mientras tanto, me apeo y al final yo también esbozo una sonrisa. ¿Quién sabe?, quizá mi distracción haya cambiado el destino de dos personas.

El autobús vuelve a ponerse en marcha y pasa por delante de mí mientras camino. Los veo, a él y a ella, al anciano y a la señora regordeta, charlando y riéndose. Quizá haya contribuido a formar una nueva pareja. Puede que nosotros nunca lleguemos a enterarnos, pero a veces somos los artífices de lo que sucede en la vida de los demás.

En ciertas ocasiones voluntariamente, en otras no. Llego debajo de casa y de repente los veo a todos allí, como siempre. Como entonces. Las chicas sentadas en el muro, los chicos jugando a la pelota. Corren por el patio sudados y encantados a más no poder con las porterías que han improvisado valiéndose de un garaje que tiene la persiana metálica oxidada y, al otro lado, de una bomba verde de agua, un poco amarillenta debido al sol e, inmediatamente después, algunos metros más allá, de unas cazadoras tiradas por el suelo. Los chicos del patio. Corren, gritan y voccan sus nombres.

—¡Eso es, Bretta! ¡Venga, Fabio! ¡Pásala! Fabio, Ricky, venga, Stone, vamos.

Se pasan una pelota medio deshinchada, oscura, con las huellas del sinfín de patadas que ha recibido. Y corren. Corren en pos del último sol, sudados por esa tarde de juego, con unas botas de imitación en los pies, o con unos viejos mocasines de fiesta que los guijarros del asfalto irregular han acabado por cubrir de arañazos. Y además están ellas, las animadoras del patio. Anto, Simo, Lucia, Adele. Una lame un Chupa-Chups, otra hojea aburrida un viejo *Cioè*, lo reconozco. Al menos es de hace dos meses. Dentro tenía un póster de Zac Efron. La otra busca desesperadamente en su iPod (que luego veo que en realidad es un viejo Mp3), una canción cualquiera. Me ven. Adele me saluda.

—Hola, Caro.

Anto levanta la cabeza y hace un ademán con la barbilla, Simo me sonríe. Lucía sigue lamiendo el Chupa-Chups y esboza un «Oa...» que debería ser un «hola», pero se ve que quiere engordar a la fuerza.

Vuelven a concentrarse otra vez en ese partido tan sui géneris. Y yo me despido de todas como de costumbre, con mi consabido «¡Adióóós!», y me marcho. Entro corriendo en el portal y llamo el ascensor. Pero, como no tengo ganas de esperar, subo la escalera a toda prisa, saltando los peldaños de dos en dos. Y al pasar los veo a través del cristal del rellano. Riccardo corre como un loco. Tiene el balón en los pies y no lo suelta ni por ésas. Bretta está a su lado, corre cerca de él, siguiéndolo. Están en el mismo equipo.

—¡Venga, pásala! ¡Pásala!

Pero Fabio, que juega contra él, es más rápido, se lo roba y se dirige hacia la portería junto a Stone. Bretta se mosquea, se vuelve y corre también en dirección a la portería.

—¡Te he dicho que la pasases, te lo he dicho!

Demasiado tarde. Stone y Fabio marcan un gol con un fuerte pelotazo contra la persiana oxidada del garaje, cuyo ruido asciende retumbando por la escalera. Ricky se queda en medio del patio con los brazos en jarras, respirando profundamente para recuperar el aliento. A continuación se aparta el pelo con la mano. Lo tiene sudado, y largo como siempre. Bretta pasa junto a él enfadado y da una patada a una pinza rota que debe de haberse caído de algún tendedero.

—Nos ganan tres a cero...

—¡Por supuesto! Ahora los superaremos.

Luego Ricky mira hacia lo alto, en dirección a la escalera. Y me ve. Nuestras miradas se cruzan. Me sonríe. Y yo me ruborizo un poco y me aparto. Mientras corro como un rayo por la escalera, el recuerdo vuelve a pasar por mi mente. Hace tres años. Yo tenía once, él trece. Estaba enamoradísima de Riccardo, con ese amor que no sabes a ciencia cierta qué significa, que no sabes ni dónde empieza ni dónde acaba. Te gusta verlo, encontrarte y hablar con él, te cae bien y, cuando pasas un poco de tiempo sin verlo, lo echas de menos. En fin, ese amor que no puede ser más bonito... porque es absurdo. Es amor en estado puro. Sin la sombra de una preocupación, todo felicidad y sonrisas. Y ganas de hacerle regalos, como esos que te gusta recibir de tus padres y que a veces, sin embargo, no te hacen porque en ese caso no les corresponde a ellos.

14 de febrero. San Valentín. La primera vez que le hice un regalo a un hombre. Un hombre..., ¡un chico! Un chico... un niño. Y me paro aquí porque, después de lo que descubrí sobre él, no sé qué otra palabra debería usar.

«Ring, ring.»

—Carolina, ve a abrir, que yo tengo las manos sucias, estoy cocinando...

—Sí, mamá.

—¡Antes de abrir, pregunta quién es!

Alzo los ojos al cielo. ¿Será posible que siempre me diga las mismas cosas?

—¿Me has oído?

—Sí, mamá. —Me aproximo a la puerta—. ¿Quién es?

—Riccardo.

Abro y me lo encuentro delante con su cabellera larga, tan larga..., pero peinada. Con una camisa vaquera ligera a juego con sus ojos azules, una sonrisa feliz, en modo alguno cohibida, que hace resaltar lo que lleva en las manos.

—Ten, te he traído esto.

—Gracias.

Permanezco frente a la puerta. A continuación cojo el paquete y lo giro entre las manos para observarlo mejor. Es un pequeño banco de hierro con dos corazones sentados encima. Son de tela roja; uno de los corazones tiene trenzas; el otro, el pelo negro.

—Somos nosotros dos... —Ricky sonríe—. Y ahí abajo hay unos bombones.

—Ten. —Se lo devuelvo—. Espera, ábrelo tú. Yo tengo que entrar un momento.

Regreso en un abrir y cerrar de ojos, justo cuando él acaba de desatar el lazo y de quitar el papel transparente y está cogiendo un bombón de la caja y mirándolo para saber de qué sabor es. Pero yo soy más rápida. No se lo espera.

—Ten.

Le doy también un paquete. Ricky lo mira confuso y lo gira entre las manos.

—¿Es para mí?

«Claro —me gustaría decirle—. ¿Para quién, si no?» Pero sonrío y me limito a asentir con la cabeza. Y él lo desenvuelve encantado y a toda velocidad. Al cabo de un instante, la tiene en las manos: una gorra.

—Qué bonita. Azul oscuro, como a mí me gusta. ¿La has hecho tú?

—¡Venga ya! —Me río—. ¡Las iniciales, sí!

Y se las señalo en el borde: R. y G. Ricky Giacomelli. Pero, en realidad, estoy mintiendo. ¡A ver quién es la guapa que sabe hacer una cosa así! ¿Bordar? Si me pincho nada más coger una aguja. Peor que las rosas del jardín... Ahora bien, no sé cuantas veces tuve que recoger la cocina antes de tener el valor de pedirle a mi madre que me bordase esas iniciales en la gorra. Y no era tanto por los platos que había que fregar, sino por las preguntas que sabía que me haría sobre las iniciales: «¿Para quién es? ¿Por qué se lo regalas? ¿Qué habéis hecho?» «¡Cómo que qué hemos hecho, mamá! Eso es asunto nuestro.» Entre otras cosas, porque no hay nada peor que no tener el valor de admitir ni ante uno mismo que no tienes ni idea de lo que hacer... No te imaginas absolutamente nada.

Ricky se la pone.

—¿Cómo estoy?

—Genial.

Sonrío y nos quedamos mirándonos en la puerta. Después él coge un bombón.

—¿Te gusta el chocolate fondant?

—Sí, mucho.

Y me lo pasa. Él lo coge de avellanas. Los desenvolvemos juntos mirándonos, sonriéndonos y haciendo pelotas con el papel de aluminio dorado. Luego él me coge la mía de las manos y rodea con ella la suya, formando una pelota dorada más grande, la deja caer y le da una patada al vuelo que le hace describir una parábola en el aire antes de salir volando por la ventana abierta de la escalera.

—¡Gooool!

Se hace el gracioso y levanta las dos manos mientras yo aplaudo divertida.

—¡Muy bien! ¡Campeón!

Pero acto seguido todo vuelve a quedar envuelto en el silencio de la escalera. En esa tarde invernal, a un paso de esa lluvia sutil que cae un poco más allá, donde ha ido a parar esa pequeña pelota de fútbol improvisada. De manera que nos miramos en silencio. Ricky se quita la gorra. Juega con ella entre las manos, ligeramente avergonzado, ahora sí. Mira hacia abajo, se mira las manos, a continuación de nuevo mis ojos. Y yo hago lo mismo. Acto seguido se acerca, su cabeza se ladea hacia mí... Como si... Como si... Sí, me quiere besar. Yo también me aproximo a él. Justo hoy, el primer beso. San Valentín, la fiesta.

—¡Qué monos! ¡Dos enamorados a punto de besarse!

Mi hermana, ¡qué idiota!

—¡Sólo nos estábamos despidiendo!

—Sí, sí... En ese caso, daos prisa, porque mamá ha dicho que la comida ya está lista.

Por suerte, se va.

Nos miramos por un instante, cohibidos. Luego Ricky intenta resolver la situación.

—¿Vienes esta noche?

—¿Adónde?

—A casa de Bretta, celebra una fiesta.

—¡Ah, sí, es verdad! ¡Lo había olvidado por completo!

Después nos callamos y permanecemos así en la puerta, mirándonos en silencio.

—¡A la mesa!

Mi hermana vuelve a pasar, y se ríe. Juro que la odio.

—Bueno, adiós. Nos vemos esta noche.

Cierro la puerta.

Ricky sale corriendo, feliz, se pone la gorra. Y sonríe. Esta noche la vuelvo a ver. ¡Pero resulta que no está pensando en mí sino en Rossana! ¿Sabéis quién es? La madre de Bretta. Pues sí, eso fue lo que descubrí la noche de la fiesta. Y lo que hizo que mi mundo se hundiese. Una desilusión increíble. Más tarde comprendí que el mundo de los hombres no puede hundirse. Está hecho así.

Ahora os contaré lo que sucedió, qué era lo que estaba sucediendo desde hacía ya varias semanas sin que yo lo supiese. Recogí indicios, detalles, e incluso Bretta me contó algo. Pero jamás, repito jamás, habría creído que Riccardo, ese chico tan romántico y encantador que me había regalado el banco con los dos corazones enamorados, pudiese ir tan lejos.

Riccardo vive en un ático, en el último piso de nuestro edificio y, justo enfrente de él, está el edificio de Bretta, que en realidad se llama Gianfranco. De dónde salió Bretta es algo que nunca he llegado a entender. Pero ésa es otra historia. Y, si he de ser franca, demasiado difícil para mí. En cualquier caso, un día Riccardo estaba estudiando en su habitación. Era una de esas tardes aburridas donde no consigues que nada te entre en la cabeza. Estaba allí, anochecía y estudiaba sentado a la mesa que está frente a la ventana, todavía bien iluminada, por lo que no había encendido las luces de la mesa, cuando, de repente, en el edificio de enfrente, en el apartamento de Gianfranco, o sea, de Bretta, para que nadie se confunda, se enciende una luz. Es un instante, pero da la impresión de que está a punto de ocurrir algo. Esa habitación vacía, esa luz encendida, no entra nadie, la espera va creando un lento suspense. Y de repente Rossana entra en el cuarto. Está desnuda, completamente desnuda, no lleva nada puesto. Acaba de ducharse. Se seca el pelo frotándolo con una toalla. Riccardo no da crédito a sus ojos. Se levanta de la mesa y cierra la puerta de su dormitorio, pese a que no hay nadie en casa, con la única intención de sentirse más seguro. Y sigue mirándola.

Ella, Rossana, la madre de su amigo, no es especialmente guapa, pero tiene un pecho considerable. Y, además, no sé, el hecho de..., sí, en fin, de espiarla en alguna forma, bueno, eso lo excita aún más. Rossana arroja la toalla sobre la cama y desaparece al salir de la habitación.

Riccardo espera que regrese sentado a la mesa. Pasan varios segundos, minutos, pero su deseo permanece intacto. De manera que, al cabo de un rato, no puede contenerse más y se le ocurre una idea. Va al dormitorio de su madre, todavía no tiene móvil, pero sabe que en el teléfono fijo de casa de Bretta no pueden ver quién efectúa la llamada, de modo que teclea el número. A continuación corre de nuevo a la mesa de su habitación y se sienta, jadeante y aún más excitado. Segundos después vuelve a ver a Rossana entrando en la habitación. Todavía está desnuda, aunque tiene el pelo un poco más seco. Se precipita hacia el teléfono, levanta el auricular pero, como no podía ser de otro modo, al otro lado de la línea no hay nadie.

—¿Dígame? ¿Dígame?

Riccardo sonríe, a continuación cuelga el teléfono sin dejar de mirarla mientras ella sacude la cabeza, desnuda. Se alborota el pelo y abre el armario sin saber qué ponerse. Se queda ahí, su cuerpo aparece de cuando en cuando, desnudo y rosado, por la puerta entornada. Se ve su espalda que huele a lo lejos a gel de baño y a crema. Y esa toalla húmeda y tirada sobre la cama, y esa sensualidad que sale por la ventana entreabierta. Rossana abandona la habitación. Riccardo vuelve a teclear el número. Y ella entra de nuevo como antes. Se acerca al teléfono. Riccardo está otra vez en su puesto, junto a su mesa, contemplándola mientras responde, todavía desnuda.

—¿Dígame? ¿Dígame? —Rossana espera un segundo mirando el auricular mudo—. ¿Con quién hablo?

Luego se vuelve hacia él con el pecho desnudo, prominente, aún más prominente a la luz de esa habitación. Riccardo sonríe en la penumbra, en el silencio de su dormitorio sólo se oye el ruido de una cremallera que se abre, la de sus pantalones. A continuación, un suspiro excitado que se pierde entre sus movimientos y los de la mujer que tiene enfrente. Ella se inclina, se pone con parsimonia las bragas que ha sacado de un cajón del armario demasiado bajo para no ser, si cabe, aún más excitante. Y la historia se prolonga durante varias semanas, cuando Riccardo se queda solo en casa.

A Rossana le gusta darse una ducha al final del día, y no le preocupa deambular desnuda por la casa. Está sola a menudo y a menudo se ve obligada a responder a ese teléfono mudo. Por su parte, Riccardo está siempre ahí, en la penumbra de su habitación, mirándola. Sonríe. Imagina que está en casa de ella, en la habitación de al lado. Sentado en esa cama. Si ella se aleja y se enciende la luz del salón o del baño, Riccardo teclea su número de teléfono para hacerla regresar al dormitorio, para poder admirarla en su completa desnudez. Ella, tan abundante, tan plena, con ese pecho a decir poco generoso. Y todo parece proceder de forma casi perfecta, rayana en el aburrimiento. Hasta esa noche.

14 de febrero, San Valentín, la fiesta de los enamorados. Y también el cumpleaños de Bretta.

—¡Hola! ¡Hola! ¿Cómo estás?

Se besan uno detrás de otro, la pandilla de chicos y chicas que entran en casa de Bretta. Están Anto, Simo, Lucia y todas las chicas y los chicos de los dos edificios. Bretta los ha invitado a todos. Riccardo ha acudido también y saluda educadamente a Rossana, la madre de Bretta.

—Buenas noches, señora...

—Hola, Riccardo, ¿cómo estás?

—Bien, gracias, ¿y usted?

Y se sonríen, muy educados en sus respectivos papeles. Riccardo la mira mientras se aleja embutida en un vestido largo, la observa avanzar lentamente entre los invitados. La madre de Bretta saluda a los demás y, si bien su caftán es oscuro, Riccardo puede entrever esas curvas que conoce tan bien. A saber si se habrá puesto el sujetador de encaje burdeos o el otro, el negro transparente... Pero de repente alguien lo rapta o, mejor dicho, lo devuelve a la realidad.

—¿Nos sentamos juntos, Ricky?

Lo miro risueña pensando todavía en el banco con los dos corazones que me ha regalado, en el bombón que nos hemos comido juntos, en ese silencio embarazoso pero a la vez tan romántico... ¡Y también en mi hermana, que es una auténtica gilipollas!

—¡Claro! Vamos, sentémonos en seguida juntos, antes de que los demás ocupen los asientos.

De manera que poco después nos encontramos sentados a la mesa. El resto del grupo llega en un abrir y cerrar de ojos, como si hubiésemos dado el pistoletazo de salida para la cena.

—Venga, yo me siento aquí.

—Yo presidiré la mesa.

—No, aquí va Maria.

—Y aquí Lucia.

Al final, después de algún que otro rifirrafe, acaban de sentarse todos. Cuento. Somos dieciocho. Y yo estoy exultante. Riccardo está a mi derecha. De repente, aparta el mantel.

—Mira —me dice indicándome su bolsillo izquierdo.

Nooo..., ¡qué encanto! Lleva la gorra azul que le he regalado. Con mis letras. Bueno, con las de mi madre, sólo que él no lo sabe. Le asoma por el bolsillo. Me sonríe, le aprieto la mano bajo el mantel y justo en ese momento llega la madre de Bretta.

—Aquí os traigo la primera tanda de comida. A ver, he freído algunas cosas riquísimas: croquetas de arroz, carne y mozzarella, flores de calabaza... Empezaremos con las aceitunas a la ascolana. Yo os serviré en los platos, ¿eh?...

De manera que pasa por detrás de nosotros y sirve a cada uno su ración en el plato.

—Aquí tienes, una aceituna para ti, otra para ti, otra para Lucia... —Que está sentada casi al lado de Riccardo, al que, extrañamente, se salta cuando le llega su turno—. Bien, ésta es para ti, Carolina. Ésta para ti... y ésta para ti, Adele. —Y acaba la ronda.

Todos se comen su aceituna rellena. Yo sólo muerdo la mitad...

—¿Quieres un trozo?

La acerco a la boca de Riccardo, que, sin embargo, niega con la cabeza.

—No, gracias, no me apetece.

De modo que me la acabo de un bocado. ¡Debe de haberle dicho que no le gustan! En ese preciso momento llega de nuevo Rossana con otra fuente.

—¡Aquí están las croquetas de arroz con carne y mozzarella! —dice, e inicia una nueva ronda—. Una para ti, otra para ti... —Las croquetas están calientes, las coge con una servilleta de la fuente para no quemarse y las va colocando en los platos que tenemos delante—. Ésta para ti, ésta para ti, Lucia... —Se salta una vez más a Riccardo—. ¡Y ésta para ti, Carolina!

En ese momento, Riccardo se vuelve hacia ella risueño.

—Perdone, Rossana, pero es la segunda vez..., bueno, que no me ha puesto nada en el plato.

Rossana se para y se vuelve hacia él esbozando una sonrisa.

—¿Y?... Ya hago un *striptease* para ti todos los días, ¿no?

Riccardo se pone colorado como un tomate, los otros enmudecen y se miran sin acabar de comprender lo que quiere decir esa frase. Bretta y Stone, en cambio, se ríen y miran a Riccardo, a quien le gustaría desaparecer bajo la mesa en ese mismo momento. Sin embargo, la cena prosigue, él permanece en silencio, no habla con nadie y, claro está, no prueba bocado. El resto de la velada lo pasa en un rincón de la sala con una extraña sonrisa en los labios, mirándonos mientras nos entretenemos con un juego de preguntas sentados a la mesa. De vez en cuando me vuelvo, lo miro y le dedico una sonrisa para animarlo un poco, pero, al igual que los demás, tampoco sé muy bien qué decirle, si invitarlo a jugar con nosotros o no. Él me devuelve la sonrisa, aunque parece muy triste. Nosotros nos estamos divirtiendo un montón, mientras que él no ve la hora de que la velada concluya. A partir del día siguiente, Riccardo siempre tiene la persiana de la habitación donde estudia bajada. En casa de Bretta no han recibido más llamadas y, como no podía ser de otro modo, nuestra *love story* empezó y acabó ese 14 de febrero.

Regreso al presente. A verlos jugar todavía en el patio. ¡Como si el tiempo no hubiese pasado! ¡Es más, consiguen meter un gol a Stone, y Ricky abraza a Bretta! Si uno espiase a mi madre de esa forma, le partiría la cara, jamás lo volvería a abrazar. A saber cómo lo descubrieron. Ésa es una de las cosas que nunca sabré. De manera que dejo a mis amigos en el patio. Quizá para siempre. Los añoraré un poco. Cómo nos divertíamos jugando por la tarde después de haber hecho los escasos deberes que nos ponían en el colegio. Nuestros pasatiempos preferidos eran el escondite inglés, la rayuela y la goma. Con la goma era muy buena; con la rayuela me las arreglaba; el escondite inglés, en cambio, me aburría. Lo que más me divertía era el escondite. Una vez conseguí llegar a casa pasando por el jardín de nuestros vecinos. Está lleno de plantas, de ortigas y de zarzas. Pero yo los atravesé todos, ¡ni que fuera Rambo! Y al final... ¡salvé a todos mis compañeros! Fui el ídolo de la tarde. Quizá porque todos habían sido descubiertos y yo era la última que podía salvarlos, y eso fue lo que hice. ¿Y sabéis quién la llevaba? Riccardo. Todavía no sabía nada de esa historia. Y pensar que todas las noches escribía su nombre en mi diario... Todavía no tenía móvil para esconderlo todo. Bueno... A veces la vida te ofrece el modo de vengarte sin que tú lo sepas.

Toco el timbre. Todavía no me han dado las llaves. Antes de que me dé tiempo a entrar en casa, mi madre se abalanza sobre mí.

—¿Se puede saber dónde has estado?

—En el colegio. Tenía que consultar unas cosas con mis amigas.

—¿Y por qué no me avisas? Me dejas una nota. ¡Algo! ¿Será posible que siempre tenga que preocuparme por ti?

Veo que tiene las mejillas encendidas. Está fatigada, cansada. Sigue planchando después de toda una jornada de trabajo. «¡Estaba buscando a Massi, mamá!» Aunque quizá no me convenga decírselo.

—Mamá, mira... —Saco del bolsillo el móvil nuevo que me ha regalado Alis—. ¡Lo he encontrado!

—Bien, me alegro. —Exhala un suspiro. Sigue enojada, pero al final me abraza. Se inclina y me estrecha con fuerza. Luego se aparta y me mira a los ojos—. No me asustes. Me vuelvo loca cuando no sé dónde estás. Ya me preocupo bastante por tus hermanos... —Me alborota el pelo—. No empieces ahora tú.

En ese momento llega Ale. Le sonrío mientras se acerca.

—He encontrado mi viejo móvil. Ten. —Me meto la mano en el bolsillo y cojo el nuevo que me ha regalado mi madre—. Éste es para ti...

Y le doy el teléfono. Ale lo coge y lo mira. Después me escruta haciendo una mueca.

—Ah, claro... ¡Porque, según tú, a mí me corresponden las sobras!

Se da media vuelta y se aleja encogiéndose de hombros y resoplando, irritada. En cualquier caso, se ha quedado con el móvil nuevo, con las sobras, como ella dice.

El resto de la tarde transcurre tranquilo. Estudio serena en la cocina mientras mi madre cose. Repito de vez en cuando en voz alta y veo que ella sonríe cuando lo hago. Ha apagado la televisión que estaba mirando casi sin voz.

—Así no te distraes...

De repente siento vibrar el móvil. Lo saco del bolsillo a hurtadillas. Abro la carpetita de mensajes recibidos y lo veo. Es Alis. Echo una ojeada a mi madre. No se ha dado cuenta. Lo abro. ¡Nooo! ¡Es genial! «Hola, he conseguido que Celibassi os invite a las dos. Clod viene por su cuenta. ¿Te paso a recoger a las ocho y media?»

Le respondo sin pensarlo dos veces. ¡Perfecto! Con un *smile*. Pero ahora a ver quién se lo dice a mi madre. Ella quiere que la avisemos con tres días de antelación por lo menos. Y, como si de repente se hubiese percatado de algo, mi madre se vuelve.

—¿Te apetece cenar pasta con atún esta noche? A Alessandra también le gusta... y, además, Giovanni no está. ¿Qué dices?

—Esto..., mamá. A propósito, quería decirte algo... Sé que debería habértelo dicho antes, pero no lo sabía..., mejor dicho, no es que no lo supiera, es que sólo lo esperaba porque no me habían invitado... —En fin, que la enredo un poco, de manera que al final se ve casi obligada a decirme que sí, es más, casi se siente aliviada al hacerlo. Le digo que van todas, que asistirán incluso los profesores, que es importante para mi año académico, que decidiremos a qué instituto pensamos ir, que estarán todas mis amigas, y al final añado—: Pero si no quieres no voy, ¿eh? —que es lo mejor que puedo decir para que se derrumbe, y que, además, se trata de una fiesta elegante.

Insisto tanto que al final no le queda más remedio que dar su brazo a torcer.

—Ve, por favor, ve. ¡Me alegro de que vayas!

Y yo no me hago de rogar. Tras haber simulado depresión y una ligera indecisión, me apropio por completo de mi pequeña victoria.

—¡Gracias, mamá! —Me abalanzo sobre ella y la abrazo, la beso. Le aprieto con fuerza el cuello y le estampo un beso de amor sin ninguna dificultad—. ¡Te quiero mucho, mami, adióóóós!

Me precipito hacia mi dormitorio y empiezo a sacar cosas del armario. El top negro. Los vaqueros oscuros. Quizá vayan también los Ratas. Tengo que impresionar a Matteo, a Matt, como quiere que lo llamen. ¿Y Massi? ¿No piensas en Massi? Sí, es verdad. Pongo el CD y lo escucho y bailo mientras me arreglo. Elijo algo y me lo pongo, a fin de cuentas, nadie puede entrar en mi cuarto. ¡Zona libre! ¡Prohibida la entrada! En la puerta hay tres carteles más. No obstante, Ale hace caso omiso. Entra sin llamar.

—Perdona, ¿podrías bajar el volumen? Estoy estudiando.

Ella es así. No dice nada más, se marcha, más antipática que nunca. Al final, me decido por tres cosas. Primero un pantalón nada escandaloso de Miss Sixty con el que me verá mi madre. Entonces Ale, a pesar de que he bajado el volumen, ha ido a la sala, así que me precipito hacia su habitación y encuentro de inmediato lo que buscaba. Lo absurdo es que mi hermana y yo tenemos la misma talla de cintura para abajo... Por suerte, porque así puedo mangarle lo que quiero, justo como he hecho ahora. En lo tocante a la parte de arriba..., bueno, aún tiene que pasar algún tiempo. Pero eso no me preocupa, la naturaleza va siguiendo su curso. Vuelvo a mi dormitorio, cojo otras dos cosas, que, en mi opinión, me quedan ideales, y a continuación el maquillaje, si bien de momento sólo me pongo un poco de rímel. Lo meto todo en una pequeña bolsa y luego salgo sigilosamente al rellano y llamo el ascensor. Aquí está. Ha llegado. Entro de puntillas e introduzco la bolsa en el compartimento que hay en lo alto, bajo las bombillas. Acto seguido, ya más tranquila, vuelvo a entrar en casa. Pongo otra vez la canción de Massi. Es preciosa. Bailo por un instante con los ojos cerrados y sueño... Acto seguido, vuelvo a abrirlos de golpe. Quizá no nos veamos nunca más, esa idea me destruye. Me echo en la cama, hojeo rápidamente el libro que estoy leyendo, *Perdonadme por tener quince años,* y releo la frase que tanto me impresionó ayer: «Te conozco mejor de lo que mucha gente conseguirá conocerte. Ellos acaban encasillados, interrumpen el flujo de sangre de sus corazones y sonríen como si fuese la cosa más natural del mundo.» Aunque, pensándolo bien, ahora no me convence tanto. En cambio, la que me impresionó fue ésta: «Y me estoy perdiendo a mí misma, me estoy perdiendo algo que ni siquiera logro encontrar. Quizá ése sea el problema. No logro encontrarlo. No consigo alcanzarlo. No consigo llegar.» Miro afuera. La noche que avanza. Las primeras estrellas empiezan a brillar. Qué poética soy... Es que tengo ganas de enamorarme. Y justo en ese momento empieza de nuevo la canción del CD de Massi, ¡es el destino! Por si no bastase, vibra también el móvil en la mesa. Es Alis.

—¿Bajas?

—*Five minutes* —le respondo al vuelo.

Hoy me siento un poco *english*.

—¿Estoy bien así, mamá?

Me asomo guapa y tranquila a la cocina. Mi madre deja la aguja, el hilo y el calcetín que está remendando sobre la mesa. Luego me mira, me escruta de arriba abajo y esboza una sonrisa.

—Sí.

Todo parece ir sobre ruedas.

—¿Están ya abajo?

—Sí.

—Vale, ve y no vuelvas tarde. Lleva el móvil encendido y cerca de ti, y a las once te quiero en casa.

Le doy un beso apresurado en la mejilla y salgo corriendo antes de que llegue mi padre. Con él resultaría más arduo. Salgo al rellano y, justo en ese momento, sale también nuestro vecino de enfrente. Oh, no, eso sí que no. ¿Y ahora qué hago? Es un tipo simpático. Se llama Marco, trabaja en la televisión y debe de tener unos cuarenta años. Tengo que arriesgarme. Abro la puerta del ascensor y a continuación lo miro sonriente.

—¿Qué hace?, ¿baja a pie para mantenerse en forma o coge el ascensor?

Marco me mira repentinamente perplejo y arquea las cejas.

—¿Por qué? ¿Te parece que he engordado?

A mí me parece que varios kilos, pero si se lo digo puede que se ofenda. Es duro en esos casos. Hay que ser diplomático y yo, por desgracia, no siempre lo soy. O bromista. Eso me sale mejor.

—¿Qué prefiere?... ¿Una mentira o la cruda verdad?

—Entiendo. —Me sonríe, pero tengo la impresión de que se ha mosqueado un poco—. ¡Bajaré a pie!

—No... ¡Estaba bromeando!

Pero no le doy tiempo a cambiar de idea. Entro en el ascensor, cierro las puertas y pulso el botón de la planta baja. Espero a que descienda un piso y lo detengo. Tengo escasos minutos para cambiarme. Vamos, de prisa. Bajo la bolsa, saco la ropa que hay dentro y me desnudo a toda velocidad. Me cambio los zapatos, los pantalones y la camiseta por el top, la falda corta y las botas. Recojo las cosas que hay en el suelo, me pongo un poco de rímel, de colorete y de *eyeliner* y con eso considero que estoy lista. En ese momento oigo que alguien golpea la puerta de la planta baja y grita.

—¡Ascensor! ¡Ascensor!

Otras voces.

—¿Qué pasa? ¿Se ha bloqueado?

Meto también en la bolsa el maquillaje y a continuación pulso el botón de la B. Me parece estar viviendo una de esas películas de acción tipo *Misión imposible,* sólo que yo no soy Tom Cruise y, sobre todo..., no puedo cambiarme la cara como hace él. De modo que, cuando llego a la planta baja, se abre la puerta. Veo a Marco junto a la señora Volpini, la vecina del segundo piso.

—Pero ¿qué ha pasado?

—Eh... —Sonrío ingenua, tratando de parecer lo más joven e infantil que puedo—. No lo sé, se ha parado...

Pero Marco, que debe de tener buen ojo y una magnífica memoria, escruta antes el interior del ascensor para cerciorarse de que dentro no esté mi otro yo y, a continuación, cabecea.

—Ahora entiendo por qué había engordado de repente.

—Sí... —Sonrío mientras me encamino hacia el portón—. ¿Ha visto? ¡Le ha bastado hacer un poco de ejercicio para perder esos kilos de más!

Y escapo corriendo. Luego me detengo y me surge una sospecha. ¿Y si fuera como pienso? ¿Se habrá dado cuenta? Creo que sí. A una madre no se le escapa nunca nada, ni siquiera de lejos. Abro el móvil y llamo de inmediato a casa. Responde Ale.

—¿Me pasas a mamá?

—¿Dónde estás?

—Dile a mamá que se ponga.

No me responde. Baja el auricular y oigo cómo la llama mientras se aleja:

—Mamá, al teléfono...

Mantengo el móvil pegado a la oreja, me asomo un poco por el

portón y la veo en el preciso momento en que desaparece de la ventana. ¡Sabía que estaría ahí! Era lo que esperaba, de modo que echo a
correr hacia la verja. Mientras tanto, oigo su voz en mi móvil.

—Sí, ¿quién es?

—Soy yo.

—Caro, ¿qué pasa? ¿Dónde estás?

—Estoy ya en el coche con Alis.

—¿Y por qué me llamas?

—Quería decirte algo. Te quiero muchísimo, mamá.

Siento que sonríe al otro lado de la línea, más dulce y más maternal que nunca y, por un instante, me siento culpable.

—¡Yo también! Pero no vuelvas tarde.

—Por supuesto, mamá...

Y cuelgo. Ya más serena, olvido el sentimiento de culpa y me meto
en el coche de Alis con una única certeza:

—Esta noche nos divertiremos a rabiar.

Alis parte como un rayo.

—¡Claro! ¿Sabes quién viene?

Y empieza a soltar una retahíla interminable de nombres que apenas puedo recordar pasados unos minutos. Mientras habla, conduce
a una velocidad increíble. Alis se ha convertido en un monstruo con
su cochecito. Es genial, ha conseguido un Aixam de color marfil, ha
tapizado el interior de rosa y en el capó ha hecho pintar dos grandes
ojos rosas al estilo Hello Kitty. ¡E incluso ha instalado la conexión
para su iPod! Así podemos escuchar nuestra música. Pongo en seguida una canción que me encanta: *Stop! Dimentica*, de Tiziano Ferro. Y
bailo al ritmo de la música. Luego me asalta una duda.

—Eh, pero ¿cómo lo hiciste?

—¿A qué te refieres?

—¿Cómo conseguiste que nos invitaran a Clod y a mí?

—Oh, fue muy fácil. Les dije que estabais organizando una fiesta
increíble en el Supper, ¿conoces ese local todo blanco donde es tan
difícil entrar?

—Pero si nosotras no estamos organizando nada...

—¿Y ella qué sabe?

—¿Y si lo descubre?

—¡Pues le decís que habéis cambiado de idea! ¿O acaso uno no puede cambiar de idea?

—¡Estás loca!

—Sí, como una cabra.

Y aparca con un viraje tan repentino que me lanza contra la puerta, ¡hasta el punto de que podría haber salido volando por la ventana si ésta no hubiese estado cerrada!

—¡Eh, ya veo que has frenado!

Se echa a reír. Desenchufa el iPod y se lo mete en el bolsillo. Nos apeamos. Hay un montón de coches sin carnet: Chatenet, Aixam y Lieger. Los reconozco todos. Samantha, Simona, Elettra, Marina. Cuánto me gustaría tener uno. Dentro de poco cumpliré catorce años. Quién sabe si mis padres estarán pensando en regalármelo. Les he dado a entender de todas las formas posibles que me encantaría, ¡incluso me he quedado dormida varias veces con el catálogo de la Chatenet encima, abierto sobre la cara, como si fuese un periódico! No me importaría en absoluto que fuera usado, en caso de que quieran ahorrarse un poco de dinero. Mis padres trabajan mucho, y en casa no nadamos en la abundancia. Claro que yo tengo mi paga, voy a un buen colegio y no me puedo quejar. A mi hermana Ale le compraron la moto cuando tenía unos catorce años y medio. A Rusty James, a los quince, pero desde entonces no ha pedido nada más y se las ha arreglado solo inventándose mil trabajos, fiestas en locales o en bares, por ejemplo, para poder comprarse la moto que tiene ahora. Sin embargo, su sueño es tener un coche, siempre lo dice: «Me encantaría tener un viejo Mercedes Pagoda como el de Richard Gere en *American gigolo*, me lo compraría azul celeste...»

Yo no he visto esa película, ¡pero si mi hermano dice eso es porque ese coche debe de ser precioso!

Observo con más detenimiento los microcoches de mis amigos. Hay uno nuevo, es azul oscuro metalizado con unos números claros en las puertas de diferentes tamaños. Parece una extraña secuencia: uno de esos complicados acertijos como los de *El código Da Vinci*. Madre mía, a saber de quién será.

—¡Buenas noches! —Alis saluda al señor que está en la puerta con una lista en la mano—. Sereni y Bolla.

El tipo comprueba nuestros apellidos en la lista y luego se aparta risueño para dejarnos entrar. ¡Menuda casa! Es espléndida. La entrada está en la curva de Parioli, un lugar del que ya había oído hablar, pero en el que nunca había estado.

—¡Habéis llegado!

Clod se asoma desde un árbol que hay detrás de la curva, donde se ha escondido.

—¿Qué estabas haciendo ahí?

—Adivina. Os estaba esperando.

—Pero si hay media clase ahí dentro, podrías haber entrado.

—Ohhh, qué pesada eres... Me daba vergüenza, venga, entremos juntas.

Y eso hacemos. Nada más doblar la esquina, aparece ante nuestros ojos la casa en todo su esplendor. Parece una de esas viejas casonas que se ven en las fotografías del campo, sólo que por lo general se encuentran en la Toscana o en Umbría o, en cualquier caso, fuera de Roma, ¡pero ésta está en pleno centro! Y, además, la música suena a todo volumen.

—¡Finley!

Bajo el porche hay un disc-jockey que mueve la cabeza al ritmo de la música. Se muerde el labio, lleva una gorra con la visera al revés y nos saluda alzando la barbilla en dirección a nosotras.

—¡Vamos! —Pone otra canción haciendo *scratching*—. ¡Ahí va!

Alis se separa del grupo y se une a las chicas que bailan junto al borde de la piscina, se quita al vuelo los zapatos y se queda descalza. La música es increíble. El tipo ha entendido que nos gusta y alza el volumen. Los *woofer* de los altavoces retumban hasta alcanzar las estrellas. Alis va vestida de una manera ideal. Ahora me doy cuenta. Lleva un vestido de flecos, blanco, con muchos cordoncitos que se mueven a la vez. Abre el bolso que ha dejado allí cerca y saca una cinta, se la coloca alrededor de la frente y agita la mano hacia el cielo haciendo círculos. «Yujuuu», parece una chica salvaje a caballo. Siempre sucede lo mismo, ella, que por lo general es un ejemplo de corrección, se vuelve loca apenas oye un poco de música. Salta entre los demás, bailando alrededor de ellos.

—¿Qué hacemos? ¿Vamos?

Miro a Clod esperando su respuesta.

—No... ¡Me da vergüenza!

—¿De qué? Venga, nos divertiremos, escucha qué música. —La aferro por un brazo y la arrastro—. ¡Vamos, ven!

Pero ella opone un poco de resistencia y eso me impide avanzar.

—¡Eh! —Se ríe—. ¿Qué pasa? —le pregunto riéndome a mi vez.

—¡Ya lo sabes!

¡Qué pesada es! En cualquier caso, en el fondo también quiere venir, aunque si se para, no hay manera de arrastrarla. Así que al final, de esa forma tan tonta, llegamos junto a Alis y empezamos a bailar, y veo que también están las otras chicas de la clase: Martina, Vittoria, Stefy, Giuli, y Lallo y los otros... Incluso los Ratas. Veo a Luca y a Fabio... Alguien me toca en el hombro.

—¡Eh! ¡Pero si eres Caro!

Me vuelvo y esbozo una sonrisa. Es Matteo. ¡Matt! Sigo bailando delante de él y le respondo a voz en grito para hacerme oír por encima de la música.

—¡¿A quién buscabas?!

—A ti... Pero no te había reconocido. Estás guapísima.

Enrojezco un poco, pero sigo bailando mientras lo miro a los ojos. Caramba, luna, ayúdame, dime que no se nota que estoy roja como un tomate. ¡Dímelo, te lo ruego! Y sigo bailando y lo miro a los ojos y sonrío, dando muestras de una gran torpeza. Pero ¿por qué ha de sucederme siempre lo mismo cuando lo veo y me hace un cumplido? Tengo la impresión de que ha entendido lo que me ocurre y que lo hace adrede. Por fin consigo responder algo más o menos coherente.

—Lo dices sólo porque voy más maquillada.

—De eso nada... No me había dado cuenta. ¡Ven!

Y esta vez es él el que me coge un brazo y el que tira de mí con tanta fuerza que casi me hace tropezar. Y corro detrás de él mientras Alis y Clod me ven escabullirme como arrastrada por una banda elástica.

—Eh, ¿adónde van? —Clod se acerca a Alis.

—Pero ¿es que no sabes que Matt, como ella lo llama, le gusta desde siempre?

Por suerte, no me da tiempo a oírlas, estoy ya lejos de ellas, más allá del jardín, del bufet, arrastrada por el entusiasmo de ese loco de Matt. Se da cuenta de que he visto lo que hay sobre la mesa.

—Venga, luego volvemos a comer algo, ¿vale?

Asiento con la cabeza, aunque en realidad me importa un comino. De manera que me arrastra al interior de la casa y atravesamos unos salones antiguos llenos de cuadros y de estatuas y de bustos de mármol apoyados sobre unas elegantes columnas. Parece que estemos en uno de esos museos que hemos visitado alguna vez con el colegio.

—Ven, quiero enseñarte algo...

Matt me sonríe. Me parece aún más guapo de como lo recordaba. Dios mío, ¿cómo era la historia? Ah, sí, cambió de colegio porque sus padres se mudaron de casa. Es alto, delgado, tiene el pelo castaño claro y los ojos marrones. Un cruce entre Colin Farrell, Brad Pitt y Zac Efron. En fin, supongo que habréis entendido a qué me refiero. Pues sí, está buenísimo. Por si eso no bastara, viste genial: unos vaqueros militares, unos zapatos North Sails, un suéter sin camisa debajo con el cuello de pico y coderas con doble costura de color ligeramente más oscuro que el del suéter, azul esmalte. Un sueño. Pero ¿para qué os lo cuento? «¡Pues no nos lo cuentes!», me responderían Alis y Clod. Menos mal que no pueden oír mis pensamientos... ¡Y menos mal que tampoco los puede oír él! Al menos, eso espero.

—¿En qué estás pensando?

—¿Eh? —Veo que sonríe—. No, en nada. Nada... En lo grande que es esta casa.

Sigue sonriéndome. Tengo la impresión de que no me cree. ¿Cómo iba a creerme? Me ruborizo de nuevo. Y ya van dos.

—¡Hemos llegado!

Entramos en una sala repleta de armaduras.

—Mira...

Está llena de fusiles antiguos, de arcabuces, de espadas, de lanzas, de yelmos y extrañas banderas. Matt me lleva de la mano por entre las viejas armas y los estandartes hasta llegar frente a un maniquí que luce un vestido increíble hecho con perlas y pequeñas piedras de mil colores, un cuerpo de rombos de plata y oro blanco, de hilos dorados que se entrelazan formando mágicos entramados. Me empuja con la mano hasta allí; luego me suelta, de modo que acabo detrás del maniquí.

—Eso es, párate ahí... —Matt saca del bolsillo un Nokia N95. Lo reconozco de lejos. Era mi segundo preferido—. Quieta... No te muevas. ¡Eso es, así, la cabeza bien alta!

Me quedo inmóvil detrás del maniquí, como si fuese yo la que llevara puesto ese vestido tan antiguo y precioso. Matt dirige el móvil hacia mí, me encuadra y a continuación saca una fotografía. Flash.

—Ya está —sonríe—. Eres mi princesa.

Caramba. El chico va fuerte. Pero antes de que me dé tiempo a pensar en otra cosa, me coge de nuevo la mano y casi me hace girar sobre mí misma. Corro detrás de él como puedo. Pasa por delante de otras dos armaduras más sencillas, luego se detiene al fondo de la habitación, me mira con aire malicioso y también un poco astuto.

—Chsss, por aquí. ¡Es un pasadizo secreto!

Y se mete en una chimenea, en un estrecho pasadizo que acaba en una escalera iluminada con unas pequeñas bombillas de luz tenue y vacilante, como si fuesen antorchas. Lo sigo mientras sube por la escalera de caracol de madera hasta llegar a una pequeña verja.

Rechina cuando la abrimos. Después salimos a la gran azotea de la casa, como si hubiésemos llegado allí procedentes de un pequeño desván. Se trata de una gran explanada bajo el cielo. En el extremo de la azotea hay cuatro agujas.

—¡Debía de ser un auténtico castillo! Ven.

Matt me coge de nuevo la mano y yo, como no podía ser de otra forma, lo sigo. Y en la oscuridad de la noche llegamos al borde de la azotea, rodeado por una vieja barandilla blanca un poco desconchada. Matt se apoya en ella asomándose ligeramente hacia adelante.

—Mira, ahí abajo siguen bailando.

Yo también me asomo. Veo a Alis, que, en medio de los demás, se divierte en compañía de Clod, Simona y el resto de las chicas del colegio. Ahora están haciendo una especie de trenecito, la música asciende levemente amortiguada, desmenuzada por el viento, que aleja algunas notas.

—Vamos a ver lo que hay allí... —Se dirige hacia la barandilla que hay al otro lado. Lejos de todo y de todos. De ese ruido. Llegamos bajo unos grandes árboles de color verde oscuro, tan oscuros como la noche que nos rodea, como la ciudad que parece tan remota. A lo lejos sólo se divisan las mil luces de las calles que conducen al centro—. Eso de ahí abajo es el Altar de la Patria.

Apunta a lo lejos con la mano. Trato de seguir la dirección que señala su dedo hasta que lo encuentro. O, al menos, eso me parece. Después yo también le señalo algo.

—¿Y eso que se ve al fondo, todo iluminado, qué es?

Matt me sonríe.

—A ver... —Casi apoya la mejilla en mi brazo y a continuación se inclina poco a poco intentando entender qué le estoy señalando, como si mi dedo fuese una mira telescópica—. ¿Te refieres a eso?

—Sí, sí, claro.

Siento su mejilla caliente en mi brazo. Después me agarra la mano y me atrae hacia sí. Me mira a los ojos.

—No lo sé, lo único que sé es que tienes las manos frías.

Eso ya me lo dijo alguien en otra ocasión. Dios mío, ¿quién fue? Ah, sí, Lorenzo. ¿Y yo qué le contesté? Algo tremendo..., manos frías, corazón caliente. Una respuesta terrible, en absoluto original. Sólo que después Lorenzo me besó. Sí, pero Matt es diferente. Me arriesgo.

—Eh, sí, un poco. Pero no tengo frío...

Me sonríe. Me coge la otra mano y sujeta las dos entre las suyas.

—Es verdad, la otra está un poco más caliente.

Me mira de nuevo a los ojos, de forma intensa, demasiado intensa. Desliza sus manos por mis brazos hasta llegar al codo, me atrae lentamente hacia él a la vez que él también se aproxima. No me lo puedo creer. Después de dos años. Dos años... Ya te digo... ¡Dos años! Me gustaría gritarlo. ¡Hace dos años que me gusta!

—¡Matteo!

Una voz repentina. Nos volvemos los dos hacia la verja por la que hemos salido a la azotea. Junto a ella hay una chica acompañada de otras personas. Y en un instante tengo la impresión de que la magia se desvanece. Matt deja caer de inmediato mis brazos y se aparta de mí. Del fondo llega la chica que lo ha llamado junto con otras dos.

—¿Dónde te habías metido?

Matt parece un poco azorado.

—Estaba aquí arriba...

—Sí, ya lo sé. Te vi desde abajo. ¿Y ella?

—También ella estaba aquí arriba.

Permanecemos unos segundos en silencio. Parecen interminables. Las otras dos chicas me escrutan. Matt recupera el habla.

—Nos encontramos aquí... Iba a mi clase antes de...

Pero la tipa no lo escucha.

—Soy su novia.

«Pues menuda suerte tienes», me gustaría decirle o, mejor, «Me importa un comino», o incluso «Pero ¿es que alguien te lo ha preguntado?». En cambio, lo único que consigo contestar es un estúpido «Ah, bueno...». Y antes de que todo se desmadre llega mi salvación. Ahí está, justo a sus espaldas.

—¡Gibbo!

Lo acompañan Clod y Alis.

—¿Ves como era ella? ¡Te lo dije! —Luego se dirige a mí—: ¡Te vimos desde abajo!

Pero bueno, ¿es que en lugar de bailar todos se dedicaban a mirar hacia arriba? Bah. Me alejo.

—Carolina...

Me vuelvo por última vez hacia Matt.

—Lo que señalabas es San Pedro.

Me mira y esboza una sonrisa. Quizá también lo lamente un poco. Quizá. Me doy media vuelta y me marcho sin contestarle siquiera. Cojo a Gibbo del brazo.

—¡Venga, vamos a bailar!

—Pero si acabo de parar para descansar un poco.

—No me negarás que ésta es preciosa...

—¡Pero si desde aquí no se oye nada!

—¡Vamos!

¡Y lo arrastro por la escalera sin dejarlo pronunciar ni una sola palabra! Alis y Clod nos dan alcance. Me vuelvo hacia ellas.

—Eh, ¿vosotras sabíais que Matt tenía novia?

Alis abre los brazos.

—Claro.

—¿Y tú también?

Clod asiente con la cabeza.

—¿Y quién no?

—¡Yo! ¿Por qué no me lo dijisteis?

—Porque te fuiste corriendo cuando él te agarró...

—¡Te raptó! —Clod me da una palmada en el hombro—. ¿Verdad?

—Pues sí... Un momento, ¿cómo es que vosotras lo sabíais?

Alis y Clod se miran por un instante y a continuación sueltan una carcajada.

—¡Porque a nosotras también nos mola desde siempre!

—Qué canallas... ¡Y no me dijisteis nada!

—Bueno, como siempre hablabas de él de una forma tan apasionada, no nos atrevíamos a decirte nada...

—Y, claro, como nos contaste la historia con Lore de este verano y luego la de Massi el otro día, pensamos: ¡ahora Matt ya puede ser nuestro!

—¡Ni se os ocurra!

Y me abalanzo sobre ellas, bromeando, tratando de golpearlas. Gibbo, que está a mis espaldas, se queda estupefacto.

—¡Eh! Pero ¿qué estáis haciendo? ¡Calma, que se va a hundir la escalera!

Alis y Clod se sueltan y bajan corriendo.

—Esto es la guerra... ¡Gana la que lo consiga!

Trato de perseguirlas, pero tropiezo y bajo rodando los tres últimos escalones. Al final, menos mal, logro frenar con las manos.

—Ay, ay... Ay.

Me miro la palma para ver si tengo alguna herida, pero no veo nada, estoy ilesa.

—Eh... —Gibbo llega junto a mí y me ayuda a levantarme—. ¿Se puede saber qué haces?

—Me he hecho daño. —Me froto la falda—. ¡Me he caído de culo!
—Luego, preocupada por Ale, miro hacia atrás—. ¿Se ha roto la falda?

—Déjame ver.

Me hace dar media vuelta. Espero un poco.

—¿Y bien?

Me vuelvo y veo que Gibbo está sonriendo.

—No, no, nada... Creo que todo está bien, ¡pero que muy bien!

—¡Imbécil! ¡Venga, vamos a bailar!

Y echo a correr, ligeramente dolorida pero con unas ganas enormes de vivir, de bailar, de gritar, de soñar... De enamorarme en tu cara, Matt, y de esa tipa, «su novia». Así que me precipito entre la gente y bailo como una loca —no es por nada, pero mejor que ellos—, y sigo el ritmo de maravilla y canto: «He esperado mucho tiempo algo que no existe, en lugar de contemplar cómo amanece...»

—Juradme una cosa...

Clod me mira sorprendida y arquea las cejas.

—¿Ahora? ¿Se puede saber qué te pasa esta noche?

—¡Sí, ahora! ¡Es importante: ahora y para siempre!

Alis es más dócil.

—Vale, dinos...

—A ver...

—Que nunca discutiremos por un hombre, que antes que traicionar nuestra amistad nos encerraremos en casa, jamás cometeremos una estupidez semejante, ninguna lágrima por nuestra culpa, confianza eterna, tranquilidad total, secretos sólo para los demás... —Luego las miro titubeante y abro los brazos con las palmas de las manos vueltas hacia arriba—. ¡Por favor, juradlo!

Un instante. Acto seguido, sonríen. Y nos abrazamos y seguimos bailando como si fuésemos un único cuerpo, saltando aquí y allá, felices, al ritmo de la música. Y nos miramos a los ojos, cantando al unísono, a voz en grito. Y en ese momento me siento la persona más feliz del mundo. Y cierro los ojos y bailo, abrazada a mis mejores amigas, sin poder imaginar lo que un día sucederá.

—¡Aquí está la tarta!

Alguien grita y todos se apiñan alrededor de una mesa. La tarta tiene un montón de velitas altas en el centro, de todos los colores, que forman el número catorce. Debajo puede leerse: «¡Felicidades, Michela!» La homenajeada se acerca, y todos se apartan para hacerle sitio y ella se detiene en el espacio libre que han dejado justo delante del pastel. A continuación esboza una sonrisa mientras nos mira a todos, los invitados, sus amigas, sus amigos, algunos familiares, varios camareros con los platos listos y los cubiertos más allá, y su madre, que tiene ya la cámara de fotos en la mano, que está muy emocionada y que la hace bailar un poco delante de ella mientras trata de encuadrar... «¡a esa magnífica hija!». A continuación, Michela mira a todo el mundo.

—¿Puedo?

—¡Venga! ¡Venga! —grita alguien.

Alguien saca el móvil y hace una fotografía para aparentar interés. Luego Michela inspira, sopla las velitas y consigue apagar las últimas después de recuperar el aliento y haber soplado una segunda vez, aunque fingiendo que era la primera.

—Espera, espera, repítelo... He apretado antes de tiempo. —Su madre, faltaría más.

—Mamá, uf... —Michela piensa lo mismo que nosotros—. Venga, mamá, así no vale, si lo hago otra vez resultará falso...

Pero al ver a la madre tan disgustada alguien se saca al vuelo del bolsillo de los pantalones un encendedor, revelando a todos que ya fuma, pero brindando a esa madre una segunda y última oportunidad.

—¡Ya está, encendidas, venga!

—Mamá, no te equivoques otra vez porque no vuelvo a soplar, ¿eh?

—Está bien.

—¿Me has entendido? Mira que no volveré a hacerlo...

—¡Sí, ya te he dicho que sí..., Michela! ¡Si no perdieras tanto tiempo discutiendo en lugar de soplar, a estas alturas lo habrías hecho ya!

Michela sopla de nuevo las velitas y su madre, por suerte, consigue por fin inmortalizar el momento. Luego Michela se dirige al discjockey. Salta a la vista que está loquita por él.

—Eh, Jimmy, ¿me pones la que tanto me gusta, por favor?

Por su parte, Jimmy no parece muy interesado por el producto Michela.

—¿Cuál?

—Venga, esa que dice: Nananana...

Prueba a canturrear algo.

—Ah, ¿por qué no te presentas al concurso ese de televisión, «La Corrida»? Hay más posibilidades de que ganes ese programa que yo entienda de qué canción se trata.

—¡Anda ya! —Michela sonríe como si nada, sin imponer su papel de homenajeada, y prueba de nuevo con la melodía—. Nananana... —Jimmy cabecea—. ¡Me estás tomando el pelo! Has entendido de sobra cuál es, venga, ¡es la de los Negramaro!

—Ah..., ¡podrías haberlo dicho antes!

Así que Jimmy pone el disco, que, en efecto, no se parece en nada a la extraña cantilena de Michela. Casi como una señal, los camareros empiezan a repartir los platos con pedazos de tarta entre los chicos más hambrientos. Yo estoy al lado de Clod en el preciso momento en que llega el suyo. Y después el mío.

—Por favor, señorita, es para usted.

—Gracias.

Resulta cómico cuando la gente mayor que tú, hasta el punto de que podrías ser su hija o, como mucho, su hermana pequeña, te habla de usted.

Mmm..., qué bien huele. Chocolate negro, amargo en su punto justo. Corto un poco con la cuchara. Por dentro está tibia y va rellena de una crema, también de chocolate, que chorrea. Por el aroma que desprende debe de estar para chuparse los dedos. Pero es que, claro, ahora lo recuerdo, la han comprado en Ciòccolati, el sitio en el que yo..., como no me habían invitado a la fiesta... Mientras me llevo la cucharilla a la boca, me viene a la mente. ¡Nooo! ¿Cómo es posible que no lo haya pensado antes?

—¡Detente, Clod! —Ya ves. Me mira en el preciso momento en que se mete un trozo en la boca—. No te la comas...

A ésa no hay quien la pare... ¿Qué puede detener a alguien como Clod en uno de sus momentos favoritos? De hecho, se encoge de hombros como si dijese: «¿Y por qué debería hacerlo?», y se lo traga de golpe, un único bocado, enorme; lo mastica dos veces a toda velocidad y con una sonrisa mofletuda y complacida lo hace desaparecer del todo. A continuación sacude ligeramente la cabeza y me sonríe.

—¿Por qué no tenía que comérmela? Está deliciosa.

—¿Ah, sí?... Pues porque está llena de guindilla.

Me mira y hace un ruidito con la boca, como si dijese: «¿Se puede saber de qué estás hablando?»

—¿Te acuerdas? Te dije que de una forma u otra vendríamos a esta fiesta... ¡Quién podía imaginar que nos invitarían gracias a Alis!

Apenas concluyo la frase, Clod pone los ojos en blanco, abre la boca y emite una especie de alarido, pero como si se hubiese quedado sin aliento.

—¡Ahhhh, quema! ¡Quema! ¡Es terrible!

Voy sin perder tiempo a por un vaso de agua y se lo llevo corriendo.

—Ten, ten, bebe... —Clod me lo arrebata de las manos y lo apura de un sorbo.

—No digas nada, por favor. —Me tiende el vaso vacío sacudiendo la cabeza—. Más, más... —Me precipito a buscar más agua, como si tuviese que apagar un incendio. La verdad es que le arde la garganta, como a todos los demás.

—¡Socorro!

—¡Ahhh!

—¡Quema! Pero ¿qué es esto? Quema muchísimo.

—¡Nos quieren envenenar!

La madre de Michela, la fotógrafa desmañada, se acerca a la tarta, pasa el dedo por encima y a continuación la prueba como la mejor de las niñas caprichosas. Cuando comprende de qué se trata, tuerce de improviso la boca.

—¡Guindilla! —Y a continuación, pronuncia una afirmación aún más grave—: Mañana me van a oír los de Ciòccolati.

Sólo pienso en una cosa: los de Ciòccolati..., ¿comprenderán que he sido yo?

Clod me mira torciendo la boca.

—¿Se puede saber cuánta has puesto?

—¡Muchísima! Me sentó muy mal que fuésemos las únicas a las que no habían invitado a la fiesta.

—Ya...

Cabecea. Le doy un empujón.

—Mira que la mitad la eché por ti, eh.

Mientras tanto, los demás siguen gritando.

—Agua, ya no queda agua... ¿Podéis traer más?

Los camareros llegan a toda prisa, uno detrás de otro, como si surgieran de la nada, transportando varias botellas de agua, unas más frescas que otras, se las pasan a los invitados, alguno bebe directamente de ellas, otros, más educados, la sirven en vasos a los sedientos y desesperados que parecen estar gritando «pica a rabiar». Y en medio de la cola que se organiza para beber, entre la multitud que rodea las mesas y los camareros con las botellas, veo a Matt. Lleva de la mano a la tipa que, por todo nombre, me ha dicho que es «su novia». Tiene la lengua fuera y se da aire con la mano, como si esa especie de abanico improvisado pudiese servir para algo. ¡Bien! Me había olvidado por completo de ellos, es evidente que siempre hay una razón para dar un escarmiento. Y de esta forma se me ocurre una nueva máxima que debo escribir en la agenda: «La venganza nunca cae en saco roto.»

—Eh, ¿vienes conmigo?

Gibbo me coge de la mano. Por lo visto, ésta es la noche de los raptos.

—¿Adónde?

—Afuera, es una sorpresa. —Miro alrededor—. Venga, que esta historia de la guindilla, en lugar de animar la fiesta, la ha convertido en un funeral. ¡Hasta el disc-jockey se ha quemado la garganta! Mira qué espanto de música... ¿Sabes cuánto tardará en volver a ser divertida? Al menos cuarenta minutos..., siempre y cuando se reanude, claro. Me gustaría saber a quién se le habrá ocurrido echar guindilla en la tarta... A menos que sea un error del pastelero...

Me gustaría decírselo, pero quizá sea mejor que la historia no circule demasiado.

—¿Por qué lo dices?

—Porque ha sido genial.

¿Veis?, se lo podría haber dicho.

—¿Y por qué ha sido genial?

—Porque me ha brindado la posibilidad de escaparme contigo.

Y me coge de la mano y tira de mí para que lo siga. En un abrir y cerrar de ojos estamos fuera de la casa.

—Párate aquí y cierra los ojos.

—¿Por qué?

Lo miro preocupada. Él me sonríe y abre los brazos.

—¡Te lo he dicho, es una sorpresa!

Reflexiono por un momento. Gibbo no es, desde luego, la clase de chico que me besará si cierro los ojos. E incluso en el caso de que lo fuese... Después de la desilusión de Matt, no estaría mal. Esta noche está guapo: lleva unos vaqueros ajustados con una vuelta alta, una sudadera Abercrombie azul oscuro y una gorra de cuadros celestes, blancos y azules. Pero qué digo, ¡está guapísimo! En cualquier caso, jamás lo haría o, al menos, no a traición. Cierro los ojos. Siento que se acerca, después me coge la mano. Me sobresalto por un instante.

—Ven, sígueme.

Permanezco con los ojos cerrados.

—Eh, no me hagas caer. ¡Y procura que no pise ningún «regalito»!

Gibbo se echa a reír.

—Jamás he visto una calle tan limpia. Tengo la impresión de que aquí limpian unos barrenderos especiales.

Aminora el paso.

—¿Estás lista? Hemos llegado. ¡Abre los ojos!

Hasta ese momento los había mantenido cerrados de verdad, en primer lugar porque me gusta ser sincera, bueno, siempre que sea posible, claro está, y en segundo lugar porque me encantan las sorpresas. Y ésa es, a decir poco, una sorpresa fantástica, en fin, especial, ¡increíblemente especial! Una de esas sorpresas para las que no bastan las palabras.

—Entonces, ¿te gusta?

—¡Te has comprado un microcoche! ¿Si me gusta, dices?

Lo rodeo devorándolo con los ojos. Es el que vimos al llegar. Claro, ¿de quién podían ser si no todos esos números? Además, es metalizado, azul oscuro con reflejos azul claro.

—¿Pediste tú que lo hicieran así?

—¡Por supuesto! ¿Te has fijado en las bandas blancas y celestes que parten de las ruedas delanteras y llegan hasta las de detrás?

—¡Superguay!

—Y eso que aún no lo has visto por dentro.

Pulsa un botón y de inmediato destellan cuatro luces.

—¡Si hasta tiene alarma!

—Claro, ¡con todo lo que le he metido, si me lo robaran sería como si desvalijasen una tienda de electrodomésticos!

—¡Qué exagerado!

Pero, en efecto, cuando abre la puerta se encienden unas luces frías, azul claro, que iluminan el coche por debajo.

—Caramba, se parecen a las luces que salían en esa película...

—*A todo gas...* La vimos en tu casa y recuerdo que te gustaron mucho. Por eso las he puesto.

Esbozo una sonrisa. No me lo acabo de creer. Sea como sea, me gusta el mero hecho de que lo haya dicho. De modo que subo. Gibbo se sienta a mi lado.

—¿Estás lista?

—¡Por supuesto!

Gibbo arranca y partimos. ¡Sólo que pensaba que haríamos unos cuantos metros para probarlo y, en cambio, no se detiene!

—¿Adónde vamos?

—A dar un paseo de ensueño.

—¿Y Alis y Clod?

—Ya las verás mañana en el colegio.

Pues sí, tiene razón.

—A fin de cuentas, la fiesta se ha acabado ya, venga.

—Vale, pero detente un momento, tengo que recoger una cosa del coche de Alis.

Gibbo da media vuelta mientras yo le mando un mensaje. Un segundo después, ella sale por la verja.

—¿Qué pasa?

Me apeo al vuelo.

—Tengo que coger la bolsa que he dejado en tu coche.

—¿Te marchas? ¡No me digas que Matt ha cambiado de opinión!

Gibbo baja en ese momento de su nuevo coche.

—Ah, Gibbo...

—Hola.

—Hola.

Alis abre el coche y me da la bolsa.

—Oh, por lo visto, después de lo de Lore, no hay quien te pare...

—Venga, vamos a dar una vuelta.

—Sí, sí, ahora resulta que se llama «vuelta».

—Estrena coche.

—¡Cualquier excusa es buena!

—¡Es cierto!

Gibbo se acerca.

—¿Te gusta? Es mi nuevo Chatenet. ¿Quieres venir con nosotros?

La miro y le sonrío como diciendo «¿Ves?». Y a continuación subo de nuevo con Gibbo, que arranca a toda velocidad.

—Mira.

Pulsa un botón y se alza una pantalla.

—¡También tiene televisión!

—Claro, y mira aquí.

Pulsa otro botón y aparece el vídeo de Elisa.

—¡No! ¡No me lo puedo creer! ¡La adoro! Es increíble, absurdo, genial, una casualidad del destino, ¡lo están emitiendo en MTV!

—¡De eso nada! ¡Es el DVD! —Abre una bolsa y lo saca—. Toma, es para ti, ¡sabía que te encantaba!

—¡Gracias! —Lo aprieto contra el pecho—. Es lo más bonito que podrías haberme regalado.

Y bailo moviendo la cabeza al ritmo de la música mientras canturreo: «Cuántas cosas que no sabes de mí, cuántas cosas que no puedes saber..., cuántas cosas para llevarnos juntos a ese viaje...» Acto seguido, observo con más detenimiento el interior del coche.

—Caramba, es genial.

Está tapizado con números de color azul oscuro con sombras y brillos. Tiene dos altavoces pequeños delante y un *woofer* enorme detrás. Además de la tele delante.

—¿Qué tamaño tiene?

—Quince pulgadas, como la pantalla de un ordenador grande. Y he hecho poner cristales tintados al coche, ¡así puedes verla también de día!

Me mira rebosante de orgullo mientras sigue conduciendo.

—¡Es ideal! ¡Me encanta!

Le sonrío, y Gibbo se siente feliz. Ojalá tuviese yo un coche como ése, incluso básico, sin todos esos accesorios, es decir, con todo lo que le ha puesto es como si se hubiese comprado dos. ¡La verdad es que podría regalarme uno! Gibbo parece leer mis pensamientos.

—Bueno, Caro, ¡ahora podré pasar a recogerte con el coche siempre que quieras! Incluso puedo acompañarte a casa.

—Pero si vivo a un paso del colegio.

—¿Y eso qué tiene que ver? Paso a recogerte, te llevo a desayunar y después te acompaño al colegio.

—Ah, sí, me gusta la idea. En ese caso, ¿sabes adónde tienes que llevarme? A tomar un capuchino al Bar Duc Pini.

—Por supuesto, nos lo tomaremos allí.

Luego Gibbo dobla una curva cerrada. Me aferro al asidero de la puerta y él se echa a reír, acelera, conduce como un rayo, con la música a todo volumen mientras el tubo de escape arma un buen escándalo. Luego me mira con aire astuto.

—Se nota que lo he cambiado por un Aston, así corre más.

—Se nota, se nota...

Tenemos que subir más la música para entender la letra. Gibbo entra en el Trastevere, enfila una callejuela que hay a mano derecha. San Pancrazio. Gira a toda velocidad varias curvas y en menos que canta un gallo llegamos al Gianicolo.

—¿Ves a donde te he traído?

—Sí, es precioso...

Ahora el Chatenet azul metalizado avanza lentamente por la plaza. El tubo de escape ruge sin armar tanto estruendo. Gibbo aparca en un espacio libre, no muy lejos de un muro con vistas a la ciudad.

—¿Bajamos? —le digo.

—Claro.

Echamos a andar, llegamos junto al muro y me apoyo en él; está congelado.

—Mira, Caro... Mira los coches que corren ahí abajo. ¿Los ves, con los faros encendidos? Bonito, ¿no?

—Sí, quizá sean todos microcoches, ¡pero ninguno es tan bonito como el tuyo!

—Eres un cielo.

—Te lo digo en serio.

Después nos quedamos en silencio, contemplando la zona de la ciudad que queda a nuestros pies.

—Hace frío, ¿eh?

—Un poco.

Me rodeo el cuerpo con los brazos.

—Es que aquí hay un montón de árboles. —Gibbo sonríe—. Sí, ésta es una zona verde, al menos en un setenta por ciento. ¿Sabes que son las plantas las que producen este frío porque oxigenan el aire cada cuatro minutos al sesenta por ciento? Por eso, en los sitios donde hay plantas hace más frío.

—Ah, no lo sabía. —En realidad creo que ni siquiera sé un uno por ciento de lo que sabe él—. Pero sí sé lo que me gustaría tomar ahora, Gibbo.

—¿Qué?

—¡Un chocolate!

—Vamos a ver si hay algún sitio abierto por aquí.

—Vamos... ¡Me encantaría! ¿Sabes el que me pirra? El de Ciòccolati, es chocolate negro fondant. —Miro el reloj—. Pero a esta hora seguro que ya está cerrado.

Gibbo sonríe y camina con cierta chulería.

—¿Y si te lo preparase yo directamente en el coche?

—Anda ya, el de Ciòccolati...

—Sí, precisamente el de Ciòccolati.

—¿Y cómo piensas hacerlo? No me digas que es un coche mágico.

—Ni más ni menos. ¿Qué me dices?

—¡Venga, enséñamelo!

Me dirijo hacia el microcoche. Él me detiene.

—¡No, no lo tengo!

—¿Ves? ¿Lo sabía?

—¿Ah, sí? ¿Estás segura?

—Al ciento por ciento, casi como de esa historia de los árboles, que al final resulta que si hace frío es por culpa suya...

Gibbo se ríe.

—En ese caso, apostemos...

—Vale, lo que quieras.

Gibbo arquea las cejas. Me preocupo.

—¡Eh, sin exagerar!

—Decides tú, entonces.

—No, tú.

Reflexiona por un instante.

—Bien, en ese caso, si te preparo en el coche un chocolate caliente...

—Negro fondant como el de Ciòccolati...

—Negro fondant como el de Ciòccolati, tú...

Se queda pensativo por unos segundos, me escruta.

—¿Yo?

—Tú me das un beso.

Me callo.

—¿Un beso... beso?

—Claro, ¿acaso el chocolate no es chocolate chocolate?

Permanezco en silencio. ¿Quiere un beso? Sonrío mientras lo pienso.

—Pero si acabas de asegurar que no tengo chocolate en el coche... ¿qué más te da? No puedes perder.

Lo está haciendo adrede. Es un farol. O tal vez no.

—Gibbo, dado que sabes hacer todos esos cálculos, ¿qué probabilidades tengo?

—Bueno, teniendo en cuenta que no debe ser un chocolate cualquiera, sino un chocolate fondant tipo Ciòccolati...

—Ah, claro, ¡eso es fundamental!

—En ese caso, yo tengo un treinta por ciento de posibilidades de ganar, y tú un setenta.

Abre los brazos. Lo miro por un instante a los ojos. Lo observo con detenimiento. Quiero comprobar si está mintiendo. Tiene el semblante tranquilo de alguien que no oculta nada.

—Bien. Acepto.

Subimos al coche. Gibbo sonríe y pulsa un botón, tac. No me lo puedo creer. Debajo del salpicadero se abre un pequeño cajón con un cazo, agua, una plancha eléctrica, un cable conectado al encendedor y... una infinidad de sobres diferentes de Ciòccolati: ¡con leche, avellanas y chocolate fondant! Y no sólo eso, porque también los tiene con distintos porcentajes de cacao: setenta y cinco, ochenta y cinco y noventa por ciento.

—¡Esto no vale!

—¡Sí, claro, nunca vale cuando gana el otro!

—¡Pero tú lo sabías!

—Y tú podrías haber dicho que no...

Gibbo abre en seguida la botella de agua, la vierte en el cazo y lo pone encima de la plancha. A continuación conecta el cable con el enchufe al encendedor y arranca el motor.

—No puedes decir que te he obligado.

—Eso es cierto...

Gibbo coge los sobrecitos.

—¿Setenta y cinco, ochenta y cinco o noventa?

—Ochenta y cinco.

Echa el chocolate en el cazo y lo mezcla con una cucharilla. ¡Si hasta tiene una cucharilla! El chocolate está listo en un abrir y cerrar de ojos.

—Pero me hiciste creer que no tenías.

—No, eso sí que no. Me preguntaste si tenía un coche mágico, y yo te contesté que no, que no lo tenía. —Sirve el chocolate en dos tazas—. Y es cierto. —Me pasa la mía—. Mi coche no es mágico, sólo está bien preparado.

Miro la taza.

—Nooo, no me lo puedo creer. ¡Si tiene escrito mi nombre!

—Sí.

Esboza una sonrisa y bebe su chocolate. Y yo me bebo el mío, está delicioso.

—Mmmm, qué rico. Te ha salido realmente bien.

Guardamos silencio por un momento. Gibbo pone otro CD con una música preciosa. Creo que es Giovanni Allevi, me parece que he oído esa canción en un anuncio. Intento beberme lo más lentamente posible el chocolate, pero ya no me queda casi en el fondo.

Gibbo se da cuenta, me coge la taza de las manos y la vuelve a poner en el cajoncito. Acto seguido me pasa un pañuelo.

—Ten.

—Gracias... ¿¡Pero es que las tazas llevan los nombres de todas las chicas que suben en este coche!?

—No, sólo hay una taza. —Se aproxima a mí—. Y lleva tu nombre.

—¿Sí?

Se acerca más.

—Sí.

Se acerca más aún. Sonrío.

—Se ha hecho tarde, debería volver a casa.

—Pero antes tienes que pagar la apuesta.

Me vuelvo y miro por la ventanilla. Cambio de idea, me vuelvo de nuevo, lo miro y sacudo la cabeza.

—¡No me lo puedo creer! Pero Gibbo, si es que somos amigos desde siempre.

—No. Desde hace ochocientos veinticuatro días, desde que nos conocimos, y me gustas desde hace ochocientos veintitrés días.

Llegados a este punto, ya no hay nada que hacer.

—Pero podrías habérmelo dicho, ¿no?...

No me deja acabar. Me besa. Me resisto por un instante, pero luego me abandono... Al fin y al cabo, he perdido, es justo pagar las apuestas y, además... sabe a chocolate, ¡está rico!

Nos separamos al cabo de un rato.

—Ya está. Ya he pagado la apuesta... —Simulo estar un poco enfadada—. ¿Podemos irnos?

—Faltaría más.

Gibbo arranca el motor, dobla una curva y se dirige hacia mi casa. Dios mío, ¿qué pasará ahora que nos hemos besado? ¿Cambiará nuestra relación? Ya no seremos amigos.

Lo miro por el rabillo del ojo y veo que sonríe.

—¿Qué te pasa? ¿En qué piensas?

Se vuelve hacia mí. Ahora parece realmente divertido.

—¡Imagínate cuando se entere Filo!

—¿Por qué? ¿Acaso piensas decírselo?

—No, no —se disculpa—. ¡Pero quizá llegue a saberlo!

—¿Y cómo? Si ninguno de los dos dice nada, no veo que haya muchas posibilidades... —Lo escruto—. Eh, ¿no será que también has apostado algo con él?

—Pero ¿qué dices?

—Que has apostado que esta noche me besarías. Mira que si es eso te conviene decirlo cuanto antes porque, como lo descubra, no volveré a hablarte en la vida.

Gibbo suelta el volante, alza la mano izquierda y se lleva la derecha al pecho.

—Te juro que no es así.

—¡Sujeta el volante!

—Vale, vale. —Vuelve a agarrarlo—. Pero ¿me crees?

Lo observo durante unos instantes, me mira fijamente intentando convencerme.

—Bien, te creo. A pesar de que antes me has engañado.

—Pero eso era distinto...

—¿Por qué?

—¡Porque quería besarte!

—Imbécil.

—Venga, estaba bromeando, no discutamos...

—Vale.

Exhala un suspiro. Yo también. Confiemos en que no se entere Filo. Una vez me pidió un beso y yo me negué alegando que no quería arruinar nuestra amistad.

Luego, de repente, siento curiosidad.

—Perdona, pero si en lugar del chocolate te hubiese pedido un capuchino, que, en cualquier caso, también me gusta mucho, no habría tenido que besarte.

Gibbo se queda perplejo.

—¿Quieres saber la verdad?

—¡Pues claro!

Abre de nuevo el cajoncito y lo hace girar sobre sí mismo. Detrás hay todos los cafés y descafeinados posibles.

—Vale, me rindo... —Me atuso el pelo—. ¡Llévame a casa, anda!

Por suerte, pone a Lenny Kravitz, *I'll be waiting*, y eso mejora un poco la cosa. «Él rompió tu corazón, te arrebató el alma, estás herida por dentro, sientes un vacío en tu interior, necesitas algo de tiempo, estar sola, entonces descubrirás lo que siempre has sabido: soy el único que te ama realmente, nena, he llamado a tu puerta una y otra vez.»

¿Y ahora? ¡¿Qué se supone que debo hacer ahora que nos hemos besado?! No, no me lo puedo creer, puede parecer absurdo, pero he de reconocer que ha sido bonito. Es que congeniamos mucho, nos divertimos un montón juntos, nos lo contamos todo... ¿Y si a partir de ahora las cosas no fuesen tan bien entre nosotros? Quiero decir que me vería envuelta en un buen lío. Sobre todo... ¡porque él siempre me echa una mano en matemáticas!

—Ya está, hemos llegado.

—Aparca un poco más adelante.

Gibbo llega al final de la via Giuochi Istmici y a continuación se para.

—Tienes que hacerme un favor.

Sonríe.

—Por supuesto, lo que quieras.

¡Sonríe demasiado! Socorro. Espero que no crea que ahora somos novios... Bueno, prefiero no pensar en eso.

—En ese caso, debes bajar y vigilar que no viene nadie, ¿vale?

—¿Y tú?

—Yo me quedaré en el coche.

—¿Haciendo qué?

Como no podía ser de otro modo, Gibbo no puede entenderlo.

—Una cosa.

—Pero ¿qué cosa?

Tiene razón. El coche es suyo y, de todas formas, después me verá bajar.

—Tengo que cambiarme. Salí de casa vestida de otra manera.

—Ah...

Ahora parece haberlo comprendido, se apea del coche y se aleja. Después se detiene y se queda de espaldas. Pero como no quiero sorpresas, bajo la ventanilla.

—Eh, ni se te ocurra volverte.

Gibbo se vuelve sonriendo.

—No, no, tranquila.

—¡Pero si has girado la cabeza!

—Porque me has llamado.

—Bueno, pero que sea la última vez.

Empiezo a ponerme los pantalones bajo la falda.

—¿Ni siquiera si me llamas?

—No, ni siquiera en ese caso. Y, de todas formas, no pienso llamarte.

Aun así, se vuelve de nuevo.

—¿Segura? ¿Y si pasa algo?

—Venga..., ¡deja de mirar!

Gibbo me obedece. Ahora viene la parte más difícil. Preparo la camiseta, después echo un vistazo en su dirección y me quito el top. Gibbo no se mueve. Menos mal. Está quieto al final de la calle, de espaldas. Pero justo en ese momento... Toc, toc. Alguien golpea el cristal y me sobresalto.

—Caro, pero ¿qué estás haciendo?

Estoy medio desnuda con la cabeza a medias dentro de la camiseta. La saco sonriendo.

—¡Nada!

Por suerte, es Rusty James. Me pongo a toda prisa los zapatos y me apeo.

—¿Cómo que nada?

—Te he dicho que nada, me estaba cambiando. —Lo meto todo

dentro de la bolsa–. Es que mamá no quería que saliese así, y por eso...

Gibbo se acerca al ver que estoy con alguien.

–Es Gustavo, ¡me ha acompañado a casa! –Naturalmente, no le cuento todo lo demás–. Te presento a mi hermano Giovanni.

–Hola.

Se saludan sin darse la mano.

–Bueno, me voy a casa, nos vemos mañana en el colegio.

–¿A qué hora irás?

–Oh, a primera hora.

–Vale, adiós.

–Adiós..., Gibbo.

Sube al coche y se aleja a toda velocidad. El tubo de escape es una sinfonía absurda en medio de la noche.

–Veo que tiene un Aixam que pasa desapercibido...

–Es un Chatenet...

–Te estás volviendo tan puntillosa como papá. –R. J. me mira risueño–. Espero que no hayas salido de verdad a él porque, de lo contrario, jamás nos llevaremos bien. Nos iremos distanciando a medida que te vayas haciendo mayor...

Al oír eso me invade una tristeza incomprensible. ¿Sabéis cuando sientes algo sin un motivo aparente? Y eso que, hasta ese momento, me había divertido mucho. De modo que le doy un empujón.

–No lo digas ni en broma.

Y me coloco a su lado. Me apoyo en él, quizá así me abrace como sólo R. J. sabe hacerlo. Y, de hecho, lo hace y yo me siento protegida. Levanto un poco la cabeza y lo miro.

–No nos distanciaremos nunca, ¿verdad?

Rusty James sonríe.

–Como la luna y las estrellas...

Le devuelvo la sonrisa.

–Siempre en el cielo azul. ¡Como yo y tú!

Nos echamos a reír. No sé cómo nos lo inventamos, se nos ocurrió una noche de verano. Estábamos mirando el cielo en busca de alguna estrella fugaz y, al final, dado que no veíamos ninguna, nos inventamos esa poesía. Que luego yo incluí en una redacción y el profe Leone me la corrigió y yo le expliqué..., traté de aclarárselo, de hacerle comprender que «Yo y tú» era un error, sí, pero también una licencia poética para que rimase. En fin, que al final me puso un suficiente, a pesar de que, en mi opinión, esa redacción se merecía mucho más.

—Caro, ven, quiero decirte algo.

Nos sentamos en un banco de la via dell' Alpinismo, justo al lado del colegio, donde hay un pequeño parque para los perros. Me preocupo. Cuando R. J. hace eso es porque hay una gran novedad.

La última vez que nos sentamos juntos quiso contarme que había roto con su novia. Debbie, se llama, y es una tía enrollada y también muy guapa. R. J. siempre ha tenido novias guapas, pero ésta parecía que iba a durar más que las otras.

Debbie se reía mucho, estaba siempre contenta, me gastaba bromas y me decía que R. J. y yo éramos como dos gotas de agua. Y luego me sentaba sobre sus piernas y charlaba conmigo y me hacía carantoñas. Y una vez, cuando fue a ver a su padre, que vive en Nueva York, me trajo una camiseta Abercrombie superchula.

Echo de menos a Debbie, y no por esa camiseta, sólo que no puedo decírselo a R. J., si decidió romper con ella debía de tener sus motivos.

—Ven, ponte aquí, a mi lado.

Me siento tranquila. En el parque reina un extraño silencio y en algunas zonas está oscuro, pero cuando estoy con R. J. no tengo miedo.

—¿Estás lista, Caro?

Asiento con la cabeza y él se mete una mano en la cazadora, saca un periódico y lo abre muy ufano.

—Aquí está.

Me indica un fragmento escrito en el que, al final, aparece el nombre de Giovanni Bolla.

—¡Eres tú!

—Eh, sí, soy yo. Y éste es mi primer artículo. Mejor dicho, es un relato.

Empieza a leérmelo. Me gusta y lo escucho complacida. Es la historia de un chico que se escapa de casa a la edad de doce años, que coge una bicicleta del garaje después de haber discutido con su padre y se marcha. Y mientras lo escucho recuerdo que una vez me contó que él mismo había hecho una cosa parecida. El relato es divertido y está lleno de detalles, de pasión. Es ágil, no aburre, divierte y emociona, en fin, aunque quizá también me guste por el modo en que mi hermano lo lee. Y de vez en cuando me río porque ese personaje, Simone, es en ocasiones un poco torpe y realmente divertido. R. J. vuelve la página cuando acaba.

—¿Y bien? ¿Qué te ha parecido? Es mi primer relato.

—Es precioso... —Me gustaría añadir algo, pero sólo consigo decirle—: ¡Hace soñar!

—Bueno, eso no es poco.

—Es un poco autobiográfico, ¿verdad?

—Bueno, todos hemos reñido alguna vez con nuestro padre.

—Ah, claro.

Con el nuestro es realmente sencillo. Y entonces se me ocurre una pregunta de lo más absurda y mientras la hago me arrepiento, pero ya es demasiado tarde y no puedo echarme atrás.

—Pero ¿te han pagado?

R. J. no se enfada, al contrario, está feliz.

—¡Por supuesto! No mucho, pero me han pagado. —Se mete el periódico en el bolsillo—. Piensa que es el primer dinero que gano escribiendo.

—Pues sí...

Se levanta del banco.

—Venga, Caro, vamos a casa, ya es casi medianoche y, además, ¡mamá se preocupa por ti!

Así que nos encaminamos hacia nuestro edificio. Lo hacemos en silencio y yo disfruto de ese momento. Luego me paro de golpe y, no sé por qué, se lo suelto.

—¿Sigues viendo a Debbie?

R. J. me sonríe.

—Hablo con ella...

Pero no quiere decirme nada más.

—Me gustaba mucho. —No le digo lo de la camiseta y todo lo demás.

—Bueno, a mí también. ¡Por eso he vuelto a llamarla!

Y se echa a reír. Acto seguido, abre el portón y me deja pasar.

—Venga, entra.

—R. J., ¿me haces un favor?

—¿Otro?

Siempre dice lo mismo. Luego se ríe de nuevo.

—Dime, Caro.

—¿Me regalas tu primer relato? Lo quiero enmarcar.

Giovanni, el hermano de Carolina

Me llamo Giovanni. Rusty James, como me llama Carolina. Soy su hermano. Escribir es mi sueño. Meter el mundo en una página. Sentir el repiqueteo de las teclas del ordenador o, mejor aún, ver cómo se seca la tinta de una pluma estilográfica en un cuaderno conservado a duras penas con un poco de pegamento y una goma. Es mi pasión. El instante en que me siento más vivo es aquel en que releo una frase, un pasaje, una idea que he detenido para siempre en el blanco del papel transformándolo a mi manera. Es difícil hacer comprender eso a los que piensan que la vida es tan sólo el armazón que en el pasado tenías por cierto, a quien ha dejado de emocionarse, prisionero de las innumerables dificultades de la vida. Como si las dificultades fueran únicamente un mal rollo cuando, en cambio, son ocasiones, posibilidades de demostrar que podemos conseguir lo que pretendemos. ¿Soy un idealista? ¿Un loco? ¿Un soñador? No lo sé. Tengo veinte años, miro alrededor y veo que la vida es dura. Sí, pero también espléndida. Conozco los problemas del mundo, no escondo la cabeza debajo del ala, es duro suscribir una hipoteca para comprar un tugurio, es difícil encontrar un trabajo que no te dé simplemente lo suficiente para sobrevivir, sino que, además, te permita expresarte y vivir de una manera digna. Y también soy consciente de las innumerables injusticias y violencias que nos rodean. No obstante, no he perdido la esperanza. Me conmuevo al contemplar un amanecer, daría lo que fuese por un amigo sin sentirme por ello pobre. Danzo con la vida, la invito a bailar, la abrazo sin excederme, la miro a los ojos y la respeto y la amo, al igual que adoro la mirada de una mujer enamorada. Eso es. Me gustaría estar en esa mirada, dentro, siempre, ser su sueño, hacer que se sienta preciosa y única como la gota de rocío que por la mañana ilumina de repente el pétalo de una violeta. Soy el polo opuesto de mi padre y eso me hace sentirme un poco mal. Me gustaría que me entendiese. Pero, como dice él, sólo tengo veinte años, de manera que, ¿qué puedo saber de la vida? Me viene a la mente Ligabue y su canción «cuando bailas sólo tienes dieciocho años y hay muchas cosas que no sabes, cuando sólo tienes dieciocho años quizá lo sabes ya todo y no deberías crecer nunca...». Es cierto, y quizá sea inevitable que seamos tan diferentes. En cambio, me siento en perfecta sintonía con ella, con Carolina. Mi Caro. Su entusiasmo, la sonrisa y la energía con la que lo vive todo la hacen auténticamente arrebatadora. Somos muy afines, nos entendemos sin necesidad de intercambiar muchas palabras. La quiero y espero que tenga una vida feliz. Se la merece de verdad. Ella confía en mí, cree en mí, me respeta y se hace respetar. Ella es leal con los demás, distinta y madura. Sabia. Sí, ¡Carolina es sabia, pese a que no lo sabe! Y es justo que sea así, es justo que conserve esa inocencia soñadora que no supone ser demasiado ingenuos o alelados, sino conservar sobre todo la capacidad de sorprenderse. Y además está mi madre, a la que adoro, porque siempre se sacrifica sin lamentarse jamás, con el único deseo de darnos lo que necesitamos, sobre todo amor. Me gustan sus manos, algo delgadas, la sonrisa que ilumina sus ojos cuando habla de nosotros o el olor de su piel cuando cocina. Olor a antiguo, a algo que me recuerda a mi infancia. Un olor bueno. A mi hermana Alessandra, en cambio, no consigo entenderla. Me gustaría que se abriese un poco más conmigo, porque la verdad es que no la conozco, jamás he hablado en serio con ella. Y además parece casi celosa de Caro y cada vez que, precisamente por temor a eso, trato de prestarle atención y darle importancia, tengo la impresión de que me rechaza. Se está endureciendo y no comprendo el motivo. Adoro a mis abuelos, las raíces de lo que yo soy, la sencilla franqueza de unos sabios que han visto el mundo y las cosas. Los adoro porque dentro de sesenta años me gustaría ser como ellos, seguir enamorado de la vida y, tal vez, de la mujer que la ha compartido y transformado conmigo. Una auténtica apuesta que debe jugarse con lealtad. Ahora quiero a una mujer, guapa, dulce y sincera. La quiero y espero que ese sentimiento no acabe, que me haga sentir siempre tan bien como ahora. Y, sin embargo, en ocasiones experimento un extraño miedo, tengo la impresión de que no tardará en finalizar o de que quizá ése no sea mi camino. No sé por qué. Sensaciones. Pero bueno, mientras tanto sigo adelante, entre otras cosas porque ella es verdaderamente guapa. Viva la vida.

Octubre

Wishlist
El último CD de Radiohead y de Finley.
Una cinta negra para el pelo, brillante, estilo años treinta.
Peinarme hacia atrás y no vomitar cuando me mire al espejo.
Comprar el cofrecito de *High School Musical*.
Ir a Pulp Fashion, en la via Monte Testaccio, para curiosear un poco entre el *vintage* de los años setenta.
¡Hacer rayos UVA! Papá me va a matar.

En octubre no ha ocurrido nada especial. Es decir..., exceptuando la disputa con don Gianni, el cura que enseña religión en el colegio, la discusión con Gibbo sobre las consecuencias de nuestro beso, y el beso que le di a Filo para que ambos hiciesen las paces. Ah, sí, lo olvidaba, Rusty James se ha ido de casa. En fin, que, pensándolo bien, ha sido un mes bastante movidito, pero vayamos por partes.

—Buenos días, chicos.
Apenas ha cruzado la puerta cuando de repente salen cuatro alumnos, los que están exentos de su hora. La verdad es que no sé si eso es motivo o no de pecado, pero creo que es importante quedarse, no tirar la toalla. Aunque ello signifique discutir y pasarse de la raya, pero nunca hay que abandonar. Me parece que es un poco como dar-

se por vencido. Yo al menos me quedo. Y siempre he sido de la misma opinión. Hasta ese día.

Don Gianni los mira y acto seguido suspira.

—Pobres... No saben lo que hacen.

El comentario se lo podría haber ahorrado, porque si unos chicos se marchan de clase es porque tienen permiso para hacerlo, lo que quiere decir que lo han pedido en casa, que deben de haber hablado del tema con sus padres, o que quizá hayan sido éstos quienes se lo hayan sugerido. ¡O sea, que saben de sobra lo que hacen! En cualquier caso, se le podría pasar por alto porque es un latiguillo, una forma de hablar. Pero ese día añadió algo que nunca podré olvidar.

—Chicas, hoy por fin podemos hablar de un caso concreto que puede ayudarnos a entender las particularidades del amor...

Al oír eso cierro la agenda, hago a un lado el móvil, lo escondo bajo el estuche y despliego las antenas, ya que siento curiosidad por el tema.

—Una de vuestras compañeras me ha contado su experiencia y me gustaría ponérosla como ejemplo para explicaros ciertos comportamientos... Puedo, ¿verdad que sí, Paola Tondi?

Y Paola, Paoletta, como la llamamos nosotros, se encoge, casi se hunde en su silla. Acto seguido mira por unos instantes en derredor y al final vuelve a emerger como uno de esos submarinos de guerra que salen repentinamente del mar saltando fuera del agua para flotar después entre las olas.

—Claro, sí, claro... —responde con voz trémula.

¿Qué otra cosa podía decir, dadas las circunstancias? En fin, os juro que fue una sorpresa general. Es decir, que ninguna de nosotras se habría imaginado jamás que Paola Tondi, Paoletta, para entendernos, pudiese ser tomada como ejemplo para nuestras experiencias sexuales.

A ver si me explico. Es alta, mejor dicho, no lo es, es baja, mide un metro cuarenta, es bastante corpulenta, lleva ortodoncia, como no podía ser de otro modo, metálica y llamativa, tiene el pelo encrespado y abundante, la cara algo picada, la nariz aguileña y los ojos saltones. ¡Y por si fuera poco, encima huele mal! ¿Habéis entendido de qué clase de persona estamos hablando? ¡Me gustaría saber quién ha tenido el valor, quién ha sido el intrépido que se ha lanzado a una misión semejante!

Y don Gianni se aprovecha de eso. Paoletta, en un momento particular, en un día en que, quizá, necesitaba hablar con alguien y no sabía a quién dirigirse, se lo contó todo a don Gianni. ¿Y él qué hace ahora? Lo usa entrando en toda una serie de detalles para dar su lección. ¿Os dais cuenta?

—Chicas, tened muy presente lo que os voy a decir. El amor no tiene edad, e incluso una chica de trece o catorce años como Tondi puede verse enfrentada a la siguiente duda: ¿es quizá pronto para tener una relación?

Don Gianni nos mira tratando de leer nuestros semblantes. Ha alargado las manos hasta el borde del escritorio y se inclina hacia adelante, nos pasa revista como si se tratara de una ametralladora lista para disparar. Pero nosotras no nos inmutamos, simulamos que casi no existimos, seguimos escuchándolo con gesto imperturbable, que sólo expresa pureza, indiferencia e ingenuidad. Todas permanecemos en absoluto silencio, si bien alguna podría rendirse y replicar: «¡No, no es demasiado pronto!»

De hecho, creo que Lucia, Simona y Eleonora hace más de un año que salen con un chico. Pero, en cualquier caso, sería demasiado pronto. Y, en cualquier caso, por encima de todo, es asunto suyo. Y, en cualquier caso, no entiendo cómo se le puede haber ocurrido a Paola Tondi contarle algo semejante a don Gianni y, sobre todo, a saber qué le habrá contado, ¡qué será verdad y qué no!

—Bueno, Paola, debes ser un ejemplo para tus amigas, para todos tus compañeros... Debes ayudarlos a no tener dudas como, por desgracia, te sucedió a ti. Cuéntanos, estabas sola en casa porque tus padres se habían marchado a pasar el fin de semana fuera, ¿verdad?

Paola asiente con la cabeza.

—Y le dijiste a tu abuela que se iban a marchar mucho después, por la noche, porque querías tener la casa libre por la tarde, ¿no es así?

Paola vuelve a asentir con la cabeza.

—Y entonces llamaste al chico que te gusta desde hace algún tiempo, ¿me equivoco?

Paoletta repite el gesto afirmativo. Y el interrogatorio prosigue.

—Que es el hijo del dueño de la tienda de comestibles que hay debajo de tu casa...

Y continúa de ese modo. La situación se hace cada vez más embarazosa, porque don Gianni va entrando en detalles y también porque Paoletta no abre la boca, ni siquiera mueve ya la cabeza. Además, don Gianni sonríe de vez en cuando, y eso también me molesta. Es más, al final no puedo resistirlo y me pongo en pie de un salto.

—Perdone. ¿Se puede saber por qué sonríe? Mejor dicho, ¿de qué se ríe? Puede tratarse de una historia de amor, de una pasión, incluso de un error frente al Señor, claro..., pero usted, en lugar de comprenderla, de mostrarnos que nos entiende, da la impresión de que se divierte, ¿quiere decirme qué clase de educación es ésa?

—Bolla, no veo qué motivo tienes para intervenir. Estoy tratando de enseñaros cómo debéis comportaros en determinadas situaciones, y eso vale para todos, incluso para ti..., que quizá lo necesites.

—¿Qué ha querido decir con esa última frase? ¿Después de todo lo que ha sucedido con ustedes, los curas, ahora va y me dice que soy yo la que tiene necesidad de algo? ¿De qué? De contárselo a usted, no, desde luego, en vista de cómo lo usa luego... Lo felicito, ¿no se da cuenta del aprieto en el que ha puesto a Paola Tondi después de lo que nos ha contado?

—Eso no es cierto.

—Sí que lo es.

—En ese caso, mejor se lo pregunto a ella. —Don Gianni se dirige a Paoletta con una sonrisita taimada—. Dime, Tondi, ¿estás en un aprieto?

—Espere un momento, así no vale, de ese modo la obliga a contestar lo que usted quiere, no lo que, quizá, piensa realmente. —Abandono mi pupitre y me planto delante de Paoletta impidiendo que don Gianni pueda verla—. ¿Estás en un aprieto? A mí me lo puedes decir.

—Eh, no, así no vale.

Don Gianni baja de la tarima, se coloca delante y seguimos así durante un rato.

—¿Estás en un aprieto? Dímelo a mí.

—No, dímelo a mí, a mí puedes decírmelo...

—¡No, te he dicho que me lo digas a mí!

Hasta que al final Paoletta se harta y escapa llorando. Al ver la escena, los cuatro chicos que por lo general salen para no dar clase de religión vuelven a entrar a toda prisa.

—¿Lo veis?, teníamos razón.

Y toda la clase empieza a armar un buen jaleo, gritando, dando puñetazos a los pupitres o tirando cosas.

—¡Ooooolé!

Y todos se echan a reír y el tumulto va en aumento, hasta que al final llega el director. En fin, moraleja: a partir de la semana que viene yo tampoco asistiré a la clase de religión. Y eso que, en el fondo, me divertía un poco.

Estoy sola en el patio del colegio, es la hora del recreo. Alis y Clod están armando jaleo con el resto de nuestras amigas. No sé por qué me ha dado por vivir un momento de soledad voluntaria. No me preguntéis por qué, ya que no sabría qué responderos. Sea como sea, estoy completando una de mis *wishlists*.

La canción que te gustaría haber escrito:
L'alba di domani, Tiromancino.
La que te gustaría que hubiesen escrito para ti:
Se è vero che ci sei, Biagio Antonacci.
La que te hace evocar tu infancia:
Parlami d'amore, Negramaro.
La de tus padres:
Almeno tu nell'universo, Mia Martini.
La de esa noche:
Qué hiciste, Jennifer López.
La que describe el momento más bonito de tu vida:
Girlfriend, Avril Lavigne.
La que te gustaría tocar con tus amigos:
What Goes Around... Comes Around, Justin Timberlake.
La que le dedicarías a él:
How To Save a Life, The Fray.
La que escuchas cuando te cabreas:
Makes Me Wonder, Maroon 5.

La que empieza mejor:
Hump de Bump, Red Hot Chili Peppers.

—Eh, ¿se puede saber qué te pasa? ¿Por qué me evitas?

Gibbo se reúne conmigo en el patio.

—¿Yo?

—Sí, tú, no te hagas la loca. Es así. ¿No estaba rico el chocolate?

Me mira y sonríe. Es siempre tan encantador y amable, y además me pasa los deberes. Sólo que hay un problema: me gusta para un beso, eso es todo. Pero ¿cómo puedo decírselo? En fin, lo intentaré.

—Verás, Gibbo..., estoy muy mal...

—¿Por qué? ¿Qué te ha pasado?

—Tengo miedo de perderte como amigo.

—¿Y por qué deberías perderme? Al contrario, las cosas son más fáciles ahora.

—¿Qué quieres decir?

—Bueno, a fin de cuentas era una idea que me rondaba desde hacía tiempo por la cabeza, y si no hubiese ocurrido así, como un juego, como una apuesta perdida, las posibilidades de que nuestra amistad se acabase habrían sido altísimas, más del setenta y siete por ciento. —Después me escruta, me sonríe y se acerca a mí como si pretendiese besarme de nuevo—. En cambio ahora, que por fin estamos juntos...

Y prueba a besarme, pero en cuanto me roza los labios yo giro la cabeza y me lo estampa en la mejilla.

—De eso se trata precisamente. —Me levanto—. Nosotros no estamos juntos. Y el riesgo es exactamente ése, que si continuamos así al final no tendremos ni una cosa ni otra... Nos distanciaremos.

Gibbo abre los brazos.

—Pero ¿no has visto *Cuando Harry encontró a Sally*?

—¿Y eso qué tiene que ver?

—Los protagonistas son muy amigos, tanto que incluso le buscan posibles parejas al otro, pero al final comprenden que los únicos que encajan son ni más ni menos que ellos mismos, él con ella y ella con él, no hay otras posibilidades.

Se acerca de nuevo para darme un beso, pero yo me vuelvo a toda prisa hacia el otro lado, de modo que me besa en la otra mejilla.

—Ya, pero te has olvidado de un pequeño detalle...

—¿Cuál?

—Que se trata de una película, mientras que lo nuestro es la triste realidad.

Y me alejo así de él, dándole la espalda. Un poco melodramática, ¿no? He hecho una salida arrogante con una frase de efecto, pero al menos así reflexionará. Gibbo permanece donde está, al fondo del patio, y abre los brazos.

—Pero, perdona, ¿a qué triste realidad te refieres? ¡Creía que nos divertíamos mucho juntos!

Me hago la loca, entro y subo la escalera. Y casi parece una película de verdad.

Pero apenas un segundo después, Filo me agarra del brazo.

—Disculpa, ¿puedes venir un momento?

Me arrastra por el pasillo, algunos de los chicos que están apoyados en la pared se dan cuenta y nos miran algo sorprendidos.

—Ven, ven, entra aquí.

Abre la puerta del servicio de los profesores y me empuja dentro.

—¡Ay, Filo, me estás haciendo daño en el brazo!

Me suelta.

—Quiero que me expliques lo que he oído, vamos, explícamelo.

Se planta delante de mí y me arrincona. Intento escabullirme por todos los medios, pero él tiene los brazos en alto, alrededor de mi cabeza y apoyados en la pared.

—¿A qué te refieres?

No obstante, intuyo de qué está hablando. ¿Será posible que Alis y Clod no puedan tener la boca cerrada ni siquiera por una vez? ¡Son geniales! No, genial tú, que sigues contándoselo todo.

Pruebo a escapar, pero Filo me arrincona.

—¿Y bien?

—¿Y bien, qué?

—¿Es verdad?

—¡¿El qué?! —le grito a la cara.

—Que besaste a Gibbo.

—Sí...

—¿Cómo que sí? —repite casi gritando.

—Es decir, no.

—Ah, entonces no...

Parece más tranquilo.

—O sea, sí y no.

—¿Qué quieres decir?

—Te he dicho que sí y que no.

Me escabullo por debajo de él y consigo rodearlo, pero él me detiene de nuevo.

—¿Qué quiere decir sí y no? Eso no puede ser. O lo besaste o no lo besaste. ¿Me lo explicas de una vez?

—Muy bien, pero déjame en paz, ¿eh? Tienes que soltarme, ¿estamos? Déjame un poco de espacio porque me estás agobiando, ¿vale?

—Vale.

Filo parece calmarse. Se aparta un poco, aunque sin dejar de vigilarme para que no escape.

—Está bien. —Lo miro a los ojos—. Te lo voy a contar.

Exhalo un largo suspiro.

—Lo besé.

Filo entorna los ojos.

—No. No me lo puedo creer. No es verdad. ¡Me estás contando una milonga!

—¿Y por qué, perdona? Tú me lo has preguntado, ¿no?

—Pero ¿por qué lo besaste? Cuando yo te lo pedí me dijiste que no, que no era posible, ¡que éramos amigos! ¿Acaso no lo eres también de él?

—Sí, de hecho te he dicho que sí y que no.

—¿O sea?

—Que lo besé, pero también le he dicho ya que no volveré a hacerlo.

Filo se queda perplejo por un instante. A continuación arquea las cejas.

—De acuerdo, pero dado que yo te lo pedí primero, deberías haberme besado a mí antes que a él.

—Lo entiendo, pero supongo que no era el momento. Después sucedieron algunas cosas, quizá yo haya cambiado.

—¿Has cambiado?

—Sí, parezco la misma, pero he cambiado.

—Bien, en ese caso, dado que has cambiado, ahora debes besarme también a mí.

—Pero ¿qué dices? Ni lo sueñes.

Y, veloz como el rayo, consigo escabullirme y salir del servicio de los profesores. Pasado un segundo, Filo me da alcance y me agarra del antebrazo.

—¡Venga, Caro, eso no vale!

—No me aprietes el brazo, Filo.

—Bien, pero así no vale. Yo iba primero. A mí también me debes un beso, de lo contrario, no es justo. Luego todos volveremos a ser amigos como antes.

Y lo veo ahí, caprichoso e infantil, y quizá realmente dolido, y en el fondo también más guapo de lo habitual, con gesto enfurruñado y el pelo alborotado. Y con la tez morena. Filo es más alto que Gibbo, delgado, tiene el pelo largo y los labios carnosos, los ojos oscuros y alguna que otra peca en los pómulos, a modo de salpicaduras. Tiene mucho éxito con las chicas pero, no sé por qué, desde hace cosa de un año se ha obsesionado con nuestra historia. Me detengo y lo miro a los ojos. Él sonríe.

—¿De acuerdo, Caro? Seamos honestos... Aclaremos las cosas. ¿Tengo razón o no?

—¡Pero qué razón ni qué ocho cuartos! Un beso es un beso. Él me cortejó, me dio una sorpresa y me hizo reír. Se le ocurrió una bonita idea, no me encerró en un baño... ¡y no me forzó a dársela!

—¡Está bien! ¡Tienes razón! Una bonita idea, ¿eh? Vale. ¡Pues entonces yo también puedo encontrar una!

No me vuelvo, sigo caminando, risueña, pero él no puede verme.

Caramba, la de esfuerzos que tienen que hacer los chicos para conquistarnos... Aunque la verdad es que eso vale también para nosotras.

¿Cómo se hace para pillar a uno que te gusta? Es decir, exceptuando a los que les gustas ya un poco y te persiguen, ésa es otra historia y, además, no sé por qué, cuando descubres que les gustas a los que no te gustan a ti o a los que te han gustado hace tiempo, puf, se te pasa todo. No, en serio, es así. Yo, en cambio, me refiero a los que te gustan sólo a ti, o sea que ellos ni siquiera lo saben y tú quieres que se enteren sea como sea. Alis siempre dice: «Hay que comportarse como una presa a punto de escabullirse.» ¡Primer teorema de Alis! Asegura que es la mejor táctica. En cambio, según Clod, eso sólo sirve para perder un montón de tiempo y para correr el riesgo de que luego al tipo se le pase. Hay que ser directos, decírselo de inmediato, sin pensarlo dos veces. ¡Primera ley de Clod! Alis dice que hay que controlarse para no ruborizarse cuando lo ves..., porque así él piensa que al principio nos gustaba pero que ahora ya no nos importa mucho. ¡Eso es perfecto porque, si por casualidad le gustamos, piensa que nos está perdiendo! Pues sí..., ¡como si el rubor fuese algo que se pudiese controlar! Alis defiende que no hay que prestarles mucha atención, y que deben vernos hablar también con otros chicos y luego debemos observar lo que hacen. Sea como sea, en realidad, mi problema es otro, ¡nos gustamos a rabiar y nos lo hemos dicho! Pero, ¿dónde estás, Masiiii? Por si fuera poco, a cuarta hora el profe de italiano nos entrega para hacer en casa una hoja con preguntas sobre un relato titulado *¿Qué estás buscando en realidad?* Cuando lo he visto he estado a punto de echarme a llorar. ¿Por casualidad no se estará refiriendo a mí?

La casa de los abuelos Luci y Tom. Es bonita. No es que sea particularmente grande o rica. Es cálida. Pero con ese calor especial que no emana de los radiadores, sino de una infinidad de menudencias. De los cuadros, de las fotografías que reflejan la vida de mi madre, su niñez y su adolescencia. Del cuidado que la abuela Luci pone en todas esas cosas.

—¡Con más energía, Caro! ¡Si no, no sale bien!

Jamás he logrado que la masa de la pizza fermente como es debido. Siempre queda baja y blanda. ¡Pero no es sencillo prepararla!

Vierto la harina sobre la mesa de mármol, dejando un hueco en el centro para el resto de los ingredientes. A continuación desmenuzo la levadura y la disuelvo en un poco de agua tibia. Después echo sal y aceite. Pero, no sé por qué, siempre tengo la impresión de equivocarme con las cantidades o con el proceso. Y aquí viene lo bueno: «Hay que obtener una masa blanda», dice la abuela. ¡Y se necesita fuerza!

—Tienes que llegar a un punto en que la masa se despega de los dedos. Luego haces una bola y la pasas por harina, la cubres con un paño y la dejas fermentar sin que le dé el aire durante casi dos horas. O hasta que la masa doble su volumen.

¡Sólo que, si lo hago yo, eso nunca sucede! Por eso me rindo y dejo que lo haga siempre ella. Otra cosa que no consigo hacer bien, pero que me divierte preparar con ella cuando voy a ver a mis abuelos, es el *risotto* con setas. Me pirra, y mi madre casi nunca lo hace, pese a que la abuela Luci le enseñó a cocinarlo.

Es bonito estar juntas en la cocina. Tengo un delantal con mi nombre y dos cucharones bordados a los lados por la abuela. Se puede hablar con calma de una infinidad de cosas mientras se cortan las verduras, se hace el sofrito, se elige la carne y se hacen todas las demás cosas. Cocinar juntos sirve, en cierta manera, para ser más amigos. Recuerdo la escena de la película *Chocolat*, cuando Vianne quiere marcharse del pueblo que no la acepta porque la considera peligrosa y diferente. De manera que, pese a las protestas de su hija, hace las maletas. Después baja la escalera, abre la puerta de la cocina y ve a todas esas personas que están preparando juntas un sinfín de delicias de chocolate. Unas personas que hasta unos días antes no se entendían, no se hablaban, y que ahora están ahí, unas al lado de otras, y parecen felices y unidas. Y el mérito es también suyo. De modo que, «cuando el viento inquieto del norte le habla a Vianne de los países que aún le quedan por visitar, de los amigos necesitados que todavía debe descubrir, de las batallas que todavía debe combatir...», ella cierra la ventana y se queda a vivir allí, con esas personas, que ahora son sus amigas. Me encanta esa película. La vi con la abuela Luci.

Mi madre y yo nunca tenemos tiempo de cocinar juntas. Sólo algunas veces los domingos, pero no prepara cosas especiales. Además,

Ale se entromete siempre y nos toma el pelo o, peor aún, nos agobia, o papá empieza a decir que nos demos prisa, que no entiende para qué sirve perder tantas horas preparando cosas complicadas, cuando bastaría con cocinar unos espaguetis con mantequilla. En fin, que nunca nos dejan a solas del todo, y eso le quita la gracia. En casa de los abuelos, en cambio, es más divertido porque el abuelo Tom apenas da señales de vida, se asoma de vez en cuando a la puerta y, tras decir «¡Mis mujeres!», se marcha sin preguntarnos siquiera qué estamos haciendo porque prefiere que le demos una sorpresa.

Mientras la masa de la pizza fermenta —no gracias a mí, por descontado— y antes de preparar el *risotto*, hablo con la abuela, que siempre tiene muchas cosas bonitas que contarme. Se empieza con un tema y nunca se sabe con cuál se puede acabar. Sin ir más lejos, hoy hemos hablado de belleza, de mujeres delgadas, de mujeres entradas en carnes, de ese tipo de cosas. La abuela me decía que en su época se consideraba una suerte tener unos cuantos kilos de más, porque a los hombres les gustaban las curvas.

—¡También a los de hoy les gustan las curvas, abuela!

—Bah, yo no estaría tan segura. Están rodeados de todos esos alfeñiques a los que sólo les preocupan los gramos de más que puedan tener. Quiero decir que no se trata de estar o no delgada. Lo importante es que exista un equilibrio, que una se sienta bien.

—Sí, abuela, pero eso es más fácil de decir que de hacer. En el colegio, las chicas gordas no se gustan en absoluto, siempre se están lamentando. Más aún, al final acaban siendo antipáticas con las que, en su opinión, son monas, y las hacen a un lado. Es como si hubiese dos bandos: las guapas y las feas. Pero ¿quién ha decidido cómo deben ser unas y otras?

—Sí, pero tú, por ejemplo, tienes una amiga que no se preocupa por ese tipo de cosas, y muchos la consideran simpática.

—De acuerdo, pero Clod es un caso aparte. Ojalá todas fueran como ella. Ella tiene un carácter estupendo. Le gusta comer, y come. Le gusta un chico y no se retrae. Le gusta arreglarse y vestirse bien. Si alguien le toma el pelo, pasa olímpicamente. Es más, se lo toma a broma. Ayer, por ejemplo, en el recreo, uno de III-F que se pasa la vida dándonos la brasa le dijo: «Clod, estás tan gorda que cuando te duermes lo haces por etapas»..., y ella le contestó: «Qué original, a ver si alguna vez dices algo que se te haya ocurrido a ti, en lugar de imitar a los cómicos del programa "Zelig Circus".» ¡Pero no se lo dijo enfadada ni nada!

—Muy bien, eso quiere decir que está segura de sí misma, y eso la hace resultar más atractiva a ojos de los demás. Porque la belleza no está en la talla o en una cara bonita. ¿Te he contado alguna vez lo que decía Audrey Hepburn?

—No.

La abuela se levanta y coge un libro del estante, uno de esos grandes y bonitos, llenos de fotografías de esa actriz. Vuelve a sentarse y lo hojea.

—Aquí está..., escucha. —La abuela empieza a leer con voz firme—: «Para tener unos labios atrayentes, pronuncia palabras afectuosas. Para tener una mirada cariñosa, busca el lado bueno de las personas. Para estar delgada, comparte tu comida con el hambriento. Para tener un pelo precioso, deja que un niño lo acaricie con sus dedos al menos una vez al día. Recuerda, si alguna vez necesitas una mano, la encontrarás al final de tus brazos. Cuando envejezcas descubrirás que tienes dos: una para ayudarte a ti misma y otra para ayudar a los demás. La belleza de una mujer aumenta con el paso del tiempo. La belleza de una mujer no radica en la estética, la verdadera belleza de una mujer es el reflejo de su alma...» —Acto seguido cierra el libro, con una serenidad especial que yo adoro.

—Qué bonito...

—Intenta recordarlo, Caro, porque es así. No se trata de kilos, sino de armonía. Venga, empecemos a hacer el *risotto*... ¡Han pasado casi dos horas y no nos hemos dado cuenta!

Mientras extiendo la masa y la condimento, comienza a preparar el *risotto*. Yo la ayudo. He puesto ya las setas deshidratadas a remojo en agua tibia, y el caldo vegetal está listo. La abuela coge la cacerola y echa un poco de aceite y de mantequilla.

—No enciendas todavía el fuego.

Sigo sus instrucciones al pie de la letra.

—¿Cuánto tarda?

—Unos cuarenta y cinco minutos. Ahora coge la cebolla, mira, está ahí, sobre la tabla, la he picado ya, y trocea las setas.

Pongo empeño en hacerlo bien.

—¿Así?

—Sí, pon la cacerola al fuego y deshaz la mantequilla. Después añades la cebolla y las setas y lo sofríes todo. Echa un poco de sal.

—¿Y si se quema?

—Basta estar un poco atenta, ¿no? Venga, que lo estás haciendo bien. Dentro de un momento añadiremos un poco del agua en la que han estado en remojo las setas. No la habrás tirado, ¿verdad?

—No, no.

—Ahora hay que echar el arroz para que se tueste.

—¡Pero cruje!

—Debe hacerlo, déjalo unos minutos. Coge el vino blanco que está ahí, junto a la pila, en ese vaso, y échalo a la cacerola. Sube el fuego. Cuando se haya evaporado, lo apagaremos y lo dejaremos reposar durante diez minutos.

Eso es lo que más me gusta de la abuela Luci: que calcula el tiempo con gran precisión. Jamás se equivoca. Y, además, hace que todo parezca fácil y que me sienta una buena cocinera. Mientras tanto, ella ya ha metido en el horno la bandeja grande con la pizza. La ha dividido y aderezado de cuatro formas diferentes, margarita, setas, salchichas y tomate, sin mozzarella.

—Abuela, ¿cuándo aprendiste a cocinar?

—Cuando era una niña. Yo era la mayor y mis padres trabajaban juntos en una tienda de géneros de punto, de manera que a mí me tocaba dar de comer a mis hermanos. Aunque me ayudaba mi abuela, por suerte. Ella fue quien me enseñó. Ahora vuelve a encender el fuego, no muy fuerte. A partir de ahora iremos echando el caldo. Un cucharón cada vez. Y empezaremos a remover el arroz..., así haces ejercicio. Ah, y controla el punto de sal.

Pruebo, y la verdad es que parezco del oficio. La abuela me mira risueña mientras pone la mesa.

—¡Bien! Sigue así. ¿Quieres que lo haga yo?

—No, abuela, ¡hoy cocino yo!

Se echa a reír y asiente con la cabeza. Sigue poniendo la mesa con afecto y placer, como hace siempre. En casa de los abuelos jamás falta un pequeño jarrón con flores en el centro.

La abuela siempre me hace sentirme importante. ¡Incluso me hace creer que sé cocinar! En realidad lo ha hecho todo ella, había preparado ya los ingredientes, de modo que yo me he limitado a echarle una mano.

Pasan unos minutos. No he dejado de añadir caldo y de remover el arroz. La abuela se acerca para probar.

—Mmmm, ¡muy bien! Ahora coge ese plato, ¿lo ves?, el que tiene el parmesano rallado y un poco de la mozzarella de la pizza. Eso es, apaga el fuego y añade el queso. —Lo hago—. Ahora cúbrelo con esto... —Y me da una tapa de cristal que se empaña con el vapor en cuanto la coloco sobre la cacerola—. ¡Hay que esperar cinco minutos!

—Mmmm... ¡Qué bien huele! Tengo una hambre...

—A la mesa —grita la abuela con todas sus fuerzas.

—¡Voy! —responde el abuelo desde la habitación del fondo.

—Sí, pero a ver si es verdad... —vuelve a gritar la abuela mientras lleva los platos a la mesa—. Ven, coge eso, Caro... —La sigo con el pan—. A tu abuelo hay que llamarlo una hora antes, siempre está dibujando en su estudio; parece que el tiempo no pase para él...

Disponemos las cosas sobre la mesa. Le sonrío.

—Se ve que le encanta...

—Sí, ¡pero luego no soporta que el arroz esté pasado, o frío! ¡No se puede estar en misa y repicando!

—Aquí estoy... Aquí estoy... ¿Ves como soy puntual?

Se sonríen y se dan un beso fugaz en los labios y yo, no sé por qué, me siento un poco cohibida y miro hacia otro lado. Luego nos sentamos a la mesa los tres, el abuelo da el primer bocado y pone cara de estupor.

—Pero si está delicioso... ¿Quién cocina así de bien?

—Ella... —respondemos al unísono la abuela y yo, señalándonos.

Y soltamos una carcajada y seguimos así, disfrutando de todo lo que hemos preparado, que tiene un sabor distinto del de la comida que te sirven en el restaurante.

Cuando acabamos de comer, el abuelo se levanta.

—Quietas ahí... No os mováis.

La abuela Luci hace ademán de levantarse.

—Mientras tanto prepararé el café.

—No, no, es sólo un instante... Vuelvo en seguida. —Y desaparece a toda prisa en el salón contiguo, del que vuelve a salir al cabo de unos segundos con su cámara de fotos en la mano—. Ya está, ya está, listo...

Coloca la cámara en un estante cercano, pulsa el disparador automático, corre hacia la abuela y nos abraza justo a tiempo. ¡Clic!

—¡Aquí tenemos la foto de los tres con la barriga llena! —Nos abraza con fuerza—. Y ahora, Carolina, esto es para ti.

Y puf..., saca un libro de detrás de la espalda.

—¡Gracias, abuelo!

Me mira orgulloso y radiante.

—Estoy seguro de que llegarás a ser una gran cocinera...

De modo que lo cojo, voy al salón y me echo en el gran sillón burdeos, que tiene incluso un escabel. Es comodísimo y, a fin de cuentas, la abuela no me quiere por en medio mientras friega los platos y recoge la cocina. Me ha regalado *Kitchen,* de Banana Yoshimoto. Lo abro.

Creo que la cocina es el lugar del mundo que más me gusta. En la cocina, no importa de quién ni cómo sea, o en cualquier sitio donde se haga comida, no sufro. Si es posible, prefiero que sea funcional y que esté muy usada. Con los trapos secos y limpios, y los azulejos blancos y brillantes.

Incluso las cocinas sucísimas me encantan.

Aunque haya restos de verduras esparcidos por el suelo y esté tan sucio que la suela de las zapatillas quede ennegrecida, si la cocina es muy grande, me gusta. Si allí se yergue una nevera enorme, llena de comida como para pasar un invierno, me gusta apoyarme en su puerta plateada.

Cierro el libro y lo dejo sobre mis piernas. Desde el salón observo a la abuela mientras mete los platos en el lavavajillas después de haberlos enjuagado. Me gusta la cocina de mis abuelos porque la usan de verdad, la viven. Después llega el abuelo, se acerca a ella. Coge un vaso, lo llena de agua, a continuación dice algo y ambos se echan a reír. Ella se seca las manos en el delantal que lleva atado a la cintura y luego se atusa el pelo. Todavía tienen mucho que decirse. De manera que me sumerjo de nuevo en el libro que me ha regalado el abuelo. Eso es. Me gusta su cocina porque en ella hay amor.

12 de octubre. El profe nos ha hecho estudiar el descubrimiento de América porque es el aniversario de esa fecha. ¡Nos ha recordado que gracias a Cristóbal Colón hoy podemos comer chocolate! Y Clod, claro está, me ha hecho todo tipo de gestos desde su pupitre, desde una V de victoria con los dedos al trazado de una aureola sobre la cabeza con las manos. ¡San Cristóbal! ¡Sólo que después se lamenta porque le salen granos! Octubre es también el mes de las castañas. A veces mi madre, cuando tiene el turno de mañana y vuelve a casa a eso de las dos, sin importar lo pronto que pueda haberse levantado (¡a las seis, pobre!), se pone a hacer pan de castañas, que me gusta a rabiar. Siempre quito los piñones y me los como uno a uno antes de pasar al pan propiamente dicho. Sí, octubre es un bonito mes..., el mes del amarillo-naranja, de las primeras cazadoras que sacas del desván, y en el que esperas que llegue Halloween. Aunque también es el mes que precede a noviembre, que, en cambio, aborrezco.

En cualquier caso, me paso toda la tarde conectada al Messenger, hablando con Clod y Alis sobre Filo.

Clod no tiene ninguna duda: «Pero ¿por qué no lo besaste? Está como un tren y, además, es realmente simpático, ¡fue el primero que personalizó un microcoche! ¡Mucho antes que Gibbo!»

Alis, en cambio, opina justo lo contrario: «Así me gusta, que sufra, que luego se aprovechan. ¿Qué se ha creído? Se trata tan sólo de una competición entre chicos: si no hubieses besado a Gibbo, ¿crees que se habría interesado por ti?»

¡Ésa debe de ser la segunda ley de Alis! En fin, toda una serie de valoraciones que no van muy lejos. En parte porque yo, por mi lado, respondo al vuelo tratando de explicar mi postura a las dos: «¡Aparte de que hace un año ya me pidió que lo besara!»

«Sí, sí, de acuerdo —me responden Alis y Clod—, pero ahora ¿qué piensas hacer? ¿Que riñan?»

«¿Estáis locas? ¡Como si yo besase por caridad!»

«Vamos, pero si es genial...»

«No digo que no sea genial, el problema es que ahora yo sólo pienso en Massi.»

«Pero si has besado a Gibbo.»

«¡Y eso qué tiene que ver! Lo hice porque perdí la apuesta, era un juego. De no ser así, nunca lo habría besado. ¡Yo pienso en Massi!»

«¡A saber cuándo volverás a verlo! —me replica Clod—. Lo tuyo es pura imaginación, ¡en mi opinión, te gusta precisamente porque no lo ves!»

Alis ataca con mayor firmeza: «¿Lo ves? Querías a Lorenzo y, en cuanto lo conseguiste..., pam, ahora te dedicas a buscar a otros.»

«Lo conseguiste.» Palabras mayores... Pero no me da tiempo a contestarle porque en ese momento entra mi madre.

—¡Caro! Pero ¿todavía tienes el ordenador encendido? Pero ¿cuándo piensas acostarte? Pero si mañana tienes colegio... Pero...

¡Vaya una retahíla de peros!

—Pero, mamá, estábamos comentando un tema de clase. —Apenas le dejo un instante de reposo—. ¡Pero ahora mismo lo apago porque la verdad es que es muy tarde!

Y me meto en la cama.

—¿Te has lavado los dientes?

—Por supuesto, antes, justo después de cenar. Huele... —Y exhalo un largo suspiro.

Mi madre rompe a reír y agita la mano delante de la cara.

—Puf, es terrible... ¡Todavía se nota el olor del brócoli que has comido esta noche!

—¡Mamá...!

Simulo ofenderme y me tapo la cabeza con la sábana. Después, como no oigo nada, me vuelvo hacia ella y me doy cuenta de que está mirando fijamente la pared. Colgado de ella está el artículo de Rusty James que he hecho enmarcar a Salvatore, el hombre que está al final de la via della Farnesina.

Mi madre lo contempla suspirando. Me incorporo en la cama y la escruto.

—Bonito, ¿verdad? Me parece un relato precioso, habla de los sueños de juventud... ¿Sabes que fui la primera que lo vi? ¡Me lo dijo él!

—Sí, lo he leído varias veces. Es bueno.

Acto seguido, sale de la habitación. Ligeramente disgustada o preocupada, a saber. Claro que para nosotros Rusty James sólo puede ser bueno... Pero ¿lo será realmente? ¡Para mí lo es! Y con esta última convicción me duermo. Y no sé muy bien lo que sueño. El caso es que cuando me despierto siento que ese día será diferente. ¿Sabes esas sensaciones, esas sensaciones... que al final te hacen intuir que va a suceder algo de forma ineludible? De modo que te levantas de la cama, te arreglas, te despides al vuelo de todos, sales corriendo y miras alrededor... Sientes que estás llegando tarde a todo y, por suerte, te da tiempo a entrar en el colegio antes de que cierren la verja, y en clase la lección transcurre sin incidentes. Nada de preguntas o de discusiones ni con el cura ni con el resto de los profesores. Y, al final, cuando salgo del colegio... La sorpresa. Lo sabía, lo sabía, ¡lo sentía de verdad! Pegado a la verja hay un sobre donde puede leerse «Caro, III-B». Me acerco, lo cojo. Dentro hay una nota escrita con mayúsculas, una caligrafía que no reconozco: «Sígueme..., ¡el hilo de Caro!» Y hay una cucharilla con un hilo, uno de esos hilos blandos, extraños, como si fueran de goma, que, según creo, se utilizan para sujetar las plantas. De manera que me pongo a seguirlo y lo voy enrollando mientras camino. Y me parece ser la protagonista de un cuento, sólo que no consigo recordar bien cuál es, puesto que mi madre se confundía cuando me los contaba de niña.

Camino por el interior del pequeño parque que hay detrás del colegio y unos hombres me observan mientras voy enrollando ese extraño hilo... ¡de Caro! Unas niñas me señalan desde un columpio, divertidas al ver a esa extraña chica que pasa por delante de ellas en pos de un hilo larguísimo.

Al final llego a un rincón del pequeño parque, el hilo desaparece allí, detrás de un arbusto. Cierro los ojos antes de darme la vuelta. Es un sueño..., mejor dicho, es un milagro. Ahora me volveré y él estará ahí, Massi. Así que paso por encima del arbusto lentamente, con el hilo todavía en la mano, y detrás está él: Filo.

—¡Nooo! —Suelto una carcajada—. ¡Estás loco!

Se ha puesto un delantal blanco y delante de él, colocados sobre una mesa baja de madera, hay varios vasitos de helado. Hasta se ha confeccionado un gorro con un folio de cuadros doblado varias veces, como esos que usan los vendedores de helados. ¡Al menos los que yo conozco! Tiene una varita en la mano y varias cucharillas de colores en el bolsillo de la camisa.

—Señoras y señores..., a continuación les contaré cuáles son los productos de la nueva heladería: ¡FIC! Pero no me malinterpreten: «Filo *Ice Cream.*»

Hace lo que puede, ¡hasta hablar en inglés! Pasada la primera desilusión, la de no haber encontrado a Massi, ahora me estoy divirtiendo muchísimo, de manera que aplaudo como una niña.

—Sí, sí, veamos.

Me siento en la silla que ha llevado hasta allí junto con la mesa, y escucho asintiendo con la cabeza a las propuestas de ese extraño vendedor de helados.

—Entonces, si no recuerdo mal..., aquí están, sus gustos preferidos son el chocolate blanco y el fondant, el helado de crema, el de sabayón, el de avellana, el de pistacho y, como no podía ser de otro modo, ¡el de castaña!

Se ha acordado de todos excepto de uno...

—¡Y el de coco...!

¡También lo tiene! Es increíble. Filo me sonríe.

—¿He acertado? ¡Siempre te he visto comer Bountys!

—Qué memoria, ¿dónde los has comprado?

—En Mondi.

—Mmmm, son mis preferidos. En ese caso, quiero un vasito...

Y empiezo a pedir un vasito detrás de otro, están deliciosos. Y los devoro encantada. El helado está tan rico que me olvido por completo de mis propósitos de hacer dieta. A fin de cuentas, peso cuarenta y nueve kilos, de modo que me la puedo saltar de vez en cuando.

Al final, Filo se sienta en el suelo, a mi lado, y empieza también a comer de buena gana. Ha pensado hasta en las servilletas de papel y en la nata. Bueno, ¿qué puedo decir? He de reconocer que ha sido una bonita sorpresa. Ahora, sin embargo, tendré que pagar un pequeño precio. Bueno, pequeño... Según se mire. De forma que, después de habernos dado esa agradable y dulce panzada, devolvemos la silla y la mesita al bar y nos encaminamos hacia casa.

—¿Has visto? Han sido muy amables, ¿eh?

—Sí.

Permanezco un rato en silencio mientras caminamos. Al final decido que es mejor ir directamente al grano.

—Oye, Filo, ha sido una sorpresa estupenda, de verdad...

—Gracias. —Me escruta con curiosidad, a continuación arquea las cejas—. ¿Pero...?

Me vuelvo y le sonrío.

—¿Pero?

—Si te he entendido bien, estabas a punto de decir algo que empezaba por «pero»...

Sonrío.

—Así es. Creo que es mejor que no nos besemos.

—Aunque no hayas dicho «pero» el resultado es el mismo. Disculpa, ¿no habías dicho que era necesaria una sorpresa? Pues bien, ya has tenido tu sorpresa, ¿no te ha gustado?

—Sí que me ha gustado.

—No hace falta que lo jures, ya lo he visto, no ha quedado ni un solo sabor, si incluso has rebañado la nata con el dedo.

—Sí, la verdad es que estaban deliciosos.

—Entonces, ¿qué pasa? Perdona, pero te pedí un beso antes que él, me dijiste que él te había organizado una sorpresa y ahora yo te he dado otra. Arreglado, ¿no?

—No, de arreglado nada. Las cosas deben suceder por casualidad, esto es demasiado...

—¿Demasiado?

—¡Estaba demasiado preparado!

—Puede..., ¡pero a ver quién se inventa otra cosa! Si te hubiera improvisado una sorpresa habría sido demasiado fácil, en cambio, te la organizo bien, con el hilo, tus sabores preferidos... ¡y entonces la consideras demasiado artificiosa!

—Pero ¿qué tiene que ver la sorpresa con esto? ¡Es la situación!

—¡Pero si me lo dijiste tú!

—¿A qué te refieres?

—¡Que era necesaria una sorpresa! Y no puede suceder por casualidad porque, sin cierta preparación, ¿cómo puede haber una sorpresa? ¡Es imposible!

—De acuerdo, dejémoslo estar, renuncio.

—¿Qué quiere decir «renuncio»? ¡De eso nada! ¡Te he dado una sorpresa! ¡Ahora quiero un beso!

—Chsss, no grites. Decía que renuncio a explicártelo. Ven.

Abro la verja y lo hago entrar. Nos dirigimos al portal y, por suerte, el portón está abierto. Entramos.

—Sígueme.

Abro otra puerta.

—Pero ¿adónde vamos?

—Chsss, pueden oírnos... Estamos en el sótano.

Cierro la puerta a mis espaldas. Quedamos envueltos por la penumbra. Sólo entran algunos rayos de luz por debajo de las puertas de hierro que conducen al garaje.

—Bonito sitio.

—Sí... —Miro alrededor—. Venga, démonos prisa.

Esta vez es él el que se lamenta.

—Pero así no puedo. Así es demasiado...

—Basta, ya me he hartado.

Le doy un beso. Pasados unos segundos, me separo de él.

—Artificioso... —dice Filo sonriendo en la penumbra.

—¡Basta ya, tonto! Bueno, ahora estamos en paz, ¿no?

—De eso nada, éste no valía.

—¿Por qué?

—Porque tengo que dártelo yo.

Ladea la cabeza. Otra vez. A continuación me sonríe. Es ideal. Tierno. Poco a poco se acerca a mí y me besa. Por fin. Como es debido. Mmm... Sabe a arándanos. ¡Qué ricos, los arándanos! Para él ha comprado todos los sabores de fruta. A mí me ha dejado el resto. Filo me besa con pasión, me abraza, me atrae hacia sí. Y justo en ese momento siento que se abre la otra puerta de hierro, la que está al otro lado, al final del sótano, la que da al garaje grande, donde mi hermano aparca la moto. ¿Mi hermano? Miro hacia la puerta que hay al fondo... ¡Es mi hermano! Cojo a Filo de la mano.

—¡Ven, de prisa! —le digo en voz baja mientras corro hacia la puerta que da al portal.

La abro rápidamente y después la cierro a mis espaldas.

—¡Vete, vete, de prisa!

Lo acompaño al portal.

—¡Esto no vale! ¿Y el beso?

—Ya te lo he dado, mejor dicho, ¡te he dado dos!

—Sí, pero no como yo quería.

Abro el portón y lo empujo afuera.

—¡Sal, vamos!

Filo me sonríe.

—Pero yo lo quería... un poco más... ¡artificioso!

—¡Venga ya, vete!

Y le cierro el portón y a continuación me dirijo hacia el ascensor en el preciso momento en que mi hermano abre la puerta del sótano.

—Hola.

—¡Ah, hola!

Me hago la sorprendida tratando de no mirarlo a la cara. Veo que, en cambio, él me escruta.

—¿Cómo te ha ido en el colegio?

—Bien.

Lo miro por un instante, está sonriendo. Desvío la mirada.

—Ah, de manera que el colegio ha ido bien... ¿Y cómo te ha ido hace un rato?

—¿Eh? —Vuelvo a mirarlo. Veo que se está riendo.

—En el sótano...

—Ah, en el sótano... Pues nada, ¿sabes?, se me había perdido una cosa y... —Intento inventarme algo, pero no se me ocurre nada. De modo que me doy por vencida–. No... Bueno..., las cosas no estaban yendo, lo que se dice, a pedir de boca.

–¿Ah, no?... ¿Sabes cómo habría acabado el asunto si llega a entrar papá?

Sacude la cabeza y entramos en el ascensor. Subimos al cuarto piso. ¿Sabéis esos silencios que se crean de vez en cuando, esos que cada vez se hacen más grandes y que, a medida que se hacen más grandes, menos sabes qué decir y no ves la hora de llegar? De hecho, en cuanto se abre la puerta me escabullo fuera del ascensor, llamo al timbre y apenas abren entro en casa como un rayo.

–¡Hola, mamá! Todo bien en el colegio. Suficiente en los deberes de historia...

Recorro el pasillo en un abrir y cerrar de ojos y entro en mi habitación, más para relajarme que para otra cosa. ¡Menuda tensión! Pongo el CD de Massi, me echo en la cama y apoyo las piernas en la pared. Mantengo la cabeza baja mientras escucho esa canción que tanto me gusta. Reflexiono y al final me siento un poco culpable. Quiero decir, me he enamorado de un chico al que no he besado y, en cambio, ¡he besado ya a tres de los que no estoy enamorada en lo más mínimo! Eso no puede ser. No, desde luego que no. Basta, no besaré a nadie más hasta que... Bueno, mejor no ponerse ninguna meta que luego no se pueda mantener. ¡Hasta que lo consiga! Eso es, mucho mejor así.

–¡A la mesa! –mi madre me llama.

–¡Voy!

Me levanto de la cama. Bien, gracias al nuevo programa de besuqueos, me siento mucho más relajada, e incluso me ha entrado un poco de hambre, no mucha, sin embargo, dado que me he zampado todos esos helados.

Tarde tranquila. He estudiado sola en casa hasta las cinco. Ale ha salido con su amiga, una tal Sofia. Se dedican exclusivamente a ir de tiendas. Ale tiene tanta ropa que ya no le cabe en el armario, y muchas cosas no se las pone jamás. Por eso, la otra noche ni siquiera se dio cuenta de que le había birlado una de sus faldas. Bueno, mejor así y, además, es asunto suyo, lo importante es que yo salgo ganando. Después ha pasado a recogerme la madre de Clod y hemos ido a hacer gimnasia.

Clod es alucinante para ciertas cosas. Quiero decir, las dos frecuentamos el gimnasio del CTI, en el Lungotevere, que a ella le pirra, sólo que le da vergüenza y por eso no hace muchos ejercicios. Aunque luego va muy bien en gimnasia artística. Está un poco rolliza, desde luego. Muy rolliza, de hecho. Pero tiene ritmo, pasión y determinación. Sólo una vez se quedó colgada en las paralelas.

Y esa vez Aldo estaba presente.

Aldo es un tipo realmente divertido, siempre está haciendo el payaso, ríe, bromea, hace un sinfín de imitaciones. Antes de empezar, nos dice: «¿Estáis listas? ¿Y ahora quién soy? ¿Eh? ¿Quién soy?», e imita una voz. Y Clod y yo nos miramos. Yo nunca reconozco a nadie y no se me ocurre ningún nombre, ni siquiera uno. Ella, en cambio, enumera a todos los personajes italianos del pasado y del presente, e incluso a los extranjeros, qué sé yo, a Brad Pitt, a Harrison Ford o a Johnny Depp, lo que, por otra parte, es absurdo porque no hablan italiano, de manera que debería decir el nombre de los actores que los doblan.

En fin, que Clod quiere adivinarlos como sea. Yo desisto casi de inmediato porque es imposible descubrir de quién se trata, y me mosqueo. Ella, en cambio, prosigue con los nombres más impensables, incluso los más absurdos, algunos ni siquiera los he oído mencionar jamás. Creo que se los prepara adrede. Sea como sea, al final acaba exhausta. Yo he renunciado hace ya un rato, y Aldo nos mira divertido, primero a ella, después a mí, después de nuevo a ella y luego a mí.

—Os rendís, ¿eh? ¿Os rendís?

Miro a Clod y despejo cualquier posible duda.

—Sí, sí, nos rendimos.

—¡Era Pippo Baudo!

—¿Pippo Baudo?

—¡Eh, sí!

Me doy media vuelta y me marcho. Clod, en cambio, se queda allí.

—Eres buenísimo, genial. Es cierto, era él... ¡Claro! Lo tenía en la punta de la lengua. ¡No me salía el nombre!

Luego viene a cambiarse a los vestuarios femeninos.

—¡No me lo puedo creer! —le digo entonces—. ¿Cómo puedes ser tan falsa? ¡Esa voz podría haber sido de cualquiera excepto de Pippo Baudo! Estás harta de verlo en televisión, ¿cómo es posible que no lo reconozcas? ¡Yo lo imito mucho mejor!

—¿Y qué?

Está molesta, se sienta en el banco y sólo se cambia los zapatos.

—¿Qué quieres decir?

—Que si lo hago por darle coba, ¿a ti qué más te da?

—¿A mí? ¡Nada! Sólo que quizá deberíamos ser honestas con nosotras mismas.

Clod se levanta y se pone la chaqueta del chándal.

—¿Cómo es posible que no lo entiendas?

—La verdad es que no te entiendo, no.

—No es tan difícil... Al contrario, ¡me parece que para ti es muy fácil!

Y hace ademán de marcharse. Me acerco a ella, la cojo por los hombros y la obligo a volverse.

—Perdona, ¿qué has querido decir con eso? ¿A mí qué me importa si ése sabe imitar bien o no a la gente? Por mí, como si quiere presentarse a un concurso. ¿Qué querías decir con eso de que «para mí es muy fácil»?

—Fácil. Es fácil porque...

Justo en ese momento entra Carla, la madre de Clod.

—¿Estáis listas?

—Para ti es fácil... ¡porque ya has besado a tres!

Y sale corriendo dejándome sola con Carla, que me mira boquiabierta. Me hago la loca, me cambio la camiseta y me pongo el chándal.

—¡Lista!

Acto seguido, cojo la bolsa y salgo con ella.

Os juro que el trayecto de vuelta a casa ha sido terrible. En primer lugar porque no podía hablar con mi amiga Clod, dado que su madre estaba delante, y en segundo lugar porque ella ya le había contado lo de los besos a la hora de comer. Quiero decir, ¿qué pensará de mí ahora esa señora? ¿Hablará con mi madre? ¿Saldré malparada de esta situación? ¿Le prohibirá a su hija que me vea porque no soy una buena compañía para ella? A saber. Os juro que ha sido peor que el peor de los dolores de cabeza. Y ese silencio en el coche. Un silencio que se podía cortar con un cuchillo. Y, además, toda una serie de pensamientos que no conseguía detener, un remolino, un huracán. Odio hacia Lorenzo, y luego hacia Gibbo y, sobre todo, hacia Filo. Y, además, un odio absurdo hacia mis amigas Alis y Clod, que lo sabían todo, ¡y luego un odio aún más absurdo hacia mí misma por habérselo contado! Y un odio especial hacia Carla, la madre de Clod, ¡que tuvo que entrar justo en ese momento! ¡Coño!

Me apeo del coche.

—Adiós..., y gracias.

Y entro apresuradamente en el portal sin añadir nada más. Subo corriendo la escalera. Quién sabe lo que dirán en el coche mientras regresan. ¡Imaginaos! Me pondrán verde.

Me abre Ale.

—Hola —le digo, y me encamino a mi habitación.

Me quito la chaqueta y me pongo de inmediato a escribir en el Messenger. Por suerte, Alis está conectada. Se lo cuento todo.

«Es normal que hayáis discutido. ¿No has pensado por qué precisamente ella te ha dicho que para ti es fácil?»

Insisto e intento que me lo explique, pero al final me dice que tengo que comprenderlo por mí misma. Así que me tumbo en la cama. Pongo el CD de Massi, estoy segura de que eso me ayudará. Y después de darle muchas vueltas me viene a la mente una respuesta. ¿Será la adecuada? Entro de inmediato en el Messenger y, por suerte, veo que está Clod.

«Perdona... No lo había pensado. Creo que ya lo he entendido... ¡Pero que sepas que tampoco ha sido fácil para mí! TQM...» No añadimos nada más, sólo nos prometemos que hablaremos en el colegio.

Así que al día siguiente vamos a charlar a un rincón durante el recreo.

—Clod... No es cierto que besaras a ese chico el verano pasado, ¿verdad?

Ella me mira un poco seria.

—¿Por qué?

—Dime si lo he entendido o no.

—Mmm —asiente disgustada.

Le sonrío y me encojo de hombros.

—Sea como sea, no es tan importante. A mí me ocurrió por casualidad, no me lo esperaba. Sucedió con Lorenzo.

—¡Sí, pero después con Gibbo y con Filo! ¡Y van tres!

—¡Eso me importa un comino! A quien yo quiero besar es a Massi.

—¡También!

—¡Sólo a él! He besado a los que no quería besar, de manera que, en cierto modo, no vale.

Clod se echa a reír.

—¡Eres increíble, tienes una capacidad extraordinaria para darles la vuelta a las cosas, como si de una tortilla se tratara! Mi madre siempre dice eso...

—¡Eh! ¿Qué te dijo ayer, cuando nos despedimos?

—Te puso verde...

—¿Qué quieres decir?

—Dijo que las personas no se comportan así. Pero yo te defendí, le dije: «Oye, mamá, ¿y tú qué sabes? No puedes hablar sin saber de qué va el asunto, no es justo. Además, es amiga mía.» Y ella me respondió: «Sí, ¡pero el hecho de que sea amiga tuya no quita que no pueda equivocarse!» Y yo le repliqué: «Pero es que no se ha equivocado..., se vio involucrada y punto.» Y ella: «Bueno, en ese caso espero que tú no te veas involucrada de ese modo.» «¡Pues yo, en cambio, sí lo espero!», volví a replicarle, y me apeé del coche.

La miro. Me ha defendido a pesar de que le molesta lo que he hecho porque ella no ha tenido aún la oportunidad de hacerlo. Me ha defendido delante de su madre. Es una gran prueba de amistad. Le sonrío.

—No te preocupes, Clod, sucederá cuando menos te lo esperes. No es tan importante.

Me mira. Sus ojos están velados de cierta tristeza.

—Lo entiendo, pero todas estáis ya muy adelantadas. Alis salió todo el año pasado con Giorgio, el de II-D. Incluso se besaban a la salida delante de todos. Ya sabes cómo es ella, lo hacía adrede, quizá le importase un comino, ¡pero lo hacía! ¿Cuándo besaré yo a un chico?

Sonrío y abro los brazos.

—Pronto, ya lo verás, muy pronto... —Y le rodeo los hombros con un brazo, la estrecho y caminamos juntas—. Te doy un poco de mi desayuno, ¿quieres? Todavía no me lo he comido. Está muy rico: pan con aceite y Nutella.

Pero cuando lo abro me siento un poco mal. Oh, no..., mi madre lo ha cambiado. Ha echado salchichón, unas lonchas finísimas. ¡Menuda lata! ¡Le he dicho que me avise cuando cambie el relleno del bocadillo! Pero nada, ella es así.

—¡Qué suerte tienes de que tu madre piense siempre en ti!

Y dicho eso, me quita el bocadillo de las manos y le da un buen mordisco. Cuando lo separa de la boca, veo que se ha comido más de la mitad. ¡Será caradura! Pero no digo nada y la sigo abrazando mientras acaba de comerse mi bocadillo. A continuación se vuelve, me mira y esboza una sonrisa.

—Sólo una cosa, Caro: ¡que no se te ocurra besar a Aldo!

La estrecho con más fuerza.

—No lo sé, guapa, la verdad es que tendré que pensarlo... Pero, perdona..., ¡queríais quitarme a Matt! Y, además, ¡vosotras mismas habéis dicho que somos amigas y que debemos compartirlo todo! ¿Me equivoco? ¡Y deja un poco de desayuno para mí!

Le quito el bocadillo y me marcho.

—Mira que eres...

—¡Adióóósss!

Entro en clase antes de que le dé tiempo a alcanzarme.

Por la tarde no ocurre nada especial. Octubre, *dolce far niente...* ¿O era abril? No recuerdo. Además, llueve. ¿Para qué leches llueve? Pruebo a hacer un juego. Un paso, te encuentro. Dos pasos, no. Tres pasos, quizá mañana. Cuatro pasos, dentro de poco. Cinco pasos, no es para mí. Me invento un nuevo juego sobre las baldosas cuadradas de mi habitación. Doy un salto con los ojos cerrados. Si caigo con los dos pies en la misma baldosa, equivale a un paso y significa que encontraré a Massi. En cambio, si caigo sobre dos baldosas nunca volveré a verlo. Si, por casualidad, salto más lejos y piso tres, quizá lo vea mañana. Si en lugar de eso piso cuatro, me lo encontraré dentro de una semana, pero si piso cinco, es que me he equivocado en todo. Una vez mi abuela me dijo que existía el beso de la baldosa. ¿O era el baile? Sea como sea, me falta tanto el tipo al que besar como el tipo con el que bailar, que en mi caso son la misma persona: Massi. En fin, pruebo. Ya está..., he saltado con las piernas un poco separadas. No me lo puedo creer. La misma baldosa. Massi... ¡Te encontraré! Y dado que hoy las cosas me están saliendo bien, decido hacer un test. He encontrado muchos en internet, con preguntas diferentes. Me gustan. ¡Si uno relee las respuestas pasado cierto tiempo, comprueba que no ha cambiado!

¿Qué hora es? Las 19.00.

¿Dónde estás? En mi habitación.

¿Qué estabas haciendo? Escuchaba a Tokio Hotel mientras veía el vídeo de *By Your Side* en YouTube.

¿Estás de buen humor? Bastante, aunque estaba mejor esta mañana.

¿Qué hiciste ayer? Salí con Alis y Clod.

¿Crees que podrás contestar a las siguientes preguntas? Si no me secuestra el fantasma Huí Buh, sí.

¿Te gustan los pijamas de Benetton? ¿En qué sentido? ¿Por qué precisamente ésos? ¿Te dan algo para que les hagas publicidad?

¿Te gusta el olor de las cerillas nada más apagarse? Sí.

¿Te gusta que te abracen las personas altas? Sí, me parecen un techo.

¿Haces promesas a menudo? Sólo las que puedo mantener.

¿Tienes confianza en este momento? Sí.

¿Has cambiado de opinión acerca de algo últimamente? ¡Sí, acerca de los flechazos!

¿En qué lugar te alegras de no estar en este momento? En clase.

¿En qué sitio te gustaría estar? En una moto, con Massi.

¿Te gustaría llamarte Chantal? No necesariamente.

¿Qué imagen tienes en la alfombrilla del ratón? Un perro.

Mira a tu derecha, ¿qué ves? Los estantes con los libros y el taburete.

Mira a tu izquierda... La puerta.

¿Qué sueles hacer el sábado después de comer? Por la tarde salgo con Alis y Clod, después de cenar sólo algunas veces, pero tengo que volver a las once y no alejarme mucho de casa.

¿Cuál es tu local preferido? El pequeño salón de té Ombre Rosse, en el Trastevere.

¿Te gusta beber? Agua, sí.

Si cambiases de *look*, ¿cuál elegirías? Probaría con el emo..., aunque no sé si me quedaría bien zapatillas convers o Vans, uñas negras, pelo liso con flequillo asimétrico. Creo que a Clod le sentaría mejor. En cualquier caso, he encontrado un sitio genial: www.starstyle.com para copiar el estilo de las estrellas. ¿Adivináis quién me lo ha dicho? ¡Alis!

Después de hacer el test, he salido y he vuelto a Feltrinelli, para ver si por casualidad Massi pasaba otra vez por allí. Mientras iba en el autobús he tratado de imaginarme su vida, lo que hace, quién es... Creo

que..., creo no, sé algunas cosas. Veamos: es romano, tiene unos dieciocho o diecinueve años, dado que se marchó con una bonita moto
nueva y deportiva. Así que, además, debe de ser de buena familia. Tal
vez incluso viva en el centro. ¡Oh, casi me caigo! El autobús se balancea mucho. El conductor va flechado... Me agarro a una asa que cuelga en lo alto intentando mantener el equilibrio. Miro afuera y me parece verlo por un instante. Lo adelantamos. No. ¡No es él! ¡Dios mío,
tengo alucinaciones! Lo veo por todas partes, ¡pero ése es demasiado
alto! Aunque... no está nada mal. No, no, va con una y, además...,
Massi es mucho mejor. De todas formas, no podría tener una historia
con un chico que tiene novia. Hay tantos que ¿por qué debería ir a
pillar a uno que ya está ocupado? Seguro que, cuando lo besase, no-
taría el sabor de la que lo ha besado antes. Sería algo así como besarla
directamente a ella. ¡Puaj, qué asco! Y, sin embargo, es lo que se ve
cada día en los periódicos y en televisión. Yo, cuando por fin bese a
uno como Massi, no lo soltaré ni en sueños. ¿Quién lo dejaría escapar? En parte porque pienso que es realmente perfecto. Podría ser un
gran deportista, me dijo que estudia, lo conocí en una librería, de
modo que lee. En cualquier caso, no es un empollón, porque entiende
de música. ¡Me regaló un CD de James Blunt! ¡Y además conocía a
Amy Winehouse y a Eddie Vedder! Así que debe de ser lo más. Lo
observé durante un rato en Feltrinelli y no se puso a jugar con esas
estúpidas PlayStation ni hizo todas esas otras cosas propias de críos.
Y de algunos adultos. También en eso mi hermano es distinto de los
chicos que conozco. Bueno, aunque no es que conozca a tantos... Sea
como sea, para mí Rusty James es el máximo, ¡mi novio debería ser como él! A mi hermano le gusta escribir, pintar, hacer fotografías, tiene
una vena creativa, en fin, que es un soñador. Y, además su relato era
precioso. ¡Me encantó y, dado que lo han publicado, debe de haberle
gustado también a algunas personas importantes! Nadie lo ha reco-
mendado, de manera que lo que ha escrito es válido. A buen seguro
ha impresionado el imaginario de alguien. O tal vez fue al periódico
con el artículo y el director era una mujer. Sí, eso es, una mujer algo
mayor que él. Eso también es extraño, pero todo puede suceder...
El hecho de que una mujer se enamore de un tipo más joven que ella

me resulta raro, quizá porque los de mi edad me parecen muy infantiles. ¡Si fuese mayor que mis compañeros de clase, les prestaría aún menos atención! ¡Bah! Además, los hombres siempre han tenido a mujeres más jóvenes a su lado. Bueno, la verdad es que no recuerdo con exactitud lo que ha ocurrido a lo largo de la historia. Adán y Eva, por ejemplo, fueron a buen seguro como digo yo, si bien por poco, probablemente, dado que ella salió de la costilla de él. Qué raros: vivían en un lugar fantástico, sin tráfico, tranquilo, verde, sin grafitis, contaminación ni colegio... Un paraíso, en pocas palabras, ¡y lo estropearon todo por comerse una manzana! Haber comido menos, ¿no? O, al menos, haber elegido otra fruta. Si te dicen que no la cojas, ¡no la cojas y punto! Que no hace falta hacer un gran esfuerzo para resistirse a una manzana. Y, por si fuera poco, ¿quién te lo ha dicho? ¡No un tipo cualquiera! ¡Te lo ha ordenado precisamente Él! ¿Y tú qué haces? ¡La coges como si nada! ¡Eso sí que es tener ganas de liarla!

Bah, mejor no pensar en eso. Entro en Feltrinelli. Esas librerías han cambiado mucho respecto a como eran antes. Ahora hay mucha música, un bar en el interior y varias pantallas planas que emiten vídeos continuamente. Un vigilante controla a todos los que salen y, no sé por qué, de vez en cuando se escucha un pitido. Pienso que, en realidad, él detiene a las personas al azar, imaginando que pueden haber robado algo por su cara o por el modo en que van vestidos.

—Perdone, señora...

El guarda jurado detiene a una mujer tan seria, tan seria, que si ésa ha robado algo yo soy atracadora de bancos.

—¿Sí?

La mujer sonríe. ¡Debe de pensar que quiere ligar con ella!

—¿Me permite?

El vigilante se acerca a su bolsa. La abre, coge el recibo que hay en el fondo, lo alza a la altura de los ojos y lo lee verificando lo que la señora lleva dentro.

—Gracias...

Todo parece estar en orden. La mujer no le contesta. Levanta la barbilla, yergue la cabeza y el cuerpo y se marcha con aire altanero. En el fondo deseaba que el vigilante lo intentara con ella. Después de contemplar esa divertida escena decido dar una vuelta. Paseo entre las estanterías. Nada. Ni rastro de Massi. Ahí nos vimos la primera vez. O, mejor dicho, ahí fue donde nuestras miradas se cruzaron... Cojo los auriculares y escucho el nuevo CD de James Blunt, el que me regaló. ¿Y si fuese una especie de rito mágico que lo hace aparecer en cada ocasión? Cierro los ojos mientras escucho la música. Sujeto los auriculares con las manos, cabeceo un poco. Te lo ruego, haz que aparezca. Y canturreo ligeramente mientras lo pienso. Nada. El sitio donde se me apareció la primera vez sigue vacío. Pero luego, noooo, no me lo puedo creer.

—Hola, Carolina. Pero ¿no tienes ya ese CD? ¿No es el que te regaló ese chico al que le perdiste la pista?

Es Sandro, el dependiente de siempre. Me quito los cascos. ¿Será posible? ¿Atracción o calamidad? Me lo encuentro cada vez que paso por aquí... ¡Y siempre me pilla! Pero ¿es que en esta librería no hacen turnos?

—Oh, sí, lo tengo, pero quería volver a escuchar una canción... Me apetecía.

Sandro arquea las cejas; por lo visto, no acaba de creerme. Pero después decide cumplir con su cometido.

—¡Pensaba que escucharías a los Tokio Hotel! ¿Sabes que ha salido ya el nuevo de Justin Timberlake? ¡Es genial! Les gusta mucho a las chicas de tu edad.

Lo miro. ¿Cuántos años cree que tengo? ¡Bah! La verdad es que no me importa mucho.

—Bueno, a mí no me gustan, prefiero a los Finley. De todas formas, he venido porque quiero comprar un libro.

—Ah, está bien, por fin has acabado el otro... ¿Te ha gustado Zoe Trope?

—Bastante.

Me acompaña mientras caminamos entre las diferentes secciones. La verdad es que durante este período no he leído otra cosa, en parte porque el colegio me ocupa mucho tiempo, pero en parte también porque, en mi opinión, no hay nada bastante bueno para leer, nada que te enganche nada más abrir el libro. Antes leía *Pesadillas*, que no están mal. Geronimo Stilton no me gustaba mucho, pero, en cambio, me divertí un montón con Harry Potter, sólo que no pasé del tercer libro.

—¿Has leído a Moccia? —Sandro se interfiere en mis pensamientos como una granada de mano.

—¡No!

Puede que sea la única de la clase que no lo ha hecho, pero es que me parece absurdo que alguien cuente unas historias como las suyas.

—¿Por qué? ¡A las chicas de tu edad les encanta!

—¡Precisamente por eso! No entiendo por qué habla sólo de chicos guapos, sin un solo grano, por si fuera poco forrados de dinero, que tienen coches maravillosos, van a todas las fiestas y viven en lugares fantásticos, ¡y que después se enamoran y acaban a tres metros sobre el cielo!

Me sonríe.

—Bueno, a la gente le gustan los ricos y los guapos, pero hay más, Carolina, no es exactamente como tú dices...

Pero bueno, ¿qué le pasa a ese tipo? ¿Será amigo de Moccia?

—Como quiera, pero eso es lo que yo pienso... Además, he visto la película con Scamarcio...

—¿Y te gustó?

—Él sí, la película, en fin...

Una chica guapa pasa por nuestro lado; debe de ser colega suya. También lleva la tarjetita colgada, se llama Chiara.

—Hola, Sandro, han llegado las nuevas Moleskine; si las buscas, las he puesto detrás de la primera caja.

—Bien.

Veo que Sandro se ruboriza. Después seguimos caminando. Se vuelve un instante a mirarla. Ella anda a buen paso, es alta, tiene las piernas largas y fuertes y el pelo castaño que se desliza hacia una falda negra, mientras que en la parte de arriba lleva un chaleco burdeos como el de él. Por lo visto, es una especie de uniforme.

—Es mona...

Sandro me mira.

—Pues sí...

—Es muy mona.

Me mira de nuevo, pero en esta ocasión no dice nada, es más, trata de cambiar de tema.

—¿Sabes qué libro podría gustarte? *Loca por las compras*, de Sophie Kinsella. Según la autora, comprar desenfrenadamente es todo un arte.

—Alguien que me sugiere cómo derrochar el dinero me irrita ya de entrada.

Sandro suelta una carcajada.

—Sí, tienes razón, te entiendo.

Llegamos delante de las pilas de libros sobre los que hay un cartel que dice «Narrativa». Lo miro.

—¿Usted lee mucho?

—Bastante, me gusta leer y, además, creo que para poder hacer bien nuestro trabajo debes saber de verdad lo que vendes, conocer las historias, qué quería decir un determinado escritor... No puedes limitarte a tener una idea somera del argumento de un libro leyendo simplemente la contracubierta, los fragmentos que encuentras cuando lo abres al azar o, aún peor, lo que dicen los periódicos o los críticos; o escuchando las vaguedades que quizá te haya contado un vendedor. Un libro es un momento especial en el que varios personajes cobran vida de repente; leyendo lo que piensan, lo que dicen, lo que sienten, lo que viven y sufren puedes entender si un escritor es bueno o no. Porque todas sus palabras forman parte de esos personajes a los que ha dado vida. Aunque sólo para el que los lee de verdad están realmente vivos.

Me mira y, al final, sonríe. Debe de tener unos treinta años.

—Caramba..., qué palabras tan bonitas. Quiero decir que los conceptos que ha citado son geniales... Tiene suerte.

—¿Por qué dices eso?

—No lo digo yo. Lo dice siempre mi madre. Que tiene suerte el que disfruta con su trabajo.

Justo en ese momento vuelve a pasar su colega Chiara.

—Eh, ya veo que estáis a gusto, vosotros dos. No paráis de charlar. Qué bonito...

Acto seguido, se aleja. Sandro se queda extasiado, la mira y esboza una sonrisa. Ay... Preveo líos. O felicidad.

—Es usted doblemente afortunado.

Sandro me sonríe.

—Y tú eres muy lista. Toma... —Coge un libro de un estante—. Éste te lo regalo yo.

Vuelvo a casa muy contenta. Ahora Sandro me cae bien. Al principio pensaba que era uno de esos tipos raros a los que les gustan las niñas, y no porque yo sea muy pequeña, pero, en fin, si un tío de treinta años se obsesiona con una chica como yo, no debe de ser muy normal. En cualquier caso, yo nunca estaría con alguien de esa edad. Pero es un gran trabajador al que le gusta lo que hace y, al final, he comprendido que lo suyo es pura simpatía. Es más, se ha tomado muy en serio mi desesperado y vano intento de encontrar a Massi... Pero incluso llegué a pensar por un instante que él podía ser un joven de treinta años al que no le gustan las niñas como yo..., sino los hombres. No sé por qué se me ha ocurrido esa idea tan extraña. Quizá porque me parece raro que hoy en día la gente dedique su tiempo a los demás sin albergar segundas intenciones. Pero luego, después de ver cómo mira a Chiara, ya no tengo ninguna duda. No es sólo que le gusten las mujeres, ¡está perdidamente enamorado de esa chica! A saber si habrá hecho algo, yo qué sé, algún intento, aparte de babear detrás de ella como un estúpido. No hay nada peor que los demás nos vean embobados ante la belleza del amor. ¡Qué narices! En la vida no sucede a menudo. Yo lo sabía y, de hecho, cuando llegó Massi estaba más que preparada para poner todas mis cartas en juego. El destino, sin embargo, me puso la zancadilla. Ojalá no me hubiesen robado el móvil, quién se lo iba a imaginar. Basta, no quiero darle más vueltas.

Estoy en el autobús que me lleva de vuelta a casa. Hasta he encontrado un asiento libre. El libro que me ha regalado Sandro es, a decir poco, divertido. Piensas en algo, lo abres y encuentras la respuesta en la página. Es el *Libro de los oráculos*. Y es genial. Por lo general te haces una infinidad de preguntas a ti misma y nunca encuentras la respuesta y, sobre todo, te falta valor para preguntar a otra persona porque, si supiesen lo que estás pensando, la mayoría de la gente se troncharía de risa. En cambio, tener en las manos un libro como ése es perfecto. Porque, sobre todo... ¡no puede reírse de ti! Bien, la primera pregunta me parece obvia, pero no me queda más remedio que hacerla. ¿Volveré a ver a Massi? Cierro los ojos. Apoyo las manos en el libro para transmitirle un poco de confianza y, sobre todo, para que sienta de verdad las ganas que tengo de volver a verlo... No, quiero que lo entienda bien. A continuación abro los ojos y también el libro, más o menos por la mitad. Y, por la frase que preside el centro de la página, parece haberme leído la mente: «No desesperes, sucederá pronto.»

¡Bien! Mejor dicho..., ¡genial! Es lo que quería oír. Gracias, libro. Tú sí que sabes escuchar mis oraciones. Bueno, otra pregunta, ¿no? Para ser un poco más precisos... ¿Qué quieres decir con eso? ¡Porque «pronto» puede significar días, semanas, o incluso meses y años! Y, en fin, me gustaría poder interpretar bien ese «pronto». De modo que pienso en ello, cierro los ojos, apoyo la mano en la cubierta para volver a transmitirle toda mi curiosidad y abro de nuevo el libro por la mitad. Esta vez, la respuesta me la tomo más en serio: «Hay que ser prácticos.»

¡Que me lo digan a mí! ¡Yo sería en seguida práctica con Massi! Anda que no soy ordinaria. Pero, querido libro, ¿qué quieres decir? ¿Que tengo que seguir buscándolo, que debo esforzarme más? ¿O ser práctico quiere decir olvidarse de Massi y buscar a otro, más fácil? En fin, que me asaltan mil dudas. De manera que, cuando estoy a punto de retomar la lectura, entiendo que sólo tengo una certeza: ¡me he saltado mi parada! Toco de inmediato el timbre para la parada siguiente, ¡sólo que está lejísimos de casa!

—Perdone... —le digo al conductor—. ¿Puede dejarme aquí, por favor? Me he pasado mi parada. Se lo ruego.

Me responde sin mirarme siquiera.

—No podemos, es el reglamento...

—Gracias, ¿eh?

Se lo agradezco, pero en realidad pienso algo muy diferente. Vaya lata, resoplo y vuelvo a la puerta central. Claro que no pueden, ¿acaso no lo sé? ¡Por eso se lo he pedido con tanta amabilidad! Pero ¿qué clase de respuesta es ésa? Costaría tan poco ser un poco más afable con el prójimo. Nada, qué coñazo..., tengo que esperar a la siguiente parada. Y, además, ¿no podrían ponerlas más cerca? Una mujer que ha oído la pregunta que le he hecho al conductor se inmiscuye en mis pensamientos.

—No pueden abrir cada vez que alguien se lo pide; de lo contrario, ¿para qué servirían las paradas?

Me mira como si me dijese «¿cómo es posible que no lo entiendas?». Me gustaría responderle: «Con respecto a las paradas, tal vez esté de acuerdo, pero ¿para qué sirven, en cambio, los plastas como usted? ¡Pero si ya lo sabía! A qué viene su comentario, ¿eh? ¿Acaso aporta algo?»

Sin embargo, en ese mismo instante, el autobús se detiene, me pego a las puertas y, en cuanto éstas se abren, salto apresuradamente y echo a correr como un rayo en dirección a casa.

Llamo al interfono.

—¿Quién es?

—Yo.

Subo corriendo la escalera. Llamo a la puerta, me abre Ale.

—Hola. —Después recorro a toda prisa el pasillo—. Ya he vuelto, mamá.

Pero ¿qué pasa aquí? En la cocina no hay nadie. Las puertas de cristal del salón están cerradas. Ale pasa por mi lado.

—Están allí... Creo que tienen para un buen rato... Yo voy a comer.

Y se encamina hacia la cocina. Quizá me reúna con ella, pero primero quiero saber lo que está pasando. Soy demasiado curiosa. De modo que me acerco. Oigo la voz de mi madre.

—Pero tal vez cambie de idea.

Mi padre grita como de costumbre:

—Ya está, es por eso... ¡La culpa es tuya por defenderlo siempre!

Veo la escena a través de un resquicio. Están los dos y, entre ellos, mi hermano Rusty James.

—¿Se puede saber por qué discutís? ¿Por qué gritas, papá? ¿Por qué te enfadas siempre con mamá? Ella no tiene la culpa. La decisión es mía. Tengo casi veinte años..., puedo tomar mis decisiones, ya sean más o menos acertadas, ¿no?

—¡No! ¿De acuerdo? ¡No, porque son equivocadas! —Mi padre vuelve a alzar la voz—. Siempre son equivocadas... ¿Está claro? ¡Dejas la universidad! ¿Qué puede haber de bueno en eso?

—Que no me gusta estudiar medicina.

—Ah, claro, tú quieres pasión. Quieres ser escenógrafo.

—Guionista.

Mi hermano sacude la cabeza y se sienta en el brazo del sillón. Mi padre vuelve a la carga.

—Ah, claro... ¿Y todo el dinero que me he gastado para que pudieses estudiar, para que te licenciases en medicina, para ofrecerte un puesto el día de mañana? ¿Adónde ha ido a parar? Perdido, todo el dinero echado a perder. Pero ¿a ti qué más te da, verdad?

Mi hermano exhala un suspiro.

—Te lo devolveré, ¿de acuerdo? Te restituiré todo lo que te has gastado conmigo. Así saldaremos nuestras deudas.

Veo que papá se aparta de la mesa, se acerca a él, aferra su cazadora, tira de la manga y casi lo hace caer del sillón cuando lo sacude con rabia.

—Oye, no seas arrogante conmigo...

Rusty James casi se resbala. Vuelve a levantarse y se planta delante de él. Mi padre es más bajo, pero acaban de todas formas uno frente al otro y le agarra la pechera.

—¿Lo has entendido, eh? ¿Lo has entendido? —grita cada vez más fuerte, con la boca desmesuradamente abierta, sujetándolo por el cuello de la cazadora y con su cara a un milímetro de la de Rusty. Sus gritos son cada vez más fuertes—. ¿Lo entiendes o no?

Espero que no suceda nada malo. Parece una de esas escenas de una película en que al final uno tiene un cuchillo o una pistola, o en que entra un tipo diciendo «manos arriba» y, de todas formas, dispara y al final siempre hay alguien que acaba muerto en el suelo. Pero eso pasa en las películas. Mientras que aquí... Papá y Rusty están cada vez más cerca, papá lo sujeta por el cuello de la cazadora. Rusty permanece inmóvil, duro, después empieza a empujarlo con el pecho para que retroceda. También mi padre empuja, sus pies resbalan en el parquet del salón, en la alfombra, que está muy desgastada. Mi padre da unos pasos hacia atrás, Rusty lo empuja y él se resiste en vano. Mi hermano sonríe. Mi padre alza una mano de la pechera, se la pone en la mejilla y Rusty James gira la cara hacia el otro lado como un caballo que patea, que escapa de su dueño, rebelde, rabioso, encabritado, falta poco para que se enzarcen.

—¡Quietos, quietos! —Mi madre se interpone entre ellos. Antes de que sea demasiado tarde, antes de que acaben en los periódicos, antes de que ese estúpido juego se convierta en otra cosa–. ¡Quietos! —Menos mal..., si no, habría tenido que entrar yo en el salón... Bueno, seguramente lo habría hecho–. Basta..., no riñáis, no hagáis eso...

Rusty James se aparta. Respira profundamente. Jamás lo he visto así. También mi padre respira, pero lo hace entrecortadamente. Como si le faltase el aliento, como si se hubiese esforzado demasiado en ese extraño juego, se mire como se mire violento, de empujarse. Luego recupera el habla, se peina los cuatro pelos que se le han movido del sitio, y se sacude cuando empieza a hablar.

—Yo no le pago la comida y la cama para que luego no haga nada en esta vida –dice a continuación, casi jadeando–. Yo me levanto todas las mañanas al amanecer y voy a trabajar al hospital para abrirle camino, para que él pueda acabar la universidad y llegar a ser médico. ¿Y él, mientras tanto, qué hace? El muy arrogante escupe en el dinero que le he dado, en la comida, en nuestra casa...

—Yo jamás he escupido...

—¡Lo estás haciendo ahora! ¡Deberías tener más respeto! ¡Deberías tener al menos el valor de reconocerlo! ¿Que no va contigo? En ese caso, no aceptes comer y vivir aquí para después hacer lo que te viene en gana... Deberías tener el valor de marcharte... —Mi padre lo mira sonriendo, casi desafiándolo. Después se deja caer sobre una de las viejas sillas del salón. Y sigue mirándolo y sonriendo, con una expresión socarrona, poco menos que desdeñosa, con malicia, como sólo mi padre puede hacerlo–. Claro..., qué tonto..., te falta valor...

Y entonces Rusty James hace algo inesperado. De repente se lleva la mano derecha atrás, al bolsillo de sus vaqueros. Dios mío, ahora sacará un cuchillo o, peor, una pistola, como decía antes. Pero no.

Extrae un sobre. Es una carta. Hago un esfuerzo por ver de qué se trata. En ella puede leerse «Para mamá». De hecho, se la da.

—Ten, es para ti —Y, mientras se la tiende, mira por última vez a mi padre—. ¿Lo ves? Sabía de antemano lo que ibas a decir. Eres muy previsible.

Y esta vez es él el que se ríe mientras se marcha. Sólo que su risa transmite tristeza, amargura, decepción, no auténtica alegría. Apenas me da tiempo a esconderme. Me precipito hacia la otra habitación mientras él sale a toda prisa, cruza el pasillo y se dirige a la puerta de entrada. Oigo el portazo. Después vuelvo de inmediato a mi sitio, al escondite desde el que he presenciado hasta ese momento toda la escena. Mi madre ha abierto el sobre, ha sacado la carta y la está desdoblando. Me acerco aún más a la puerta. Así está mejor. Mi madre empieza a leer con ojos temerosos, de arriba abajo, rápidamente, a derecha e izquierda, devorando las palabras como si estuviese buscando algo, algo que sabe de antemano. Y mi padre la mira, quizá molesto, entorna los ojos, en cierto modo derrotado por el hecho de que Rusty James se lo haya imaginado todo. A continuación, da un manotazo a la mesa.

—¡Digo yo que me la podrías leer! Así quizá tenga la impresión de que pinto algo en esta casa, ¿eh?

Mi madre exhala un hondo suspiro y empieza a leer: «Mamá, no te enfades, pero si te he dado esta carta es porque las cosas han ido como pensaba. Creo que eres una persona estupenda..., que trabajas duramente todos los días, que te levantas a primera hora de la mañana...»

—¡Claro, y yo me paso todo el día durmiendo a pierna suelta, no doy un palo al agua, yo no trabajo, ¿verdad?! —Mi madre se detiene un momento. Lo mira. Mi padre alza la mano en dirección a ella—. ¡Sí, sí, sigue, sigue!

Mi madre retoma la lectura: «Hace seis meses que llevo esta carta en el bolsillo. Esta noche la he reescrito porque sabía lo que sucedería cuando le dijese a papá que pensaba dejar la universidad y, por tanto, no iba a tener otra ocasión para dártela. Durante todos estos años he estado bien...» Mi madre se para, solloza. Después respira profundamente, varias veces, aún más profundamente, y a continuación sigue leyendo: «Pero creo que a los veinte años todavía debo intentar ser feliz. Cuando papá me matriculó en medicina traté por todos los medios de hacerle entender que eso no era lo que yo quería hacer en esta vida, pero él no me hizo caso. Ya sabes lo cabezota que es, cree que conoce a todas las eminencias de la medicina...»

—Por supuesto, y él, en cambio, conoce a los verdaderos sabihondos. Me gustaría saber qué piensa hacer si no estudia. ¿Cómo se las arreglará? ¿Cómo piensa comer? ¿Dónde vivirá? ¡Tendrá que volver aquí!

Mi madre lo mira entornando los ojos, de pronto su semblante se endurece; mi padre no sabe que si alguien le toca a Rusty James puede transformarse en una tigresa.

Después exhala un prolongado suspiro, aún más prolongado que el anterior, y se pone de nuevo a leer: «Sé de tus esfuerzos, de tu paciencia y de tu amor, y estoy seguro de que entenderás mi decisión de abandonar medicina y de hacer lo que verdaderamente me gusta: escribir. ¿Recuerdas cuando te leía las redacciones de italiano? Tú me dijiste una vez que te divertían, que te hacían reír y que, además, te conmovían. Pues bien, mamá. Me gustaría que comprendieses que, de alguna forma, tú has sido quien me ha dado el valor necesario para no ignorar mi pasión. No quiero que mi vida sea tan sólo una sucesión de días en los que sólo espero que el tiempo pase, sin una sonrisa, sin una emoción, sin la esperanza del éxito deseado. Puede que me caiga mientras lo intento, sí, pero para levantarme de nuevo después e intentar conseguirlo redoblando el esfuerzo. Tengo la posibilidad de vivir ese entusiasmo que tú te has visto obligada a sofocar de alguna manera. Quiero convertirme en escritor, escribir para el cine, para el teatro, o una novela; me gusta leer, estudiar y conocer los textos de los demás, cosa que jamás le ha interesado a papá. He intentado comunicarle mi deseo mil veces y en cada ocasión ha tenido algo mejor que hacer: mirar un partido, leer el *Corriere dello Sport* o ir a jugar a las cartas con sus amigos. No creo que mi decisión le importe mucho. Él es así, no puede aceptar que los demás tengamos, al menos, una pasión. Mamá, te agradezco cuanto me has dado y, sobre todo, el valor que has sabido transmitirme. Estoy convencido de que sólo de ti podía llegarme el deseo de aspirar a más, de seguir una vida distinta de la que otra persona, que no me ama, había decidido ya para mí.»

Mi padre está fuera de sí. Se levanta de un salto y le arranca la carta a mi madre de las manos.

—¡Muy bien, muy bien! ¿Has visto? ¡Tú tienes la culpa de que tenga que oír todas estas gilipolleces a estas horas, después de un largo día de trabajo!

Y la rompe al menos en tres pedazos.

—¡Nooo! ¡Quieto!

Mi madre se abalanza sobre él. Y forcejean. Y logra detenerlo antes de que la rompa por completo. Después caen al suelo algunos trozos de papel. Mi madre se inclina y empieza a recogerlos mientras mi padre sale del salón sacudiendo la cabeza. Me precipito de nuevo hacia mi escondite y lo veo pasar también a él en dirección a su dormitorio. Da un portazo. Es la señal. Vuelvo a salir y, lentamente, entro en el salón. Mi madre está de rodillas, sigue recogiendo los trozos de la carta. Cuando me ve me mira con una expresión de disgusto, sus ojos son tiernos y tristes, también brillan ligeramente, como si quisiera llorar pero estuviera conteniendo las lágrimas. Entonces me inclino a su lado y, poco a poco, la ayudo a recoger todos esos trozos de papel. Cuando en el suelo ya no queda nada, nos levantamos, los colocamos sobre la mesa y empezamos a juntarlos, tratando de alisarlos porque algunos están muy arrugados.

—Es como hacer un puzle —comento sin saber por qué.

Y me gustaría no haberlo dicho, pero, por suerte, ella sonríe. Luego, cuando por fin damos con la manera de encajar todas las frases, pese a que están despedazadas, y éstas recuperan su sentido, mi madre se aleja, va al armario, el de la vitrina, en el que se guarda la vajilla antigua, ésa que sólo usamos durante las fiestas. Abre un cajón, saca la cinta adhesiva, la lleva a la mesa, la hace correr hasta sacar una tira larga y a continuación la corta con los dientes porque el portarrollos está roto. Coge el primer trozo y lo pega sobre el papel para fijar todas esas palabras desgarradas mientras yo sujeto la página con ambas manos. Y en silencio acopla el primer trozo de papel. A continuación coge otra ban-

da de celo, tira de ella, la corta con los dientes y la pone sobre otro trozo de papel desgarrado, esta vez de arriba abajo. Me mira y me sonríe
llena de dolor. Apoya su mano sobre las mías, alisa el folio y empuja el
celo que acaba de colocar para que sujete mejor el papel. Y seguimos
realizando esta operación en silencio durante un rato.

Al final mi madre levanta de la mesa con delicadeza el folio res-
taurado. Lo sujeta con ambas manos. Parece un pergamino recién
hallado en una excavación con las instrucciones para encontrar un
tesoro. Mi madre sonríe. Su tesoro. Nuestro tesoro. Rusty James...,
que ha desaparecido por el momento.

—Eh, ¿se puede saber qué estáis haciendo? ¿No venís a cenar?
—Ale se asoma a la puerta. Sigue masticando—. Oh. ¡Yo ya he terminado! Me he hartado de esperar... ¡Me voy a mi habitación!

Mi madre no dice nada. Yo sólo pienso en una cosa: ¿no se podría
haber ido ella en lugar de Rusty?

Al final vamos a la cocina y cenamos, mi madre y yo. Me sirve un
plato de espaguetis con tomate que está para chuparse los dedos, pese
a que debería hacer un poco de dieta. Aunque, bien mirado, sólo he
aumentado medio kilo después de haber perdido dos, así que todavía
puedo permitírmelo, de modo que decido saborearlo sin mayor problema.

—Mmmm, ¡esta pasta está deliciosa! Un poco picante, pero me
gusta...

Mi madre esboza una sonrisa. ¡Ha echado guindilla! Y comemos
sonriendo y charlando de nuestras cosas. Para distraerla, decido contarle la historia de Massi.

—¿Sabes, mamá? He conocido a un chico...

Pero veo que, de improviso, cambia de expresión. No sé por qué
me parece que el tema no le interesa mucho... ¡Al contrario, le preocupa! De manera que cambio de inmediato de tercio.

—Al principio me gustaba, pero después de hablar un poco con él,
se me pasó. ¿Es normal? ¿Alguna vez me gustará alguien de verdad?

Veo que esta última pregunta, falsa, la distrae de verdad.

—Oh, claro, no te preocupes por eso, todo lleva su tiempo...

Y seguimos así, y yo la escucho mientras la ayudo a levantar la mesa. Metemos los platos sucios en la pila, a la izquierda, y ella habla sin cesar, me cuenta cosas de cuando era una niña como yo..., del primer chico que conoció. Y de vez en cuando le hago también alguna pregunta.

—¿Era guapo?

Mi madre sonríe. Y yo dejo de sentirme culpable por Massi, sí, le he dicho que no me gustaba, pero para tranquilizarla, que si luego un día lo conoce no tiene por qué saber que era la persona de la que le he hablado y, quizá, sigue gustándome. Me pela una manzana, me la como con ella y luego me voy a la cama no sin antes haber oído el consabido ruego.

—Caro, los dientes.

—Por supuesto...

Luego me meto en la cama. Pero los oigo discutir. A mis padres. Gritan, riñen, hasta dan portazos, y arman un buen escándalo. De manera que enciendo el iPod. Desde mi habitación se puede ver la de mi hermano. La puerta sigue abierta. Rusty James no ha regresado. Lo sabía, está resistiendo. Él es así. No creo que vuelva. Por un instante, me gustaría llamarlo y decirle algo, y hacerle sentir que, en cualquier caso, lamento lo que ha ocurrido, que es mi hermano y que lo añoro. Sólo que hay momentos en los que es necesario resistir el deseo de hacer una llamada, porque quizá uno está enfadado y necesita estar solo, no hablar con nadie, ni siquiera con las personas que te quieren. Pero, al menos, al libro de los oráculos puedo preguntarle lo que quiero saber con todas mis fuerzas. Lo coloco sobre mi barriga. Tengo los auriculares del iPod en los oídos. Lo he puesto en modo *random*, de forma que las canciones suenan al azar. Me encanta sorprenderme con la música que se va sucediendo, acabas escuchando temas que no te esperas porque no los has elegido tú, pero, tal vez, incluso eso tenga un significado... Acto seguido apoyo la mano sobre la cubierta del libro. La acaricio y expreso con toda claridad mi pregunta: ¿volverá pronto Rusty? Lo abro pasados unos segundos. Lo levanto sobre mi barriga para poder leer bien: «Hay cosas que es preferible que sucedan.» Cuando leo esta frase, me siento morir. No me lo puedo creer. No es posible. No. No volverá. Y casi me entran ganas de echarme a llorar. Por si fuera poco, justo en ese momento oigo a Ligabue en el iPod: «Ésta es mi vida..., siempre pago yo..., jamás me han pagado a mí...» Y las lágrimas resbalan por mis mejillas y de repente me siento sola, sin esa seguridad que sólo él sabía darme: mi hermano. Y sigo llorando. Me gustaría poder contarle a alguien todas las cosas que en ese momento me pasan por la cabeza, pero no sé a quién dirigirme. O quizá me gustaría que ahora entrasen de improviso en mi dormitorio mi padre y mi hermano y me dijesen: «Perdona, Caro, ¡no llores! Era una broma.» Pero no es así. Y eso que entonces no sabía cuántas cosas tenían que cambiar aún.

Silvia, la madre de Carolina

Soy la madre de Carolina. Me llamo Silvia. Tengo cuarenta y un años, no me licencié en la universidad, hice el bachillerato de letras y no me ha servido para nada. Trabajo en una tintorería. Mi sueño es ver felices a mis hijos. De verdad. A todos. Satisfechos y capaces de valerse por sí solos. Por ese motivo me levanto por la mañana y regreso cansada a casa después de muchas horas. Pero no me pesa. Son mis hijos y los quiero muchísimo. Son tan diferentes, tan frágiles. Giovanni y Carolina se llevan muy bien, sé que se echarán siempre una mano y eso me tranquiliza. Alessandra tiene sus manías estéticas y algunas debilidades que, en ocasiones, hacen que se comporte de manera distinta de como es en realidad. Porque Ale es buena, lo sé. Giovanni es guapísimo, y bueno también. En la universidad no mucho, porque hasta ahora ha hecho muy pocos exámenes y sé, lo siento, que ése no es su camino, que lo sigue contra su voluntad para contentarnos, sobre todo a su padre. Hablo de la escritura, de cómo consigue conmoverme cuando cuenta algo. También Carolina lo dice siempre. Ella cree en él. Cómo me gustaría que Rusty James, como lo llama Carolina, consiguiese lo que pretende. Se lo merece de verdad. Pero me asusta que se lleve una decepción. Su padre no lo apoya, y lo mismo harán otras personas que piensan que el del escritor no es un auténtico oficio, sino una pasión que no te da de comer. Se dice que sólo publican los que tienen enchufe y él, por descontado, carece de uno. Por desgracia, no tenemos conocidos importantes que puedan ayudarlo. En ese campo, no. Dario, mi marido, ha dedicado todo su tiempo y atenciones a los «barones», los médicos que deambulan con sus batas por los pasillos del lugar donde trabaja. Espero que Rusty James tenga la fuerza suficiente para enfrentarse a todas las negativas que recibirá, y que no se detenga nunca a pesar de ellas. Me gustaría estar segura de que he conseguido transmitirles, sobre todo, eso: que nuestra vida es nuestra y que nadie nos regala nada, que somos nosotros los que la construimos en función de nuestros verdaderos deseos. Sólo que hay que tener mucha fe porque, de otra forma, ocurre justo lo contrario: nuestros miedos toman la delantera, somos nosotros mismos quienes lo echamos todo a rodar, y culpamos de ello a los demás. Mi vida es sencilla y puede que, a ojos de los demás, parezca modesta y sin satisfacciones. No es así. Vivo como sé vivir y de la manera que me permite, pese a los muchos sacrificios, sacar adelante a mi familia, una familia que he deseado ardientemente tal y como es. Y luego está Carolina, mi Caro, que al final es la que mejor me entiende. De vez en cuando me dice que me quiere y que no podría quererme más aunque yo ganase mucho dinero o tuviese un trabajo «chic». Asegura que soy una buena madre, honesta y auténtica, y eso me enorgullece.

El amor. Me habría gustado que fuese como el que viven mis padres, pero el mío es un sentimiento realmente raro. No siento envidia, quiero a mi marido, pero sé que, quizá con el tiempo, se ha extraviado un poco en sus frustraciones. En el fondo es un hombre bueno y todavía recuerdo los innumerables proyectos e ideas que tenía cuando era joven, cuando quería comerse el mundo y regalarme el «bienestar». Quizá nunca haya entendido —porque tal vez yo no he conseguido hacérselo sentir— que mi «bienestar» sería que estuviese un poco más sereno, no verlo estallar y gritar como hace a veces. No obstante, sé que es sólo su manera de demostrar amor, de pedir comprensión. ¿Qué sueño? Que mis hijos me den motivos de orgullo, y sólo pueden hacerlo de una forma: siendo auténticamente felices, valientes, fuertes, y confiando en la vida. Conscientes en todo momento de que el hecho de estar vivos es, en verdad, un regalo maravilloso, que los demás, todos, incluso los que parecen diferentes o distantes, tienen algo bueno en el fondo, basta con darles un poco de confianza. Que no importa el dinero que uno tenga, porque cuando los auténticos valores están bien enraizados en nuestro interior, constituyen una riqueza inagotable. Siempre he tratado de vivir así. Y así soy feliz.

Noviembre

Cuando tenga ochenta años me gustaría poder decir que:

—He pasado un fin de semana en Alaska.

—He aprendido a bailar la danza del vientre.

—He besado a más de cinco chicos y, por último, a Massi.

—Me he comprado un vestido largo de color blanco.

—He tenido una tostadora de pan con sistema de expulsión automático.

—Me he comprado una de esas enormes neveras americanas.

—¡Me he tomado un café con el cantante de Finley!

Hoy he acompañado a mi madre al cementerio. Cada vez que voy, Clod y Alis tienen que consolarme después. Quizá con un helado y un paseo. Me entristece de una forma... Mi madre se dedica a colocar las flores que le compra al florista del quiosco de enfrente. Yo nunca sé qué decir. Todas esas personas recordando su dolor. Es algo que no acabo de entender porque, por suerte, todavía no he perdido a nadie. Mis abuelos, Luci y Tom, aún viven, y las personas que más quiero siguen a mi lado. Quizá por eso me siento inquieta allí. Lo sé, podría no ir, pero mi madre me lo pide siempre, me dice que le haga compañía, ya que, de lo contrario, tendría que ir sola. Mi padre jamás va al cementerio. Mucho menos Ale. Antes la acompañaba Rusty James, pero ahora me lo ha pedido a mí y, además, siento tener que dejarla sola. Allí están varios de sus tíos. La ayudo a coger la escalera, le tiendo las flores, cojo agua y se la paso. Y ella se pone a arreglarlo todo. Mientras la espero, doy una vuelta y leo las inscripciones y las oraciones de las lápidas más antiguas. Hay algunas muy breves y suenan un poco extrañas. También observo esas fotografías completamente descoloridas en las que apenas se pueden reconocer los rasgos de las caras. Y esos nombres que ya casi no se usan, unos nombres tan remotos como esas vidas... Luego mi madre me llama y nos marchamos. Así. Igual que hemos llegado.

Noviembre ha sido un mes extraño, un mes de tránsito, uno de esos que no olvidaré fácilmente en mi vida. Por primera vez me he sentido..., digamos..., mujer. Gracias a mi hermano. Era un viernes. Los viernes resulta un poco extraño estar en el colegio. Quizá porque se siente la proximidad del sábado y del domingo, y por eso el jaleo suele ser mayor.

—¡Venga, no le hagas eso! ¡Le vas a dar un susto de muerte!

Pero Cudini hace oídos sordos. Menudo tipo. Es delgado a más no poder y alto como una jirafa. Lleva siempre unas sudaderas preciosas, dice que se las regala su tío de América, uno que viaja constantemente por trabajo. La de hoy es increíble, militar, azul mezclado con gris y verde, traída directamente de Los Ángeles. El tío de Cudini compra de todo en el extranjero y lo lleva a Italia: películas para la televisión, objetos para las boutiques, cuadros para los amigos, vestidos para las chicas, camisetas y vaqueros para las tiendas de tejanos, y cerveza para los bares. Y, además de todos los regalos que le hace, tiene siempre un billete de avión a punto para su sobrino. A Cudini le gustan las sudaderas y, por encima de todo, le gusta gastarle esa broma a la profe Fioravanti, la de tecnología. Lo llama «el caetemuerto». ¡Cuelga la capucha de la sudadera en la percha de clase y después se deja caer a peso «muerto», como dice él! Y cuando llega la profe Fioravanti, bueno, pues se organiza una buena.

—¡Aquí está, aquí está, ya viene!

Alis entra corriendo en clase. Se divierte como una loca vigilando a ver si se acerca alguien.

—¡Venga, vamos, sentaos ya!

Volvemos a nuestros pupitres y cuando la profe Fioravanti entra parecemos una clase modélica. Se detiene justo detrás de Cudini, que está colgado de la percha.

—¿Qué pasa? ¿Cómo es que estáis tan callados? ¿Qué ha pasado? ¿Debo preocuparme?...

Antes de que le dé tiempo a acabar, Cudini empieza a patear, a moverse, a forcejear gritando «¡Ah! ¡Ah!». Chilla como un loco, como un cuervo golpeado, como una ave rapaz que se aleja volando en un valle cualquiera, mientras agita los brazos y las piernas colgado por la capucha de la sudadera, y sacude con fuerza la percha contra la pared.

—Ah, ah...

La profe Fioravanti se sobresalta.

—¡Socorro, ¿qué ocurre?! —Se lleva la mano al corazón—. ¡Qué susto? Pero ¿qué es esto?

Y entonces ve esa especie de murciélago humano pegado a la pared que grita y se debate haciendo ruido.

—Ah, ah, ah... —brama Cudini.

Entonces la profe Fioravanti coge su carpeta y lo golpea varias veces en la espalda, con fuerza, intentando aplacar a ese extraño animal. Víctima de todos esos golpes en la espalda, Cudini al final se tambalea, no consigue mantenerse en pie y pierde el apoyo. Se queda colgado de la percha sólo por la sudadera y, al final, se suelta. La sudadera se estira, la capucha resiste, lo sujeta todavía un poco..., pero luego Cudini se precipita hacia adelante arrastrando el perchero de madera consigo, arrancando las sujeciones, y cae al suelo con gran estruendo.

—¡Ay!

Cudini rueda por el suelo y la percha se le viene encima. Todos nos echamos a reír, organizamos una buena algarabía, algún que otro chalado se sube al pupitre, todos gritan, arman jaleo, e imitan las voces de extraños animales.

—¡Hia, hia!

—¡Glu, glu!

—¡Roar, roar!

—¡Sgrumf, sgrumf!

La profe Fioravanti sigue pegando con su carpeta a Cudini incluso ahora que está en el suelo, con el perchero encima.

—Toma, toma, toma...

—¡Ay, ay, profe! ¡Que soy yo!

Por fin consigue quitarse el perchero de encima y se retira la capucha de felpa, dejando la cara a la vista.

—¡Cudini! ¿Eres tú? ¡Pensaba que se trataba de un ladrón!

Él se levanta dolorido.

—Ay, ay... Me han gastado una broma, mis compañeros me colgaron ahí...

—¿Cómo es posible que siempre te gasten la misma broma a ti? ¿Y que tú caigas una y otra vez? ¡Y pensar que no te tenía por un idiota!...

Llegados a ese punto, Cudini no puede añadir nada más. Ha recibido la nota que se merecía y ha tenido que pasarse la tarde ayudando a enyesar la pared y a colocar de nuevo el perchero en su sitio. Y, lo peor de todo, ha debido presentar la cuenta del albañil a sus padres. Por lo visto, su padre no ha empleado la carpeta de la Fioravanti para zurrarlo, sino que lo ha hecho directamente con los pies. En cualquier caso, Bettini, el amigo de toda la vida de Cudini, ha grabado la broma del «caetemuerto» con su móvil usando el zoom. Y luego lo ha colgado en www.scuolazoo.com. ¡Y según parece ha entrado en la lista de los mejores! El caso es que jamás nos habíamos reído tanto como hoy. Pero lo que más me ha sorprendido es lo que ha sucedido a la salida.

—¡Hola, Gibbo! Hola, Filo.

—Eh, Clod, ¿hablamos luego?

—Claro, ¿qué piensas hacer?

—Alis pensaba ir a dar una vuelta por el centro.

Y justo en ese momento, piiii, piiii, oigo el claxon. Y no puedo por menos que reconocerlo. ¡Es mi hermano! Hacía una semana que no lo veía ni hablaba con él. Y lo sentía. Es decir, en un principio pensé que volvería a casa en seguida después de la pelea con mi padre, o quizá pasados uno o dos días. En cambio, ha resistido fuera una semana, no sé dónde ha dormido, ¡y además ha ido a recoger sus cosas! ¡Rusty James es genial! Quiero decir que, por un lado, lo he echado de menos, pero por otro me gustan las personas que son consecuentes con lo que dicen.

—¿Qué haces?

Me sonríe subido a su moto, una preciosa Triumph azul con el tubo de escape plateado, cromado y un sillín largo de piel negra.

—¿Vienes conmigo? —Me ofrece un segundo casco—. Tengo una sorpresa para ti.

Esboza una sonrisa increíble. No puedo remediarlo. Rusty James me gusta muchísimo. Siempre está moreno, tiene la tez oscura y los dientes muy blancos, que hacen que su piel resalte aún más. Puede que porque siempre va por ahí con la moto. O porque, como dice mi madre, «El sol besa a los guapos». Bah, no sé. Sea como sea, corro hacia él, le quito el casco y me lo pongo a toda velocidad. A continuación me agarro a él y monto al vuelo, apoyo los pies sobre el estribo y, *voilà*, paso la otra pierna al otro lado, como si montase a caballo. Me abrazo con fuerza a su cintura. Y Alis y Clod, y también las otras chicas me miran. Rusty gusta a rabiar..., ¡más incluso! Todas querrían tener un hermano así, o un amigo o un novio, en fin, de una manera o de otra, todas querrían estar ahora en mi lugar... ¡Pero la afortunada soy yo!

—¡Adióóósss!

Consigo saludarlas liberando el brazo derecho en su dirección. Pero es un instante. Rusty ha puesto primera y la moto se precipita hacia adelante. Apenas me da tiempo de volver a abrazarlo y ya estamos volando en medio del tráfico. El viento en el pelo. Me miro en el espejito que hay delante. Tengo los ojos entornados y las puntas de mi pelo, con mechas de un rubio claro, sobresalen del casco. Encuentro las gafas Ray-Ban dentro de mi bolsa. Me las pongo con una sola mano, lentamente, la patilla tropieza al principio con el pelo, después detrás de la oreja, pero al final consigo colocármela. Ahora el viento me molesta menos y puedo ver bien la calle. Lungotevere. Dirección centro. Nos estamos alejando del colegio, de casa...

—Eh, pero ¿adónde vamos? —grito para que me oiga.

—¿Qué?

—¿Adónde vamos?

Rusty James sonríe. Lo veo por el retrovisor, nuestras miradas se cruzan.

—¡Ya te he dicho que es una sorpresa!

Y acelera un poco más y yo lo abrazo con más fuerza, y de esa manera escapamos, lejos de todo y de todos, perdidos en el viento.

Un poco más tarde, Rusty James frena, reduce las marchas y se desvía hacia la izquierda. Baja siguiendo el curso del río. Se levanta sobre los estribos para saltar un último y pequeño escalón. Lo imito para evitar el golpe del sillín en las nalgas. Sonríe al verme.

—¡Eso es!

A continuación saltamos los dos, volvemos a sentarnos y él acelera de nuevo, reduce las marchas, acelera, dando gas, avanza a lo largo de una pista para bicicletas, del río, que ahora está más cerca.

—Ya está. —Frena poco después—. Hemos llegado...

Apaga el motor en marcha y avanza los últimos metros en medio del silencio del campo que nos rodea. Sólo algunas gaviotas en lo alto interrumpen con sus graznidos el tranquilo fluir del Tíber.

Rusty James pone el caballete y luego me ayuda a bajar.

—¿Estás lista? Aquí está...

Y me enseña la preciosa barcaza que tenemos delante.

—A partir de hoy, cuando me busques, puedes encontrarme aquí.

—Caramba..., ¿de verdad es tuya? ¿La has comprado?

—¡Eh! Pero ¿por quién me has tomado? Sube, venga.

Me deja pasar.

—No, no, primero tú.

—Está bien.

De modo que sube primero a la pasarela que une la barcaza con la orilla.

—Quizá un día la compre, a saber. Por el momento la he alquilado, e incluso he conseguido que me hagan un buen precio.

No se lo pregunto. Ya he sido lo bastante tonta como para pensar que podría habérsela comprado. Sin embargo, él se encarga de satisfacer mi curiosidad.

—Me la han dejado por tan sólo cuatrocientos euros al mes.

«¡Sólo!», pienso. Es la cantidad que yo consigo ahorrar en todo un año. Pero que diga eso significa que es un precio fantástico y que debo mostrarme entusiasta.

—Bueno..., me parece bien.

—¿Bien? Es magnífica. Veamos, ésta es la sala.

Y me enseña una habitación grande con una mesa en el centro y unos sillones viejos abandonados en un rincón. Todo se ve muy viejo y cochambroso, pero no quiero que él note que pienso eso.

—Es muy grande...

—Sí, es un poco antigua, hacía mucho que estaba deshabitada. Ven, ésta es la cocina.

Entramos en una habitación blanca, muy luminosa. Tiene una cristalera en lo alto y al fondo una escalera que conduce a la cubierta superior. En el centro hay unos hornillos grandes, de hierro, y no están oxidados.

—¿Ves? —Abre una puerta—. Aquí va la bombona de gas.

—¡Como en la playa!

Lo decimos al unísono y nos echamos a reír. Y luego yo lo miro por un instante en silencio. Entonces Rusty James extiende la mano derecha.

—Sí, ya sé lo que estás pensando, venga, hagámoslo...

De manera que los dos aproximamos nuestra mano derecha, acto seguido entrelazamos los meñiques, sonreímos y hacemos ese extraño columpio con los dedos unidos.

—Uno, dos y tres... ¡Floc!

Y los soltamos.

—¡Bien! —Mi hermano rompe a reír—. ¡Así se cumplirá lo que hemos deseado!

Y, claro está, no le digo cuál es mi deseo, si no, no se hará realidad, y tampoco os lo digo a vosotros. Aunque os lo podéis imaginar, ¿no?

—Ven, éste es el dormitorio... —Abre una puerta que está al fondo—. Con baño... ¿Qué te parece?

Separo los brazos del cuerpo y me encojo de hombros.

—Bueno, la verdad es que no sé qué decirte. Es... es... preciosa. —Y a continuación me dirijo de nuevo a la sala—. Es enorme, ¡tienes muchísimo espacio!

—Sí, aquí quiero poner una mesa para mí. Aquí dos cuadros, aquí un pequeño armario... —Rusty deambula por la sala, señalándome cada rincón—. Aquí unas cortinas blancas, aquí más oscuras, aquí una lámpara de pie, aquí el mueble para la televisión. Aquí un sofá grande para verla y aquí una mesa baja donde meteré algunas cosas...

Lo sigo, me gusta, parece tener las ideas claras sobre cómo debe disponer las cosas, los colores y las luces.

—En este lado, por donde sale el sol, quiero poner unas cortinas azul celeste, y aquí fuera unas flores. —Se detiene. Parece serenarse—. Necesitaré un poco de tiempo para encontrar todas esas cosas, además de, naturalmente, un poco de dinero.

Me mira y me inspira ternura. Por primera vez lo veo más pequeño de lo que en realidad es. Pero esa impresión dura apenas un instante.

—Pero eso no será ningún problema... Tengo algo de dinero ahorrado, sigo escribiendo y proponiendo por ahí mis cosas, antes o después me saldrá algo. De los sofás, los muebles y las mesas es mejor no hablar ahora..., ¡cuestan una fortuna!

—Bueno, pero está ese sitio, ¿cómo se llama?, lo anuncian siempre en los carteles de la autopista, ¡donde todo es muy barato! Ah, sí, Ikea. ¡El único problema es que tienes que montarlo tú todo!

—¿Sabes que me has dado una idea buenísima, Caro? Espera, voy a hacer una llamada...

Saca el móvil del bolsillo y pulsa varias teclas. No me lo puedo creer. ¿Rusty James tiene también el número de Ikea?

—Mamá... —Me mira risueño—. Hola, estoy aquí con Caro. Quería decirte que volverá más tarde... Sí, quizá coma conmigo, ¿vale? No, no, en McDonald's, no, ¡te lo prometo! ¿Eh? ¿Que cuándo nos vemos...? —Me mira y guiña un ojo—. Pronto, muy pronto... Tengo que enseñarte una cosa... Eh, sí, ¡en cuanto esté lista, nos vemos! Está bien, sí, te llamaré pronto. Adiós, mamá. —Cuelga—. ¿Has visto? ¡Hecho! Júrame que no le dirás nada. Quiero darle una sorpresa e invitarla cuando todo esté arreglado.

—¡Te lo juro!

—Bien, en ese caso, vamos.

—¿Adónde?

—¿Cómo que adónde? Has tenido una idea magnífica... ¡a Ikea!

No tardamos en llegar, y os prometo que jamás me he divertido tanto en mi vida. Veamos, en primer lugar comimos y, de alguna manera, fue como viajar a Suecia. Quiero decir, en realidad, no he viajado nunca allí, pero el restaurante es una especie de autoservicio en que los nombres de la comida son suecos, y también los platos y todo el diseño. Exceptuando los empleados de la caja, que deben de ser de Tufello o de esa zona, dado que hablan un dialecto romano que, quitando algún amigo camillero de papá del policlínico, jamás había oído. En cualquier caso, cogimos una porción de salmón delicioso con unas patatas al horno riquísimas y, después, un extraño pan negro, también sueco, con la miga tan compacta que hace que pienses que no engorda demasiado, cosa que en el fondo me consuela. ¡Ha sido estupendo! ¡Ikea es una auténtica ciudad! Llena de muebles de todas clases, dormitorios para grandes y pequeños, cristaleras, ventanas y cortinas, salones, todo ya montado para que puedas hacerte una idea. Y también platos, vasos, lámparas, toallas y velas. En pocas palabras, ¡que encuentras todo lo que buscas! Dimos una vuelta acompañados de un dependiente, un tal Severo —vaya nombre, ¿eh?—, que además era de todo menos severo, al contrario... Rusty James y yo simulábamos ser una pareja y yo podía decidir siempre, como a veces sucede en realidad entre ellas. Al final es siempre la mujer la que elige, sobre todo si se trata de cosas para la casa. Y el hombre..., bueno, ¡el hombre paga!

—¿Ves, Rusty?, me gustaría comprar esas cortinas, con esa mesilla de noche y esa alfombra para el dormitorio, y también esa mesa, y eso..., y eso otro...

Y Rusty se echa a reír y asiente y me deja elegirlo todo. Sólo me hace reflexionar a veces.

—¿No sería mejor que lo comprásemos un poco más claro? La cocina es blanca, ¿recuerdas?

—Sí, es cierto, tienes razón.

Y Severo sigue mirando los códigos de todos los objetos que elegimos. Al final compramos una infinidad de cosas.

—Ya está, eso es todo, ¿no?

Severo le pasa la hoja a Rusty, que comprueba la lista.

—Sí, todo en orden.

Después se encaminan juntos hacia la caja. Severo le explica que, si paga un poco más, en un par de días le llevan las cosas a la barcaza y, si paga una cantidad suplementaria, también se lo montan.

—No, de eso ya me ocuparé yo, pero no estaría mal que me lo llevaran con una furgoneta hasta allí.

De manera que Rusty James firma y nos dirigimos contentos hacia la salida.

—Esperad, esperad...

Severo corre a nuestras espaldas.

—Olvidabais esto... —Y nos entrega una fotocopia con todo lo que hemos elegido y, además, un catálogo de Ikea—. Si os dais cuenta de que os falta algo, podéis buscarlo aquí...

Y nos da también el catálogo. Acto seguido, se queda allí de pie, delante de nosotros, y esboza una sonrisa.

—¿Puedo deciros algo? —Ni siquiera espera a que le respondamos que sí—. Sois una pareja encantadora. Jamás he visto a ninguna otra que se llevara tan bien.

Y nos dedica una sonrisa de satisfacción. ¡Vaya tipo, ese Severo! No le pega nada el nombre, yo lo habría llamado Dulce o Simpático o Alegre o también, eso es, ¡Sereno! ¡Severo, desde luego que no!

Rusty James me abraza y le sonríe.

—El mérito de que nos llevemos tan bien es todo suyo —dice.

Y estrecha su abrazo y se aleja conmigo como si de verdad fuese su novia. Y en ese momento os juro que me siento como si tuviese, al menos, quince o dieciséis años, en fin, que me siento una mujer. Pero, sobre todo, la mujer más feliz del mundo.

Simple Plan, *When I'm gone*. La escucho en el iPod y pienso en cómo sería si yo, de repente, me marchase también. No, no me refiero a morir, sino a marcharme, como ha hecho Rusty James. Pero irme a vivir, por ejemplo, a Londres. Y dejarlos a todos en casa. Sólo escribiría a mi madre y a mi hermano. En cualquier caso, salvo eso, que no deja de ser un sueño, en el mundo real esta mañana Cudini ha tratado de batir su propio récord para volver a situarse en la clasificación de los mejores de www.scuolazoo.com. Creo que le corroe que un tal Ricciardi de un colegio de Talenti lo supere. Nos ha enseñado la fotografía que aparece en la página durante la clase de inglés, en el aula de idiomas equipada con ordenadores, que, en realidad, deberían servir para otras cosas, pero bueno, al fin y al cabo así también se aprende, ¿no?

—Mira..., mira..., ¡¿cómo puede ir en primer lugar alguien con esa cara?! Ese Ricciardi me está ganando. ¿Os dais cuenta?

El tal Ricciardi, que a mí me parece que no está nada mal, es guapo de cara, pero, sobre todo, ¡la broma que le gastó a su profe es genial! ¡Entró vestido de cura con zapatos de plataforma, bendijo a la clase y a continuación salió inclinándose por la puerta sin caerse!

—Bueno, es divertido.

—¡Sí, pero el tal Ricciardi es de la Roma!

—¿Y eso qué tiene que ver?

—Bueno, en mi opinión, tiene mucho que ver.

Como si esa competición tuviese fronteras, como si no valiera todo. Quiero decir que Cudini está cabreado a más no poder, porque la cosa no le convence en absoluto.

—Bueno, yo lo veo así. Sea como sea, se me ha ocurrido una idea. Ven aquí, Bettoni. —Los dos se ponen a charlar en un rincón. Y Cudini se lo cuenta todo al oído, apartándose de vez en cuando—. ¿Me has entendido? —Se aproxima de nuevo a Bettoni—. Genial, ¿no crees?

Bettoni se ríe a carcajadas.

—Muy bien, genial... Seguro que ganarás a ese capullo de Ricciardi.

En fin, que ahora todo el mundo le tiene ojeriza al chico. Si al menos hubiese una razón. ¡Bah!

Solidaridad Farnesina. La llamaré así, con el nombre de nuestro colegio.

Volvemos al aula porque ya falta poco para la clase de italiano. Charlamos todos como de costumbre mientras esperamos al profe, excepto Bettoni, que en ese momento trata de ajustar lo mejor posible su móvil, como si se hubiese pasado la vida dedicado al cine en cuerpo y alma.

—¿Cómo lo quieres?, ¿con el zoom o en panorámica?

Cudini lo mira perplejo.

—¿Me estás tomando el pelo? ¡Como te parezca! Es suficiente con que no te equivoques, con que lo grabes bien. ¡Sólo puedo hacerlo una vez, luego todos se habrán dado cuenta y entonces ya no valdrá!

Lo más absurdo es que hoy en día se puede hacer de todo con esos teléfonos. Antes sólo servían para llamar. Ahora son iPod, videocámaras, ordenadores con acceso a internet y a saber cuántas otras cosas que yo, desde luego, desconozco. Por eso cuestan un riñón. ¡Y también por eso me birlaron el mío! ¡Que, además, en ese caso, valía más aún por el número de Massi! Pero prefiero no pensar en ello. Justo en ese momento llega el profe Leone.

—Buenos días, chicos. ¡Vamos, cada uno a su sitio!

El profe se dirige hacia su mesa y se sienta. Coloca la bolsa sobre ella, la abre y saca su agenda de clase.

—Veamos, hoy toca examen oral, tal como quedamos el último día.

Coge la lista y comprueba los nombres que ha marcado. Cudini mira a Bettoni y le hace un gesto con la cabeza como si quisiese decirle: «¿Todo en orden?» «¡Todo en orden, estoy grabando!» Bettoni hace el consabido gesto con el pulgar. «Tranquilo, tranquilo, todo bien.»

Porque en Bettoni se puede confiar, según dice él. En cambio, a mí Cudini me parece extremadamente tenso.

El profe Leone sigue la lista con el índice.

—Veamos, el primero al que quiero preguntar es... es... ¡Cudini!

El profe alza la cabeza hacia él. Cudini mira por un instante a Bettoni, que ya está grabando al profe con el móvil y asiente con la cabeza. Luego Bettoni desvía repentinamente el aparato hacia Cudini, que traga saliva y empieza a hablar.

—Profe, hoy no me preguntará, ¿y sabe por qué? ¡Porque pienso salir huyendo!

Y, tras decir esto, toma impulso, salta sobre el pupitre de Raffaelli, la más empollona de la clase, y se arroja por la ventana.

—¡Aaaahhhh!

A continuación, ¡bum!, se oye un golpe increíble. El profe Leone, todos nosotros y también Bettoni nos precipitamos hacia la ventana. Cudini está en medio del patio, tumbado en el suelo, con una pierna torcida.

—¡Dios mío, está loco! ¡Se ha roto la pierna! ¡Se ha hecho daño! —grita el profe Leone.

Bettoni sigue filmando con el móvil. Yo sacudo la cabeza.

—¡Oh, Cudini está como una cabra! ¡Ha saltado desde el segundo piso! Quizá pensaba que iba todavía a II-B, cuando nuestra aula estaba en el primer piso...

Bettoni cierra el móvil.

—Bueno, basta. ¡Basta de grabaciones! Qué primero o segundo piso ni qué ocho cuartos. ¡Cudini pensaba que debajo de la ventana había una terraza!

Bettoni mira a Raffaelli, que limpia su pupitre en el punto donde Cudini ha apoyado los pies antes de saltar.

—Siempre he dicho que esa tía trae mala suerte.

De manera que se han llevado a Cudini al hospital. Conclusión: le han enyesado la pierna y deberá llevar la escayola durante un mes. El profe Leone, para protegerlo del lío que se habría organizado con la dirección, ha dicho que, mientras bromeaba, había resbalado, y que, aún así, le había puesto una nota por mal comportamiento. Pero lo más importante es que el vídeo, donde aparece también el golpetazo final perfectamente grabado por Bettoni, ahora encabeza la clasificación de www.scuolazoo.com, ¡va en primera posición! Por encima de Ricciardi, el «romanista», como él lo llama.

—¡Fabuloso!

Se ha hecho filmar también en el hospital para que figurara en el vídeo.

—Quiero que todos vean que no es un montaje, como hacen muchos... ¡Lo mío ha sido de verdad!

Cudini está realmente chiflado. En cualquier caso, todos hemos ido a verlo por turnos.

—¡Eh, no dejéis que venga Raffaelli! ¡Si no, seguro que acabo rompiéndome también la otra pierna!

—Venga, no digas eso. Es terrible que tenga esa fama de gafe...

—Gafe, ¿eh? ¡Por si acaso, tú no dejes que venga! No le diremos nada a nadie, ¿de acuerdo?

Cudini sonríe y abre la caja de bombones que le ha llevado Alis, ¡secundado, como no podía ser de otro modo, por Clod! ¡Es incorregible! ¡Y, a su manera, Cudini también! Pero ahora me cae bien. No sé si porque se ha hecho daño. Quizá porque con la historia de la escayola se ha visto obligado a tranquilizarse un poco. Antes estaba siempre alborotando. Filo suele decir que está poseído por el demonio, que antes de invitarlo a casa hay que llamar a un exorcista. Sea como sea, el día del hospital estaba de buen humor, amable, casi educado.

—¿Me pones algo bonito en la escayola? Esmérate, Caro..., que lo tuyo me interesa... ¡Quiero decir que, si lo haces tú, seguro que quedará precioso! Dibujas genial.

La verdad es que me lo habían dicho ya Silvia Capriolo y Paoletta Tondi, que, además, dibujan realmente bien, es decir, que comprenden las perspectivas, las dimensiones, las sombras y los claroscuros. Digamos que yo me las arreglo mejor con los cómics. Y, de hecho...

—Eh, ¿me lo vas a hacer así?

—Oh, Cudini, me he traído adrede los rotuladores de casa. ¡No seas plasta!

Y así, en un abrir y cerrar de ojos, me concentro en la escayola. Y celeste y azul oscuro, y luego naranja para el pico y el contorno en negro, ¡e incluso le pinto unos zapatos! Al final, después de casi media hora, cuando me incorporo, Cudini está en ascuas.

—Venga, apártate, que quiero verlo... —Es demasiado curioso—. Joder...

Se queda boquiabierto.

—¿Te gusta?

—¡Me encanta!

Lo contempla satisfecho. Y vuelvo a aproximarme a él con el rotulador negro.

—Eh, ¿qué haces? Me lo vas a estropear, no hagas nada más, que te ha quedado perfecto.

—¡Pero quiero firmarlo!

Y escribo «Caro» mientras Cudini me sonríe.

—Eh, Caro, me encanta el aguilucho que me has dibujado. Es blanquiazul, como mi corazón, como el cielo y como las bragas de la chica de mis sueños...

—¡Anda ya!

En ese preciso momento entra la madre de Cudini.

—Francesco, ¿cómo estás? ¿Cómo va la pierna? —Y empieza a besarlo en la mejilla—. ¡Hijo mío, no sabes cuán preocupada estoy por ti! No duermo por las noches —añade sin dejar de besuquearlo.

—Vamos, mamá, que hay gente.

Alis, Clod y yo nos miramos risueñas.

—No se preocupe, señora —dice Alis, que tiene siempre la palabra justa.

Pero Cudini se revuelve en la cama.

—Sí, pero la pierna es mía. Te has sentado encima, mamá.

—Perdona, perdona. Mira lo que te he traído. Ha venido también la tía, con Giorgia y Michele.

Y entra una señora que sería muy elegante si no fuese porque se ha pasado con el perfume y lleva un abrigo de pieles exagerado, voluminoso... En mi vida he visto nada parecido; ni siquiera en los documentales he visto un animal así. Por si fuera poco, va toda maquillada y luce unos pendientes y un collar enormes, hasta el punto de que, como tropiece y se caiga, a ver quién es el guapo que la levanta.

—Francesco..., pero ¿qué has hecho?

Y también la tía, digna hermana de su madre, se abalanza sobre Cudini y lo cubre de besos.

—¡Ay, tía!

—No será para tanto...

—¿Cómo que no?... Te has abalanzado sobre la escayola con ese bolso.

—Ah, disculpa.

—Sí, claro...

A continuación, Cudini saluda a sus primos.

—Hola, Giorgia, ¿cómo estás?

—¡Cómo estás tú!

La chica sonríe. Es más moderada que la madre-tía huracán de fuerza cuatro, un poco tímida y muy mona, maquillada apenas, el pelo liso y castaño claro, unos vaqueros y una camiseta naranja. El hermano, en cambio, va vestido con un chándal. Lleva un bonito Adidas negro y una bolsa en bandolera con dos raquetas dentro.

—Eh, tío, pareces Nadal. —Cudini lo señala riéndose.

Michele esboza una sonrisa.

—En todo caso, Federer. Mi estilo de juego es más parecido, y no soy tan macarra.

—Sí, sí, ¡pero siempre gana Nadal!

—En tierra batida, sí.

Michele parece completamente distinto de Cudini. Es más bajo, tiene el pelo un poco pelirrojo y corto. Es perfecto, delgado sin exagerar, en pocas palabras, robusto. Es agradable y parece educado. Por eso es el polo opuesto de Cudini. Clod se limpia los dedos todavía impregnados de chocolate y tiene una de sus salidas.

—Así que juegas al tenis...

Cudini no la deja escapar.

—No, si te parece, con esas raquetas hace de barrendero... Eh,

¡cuando quieres eres muy graciosa!.... —Luego Cudini simula ponerse triste—. Lástima que no te des cuenta...

Alis y Giorgia se ríen. Michele intenta no ponerla en un aprieto.

—Estoy disputando un torneo aquí cerca. Tengo que irme dentro de poco... Y, además, de vez en cuando doy clases de tenis por las tardes para ganar algo de dinero.

Lo miro. Nuestros ojos se encuentran y él me sonríe. Es un encanto. Y eso de que dé clases de tenis para sacarse un poco de dinero me parece fantástico. Un poco como Rusty James. En fin, que tampoco Michele quiere ser una carga para sus padres, si bien no creo que para ellos sea un problema, a diferencia de los nuestros.

—¿Cuestan mucho las clases? —Decido intervenir en la conversación.

—Oh..., no mucho; además, siempre trato de llegar a un acuerdo. El tenis es demasiado bonito como para no probarlo por lo menos una vez en la vida.

Le sonrío.

—Creo que me gustaría probar...

Michele adopta un aire profesional.

—¿Sabes jugar?

—Nunca he jugado, aunque quizá se me dé bien. Soy buena en deporte.

Clod asiente para demostrar que no miento. Alis compone una expresión altanera. No sé por qué a veces tiene celos de lo que me sucede. Perdona, pero tú también podrías decir algo, ¿no? Estamos aquí todos sin decir nada...

Clod se repone y decide intervenir.

—Yo probé una vez... No me fue tan mal.

Cudini tampoco pasa ésta por alto.

—Sí, es muy buena en gimnasia. ¡Cuando jugamos a baloncesto la usamos como pelota!

Y estalla en carcajadas, solo. Como de costumbre, tiene que estropearlo todo. Menos mal que justo en ese momento entran dos enfermeras.

—Perdonen, ahora deben salir de la habitación... Tenemos que asear a los pacientes antes de que los médicos pasen para examinarlos. Gracias.

Una de las dos es rubia, algo rellenita pero muy mona, quizá se haya pasado un poco con el maquillaje, pero tiene un pecho que mi hermana no consigue ni siquiera con los *push up*. De hecho, Cudini apoya los codos en la cama y se desliza un poco hacia atrás con el culo, como si pretendiese parecer más presentable, suponiendo que eso sea posible. Y, por primera vez, parece mostrarse de acuerdo con una solicitud oficial.

—Sí, sí, tenéis que salir...

Su madre y su tía vuelven a besuquearlo, esta vez de manera más apresurada y, al final, salimos todos al pasillo del hospital.

—Adiós...

Michele y Giorgia se despiden de nosotros.

Michele hace ademán de decir algo, pero después cambia de opinión y se marcha. También la madre de Cudini se despide.

—Adiós, chicas, gracias por haber venido.

Y también la tía.

—Sí, habéis sido muy amables.

Después las tres nos quedamos un rato en el pasillo, charlando.

—Oh..., pero ¿es que aquí no hay una máquina para comprar chocolate o algún refresco?

—Clod, te has comido todos los bombones de Cudini...

—En efecto, por eso mismo ahora no tengo hambre, sino sed. Pero ¿es posible que no haya ni siquiera un surtidor, nada?

—Sí, sí, ya veo que tienes sed.

—Tengo sed, de verdad, me estoy deshidratando... y, además, ya sabéis que beber ayuda a adelgazar, disuelve la grasa.

—Sí, pero no lo que tú quieres beber: ¡chocolate!

—Madre mía, mira que eres estricta...

En ese momento pasa un médico.

—Perdone. —Clod se acerca a él—. ¿Sabe si hay algún surtidor, uno de ésos con el chorro hacia arriba..., en fin, para beber un poco de agua? —Y nos mira, mejor dicho, para ser más precisa, me mira a mí, como diciendo «¿Has visto?... ¿Qué te creías?».

—Sí, hay uno enfrente de los servicios, al fondo.

De manera que Clod, Alis y yo nos dirigimos al final del pasillo. Quizá debido al hecho de que por fin ha aplacado su sed, Clod parece despabilarse.

—La verdad es que el primo de Cudini no está nada mal.

—Por lo menos, es educado... —corrobora Alis—. Además de mono.

Yo también estoy de acuerdo con ellas. Además, veía que me miraba y, ya se sabe, cuando te das cuenta de que le interesas a alguien, automáticamente empieza a gustarte un poco... o, al menos, en mi caso es así.

Clod se echa a reír.

—¿Qué pasa? ¿Por qué te ríes? ¿En qué estás pensando?

Clod se acerca al surtidor de agua.

—En que está como un tren... con esa ropa deportiva...

Alis arquea las cejas y la mira.

—Bueno, como decía antes Cudini, tú eres la pelota de baloncesto, ¡a mí, en cambio, me gustaría ser su pelota de tenis!

Clod abre el grifo y empieza a beber.

—Eh, te estás *acudinando*.

Clod deja de beber y me mira. Todavía tiene los labios mojados y el semblante de una niña curiosa.

—¿Qué quieres decir, Caro?

—¡Que Alis se está volviendo un poco gárrula!

—Sí, claro, y ahora nos dirás que a ti Michele no te ha gustado.

—Pues no —digo serena, sin más.

—Pero te miraba...

—Escuchad, ¿qué hacemos? —Clod se entromete en nuestra discusión—. ¿Por qué no vamos a...?

—No, yo tengo que estudiar...

—Yo también y, además, mañana tenemos el examen de matemáticas.

—A segunda hora... Qué pocas ganas de hincar los codos.

—¿A primera hora qué hay?

—Religión...

—Pues ya está... arreglado, eso te dará oportunidad de rezar para que te salga bien.

Y salimos así del hospital, riendo divertidas. Claro que, si uno lo piensa un poco, no deberíamos hacerlo, dado que las personas que acuden allí lo hacen porque tienen algún problema. Pero el hecho de que Cudini esté bien a nosotras sólo nos produce alegría, y el hospital, a fin de cuentas, es un sitio parecido al colegio... en el sentido de que, si no te toca a ti, ¡es genial! Pero cuando cruzamos la verja y llegamos junto a los coches de Clod y de Alis, donde me gustaría que también estuviese el mío, nos encontramos con él, con Michele. Está de pie con la bolsa de las raquetas de tenis al hombro y parece cohibido. Alis y Clod se miran. Clod sonríe.

—Me está esperando. —Alis es siempre terrible en esos casos.

—¡Sí, claro! Está esperando a Caro...

—¿Estás segura?

—Al ciento por ciento.

Yo no digo nada. A veces conviene mantenerse al margen de ciertas discusiones. Pero, al final, con la intención de ser un poco amable con Clod, intervengo.

—¿Por qué dices eso?

No obstante, a medida que nos vamos aproximando a él, resulta cada vez más evidente. Michele se dirige directamente a mí. Alis arquea las cejas y mira a Clod.

—¿Has visto? ¿Qué esperabas?

Clod, que no sabe cómo responderle, intenta salir bien parada.

—Hablaba por hablar..., estaba bromeando.

Llegados a ese punto, Michele ya está casi delante de mí. Clod y Alis me dedican la mejor de sus sonrisas, como si fuésemos superamigas, porque lo somos, por supuesto que sí, aunque en cierta manera nos estamos jugando la amistad por él.

—Nosotras nos vamos, Caro...

—Sí, nos vemos mañana en el colegio.

Michele las saluda alzando la cabeza y espera a que se marchen.

—¿Tú también tienes un microcoche?

Vaya rollo, empezamos bien, acaba de meter el dedo en la llaga.

—No.

—Ah, en ese caso, ¿puedo llevarte a algún sitio?

—Claro, por supuesto.

Michele echa a andar.

—¿No tenías un torneo?

Me sonríe.

—Sí, pero no tenía nada que hacer contra Grazzini. Seguro que habría perdido. Es el más fuerte. De manera que es mejor que no vaya, así puedo mantener la ilusión de que, quizá, le habría ganado.

Sonrío.

—Eso es cierto, pero tarde o temprano tendrás que enfrentarte a ese Grazzini.

—Tarde o temprano. ¡Mejor que sea tarde!

Y, riéndose, me abre la puerta de un Smart Cabrio que es una auténtica chulada. Es el último modelo, el Double Two. Lo rodea y mete la bolsa con las raquetas detrás. Caramba, por dentro es también bonito, tiene los asientos de piel, el salpicadero negro, radio con CD y una pantalla plana para DVD. Precioso. Es un coche de adultos. ¡De manera que él lo es! Dios mío, no había pensado en eso... Michele entra en el Smart y me sonríe. Yo le devuelvo la sonrisa, aunque ligeramente intimidada. Madre mía, ¿cuántos años tendrá? Por eso es tan perfecto, el torneo, el coche, su manera de hablar, las respuestas que ha dado para que Clod se sintiera cómoda... Basta, no lo resisto más. Será mejor que se lo pregunte cuanto antes.

—Oye..., este coche es una preciosidad.

No me atrevo. No puedo empezar preguntándole cuántos años tiene. Sería como reconocer que tengo miedo de algo. ¿De qué, además? Por suerte, interrumpe mis cavilaciones.

—Te gusta... Mis padres me lo regalaron hace dos meses... Por mi cumpleaños. —Lo miro risueña, aunque podría haber dicho cuantos años tiene, ¿no?—. Cumplí dieciocho.

Tengo la impresión de que me lee el pensamiento. Me mira.

—Ah...

Sonrío exultante.

—¿Puedo preguntarte algo?

—Claro...

—¿Cuántos años tienes?

Permanezco en silencio por un instante.

—¿Yo?

—Sí.

Me sonríe de nuevo. Claro. ¿A quién si no puede ir dirigida la pregunta? Qué estúpida.

—Catorce...

Me salto varios meses. A veces, ciertos detalles carecen de importancia, ¿no? Michele sonríe. Parece satisfecho con mi respuesta.

—Oye, ¿tienes que ir en seguida a casa o podemos dar una vuelta? A fin de cuentas, el torneo me lo he perdido ya.

—Demos una vuelta.

De modo que arranca y es muy divertido. Parece un tipo serio, ¡pero no lo es! Quita la capota al coche y me pasa una gorra y unas gafas.

—Siempre llevo dos, ¿sabes? Por si la persona que me acompaña no tiene.

—Ya veo.

Sonrío, me encasqueto la gorra y la sujeto con la mano. También me pongo las gafas. Son unas D&G grandes con los cristales ahumados y el logo de la marca en rojo sobre la patilla, un poco estilo años ochenta, nada mal, sin embargo. Cubren bien los ojos y no me llega ni un soplo de viento. En realidad llevo un par de gafas en la bolsa, pero no me ha parecido bien decírselo. Es tan amable. Chulo, el Smart. Nunca había subido en uno, cuando se abre la capota resulta realmente precioso. A Rusty James también le encantaría tener un coche. Su sueño es un descapotable. Me ha dicho que, para él, el no va más sería uno de esos viejos Mercedes, un Pagoda celeste. Asegura que los antiguos no cuestan mucho. Claro que a saber cuándo se lo podrá permitir, por el momento ha podido alquilar la barcaza, que ya es mucho. Y los muebles de Ikea, si bien me ha confesado que los pagará a plazos. Ahora que lo pienso, ¿se los habrán llevado ya? Decido llamarlo más tarde sin falta.

—Eh, ¿te apetece algo caliente?

Sí, la verdad es que estamos en noviembre y resulta un poco absurdo ir con la capota quitada. Parece que estemos en Miami con la gorra y las gafas de sol, a bordo de uno de esos coches que corren por la playa. Sólo que, en efecto, hace frío.

Michele me sonríe y dobla una curva en dirección desconocida. No le pregunto adónde vamos. No tengo prisa. Siento curiosidad y estoy relajada. Me reclino en el asiento y, en cierto modo, me siento dueña del mundo. Quién sabe, quizá algún día yo también tenga un coche. Falta la música.

—¿Tienes algún CD, Michele?

—Llámame Lele... Toma, enchufa esto —me pasa un iPod—. El cable está en el salpicadero. Luego elige la canción que quieras.

—Vale, gracias..., Caro.

—¿Qué? ¿Por qué me dices «gracias, *caro*»? ¿«Querido»?

—No, perdona. —Me echo a reír—. Te decía gracias por el iPod, y lo de Caro... ¡Caro es como puedes llamarme tú, no «querido» en italiano!

—Ah, no te había entendido.

Y sigue riéndose. La verdad es que la situación ha sido cómica, y al final elijo Moby porque me encanta, *In My Heart*. Ni que decir tiene que no querría que pareciese un mensaje. Pero Michele, es decir, Lele, se ríe. Y parece no darle mucha importancia. Estoy bien y no quiero pensar en eso. Al final me lleva a un sitio chulísimo que está en la via del Pellegrino, se llama Sciam y sirven un sinfín de variedades de té y de infusiones. Y además se puede fumar en narguile, de modo que eso hacemos. ¡A mí me parece una especie de porro como los que se hace Cudini de vez en cuando, de esos que te colocan con sólo inhalar el humo! Quiero decir que es cierto que te hace sonreír, pero también debe de ser malo, ¿no? Clod, que fuma un poco, una vez probó a dar unas caladas y luego vomitó por la tarde. Estaba eufórica. En mi opinión, fue más porque había conseguido adelgazar algo que por el resto. Sea como sea, Lele y yo nos estamos divirtiendo como enanos. Elijo un narguile al escaramujo y a la miel. No está nada mal. Y luego nos traen unos pastelitos, buenos a decir poco, y nos comemos varios; son ligeros y, además, es bonito porque alrededor se perciben una infinidad de aromas: regaliz, jazmín, frutas tropicales y esencias naturales mezcladas con tabaco. Luego se acerca un tal Youssef, creo que es el propietario, y nos hace notar que en la pared hay colgado un cartel que reza «Prohibido fumar».

—Los puros y los cigarrillos están prohibidos en nuestro local, sólo permitimos el narguile porque es algo natural...

Así pues, nos deja probar una pipa para dos personas y fumamos juntos un poco de tabaco toscano con miel y esencia de manzana. En parte me río, aunque también me entran ganas de toser, pero al final resulta genial. Ahora estoy de nuevo en el Smart, tengo un buen sabor de boca, un poco dulce, no me molesta, y parece que nos hayan perfumado con incienso.

—Eh, gracias, me ha gustado mucho.

—Gracias, ¿por qué? Yo también me he divertido de lo lindo. ¿Vives aquí?

—Sí. —Le señalo mi edificio—. En el cuarto piso.

—¿Cuál es tu apellido?

—Bolla...

—Bien, toma, te he anotado mi número de móvil. —Y me da la tarjeta del local donde hemos estado—. Así puedes elegir entre ir a tomarte una infusión con una de tus amigas o llamarme a mí... ¡Les he pedido que no te dejen entrar si vas acompañada de otro, puesto que ese sitio te lo he enseñado yo!

—Está bien... —Cojo la tarjeta y me la meto en el bolsillo. Me gustaría decir algo ingenioso, pero no se me ocurre nada especial—. En ese caso, tú tampoco debes ir con otra.

Lele me sonríe.

—Por descontado.

Me apeo del coche y me alejo de él. Tengo la impresión de haber dicho lo justo y necesario. Apenas entro en casa, mi madre me echa la bronca.

—¿Se puede saber dónde has estado? Tu móvil estaba desconectado. Te lo regalamos para estar más tranquilos...

Uf, me pone un poco nerviosa. ¿Cómo iba a saber yo que allí no había cobertura? No me he dado cuenta, de verdad. No puedo pasarme la vida comprobando si mi móvil tiene cobertura, ¿no? ¡No me siento libre! Pero es que no lo soy, y eso me saca de mis casillas. Me gustaría decirle que es el que me regaló Alis, pero me contengo.

—Perdona, mamá, no me he dado cuenta. Hemos ido al hospital a ver a Cudini, el chico que se rompió la pierna.

—Sé quién es..., ¿cómo olvidarlo? Preferiría que no frecuentases a esa clase de gente...

—Pero, mamá, han ido todas.

—¿Quiénes son todas?

—Alis, Clod... —Y añado tres o cuatro más de la clase para que comprenda que yo no podía faltar—. Me parecía feo no ir.

Mi madre se acerca, parece un poco más tranquila. Me da un beso.

—Pero... —Pone una cara extraña, ligeramente sorprendida—. ¿Has fumado, Caro?

Me quedo sin saber qué decir. ¡No se me había ocurrido! ¡Huelo! ¿Y ahora quién le explica que no he fumado o, mejor dicho, que he fumado con el narguile? Aunque la verdad es que sólo he aspirado el humo, sin tragármelo. Se quedaría pasmada. Un narguile. Me imagino ya camino de uno de esos centros de rehabilitación... En fin, que he estado a punto de decírselo, pero después he cambiado de idea.

—No, claro que no... ¿Estás loca? Lo que pasó es que todas querían fumar, en el hospital sólo se podía hacer en los servicios, de modo que fueron allí y yo las acompañé. ¿Qué iba a hacer sola en el pasillo? ¡Pero únicamente les hice compañía!

Pone una cara extraña. Duda entre creerme o no, pero al final, de una manera u otra, decide pasarlo por alto.

—Está bien, vete a tu dormitorio o al salón, te llamaré cuando esté lista la cena... —Hago ademán de marcharme, pero sabía que la cosa no iba a acabar ahí—. Y lávate las manos...

—¡Sí, mamá!

Tarde tranquila, al final. Le he mandado un sms a Rusty James: «Cuéntame, ¿cómo va "nuestra" barcaza? ¿Han llegado los muebles?» Me ha respondido al cabo de un segundo: «¡Todavía no! Estabas preocupada, ¿eh? ¡Por eso habías apagado el móvil!»

Caramba, ¿también me ha buscado él? Compruebo el registro de llamadas. Es cierto. Ahí está. Bueno, mejor que todavía no hayan llegado los muebles. Me divertiré echándole una mano cuando los monte.

Cena fabulosa con hamburguesa y ración doble de patatas fritas. De esas que te tumban. Como en ese anuncio que he visto en la calle. Me gusta a rabiar: «Lo resisto todo salvo las tentaciones. Oscar Wilde.» Ese tipo debía de ser un genio. Sabía alguna más, me las dijo Alis, que a su vez las había leído en un blog: «De moda está lo que yo llevo; pasado de moda, lo que llevan los demás.» Superguay. De todas formas, lo que más nos cuesta es resistir cuando algo nos gusta, y no en los demás casos. Cuando nos enfrentamos a la tentación, las patatas fritas, sin ir más lejos. No sé cómo las hace mi madre, pero cuando las corta ella y las fríe de ese modo, crujientitas..., bueno, no pararía nunca de comer. Con otras tentaciones es diferente. Por ejemplo: ¿me gusta Lele? Por ahora no. Es decir, es divertido, fue muy amable, renunció al torneo por mí, para dar una vuelta conmigo. Un encanto. Todo fue como debía ser. Pero para que me guste hace falta algo más. Por ejemplo, Massi me pirra porque todo fue extraño desde el principio, el modo en que nos conocimos, lo que sucedió, el paseo que dimos. Y, además, el mero hecho de que apareciese así de repente, en aquella librería, por pura casualidad... ¡Fue el destino! Además, el mismo estúpido destino me hizo perder el móvil con todos los números. Recuerdo que cuando Rusty James estaba en bachillerato escribió en su mochila: «La atracción más excitante es la que ejercen dos opuestos que nunca se encontrarán.» Era de un tal Andy no sé qué, un pintor extraño que, para hacerse famoso, se inventó unas imágenes de Marilyn Monroe y de Coca-Cola con muchos colores. En cambio, conocer a una persona en un hospital, ¿qué tipo de atracción es ésa? Quiero decir, a Lele lo vi por primera vez en la habitación de Cudini, que tiene la pierna rota. Como mucho es una atracción normal, y un poco rígida por la escayola, claro. Ja, ja. Una cosa es cierta: si por casualidad pierdo la tarjeta, a Lele lo encontraré sin problemas. Por si acaso, grabo también su número en el móvil. Y lo anoto en la agenda. Y guardo la tarjeta en el primer cajón del escritorio. En fin, querido Lele, pero yo... ¿quiero llamarte en realidad? ¡Y por si no bastase con mi dilema personal, en cuanto entro en el Messenger aparecen ellas! Como dos pavas aleteando o, peor, como dos buitres atraídos por el olor de la carne, o como dos urracas abalanzándose sobre una reluciente pieza de oro. ¡¿Querrán decir algo todas esas comparaciones con aves?! ¡Socorro, estoy desvariando! Sea como sea, aquí están Alis y Clod, ¡las dos rapaces del chismorreo!

«¿Y bien? ¿Lo has besado? ¿Cómo es? ¿Simpático? ¿Qué habéis hecho? ¿Salís juntos?»

Pero bueno, ¿esto qué es? Son peores que dos ametralladoras cibernéticas. ¡Que, por otro lado, no sé si existen! Ni mi madre se comporta así cuando está preocupada. Las tranquilizo de inmediato: «Nada, chicas, no ha ocurrido nada.»

Como no podía ser de otro modo, no me creen. No sé qué pasa, pero cuando uno dice la verdad jamás lo creen. Es más fácil colar una mentira. No obstante, sobre algunas cosas no se puede mentir. No. En ciertos casos, de ninguna manera. La verdad acaba saliendo a la luz. Aunque, al día siguiente, de luz nada. ¡Tenía el examen de matemáticas! Y lo había olvidado por completo. Mejor dicho, me acordé cuando estaba a punto de quedarme dormida. Pero entonces era ya demasiado tarde. Me parecía oír la voz de mi abuela Luci: «No te resistas cuando se acerque Morfeo...» ¿Y quién si no yo se resiste a dejarse vencer de inmediato? El verdadero problema lo tuve en el colegio con mis apoyos de siempre. Ese día las cosas no salieron como esperaba. Mis asistencias escolares me traicionaron, mejor dicho, ¡un asistente llamado Gibbo!

—Eh, ¿qué haces? ¿Me pasas el mío o no? ¡Vamos!

Gibbo se vuelve hacia mi pupitre.

—Chsss, voy con retraso, ni siquiera lo consigo con el mío —me dice—. No me distraigas... ¡Todavía tenemos tiempo!

De manera que he intentado formular el primer ejercicio, a continuación el segundo, después el tercero y, al final, también el cuarto, en la última página. Formular es sencillo, lo que cuesta es resolver el problema, en el verdadero sentido de la palabra. Oh, he intentado cada ejercicio una infinidad de veces, pero en ninguna ocasión he obtenido un resultado igual que el anterior. ¡Soy un auténtico genio rebelde! Quiero decir que la otra noche vi otra vez esa película en la televisión, la grabé incluso, y me encantó. Sale Matt Damon, un actor que le gusta mucho a Clod y que interpreta a Will Hunting, y Ben Affleck, que nos pirra a Alis y a mí. Se lo hemos dicho a Clod.

—Perdona, ¿cómo es posible que te guste un tío como Matt Damon cuando en la misma película sale Ben Affleck?

—Porque yo soy más realista —nos ha respondido ella—. ¡Yo tengo una posibilidad de que Matt Damon se fije en mí, en cambio, vosotras no tenéis nada que hacer con Ben!

Está loca. Pero, puestos a soñar, ella lo hace a lo grande, ¿no? Además, el personaje de Matt Damon es, en mi opinión, más mediocre que el que interpreta Ben. Recuerdo un discurso que el profesor Sean, que en realidad es Robin Williams, le suelta a Will (Matt Damon). He hecho retroceder lentamente la cinta para entender bien sus palabras y las he copiado en mi diario: «No sabes lo que es la verdadera pérdida, porque ésta sólo se produce cuando amas algo mucho más de lo que te amas a ti mismo. Dudo que tú te hayas atrevido alguna vez a amar a alguien hasta ese punto. Cuando te miro no veo a un hombre inteligente, seguro de sí mismo; veo a un chulo que se caga de miedo. Pero eres un genio, Will, ¿quién puede negarlo? Nadie es capaz de comprender lo que tienes en lo más hondo, pero tú pretendes saberlo todo sobre mí porque has visto uno de mis cuadros, y has despedazado mi asquerosa vida.» Pues bien, si un profesor me dijese algo parecido a mí, rompería a llorar. Aunque tal vez ya no existen maestros tan pasionales como ése...

Sea como sea, esta mañana es de pesadilla.

—Gibbo..., ¿ya?

—¿Qué pasa ahí atrás? Silencio, chicos.

La profe se ha dado cuenta de que estábamos hablando. ¡Menuda lata! Siempre está distraída, lee el periódico u hojea alguna revista a la vez que se chupa continuamente el dedo índice, pero, cuando por fin necesito que esté de verdad un poco distraída, va y pone los cinco sentidos en lo que está haciendo. No se puede confiar en ella. Vuelvo a intentarlo. Me inclino por encima del pupitre.

—Gibbo, ¿ya? —le digo en voz baja—. Venga, está a punto de sonar el timbre.

—También voy retrasado con los míos...

—Vale, ¡pero tú tienes una media de matrícula de honor! ¡Yo soy un desastre! Venga, hazme al menos uno...

Ojalá no lo hubiese dicho, me ha tomado la palabra. Lo ha resuelto en un abrir y cerrar de ojos, pero sólo me ha entregado uno, disculpándose, eso sí.

—¡Sólo he podido hacer ése! —me ha dicho agitando el folio sobre el pupitre.

—Pero bueno, ¿sólo me haces uno?

Aunque la verdad es que no se lo digo en serio. No puedes cabrearte con alguien que te hace un favor. Bueno..., ¿qué leches? Si todo va bien, conseguiré una media de suficiente. En fin, ¿qué le vamos a hacer? Al final he tratado de añadir algo de mi propia cosecha, quedaban diez minutos y he logrado inventarme algo. Por otra parte, siempre es mejor hacer algo o al menos intentarlo que entregar el examen en blanco, porque en ese caso sólo tienes una certeza: ¡el suspenso! Y he de decir que mis hipótesis superaron con mucho lo previsto.

Dos días después, la profe entra con los exámenes.

—Cada uno a su sitio, vamos. ¿Por qué tenéis que armar siempre este jaleo? ¿Tantas cosas tenéis que deciros? Venga, a vuestros pupitres, vamos, que quiero comprobar a ver quién sigue teniendo ganas de bromear después.

Y no se equivoca. Aquí están los exámenes.

—Muy deficiente, insuficiente, muy deficiente...

Es una auténtica catástrofe. En una especie de procesión, todos se van aproximando a su mesa, recogen el examen, lo comprueban para cerciorarse de que han recibido verdaderamente esa nota y después regresan a sus pupitres. Si a primera hora, la de italiano, reían y bromeaban, ahora la tristeza es generalizada. Incluso los mejores, los más empollones, se hunden. Hasta Raffaelli, el genio de las matemáticas, lo ha hecho mal. Insuficiente. Una catástrofe.

—Bolla —me llama. Me toca a mí, ha llegado mi momento, mi final–. Veamos, contigo iniciamos hoy un extraño capítulo... Ven, ven aquí, que te lo explique mejor.

Me acerco a su mesa.

—Bueno, el primer ejercicio es sin lugar a dudas correcto. —Mi mirada se cruza con la de Gibbo, que me sonríe y asiente con la cabeza, como si dijese: «Eh..., ¿has visto? ¿Qué esperabas?»—. Con respecto a los otros tres, en cambio, me has dado varias opciones. —Despliega el folio y me lo muestra—. Quiero decir..., me has dado tres resultados distintos para cada ejercicio. Pero, Carolina, en realidad sólo uno es correcto...

—Sí, pero de alguna manera es exacto, ¿me equivoco?

—Sí, pero tú haces un cálculo de probabilidades. ¿Se puede entregar un examen con tres resultados diferentes?, ¿dos equivocados y uno correcto por ejercicio?

—Profesora, mi abuela Luci dice que hay personas que siempre ven el vaso medio lleno y que, en cambio, otras lo ven medio vacío. Depende del modo en que uno se tome la vida.

Pues bien, después de eso, no me vais a creer, pero la profe me ha puesto un suficiente. ¡Claro que por los pelos, pero ahí está el suficiente! Genial, ¿no? Para que luego digan que no soy un auténtico genio. Matt Damon sabía hacer realmente esos cálculos en esa película, yo soy una absoluta nulidad, pero eso no me impide sacar un suficiente. ¿Soy o no un genio rebelde?

No me lo creo. No me lo puedo creer. Al volver a casa me he encontrado con un regalo acompañado de una tarjeta. Mi madre y Ale me escrutan en la sala.

—¿Te lo esperabas? ¿Quién te lo manda? ¿De quién es?

Imaginaos. Ale está en ascuas.

—Si todavía no he abierto la tarjeta, ¿quieres decirme cómo voy a saber de quién es?

Empiezo a darle vueltas. Gibbo. ¿Gibbo, que se disculpa porque sólo me ha hecho un ejercicio de matemáticas? No, un detalle tan encantador como éste no es propio de él. ¿Filo, que me pide perdón por haberme robado un beso? No, ha pasado mucho tiempo. ¿Acaso alguien puede tardar tanto en cambiar de parecer? ¿Alis y Clod? No, en este momento son ellas las que lo esperarían de mí... Como si tuviese que disculparme por haber ganado demasiados puntos últimamente. De manera que reflexiono un poco. Me vienen a la mente las personas más variadas. Matt, que ha roto con su novia y que quiere enseñarme otra vista de Roma. Categoría: quizá, pero no. ¡Lorenzo! Sufre de alguna forma porque todavía queda mucho para el verano. Pero si no nos hemos llamado durante todo el año... ¡En mi opinión, ni siquiera debe de saber dónde vivo! Y, de improviso, se me ocurre la hipótesis más absurda. ¿Y si fuese Ricky, que ha superado la vergüenza de aquella noche y ahora quiere recuperar el tiempo perdido? Pero han pasado ya muchos años. Como mucho habrá vuelto a subir la persiana. Luego la fulguración, el milagro, una especie de juicio... universal-sentimental. ¿Y si Massi hubiese encontrado mi dirección? ¿Si ese día, mientras hablábamos, le hubiese dado alguna indicación, le hubiese dicho algo, un indicio, un detalle y él, después de buscar por todas partes, por fin me hubiese encontrado? Cojo el paquete y lo sopeso por un instante. Lo lanzo hacia arriba. Es muy ligero. ¡Si es el zapato de Cenicienta, debe de ser una chancla de corcho!

—¿Qué haces? ¿Lo abres o no?

—Sí, venga, nos morimos de curiosidad.

Ahora se suma incluso mi madre. Las miro y esbozo una sonrisa.

—Pero si lo abro ahora, se acaba la sorpresa.

Veo que se quedan perplejas. Bueno, yo lo veo así. En tanto que un regalo sigue envuelto o no se abre un sobre puede suceder de todo. ¡La verdadera felicidad la constituyen todas las posibilidades que se barajan antes! ¡Ahí dentro está Massi, su declaración, las gafas que tanto me gustan o el iPod Touch envuelto de manera que no pueda imaginar lo que es o cualquier otro sueño!

—Vale. —Sea como sea, decido no ser antipática—. Esto es lo que haremos: primero desenvuelvo el regalo y después leo la tarjeta, ¿os parece bien?

Por otro lado, no pueden sino estar de acuerdo, porque se trata de algo exclusivamente mío. Como de costumbre, Ale consigue ser insoportable.

—¡Oh, basta ya, ábrelo de una vez, que tengo que salir!

«Pues vete ya —me gustaría decirle—. ¿Quién te lo impide?» Menudo coñazo... Pero no se lo digo, sobre todo por mi madre. Empiezo a abrir el paquete. Lo hago de prisa y al final lo cojo en la mano. Las dos alargan el cuello para ver mejor.

—¿Qué es?

—Una gorra con mi nombre.

La miro perpleja. Es mona, rosa pálido, y blanda, con el velcro detrás y «Caro» escrito en relieve delante.

—Pero ¿quién te la ha mandado?

—Ni idea.

En serio. No se me ocurre nada. No me viene a la mente ni un solo nombre. No me queda más remedio que abrir la tarjeta. «¡Hola!

Me gustaría darte algunas clases de tenis, donde quieras, cuando quieras y con o sin esta gorra en la cabeza. Un maestro a la completa disposición de una alumna prometedora.» Y a continuación viene la firma: «Lele. P. D. Si por casualidad has fumado el narguile con cualquier otro, mi propuesta queda anulada... ¡Bromeo! P. P. D. ¿De verdad lo has fumado con otro?»

Me echo a reír. ¡Qué mona la despedida con la doble posdata!

—¿Y bien? ¿Se puede saber quién es?

Ale está en ascuas. También mi madre arde en deseos de enterarse, pero se contiene y no dice nada.

—Un amigo, que quiere enseñarme a jugar al tenis.

Ale se marcha encogiéndose de hombros.

—Pues vaya, tanto jaleo para nada.

Mi madre se muestra más amable, al menos simula curiosidad.

—¿Qué piensas hacer?

—Quiero empezar en seguida. ¡Así, en cuanto tenga un buen nivel, podré acribillar a pelotazos a Ale!

He llamado a Lele y le he dado las gracias por todo, tanto por la gorra como por las clases de tenis.

—Oh, pero debes tener paciencia, Lele... Mira que no soy en absoluto buena, ¿eh?

—Una paciencia inagotable. Después de haberte visto fumar con el narguile y toser de esa forma, no podemos sino tener éxito en todo lo demás.

Si bien no he entendido del todo lo que quería decir, me he reído por educación.

—Pues sí.

—Entonces, paso a recogerte el lunes que viene; jugaremos a las tres, es la mejor hora.

—Bien, perfecto.

Y nos despedimos así. Sólo hay un pequeño inconveniente: no tengo raqueta. Si he de ser sincera, los inconvenientes son más: no tengo pelotas y, por encima de todo, no tengo ropa para jugar al tenis, no tengo zapatillas, camiseta, muñequeras, calcetines, en fin, que no tengo nada de nada y, sobre todo..., ¡no tengo ni un euro! Pero tengo una madre... Una madre muy dulce que lo ha entendido todo sin que yo le dijese nada y que me ha dado una sorpresa preciosa. Me ha dejado un sobre con cien euros dentro y una nota a decir poco tierna: «Para tu lección de tenis. Para que todo vaya siempre como deseas. Basta con que no acribilles a Ale a pelotazos. Tu madre, que te quiere mucho.»

Me he tronchado con la frase «basta con que no acribilles a Ale a pelotazos». Pero después me he emocionado. Os lo juro, me han aparecido dos enormes lagrimones debajo de los ojos, y todavía no sé cómo han podido deslizarse hasta ahí. De manera que, al final, toda esa historia me ha entristecido un montón. En lugar de hacerme feliz, me ha hecho pensar en mi padre, que la trata siempre mal, que no sabe comprender hasta qué punto es dulce y afable, cuántas cosas hace y cuántas le gustaría hacer si pudiese..., y, además, ahora se da también la circunstancia de que Rusty se ha marchado. Estoy segura de que ella, si bien no dice nada, sufre por eso. Las personas no siempre manifiestan lo que sienten. Mi madre aún menos. Tal vez porque le gustaría vernos siempre felices. En mi opinión, es ya un milagro que una de cada tres personas lo sea... Y, además, la felicidad... Parece una palabra fácil y, en realidad, tengo la impresión de que es más bien difícil, quiero decir que todos hablan de ella pero ninguno sabe verdaderamente qué es y, sobre todo, dónde puede encontrarse. He mirado un poco en internet y he entendido que, desde la Antigüedad, los griegos, los romanos, los filósofos, los eruditos, incluso los contemporáneos, han tratado de explicarla y de explicársela. Otros, muchos más, se han limitado a intentar alcanzarla. Ahora, en ciertos momentos, soy bastante feliz, y después de haber leído todo lo que han dicho, hecho y escrito sobre la felicidad, creo que en buena parte depende de nosotros mismos. Lo único que me parece absurdo es que mi madre diga a veces que no estudio.

Después de salir del colegio, subo al vuelo al microcoche de Clod.

—¡Eres la única que puede ayudarme!

—¿De qué se trata? ¿De otra misión imposible?

—Más o menos. He dicho en casa que volvería tarde. Vamos, manda un mensaje a tus padres...

—Está bien.

Se pone a escribir a toda velocidad en su LG rosa. Clod es genial. Es la amiga perfecta. No pregunta. Ejecuta. Se siente feliz de estar conmigo. ¡Aunque he de reconocer que también Alis es un poco así! Pero, para esta *misión* es mejor Clod. Alis querría hacerlo todo por su cuenta. Querría resolver ella sola mi problema y me haría sentir demasiado incómoda. Ahora ya ha pasado la historia del móvil y mamá se la ha creído. Esta vez resultaría imposible.

Clod cierra el teléfono.

—¡Vale, hecho! —A continuación me sonríe—. ¿Y bien? ¿Adónde vamos?

—Dímelo tú. Tengo cien euros y debo vestirme de la cabeza a los pies para jugar al tenis.

—Perdona, pero cien euros... ¡como mínimo son dos Mac!

—Venga, Clod, hoy no...

Se inclina hacia mí y abre la puerta.

—Bueno, pues sal, así no puedo ayudarte.

—¿Se puede saber por qué?

—Porque, si no como, no funciono.

—Está bien. —Cierro la puerta—. Ya no sabes qué inventarte, ¿eh? Venga, vamos.

Y, como no podía ser de otro modo, vamos a Mac.

—Es más fuerte que tú, ¿verdad?

—Es que hay un menú en oferta. Dos Mac, patatas fritas y Coca-Cola por sólo diez céntimos más que dos Mac a secas. No hay punto de comparación. Si quieres te doy un poco de Coca-Cola.

—Pues sí que... ¡Qué generosidad!

En cualquier caso, con ella el tema de la comida es una batalla perdida. Y como yo no quiero perder la mía, es decir, el partido, dado que se trata de tenis, la contento. Y le mango también alguna patata que otra.

—¿Sabes? —me dice Clod poco después de haber empezado a co-mer—. El otro día le mandé un mensaje a Aldo.

—¿Ah, sí? ¿Y qué le escribiste?

—Nada, una cosa un poco así.

—¿Así, cómo?

Veo que no tiene muchas ganas de hablar.

—Vamos a ver, empiezas a contármelo y al final no me cuentas nada.

—Vale. —Me sonríe—. Le escribí que me gustan sus imitaciones.

—¡No! ¡No es verdad!

Me como otras dos patatas a toda velocidad. Me ha entrado hambre. ¿Cómo era? Ah, sí, una de las frases de la abuela Luci: «El que anda con lobos a aullar aprende.» O también: «Quien va con un cojo aprende a cojear.» Sólo que yo la cambiaría por «Quien va con Clod aprende a comer».

—¿Se puede saber en qué estás pensando?

—En nada, en nada —me disculpo y vuelvo a dedicarle toda mi atención—. Quiero decir, no te creo, Clod. Le estás dando a Aldo falsas esperanzas, él se considera un gran imitador, está convencido de que al final saldrá en televisión, de que hará algún programa e incluso actuará en el teatro. ¿Por qué no le dices que te gusta y punto? —Me como otras dos patatas y veo que mi amiga me mira preocupada. Mastico mientras hablo—. Quizá así se olvide de esa historia de las imitaciones. —Cojo otra patata—. Después, si él quiere continuar de todas formas... —Otra patata—. En ese caso es que se trata de una verdadera pasión y es justo que sea así, ¡pero no será por tu culpa! En parte porque, seamos sinceras..., ¡Aldo es un negado! —Y, después de esta apreciación, me como otra patata—. ¿Estás de acuerdo?

—Sí, sí, estoy de acuerdo...—Coge todas las patatas y las pone a su lado—. Sobre todo en el hecho de que eres una lagarta, me sueltas ese sermón, me distraes y, mientras tanto, ¡te comes todas las patatas!

—Pero ¡qué dices!

Escarbo entre sus manos para coger otra, sólo que ella es más rápida, se aparta y las tapa todas. Entonces pruebo por el otro lado, con la otra mano, pero ella las protege rodeándolas con los brazos. Y yo insisto, me cuelo e intento liberar las patatas prisioneras separándole las manos.

—No, venga, ¡no!

Y le tiro de un brazo y después de otro y le cojo una mano.

—No, socorro.

Mientras tanto, Clod trata de coger una con la derecha para comérsela.

—¡Las hago desaparecer!

—No, dámelas.

Tiro de ella redoblando la fuerza. Clod opone resistencia.

—¡No, te he dicho que no!

Entonces la suelto de golpe. Y ella retrocede y se cae del taburete. Las patatas saltan por los aires junto con el plato, la bandeja y los restos de Coca-Cola. Y Clod aterriza en el suelo en medio de las carcajadas de varios niños más pequeños que la señalan riéndose. Dos personas mayores se acercan de inmediato y la ayudan a levantarse.

—¿Te has hecho daño?

Clod se pone en pie.

—No, no, estoy bien... —Se limpia la parte posterior de los pantalones y a continuación sonríe satisfecha—: ¡Menos mal que los Mac me los había comido ya!

La miro abriendo los brazos.

—¿Ves? ¡Cuando uno no es generoso, siempre sale perdiendo!

Moraleja: «Éramos jóvenes, éramos arrogantes, éramos ridículos, éramos excesivos, éramos imprudentes, pero teníamos razón.» Abbie Hoffman. Caramba, es cierto, y de qué modo. En las citas famosas hallo las respuestas que a menudo no tengo. Me gustan. ¡Ésa la encontré el otro día en internet y todavía la recuerdo! Las anoto siempre en mi diario. ¡Y diría que ésa le va como anillo al dedo a lo que ha ocurrido, porque tiene razón!

—Ve despacio, despacio, gira aquí, debes poner el intermitente, Caro.

Estoy conduciendo su microcoche. Clod va sentada a mi lado e intenta enseñarme, por si un día tengo uno. Me encantaría.

—Eso es, ahora ve recto, por ahí, recto y después a la derecha. Si-

gue la flecha... —En realidad sólo me ha dejado conducir porque me
ha obligado a comprarle otra ración de patatas y se las está comiendo
con absoluta calma, sin posibles ataques por mi parte—. Eso es... —Se
come una patata, se chupa el dedo y a continuación me indica un sitio—. Aparca ahí, que se puede.

Me meto en el sitio libre con una maniobra perfecta. ¡No sé cómo
lo ha visto!

—¡Piiiiiii!

Suena el claxon del coche que tenemos a nuestras espaldas...

—¡El intermitente! —grita un viejo de, tirando por lo bajo, unos
treinta y cinco años estresado por el tráfico y la vida.

Me asomo de inmediato por la ventanilla.

—¡Lo he puesto!

—¡De eso nada! ¡Tienes que ponerlo antes! —Y se aleja a toda velocidad dando por zanjada nuestra bonita disputa motorizada.

Clod me mira sacudiendo la cabeza. Yo extiendo el brazo.

—¡A fin de cuentas, contigo la culpa es siempre mía!

Y le birlo la última patata a la vez que me apeo al vuelo del microcoche.

Poco después caminamos con la nariz alzada, asombradas por la
grandeza del lugar.

—Eh, ¿cómo has descubierto este sitio? ¡Es fantástico!

—Mi madre me trajo aquí una vez. ¡Compramos una infinidad de
regalos navideños para la familia sin salirnos del presupuesto!

—¡Genial!

Seguimos andando en silencio. Clod es hija única. Sólo tiene varios primos y primas por parte de padre y de madre, que, a su vez,
tienen un montón de hermanos y hermanas, y todos han tenido, por
lo visto, muchas ganas de procrear. En fin, que en las fiestas de guardar su casa parece un parque infantil. No falta de nada. Desde el niño
recién nacido a los que han crecido ya, hasta el punto de que algunos
incluso se acaban de casar. En pocas palabras, que todas las genera-
ciones están representadas. Sólo falla el dinero. Pero como es un mal
casi común, no existen las envidias que nacen de manera inevitable
en todas las familias. Además, el padre de Clod se ocupa de varios pi-

sos y edificios, en el sentido de que es administrador, y siempre dice que, si ganase un euro por cada discusión que se ve obligado a presenciar, se haría millonario. Pero no es así. La casa de Clod es sencilla. Está decorada de una forma muy divertida: no hay una cortina igual y todas las habitaciones están llenas de colores, de sillones extraños, cada uno fabricado a su manera, quizá porque su madre tiene una tienda algo rara en el centro, donde vende muebles de todo tipo. Pero Clod no se lamenta. Ha conseguido que le comprasen un coche de segunda mano y sus padres no la privan de nada. Además, se llevan bien, jamás los he oído discutir. A saber por qué Clod come tanto. Quizá sea simplemente porque le gusta, no sé...

—¿Cómo se llama esta tienda?

—¡Mas! Ven, vamos, la sección de deportes está en el segundo piso.

Subimos corriendo la escalera. Bueno, os juro que es un lugar increíble. Hay chándales colgados por todas partes, cientos de ellos, miles, ¡y todos a tres euros! Y camisetas de todas las marcas: Nike, Adidas, Tacchini, Puma, a dos euros con cincuenta.

—Mira ésta, ¿cómo me sienta?

Clod se ha colocado una contra el cuerpo, es mona, blanca, con los bordes de las mangas azules y rojos. Pero en mi opinión le queda muy corta. Mejor dicho, no le entra, si he de ser sincera.

—Es mona, pero ¿para qué la quieres?

—Bueno. —La deja de nuevo en el montón—. ¡Para hacer gimnasia!

Le he contado toda la historia de Lele. Ha dicho que le parece un encanto por haberme mandado ese paquete.

—Saltaba a la vista que le gustaste desde un principio.

—Bueno, Clod, si tú lo dices... Te propongo una cosa: si aprendo a jugar al tenis, después te enseñaré a ti.

—¡Sí, sí, ya veremos! —Coge otra camiseta—. ¿Y ésta? —Es azul claro con los bordes celestes y blancos. Le queda un poco ancha.

—Mejor. Me gusta más.

Mira el precio, cuatro euros. Le parece excesivo.

—Venga, cógela, ¡te la regalo yo!

La verdad es que después de pasar por Mac hemos bajado de cien a noventa y tres euros con cuarenta céntimos; si restamos la camiseta, me quedan un total de ochenta y nueve euros con cuarenta. Ahora que soy un «genio rebelde», al menos en esto no puedo equivocarme. ¡Desde luego, Clod! Mira tú por dónde, ha ido a elegir la más cara.

—¿Y ésta te gusta? —Le enseño una blanca con unas rayas beis y azules delante.

Ella la mira ladeando la cabeza.

—No está mal, pero tengo la impresión de que no es de marca. ¿Qué lleva escrito ahí arriba, en el pecho?

—«IL.»

—Bah..., no lo he oído en mi vida.

Cojo la camiseta y miro bien la pequeña etiqueta que tiene detrás.

—Aquí dice «Fila».

—Sí, ¡pues desfila! Con ese nombre no cogerás ni una pelota.

—Pero ¡qué dices! Es una marca famosa. —Le señalo la pared donde están colgadas las fotografías de los mejores tenistas que la han llevado.

—Noooo, qué pasada... —Clod lee el nombre que figura en uno de los carteles, bajo la fotografía—. ¡Pero si hasta Dmitry Tursunov las ha llevado!

—¿Y ése quién es?

—Y yo qué sé, el tipo de la foto. Si lo ponen ahí, será famoso, ¿no?

—¡Qué idiota eres!

—Sí, pero tú cógela, ¡ya verás como así juegas como una profesional!

—¿Y ésta? ¡Es Sergio Tacchini!

Y seguimos así, pescando en el interior de las grandes cestas metálicas rebosantes de camisetas de todo tipo, modernas o antiguas, en cualquier caso artículos nuevos, no de segunda mano, y a unos precios increíbles. En nuestra peculiar pesca nos acompañan las personas más variopintas. Mujeres grandes y gordas, chicos delgados y menudos, un tipo de color, un asiático, un viejecito, una joven de treinta años, una de cuarenta y una pareja de veinte. A poca distancia se encuentran las falditas de tenis y, en otra cesta, los calcetines y más camisetas y unos estantes con una infinidad de zapatillas deportivas y cientos de raquetas, de entre quince y ciento cincuenta euros. Éstas, sin embargo, están sujetas entre sí con una pequeña cadena de hierro y, si las quieres, tienes que llamar a un dependiente o a una dependienta, como esa chica que está ayudando a un anciano a encontrar un chándal Adidas que le vaya bien.

—Lo quiero negro con las rayas blancas. Sin más colores, sencillo, ¡como los que hacían antes! ¿Me entiende?

Y la dependienta sigue rebuscando en la cesta.

—¿Así?

Saca uno. El anciano la mira y alza un poco las gafas para ver mejor.

—Pero es azul oscuro... ¿Qué pensaba? ¿Que no me iba a dar cuenta?

La dependienta lo deja caer nuevamente en la cesta.

—¡No! Quería decir como este modelo...

—Sí, pero yo lo quiero negro... Negro.

El viejecito patea y sacude la cabeza como si en un instante hubiese perdido toda la sabiduría de sus años y hubiese regresado a la infancia.

Poco después, estamos fuera. Veamos, de abajo arriba: zapatillas de tenis, calcetines, falda con *slip* Adidas debajo, una camiseta Fila, un chándal Nike, una raqueta y dos muñequeras. No voy combinada, eso desde luego, pero llevo muchos colores y, sobre todo, el coste de la operación...

—¿Sabes cuánto nos hemos gastado?

—¿Cuánto?

—¡Ochenta y uno con cincuenta!

Clod se frota las manos, exultante.

—¡Genial! Hemos ahorrado. Nos ha sobrado incluso para dos chocolates calientes...

—Pero, Clod...

—¡Hace frío!

—Sí, lo sé, pero podríamos hacer un poco de dieta, ¿no?

—¡Precisamente, el frío te ayuda a quemar calorías!

Bueno, pues en menos que canta un gallo se quema en el auténtico sentido de la palabra. Mientras nos acercamos al Chatenet, vemos que un guardia le está poniendo una multa. Clod corre tratando de llegar a tiempo.

—¡Eh, no, perdone! Pero si estamos aquí, mire, ¡acabamos de llegar!

—Lo sé, ¡también la multa llega ahora!

—¡Se lo ruego, bajamos sólo un segundo, hemos vuelto en seguida!

—Pero ¿qué dices? He recorrido toda la fila y vuestro coche lleva aparcado aquí por lo menos media hora...

—Es que dentro había mucha gente... —Clod se da cuenta de que como excusa no basta—. Además, mi amiga no se decidía por nada. —Ve que sigue sin ser suficiente—. ¡Y por si fuera poco, la cola que había delante de la caja era interminable!

—Perdona —le responde el guardia— pero, dadas las innumerables dificultades, ¿no te habría convenido pagar el aparcamiento? Dos euros bastaban para dos horas, con eso lo resolvías todo. Te lo has buscado...

—¿Y no puede resolverlo todo ahora? Por favor...

—Lo siento, pero no puedo. La próxima vez piénsalo antes de aparcar.

Le iría como anillo al dedo la frase que me dijo en una ocasión mi abuela Luci: «Pronto y bien rara vez juntos se ven.» Pero no se lo digo a Clod porque no quiero que se enfade aún más.

—Gracias, ¿eh? —Espera a que el guardia se aleje—. ¿Qué le costaba hacerme un favor?, son unos cabrones. A ellos qué más les da, a fin de cuentas... —Coge la multa y la abre—. Mira, ¡setenta y tres euros! A ver quién es el guapo que los tiene... ¡Cuando mi madre se entere, se pondrá hecha una furia!

—Lo siento, ha sido culpa mía.

—De eso nada, fui yo la que te dijo que aparcaras ahí. Además, ni siquiera se veían las rayas azules.

En realidad se veían, y mucho, sólo que no lo pensamos.

—Venga, la pagamos a escote...

—No...

—Sí, has venido hasta aquí por mí. Vamos, toma diez euros. Te debo veinticinco, mejor dicho, veintiséis con cincuenta céntimos, ¿de acuerdo?

Clod coge los diez euros.

—De acuerdo, cuando puedas me das los otros veinticinco. Mientras tanto yo les daré buen uso a éstos...

—¿Se los vas a dar a tu madre para pagar la multa?

—Cinco, sí; el resto pienso gastármelos en dos tazas de chocolate caliente con nata de Ciòccolati. ¿Te apetece? ¡Venga! ¡Yo invito!

Cuando regreso a casa, mi madre quiere ver cómo me sienta la ropa.

—Pero ¿no había un conjunto completo? Quiero decir, ¿una falda a juego con la camiseta?

Se sienta en la cama un poco perpleja.

—Pero, mamá, ahora se juega así al tenis, no todo ha de combinar. ¿No has visto a Nadal?

—No, ¿quién es?

—Sí, ese tío que gana siempre; es un cachas y, además, está como un tren. Bueno, pues él lleva unos pantalones anchos azules y se los pone muy bajos, con el tiro ahí abajo. —Meto la mano bajo las piernas—. ¡Vaya tío bueno!

Mi madre compone una expresión absurda, realmente divertida.

—¿Y cómo lo hace para jugar al tenis sin tropezar?

—Pero, mamá, ¡son pantalones elásticos!

—Ah.

—Además, lleva siempre una camiseta sin mangas.

—¿Qué quieres decir?

—Abierta por aquí, con las mangas cortadas.

—¿Y está bueno?

—¡Está cañón!

—Si tú lo dices... Venga, lávate las manos, que cenamos dentro de nada.

—Vale.

—Una última cosa... No se te ocurra traerme nunca a casa a un tipo como ese Nadal.

Me echo a reír. Sí, como si fuera tan fácil. Pero eso, naturalmente, no se lo digo.

Sale del dormitorio. Me miro al espejo. El conjunto me queda ideal..., *vintage*. Eso es, puedo llamarlo así, conjunto *vintage*. Me pongo la gorra con mi nombre. Luego la giro. Me coloco la visera atrás. Así. Después pruebo a dar un golpe, pero sin raqueta, ya que de lo contrario seguro que rompo algo. Mi habitación es demasiado pequeña para un *smash*. *Stock*. Intento dar el golpe con determinación. Un bonito derecho, intachable. En ese momento, Ale pasa por delante de la puerta.

—¡Vaya tela! ¿No te da vergüenza salir vestida así? ¿Ahora te ha dado por el sófbol?

—No, voy a jugar al tenis. —Y le cierro la puerta en las narices. ¡Creo que no voy a poder mantener la promesa que le hice a mi madre de no acribillarla a pelotazos!

La semana casi ha pasado volando. Tranquila. Ningún examen oral importante. La redacción de italiano ha ido superbién, bueno, pese a que el profe Leone me ha puesto al final de la hoja una nota entre paréntesis: «Procura no adquirir mucha seguridad, divagas demasiado.» La última vez me escribió que había sido demasiado escueta. ¡Nada le parece bien! ¡Pues sí que...! Entre otras cosas, el título era especial: «¿En qué consiste la verdadera belleza?» ¿Eh? ¿Cómo puedes saber si eres guapa? ¿Con un bellómetro? Una pregunta estúpida que, aun así, todo el mundo se hace. ¿Quién decide si soy o no guapa? ¿Los chicos que me miran? Yo me tengo por mona..., pero ¿hasta qué punto? Los cumplidos de los padres no valen. No son objetivos. Todos los padres piensan que sus hijos son los más guapos del mundo. Sin ir más lejos, mi padre dice que soy demasiado normal. ¿Ves? Normal. Una chica del montón. ¡Pero yo soy yo! ¡Carolina! ¡Única! Uf. Pero ¿por qué no me siento así? Quizá, si fuese como Alis... Ella es increíble, genial. Se parece un poco a Angela Hayes, la de *American Beauty*, esa película que Rusty James me hizo ver el año pasado en DVD. Sólo que tiene el pelo más oscuro. Entonces, ¿cómo puedo saber si soy guapa? ¿Por mis amigas? Alis dice que soy mona, pero que podría mejorar mi *look*. Clod, en cambio, asegura que me envidia porque tengo un bonito cuerpo, pero que de cara le gusto ya menos. Uf. Yo me veo a veces mona y otras como un adefesio. Sea como sea, en la redacción escribí varias cosas, las que se me ocurrieron. ¡No creo que se pueda hablar siempre de la misma forma sobre todos los temas! Algunos te interesan más y tienes más cosas que decir, otros, en cambio, los desarrollas y los comentas porque no te queda más remedio. Este tema, sin embargo, me ha gustado. A diferencia del que el profe Leone nos puso el año pasado, «La importancia de reciclar». Pero ¿es que se puede decir mucho sobre eso? Una vez que has comentado que el medio ambiente y la naturaleza están en peligro a causa de la contaminación, quizá puedes citar a Al Gore, después puedes mencionar los coches de hidrógeno y ya está, el tema queda agotado. Sería estupendo escribir una redacción que, cuando empieza a hartarte, puedas pasar a otro tema y entonces puedas decir otras cosas y luego, cuando ya no sabes qué decir, puedas pasar a otro tema. Igual que cuando se habla. En el fondo, el colegio sirve para que lleguemos preparados a la sociedad. Y digo yo, ¿cuando te invitan a alguna parte hablas siempre de lo mismo? La gente te consideraría un muermo y dejaría de invitarte. En fin, si un día llego a ser por casualidad, qué sé yo, ministro de Educación, cambiaré un montón de cosas. Por ejemplo, aboliré los exámenes durante las dos primeras horas del lunes. ¡Eso para empezar! Es obvio que uno puede acostarse tarde el domingo por la noche. A menudo es el único día de la semana en que te invitan a una fiesta, de manera que, a la mañana siguiente, uno debe recuperarse un poco, no pueden obligarle a hacer en seguida un examen, ya sea oral o escrito. O cuando, por ejemplo, un profe se equivoca al corregirte algo en un examen. Una vez sucedió en la hora de matemáticas, Raffaelli encontró una corrección que luego resultó ser errónea, en esos casos, perdonadme, al profe que se equivoca deberían infligirle un castigo constructivo como, pongamos por caso, ¡tener que responder a las preguntas de todos sus alumnos! ¿Por qué no? Ellos se inventan a menudo los castigos más inverosímiles. ¡Como aquella vez que armamos un poco de jaleo en clase y la profe de matemáticas nos exigió que escribiésemos una carta de disculpa! Teníamos que disculparnos por la manera en que nos habíamos comportado y «sugerir soluciones para que no volviese a ocurrir». ¿Cuándo se ha visto algo semejante? Una vez me propusieron que fuese la delegada de clase y yo me negué en redondo. Quiero decir, que me lo pidieron Alis, Clod y otras tres o cuatro amigas. Y ningún chico. Oh, a los chicos les importa un comino cómo se organizan y se deciden ciertas cosas.

Ellos están para armar barullo y punto. Ahora bien, cuando algo de lo que se ha decidido no les gusta, protestan. ¡Pero para entonces ya es demasiado tarde! De manera que siguen armando jaleo y ahí se acaba la cosa. En pocas palabras, para ellos cualquier excusa es buena. Sea como sea, ésa es otra historia. Pero a mí, la mera idea de tener que volver de vez en cuando al colegio por la tarde, fuera del horario de clases, para hacer de delegada, bueno, me espantaba..., ¡no estoy tan chalada! De modo que al final eligieron a Raffaelli, la única que, en mi opinión, quería ser delegada en serio y que, en cambio, simulaba que no le interesaba mucho el tema. Creo que tenía miedo de que no la eligiesen... En cualquier caso, el papel de delegada de clase le va como anillo al dedo. ¡En parte porque ella sí que está realmente loca! En fin, que regresé a casa radiante de felicidad.

Por la tarde tuvimos gimnasia artística sin la consabida imitación de Aldo. ¡Increíble! ¡Supuse que eso quería decir que había mejorado! Que había comprendido que aún le quedaba mucho por aprender, que debía practicar solo en casa, en su habitación, donde nadie lo ve. Pero no, lo que ocurrió fue algo mucho más simple: Aldo no vino porque se encontraba mal, eso es todo.

Clod le mandó un mensaje: «Lo siento.»

«Yo también», le respondió él.

¿Se iniciará hoy una posible historia? Quién sabe. Aún hay muy pocos elementos para poder manifestar una opinión. Lo que más nos hizo reír fue que en cierto momento Aldo le mandó una frase extraña, y ¿sabéis qué escribió al final?, pues «¡¿¡Adivina quién soy!?!».

¿Os dais cuenta? Una imitación por sms. Lo más absurdo, sin embargo, fue la respuesta de Clod: «¡Pippo Baudo!»

«¡Sí! ¡Eso significa que lo imito bien!»

Sí, pensándolo bien, quizá empiecen a salir juntos. Si eso no es amor...

Noche superserena. Mi padre no volvió a casa para cenar porque había quedado con sus colegas del trabajo. Ale fue al cine con dos de sus amigos, de modo que, por fin, pude disfrutar de una cena a solas con mi madre. Preparó las patatas fritas que tanto me gustan y carne a la siciliana, que es un trozo de carne empanada, pero que se asa en lugar de freírse, está riquísima, es mi carne preferida. El problema es que a Ale también le gusta, de manera que tenemos que compartirla y ella se come siempre los trozos más grandes.

—Mmm, está buenísima, mamá, deliciosa.

—Pero si la he hecho como siempre.

—¡No, hoy está más buena!

Y doy un buen bocado y, curiosamente, no me dice nada, sino que me sonríe. La verdad es que si tuviese que elegir una amiga perfecta, no dudaría, la afortunada sería ella.

Algo más tarde nos encontramos delante de la televisión, seguimos solas, como si fuésemos dos amigas que comparten una salita. Las dos nos hemos acomodado en el sofá con las piernas recogidas hacia atrás, bajo los cojines. Mi madre es un encanto.

Estamos viendo «Amici», un programa que no le entusiasma, la verdad.

—A vosotras os gusta por el simple hecho de que las canciones son bonitas.

—No sólo por eso, mamá, ¡es que Maria, la presentadora, nos encanta!

—Cuando presenta «C'è posta per te», me gusta. Ahí sí, cuando ayuda a que se reencuentren personas que hace mucho tiempo que no se ven, cuando consigue que una pareja se reconcilie o que unos padres hagan las paces con sus hijos. Ahí sí me gusta Maria de Filippi.

Pues sí que, mamá, como si Maria fuera una persona diferente en ese caso.

Suena mi móvil. Lo miro.

—¡Es Rusty James!

Mi madre se echa a reír.

—Pero ¿todavía lo llamas así?

—¡Claro, el nombre es para siempre! —Abro el móvil y respondo al vuelo—: Hola, R. J., ¿cómo va eso?

—De maravilla.

—En ese caso, ¿cuándo puedo ir a verte?

—¿Para acabar lo que no acabaste?

Me echo a reír. De hecho, fue una cosa absurda. El día en que recibió todo lo que había comprado en Ikea, me mandó un mensaje: «Han llegado las cosas. ¿Me ayudas?» «Ok», le respondí. De forma que pasó a recogerme por el colegio y fuimos a la barcaza. ¡No me vais a creer, pero los muebles de Ikea son absurdos! Te encuentras con unas hojas de instrucciones muy sencillas y con unos muebles que, en cambio, son complicadísimos, que se tienen que encastrar, con unos tornillos que apenas los giras se bloquean y otros que debes colocar de manera lo más precisa posible para fijar otro a fin de que no se mueva. En resumen, que si lo consigues eres un fenómeno. Y yo, digamos que no llego a tanto. Después de montar una silla ya estaba agotada. Me dejé caer en el suelo.

—Vale, lo he entendido, venga —me dijo Rusty al verme, y me lanzó la cazadora—. Vamos, te acompañaré a casa...

¡Llegué, comí, me duché y después me fui en seguida a dormir! ¡Jamás me había sucedido algo así! Estaba exhausta. Si pienso que faltaban cinco sillas más, dos mesillas de noche, una cama, tres mesas, dos armarios y no recuerdo qué más... Bueno, podrían haberme ingresado en el hospital.

—En serio, Rusty, ¿cómo te va?

—Ya lo he montado todo. Si hubiese tenido que esperarte a ti..., ¡a lo mejor para entonces ya habría quebrado Ikea! ¿Dónde estás?

—En casa, con mamá... —Acto seguido, la miro y le sonrío—. ¡Estamos solas!

—¡Bien! ¡Pensaba invitarte si te encontraba en casa! Os espero el domingo a comer, ¿qué os parece?

Salto sobre el sofá, me pongo de pie y sigo saltando. Mi madre me mira. Debe de pensar que he perdido el juicio. Soy tan feliz.

—¿Qué pasa?

—¡Nos ha invitado! Es un sitio precioso, mamá, ¡superguay!

Le paso el teléfono.

—Hola, ¿cómo estás?

—Bien, mamá, todo bien... —oigo que dice Rusty por el altavoz, con la voz un poco áspera.

Veo que mi madre traga saliva. Esperemos que no se eche a llorar ahora. Dejo de saltar sobre el sofá.

—¿Seguro? ¿No tienes ningún problema? ¿Necesitas algo?

—No, mamá, todo va sobre ruedas, en serio, y además acabo de decirle a Caro que el domingo que viene os invito a comer aquí, ¿te viene bien?

Mi madre está a punto de estallar en sollozos. Se tapa la nariz y la boca con la mano para contenerse. Quizá una emoción demasiado fuerte.

—¿Mamá? ¿Sigues ahí?

Mi madre cierra los ojos. Inspira profundamente, más profundamente. Después vuelve a abrirlos.

—Sí, sí, estoy aquí.

—¿Qué pasa? ¿Estás preocupada por lo que os prepararé para comer? ¡Todavía no lo he pensado!

—Qué tonto eres...

—En cualquier caso, será algo sencillo. No soy tan buen cocinero como tú. Apuesto a que Caro ha querido cenar la carne que tanto le gusta con patatas fritas.

Mi madre se echa a reír.

—Sí, lo has adivinado...

El mal momento parece haber pasado. Me mira y le sonrío.

—Bueno, ¿os espero entonces?

—Claro, seguro que iremos. ¿Puede venir también Ale, si no tiene otros planes?

Golpeo el sofá con los pies. Agito los puños. Pero ¿por qué? Oigo una risa al otro lado de la línea.

—Por supuesto, faltaría más. ¡Si a Caro no le importa...!

Mi madre me mira.

—Caro ha dicho que sí.

Tras mentir como una bellaca, mi madre cuelga el teléfono.

—No es cierto, no es cierto. ¡No estoy de acuerdo! ¡Yo no he dicho que sí!

—Venga, no te enfades; si no se lo dices a tu hermana, después te sentirás mal.

Me obliga a bajar del sofá, me hace caer sobre los cojines y a continuación lucha conmigo.

—¡No, mamá! ¡No lo resisto! ¡No me hagas cosquillas! ¡No puedo más!

Pateo, muevo la cabeza a derecha e izquierda, intento desasirme.

—¿Es cierto que quieres que venga Ale?

—Sí, sí, basta, basta, ¡estoy encantada de que venga! ¡Ay! ¡Basta!

Mi madre me suelta.

—¡Así me gusta mi pequeñaja!

Vuelvo a acomodarme en el sofá.

—Está bien, que venga, pero si después de que se lo hayamos pedido no quiere venir por razones suyas, porque tiene otra cosa que hacer, ¡juro que la acribillo a pelotazos!

Mi madre se echa a reír.

—¡No jures, Caro! —añade simplemente.

Siempre me he preguntado cómo conseguirán meter esos barquitos en miniatura en las botellas de cristal. Me recuerda a cuando intento que me entren en la cabeza las reglas de geometría, es algo similar. ¡Exceden las dimensiones de mi cabeza!

El abuelo Tom tiene tres botellas así en el salón, y cada vez que las miro me parece imposible.

—Abuelo, ya sé que me lo explicaste cuando era pequeña, ¡pero ya no me acuerdo!

—¿De qué, Carolina?

—De cómo se consigue meterlos dentro, dado que son más grandes que el cuello de la botella.

Mi abuelo se vuelve y me ve junto al estante con un barco en la mano. Se arrellana en su gran silla negra, junto al escritorio. Se recuesta en el respaldo y sonríe.

—Sí que te lo he contado.

—Da igual, hazlo otra vez, quizá así entienda qué debo hacer en geometría...

—¿Qué tiene que ver la geometría con esto?

—Luego te lo explico. ¡Venga, dime!

Y me siento en el suelo con las piernas cruzadas.

—De acuerdo... Pues bien, hace tiempo la gente tenía miedo de navegar en el mar porque por aquel entonces no era como hoy, los barcos eran menos seguros, se viajaba durante días sin saber lo que podía suceder. De forma que los marineros confiaban en la buena suerte y en la oración. Para que todo eso fuera más concreto, llevaban consigo amuletos, algo parecido a lo que haces tú con esa cosa de peluche cuando tienes un examen.

—¿Te refieres al llavero del osito?

—Exactamente.

—¡Hace años que no lo uso, abuelo!

—Muy bien, se ve que has crecido...

Me toma el pelo.

—¡De eso nada! ¡Debe de haber perdido sus poderes!... ¡He suspendido los últimos exámenes!

Mi abuelo se echa a reír.

—Por lo visto, ya no creías lo bastante en él. En cambio, los marineros debían de creer mucho, hasta el punto de que pensaban que la estampa, el amuleto o el mechón de pelo podía protegerlos de las tormentas, de los motines o de los piratas. No obstante, el problema era conservar y salvaguardar esos objetos, sobre todo los que se estropeaban con mayor facilidad, en un lugar que los mantuviese al abrigo de la humedad. Porque no tenían cajas fuertes personales o herméticas. ¡La única solución eran las botellas! De manera que, poco a poco, el objeto que empezó a verse cada vez con mayor frecuencia en las botellas fue precisamente el símbolo de su vida: el barco. Para introducirlos en ellas hacían lo siguiente: metían por el cuello todo el modelo con las velas y los mástiles doblados después de haber atado a ellos unos largos hilos, de los que tiraban después para levantar el aparejo.

—¡Ah!

—Y los usaban como amuletos, aunque también como mercancía de intercambio.

—Pero ¿tú has hecho alguno?

—¡Sí, una de esas tres! La más alta.

—¡Noooo! ¿Y cómo la hiciste?

—Primero se construye el barco fuera, después se desmonta y se reconstruye una vez dentro mediante los hilos.

—¡Pero debe de hacer falta muchísimo tiempo!

—¡Y paciencia! Como en la vida.

—¿Hacemos uno, abuelo?

—Pero si acabas de decir que lleva mucho tiempo..., te aburrirías a los diez minutos, Caro. ¡Y ese hobby requiere constancia!

—Tienes razón, pero aun así me gustaría hacer algo contigo, ¡eres tan habilidoso! ¿Se te ocurre alguna otra cosa?

—Hoy hace viento, ¿verdad?

—Sí, ¿por qué?

—¿Qué te parece si le regalamos algo a la abuela?

—¡Sí! ¿El qué?

—Te propongo que le hagamos un molinete para que lo ponga en una de las macetas de la terraza. Así, cada vez que gire pensará en ti. Le diremos que lo has hecho todo tú sola. Es más, ¡haremos más de uno! Una especie de parque eólico casero.

—Genial, ¡qué bonito! Pero ¿cómo se hacen?

—Es muy sencillo. Coge unas cartulinas de colores que están ahí, en ese mueble.

De inmediato hago lo que me dice. Abro la puerta y cojo una amarilla, una verde y una roja.

—Hay que cortarlas en pedazos de este tamaño..., haciendo unos cuadrados. —Me los enseña—. Caro, sin que tu abuela se dé cuenta, ve a la cocina a buscar unas pajitas. Están en el cajón que hay debajo de la mesita de mármol, junto a los cubiertos.

—¡De acuerdo!

Me siento como cuando, siendo una niña, quería robar algo de la despensa y el corazón me latía a toda velocidad. Bien, la abuela está allí. Oigo ruidos. Está colocando algo en los armarios. Encuentro las pajitas. Cojo varias y vuelvo apresuradamente al estudio del abuelo.

—Ahora necesitamos pegamento, pinceles y un lápiz, pero lo tengo todo aquí.

—¡Esto parece una papelería!

—Mira, se hace así...

El abuelo dobla el cuadrado por las diagonales.

—Ahora pinta los triángulos resultantes como prefieras.

Y me pongo a hacerlo, como si fuese una niña, mientras él sigue recortando el resto de las cartulinas.

Nada más acabar, el abuelo pega los extremos casi en el centro de los cuadrados y, a continuación, corta unos círculos y los pega encima de éstos para sujetarlos mejor. Acto seguido coge unos alfileres, unos de ésos con la cabeza grande, hace un agujero en el centro del molinete y clava uno. Introduce la pajita en el otro lado dejando un poco de espacio entre ésta y el molinete. Lo imito y monto tres molinetes más. Pasados unos minutos ya están listos. ¡Han quedado preciosos!

La abuela, que jamás nos molesta cuando estamos en el estudio, no se ha enterado de nada. El abuelo me guiña un ojo y luego abre la puerta.

—Cariño, ¿nos preparas un buen té? Carolina y yo lo necesitamos...

Nos responde desde su dormitorio.

—Claro...

Así que, cargada con los molinetes, salgo sigilosamente a la terraza. Una vez allí, los coloco en las macetas de flores. Ya está. Son preciosos y, además, en seguida llega una ráfaga de viento que los hace girar.

Me escondo en un rincón y espero.

Pasados unos minutos la abuela sale con su taza de té verde en la mano.

—Pero ¿dónde estáis?

Mira alrededor. La espío desde detrás de las hojas del jazmín. Veo que cambia la expresión de su rostro.

—¡Tom! ¡Tom!

Aparece el abuelo.

—¡Dime!

—¡Hay unos molinetes!...

—¿Unos molinetes?

—Sí, aquí, ¿los has puesto tú?

—Yo no.

—Pero ¿dónde está Caro?

Y me buscan, el abuelo, mi cómplice, hace como si nada. Minutos después salgo de mi escondite de un salto.

—¡Aquí estoy, abuela!

—Pero ¿qué hacías ahí?

—¿Te gusta nuestro regalo?

—¿Nuestro? —pregunta el abuelo—. ¡Pero si lo has hecho tú! —Acto seguido mira a la abuela Luci, quien sabe de sobra lo que ha ocurrido—. Es verdad, te lo juro... ¡Todo ha sido obra suya!

—No juréis...

Después se dan un beso fugaz y nos sentamos allí, en la terraza, a contemplar los molinetes que giran rápidamente en las macetas; cuando amaina el viento se detienen, pero en seguida sopla una nueva ráfaga y se ponen de nuevo en movimiento. Cuando giran a esa velocidad, los colores se mezclan convirtiéndose en uno solo. Es precioso. Bebo un poco de té. El abuelo y yo nos miramos orgullosos. Debo decir que en su casa se está realmente bien.

Finales de noviembre. Hoy en el colegio el tema es el amor. ¡Un amor lleno de sufrimiento! El profe de italiano nos ha hablado de Dino Campana y de Sibilla Aleramo. Dice que no le gusta que Campana se quede siempre fuera del programa, que es un autor que no se trata nunca y que es una pena. Y ha optado por empezar contándonos la historia de ambos. Yo en parte sabía de qué iba porque Rusty me hizo ver la película en DVD. Es bonita. Aunque también un poco triste. Cuántas cosas le escribió él a ella. Pero ¿por qué será que los amores imposibles hacen que seamos más creativos? Mientras el profe nos leía: «Encontramos unas rosas, eran sus rosas, eran mis rosas, a ese viaje lo llamábamos amor», todos estaban un poco distraídos, pero yo, curiosamente, tenía los cinco sentidos puestos en lo que decía. En mi opinión, en el pasado se hablaba del amor con más pasión. Usaban palabras distintas. ¿Qué debe de decir Massi del amor? ¡Esperemos que no esté diciéndole muchas cosas a otra! De eso nada, antes voy yo. Mejor dicho, ¡soy la única! Claro que tener a un hombre que te diga esas cosas debe de ser maravilloso... «Porque yo no podía olvidar las rosas, las buscábamos juntos...» Tampoco yo puedo olvidarme. Y, además, figuraos, nadie me ha regalado ninguna hasta la fecha.

El amor es una flor que nadie te ha regalado nunca y que siempre recordarás. ¡Yo también soy poetisa!

Después, una gran sorpresa: a la salida del colegio recibo un mensaje: «¿Recuerdas que hoy tenemos la primera clase? Las pelotas están en la pista y el maestro también, ¡sólo faltas tú! ¿Paso a recogerte? He reservado para las tres.»

Vuelvo a casa como un torbellino..., ¡aún más de prisa! Vuelvo a probarme todo lo que tengo, y ahí se produce el gran dilema: ¿pantalones cortos o faldita? Al final me decido por jugar con chándal. Me siento a la mesa. Mamá ha conseguido llegar a tiempo para prepararnos la comida, pero yo, como no podía ser de otro modo, ¡estoy hecha un manojo de nervios!

—¿Qué pasa, Caro?, ¿no comes?

No me da tiempo a responderle. Ale lo hace por mí con la boca llena.

—¡No! Hoy tiene sófbol.

Mi madre me mira estupefacta.

—Pero ¿no dijiste que ibas a jugar al tenis?

—Sí, es que mi hermana es imbécil... ¡Han llamado al timbre! ¡Voy yo!

Corro al interfono.

—Hola..., soy el maestro, ¿puede bajar mi alumna preferida?

—¡Claro que sí! Voy en seguida... —Me precipito a mi dormitorio para coger la raqueta—. Me voy, mamá.

—¡No vuelvas tarde!

—¡No!

Ale deja de comer por un momento.

—¡Que te vaya bien el sófbol!

—Simpática...

Llamo el ascensor, pero estoy demasiado inquieta. Salto en el sitio y, al final, la espera me resulta insoportable. El señor Marco, el vecino que trabaja en televisión, sale de su casa.

—He llamado el ascensor, suba usted.

—Gracias.

—¡De nada, esta vez la que está a dieta soy yo!

Bajo de un salto los últimos escalones y llego al rellano. Veo que cabecea. Sonrío y sigo bajando a toda prisa sin darle mucha importancia. Cruzo la verja.

—¡Aquí estoy!

Lele se inclina en mi dirección y me abre la puerta. Subo al vuelo al Smart y cierro. Lele arranca mientras me pongo el cinturón.

—Oh, he de decirte que puede que sea tu alumna preferida, pero quizá sea también la peor...

—Puede, ¡pero seguro que eres mi preferida!

¿Por qué me dice eso? Es agradable, pero la forma en que lo ha dicho me resulta extraña... ¿Habrá querido decir algo? ¿O no? No lo he entendido. Lele me mira y me sonríe.

—¡Eres mi única alumna!

Resumen del tenis.

Veamos, ¿sabéis lo que es una jugadora de sófbol? ¿Esas chicas que esperan quietas la pelota y que después la golpean con una fuerza increíble, hasta el punto de mandarla fuera del campo? ¿Y que luego corren lentamente, de una base a otra, alzando los brazos, tranquilamente porque han lanzado la pelota lejísimos? Pues bien, ésa era yo. Sólo que si haces eso cuando juegas a sófbol eres una campeona, ¡pero si lo haces en el tenis eres una nulidad! ¡Maldita Ale! Tenía razón. Cada vez que recibía una pelota, la golpeaba y la mandaba al otro campo, pero no al del adversario, sino al contiguo. Es decir que, en lugar de jugar al tenis, jugaba a disculparme:

—Perdonad, me he equivocado.

—¡Salta a la vista!

Dos chicos simpáticos, nuestros vecinos de pista. Lele, en cambio, seguía cogiendo las pelotas del cesto y tirándomelas siempre al mismo punto, a la misma velocidad y con el mismo ritmo. Una máquina de guerra..., paciente.

—Inclínate, mira la pelota, golpéala hacia adelante..., ¡muy bien!

—¡Eh, maestro, no mientas a tu alumna!

Aún más simpáticos si cabe, nuestros vecinos. Pero bueno, al final fue una tarde divertida. Después de la lección nos sentamos en el bar a beber algo. Un buen Powerade, que te ayuda a reponerte, pese a que yo, salvo para recoger pelotas a diestro y siniestro, tampoco había corrido tanto. Aunque sudé un poco, y eso es bueno. Además, con el chándal hice el ridículo de lo lindo. Nuestros vecinos de pista pasaron al final por nuestro lado.

—Avisadnos cuando volváis a jugar..., ¡así vendremos con el paraguas!

Lele se echó a reír y después se volvió hacia mí.

—¡En fin, la próxima vez quizá reservemos la pista del fondo!

—Sí, mejor será...

Sonreí mientras apuraba mi Powerade. Muy educada. Muy mona. Muy tenista. Con una única idea en la cabeza: ¿de verdad será tan paciente ese Lele? Bien. A esas alturas soy ya toda una jugadora de tenis, hasta un poco segura de sí misma. Decidí que la próxima vez me pondría el conjunto con la faldita... Y sonreí divertida al pensarlo. ¡Ignoraba todo lo que sucedería después!

Domingo.

—Venga, coge ésa, ¡que es mona!

—¿Cuál?

—Ésa, la que tiene todas esas flores.

—Vale. —Bajo rápidamente del coche—. ¿Me da esa planta?

—¿Ésta?

—Sí, gracias.

Mi madre me espera en el coche. Me vuelvo hacia ella.

—¿Cojo también una tarjeta? Venga, así le escribimos algo bonito.

—De acuerdo.

El florista envuelve la planta con celofán y me la da.

—Veinte euros, por favor.

Le pago y subo de nuevo al coche.

—Entonces, ¿adónde voy?

—Todo recto, por el Lungotevere.

—Pero ¿está cerca?

—¡Sí, mucho!

Mi madre sigue conduciendo tranquila.

—¡Si tú lo dices!

—¡Ya he estado allí! —«Hasta monté una silla», me gustaría añadir, pero me parece un poco restrictivo—. Incluso le eché una mano para montar los muebles.

—Ah...

Eso está mejor. Llevo la planta entre los pies; el aroma del aciano es muy fuerte, asciende y de vez en cuando me llega a la cara y me produce cierto picor en la nariz, y entonces me aparto a derecha e izquierda para no acabar entre las hojas. Aun así, me molesta menos que Ale, que, tal y como imaginaba, no ha podido venir.

—¿Qué le escribimos, mamá?

—Y yo qué sé..., ¡tú eres la escritora! ¡Te pasas la vida garabateando en ese diario!

Me viene a la mente que ayer por la mañana Alis me dio a leer una frase preciosa que había encontrado en internet: «El amor es cuando la chica se pone perfume, el chico loción para después del afeitado y luego salen juntos para olfatearse el uno al otro. Martina, cinco años.» ¿Qué puedo decir?, verdaderamente genial. Necesitaría una idea tan divertida como ésta.

—Pues si que..., escribo en el diario para recordar lo que he hecho... ¡En todo caso, el escritor es él!

—¡Esperemos que así sea! —Mi madre hace una extraña mueca. Está preocupada, pero prefiere dar por zanjada la cuestión—. ¿Sigo recto?

—Sí, todo recto, no queda mucho. Ya está, se me ha ocurrido algo, ¿estás lista?

Mi madre me mira risueña.

—Sí, claro. A ver, dime.

—«Para que todo lo que deseas pueda brotar»... —La miro con aire inquisitivo. ¡La verdad es que, más que para un escritor, parece una frase dedicada a un florista! Yo misma respondo a mi propuesta—: No, no, es una estupidez. —Sigo pensando. Veamos—: «Para tu nueva casa».... —¡No! En parte porque es una barcaza, aunque todavía no se lo he dicho a mi madre. Ya está, tengo otra frase–: «Para ti, con todo nuestro amor.»

Mamá parece muy contenta.

–¡Ésa me gusta!

La sopeso por un momento.

–Sí, pero parece de primera comunión.

–¿Qué quieres decir?

–¡Que entristece!

–¿A qué te refieres?

–Que no es alegre. No sirve, no sirve.

Y sigo dándole vueltas a una serie de frases que, la verdad, no sé cómo se me ocurren. De repente suelto incluso un «Para un futuro celeste...», ¡porque las flores de la planta son, claro está, de ese color! Pero al final doy con algo que parece convencernos a las dos.

–¡Gira, gira aquí!

Me he distraído y se lo he dicho en el último momento. Mi madre obedece de inmediato mis indicaciones, dobla una curva muy cerrada mientras desciende en dirección al Tíber. El coche patina un poco, parecemos dos locas.

–Pero si estamos yendo hacia el río.

Eh... me limito a decirle por toda respuesta.

Avanzamos unos cuantos metros más.

–¡Ya está, hemos llegado!

Mi madre se queda boquiabierta.

–¡Pero si es una barcaza!

–Bonita, ¿verdad? –Meto las manos entre las de mi madre, que están apoyadas en el volante, para tocar el claxon y me apeo a toda velocidad del coche con la planta.

–Rusty..., ¡hemos llegado, estamos aquí!

R. J. sale sonriente de la barcaza y cruza corriendo la pasarela.

–¡Aquí están mis mujeres preferidas! –Y me coge en brazos y me hace dar vueltas inclinándose hacia el río mientras yo sostengo la planta entre las manos.

–¡Socorro! –grito, pese a que cuando estoy entre sus brazos no tengo miedo.

Después me baja al suelo dejándome caer sobre las tablas de madera que hay al otro lado de la pasarela, y echa a correr en dirección a mi madre.

—Ven..., quiero enseñártelo todo.

—Pero ¿no es peligroso? ¿No hay ratas?

—¡Qué ratas ni qué ocho cuartos! Mira lo que he hecho... —Y señala unos platos llenos de anchoas que están dispuestos en el suelo, a lo largo del camino—. Tengo gatos montando guardia... El único ratón que puede entrar aquí es Mickey Mouse, y en forma de cómic. Venid, venid que os lo enseñe. —Entra y nos muestra el interior de la barcaza—. Veamos, aquí está la cocina, éste es el salón, y aquí está el dormitorio.

Nosotras lo seguimos extasiadas. No me lo puedo creer, la ha transformado de arriba abajo, parece otro sitio. Cortinas azules, blancas y celestes y unas mesas de Ikea perfectamente montadas.

—Caro me ayudó a montar todos los muebles...

Mi madre me mira ufana.

—No es verdad, sólo hice unas cuantas cosas.

—No, de eso nada, hiciste mucho. De hecho, mira aquí.

Y nos lleva a una pequeña habitación clara con vistas al río, tiene un ventanal precioso y una mesa grande en la que ha colocado su ordenador, ese que tanto me gusta... ¡Entre otras cosas porque es mucho más rápido que el mío!

—Ésta es tu habitación, Caro. Cuando quieras puedes venir a estudiar. Dentro de nada tendré conexión ADSL, de manera que no te faltarán tus amigas Alis, Clod, y los otros de Messenger...

¡No! No me lo puedo creer, ¡si hasta ha colgado una fotografía de Johnny Depp! ¡Caramba, es una habitación fantástica! Entre otras cosas porque es mucho más grande que la mía. Pero eso no lo digo.

—¿Puedo venir de vez en cuando a estudiar, mamá?

—Claro, basta con que estudies de verdad, tengo la impresión de que aquí sólo te distraerás.

Rusty me da un abrazo.

—De eso nada. Esto es muy tranquilo, no hay nadie que grite o haga ruido. Mucho más tranquilo que nuestra casa.

Mi madre y él se miran y permanecen en silencio durante unos instantes. Luego Rusty ve la planta, o quizá simula verla en ese preciso momento.

—¡Eh, qué bonita! Pero ¿qué me habéis traído?... Un aciano. —Se acerca y coge la tarjeta—. «¡Para nuestro escritor, para que seas feliz!»

Rusty esboza una sonrisa. Cierra la tarjeta y se la mete en el bolsillo de la cazadora.

—Lo soy, ahora que estáis aquí, lo soy. ¡Vamos a la mesa!

Ha sido una tarde maravillosa, os lo aseguro. Rusty James ha puesto la mesa en la sala, junto a la ventana más grande, que, en esos momentos, acariciaba el sol. Porque hoy, pese a que estamos en noviembre, lucía un sol fantástico.

Ensalada de arroz, antes entrantes variados, de esos que tanto me gustan, mozzarella pequeña, salchichas pequeñas y aceitunas, tomatitos aliñados, pimientos pequeños, de esos redondos que van rellenos de atún y alcaparras. En fin, como podéis ver, todo pequeño.

—Esta especialidad la he comprado pensando en vosotras: quesitos a las finas hierbas.

Ni mi madre ni yo sabíamos de qué estaba hablando, pero los hemos probado y nos han gustado. Es un queso blando, no muy graso, de sabor no muy fuerte, salpicado de hierbas por encima. Y luego un vino espumoso muy frío, helado. ¡Pum! Me gusta cuando los tapones saltan sin que nada los pueda retener. Rusty abre la botella apuntando a la ventana abierta, hacia el río. Y el tapón vuela muy lejos, y después..., ¡plof!, aterriza en medio del Tíber, se hunde en el agua y sube de nuevo rápidamente a la superficie. Lo contemplamos mientras se aleja así, libre, empujado por la corriente, rumbo a lo desconocido.

—Mamá, ¿puedo beber yo también un poco?

—Un día es un día...

—Sí, claro.

De forma que doy un sorbo y pruebo también la ensalada, que tiene una pinta estupenda.

—Pero ¿qué es esto?

Rusty sonríe.

—Hojas de espinacas.

—¿Tan grandes?

—Sí, tan grandes.

Mi madre las corta con el cuchillo.

—Mmm, están ricas, veo que has echado también pera y queso parmesano. —Aparta algunas hojas y llega al fondo—. ¡Piñones y uvas pasas!

—Sí, y lo he aliñado con vinagre balsámico.

Vuelvo a probar prestando más atención.

—Por eso pica.

—¡No pica!

—¡A ti siempre te pica todo!

Nos echamos a reír. Y tengo la impresión de estar como en casa, aún más, en una nueva casa, más tranquila, eso sí. Es cierto, no se oye ningún ruido. Se está francamente bien. Y comemos en silencio. Rusty tiene un pequeño equipo de música en el salón. De improviso se levanta y pone un CD, Coldplay, *X & Y*. Precioso. Lo he escuchado sólo una vez, pero en seguida me gustó. Quizá porque hay una canción con una frase que dice: «No tienes que estar solo. No tienes que estar... solo en casa...»

A continuación se dirige a la cocina y reaparece al cabo de unos minutos con una pequeña tarta de chocolate, la que me gusta a rabiar. ¡Con una velita en el centro!

—Pero bueno, qué guay. ¿Qué fiesta es hoy?

—¡La del feliz no cumpleaños!

Sabe que me encanta Alicia.

—Es una broma, la he comprado porque sois las primeras personas que invito aquí.

A saber si es verdad, pero me gusta pensar que es así. Los tres soplamos la velita, y después mi madre empieza a cortar la tarta. La divide perfectamente en tres trozos, y la verdad es que le salen idénticos, uno de esos raros casos en que uno quiere precisamente que no sobre ni falte ni un solo trozo.

Después Rusty prepara el café, pero sólo lo beben ellos. Salimos y nos echamos en las tumbonas a tomar el sol con los pies apoyados en la barandilla. Yo soy la que tengo la silla más cerca de ella, porque soy la más baja. Cierro los ojos y me siento sorprendentemente bien. Por supuesto, me gustaría que Massi estuviese en una tumbona aquí, a mi lado. Aunque quizá hoy su presencia estuviese de más. Rusty James nos mira satisfecho.

—Se está bien aquí, ¿eh?

Mi madre le estrecha la mano.

—Sí...

Y, al menos en eso, estamos todos de acuerdo. De repente oímos un ruido extraño.

Chof..., chof...

Y, acto seguido, un jadeo. De improviso aparece por la curva, a escasos metros frente a nosotros, una canoa con dos chicos que reman juntos al mismo ritmo.

—¡Holaaaa!

Los saludo con la mano y ellos, sin dejar de remar, me sonríen. Uno alza la barbilla de golpe, como si quisiese devolverme el saludo, y después desaparecen como han venido, a toda velocidad, siguiendo la corriente del Tíber.

Entonces me vuelvo a sentar, me tiendo al sol en la tumbona, apoyo la espalda y cierro los ojos. Sí. Se está de maravilla, y puedo asegurar que ha sido la tarde más bonita de todo el mes de noviembre.

Dario, el padre de Carolina

Soy el padre de Carolina. Me llamo Dario. Tengo cuarenta y ocho años, soy licenciado y trabajo en el policlínico. Si hay algo que no soporto son los discursos vanos, y que nadie se esfuerce de verdad por las cosas realmente útiles. Las prácticas. Las serias. Las que desde siempre han hecho avanzar el mundo. Te pasas la vida trabajando, luchas por esto y por lo otro y, en todo caso, poco por ti. Crees que has cumplido con tu deber, que te has sacrificado bastante, pero después las cuentas nunca cuadran y, empezando por tu propia familia, nadie te paga lo que te debe. Y sigues así hasta que un día mueres. La vida. Todo el mundo pide sin dar nada a cambio. Todo el mundo roba y les sale bien. Y, en cambio, tú, que intentas ser honesto, sales siempre malparado. Incluso en casa, donde jamás puedo estar en paz. Me gustaría volver y, al menos una vez, encontrarlo todo hecho, que las cosas fluyeran sin mayores obstáculos. Me gustaría ver a mi hijo Giovanni estudiando libros serios para aprobar los exámenes en lugar de perder el tiempo con esos sueños inútiles y el deseo absurdo de escribir. Porque no lo conseguirá. Los soñadores no tienen nada que hacer en este mundo. Basta con mirar alrededor. Con un diploma de medicina en el bolsillo, en cambio, al menos podría hacer algo. Por no hablar de lo que cuesta mantenerlo. Al menos se compraría una casa y así tendríamos un poco más de espacio en la nuestra. Porque nadie parece pensar nunca que aquí no estamos tan anchos. Y cuando uno cría a un hijo hasta los veinte años le gustaría que le diese alguna satisfacción, ¿no? Espero que Alessandra no me decepcione tanto. No va lo que se dice muy bien en sus estudios, pero creo que podrá obtener un diploma, y después podría trabajar como secretaria en un bufete de abogados o en un despacho comercial. Creo que encajaría. A fin de cuentas, a ella la universidad no le interesa. También me gustaría que se vistiese un poco mejor. Es guapa, eso sí, pero a veces resulta demasiado llamativa. Asegura que es la moda de hoy. A mí no me gusta y, sobre todo, detesto que la gente haga comentarios. Intento transmitirle esas ideas, pero no sirve de nada. Su madre le deja comprarse siempre lo que quiere. A Carolina no acabo de entenderla. Tengo la impresión de que, a medida que crece, se va pareciendo más y más a Giovanni. Y eso me preocupa. Cuando discuto con mi hijo, ella sale en su defensa, y también mi mujer. Y eso no se hace, quiero decir que los padres deberían tener una línea de conducta común, y no contradecirse el uno al otro delante de los hijos. Por eso crecen así. Me gustaría que Carolina pasase un poco más de tiempo en casa, sólo tiene catorce años. Después nos lamentamos de que las cosas van mal, y se oyen todas esas historias en televisión. Hace falta disciplina. Y a un padre que se pasa el día fuera de casa trabajando para llevar dinero a su familia le gustaría que su esposa fuese capaz de controlar un poco más las cosas, ¿no? De lo contrario, ¿para qué sirve todo? ¿Por qué se crean las familias? Y encima tengo que oír todos esos discursos inútiles de mis hijos. Tienen demasiados amigos acostumbrados a tener el plato en la mesa sin tener que hacer ningún esfuerzo. Sueños y amor. ¡ya me gustaría a mí! ¡Pero antes hace falta el dinero! Después puedes estar seguro de que realizarás tus sueños y de que encontrarás fácilmente el amor. No obstante, el dinero no se gana con trabajos modestos como el mío o el de mi esposa, y menos aún escribiendo libros. Porque, vamos a ver, ¿tanto les cuesta entender a mis hijos que si les digo que se esfuercen y que están en las nubes lo hago por su bien y no para hacerles sufrir? Sin embargo, da la impresión de que nadie lo entiende y siempre consiguen que, al final, me enfade y grite. Ahora bien, nadie me apoya, sólo Alessandra de vez en cuando, pero lo hace porque quiere que le dé permiso para hacer algo, sólo por eso. Me gustaría que mi esposa me apoyase un poco más. Nunca nos acostamos a la misma hora, ella se va a la cama antes, yo después, y cuando llego ella duerme ya. Ni siquiera sé si nos queremos o si, en cambio, seguimos juntos por inercia... Además, se ha abandonado un poco, ya no se cuida tanto. Quizá, si alguna noche la encontrase más arreglada, peinada y maquillada en lugar de con esa cara tan pálida y siempre con los mismos vestidos... En cualquier caso, creo que el amor de las parejas se acaba al cabo de un año como mucho. Luego, si las cosas van bien, se transforma en estima y afecto. El amor es cosa de las películas y de los libros.

Diciembre

Tres cosas que odio: cuando no mantengo una promesa, los problemas de geometría sólida y el pelo ingobernable.

Tres cosas que me gustan: las tarjetas de Navidad hechas a mano, los regalos que la noche del 24 se dejan en el buzón y el 31 de diciembre.

Tres comidas que me encantan: el arroz cantonés, el chocolate y las patatas fritas que hace mi madre.

Tres cosas que no pueden faltar en mi mochila: el iPod, el desodorante y la agenda.

Tres cosas que me gustan de mi habitación: los peluches, los almohadones de la cama y las innumerables fotografías que tengo sobre el escritorio.

Tres cosas que querría cambiar de mi habitación: el armario pequeño, la alfombra vieja con los círculos y la tabla de uno de los cajones rotos de la mesilla.

Diciembre ha sido un mes aún más increíble. Me ha hecho descubrir algo que jamás habría imaginado o, mejor dicho, de lo que había oído hablar y que, de alguna forma, había intentado comprender. Sólo que pensaba que era todo una exageración, es decir, me parecía imposible. El final de un amor.

Pero antes os contaré lo del bien alto que me pusieron en italiano. He escuchado *Parlo con te,* de Giorgia. El silencio. Todo ese vacío que se produce a veces. Qué cierto es. Cuántas palabras digo a la gente sin decírselas realmente. Será que estamos en diciembre. Será que los días cortos me producen un poco de melancolía. Será que mañana tengo el examen de inglés y que debo acabar un trabajo de arte y no tengo ganas. Será, pero cuando escucho esa canción me parece la pura verdad. Es delicada, mía. Será que, como os decía, esta mañana me han devuelto el examen de italiano. Un bien alto. Jamás he entendido qué quiere decir ese «alto». ¿Muy bien? ¿Realmente bien? Ni idea. En cualquier caso, ya el título me había hecho sonreír y me había puesto de buen humor: «Descríbete a ti misma y a tus padres. Lo que no saben, lo que querrías decirles y lo que nunca tendrás el valor de decirles.»

Una palabra. Es obvio que siempre hay que mentir un poco. Sea como sea, he aceptado el reto, si bien pienso que los profesores proponen esos títulos porque son peores que agentes de un servicio secreto. En cualquier caso, al final escribí algunas cosas ocultando lo más grave.

Queridos papá y mamá, me llamo Carolina, aunque eso lo sabéis ya porque el nombre lo elegisteis vosotros. Mis amigos me llaman Caro. Para describirme diría que las canciones *Fango* de Jovanotti o *Parlo con te* de Giorgia me van como anillo al dedo. Dicen que soy mona. También lo decís vosotros, pero no me lo creo. Lo extraño es que cuando me miro al espejo y os miro a vosotros no encuentro que nos parezcamos tanto, pero la profe de ciencias, que es además la de matemáticas, asegura que es normal: lo atribuye a la genética. De mí cambiaría muchas cosas, como la estatura. Si bien no estoy del todo segura.

Leo muchos libros, incluso aquellos que no entiendo en seguida bien, porque quizá contienen temas difíciles. Aun así, lo intento. Son los libros que saco de la estantería de Giovanni, mi hermano, al que también llamamos Rusty James. Me encanta la música y me gustaría ser disc-jockey, pero me da vergüenza. Tengo dos amigas íntimas, Alis y Clod, que, en realidad, se llaman Alice y Claudia, pero Alis y Clod me parece más bonito. Como sabéis, estoy en tercero de secundaria y voy..., bueno, depende, ni fenomenal ni de pena. «Tengo golpes de suerte» —como dice el profe Leone— que me procuran unos resultados inesperados en las notas. Tengo también miles de sueños, y todavía conservo el valor de realizarlos. Es decir, creo en ellos, pese a que también tengo miedo. Me gustaría que en casa comiésemos juntos y con la televisión apagada, pero eso nunca sucede. Me llevo bien con mis hermanos, excepto con mi hermana; mucho mejor con mi hermano. Me gustan los atardeceres porque significan que he pasado un día más, puede que incluso bueno. Me encanta el mar porque el agua es blanda y moldeable, se transforma en lo que tú quieres. El colegio también me gusta, a pesar de que siempre tengo muchos deberes y exámenes que hacer. Trato siempre de hacerlo lo mejor que puedo. Cuando me preguntan me avergüenzo un poco y me pongo toda roja, pero hablo mucho y al final siempre me las arreglo. La gente a veces no comprende que lo hago por timidez, pese a que no lo parece porque soy una charlatana. A ti, papá, me gustaría pedirte que escuchases un poco más a los demás, porque en ocasiones los demás también tienen razón, y que no te defiendas siempre, que la vida es bonita y debes disfrutarla. A ti, mamá, te digo que eres fantástica, muy dulce, y que sería bueno que hubiese muchas más personas como tú en este mundo. A mi hermana me gustaría pedirle que fuese un poco menos superficial, mientras que a mi hermano le digo que es un tío genial. Él es mi modelo, lo quiero con locura porque saca sus cosas adelante con mucho valor, y creo que llegará muy lejos. Quizá sea la persona de la familia a la que más me parezco. Mientras que Ale es idéntica a mi padre... Y mi madre, pese a ser la que nos ha traído al mundo, se pasa la vida intentando mediar entre nosotros, es decir, tratando de evitar que riñamos. ¿Cuáles son las cosas que jamás tendré el valor de decir a mis padres? ¡Si las contase tendría la impresión de estar desviándome del tema! Mejor dicho, me parecería que no he tenido el coraje necesario para decírselas directamente a ellos. ¿No le parece justo como razonamiento, profe? Pues bien, en cualquier caso, tengo un carácter alegre, soy un poco torpe, pero, según dicen, eso forma parte de mi simpatía. Y, por encima de todo, soy muy franca, lo que a veces puede ser bueno y otras malo. En este caso, le confieso sin problemas que esta redacción me ha gustado.

¡Y después concluí con varias citas! ¡Tres columnas y media! ¡Además, la reflexión sobre el valor de decirles algo en serio a mis padres y sobre el hecho de que me estaba desviando del tema, y la pregunta directa al profe contribuyeron a que sacase esa nota! En fin, que todo salió a pedir de boca y por eso soy feliz.

Pero la cosa que ha dado de verdad sentido a este mes de diciembre ha sido el final de un amor. Vayamos por partes.

He mejorado en tenis. Ésta es, sin lugar a dudas, una noticia importante. Ale ya no me toma el pelo, pese a que me ha visto salir de casa otras cuatro o cinco veces vestida, como decía al principio, de sófbol. Creo que ha comprendido que ahora puedo asestarle unos cuantos pelotazos. Hasta he estudiado ya la posición: ella llegará al cruce donde, por lo general, se para con la moto, y yo, que me encontraré a unos cinco metros, apuntaré perfectamente a su hombro o al casco, o, si todo sale como pretendo, a la mejilla. Sea como sea, le haré daño. Lo he pensado. O le hago un *top spin* o un *slice*. Salta a la vista que también he aprendido la terminología. Lele ha sido de verdad un maestro paciente. Incluso los vecinos de pista de la primera vez tuvieron que reconocerlo cuando me vieron jugar de nuevo.

—¡Eh, cómo has mejorado! ¡Si incluso las mandas al otro lado de la red!

Bromas aparte, creo que notaron alguna mejoría. En serio, no lo digo para alardear. He mejorado.

Después del 7 de diciembre, nuestra relación dio un vuelco, y no sólo desde el punto de vista tenístico.

—Oye, ¿qué hacemos? ¿Quieres darte una ducha rápida y luego nos vamos a comer?

—Claro, por supuesto...

Subo y le pido permiso a mi madre. Extrañamente, logro convencerla. Bueno, en realidad he metido por medio a toda la clase: le he dicho que hemos organizado una especie de superfiesta en una pizzería para celebrar el cumpleaños de Giacomini.

Antes de salir anoto la mentira en el diario para no repetir otro día que esa misma persona celebra de nuevo su cumpleaños. Mi madre no tiene buena memoria, pero algunas cosas, no sé por qué, las intuye o las recuerda de verdad. O, lo que es más probable, se da cuenta de que le estoy mintiendo. Clod y yo pensamos una vez que no estaría de más que organizasen un «curso de mentiras». En nuestro colegio hay un curso de teatro por las tardes y, gracias a él, he visto mejorar a algunos chicos, actuar a final de año mejor que otras veces. A todos nos ayudaría hacer un curso para aprender a mentir. ¿Quién no se ve tarde o temprano en la necesidad de decir una mentira incluso para no hacer sufrir, para no dar un disgusto o, sencillamente, para evitar que una persona se entere de algo? ¡Y si no estás preparado te ruborizas en seguida, y eso me pone negra! Lo noto en seguida cuando me sucede, entiendo que quien me mira se está dando cuenta, ¡y entonces me ruborizo aún más! En pocas palabras, que es una trampa mortal...

Clod y yo pensamos que Alis sería una maestra perfecta. Consigue decir mentiras de una forma, pero de una forma... ¡única! Con una frialdad, una tranquilidad, una sonrisa... Bueno, me recuerda a Hilary Duff, y no porque ella diga muchas mentiras, Dios mío, la verdad es que no lo sé, sino porque actúa bien y me cae fenomenal, de manera que, equiparando a Alis con ella, me parece dar a mi amiga la importancia que se merece.

Todavía recuerdo un día en su casa. Estábamos bailando y saltando sobre su cama que, como no podía ser de otro modo, es superancha, ya que es la única que, con catorce años, tiene una de matrimonio. La televisión estaba encendida y escuchábamos la MTV a todo volumen, un vídeo de Finley, *Questo sono io*. ¡Y los imitábamos perfectamente! ¡Me encanta cuando hacemos eso las tres! Además, Alis, porque siempre tiene que ser ella, estaba fumando y quería que nosotras probáramos también, a lo que Clod y yo nos negábamos en redondo.

—Venga, probad.

—No.

—¡Pero si es genial!

De improviso, se para.

—Chsss..., ¡silencio!

—¿Qué pasa, Alis? ¿Qué ocurre?

—El ascensor..., debe de ser mi madre.

Abre la ventana y tira el cigarrillo, coge un chicle y lo mastica a toda velocidad. Se pasa la lengua por los labios y a continuación lo tira a la papelera. Justo a tiempo.

—¿Alice? ¿Estás ahí, Alice?

—Sí, mamá, estoy en la habitación.

Llega su madre.

—Hola..., ah, veo que estás con tus amigas.

—Buenas tardes, señora.

Grazia, la madre de Alis, mira alrededor y aspira dos veces por la nariz olisqueando el aire.

—¿Estabais fumando?

Alis la mira dejando caer los brazos.

—Sí, mamá...

La madre se queda sorprendida y Alis cambia de repente de expresión.

—¡Era broma! Giorgio ha estado aquí y se encendió un cigarrillo...

—Pero...

—Le dije que tú no querías y, de hecho, abrí la ventana... Perdona, mamá.

Y se precipita sobre ella para abrazarla y le da un beso con sabor a menta.

—Vale, vale... No obstante, dile a ese tal Giorgio que fumar es malo... ¡Si empieza a vuestra edad...!

—Descuida, mamá, se lo diré.

La madre de Alis sale de la habitación con una gran sonrisa en los labios, dedicada exclusivamente a la inocencia de su hija. ¿Os dais cuenta? Es genial. Incluso ha sido capaz de bromear sobre el hecho para hacerle creer que era posible, que hasta podía decírselo, pero que, en cambio, no era cierto. ¡Y, sin embargo, lo era! Y en cuanto su madre ha salido por la puerta, una vez pasado el peligro y la posibilidad de que pudiese volver a notar el olor a humo, ¿qué ha hecho Alis? ¡Ha vuelto a encender un cigarrillo! ¡Si no es la supercampeona de las mentiras, me pregunto quién será! Pero bueno, a mi manera yo también me las apañé el 7 de diciembre, o quizá mi madre quiso creerme. En todo caso, le dije que pasaba a recogerme Lele, un amigo del supuesto cumpleañero, Giacomini, que tenía quince años y medio. Afortunadamente, esa noche mi madre estaba sola en casa, y desde la ventana podía confundir el Smart de Lele con un Aixam.

—¿Qué pasa? ¿Por qué te ríes, Caro?

—No, nada, Lele...

—¡No me creo que no sea nada!

—Vale... ¡Me río porque ya sé que esta noche me saltaré la dieta!

Lele me mira risueño.

—¡Bien! Adoro a la gente que adora comer. Además, con todo el deporte que hemos hecho, tienes justificación de sobra.

Le sonrío. En realidad estaba pensando que tengo un pequeño problema con la edad. Debo imitar un poco a Alis. ¡A mi madre le he dicho que Lele tiene quince años y medio, y a Lele que yo tengo catorce y medio!

—Es cierto. —Vuelvo a sonreír—. ¡Mi hambre está de sobra justificada!

Piazza Cavour. Un restaurante chino que, por el aroma, parece exquisito. Nos sentamos y en un abrir y cerrar de ojos llega Paolo para preguntarnos lo que queremos comer. A ver..., ¿un chino que se llama Paolo? No puede ser...

—¿Qué vas a tomar?

—Unos rollitos de primavera, arroz cantonés y pollo al limón.

—Yo tomaré lo mismo, sólo que el pollo lo prefiero con almendras. Ah..., y tráigame también agua sin gas... —Se dirige a mí—. ¿O la prefieres con gas?

—No, no, sin gas me parece bien.

—En ese caso, una botella de agua sin gas y una cerveza china.

Paolo hace ademán de marcharse y Lele le sonríe.

—Gracias.

Me encantan las personas que son amables con los camareros. Quiero decir, cuando vas a los sitios y pagas, ellos deben ser educados contigo, pero en cualquier caso es bonito demostrarles cierta consideración. En esto Alis es rara, por ejemplo. ¡Quiero decir que ella jamás da las gracias a nadie! Cuando va a esos sitios da la impresión de que tiene derecho a todo. Es extraño. En cambio, con nosotras siempre es amable, parece que siempre nos atribuye mucha importancia, nos hace sentir por encima de ella, e incluso de los demás. En fin...

El caso es que llegan los platos que hemos pedido y en seguida nos ponemos a comer y poco menos que dejamos de hablar, excepto para decir:

—Mmm..., ¡qué rico!

—¿Puedo?

—Claro.

—El tuyo también está bueno...

Nos sonreímos. Los platos están deliciosos. Además, he de decir que Lele come muy bien. Dios mío, sé que puede parecer un pensamiento un poco extraño, pero el hecho de que la gente coma correctamente significa mucho para mí. Es decir, con la boca cerrada, masticando lentamente, bocados pequeños, sin prisas, charlando de vez en cuando. Porque hay personas con las que no es agradable compartir la mesa. ¿Nombres? Mi padre. Mi hermana Ale, que ha salido a él en todo, o eso creo, mientras que mi hermano y yo nos parecemos más a mi madre. Y también Clod, quien, sin embargo, y si bien come de forma particular, al final consigue hacerme reír. Aunque en eso no sé si soy demasiado parcial.

Le cuento a Lele algunas cosas del colegio y de mis amigas.

—Hay varias chicas en clase que saben jugar al tenis, pero todas simulan que no tienen ni idea porque temen que Raffaelli, una tipa insoportable que, además, es un poco gafe, quiera jugar con ellas. ¿Y tú?

—¿Yo, qué?

—¿Cómo te encuentras en la universidad?

—Oh, bien, tranquilo. Estoy en primer curso. Estudio derecho romano. Perdone... —llama a Paolo, que se acerca de inmediato—. ¿Quieres algo más?

—Me apetecen esas bolitas...

—¿El helado frito?

—Exacto.

—Vale, en ese caso, tráiganos tres bolas de helado frito y la cuenta, gracias.

Poco después nos comemos las bolitas mientras nos reímos; yo devoro la de chocolate, porque es la última y la más rica. Lele bebe una grapa con aroma de rosas y luego salimos del restaurante. Es de noche. Son las diez. Hace frío.

—¿Vamos al Zodiaco?

—Sí, pero ¿qué hay allí?

—Deben de haber montado el pesebre...

Subimos por una calle llena de curvas. Conseguimos aparcar el Smart con facilidad. Varias personas, en su mayor parte adultos, están contemplando el nacimiento.

—¿Has visto? Todavía falta el Niño Jesús.

—Lo pondrán el día de Navidad.

—Ah, claro.

Qué tonta. Nos alejamos en silencio. Caminamos por una pequeña avenida con vistas a la ciudad.

—Desde aquí arriba, Roma se ve preciosa de noche...

—Sí...

Lele se apoya en la valla.

—Tú también...

Acto seguido me toma la mano, juguetea con ella por unos instantes y a continuación me atrae hacia sí y me da un beso. Cierro los ojos y me pierdo en sus labios.

Sopla una brisa ligera, fresca, no muy fría. Y yo me dejo transportar por su beso. No sé qué pensar, es decir, me gusta, sí, tiene un buen sabor. No obstante... ¡Eso es! ¡Lo que ocurre es que no me lo esperaba, en serio!

Cuando dejamos de besarnos permanecemos un rato en silencio con las bocas muy juntas. Luego nos separamos y nos sonreímos. Lele exhala un hondo suspiro.

—Perdona.

—¿Por qué?

—Bueno..., he tirado con fuerza de ti y...

—No, no, me parece bien...

Se acerca de nuevo.

—Juegas muy bien al tenis.

Y me besa de nuevo. Esta vez lentamente, sin prisa, con dulzura, acariciándome el pelo. Vale. Todo va bien. ¡Pero podría haberse ahorrado esa frase! ¿Qué habrá querido decir? ¿Quería hacerme un regalo? Quiero decir, ¿que si no fuera buena no me habría besado? Puede que esté exagerando. Quizá le esté dando demasiadas vueltas. Pero es la primera vez que salimos al margen de las clases de tenis. En fin, ¡que no me esperaba que me besase esta noche! De hecho, más tarde, mientras volvemos a casa en coche, me siento extrañamente cohibida. Me refiero a esos extraños silencios que se van prolongando a medida que avanzas, que se van agrandando, y cuanto más piensas en ello menos palabras encuentras para romperlos. Al final, como sucede a menudo...

—Bueno, ¿qué dices?

—¿Por qué no hacemos...?

Hablamos a la vez. Y al cabo de unos instantes, vuelve a suceder:

—No, quería decir...

—Eso es, decía...

Y al final te echas a reír y, de una manera u otra, te ves obligado a tomar una decisión.

—¡Está bien, Caro, habla tú!

—No, quería decir, ¿crees que podré jugar un partido alguna vez? ¿Seré capaz de hacerlo?

—Oh, sí, claro... Estaba a punto de decirte precisamente eso, podríamos jugar de verdad algún día, es más competitivo, se corre más y se hace más deporte, vaya. ¡Así podrás comer lo que quieras después!

Me echo a reír, pero en mi fuero interno pienso: ¿qué habrá querido decir? ¿Que en realidad no he corrido bastante? ¿Que cuando juego es como si no jugase? En ese caso, ¿por qué ha dicho que soy buena? ¿Para besarme? Siempre igual... Bueno, ya hemos llegado a casa.

—Aquí estamos.

Lele se detiene unos metros más allá de la verja.

—Me alegro de que hayamos salido esta noche.

—Yo también...

Me mira en silencio. Yo agacho la cabeza y miro las llaves que acabo de sacar del bolsillo. Juego con ellas entre las manos. Ya. Por fin me las han dado, si bien creo que es sólo por esta noche. Lele apoya su mano sobre la mía. La miro. Después a él. No he entendido nada de esos discursos sobre el tenis, pero al menos estoy segura de una cosa y quiero decírselo.

—Me encantaría volver a verte, pero antes quiero decirte algo.

—¿Qué?

—Tengo trece años y medio.

—Ah.

Lele levanta su mano de la mía. Luego se vuelve lentamente hacia la ventanilla. Me quedo callada por unos instantes, escrutándolo. Él mira afuera.

—Lo siento, Lele, no quería mentirte. Ni siquiera sé por qué te lo dije... Pero sigo siendo la misma. O te gusto o no. No creo que ese medio año de diferencia pueda convertirme en otra persona.

De nuevo el silencio. Después Lele se vuelve hacia mí y de improviso me sonríe.

—Tienes razón. No sé qué me ha pasado. ¿Jugamos el lunes?

—¡Claro! ¡Un partido!

Y esta vez soy yo la que se inclina hacia él y lo beso. Pero en la mejilla. Después hago ademán de abrir la puerta. Lele me agarra un brazo y me atrae hacia sí. Me da un beso. En la boca. Un poco más largo que el de antes. No sé por qué, esta vez tengo la impresión de que se agita demasiado. Su lengua parece enloquecida. Me entran ganas de echarme a reír pero me contengo, y al final noto que me toca un pecho con la mano. ¡No! Lo hace muy de prisa, ¡lo aprieta como si fuese una pelota! ¡Vaya tela! Consigo desasirme de su abrazo y acto seguido, poco a poco, con dulzura...

—Debo marcharme... Hablamos mañana.

Me escabullo del Smart y me precipito hacia el portal sin volverme siquiera.

En el ascensor. El corazón me late a toda velocidad. Respiro profundamente. Más aún. Debo calmarme. Por otra parte..., mejor que Cenicienta..., son las once y media. Pero no estarán todos durmiendo. Giro la llave en la cerradura. Y...

—¿Eres tú, Caro?

—Sí, mamá.

Se acerca a mí procedente del salón.

—¿Y bien? ¿Cómo ha ido?

—Oh, de maravilla, hemos ido a comer una pizza aquí cerca.

—¿Quién ha ido?

—Un grupo...

Noto que busca mi mirada.

—Un grupo, ¿eh?

—Sí, gente del colegio, no los conoces. —Hago ademán de encaminarme a mi dormitorio.

—¿Caro?

—Sí, mamá, ¿qué pasa?

—¿Me das un beso?...

Me acerco a ella y noto que, además de darme un beso, me olisquea. Quizá quiera comprobar si he fumado. Al menos en eso no hay problema. Veo que sonríe aliviada.

—Ah, una última cosa, Caro...

—¿Sí?

—Las llaves.

Las saco del bolsillo de los pantalones y se las pongo en la mano. Estaba cantado. Mi madre sonríe.

—Ya verás como no tardarás en tenerlas, es sólo cuestión de tiempo. Y de confianza.

Me dirijo a mi habitación. Me desnudo. Y, de repente, me vienen a la mente una serie de pensamientos que no tienen nada que ver con lo sucedido. Quizá para disimular la emoción, para sumergirme por un momento en la normalidad. Mañana es la fiesta de la Inmaculada. ¡No hay colegio! ¡Puedo dormir hasta tarde! Sí, me gustaría..., pero mi madre nunca me deja. Me despierta a las nueve como muy tarde y me obliga a limpiar mi habitación. También Ale debería hacerlo, pero ella volverá más tarde, tendrá sueño, se levantará a mediodía, comerá, se duchará, se arreglará y volverá a salir. De manera que no tendrá tiempo de limpiar. Así lo remedia mamá... Mi madre. Que hoy debería haber bajado las luces, los adornos y el árbol artificial porque somos una familia ecológica. No veo la hora de que llegue el día 24 para ir a curiosear los paquetes por la noche. Sí, lo sigo haciendo, pese a que sé de sobra que Papá Noel no existe. Pero ¿por qué se me ocurren ahora estas cosas? Y de repente me doy cuenta, como si hubiese aparecido mi estrella personal: ¡Lele me ha besado! Enciendo el ordenador. Internet. Messenger. Si bien mi madre no quiere que me conecte a esas horas, no puedo remediarlo. Es más fuerte que yo.

«¿Estás ahí?»

Alis me responde al cabo de un segundo.

«Claro que estoy aquí, ¿dónde, si no? ¿Cómo ha ido?»

Se lo cuento todo con pelos y señales: lo de la mentira, el hecho de que él no le haya dado importancia y de que haya estrujado mi teta como si fuese una pelota de tenis. Cuando termino, Alis me escribe un montón de cosas, me tranquiliza y me hace comprender que la historia de Lele podría funcionar y que lo de la pelota se debe a que, en ocasiones, los chicos experimentan unos deseos repentinos que no consiguen dominar. Alis me gusta. Me dice justo lo que quiero oír, todo lo que me gustaría poder contarle a una persona como mi madre, sólo que me da demasiada vergüenza y, además, no sé cómo reaccionaría. En pocas palabras, que Alis es realmente perfecta en esto, digamos que es una especie de madre virtual más flexible que la auténtica. Como si respondiese a mi llamada, mi madre abre la puerta en ese momento.

—¡Caro! Pero ¿qué haces? ¡Todavía tienes el ordenador encendido! ¡Es tarde y tienes que dormir!

—Tienes razón, pero quería buscar una cosa sobre los exámenes de la semana que viene.

—¿Ahora?

—Sí, de repente he tenido una duda y, si no la resolvía, sabía ya que no iba a poder conciliar el sueño.

Apago el ordenador. Salto sobre la cama y me meto al vuelo bajo el edredón y las sábanas. Mi madre se acerca y me arropa.

—¿Todo arreglado ahora?

Asiento con la cabeza y, sabiendo qué pregunta vendrá a continuación, me anticipo. Abro la boca.

—Me he lavado los dientes..., huele...

Y echo el aliento en su cara.

Mi madre se echa a reír, me abraza de nuevo y me empuja con dulzura la cabeza sobre la almohada. Después se encamina hacia la puerta.

—Mamá...

—Sí..., ya lo sé.

Y cuando sale me deja la puerta entornada. Quizá no sea virtual, pero también ella me entiende de maravilla. Y con una sonrisa, me tiro sobre la almohada y poco después me sumerjo en el mundo de los sueños.

Si hay algo que me divierte y, al mismo tiempo, me preocupa un poco en diciembre es la proximidad de la Navidad. Me divierte mucho hacer regalos. Me preocupa que no tengo dinero. Si he de ser más precisa y sincera, me preocupa aún más no recibir los regalos que me gustaría. Bueno, todos saben que me encantaría tener un perro. Es decir, que se lo he dicho a todo el mundo, incluso al quiosquero y al del bar donde desayuno de vez en cuando, las pocas veces que llego al colegio con antelación. Algo a decir poco inusual, lo admito... No obstante, creo que este año les he confundido las ideas a todos cambiando de parecer con respecto al regalo. Hasta Franco, el pizzero de la calle del Farnesina, me lo hizo notar el otro día. Acababa de comprarme un buen trozo de pizza con salchichas y patatas por encima, ¡una supercomida completa! Él es el inventor de esa pizza. ¡Yo la llamo pizza Bola! Con eso quiero decir que antes incluso de que te la hayas acabado ya te has hinchado como una bola. En cualquier caso, le comuniqué mi nuevo deseo en materia de regalos, dado que mi madre va a menudo a comprar pizza a su local cuando se le hace tarde, y yo me dije: se lo cuento también a él y así, cuando mi madre pase por aquí, quizá se lo suelte. Franco me miró asombrado.

—Pero, Caro, ¿no querías un perro? ¿Ahora quieres un microcoche? ¡No hay quien te entienda!

—¿Por qué? A mí no me parece tan difícil de entender...

Y me marché mientras me comía un pedazo de superpizza Bola. ¡Microcoche y perro, las dos cosas! ¿No es posible? ¿Quién lo ha dicho? Sea como sea, todavía me gustaría que me regalasen un perro, quizá porque cuando sea mayor tendré tantas cosas que hacer que ya no me quedará tiempo. Bueno, al menos eso creo. Prefiero no pensarlo. En cualquier caso, si me lo regalan, lo aceptaré. Y si me regalan el coche, también. El otro día buscaba una nueva cita para escribir en el diario, porque he constatado que si las uso con comedimiento al profe Leo le gusta, y encontré ésta: «La libertad no consiste en elegir entre el blanco y el negro, sino en sustraerse a esa obligada disyuntiva.» Lo dijo un tal Adorno, y yo estoy absolutamente de acuerdo con él. Así que entre el perro y el micrococh..., ¡me quedo con los dos!

Otro regalo que me encantaría es... ¡Massi! Tú y yo. Unidos para siempre a pesar de que no lo sabes. Más allá del tiempo. Cómplices perfectos. Diferentes porque, de lo contrario, ¿dónde está la gracia? ¿Te das cuenta? ¿Me ves? He visto un vídeo precioso de los Rooney, *Tell Me Soon*: ¡en él aparece una niña en un dormitorio todo rosa, el grupo entra y le canta una canción! Luego llegan todas las amigas de la protagonista. A mí nunca me suceden esas cosas, ¿eh? Y, por si fuera poco, el cantante está cañón. ¡En mi colegio no hay nadie así! Filo se parece un poco a él, ¡pero mejor no se lo digo o, de lo contrario, montará un concierto con un grupo de versiones y luego me pedirá otro beso con la excusa de que sería como besar al cantante de verdad!

He de decir que este año lo estoy haciendo mejor. He sacado unas fotografías con el móvil a las personas que más quiero y las he descargado en el ordenador. En cuanto acabe de organizar el blog que Gibbo me ha «regalado» abriéndolo en Splinder, las colgaré todas, quizá tipo *slide*, porque es precioso ver cómo se deslizan en fila. Tal vez incluso les añada algún efecto especial... Mientras tanto, trabajo. Quiero hacer unas tarjetas de Navidad muy coloridas, con muchas fotografías y frases de autores famosos abajo. He encontrado algunas increíbles. Por ejemplo, para el profe Leone: «Enseñar es aprender dos veces», de Joseph Joubert. Nada mal, ¿no? Y también una para la profe Boi, la de matemáticas. Fotografía y frase. Como una que he encontrado en internet: «Sin duda alguna, es posible enseñar a un pavo a subir a un árbol. Ahora bien, ¿no sería mejor contratar directamente a una ardilla?» ¡Al parecer, procede de un manual de técnicas de selección y gestión de personal! Con la de matemáticas no puedo meter la pata, dado que es la materia en que voy peor. Una cartulina roja. He sacado una fotografía donde, por suerte, ha salido realmente bien, y no era fácil porque es un poco rolliza, pero lo peor es que tiene cara de luna llena rodeada por una cabellera abundante y encrespada, recuerdo remoto de sus antiguos rizos. Como frase he pensado la siguiente: «Se debe enseñar a los hombres —en la medida de lo posible, a todos los hombres— que el saber no se adquiere en los libros, sino observando el cielo y la tierra», Comenio. No sé si suena bien, pero a mí me parece bastante positiva. Creo que cuando la reciba podría cerrar los ojos de vez en cuando ante mis carencias, y pensar que no saco lo suficiente de los libros porque aprendo directamente de la vida. O, en el caso de las matemáticas... ¡de Gibbo!

A quien no me quedará más remedio que regalar algo es a mi familia y a Gibbo, a Filo, a Clod y a Alis. Por ejemplo, a mis amigas me gustaría hacerles un regalo personalizado. Las dos tienen ya coche, de manera que me gustaría... ¡llenarles el depósito! Pues sí, dado que la gasolina cuesta una pasta, quizá compre dos bonos en la gasolinera y se los regale. ¡Uno a Alis y otro a Clod! A Clod, que acaba de mandarme un sms a decir poco estúpido: «¿Sabes quién es el patrón de la Navidad? San Turrón», quizá le regale también una recopilación de mensajes más decentes. Ah, me olvidaba de Lele. Claro que me encantaría poder hacerle también un regalo a Massi, pero ¿por qué no me hace él uno precioso y así da señales de vida? Al respecto me viene a la mente una frase de Heráclito: «Quien no espera lo inesperado no lo descubrirá.» La elegí para la tarjeta con la fotografía de la profe de inglés.

Tampoco en esta materia me luzco, que digamos, ¡pero gracias a eso quizá suceda de verdad lo «inesperado»! Me ha gustado tanto que al final la he pegado en el escritorio. Y el hecho de que se esté acercando la Navidad me hace pensar que podría producirse un milagro. En serio. Me parece posible volver a ver a Massi. Con esa esperanza en el corazón, regreso a Feltrinelli. Pero nada, ni rastro de él. No hay nada que hacer. Como la noche de las estrellas fugaces en la playa. Cuando ves una debes tener listo el deseo y no dudar ni un instante. ¡Puede que no vuelva a pasar ninguna en mucho tiempo! Ya me ha ocurrido algunas veces. ¡Pasaba la estrella y a mí no me daba tiempo a expresar el deseo porque tenía demasiados en la cabeza y me sentía confundida! En el fondo es como decía Hugo: «El alma está llena de estrellas fugaces.» ¿Querrá decir que dentro de nosotros tenemos ya las estrellas y que no es necesario mirar al cielo? A saber.

Quiero apostar sobre los regalos. ¿Qué me regalarán? ¿Otro CD de Finley o de Giovanni Allevi? ¿Un neceser, que, a buen seguro, usará después mi hermana? ¿Un libro? ¿Una bufanda y unos guantes de mi madre? ¿Una memoria USB para el ordenador? ¿Un abono para el cine de Rusty James? ¿O tal vez el cofrecito de «Smallville»? Lo que más me gustaría es encontrar una tarjeta de felicitación en el buzón de correos, introducida personalmente... y firmada por cierta persona. Mientras tanto, aquí, en Feltrinelli, me doy la vuelta de siempre y...

—¡Buenos días, Carolina!

—Hola.

Bueno, por lo menos Sandro se acuerda de mi nombre. Aunque también es verdad que lo he agotado con la historia de Massi.

—¡Tengo un libro para ti, ven!

Lo sigo entre las estanterías.

—Aquí tienes... *A tres metros sobre el cielo,* ¿qué te parece?

—Bah, no lo sé. Una amiga mía lo ha leído y le ha gustado mucho..., ¡pero al final lo dejan!

—Entiendo..., sólo que después, en el segundo libro, titulado *Tengo ganas de ti,* se comprende que uno no puede quedarse anclado en las historias que ha vivido...

Lo miro. Arqueo las cejas. ¿Se estará refiriendo a mí? ¡Quizá! Pero yo con Massi no he vivido nada. Nuestra relación ni se ha terminado ni ha salido mal. Ni siquiera ha empezado. Estoy segura.

—No, gracias... En estos momentos sólo quiero reírme un poco.

—Bien, en ese caso, éste es muy divertido... *El diario de Bridget Jones.* Es la historia de una chica de treinta años cuyas amigas o se han casado ya o tienen a alguien, un novio, vaya, y ella, en cambio, es la única que sigue soltera. ¡Te partes de la risa!

Pero bueno, ¿a qué viene eso? Quizá sea una forma de exorcizar la mala suerte de semejante eventualidad. Aún faltan dieciséis años y dos meses para que yo cumpla los treinta. ¡Espero que no me vaya como a ésa! O tal vez sea mejor saber ya lo que puede ocurrir..., ¡para evitarlo!

—Vale, me lo llevo. Pero en realidad he venido a buscar unos regalos para mis dos amigas. Y para mis dos amigos...

La verdad es que ni siquiera sé si a Lele le gusta leer, no lo conozco lo suficiente.

—Bien, cuéntame un poco cómo son ellos y así veré qué puedo encontrar.

Y empiezo a hablarle de Clod, de Alis, de Gibbo y de Filo. He de decir que como grupo no está nada mal. Cada uno de ellos tiene su carácter, sus peculiaridades, pero son muy enrollados. Y, no sé por qué, me siento el nexo de unión de todos ellos. Además, es cierto que cuando estás con un desconocido te resulta más fácil decirle la verdad sobre tus amigos, quiero decir que no finges y no los pones por las nubes porque no tienes miedo de que los juzguen y después te digan, por ejemplo, «pero ¿por qué sales con ella?», como, en cambio, diría mi madre si se lo contase todo sobre Alis. O «¿qué hace Gibbo?». Al final, no sé cómo, le hablo también largo y tendido de Rusty James, o eso me parece, porque no hay quien me haga callar. Y Sandro se ríe al oír lo que le cuento.

—¡Veo que estás perdidamente enamorada de tu hermano!

—¡Oh, sí! No sé lo que daría por encontrar a un chico como él..., aunque quizá no exista otro igual. —Me gustaría añadir «Massi», pero no quiero que me considere una plasta, de forma que me contengo—. Y, además, tengo una hermana, Ale. Ella, en cambio, no ha leído un libro en su vida.

—¡No me lo puedo creer!

—Como lo oyes. Sólo ve «Gran hermano» y alguna que otra vez «La isla»..., ¡eso es todo!

Sandro sonríe.

—Eres demasiado destructiva, no te creo... ¿Por qué le tienes ojeriza a tu hermana?

—Es ella la que me odia a mí.

Sandro suelta una carcajada.

—Entiendo. Necesitáis un buen regalo... Un buen libro que os ayude a hacer las paces.

—No, lo que pasa es que somos muy diferentes. A mí me parece bien todo lo que hace, ¡pero ella, en cambio, me toma siempre el pelo y no deja de criticarme!

En ese momento pasa Chiara, la dependienta por la que Sandro se derrite. Se ve a la legua que le gusta por el modo en que la mira. Esta vez lleva el pelo suelto.

—Eh, veo que ya sois pareja... ¡Estoy empezando a sentir celos!

Y se aleja riéndose con una sonrisa preciosa en los labios. Es una persona alegre, lo digo en serio, exuda felicidad por todos sus poros. Aunque quizá no sea verdad, tal vez tenga una vida corriente y no sea especialmente afortunada, yo qué sé, y hasta puede que tenga muchos problemas. Lo que importa, sin embargo, es que muestra a los demás su mejor lado: la sonrisa. Quizá sea ésa su manera de reaccionar a las cosas. Eso creo. O, al menos, es lo que me parece percibir cuando pasa por nuestro lado, la veo hablar o en compañía de los demás. Y supongo que no se debe al mero hecho de que sea una dependienta, una mujer que debe mostrarse amable en su trabajo. Algunas cosas se tienen o no se tienen y, al final, bueno, supongo que se notan. Parece buena y generosa. Y puede que demasiado perfecta para llevarse bien con Sandro. Aunque, en el fondo, ¿yo qué sé? En cualquier caso, no se lo digo. Se ha alejado ya. En lugar de eso me ha venido a la mente otra cosa.

—Pero ¿por qué no se lo has dicho?

Sandro me mira sorprendido.

—¿A qué te refieres?

—Yo qué sé, cuando ha hecho ese comentario, podrías haberle respondido algo así como: «¡Si estás celosa, la pareja podríamos formarla tú y yo!»

Sandro se ruboriza. Lo entiendo, y me pregunto si no habría sido mejor no decirle nada, desentenderse como hace la mayoría de la gen-

te, pero así al menos se espabila. Además, es bonito interesarse sinceramente por los demás. A mí me gusta. No lo hago por ser cotilla, al
contrario, quiero que los demás sean felices, y creo que si pretendes
que lo sean ellos... ¡al final tú también lo eres! Lo decía Ligabue: «Creo
a ese tipo que va diciendo por ahí que el amor genera amor...»

De manera que insisto.

—Las mujeres apreciamos que nos digan ciertas cosas, ¿sabes?...
Puede que incluso le resultes simpático..., pero si no te lanzas nunca
lo sabrás.

—¿Entonces?

—Entonces también tenemos que encontrar un libro para ti. ¡Es
imprescindible que te declares!

Sandro sacude la cabeza y se echa a reír.

—Vamos a buscar los libros para tus amigos, venga...

De manera que, media hora después, salgo de la librería con noventa y nueve euros menos y un montón de regalos más. En concreto:
Reencuentro, de Ulhman, para mi hermana Ale, a ver si así nos reen-
contramos de verdad... Después *Rebeldes,* para Rusty James, dado
que lo llamamos así a raíz de esa película que él cita siempre pero que
nunca ve porque no la tiene. Para Gibbo, una funda de tela para el
móvil en la que figura escrito «Genio rebelde» y un cuaderno de matemáticas con test. Para Filo, una entrada de teatro para ver el musical *Notte prima degli esami.* Para Clod, el DVD de *Chocolat* y una
cajita de tartufos de chocolate de Alba. Para Alis, el DVD de *El diablo
viste de Prada.* Para Lele, en cambio, no he encontrado nada. Quiero
decir que no he encontrado nada que acabase de convencerme. Por
otra parte, apenas nos conocemos y no nos hemos visto tanto, exceptuando los partidos de tenis y la noche del Zodiaco. ¡Esa única noche!
Pienso que los regalos no se deben hacer al azar, y que tampoco hay
que elegir lo que nos gustaría recibir a nosotros.

A Lele, no sé, me gustaría regalarle una sudadera, sí, una bonita
sudadera de color azul claro. ¡Mejor aún! Se me ha ocurrido una idea
superguay. ¡Quiero comprobar si logro hacerlo!

Deambulo un poco por el centro y encuentro un regalo para mis
padres, es mono, creo que les servirá y, además, cuesta poco. Lo com-

pro y sigo paseando. Es curioso, en diciembre las calles cambian por completo de aspecto. Veo todas esas estrellitas luminosas colgadas en lo alto, y los dibujos de Papá Noel, y el algodón en rama que simula la nieve en los escaparates de todas las tiendas. Chicos y chicas que caminan risueños, algunos cogidos de la mano, otros más apresurados de lo habitual, persiguiendo a saber qué extraño pensamiento. Dos amigas, algo mayores que yo y también que Alis y Clod, caminan abrazadas. Una de ellas lleva metida la mano en el bolsillo trasero de los vaqueros de su compañera. Entonces, con la de delante coge algo del bolso de su amiga, creo que una nota, y echa a correr. La otra se precipita detrás de ella.

—¡Párate, venga! ¡No quiero que la leas, vamos!

Y desaparecen así, en medio de la multitud que sigue fluyendo tranquila, lenta como un río humano, absorta en sus pensamientos, en sus pesares y en sus alegrías.

Bueno... Ya está bien de ideas extravagantes. Parezco Carolina la filósofa... Cuánto me gustaría ser, en cambio, Carolina la enamorada. Llego a la parada del autobús y me detengo a esperarlo. Miro alrededor. A mis espaldas hay un escaparate lleno de vestidos, de camisas a ciento setenta euros, de suéteres a doscientos ochenta y de cazadoras a trescientos setenta. Pero bueno, ¿quién podrá permitirse esas cosas? Quiero decir, ¿a qué se dedicarán los padres de una chica que se vista con ropa semejante?

Aunque, pensándolo bien, Alis lleva prendas aún más caras. ¿Y qué hacen sus padres? ¡Están separados! No acabo de entender si el hecho de separarse te hace rico o es el hecho de ser rico el que te lleva a separarte. Tengo que preguntárselo a Alis. Pero antes, quizá, deba buscar la manera de planteárselo.

Aquí llega el autobús. Pasa por delante de mí. Retrocedo un poco porque va muy pegado a la acera. Caramba..., no me lo puedo creer. Cuando se detiene y se abren las puertas veo que se apean los dos chicos que me robaron el móvil. ¡Son ellos! Estoy segura. Uno de los dos lleva puesta la misma cazadora horrorosa. Lo recuerdo como si fuera ayer. Me empujó varias veces antes de bajar y sólo vi esa espantosa cazadora de color verde claro, igual que su pelo, que su cara, o que su estúpida risotada de asqueroso ladrón... rumano. Y no lo digo porque sea racista. Joder, por supuesto que no lo soy. Por mí podría ser incluso de Parioli. Respeto a todo el mundo, pero ante todo quiero que me respeten a mí, y también mis cosas. Sea cual sea su nacionalidad. También odio a los chulos de las familias ricas italianas que nos mangan cosas en el colegio. Odio a los canallas, a los que abusan de los demás, poco importa de dónde vengan o cómo se llamen o se vistan. Odio a los que no respetan la vida y la serenidad ajenas. Odio a los que, en lugar de pedir lo que no es suyo, lo roban. Y te dejan así, indefenso, impotente, aturdido y triste. Y querrías ser uno de esos superhéroes dotados de armas secretas y de poderes mágicos a los que les basta con mirar al tipo para, ¡zas!, hacerlo desaparecer.

El autobús ha cerrado las puertas y se ha alejado. Pero yo no he subido. Camino detrás de ellos con el paquete en cuyo interior está el plato de Navidad que les he comprado a mis padres y una bolsa con los regalos de mis amigos.

Pero ¿qué voy a decirles? Bah, ya inventaré algo. Debo ser amable, tengo que procurar que se sientan a sus anchas. ¿Os dais cuenta? ¡Qué absurdo! Debo hacer que se sienta a sus anchas una persona que me ha robado el móvil. Y, por si fuera poco, con el número de Massi dentro.

A medida que los sigo voy pensando. Y a medida que pienso me voy poniendo más y más nerviosa. A medida que me pongo nerviosa siento deseos de ser más fuerte, más robusta, y de saber zurrar de lo lindo. O, sencillamente, de que Rusty James esté aquí conmigo. Oh, entonces sí que recibirían una buena tunda. En realidad, tampoco son tan grandes. Son dos tipos corrientes y molientes. Pero son dos... y, un pequeño detalle, se han dado cuenta de que los estoy siguiendo.

—Oye, ¿la has tomado con nosotros?

—Esto..., sí... Quiero decir, no..., mejor dicho, sí.

—A ver si te aclaras, ¿sí o no?

¡Qué rumanos ni qué niño muerto! Con ese acento, esos dos son de Roma, y de lo peorcito. Bueno, al menos así nos entenderemos mejor.

—Pues es que creo que hace algún tiempo perdí mi móvil. Un Nokia 6500 Slide como... —Se me ocurre la brillante idea de sacar del bolsillo el nuevo que me regaló Alis. Pero ¿y si luego me quitan también éste?—. Como ese que sale en los anuncios...

—No sé a cuál te refieres, ¿y qué? —dice uno de los dos, el más grande y, según parece, el más canalla. Por lo visto, no sabe de qué estoy hablando.

—Bueno, no importa... En fin, que lo perdí en el autobús, en el mismo autobús en el que viajabais vosotros.

—¿Nosotros?

—Sí, estabais hablando, y yo os vi y he pensado que tal vez os disteis cuenta y lo recogisteis...

Me miran.

—Sí, en fin, que bajé y se me cayó, y vosotros lo recogisteis y teníais intención de devolvérmelo, sólo que el autobús cerró las puertas y arrancó de repente... y vosotros no pudisteis...

Ahora parecen más bien perplejos.

—¿Nos estás tomando el pelo? ¿Te estás cachondeando de nosotros?

—Jamás se me ocurriría hacer eso... Sólo quería deciros una cosa..., ¿por casualidad no tendréis todavía la tarjetita, en fin, mi SIM?...

Uno de ellos arquea las cejas. El otro lo imita. Y, ahora, ¿cómo salgo de ésta? No sé qué hacer. Qué más decir. Podría renunciar a alguno de los regalos y ofrecérselo como rescate. Pero ¿qué narices les importará a esos *Chocolat* o, peor aún, *Reencuentro*? Piensan que me estoy choteando de ellos, de manera que juego la carta de la conmiseración.

—Tenía el número de un amigo... Lo quería mucho. Ha desaparecido, no lo encuentro. Quizá haya muerto. Estaba tan mal... Quería hablar con él al menos por Navidad... Si no lo llamo, ¿qué pensará? Y su número estaba en esa SIM, ¡sólo ahí! No necesito el móvil, sólo la tarjeta... Mi SIM...

Me miran por última vez.

—Vámonos, venga ya.

Y se vuelven y se marchan sin dignarse siquiera darme una respuesta, la que sea. Mejor así. Creo que me he librado de una buena... Ufff... Massi..., ahora no podrás decir que no he intentado lo imposible.

Al volver a casa he escondido los regalos en mi armario.

Me he dado una ducha rápida, he cenado algo ligero, no he discutido con Ale y me he ido a dormir. ¿Sabéis cuando estás destrozada, tan destrozada que no ves la hora de pillar la cama? Lamento que Rusty James no esté. Él habría venido a contarme algo o a leerme uno de sus cuentos. Es extraño cuánto se puede echar de menos a una persona en un lugar en el que uno está acostumbrado a que estén todos, cómo cambia ese sitio de repente. O, al menos, yo lo siento así. Y después de notar esa extraña sensación empiezo a adormecerme, completamente exhausta. Sin embargo, antes de dormirme del todo pasa por mi mente una idea que me hace sonreír. Todo me parece maravilloso. Estoy en mi microcoche, es verano y Massi está a mi lado y, como no podía ser de otro modo, escuchamos a James Blunt. Él ha sacado los pies por la ventanilla, los mueve al ritmo de la música, bromea y me deja conducir. Yo llevo puestas mis gafas favoritas y sacudo también la cabeza al ritmo de la música... El mar está a nuestra derecha. Es Sabaudia, el paseo marítimo que tanto me gusta y adonde he ido algunas veces con mis padres. Hay un pinar y, pegadas a él, numerosas dunas de arena barridas por el viento. Y yo estoy ahí con Massi. Nos apeamos del coche. Estamos en la playa, con las olas del mar y unas cometas que vuelan libres en el cielo, y él me ha cogido la mano y yo soy feliz.

Me gustaría que ese sueño se hiciese realidad. Y después de este último pensamiento, me duermo de verdad.

Cuánto disfruto con las asambleas del instituto que dirigen los representantes de clase, ésas tan absurdas en las que, por ejemplo, se decide qué películas de interés para los jóvenes se deberán presentar el próximo año en la sala de proyecciones. Todavía me gustan más cuando se celebran durante las dos últimas horas de la mañana del viernes. Uno puede elegir entre quedarse o salir antes con la autorización de sus padres. Y mi madre me la ha firmado, porque le he dicho que, a fin de cuentas, no servía para nada y que prefería volver a casa a estudiar para el examen del lunes. ¡De manera que aquí estoy, a las once y media! Claro que si de verdad quiero ser puntillosa preferiría que la hubiesen convocado para las dos primeras horas, así podría haber dormido un poco más, pero no se puede tener todo.

El viernes por la mañana la casa está vacía a estas horas. Mi madre está siempre trabajando, mi padre en el policlínico o en el bar con sus amigos durante la pausa que suele hacer en ese momento, y Ale se ha ido a clase. Me gusta estar en casa cuando no hay nadie. Es silenciosa y puedo hacer lo que quiero. Por ejemplo, adoro ir al dormitorio de mis padres y probarme algún vestido de mi madre, un suéter o una falda. No sé por qué. Quizá para sentirla más cercana. Quizá para ponerme algo distinto. Y no porque mi madre siga la moda, al contrario. Ale tiene más cosas, obviamente, pero sus vestidos me espantan. El gusto de Ale es bastante horroroso: si pudiera se pondría ropa llamativa y ajustada incluso para ir al cuarto de baño. Mi madre tiene cosas más sencillas, sin muchos colores, casi todas iguales. Pero son suyas, e incluso cuando era pequeña me las probaba a escondidas; estaba ridícula, porque me quedaban enormes. Abro el armario y veo que en lo alto hay una camiseta que nunca me he puesto. Debe de ser nueva. Ayer era día de mercado y quizá se la compró allí. La verdad es que mi madre apenas pisa las tiendas. Dice que en el mercado se encuentran las mismas cosas a menos precio, y que además no hay dependientas, por lo que también te ahorras sus falsos cumplidos. La gente del mercado es directa y genuina, puedes probarte la ropa sin que nadie te atosigue. La camiseta es mona, blanca, con rayitas azules, con los bordes festoneados en rojo, un poco al estilo marinero que se lleva este año. Debe de sentarle bien. Puede que alguna vez se la coja para salir. Seguro que ni se entera. Pues mira, aprovechando que no está, casi que me la pruebo. Pero cuando estoy a punto de quitarme la camiseta, oigo que llaman.

«Riiiing.»

El timbre.

«Riiiing.»

De nuevo. Uf, tendré que dejarlo para otra vez.

Me acerco al interfono. ¿Quién podrá ser a esta hora? Tal vez mi madre, que sabe que estoy en casa. Quizá quería darme una sorpresa pero se ha olvidado las llaves. Me parece extraño. Y también que sea mi padre. Ale, por su parte, jamás vuelve antes de las dos. A lo mejor es el cartero. Llega siempre hacia mediodía, según mi madre. Levanto el auricular.

—¿Sí?

—Hola.

En un primer momento no reconozco la voz.

—¿Quién eres?

—Debbie.

—¡Debbie! ¡Hola! ¡Ahora mismo te abro!

Pulso el botón para abrir el portón y espero. ¿Debbie? Hace una infinidad de tiempo que no la veo. ¡Demasiado! Y lo lamento porque es muy enrollada. A saber qué querrá. A estas horas, además. Abro la puerta de entrada y oigo que sube el ascensor. Se detiene. Debbie sale de él y ve que la estoy esperando.

—Hola, Caro, así que eras tú la del interfono. Pensaba que no estabas en casa. Creía que era tu madre.

—¡Debbie! Ven, entra. No, hoy hemos salido antes. Mamá está trabajando... —Me sigue y cierro la puerta—. Pasa, pasa. ¿Quieres tomar algo?

—No, gracias. —Me parece que está un poco rara. Mira alrededor—. ¿Estás sola?

—Sí, todos están fuera. Volverán dentro de poco.

No acabo de entender a qué ha venido.

—Bueno, Debbie, ¿cómo estás? ¿Qué me cuentas?

—Bueno, todo va bastante bien.

—¿Trabajas todavía en esa tienda?

—Sí, en la de ropa. Estoy bien, además, trabajo sólo a media jornada, y gracias a eso puedo seguir algunas clases en la facultad por la mañana. ¿Y tú? ¿Qué me cuentas?

—Pues en el colegio va como siempre. ¡Este año tengo el examen, y estoy siempre con mis amigas Alis y Clod!

—¿Y con tus padres, todo bien?

—Bueno, sí, como de costumbre. Me riñen porque piensan que salgo demasiado, Ale me estresa como si fuese una vieja chocha de cien años, y R. J. sigue siendo R. J. ¡Pero eso ya lo sabes!

Le sonrío con complicidad. Se produce un extraño silencio. Quiero mucho a Debbie, es simpática, inteligente, y siempre me ha tratado como si fuese una hermana. ¡Además, es la novia de Rusty James y él siempre las elige bien! Sólo que hoy tengo la impresión de que algo no encaja. No parece la Debbie de siempre.

—Oye, Caro...

—¡Dime!

Coge su bolso y lo abre. Lo reconozco. Rusty me lo enseñó cuando se lo compró, antes de regalárselo. Es uno de esos grandes y cuadrados, planos, que se llevan en bandolera. Está buscando algo.

—¿Podrías hacerme un favor?

—¡Claro!

Saca un sobre de color celeste, uno de esos que se fabrican con capas de papel superpuestas y que parecen de tela bordada, es precioso. Está cerrado, pero sin sello.

—¿Podrías dárselo a Giovanni luego, cuando vuelva?

Hay preguntas que te dejan estupefacta. No entiendes si la idiota eres tú porque no las pillas, o en realidad es que no tienen ningún sentido. Por si las moscas, prefiero estar callada. ¿Cómo que después, cuando vuelva?, pienso. Giovanni no vuelve. Pero bueno, ¿es que Debbie no lo sabe? Eso es imposible. No sé qué contestarle. ¿Qué quiere decir? ¿Qué está ocurriendo?

—Pero ¿acaso no puedes dárselo tú?

Debbie permanece callada. Se mira los pies. El abuelo Tom asegura que las personas que se miran los pies son las que tienen ganas de huir. Caramba, entonces..., ¿querrá huir Debbie? ¿Por qué? Me gustaría entender algo.

—Es fin de semana, supongo que habréis quedado esta tarde, cuando salgas de la tienda, ¿no? Además, seguro que tú ves a Rusty con más frecuencia que yo.

—¿A qué te refieres?

—¿Cómo que a qué me refiero? Desde que se marchó de casa ya

no lo veo todos los días. Quiero decir que voy a la barcaza, tengo incluso una habitación allí, pero no voy con mucha frecuencia...

Debbie levanta de pronto la mirada. Me escruta.

—Pero ¿por qué? ¿Es que ya no vive aquí? ¿Qué barcaza?

Ahora sí que ya no entiendo nada. ¿Será que no estoy hablando con Debbie, con la simpática Debbie, la fantástica novia de mi hermano?

—¡La barcaza, la del Tíber!

Debbie me parece como una niña perdida en la confusión de un parque de atracciones que no encuentra a sus padres. No es posible que no sepa nada. Se ve que me he saltado algún que otro capítulo fundamental. Voy directa al grano.

—Perdona, Debbie, pero ¿desde cuándo no ves a mi hermano?

—Hace tiempo...

—¿Mucho o poco tiempo?

Debbie me mira y veo que sus ojos se empañan. Me doy cuenta de que quizá no me he perdido tantos capítulos, pero sí el más importante. Deben de haber roto. Me sonríe, un poco cohibida.

—No sabía que ya no vivía aquí...

Y lo dice con el tono del que acaba de recibir una bofetada de las fuertes, de esas que no te esperas y que en un primer momento casi parece que no te ha dolido. Pero, por descontado, te deja sin palabras. Y la verdad es que no sé qué hacer, qué decir o cómo salir de la situación, pero por suerte me salvo porque veo que Debbie está mirando su reloj.

—Perdona, Caro, es tarde y tengo que marcharme. —Y vuelve a mostrarse sonriente y ligera como siempre. Se encamina hacia la puerta de entrada poco menos que saltando—. ¿Me harás el favor de darle esa carta cuando lo veas?

—Sí, sí —le digo mientras la acompaño hasta la puerta.

En caso de que esté mal, lo disimula muy bien. Abre la puerta y llama el ascensor, que llega de inmediato. Debía de estar en el piso de abajo.

—Adiós, y gracias. —Esboza una sonrisa preciosa, a continuación entra en el ascensor, pulsa un botón y desaparece.

Vuelvo a entrar en casa. Me siento en el sofá. Miro el sobre que he dejado encima de la mesita de cristal en cuanto Debbie se ha levantado. Pero ¿qué habrá pasado entre esos dos? Ahora mismo llamo a Rusty y le pido que me lo explique. Uf. Por una vez que una pareja bonita funciona... ¿Será una cuestión de cuernos? ¿Él? ¿Ella? Nooo, no me lo puedo creer, no es posible. Como sea eso, Rusty me va a oír. Y en caso de que haya sido Debbie, bueno, pues será ella la que me oiga. Estoy tentada de coger el móvil, pero luego cambio de opinión. Algunas cosas no pueden hablarse por teléfono. Le escribo un sms: «¡Hola! ¿Cuándo podemos vernos para charlar un poco? Además, tengo que darte una cosa», y lo envío.

Miro el sobre una vez más. No está cerrado. Quizá la respuesta esté ahí dentro. Bastaría un segundo. A fin de cuentas, nadie se dará cuenta. Lo cojo y le doy vueltas en las manos. No quiero que esos dos rompan. Pero si lo abro y leo la carta, ¿qué resuelvo? Por otra parte, sólo ellos dos saben lo que pueden hacer... Sí, pero a mí también me gustaría saberlo. ¡Es que siempre he sido muy fan de ellos! Además, dado que debo hacer de cartera, tengo derecho a algún tipo de retribución, ¿no?

Abro poco a poco el triángulo de papel azul. Saco el folio que hay en el interior, doblado en dos. Lo despliego.

—«Amor, perdóname...»

Oigo que gira una llave en la cerradura de la puerta. Ale entra en tromba. Vuelvo a meter la carta en el sobre y la escondo a toda velocidad bajo un cojín.

—Hola... ¿Qué haces en casa? ¿Has puesto a hervir el agua para la pasta?

—No.

—¿Y a qué esperas?

—A ti.

—Anda ya...

Y se encamina hacia su dormitorio.

Cojo de nuevo la carta, la guardo en un escondite mejor. Quizá la lea después, con más calma. O tal vez no. Puede que sea justo que esas palabras queden entre ellos sin más. Y tras tomar esa última decisión, me dirijo a mi cuarto.

En el colegio no hay nada que hacer, a medida que se acerca la Navidad empieza a sentirse una extraña adrenalina. Además de que el último día celebraremos la fiesta del árbol. ¡Prácticamente todos llevan regalos, que después se sortean! Es muy divertido, sólo que los chicos suelen regalar cosas absurdas, a veces asquerosas. Lo hacen adrede porque les encanta ser transgresores, aguar la fiesta de Navidad.

A Cudini le han quitado ya la escayola. Ha desafiado al profe Leone a jugar con el balón de fútbol. Le ha dicho que, si la toca mejor que él, no debe preguntarle en clase durante todo el mes de enero, concederle una especie de bono por un mes. El profe ha aceptado el desafío.

—Entonces, ¿preparados?... ¡Ya! Uno, dos, tres...

Cuento con el resto de mis compañeros, pero, como no podía ser de otra forma, todos están en contra del profesor.

—Catorce, quince...

Sin embargo, lo hace muy bien. Pelotea tranquilo y sigue adelante.

—Veintidós, veintitrés...

—¡¡¡Fiuuuuu!!!

Algunos silban, otros golpean los pupitres. ¡Un barullo de padre y muy señor mío! Los demás tratan de distraerlo como pueden, ¡pero él no ceja!

—Treinta y cinco, treinta y seis... —Hace un esfuerzo increíble para seguir—. ¡Treinta y siete! ¡Ecch..., eehhhh! No lo consigue, no lo consigue...

—Ooooh...

¡Se le ha caído! Todos golpean los pupitres, como en una especie de ola.

—Chsss, chicos, ¡no hagáis tanto ruido, que si entra el director nos la cargamos!... ¿Cómo voy a explicarle este certamen?

—¿Eh?

—Certamen..., competición, Cudini, competición. «Certamen» quiere decir competición.

—¡Ah, profe, pero es que a ver quién es el guapo que lo entiende a usted, habla como los aristócratas! Nos confunde las ideas, joder.

Mis compañeros... Unos auténticos lords ingleses, como podéis ver.

—¡Venga, ahora te toca a ti!

Cudini coge el balón y empieza a darle patadas.

—Uno, dos, tres...

Y yo cuento. No obstante, Cudini salta con dificultad. Todavía tiene las piernas un poco débiles y se apoya en la que se rompió.

—Diez, once, doce...

Cudini lanza lejos la pelota, trata de alcanzarla saltando con una sola pierna, consigue dar un golpe, «trece», y, tratando de dar otro más, resbala y cae al suelo.

—¡Ay! —Se lleva de inmediato la mano izquierda al codo—. ¡Ay, qué daño! Menudo golpe me he dado.

—Enséñamelo. —El profe Leone se arrodilla en seguida a su lado y le examina el brazo—. No es nada... ¡Menos mal! ¡Sólo te faltaba romperte ahora el codo!

—¡Pero me arde a rabiar, profe! ¡Veo las estrellas!

—¡Es verdad! Te has dado un golpe en un punto neurálgico. De ahí parte un nervio que...

En fin, que inicia una explicación que, más que un profesor de italiano, lo hace parecer un profe de medicina. Lo más increíble es que Cudini al final vuelve a levantarse en el preciso momento en que aparece Bettoni, su amigo del alma.

—Mira esto. —Le pone delante el móvil y le muestra la grabación—. Diez, once, doce... —¡Y pum! El vuelo de Cudini.

—¡Ay, qué daño!

Cudini se echa a reír cuando se ve.

—¡Menuda leche! Pero... guay, te tronchas. Dámela, que la cuelgo en seguida en YouTube.

—Por eso precisamente te la he enseñado..., con esto obtendrás una buena clasificación. ¡Entrarás disparado entre los mejores!

Y se ríen como locos mientras se alejan cogidos del brazo orgullosos del vuelo y de la posible entrada en la clasificación.

—En cualquier caso, Cudini, he ganado yo, así que prepárate porque mañana mismo te preguntaré en clase.

—¡De acuerdo, profe..., revancha!

Tarde tranquila. He ido a comer a casa de los abuelos.

Me han contado cómo se conocieron. En una fiesta. Las fiestas de entonces eran distintas de las de ahora. Eran más abiertas y, por lo que me han dicho, todo el mundo era amigo de verdad. Hoy quizá ya no sea así. Siempre tengo la impresión de que hay muchas envidias.

En un momento dado, mi abuelo le ha cogido una mano a mi abuela y se la ha besado con amor. Ella ha cerrado los ojos, daba la impresión de que estaba sufriendo por algo. Luego los ha vuelto a abrir, ha exhalado un suspiro y ha sonreído, como si intentase recuperar un poco de serenidad. Yo no sabía muy bien qué hacer, de manera que me he servido un poco de agua simulando que tenía sed.

Al cabo de un rato, después del postre, mientras mi abuela recogía, me he puesto a curiosear en su librería. He cogido un libro y he empezado a hojearlo.

–Jamie, de veras te amo.

–Lo sé –dijo–. Lo sé, mi amor. Déjame decirte mientras duermes cuánto te amo. No puedo expresarte lo mucho que te amo mientras estás despierta; sólo las mismas palabras, una y otra vez. Mientras duermes entre mis brazos, puedo decirte cosas que sonarían estúpidas estando despierta, pero en tus sueños sabrás la verdad.

Es *Atrapada en el tiempo*, de Diana Gabaldon. Pues bien, a mí también me gustaría poder dedicarle algún día a Massi unas palabras como ésas. Sí, a él. Porque si después de habernos visto sólo una vez sigue dominando mis pensamientos de esta forma, si todo cuanto siento y pienso y las cosas divertidas que me suceden, en fin, que si lo mejor que me ocurre en la vida se lo dedico a él, bueno, tiene que ser a la fuerza una persona especial. ¿O acaso yo soy una soñadora empedernida?

Bueno, prefiero pensar que es mérito suyo y no culpa mía. Sea como sea, al volver a casa me encuentro a Gibbo abajo, con su nuevo microcoche, claro está.

—¿Qué haces aquí?

—¡Hola, Caro! Estaba buscando conductor para mi coche, ¿te apetece?

Gibbo es realmente genial.

Llamo a casa por el interfono y les digo que me voy a dar una vuelta. Naturalmente, Ale no me responde después de haberme escuchado, como suele tener por costumbre. Vuelvo a llamar.

—Pero ¿me has entendido?

—Sí.

—En ese caso, dilo, ¿no? Avisa a mamá para que no se preocupe, dile que no tengo batería en el móvil.

Y vuelve a colgar.

Y yo vuelvo a llamar.

—¿Has entendido que tengo el móvil descargado?

—Sí, te he dicho que sí.

—No, ¡has dicho que sí a lo primero!

—Está bien, lo he entendido.

—¿El qué?

—Que tienes el móvil descargado.

Gibbo me llama.

—¡Venga, Caro!

Al final me subo al coche y partimos.

—Pero ¿siempre estáis con lo mismo?

—Siempre. ¡Mi hermana es un coñazo! ¿Adónde tengo que ir?

—¡Todo recto! Ahí, al fondo, dobla a la derecha.

Llego al otro extremo de la calle a toda velocidad y giro a la derecha como un rayo. Gibbo se sujeta para no caerse sobre mí. Yo inclino el cuerpo a medida que tomo la curva, después coloco de nuevo el volante en el centro y equilibro otra vez el coche.

—¡Eh! ¡Te dejo que lo conduzcas, no que lo destroces! Hum, esto no va bien...

Gibbo me mira.

—¿El qué?

—Has aprendido a conducir muy bien.

—¿Y qué?

—Te prefería antes. Eras más insegura. ¿Sabes que la seguridad representa el sesenta y cinco por ciento de las causas de un error?

Gibbo. Lo miro. Es muy divertido. No tiene remedio. Es así. Le encantará *El libro de los test*.

—Está bien, tienes razón —Le sonrío, y a partir de ese momento conduzco más tranquila.

Algo más tarde.

—Ya está, para aquí.

—Pero ¿dónde estamos?

—No te preocupes.

Saca de la mochila su pequeño ordenador. A continuación se apea del vehículo y me indica con un ademán que lo siga.

—¡No me lo puedo creer!

Me paro estupefacta al oír todos esos ruidos.

—¡Pero si es una perrera!

—Sí, ven.

Me coge de la mano.

—¡Buenos días, Alfredo!

Un señor de apariencia simpática con un poblado bigote blanco y una barriga muy pronunciada nos sale al encuentro.

—¡Buenos días! ¿Quién es tu amiga?

—Se llama Carolina.

—Encantado. —Me tiende una mano rolliza donde la mía se pierde con facilidad.

—Hola.

—Bueno, sentíos como en casa; a fin de cuentas, tú ya conoces el camino, ¿no, Gustavo?

—Sí, sí, gracias.

Gustavo. Me resulta extraño que lo llamen por su nombre de pila. Para mí ha sido Gibbo a secas desde siempre. Alfredo desaparece al fondo de un callejón, en el interior de una extraña casucha. Muerta de la curiosidad, me cuelgo del brazo de Gibbo y lo acribillo a preguntas.

—Eh, ¿cómo es que lo conoces? ¿Cómo has encontrado este sitio? ¿Vienes a menudo? ¿Por qué? ¿Quieres adoptar un perro?

—¡Eh, eh! ¡Calma! Veamos, lo conozco porque mi primo se llevó un perro de aquí, sólo he venido una vez con él hasta la fecha. Y ahora me gustaría regalarle un perro a otra prima mía que lo desea con todas sus fuerzas y que nos está volviendo locos. Mira. —Saca un sobre del bolsillo—. Aquí llevo el dinero que me han dado mis padres para hacer una donación a la perrera. Son geniales, ¿no te parece?

—Sí.

Bajo la mirada un poco decepcionada.

—¿Qué pasa, Caro? ¿Qué te sucede?

—Bah, no sé. Siempre he querido tener un perro... y ahora, venir aquí y ver todos éstos, tan bonitos... y además prisioneros..., y sólo poder elegir uno... y, por si fuera poco..., ¡para tu prima!

—Bueno, si te sirve de consuelo, mi prima es muy simpática y agradable. ¡No obstante, la primera persona con la que quise salir cuando me regalaron el coche fuiste tú! Además...

—¿Además, qué?

—¡A ella no la he besado!

—Imbécil. —Le doy un golpe en el hombro.

—¡Ay! Mira que abro las jaulas y azuzo a todos esos perros para que se te echen encima, ¿eh?

—Sí, y te morderán a ti. A mí me dejarán en paz, entenderán en seguida que te importan un comino, ¡que eres un miserable oportunista!

—Vamos, échame una mano y sujeta esto.

Me pasa un cable. Acto seguido, coge el móvil y lo conecta al ordenador.

—¿Qué haces?

—Así podemos fotografiar a los que nos parezcan más monos y después lo pensaré con calma.

—¡De manera que sólo querías que viniera porque no podías hacerlo solo!

—De eso nada, es que tú entiendes de perros... Así me dices cuál te gusta más y te parece más sano.

—Todos son muy bonitos y están sanos.

—Precisamente. Bueno, sea como sea, debemos elegir uno. ¿Me echas una mano?

—Vale... —Resoplo—. ¡Machista!

—¡¿A qué viene eso ahora?! —Gibbo se echa a reír de nuevo y me saca la primera fotografía justo a mí, que aparezco directamente en su ordenador.

—¡Eh, que yo no soy un perro!

—Era sólo para probar. Venga, vamos.

Nos aproximamos a las jaulas. Pero qué monos son, tienen unos hocicos muy graciosos, y son tan tiernos... Ladean la cabeza y nos observan, algunos ni siquiera ladran. En mi opinión, han entendido que su vida futura depende en parte de nuestra decisión. Yo me los llevaría todos.

—¿Y éste? —Señalo uno—. ¿Y ése? ¿Y ese otro?

—¡Eres una indecisa!

—¡En lo tocante a perros, sí! —Me encojo de hombros y Gibbo sacude la cabeza mientras me sigue.

La verdad es que me gustan todos. Se han familiarizado ya un poco con nosotros. Me salen al encuentro corriendo, me ladran y apenas tiendo la mano empiezan a mover la cola. Quieren que los acaricie.

—Necesitan amor.

—Como el setenta por ciento de las personas.

—¡Gibbo!

Seguimos sacando fotografías. Les ponemos nombres incluso. ¡Y Gibbo escribe hasta el tipo de raza y las particularidades de cada uno! No sé cómo lo ha hecho, pero podemos acceder a internet con el móvil y el ordenador para ver qué clase de pobre bastardo —en el sentido de perro abandonado, quiero decir— tenemos delante. Al final tomo una decisión. ¡El perro que recibirá la afortunada de su prima se llamará *Joey*! ¡Lo he bautizado yo!

—Eh, ¿cómo se llama tu prima?

—Gioia.

—¡Perfecto! ¿Te das cuenta de cómo ocurren a veces las cosas? Tampoco lo que sucede al volver a casa ocurre por casualidad.

—Adiós.

—Gracias por echarme una mano, Caro. Yo no habría sabido cuál elegir...

—Oh, no tiene importancia, me he divertido un montón. Oye, ¿puedes mandarme por e-mail las fotografías del otro?

—¿De cuál?

—Del cocker.

—¿Por qué? ¿Te gustaba más que ése?

—No, ¡mi preferido es *Joey*! Pero si un día pudiese quedarme con *Lilly*..., bueno, me encantaría. ¡Así, al menos tengo una fotografía! ¡Te pediría la de *Joey*, pero luego me pondría triste al pensar que lo tiene tu prima!

Gibbo se ríe.

—Vale, venga, nos vemos mañana en el colegio.

Antes de que me dé tiempo a entrar en el portal, una mano sale de detrás de un arbusto y me agarra al vuelo.

—¡¿Dónde has estado?!

—¡Caramba, vaya susto! Lele..., ¿qué haces aquí?

—Te llamé, pero tenías el móvil apagado.

—Sí, está sin batería.

—Enséñamelo.

—Pero Lele... —Es extraño. Absurdo. Parece otra persona. Me da miedo—. ¿De verdad quieres verlo? Te estoy diciendo la verdad. ¿Qué razón podría tener para mentirte?

Y en ese preciso momento pienso... Yo... yo no debería justificarme. Además, ¿de qué? ¿Y con él? ¿Por qué? Sea como sea, meto la mano en el bolsillo y saco mi Nokia. Poco me falta para dárselo. De repente, su expresión cambia. Se relaja. Se tranquiliza.

—No, perdona. Tienes razón. Es que por un momento... —Y no añade nada más, se queda callado—. Tenía miedo de que te hubiese ocurrido algo.

No es cierto. El motivo de su preocupación es otro. Temía por él, temía que yo hubiese salido con otra persona.

—¿Vamos a cenar juntos esta noche?

Le sonrío.

—No puedo.

—Venga, me gustaría hacer las paces contigo.

—Pero si ni siquiera hemos reñido. Es demasiado tarde para avisar a mis padres, no me dejarán.

—Invéntate algo.

En realidad podría decir que voy a casa de Alis. A veces cenamos allí, como la otra noche, cuando decidimos preparar una de esas pizzas precocinadas. La cocinera no estaba y la madre de Alis había salido para acudir a una fiesta. De manera que en la casa sólo estaban los perros y, como no podía ser de otro modo, la pareja de criados filipinos, que por lo general no suelen darnos la lata. ¡Clod organizó un lío! Quería aderezar las pizzas, que eran unas simples Margaritas congeladas, con jamón de York, alcaparras y anchoas. Después encontró también en la nevera calabacines y beicon. En resumen, ¡que le echó de todo y acabó siendo una pizza demasiado pesada! ¡Pero cómo nos reímos! ¡De haber tenido a mano castañas, seguro que Clod le habría añadido también algunas! Mis padres me dejan escaparme a casa de Alis si se lo advierto, al menos, con dos días de antelación, y siempre y cuando Clod pase a recogerme y me lleve de vuelta a casa a las once. Ahora sería difícil inventarse algo y, sinceramente, no sé... Tal vez sea por lo que acaba de suceder, el caso es que no tengo muchas ganas.

—Lele, mis padres me reñirían...

Él se queda en silencio por unos segundos. Agacha la cabeza. Después se convence de lo que le he dicho y vuelve a levantarla risueño.

—Vale. ¿Y qué me dices de mañana, te apetece jugar?

—¿Por qué no?, ¡te reto a un partido!

Le doy un beso en la mejilla, pero cuando me separo veo que se enfurruña, como si le hubiese molestado. Tiene dieciocho años y parece más infantil que yo. Me mira.

—¿Por qué te despides así de mí? —me pregunta.

Me acerco y lo beso fugazmente en los labios, pero él no me da tiempo a separarme porque me abraza y me da un beso más largo. ¡Y profundo! ¡Desde luego! Justo aquí, junto al portón. Está chiflado. No me suelta. Me abandono. Sigue besándome. Con la lengua, y no se lo impido. Y me resulta extraño recibir aquí fuera, con el frío que hace, un beso tan... cálido. Por suerte, Rusty James ya no vive aquí. Parece el título de una película. Si me pillase, me mataría. Pero ¿cómo es posible que no deje de pensar en todas esas cosas mientras beso a Lele? ¿Qué es lo que se supone que debe pensar uno mientras besa? Tengo que preguntárselo a Alis. A Clod, por descontado, no. ¡O mejor aún, a mi hermana Ale! En cualquier caso, sigue besándome. ¿Y si viniese alguien?

—Esto, eh...

Ojalá no lo hubiese dicho. Al oír esas palabras, Lele y yo nos separamos. Ya está. Justo lo que no debía suceder. La señora Marinelli. Segundo piso. Una de las vecinas más cotillas del edificio. Mi madre no se cansa de repetir que esa mujer siempre tiene algo que decir sobre todo y sobre todos.

—Su hijo aparca mal la moto. Su hija tira los cigarrillos delante del portón...

—Pero si usted no sabe maniobrar, ¿qué podemos hacer nosotros? —le responde mi madre—. Además..., se equivoca usted, ¡mi hija Alessandra no fuma!

Y ahora, ¿qué le dirá? «Su hija Carolina nos impide entrar en el edificio mientras se besa delante del portal.»

Qué mala suerte. La señora Marinelli saca las llaves y me sonríe de una manera extraña, forzada.

—Perdonad, ¿eh?, tengo que entrar.

—Disculpe...

Me hago a un lado. Lele aprovecha la ocasión para despedirse.

—Adiós, a lo mejor te llamo después.

También él parece ligeramente cohibido, así que desaparece de repente demostrando una habilidad que superaría la de más de un mago. La señora Marinelli tarda un poco en encontrar la llave del portón y, cuando por fin lo logra, oigo una voz a mis espaldas.

—¡Dejad abierto!

Mi madre. ¡No me lo puedo creer! ¿Qué es esto? *¡The Ring!* ¡No, peor aún, *Saw 1, 2, 3* y *4* juntas! Una superpelícula de terror.

Mi madre llega exultante, parece un poco cansada, pero va cargada con dos bolsas de la compra.

—¡Hola, Caro!

—¡Espera, mamá, te echo una mano!

Corro hacia ella y le cojo una de las bolsas.

—No cojas ésa.

—¡Pero si pesan lo mismo!

—Sí, pero en ésa llevo los huevos.

La consabida confianza en mí. ¿Y si hubiese llegado un poco antes? ¡Más que romper los huevos, habríamos hecho una buena tortilla! Miro a mi madre y le sonrío. Ella me devuelve la sonrisa. A continuación alza los ojos al cielo como si dijese: «Teníamos que encontrarnos justamente a la señora Marinelli.» Mejor evitarla, es una auténtica plasta. ¡Pues sí, a mí me lo vas a decir!... Arqueo las cejas como si quisiese darle a entender «Ya lo creo...». Pero en realidad ha sido gracias a su «Esto, eh...» que Lele y yo nos hemos separado, así que, ¡en el fondo le debemos un favor! ¡De no haber sido por ella, el «esto, eh...» lo habría dicho mi madre! ¡Socorro!

Y ahora, ¿qué hago? Las tres estamos delante del ascensor. ¿Subo por la escalera como siempre y las dejo solas? En ese caso, ¿de qué hablarán? La señora Marinelli lo está deseando, faltaría más... Hablará, se lo contará todo, nuestro secreto... Tengo que evitar que se queden solas. En cuanto llega el ascensor y se abren las puertas, me precipito dentro. Mi madre me mira sorprendida.

—¿No subes a pie?

—No, no. Voy con vosotras. —Le sonrío—. Así te ayudo a llevar la compra.

La señora Marinelli me mira como si pensase: «Sí, claro, ¿seguro que sólo vienes por eso?»

De modo que iniciamos nuestro viaje en ascensor. Las tres permanecemos calladas con una expresión que lo dice todo.

La señora Marinelli arquea las cejas, desaprobándome aguda y maliciosa, y a continuación me mira con una sonrisa interrogativa que parece querer decir: «Se lo contarás a tu madre, ¿verdad?»

Y yo le devuelvo la mirada con semblante de arrepentimiento, como si le respondiese: «Claro, claro, he cometido un error, pero se lo diré todo...»

Ella parece asentir con la cabeza y esboza una sonrisa más tranquila que da a entender: «Ya sabes que, si no se lo dices tú, tarde o temprano se lo diré yo.»

Y yo sonrío imperturbable como si le respondiese: «Sí, lo sé, quizá también ése sea el motivo de que haya decidido contárselo todo.»

El ascensor se para en el piso de la señora Marinelli y ella sale.

—Adiós —dice, y acto seguido me sonríe de forma extraña—. Buenas noches —añade, como si en realidad quisiese decir: «Buena charla.»

Mi madre pulsa el botón de nuestro piso. Apenas se cierran las puertas, me mira.

—¿Se puede saber qué le pasaba a la señora Marinelli?

—¡No sé..., yo qué voy a saber!

—Parecía muy extraña y además te miraba con una cara...

Es inevitable, a mi madre no se le escapa nada.

—Bueno, sí... —Quizá sea mejor coger el toro por los cuernos—. ¿Sabes, mamá? ¿Recuerdas a Lele, ese chico con el que juego al tenis de vez en cuando?

—Sí, dime.

La curiosidad de mi madre se acrecienta, parece también un poco preocupada. El ascensor llega a nuestro piso y yo me apresuro a salir de él.

—Oh, mamá, ya sabes..., lo de siempre.

Mi madre corre detrás de mí, se planta delante de la puerta y deja la compra en el suelo.

—No. No sé en absoluto de qué me hablas. —Ahora parece muy inquieta—. ¿Qué es «lo de siempre»?

—Lo que puede suceder entre un chico y una chica...

Mi madre me mira y casi pone los ojos en blanco. Es demasiado aprensiva. De manera que decido contárselo todo.

—¡Quería que le diese un beso y yo le dije que no!

—¡Ah!

Exhala un suspiro de alivio a medias.

—Eso es todo, te lo he contado todo.

Bueno, la verdad es que se lo he dicho casi todo, ¿no? Es decir, en un primer momento no quería darle ese beso. Eso es, digamos que le he contado esa parte de la historia... Pues bien, lo sabía, no ha sido suficiente. Al final hemos hablado durante toda la noche. Dado que mi padre había dicho que volvería tarde y que Ale había salido, nos hemos quedado solas. Mi madre me ha dicho algo precioso: «¡Por fin! ¡Como dos verdaderas amigas, tú y yo, nosotras dos solas!»

A una amiga puedes contárselo todo. Pero ¿a una madre? Bastaría ponerla al corriente de la mitad de las cosas que saben Alis y Clod para que no me dejase salir en una semana. ¿Qué digo?, ¡un mes! ¡Puede que incluso dos! De manera que me he visto obligada a hablarle un poco de Lorenzo, aunque no mucho, un poco de Lele, pero no lo suficiente, prácticamente nada de Gibbo y de Filo, y en absoluto de Massi. Y al final nos hemos dado un fuerte beso, mi madre ha exhalado un hondo suspiro y ambas nos hemos ido a dormir como dos amigas felices y serenas. Qué sencilla es la vida, ¿no?

Fiesta en el colegio. Árbol de Navidad. Es el día del curso que más me gusta. Es un poco antes de Navidad, en lugar de estudiar desenvolvemos los regalos, con un poco de suerte, incluso recibes algo bonito. Lo más divertido es que todos tratan de averiguar cuál es el paquete de Alis, porque ella es la que compra las mejores cosas y, sobre todo, las más caras. El año pasado regaló una cámara de fotos digital Canon. Lo peor fue que Raffaelli, la famosa empollona que nos cae tan mal a todos, fue la afortunada que pilló su paquete. Cuando lo abrió se emocionó, se llevó las manos a la boca, tan excitada que apenas podía creérselo. Y, como no podía ser de otra forma, Cudini tuvo que hacer una de sus aportaciones.

—¡Ojo con fotografiarte a ti misma porque podría fundirse la cámara!

Y todos nos echamos a reír. A excepción de Alis, que torció la boca revelando quién era el autor del regalo, aunque, a decir verdad, ésa era una cuestión que quedaba fuera de toda duda. ¿Quién sino ella podía permitirse un regalo así? Es difícil engañar a los demás. Todo el mundo debe llevar un regalo. Los paquetes se numeran del uno al veinticinco, de forma que haya uno para cada alumno de la clase. Cada uno pesca un papelito en el que figura el número correspondiente al regalo que le toca de un cuenco que tiene el profe Leone y que, evidentemente, no suelta ni que lo maten. El problema es que los chicos siempre llevan unos regalos birriosos: una manzana a medio comer, una entrada para un concierto que ya se ha celebrado o, peor aún, unos calcetines sucios y malolientes. Este año se han lucido especialmente.

—Venga, enséñanos lo que te ha tocado.

—¡Caramba, qué mona, es una bufanda!

—¡Y a mí una gorra!

—¿Y a ti?

—¡No! ¡La bandera de la Roma! Pienso quemarla, soy del Lazio.

—Ni se te ocurra, o el que te prenderá fuego a ti seré yo.

—¿Qué es esto? Qué chulo... ¡Una pelotita! Pero tiene una forma extraña.

Le ha tocado precisamente a Raffaelli. Y todos los chicos se parten de risa. Ella insiste y no hace sino empeorar las cosas.

—¿Por qué os reís?

Cudini no deja escapar la ocasión.

—¡Porque no te enteras, coño!

Nuevas carcajadas.

—¡Es un condón!

Cudini, naturalmente, lo había llenado de agua. Jamás se ha llegado a saber si el paquete lo preparó él o no. Sólo que lo amonestaron, que su amigo Bettoni lo grabó con el móvil y que volvió a quedar clasificado en www.scuolazoo.com.

La tarde siguiente fui a repartir los regalos. Clod me acompañó con su coche. Fue realmente divertido; me sentía como un extraño cartero. Lo mejor fue que ninguno de mis amigos estaba en casa. No hay nada que me parezca más embarazoso que ver cómo alguien abre un paquete delante de mí porque, si no le gusta, se nota en seguida. El gesto que se queda de repente suspendido... Hay personas que no consiguen disimular. De manera que entraba, dejaba el regalo en la portería con una tarjeta y partía rumbo a una nueva entrega.

La única a la que no pude por menos que entregarle el regalo personalmente fue a Clod. Y, claro, lo hice cuando estaba en el coche con ella.

—Ten..., ¡este último es para ti!

—¡Qué guay! ¡Es ideal!

—Clod, pero si todavía no lo has abierto.

—Sí, lo sé, ¡pero ya sé que me va a encantar! Yo también tengo algo para ti. —Abre la guantera del coche y me entrega un paquete no muy pesado—. Lo abrimos juntas, Caro, ¿te apetece?

¿Cómo negarme? De modo que empezamos a desenvolver dentro del coche nuestros respectivos regalos. Yo me demoro un instante y Clod se da cuenta.

—¿Te gusta? Es un recopilatorio.

—Sí, mucho.

Lo giro entre las manos y a continuación lo abro. Es un CD con varias canciones. Lo ha grabado ella misma. En la carátula están los títulos y un dibujo muy mono.

—¡Pero si está también *Rise your hand*! ¡Me encanta!

A saber si habrá visto mi gesto suspendido, si se habrá dado cuenta. Quiero decir que, no sé por qué, me esperaba más de ella. Clod es muy buena con el ordenador, pero, sin embargo, se trata de un CD hecho en serie. O sea, ¡que se lo ha grabado a todos, no sólo a mí! Es como esa gente que manda los mismos mensajes de felicitación a todos sus amigos. ¡Los odio! Bueno, este año Clod se ha gastado mucho dinero, pero ¿por qué ahorra justamente conmigo? En mi opinión, es en el preciso momento en que estás a punto de comprar un regalo cuando de verdad te das cuenta de lo mucho que quieres a una persona. ¡Cuanto más la quieres, menos ahorras! ¡Sea como sea, tengo miedo de no haber sabido fingir!

—¿Qué pasa? ¿No te ha gustado?

—¿Bromeas? Es que no veo nada de Elisa... Algo del estilo *Un senso di te*.

—Oh, ¿sabes que pensé que te gustaría? ¡El problema es que la bajé tarde y ya no cabía!

—No importa, ¡es precioso de todos modos!

Clod vuelve a sonreír ufana y acaba de desenvolver el suyo.

—¡Nooo! ¡Es genial! ¡*Chocolat*, me encanta! He querido verla muchas veces y jamás he conseguido ir al cine. Mi madre asegura que se engorda viendo esta película.

Suelto una carcajada.

—¿Y esto qué es? —Lee la tarjeta—: «En lugar de las palomitas, para saborear bien la película.» —Acaba de abrirlo—. ¡Bombones! ¡Mmm, qué ricos! —Gira la caja entre las manos—. Chocolate negro fondant, setenta por ciento de cacao. ¡¡¡¡Deben de ser una bomba!!!! ¡Esta noche los devoraré mientras la veo! ¡Gracias!

Y me abraza y me besa. Es tan blandita y huele tan bien..., me refiero a Clod, que parece un peluche viviente. Le devuelvo contenta el abrazo pensando que me gustaría sentir el mismo entusiasmo por su CD. Pero, aun a mi pesar, no lo logro. ¿Qué puedo hacer? Bueno, al menos no soy una hipócrita.

—Gracias..., tu CD también me ha gustado mucho. —Antes de acabar de formular un pensamiento ya me estoy contradiciendo a mí misma.

En cualquier caso, he de decir que los regalos que he recibido en los días sucesivos de Gibbo, de Filo, e incluso de Alis, algo increíble, tampoco han sido nada del otro mundo. Parece ser que a todos les ha dado por apretarse el cinturón. Por ejemplo, Gibbo me ha regalado un pequeño álbum fotográfico con una vieja foto de nosotros en clase, durante el primer año. Una fotografía triste a más no poder, para más inri. Filo me ha obsequiado con un pasador para el pelo, y Alis con una pequeña bolsa con cremallera que, la verdad, no sé para qué me podrá servir. Me ha sentado mal, en serio, tremendamente mal, y no sé hasta qué punto he sabido disimularlo. Creo que se han dado cuenta. En parte porque, cuando he abierto el regalo de Alis, que era sobre el que más expectativas tenía, debo de haber puesto una cara increíble, y me ha dado la impresión de que Filo, Gibbo y Clod, que estaban presentes, se reían incluso de mí. Después, todos han recuperado la compostura.

—¿Qué pasa? ¿No te gusta?

—No, no, es muy mona...

Y así, todo ha vuelto a la normalidad. Sin embargo, no sé cómo, notaba que me miraban de una manera extraña. Debo de haber puesto una cara de absoluta decepción, porque se han percatado con mucha facilidad. No obstante, la verdad es que se trataba de otra cosa: se reían por otra razón.

Nochebuena. Estamos todos sentados a la mesa. Han venido también Rusty James, los abuelos Luci y Tom y mi abuela paterna, Virginia. Además están mis padres, y Ale. Estamos cenando de maravilla. Mi madre ha preparado unos platos fantásticos: pasta al horno, gambas y pescados de todo tipo, y una lubina grande aderezada con una mayonesa que está para chuparse los dedos. La ha hecho mi madre, con sal y mucho limón, y lo que cuenta es que no la ha comprado. En fin, ¿sabes cuando comes tanto que mientras lo haces piensas ya en el ejercicio que te tocará hacer para perder los kilos que te estás echando encima? Pues bien, peor aún. De repente, llaman a la puerta. Mi madre parece muy sorprendida.

—¿Quién será?

—¿Qué hora es?

—Es casi medianoche.

Ale, como de costumbre, genio y figura hasta la sepultura:

—Entonces será Papá Noel.

Rusty James esboza una sonrisa.

—Yo no espero a nadie.

Intervengo divertida:

—Yo tampoco. —Sin saber hasta qué punto me estoy equivocando.

Mi padre va a abrir y pasado un segundo los veo entrar en nuestro pequeño salón. Están todos: Gibbo, Filo, Clod y Alis. Y, de repente, Gibbo se hace a un lado y él aparece tambaleándose ligeramente.

—¡No me lo puedo creer!

Me levanto de la silla con un grito.

—*¡Joey!*

Me acerco a mis amigos corriendo y abrazo al pequeño perro, regordete y asustado.

—¡Chiquitín! —Lo aprieto contra mi pecho y le revuelvo el pelo de la cabeza resoplando, abrazándolo aún más fuerte—. ¿Qué ha pasado? ¿Se ha escapado de casa de tu prima y ha venido a la mía? ¡Ha querido venir justamente aquí! —Lo aparto un poco para mirarlo—. ¡Pero si es que no se puede ser más mono!

Mis amigos sonríen al comprobar el enorme entusiasmo que siento, esta vez de verdad. Y luego me lo dicen todos al unísono:

—¡Feliz Navidad, Caro!

De repente lo entiendo.

—¿De verdad? ¡No me lo puedo creer!

Gibbo lo acaricia.

—Qué prima ni qué ocho cuartos, si ni siquiera tengo apenas relación con ella... Lo compramos para ti. Feliz Navidad, Caro.

—Sí, feliz Navidad.

—Felicidades a nuestra Caro. —Filo me abraza, y después Clod y, al final, Alis se acerca a mí. Me sonríe, se encoge ligeramente de hombros, parece un poco cohibida, pero después me abraza con todas sus fuerzas y me susurra al oído—: De parte de todos nosotros, te queremos mucho.

Y casi me echo a llorar. Me arrodillo junto a *Joey*. Es mi sueño, es justo lo que deseaba. Por fin estás aquí, *Joey*. Y él, como si entendiese cuánto tiempo lo he deseado, apoya su patita sobre mi rodilla. Y casi me avergüenzo de la emoción que siento. Lo sabía, las lágrimas empiezan a deslizarse por mis mejillas... Mi madre se da cuenta y, como de costumbre, corre en mi ayuda.

—Chicos, ¿queréis algo? No sé, puedo ofreceros una Coca-Cola, o algo de comer. Hay galletas...

—No, no, gracias, señora, tengo que volver a casa.

—Yo también.

—Y yo, mis padres me están esperando abajo para ir a misa.

Y del mismo modo que han aparecido, guapos y risueños, mis amigos se marchan por la escalera, corriendo, empujándose de vez en cuando, armando un poco de jaleo. Gibbo me hace una última advertencia.

—Trátalo bien, te lo ruego. Necesitará una semana más o menos para adaptarse a tu casa. Y al principio los perros, para ubicarse, ¡se mean en todas las esquinas!

Y él también escapa por la escalera. Pues sí. Mi casa es tan pequeña que se acostumbrará en seguida. Son encantadores.

La abuela Luci y el abuelo Tom me miran mientras sigo estrechando a *Joey* entre mis brazos. Ale también se acerca y lo acaricia.

—Hay que reconocer que es precioso... Pero ¿lo elegiste tú?

—Gibbo me lo hizo elegir en la perrera fingiendo que era para su prima. ¡Y yo me lo tragué!

Mi padre dice entonces la cosa más terrible que se le podría haber ocurrido.

—Bueno, sea como sea, yo no quiero aquí dentro a ese bastardo.

—¿Cómo que no, papá? Es mi regalo.

—Sí, pero acabas de decir que lo han sacado de la perrera. Podría estar enfermo.

Mi madre interviene.

—Lo llevaremos a un veterinario, le pondremos las vacunas que haga falta.

—Aun así, aquí ya estamos como sardinas en lata, sólo nos faltaba un perro.

Me entran ganas de echarme a llorar, pero no quiero que me vean, de manera que huyo a mi habitación con *Joey*. Y desde allí los oigo discutir. Alguno lo hace a voz en grito. Oigo a mis padres, también a Rusty James, todos hablan pero no entiendo lo que dicen. De repente me siento sola, de una manera muy extraña. Abrazo a *Joey* y mi sentimiento es entonces de felicidad, sólo que a la vez apenas puedo contener el llanto. Me gustaría ser ya mucho mayor y tener una casa para mí sola, lejos de aquí, donde poder hacer lo que me viniese en gana, invitar a mis amigos y poder quedarme con *Joey*. Jamás invitaría a mi padre. Jamás. Lo odio. ¿Cómo se puede ser tan malvado? Me quedo dormida mientras pienso en eso.

Cuando me despierto a la mañana siguiente estoy en pijama. Mi madre debió de ponérmelo. Yo no me acuerdo de nada. Sin perder un segundo me pongo a buscar desesperadamente por la habitación y por suerte él está ahí, en un rincón, dentro de una pequeña cesta, encima de una manta celeste que, según recuerdo, yo también usaba cuando era niña. *Joey* duerme todavía o, mejor dicho, dormita, porque ha abierto un ojo y me ha mirado.

He hablado con mi madre. Mi padre es muy estricto. Ha dicho que no quiere ver a *Joey* por casa cuando vuelva.

—¿Tengo que devolverlo a la perrera, mamá? ¡Pero si es un regalo de mis amigos! Incluso hicieron una donación por él.

Mi madre sonríe mientras friega los platos.

—Quizá haya una solución. Rusty James me ha dicho que lo llames, que él se lo quedará. ¿Te parece bien?

No, no me parece bien. En cualquier caso, es mejor que nada, pero no se lo digo. Permanezco en silencio y me voy a mi habitación.

Hoy es el primer y el último día de *Joey* en casa y quiero pasarlo a solas con él.

Por la tarde. He estado en casa de R. J. Ha comprado una caseta fantástica, y encima de ella ha escrito el nombre de *Joey* con unas letras de madera rojas con los bordes azules. Ha puesto una manta dentro y un cuenco fuera. Ha comprado varios paquetes de galletas para perros. En fin, que ha pensado en todo. O, al menos, en casi todo. Aun así, yo no quiero abandonar a *Joey*.

—Pero, Caro, podrás venir cuando quieras, él siempre estará aquí conmigo. Aquí tiene más espacio, puede pasear cuando quiera ahí fuera, en el prado; en casa se habría sentido agobiado. Tienes que convencerte de que aquí estará mucho mejor...

—Puede, pero ya lo echo de menos.

Rusty me sonríe, coge el móvil y pulsa una tecla.

—Hola, mamá, ¿puede quedarse Caro a cenar conmigo? —dice en cuanto le responde mi madre. Pausa—. Sí, claro..., yo la acompañaré... Vale... Sí... No... No llegaremos tarde...

Después cuelga y sonríe. En ocasiones, Rusty tiene la capacidad de hacer que las cosas parezcan muy sencillas. Se arrodilla y acaricia a *Joey*, le revuelve el pelo y a éste parece divertirle. Ya está, lo sabía, se han hecho amigos en un abrir y cerrar de ojos. Me siento un poco celosa. Pese a ello, quizá R. J. sea la persona más adecuada para hablar. Lo intentaré, venga.

—¿Puedo hacerte una pregunta?

R. J. deja de acariciar a *Joey* y me mira.

—Dime...

—Si te dijesen que una chica ha besado a cuatro chicos sin que, en realidad, le importase mucho ninguno, ¿tú qué pensarías de ella?

—¿Cuántos años tiene?

—Bueno, es un poco mayor que yo, unos quince.

R. J. esboza una sonrisa. Creo que se lo huele.

—Bueno, digamos que es una chica... un poco fácil.

—¿En serio? ¿De verdad piensas eso? ¿Y si te dijese que lo hizo como si se tratase de un juego...?

—Con ciertas cosas no se juega.

Me quedo pensativa por un momento.

—Ya. —Me callo, y a continuación le pregunto—: Pero ¿tú te enamorarías de una chica así?

—Espero que no, pero por desgracia son precisamente las chicas como ésa las que luego te hacen perder la cabeza... ¡Venga, vamos, *Joey*! —Echa a correr y cruza la pasarela—. Venga, *Joey*, ven.

Joey lo sigue por el muelle ladrando, corriendo y saltando detrás de él, dando vueltas a su alrededor. R. J. tiene razón. Creo que ya no besaré a nadie más excepto a Massi, siempre y cuando lo encuentre, claro está. Luego los miro. Parecen dos amigos perfectos. Y a mí me gustaría sentirme feliz por eso, el problema es que ya añoro a *Joey*. ¿Por qué no se puede ser feliz cuando uno es pequeño? ¿Acaso hace falta ser adulto para poder realizar todos tus sueños? ¿Es por eso por lo que incluso mis amigas tienen tanta prisa por crecer? Al final me doy cuenta de que no soy capaz de encontrar ninguna respuesta a todas esas preguntas. De manera que también echo a correr detrás de ellos. Parecemos tres idiotas, pero, por un instante, me siento inmensamente feliz.

—Venga, ven aquí, *Joey*.

Corro, río y salto con *Joey*, nos hacemos fiestas y corremos también con Rusty, y yo me siento tan libre que hasta he dejado de pensar. Quizá los adultos se sientan precisamente así.

Tengo que empezar a hacer los deberes. Comienzo con italiano: comentario sobre la película que vimos antes de las vacaciones, *Persépolis*. Nunca sobre *High School Musical*, ¿eh? Mientras tanto, escucho *La distanza* de Syria, y se la dedico a *Joey*... Luego me toca comentar el soneto *Alla sera*, de *Foscolone*, como lo llama Gibbo. ¡Yujuuuu! ¡Qué marcha!...

Al final, todo se arregla, sólo que a veces no consigues entender por qué algunas cosas no encajan de ninguna manera. Quiero decir, la historia de Lele sigue siendo un misterio para mí. Después de aquellos besos y del ridículo que hicimos con la señora Marinelli delante del portón, no volvimos a vernos. Y no porque sucediera algo o porque estuviéramos tratando de evitar algún tipo de aclaración. Simplemente porque sus padres son de Belluno y el día de Nochebuena se marcharon todos allí, la familia al completo. Cuando volvió, el 28, me trajo dos regalos preciosos.

–Ten, Caro, ábrelo.

De manera que desenvuelvo sin vacilar el paquete naranja con el lazo de un tono más claro y una bonita estrella de Navidad en lo alto.

–No..., ¡es ideal! –Un vestido para jugar a tenis, le doy vueltas en la mano. Es de la marca Nike, blanco, con rayas azul cielo muy claro en los costados. Me lo apoyo contra el cuerpo–. ¡Es precioso! Y, además, creo que has acertado con la talla.

Miro la etiqueta. ¡Caramba! Ha olvidado quitar el precio y ha pagado una pasta. Pero eso no se lo digo. Sólo tengo una duda, y ésa sí que no logro callármela.

—Pero ¿por qué un vestido para jugar a tenis? ¿No te gusta el que tengo?

Parece algo avergonzado.

—No —balbucea—, es decir, sí, no...

—Bueno, ¿sí o no?

—Me gusta, pero éste es para cuando haga menos frío.

—Ah...

Opto por creerlo, sólo que el asunto me mosquea un poco. No me parece tan importante tener ropa de marca. Quiero decir que, en eso, me enorgullezco de ser distinta de Alis, que puede permitírselo todo y, de hecho, tiene de todo. Pero tampoco me siento como Clod quien, en cambio, no puede permitirse nada y fuerza a sus padres a hacer mil sacrificios para poder tener cosas caras. A mí me gusta ser yo misma y punto. ¡Quizá inventarme las cosas! Pero, eso sí, no ser una carga para mi madre. Aunque luego sea ella la primera que me compra siempre lo que quiero. De pronto me encuentro con otro regalo en las manos.

—¿Y esto?

—Éste lo compré nada más hablar contigo por teléfono...

Sonríe. Parece contento de haber tenido esa idea. Es un paquete pequeño y no consigo adivinar de qué se trata. De manera que lo abro para quitarme de encima la curiosidad. Es una caja negra con una extraña asa, debajo lleva un lazo pequeño y, al final de éste, una anilla.

—¿Qué es?

—Mira... —Le da la vuelta. Debajo puede leerse «*Joey*» con letras amarillas—. Es una correa especial, una de ésas extensibles. Puedes sujetar al perro y dejarlo ir donde quiera y luego, apretando este botón, lo obligas a acercarse tirando de él.

—¡Ah, sí, es fantástica! Es verdad, una vez vi una como ésta en el parque.

Finjo que el regalo me entusiasma. En realidad, no es así, odio las correas. Ale, que, de hecho, no entiende en absoluto cómo soy yo, también me ha regalado una. Sin embargo, Lele está contento y vuelve a esbozar una sonrisa. Nada, él tampoco me conoce. Alis, Clod, Filo y Gibbo habrían entendido en seguida que estoy mintiendo. Después noto que Lele me sonríe de manera extraña. Al principio no acabo de comprenderlo. Luego... ¡Claro! Quiere su regalo.

—Ah, yo también te he comprado algo... —Le doy el paquete que llevo en la mochila—. Pero es sólo un detalle, ¿eh? —le advierto por si acaso.

—También los míos eran simples detalles.

Lo desenvuelve. Me gustaría aclarar: «¡Detalle en el sentido de que no he podido gastar tanto dinero como tú!» En realidad le he comprado otra cosa, sólo que al final, no sé por qué, no he sido capaz de dársela. Era una sudadera azul claro con mi fotografía estampada en el pecho. Tuve la idea, encontré el establecimiento donde las hacen, pero cuando ya estaba todo listo, incluso mi nombre, «Caro», bordado encima, bueno, pues me eché atrás. No sé por qué, o quizá sí...

—¡Gracias, Caro! ¡Es precioso! —Abre un libro sobre los tenistas más famosos del mundo, de John McEnroe a Nadal. Al volver la última página, la encuentra—. Es genial.

Se trata de una fotografía que le saqué mientras él jugaba un partido. La imprimí y la recorté. Debajo escribí: «El verdadero campeón eres tú.»

—¡Gracias, Caro!

Se acerca a mí, me abraza y me da un beso. Y yo me abandono entre sus brazos. Estoy desesperada. Sigo besándolo con los ojos cerrados. No veo la hora de escapar, me doy cuenta. Quizá el verdadero campeón sea realmente él, pero en el tenis. En mi corazón, desde luego, no. ¡Me siento fatal y doy gracias por no haberle regalado la sudadera! Cuando estuvo lista me lo imaginé con ella puesta y lo comprendí todo: Lele me importa un comino. Y ahora viene el gran dilema: ¿cómo se lo digo? En nuestro colegio, historias como ésta, o sea, que empiezan y acaban en un abrir y cerrar de ojos, las hay a montones. Algunas no pasan del «¿Salimos juntos?». Otras se desarrollan más a la antigua: «¿Qué dices?, ¿somos novios?» Y luego las chicas van a clase y aseguran que están con éste o con aquél. ¡Sólo que, al final, muchos de esos «enamorados» ni siquiera se han besado nunca! Y los pocos que resisten y llegan a ser una verdadera pareja que se besa y todas esas cosas duran como mucho una o dos semanas. Por otro lado, buena parte de ellos han roto con un sms. ¡Quiero decir que ni siquiera se lo han dicho por teléfono! Sms del tipo: «Hola, te dejo.» Qué triste. Yo no puedo hacerle algo así a Lele. No. Para mí es también una cuestión de orgullo, de dignidad, de valor... ¡Aunque he de reconocer que con un sms sería mucho más fácil! Uno de esos largos, incluso bien escritos, donde explicas con pelos y señales por qué las cosas no funcionan o donde dices que tal vez sea prematuro, que el asunto está cobrando demasiada importancia, que tienes miedo de sufrir por amor... Sólo que a estas alturas no será fácil encontrar una solución.

Ese día: 29 de diciembre.

—¿Qué haces, Caro?

—Oh, nada, puede que más tarde vaya a ver a *Joey*.

—¿Por el momento te quedas en casa?

—Sí.

—¿Y con quién estás?

—No hay nadie, Ale no tardará en volver.

—Bien... ¡Hasta luego!

Qué llamada tan extraña. Pero no le doy más vueltas. Pasado un segundo, suena el interfono. Voy a contestar.

—¿Quién es?

—¡Sorpresa! ¡Soy yo!

—¡Lele!

—Te he llamado mientras venía hacia acá. ¿Puedo subir?

—No, yo bajo.

—Venga...

—Mi madre no quiere que nadie suba cuando estoy sola en casa.

Lo oigo resoplar.

—Vale.

—Venga, bajo en un segundo.

Me apresuro en ir al cuarto de baño y me miro al espejo. Estoy hecha un asco. De manera que me pongo un poco de rímel, cojo el que tiene Ale en su neceser, una raya de *eyeliner* para resaltar el contorno de los ojos, operación que completo pasándome un lápiz azul por debajo de ellos. Ya está. Vuelvo a mirarme. He mejorado un poco. Luego me echo a reír. Vamos a ver, quiero dejarlo y me estoy maquillando para él, menuda contradicción. Pero no, ¿eso qué tiene que ver?, así conservará un buen recuerdo de mí. Sí, pero ¿para qué? Quizá nunca vuelva a verlo. Con todas estas dudas en la cabeza, cojo las llaves, cierro la puerta de entrada, y me precipito escaleras abajo.

Me repito la frase para no equivocarme. Una vez, dos, tres. De nuevo. Vuelvo a repetirla. Varias veces más. Lo veo. Me aproximo a él, decidida, segura, con determinación. Cuando de pronto me doy cuenta de que tiene un paquete en las manos para mí. Me sonríe antes de dármelo.

—Ten, te he traído una cosa para *Joey*, una tontería.

Demasiado tarde. Ahora ya no puedo echarme atrás, sería como soltar el embrague de un Ferrari en la *pole position*, apretar el gatillo de un fusil cargado de perdigones, encender la mecha de uno de esos cohetes de Nochevieja. De manera que, en lugar de darle las gracias, se lo suelto de golpe.

—Lo siento, pero creo que es mejor que no volvamos a vernos. Somos demasiado diferentes...

Lo he conseguido. ¡Se lo he dicho! ¡Se lo he dicho todo! No me lo puedo creer. ¡Y sin vacilar! ¡De corrido! Lele se queda paralizado con el paquete en las manos, boquiabierto e incapaz de articular palabra. Poco después consigue cerrar la boca y decir algo que, incluso él, comprende que carece por completo de sentido.

—Pero ¿cómo?... ¿Así, sin más?

Casi me echo a reír. No sé qué hacer. Me gustaría decirle: «¿Y cómo, si no?» Pero me parece espantoso. Al final opto por otra frase que quizá, en el fondo, pueda considerarse dulce.

—Es mejor que te lo haya dicho en seguida... Me gustaría que siguiésemos siendo amigos.

Pero qué dulce ni qué ocho cuartos. Menuda cara ha puesto Lele. ¡Creo que ésa ha sido la frase menos adecuada que podría haberle dicho! ¡Sólo que no se me ocurría otra! Lele deja el paquete en el muro que hay a su lado y se sienta en él. Acto seguido, me contesta.

—Pero ¿por qué? Tenía la impresión de que hacíamos una buena pareja, de que nos divertíamos juntos, de que nos llevábamos bien. Nos gusta jugar al tenis juntos. —Se interrumpe y de repente se torna lúcido, serio, atento, como si lo hubiese entendido todo y no supiera explicarse cómo es posible que no lo haya comprendido antes.

—No debería haberme marchado de vacaciones, ¿verdad? ¿Es eso?

Qué absurdo. Quiero decir que no creo que cuando a uno lo dejan, lo que, por otra parte, nunca me ha sucedido hasta ahora, deba existir a la fuerza una razón práctica. ¡Lo que no funciona es un conjunto de cosas! Si alguien rompe contigo por el mero hecho de que te marchas con tus padres por unos días en Navidad, en fin, eso significa que no te has perdido gran cosa. A continuación Lele entorna los ojos como si de improviso hubiese intuido otros posibles motivos, mucho más relevantes, lo que en realidad le estoy ocultando.

—Dime la verdad, ¡estás saliendo con otro!

Y yo le contesto con la frase más inapropiada que podría haber dicho:

—Por desgracia, no.

O tal vez sea la más sincera. Lele pierde el control.

—Pero bueno..., pero yo...

Y empieza a soltarme un sermón que acaba produciéndome dolor de cabeza.

—Basta, Lele. Lo he pensado mucho y es así.

—Vale. —Baja del muro. Parece derrotado—. Toma. Esto es para ti de todas formas.

—Quizá sea mejor que te lo quedes, dado que ya no salimos juntos.

No debería habérselo dicho, porque pasa de nuevo al ataque.

—Pero ¿estás segura? ¿Lo has pensado bien?

—No sabes cuánto... No he dormido en toda la noche.

En realidad, cuando vi tan claro el error que hubiera sido regalarle la dichosa sudadera, tomé la decisión de inmediato, pero es mejor que parezca algo muy meditado y doloroso, porque de lo contrario volverá a la carga.

—Vale. Si dices que lo has pensado bien... En cualquier caso, te ruego que aceptes esto. Sólo sirve para *Joey*.

Siendo así, acepto el regalo.

—Únicamente te pido una última cosa, Caro.

—¿De qué se trata?

—Un último beso.

Dios mío, tengo la impresión de haber oído ya esa frase. ¡Ah, no, eso es! Es el título de una película. Pero ¿a qué viene pedirme ahora un último beso? ¿Qué quiere decir? De eso nada, ni hablar, yo ya no siento nada por él, no puedo. Sólo que, como de costumbre, mi boca va por su cuenta y riesgo. Aún peor.

—Está bien, pero no muy largo, ¿eh?

Apenas puedo dar crédito. ¡«No muy largo»! Pero ¿cómo es posible que se me ocurran ciertas frases? No me da tiempo a pensar en otras. Lele, como un pulpo, se abalanza sobre mí y me da un beso impresionante. El mejor, el más intenso. Parece un funámbulo de la lengua, un artista del beso profundo, un loco con unos labios locos... Quizá porque quiere que experimente algo; quiere que entienda lo mucho que me estoy equivocando, quiere...

—Ejem, ejem...

Nos separamos. No me lo puedo creer.

—Disculpad.

De nuevo la señora Marinelli. Esta vez, sin embargo, su aparición es providencial.

—No, no, disculpe usted... Estaba a punto de entrar.

Y aprovecho que abre la puerta para deslizarme al vuelo a través de ella.

—Adiós, Lele. ¡Ya hablaremos!

Veo que le gustaría añadir algo pero no puede, ya no.

—Caro... Entonces... ¡Te llamo luego!

—Sí, sí, claro.

Subo en el ascensor con la señora Marinelli. Un trayecto a decir poco largo, larguísimo. ¡No me mira, me escruta de arriba abajo! ¡Y yo sé de sobra lo que está pensando! Imagináoslo... Cuando, por fin, el ascensor se detiene en su piso y ella sale, no puedo contenerme.

—Para su información, se lo he dicho a mi madre.

—¿Ah, sí?

—Sí, ¡y me ha dado permiso!

Pulso el botón del ascensor y la dejo plantada en el rellano. Las puertas se cierran delante de su semblante desconcertado, está boquiabierta. En cuanto el ascensor se pone en marcha, yo me pongo a bailar, feliz de mi victoria. Cuando llego a casa desenvuelvo de inmediato el paquete. Nooo..., pero qué monada. Es una especie de suéter para perros con el nombre de *Joey*. Azul y rojo como los colores de las letras que hay en su caseta. Para los días de frío. Qué detalle tan encantador. Casi, casi... ¡Pero es cuestión de un instante! No, no lo llamo. Si lo hago me largará de nuevo todos esos discursos: «Pero ¿estás segura, Caro? Mira que te estás equivocando. ¿Lo has pensado bien?» Jamás me he sentido tan estresada como los días que siguieron a aquel en que tomé la decisión de dejarlo. Debería haberme sentido feliz con sus besos, con el hecho de que iba a pasar a recogerme, con la idea de que nos volvíamos a ver, de que íbamos a jugar de nuevo a tenis y, en cambio, a medida que se iba acercando el momento, todo me resultaba cada vez más angustioso, insoportable, sofocante... Y horrendo. ¿Será ésa la otra cara del amor? ¿Qué es el amor? Con Ricky era muy feliz al principio, también con Lore, por quien siempre había sentido debilidad, y ahora se ha acabado con Lele, que también me gustaba a rabiar en un primer momento. ¿Seré yo la que no funciona? Quiero decir, ¿cómo es posible que al cabo de poco tiempo esos sentimientos desaparezcan? Sin saber muy bien por qué, de repente me tranquilizo. No. Yo funciono, vaya si funciono. Yo estoy enamorada del amor. Y eso no era amor. Eran mis ansias de enamorarme, de estar enamorada. Pero para eso hace falta un él. Un él que funcione de verdad. Además de una sonrisa y la certeza. Massi es el amor. Nada más pensar en él vuelvo a sentirme desesperada, ya que no sé cómo encontrarlo.

Durante los últimos días de diciembre, Lele me acosa. No le respondo. Por el momento. Le he mandado un mensaje especial: «Perdona, pero creo que es mejor así durante cierto tiempo.» Puede interpretarse de mil maneras. Por eso es el más adecuado. Me gustaría haberle escrito: «Perdona si te llamo error», pero no estoy muy segura de que lo hubiese entendido. Y, en cualquier caso, no se habría reído.

31 por la noche. Una fiesta fantástica, una fiesta divertida a más no poder a la que han invitado a todos mis amigos. Y la noticia por excelencia: ¡mis padres me han dejado ir! Por si fuera poco, después voy a dormir a casa de Alis.

Estoy en el coche con Gibbo. Han organizado una fiesta increíble en casa de un tal Nobiloni, un disc-jockey fabuloso. La música es divina: para empezar, algunos temas de Finley, a continuación Tokio Hotel y por último los años ochenta. Y por primera vez... me he emborrachado. Cerveza, champán, de nuevo cerveza, otra vez champán. Al final hemos ido a ver los fuegos artificiales al ponte Milvio. ¡Menudo espectáculo! Caía una nieve ligera, mientras los cohetes explotaban en lo alto. Uno ha llevado un estéreo pequeñísimo, pero con unos altavoces increíbles; una música genial, hemos bailado bajo las estrellas. Después ha llegado una pareja, ella tenía los ojos vendados. Él la ha acercado a la tercera farola, le ha quitado la venda y cuando ella ha visto dónde estaban se le ha echado al cuello gritando: «¡Ooohhh, sí! ¡Te quiero!»

¿«Te quiero»? ¡No puede ser! ¡Menuda frase! ¿Y yo? ¿Cuándo diré a alguien que lo quiero? Después, el tipo en cuestión se ha sacado del bolsillo un candado, lo han enganchado a la cadena que había sujeta a la farola y han tirado las llaves al río. «¡¡Eso es!!» Ha estallado un aplauso general mientras esos dos se besaban felices. ¿Y nosotras? ¿Qué pasa con nosotras, las pobres desgraciadas? ¿Nosotras, que llevamos el candado en el bolsillo desde hace no sé cuántos meses y no tenemos un nombre, una esperanza, un sueño donde engancharlo? ¿Por qué no hay una farola también aquí, en el ponte Milvio, para nosotras? ¡La farola de las solteras! Y con este último pensamiento en la cabeza, me despido del año... ¡Adióóós!

Pues bien, eso fue más o menos lo que sucedió durante los primeros meses de colegio. En mi opinión, sin embargo, lo bonito de la vida cuando se echa la vista atrás es que te das cuenta de lo mal que has estado por ciertas cosas que luego olvidas por completo y que, en cambio, recuerdas siempre los momentos de felicidad. Y, sobre todo, cuando repasas lo que has hecho te percatas de que tal vez podrías haber entendido algo. Entonces sientes la tentación de volver sobre tus pasos, de regresar a ese momento y, quizá, cambiar la decisión que tomaste, optar por una diferente, algo así como lo que sucede en *Dos vidas en un instante*, una película preciosa en la que sale Gwyneth Paltrow, o también en *Hombre de familia*, con Nicolas Cage; ambas te dan la posibilidad de ver cómo los dos protagonistas, un chico y una chica, podrían haber vivido dos vidas distintas. Sólo que, exceptuando esas películas, todos sabemos que eso no es posible.

Por eso, en ocasiones sólo tenemos una opción de elegir guiados por el corazón, por el instinto, por la confianza, sin posibilidad de volver atrás. Y yo espero de verdad que mi decisión sea la justa. Pero ¿qué hora es? No me lo puedo creer, apenas son las nueve y media.

Todavía estará durmiendo. Ha dicho a las once, pero ¿y si se despierta a mediodía? Lo he intentado antes por si acaso, pero tenía el móvil apagado. Más claro, agua. Está en casa solo, el sábado por la mañana, sus padres llevan de viaje una semana, la asistenta hoy no viene, ¿qué más se le puede pedir a la vida? Dormir. Dormir, a veces, es una cosa magnífica. Cuando estás en paz con el mundo, cuando has estudiado y te has esforzado, cuando no has discutido con nadie, cuando has echado una mano en casa y has comido cosas ligeras. Entonces sólo te resta ir a dormir... Y soñar. También eso resulta precioso cuando estás en ese estado. Y casi obligado. Es como entrar en un cine con los ojos cerrados. Alguien ha pagado la entrada por ti, pero sabes que no te decepcionará, que no será un disparate, que sonreirás, te divertirás y al final saldrás conmovida... Bueno, pues dulces sueños, Massi, hasta luego. A fin de cuentas, el capuchino en julio se lo toma frío, y en cuanto a los cruasanes, lo importante es que sean frescos.

—¡Buenos días, Erminia!

Me sonríe, pero no recuerda mi nombre. Venimos aquí de vez en cuando con mi madre y yo compro un ramillete de flores, uno de esos que tienen ya expuestos y que valen diez euros. Mi madre dice que en ocasiones, para las fiestas, es bonito que haya un poco de color en casa. Erminia siempre ha estado en esta esquina de la calle. Al principio su local era poco menos que un agujero, tenía alguna que otra planta que colocaba fuera, delante de la fuente, y un chico que la ayudaba. Ahora los chicos son tres, las plantas innumerables, y el tugurio se ha convertido en una auténtica tienda.

—¿Puedo ayudarte?

—No... Gracias.

Luego reflexiono por un momento. No obstante... La verdad es que nunca le he regalado flores a un hombre. Por lo general, son ellos los que nos las regalan a nosotras. Venga, ¿por qué no? Es algo raro, lo reconozco, pero es también un detalle precioso, para un día único, especial, que no tiene... Que será incomparable. Quiero decir que nada volverá a ser igual después de que lo haya hecho. Después de que haya hecho el amor.

—¡Sí! ¡He cambiado de opinión!

Erminia sonríe divertida al ver mi repentino entusiasmo.

—Bien, acabo de atender a este señor y luego me ocupo de ti.

—Vale, gracias.

—Veamos, ¿qué era lo que quería?

—Oh, bueno, unas rosas, pero no muchas, quiero decir, las justas, con el tallo no demasiado largo, vaya. Algo normal.

Erminia arquea las cejas y coge un ramo de uno de los jarrones que hay a su lado.

—¿Le parecen bien éstas?

—Hum... —El hombre las mira cabeceando—. ¿Cuánto cuestan?

—Veintiocho.

Es un ramo de rosas jaspeadas con el tallo mediano.

—Bonitas, pero son demasiadas. —El hombre vacila—. ¿Veinticinco?

Lo que lo hace titubear no son las rosas, sino el precio. O quizá la chica en cuestión.

Erminia esboza una sonrisa.

—Sí..., de acuerdo. —Curioseo entre los diferentes tipos de flores mientras ella le prepara el ramo. El hombre coge una tarjeta de una caja cercana y a continuación paga—. Aquí tiene... Gracias.

»Y ahora... —Erminia se aproxima a mí—. ¿En qué puedo ayudarte?

—Bueno, me gustaría algo sencillo.

Erminia me mira.

—Pero bonito...

Le sonrío.

—Eso es, bonito.

—¿Y qué debe expresar?

Me ve indecisa.

—No es un cumpleaños, sino una fecha que en el futuro será una fecha importante...

—Entiendo.

La miro en silencio. Después de lo que le he dicho no consigo imaginarme lo que puede haber entendido.

—¿Te gustan éstas?

Coge un ramillete de flores celestes preciosas, pequeñas, pero muy luminosas.

—¿Qué son?

—Nomeolvides. Son las flores del amor juvenil.

—¿Qué significa eso?

Erminia me mira.

—Todas las flores tienen su historia, la elección a veces traiciona, quiero decir que la flor revela el momento de amor que está viviendo una pareja. Por ejemplo, los de antes han perdido la pasión.

—¿En serio?

—Sí, un hombre que pregunta cuánto cuestan las flores es que ya no está muy enamorado.

—Quizá esté enamoradísimo pero no tenga mucho dinero.

Erminia suelta una carcajada.

—Te gustan éstas, ¿verdad? ¡Dame lo que quieras!

Poco después me encuentro de nuevo en la calle con esa preciosidad de flores en la mano. Las flores del amor juvenil. Son una maravilla. Las llevo envueltas en un ligero velo celeste pálido, gracias al cual resaltan, parecen más oscuras, y están sujetas por un lazo azul chillón.

—¡Caro!

¡Dios mío! Reconozco esa voz. Me vuelvo.

Rusty James en su moto.

Se detiene a un paso de mí y me sonríe.

—¿Qué haces aquí?...

—¿Yo?...

—¡Sí, tú! ¿Quién si no?...

Escondo las flores detrás de la espalda. Tengo la impresión de que Rusty se ha dado cuenta, pero hace como si nada y sigue hablando.

—Te he llamado antes, pero no tenías cobertura... ¿Adónde vas?

—A casa de una amiga.

Rusty me sonríe, acto seguido se encoge de hombros. Al parecer, se ha dado cuenta. Mi primera mentira. Mejor dicho, la primera mentira que le digo a él. Rusty sacude la cabeza y arranca la moto.

—Vale... En ese caso, nada. Lástima, tenía una sorpresa para ti.

Parece de nuevo alegre. Quizá no se haya percatado de nada. Luego da la impresión de que cambia de opinión.

—Eh, Caro, quizá te llame esta tarde, ¿qué dices? O mañana. Eso es, quedamos para mañana, que es domingo. ¿Vale?

Le sonrío.

—Vale.

—En ese caso le reservaré a mi hermanita la magnífica sorpresa que quiero compartir con ella.

Y se marcha así, con el pelo asomando por debajo del casco, con sus gafas oscuras y esa maravillosa sonrisa en los labios. En cierto modo, me siento culpable. Es la primera vez que le miento. Lo veo ya a lo lejos. Solo. Sin Debbie. Me gustaban mucho como pareja. Bromeaban y se reían juntos. Le di la carta sin leerla siquiera. Esperemos que vaya bien. Había otra pareja que también me encantaba, Francesco y Paola. Vivían en Anzio. Los veía todos los años, desde siempre, desde que empecé a ir a esa localidad. Recuerdo que iban a la playa en moto. Ella detrás de él, abrazándolo con fuerza. Tenían una Vespa de color gris metalizado y cuando llegaban él apagaba el motor, porque de lo contrario la señora que se ocupaba de los servicios se enfadaba. Sí, Donatella, la señora de los servicios. Era vieja y siempre tenía algo que objetar. Los servicios se encontraban justo a la entrada de las casetas de la playa y uno podía entrar para lavarse los pies, para sacudirse la arena y para hacer pis. Pero estaban tan sucios que si entrabas descalzo y el suelo estaba lleno de ese barro... Brrr. Sólo de pensarlo se me pone la piel de gallina. ¡Qué asco me daba! De manera que Francesco apagaba el motor de la Vespa, se bajaba al vuelo y metía una mano por la parte trasera, donde está la matrícula, y la hacía bajar por los tres escalones que había.

No podía utilizar la rampa de madera de la señora de los servicios, porque en una ocasión Donatella le había gritado: «¡Es demasiado fina! ¡Es para las bicicletas y no para ese trasto de Vespa!» Y Francesco se había echado a reír. ¿Lo entendéis? En lugar de enfadarse se había reído. Y había bajado la Vespa él solo como si fuese una bicicleta. Tenía un físico que dejaba sin respiración. Después de aparcar la moto ahí abajo, cerca de la arena, Paola y él se dirigían a una sombrilla que no estaba muy lejos y luego jugaban con las palas, eran buenísimos. Jugaban en el agua, donde apenas cubría, con ímpetu, golpeando con fuerza y rabia la pelota.

Paola llevaba siempre unos trajes de baño minúsculos, de color naranja, cereza o amarillo intenso, en cualquier caso, nunca demasiado claros; no tenía mucho pecho, la melena castaña clara le rozaba los hombros y su cuerpo era esbelto y moreno. Francesco tenía el pelo rizado, una nariz un poco aguileña, los hombros anchos y las piernas largas, era también delgado, tenía unos abdominales fuertes, unas cuantas pecas debajo de sus ojos azules y una boca grande con unos dientes blancos y bonitos. Se reía con frecuencia. Sí, porque además no paraban de gastarse bromas. Divertidas. De vez en cuando, él se metía debajo de la sombrilla con un cubo lleno de agua y, mientras ella leía, se la tiraba despacio por el respaldo de la tumbona.

—¡Así no se moja el periódico!

—¡Ay, está helada! ¡Como te pille, verás!

Entonces Paola empezaba a perseguirlo mientras él serpenteaba a derecha e izquierda y desaparecía entre los patines; luego seguían corriendo alrededor de las duchas hasta llegar a las sombrillas que se encontraban junto a la orilla. A continuación, ella saltaba por encima de un patín y, en ocasiones, se abalanzaba sobre él y luchaban sobre la arena. Una vez Paola perdió la parte de arriba del biquini, pero le dio igual. Siguió luchando con los pechos al aire. La gente se detenía a mirarlos y se echaba a reír. Ellos eran así, guapos y salvajes, la atracción de la playa. Y ahora no recuerdo qué más sucedía. Ah, sí, a veces era ella la que le gastaba una broma a él. En una ocasión excavó poco a poco bajo la tumbona, durante mucho rato, ¿eh? Hizo un agujero muy profundo y la tumbona acabó bien hundida en la arena. Él quedó atrapado en el agujero y, mientras ella lo cubría con la arena caliente, no dejaba de reírse.

—¡Ay, Paola, quema!

Este verano, sin embargo, él estaba solo. No salía de debajo de la sombrilla y leía un libro tras otro, todos distintos. No sé por qué, pero pensé que debían de ser muy aburridos. Quizá porque siempre tenía el semblante algo triste. En ningún momento oí que alguien le preguntase por Paola. Pero alguna persona debía de saber lo que había ocurrido y tal vez se lo contó a Walter, el socorrista, quien, a su vez, se lo contó a una amiga de mi madre, Gabriella, que es incapaz de quedarse callada. Y, de hecho, al día siguiente: «Sí, sí, Walter me ha dicho que han roto.»

Y lo sentí. Muchísimo. Ahora nuestra playa me parece distinta. Es como si le faltase algo. Como si ya no estuviera el patín rojo, el socorrista, el hombrecillo de los periódicos que pasa con el carrito de vez en cuando, o ese tan moreno con una camiseta blanca y unos pantalones cortos de color azul que vende coco.

Francesco y Paola eran míos. Puede que ellos nunca se dieran cuenta de mi presencia, porque yo era pequeña e insignificante, pero toda su historia, cuando llegaban con la Vespa, el modo en que jugaban con las palas y sus bromas, las carreras y los besos llenaron mis veranos. Y, aunque ellos no lo sepan, echaré de menos a esos dos enamorados.

Casi sin darme cuenta, me encuentro delante de la iglesia. Y, poco a poco, subo la escalinata como empujada por un motivo indefinido. Abro el gran portón. Silencio. Una nave enorme, vacía y ordenada. Los bancos de madera están vacíos. Sólo veo a una señora anciana al fondo. Está quitando el polvo a unos cirios que rodean un pequeño altar. Recuerdo que ahí es donde se celebran los bautizos. Un día asistí a uno precioso. El bebé miraba a sus padres con los ojos muy abiertos. No lloraba. Esperaba curioso y algo asustado lo que le iba a ocurrir a continuación. Luego sonrío. ¿Por qué me habrá pasado por la mente la imagen de ese niño? Justamente hoy, además. Arqueo las cejas. No me atrevo a imaginar qué podría suceder. En casa. En el colegio. Mi padre, mi madre, mi hermano, la abuela Luci. Y lo que podría decir Ale... No quiero ni pensarlo.

—¿Carolina?

Me vuelvo.

—Hola... ¿No me reconoces?

Es un cura, claro. Es alto. Tiene el pelo corto y un bonito rostro, sereno y afable.

—Soy don Roberto. Nos conocimos el año pasado, en la catequesis de confirmación... y tú discutiste...

Por descontado. ¿Cómo no? Pero él sonríe y después ladea la cabeza, con una leve curiosidad, moderada, bondadosa, tranquila.

—¿Qué haces aquí? —A continuación se pone un poco más serio—. ¿Puedo ayudarte en algo?

Parece también un poco preocupado. Y yo no sé realmente qué decirle.

—He entrado a rezar...

Sí, eso es creíble.

Me sonríe.

—Ven, vamos...

Salimos al patio y paseamos. Recuerda una de esas escenas que nos ha leído el profe Leone, don Abbondio hablando con Lucia. ¡Dios mío, pero si eso es de *Los novios*! Pues vaya... ¡Ojalá! Aunque aún es un poco pronto. Don Roberto me habla de todo un poco, quizá esté tratando de ganarse mi confianza.

—Sé que discutiste en clase con don Gianni.

—Sí, ¿cómo se ha enterado?

—Me lo contó él.

—Ah, bueno, en ese caso...

Sí, don Gianni es mejor persona de lo que pensaba. Ahora bien, a saber cómo se lo habrá contado. Don Roberto me mira de una forma que casi parece que puede leerme el pensamiento.

—Me dijo que era él el que se había equivocado, que quería que os sintierais a gusto con él y que quizá no debería haber contado las intimidades de una de vuestras compañeras...

—¡Pues sí!

—Y ahora está convencido de que no te fías de nosotros.

—De ustedes, no, de él.

—¿De mí sí?

Me mira risueño intentando transmitirme su calma.

—Sí, claro..., ¿por qué no?

—En ese caso, ¿quieres decirme a qué se debe que hayas entrado en la iglesia?

—Para rezar, ya se lo he dicho.

—Sí, claro, pero normalmente, cuando se reza, es porque uno debe enfrentarse a un momento delicado y tiene miedo de equivocarse.

Ay, este tipo es demasiado intuitivo.

Espero un poco. Inspiro profundamente y pienso en él.

—Bueno, mi hermano se ha marchado de casa. No es que haya sucedido nada grave, sólo que no se llevaba bien con mi padre y...

—Tu hermano ha sido muy valiente. Hoy en día muy pocos jóvenes salen de casa e intentan arreglárselas por su cuenta.

—Pues sí.

Se crea un extraño silencio. También en este caso Rusty James me ha echado un cable. No he entrado en la iglesia por él, eso es evidente, pero en cualquier caso me gustaría que todo le fuera bien. Y una oración nunca está de más, ¿no?

—Bueno, ahora tengo que marcharme.

—Bien, Carolina, reza si quieres. Pero ya verás cómo todo va de maravilla.

—Sí, gracias, padre.

Salgo con su bendición, confiando que no sea la única. Mi ciudad me parece más bonita que nunca. O quizá sea cosa del amor. El mero hecho de haber pronunciado estas palabras me preocupa. ¿Debería volver a entrar en la iglesia y confesárselo todo? Me entran ganas de echarme a reír. ¿Cómo era esa frase? «El amor vuelve extraordinaria a la gente común.»

Y hace que las ciudades sean más hermosas. Todo gana en belleza. Es como ponerse unas gafas con los cristales del amor. Gafas «love». Así son las mías. ¡Pese a que no soy yo la que las llevo, sino mi corazón! Hoy me ha dado por la poesía.

¿Qué hora es? Las diez menos cuarto. Pues sí, todavía estará durmiendo. Aunque quizá Jamiro se haya despertado ya. Cojo el móvil y lo llamo. Me da la risa. En realidad se llama Pasquale. Todavía me acuerdo del día en que lo conocí. Piazza Navona. Hace un año.

—¡Venga, vamos a que nos echen las cartas!

A Alis le encanta probar cosas nuevas, sobre todo cuando hay que gastar dinero.

—¡Vamos, yo invito!

Clod está muy segura.

—Yo voy.

—Vale. —No quiero parecer descortés—. Yo también.

—Sentaos, os las leeré a las tres a la vez, e incluso os haré un descuento. Me llamo Jamiro.

Nos da la mano a las tres.

—Pero si tú te llamas Pasquale —le replica Alis, a la que no se le escapa nada.

Se queda patidifuso.

—¿Y tú cómo lo sabes?

—Está escrito en la tarjeta que sobresale de tu bolsa.

Jamiro se ríe.

—Ése es mi nombre artístico. En realidad me llamo Jamiro. Por unos segundos me has asustado. Pensaba que la vidente eras tú.

—¡Sí, médium!

—Sí. —Alis señala a Clod y arremete contra ella—. ¡Y ella es *extra large*!

—¡Imbécil! —Pero Clod no se enfada, e incluso se ríe.

Jamiro empieza a leerle la mano y le echa las cartas. Después me mira a mí y me suelta una frase increíble:

—Encontrarás el sol.

—¿Qué quieres decir?

—No lo sé, es lo que veo. Encontrarás el sol.

—Esperemos que no acabes como Ícaro... —Alis y sus continuas ocurrencias.

Clod no entiende una palabra. Yo no alcanzo a imaginar a qué se refiere. Aunque no tardaré en descubrirlo.

Jamiro responde por fin al móvil.

—Hola. ¿Sigues en el mundo de los sueños?

—¿Cuál es la diferencia entre la realidad y el sueño?...

Él y sus frases. Me río.

—Y, sobre todo, ¿quién eres? —prosigue Jamiro.

—Pero bueno, ¿no me has reconocido? Soy tu pesadilla.

—¡Caro!

—Muy bien. ¿Lo ves?

—¿Qué pasa? ¿Por qué me llamas tan pronto? ¿Un sábado por la mañana, a esta hora? No es propio de ti. ¿Pasa algo?

—No lo sé... Pero es importante, muy importante para mí, ¿qué dicen tus cartas?

—Ahora mismo les echo un vistazo.

Silencio. Sólo oigo unos movimientos ligeros, como el que hacen las hojas al tocar el suelo, o cuando se pasan las páginas de un libro... Como el ruido que hacen las cartas cuando se depositan sobre la mesa.

—Jamiro...

—¿Qué pasa?

—¿Debo preocuparme?

—No creo, o puede que sí.

—¿Qué quieres decir?

—Sólo veo un poco de lluvia. No..., no..., hay un sol. Sí. Cuando salga el sol, todo te parecerá más claro. Sereno...

—¡Bravooo! Gracias, eres un cielo.

Cuelgo el teléfono y salgo corriendo. Corro como una loca. Ya no me queda ninguna duda: mis ruegos han sido escuchados.

A cierta distancia. A la misma hora, en la misma ciudad.

Jamiro sacude la cabeza. Mira el móvil apagado. Luego las cartas. Eso es, ahora lo entiendo. No es lluvia. El corazón le da un vuelco. Son lágrimas.

Enero

¡Bienvenidos al nuevo año, que, espero, esté lleno de cosas buenas! ¡Mientras tanto yo pongo la mejor de las intenciones! *A Happy New Year. Ein gutes neues Jahr.* Feliz Año Nuevo. *Bonne Année. Sčastlivogo Nonovogo Góda.* ¡Las sé! ¡Como podéis ver, queridos profes, me las sé todas!

Resumen de final de año:
Los amigos más juerguistas: ¡Gibbo y Cudini!
Las amigas más auténticas: ¡Clod y Alis!
La canción de finales de diciembre: la de Tormento, *Resta qui.*
¿Has cambiado algo en tu vida? ¡Sí, he dejado a Lele!
¿Con quién discutes más a menudo? Con mi hermana, para variar.
¿El lema del año que está a punto de concluir? *Ad maiora,* que, la verdad, no sabía muy bien lo que quería decir, me lo ha dicho mi hermano.
¿El lema del próximo año? ¡*Ad maiora,* ahora que sé lo que significa!
Películas que quiero ver: *Hacia rutas salvajes, Cuscús, Ahora o nunca, Mr. Magorium y su tienda mágica, Posdata: te quiero.*
El pensamiento de hoy: quiero que el nuevo año sea superguay.
Las cosas que odiaré en el nuevo año: los exámenes; la mala educación; a la señora Marinelli cuando me pregunte si tengo novio; a Clod cuando se coma las uñas y a Alis cuando se peine como una pija; a papá cuando no riña a Ale; la asignatura de tecnología, sobre todo los conductores y los aislantes; levantarme a las 7.00 para ir al colegio; no

encontrar las zapatillas; a las tipas que digan «Estoy delgada, pero la verdad es que como de todo, tengo un metabolismo muy rápido».

Las cosas que adoraré del nuevo año: «Smallville»; *High School Musical;* «Sexo en Nueva York»; «I liceali» (que ahora emiten en Sky y que sólo puedo ver en casa de Alis; «Mentes criminales»; «Parla con me»; «Zelig Circus»; «Le iene»; ir en moto, pese a que todavía no tengo una; las bailarinas Miss Ribellina, y el chocolate.

Atuendo: vaqueros, camiseta con el cuello de barca, un cinturón grande y unas zapatillas de deporte.

Una cita: «Nos volvimos tras una docena de pasos, porque el amor es triste, y nos miramos por última vez.» Jack Keruac, *En el camino.*

Una canción: *Hey there Delilah,* de Plain White T's.

Ah, lo olvidaba: ser feliz.

¡Enero es un mes excepcional! Cuando empieza el año tienes siempre numerosos propósitos, al igual que cuando empieza la semana o cualquier cosa nueva; incluso en el amor tienes siempre mil planes, sólo que, en ocasiones, la cosa no sólo depende de ti. ¡De manera que no constituye un punto de referencia! En cualquier caso, he abierto mi nuevo blog, he cambiado las fotografías de MySpace y he recopilado nuevos emoticonos para el Messenger. En fin, que el año no podría haber empezado mejor. Lo importante, como en todo, es conseguir mantener el mismo entusiasmo en todo momento.

¡Pasado mañana volvemos al colegio! Aunque yo estoy muy bien en casa de vacaciones. Me quedo un poco más en la cama por la mañana, holgazaneando. Y luego salgo por la tarde con Alis y Clod. Roma. Calles. Tiendas. Los escaparates preparados para las rebajas, que están a punto de empezar. Nosotras, que nos dedicamos a tomarnos el pelo por las cosas de siempre. Un montón de tiempo libre, pese a que nos han puesto una barbaridad de deberes. Las últimas películas navideñas en la televisión que miro durante cinco minutos, los paseos con *Joey,* los sms bobos de Clod —no sé por qué, pero tengo la impresión de que los copia de internet—, como, por ejemplo: «Un caballo entra en un cine, se dirige hacia la taquillera y le dice: "Una entrada, por favor", y la taquillera grita: "¡Aahhh! ¡Un caballo que habla!" Y el caballo le responde: "No se preocupe, señora, que en la sala estaré callado."» Además, no sé si me los manda sólo a mí o si hace un envío múltiple. Bah. ¡Sea como sea, me los manda! ¡Y luego los regalos de la Befana el día 6! ¡Quería encontrar un calcetín lleno de caramelos, de esos caramelos de naranja que tanto me gustan, la respuesta adecuada sobre Massi, saber qué colegio elegir para hacer el bachillerato! Hay que hacer la preinscripción. Alis dice que quizá elegirá el bachillerato clásico. A Clod le gustaría cursar el artístico o el lingüístico, y a mí, el clásico. Aunque la verdad es que no quiero separarme de ellas... ¡Uf! El genio de mi hermano me ha dicho que debo elegir según lo que siento, y no según lo que hagan mis amigas, porque la amistad permanece de todas formas, mientras que, si te equivocas con el colegio, luego la pagas. Tiene razón..., ¡como siempre, por otra parte! El caso es que al final mi calcetín me ha dejado patidifusa: Mars pequeños, regaliz, tanto el de lazos como ése más pequeño, ositos de goma y bombones de chocolate con leche de todo tipo. ¡Ojalá me durasen al menos hasta Pascua! He pensado que ciertas cosas me las comeré sólo los sábados. Así, después llega el chocolate de Pascua..., y sigues hasta el verano. Y, lo que es más importante, no engordo. Eso es fundamental. Me moriría si por casualidad me encontrara con Massi y me dijera: «¿Quién eres tú? ¿Carolina? ¡Sí, sí, hace veinte kilos lo eras!»

La gimnasia es fundamental. La artística me pirra, es dura, sudas y, además, te diviertes.

«Ring». Es mi móvil. Miro la pantalla: Alis. No puede evitarlo, me echa de menos. Entre los sms y el Messenger, me habrá llamado al menos cien veces. Contesto sin darle tiempo a hablar.

—Vale, te entiendo... No puedes aguantarte, ¿eh? Recuerda que pasado mañana nos vemos de nuevo en el colegio, ¿eh?

—Tonta... ¿Estás lista, Caro? ¡Tengo una noticia bomba!

—Desembucha.

—¡Nos han invitado a la fiesta de Borzilli!

—¡Nooo!

—Síí.

—¡Eres genial, Alis!

—Paso a recogerte dentro de media hora, ¿vale?

—¿Para qué?

—¡Para ir de compras!

Cuelga. Nunca me deja el tiempo suficiente para responder a sus propuestas. ¿Y si tuviese otra cosa que hacer? Un compromiso, una cita con mi madre, con otra amiga, con... ¡con un chico! Alis es así. O lo tomas o lo dejas. O mejor tomarlo y dejarse llevar. Sea como sea, es fabulosa. Estoy segura de que Borzilli nos ha invitado gracias a ella.

Stefania Borzilli. Quince años, suspendida en una ocasión en II. La heroína del colegio. Según la leyenda que circula sobre ella, poco importa que sea verdadera o falsa, ya ha hecho el amor. Es decir, no sé si es verdad, pero en verano, nada más cumplir los catorce, se encerró en un dormitorio de su casa de campo de Bracciano, en la habitación grande, desde la que se puede contemplar el lago, con un chico guapísimo, un tal Pier Frery, un francés que habla italiano y que antes iba a nuestro colegio y que, en cualquier caso, ha vuelto ya a París. Y nadie ha sabido nada de esa historia. Esa noche salieron corriendo y se tiraron a la piscina en mitad de la fiesta, él con unos calzoncillos negros y ella sólo con las bragas. Lo único seguro es que todos vieron cómo se besaban en el agua.

Un día estaba en el gimnasio. El año pasado. La II acababa de finalizar una clase y nosotros estábamos a punto de entrar para jugar a voleibol. Borzilli salió y en ese momento se le cayó la sudadera que llevaba enrollada a la cintura.

—¡Eh, has perdido esto!

Me acerqué a ella y se la di.

—Gracias.

Me sonrió de una manera increíble. Tenía una cara agraciada, afable, despreocupada, salpicada de unas cuantas pecas, unos grandes ojos azules y el pelo castaño claro, un poco rizado, suelto y salvaje. Luego cogió la sudadera, se dio media vuelta y se marchó casi saltando. No sé si la historia que se cuenta sobre ella es cierta, el caso es que Alis, desde entonces, le hace la competencia, y cuando le he dicho «Me parece simpática», me ha contestado: «No. No puede ser, una tipa como ella no puede parecerte simpática.» Sinceramente, he preferido dar por zanjado el tema, no lo he vuelto a sacar a colación. No sé por qué Alis le tiene tanta manía a Stefania Borzilli, y aún entiendo menos por qué se pirra entonces por ir a sus fiestas.

No obstante, tengo la impresión de que será increíble, y no me lo perdería por nada del mundo.

—Coge éste, mira qué bonito es.

Alis descuelga de una percha un top de lentejuelas azul.

—¡Pero si es minúsculo!

—¿Y qué quieres?, ¿un mono? Recuerda que el tema de la fiesta es Tokio Hotel.

—¿Y qué?

—Pues que debemos vestirnos como gogós alocadas.

—Sí, quiero resultar disparatada. —Clod sale con varios vestidos—. ¿Cómo me queda éste?

—¡Pero si es minúsculo!

—Es justo lo que acabáis de decir, ¿no?

—Sí, pero no nos referíamos a ti y, en cualquier caso, ¡no te cabe!

Nos echamos a reír y nos comportamos como si hubiéramos perdido el juicio. De Catonella a la via del Corso es todo un espectáculo, nos probamos de todo: faldas de lentejuelas, boas, los tops más vario pintos, cazadoras cortas con hebillas metálicas, cinturones y lazos de goma negra. Superguay. Y después...

—Adele, cárgalo todo en mi cuenta.

Por lo visto, Alis se siente en esa tienda como en su propia casa. Y, de hecho, nos arrastra fuera de allí con todos los vestidos imaginables.

—¡Vamos a causar sensación!

—Y ahora, a Cioccolati. ¿Os apetece? —Clod y sus ideas fijas.

—Vale... —Alargo el brazo para aclarar de inmediato una cuestión—. ¡Pero esta vez invito yo!

—Está bien.

—No, no, hablo en serio, Alis, ¡de lo contrario, no vuelvo a poner un pie allí, qué narices!

Poco después estamos sentadas a nuestra mesa preferida.

—Hola, chicas, ¿qué os traigo?

Las tres nos quedamos con la boca abierta. Quiero decir que, en lugar de la consabida chica lenta, un tanto antipática y un poco lela, nos sirve él: Dodo. Al menos eso es lo que se lee en la tarjetita que lleva prendida de la chaqueta. ¿Os imagináis un extraño cruce entre Zac Efron y Jesse McCartney con una pizca de Scamarcio y de Raoul Bova? Pues bien, lo agitáis todo y, plop, se produce una especie de hechizo. Quiero decir, una sonrisa, una de ésas con los dientes bien alineados, la tez morena, el pelo negro y abundante, los ojos de color avellana, es tan moreno que casi parece un indígena, y un Bounty, por lo rico que está. Pero ¿dónde se había metido hasta hoy? Nos mira fijamente a las tres, que seguimos boquiabiertas, y extiende los brazos con un ademán afable.

—¿Todavía no os habéis decidido? ¿Queréis que vuelva más tarde?

—Ehh...

Clod está realmente embobada, o tal vez lo hace adrede. Le doy un codazo.

—¡Ay!

Dodo se echa a reír.

—Sí, creo que será mejor que vuelva luego.

Se aleja.

Seguro que lo hemos pensado todas, pero Alis es la primera que lo dice en voz alta.

—¡Si hasta el culo es de diez!

—¡Alis!

—¿Qué? ¿Qué pasa?, ¿he dicho algo malo? ¿Acaso no es verdad? Clod esboza una sonrisa.

—A mí me recuerda al Magnum Classic, el primero y también el más rico...

Ella lo asocia todo a la comida. Alis apoya las manos en nuestros brazos.

—Escuchad. Se me acaba de ocurrir una idea superguay... ¿Queréis que hagamos una competición?

—¿Sobre qué?

—¡A ver quién lo consigue antes!

—Venga ya...

—Tenéis miedo, ¿eh?

Alis nos mira y enarca las cejas con aire de desafío.

—Yo no tengo miedo. —Le sonrío—. No te temo en lo más mínimo.

Clod arquea a su vez las cejas.

—Es que a mí me gusta Aldo.

—¡Pero si no te hace ni puñetero caso! Mira, quizá si ve que vas detrás de ése en lugar de hacerte las imitaciones de siempre... ¡pasa a la acción de una vez!

En pocas palabras, que nos hemos reído y hemos bromeado hasta que ha vuelto.

—¿Os habéis decidido ya, chicas?

Lo miramos fijamente, como si fuéramos bobas. Y da comienzo una especie de competición absurda durante la cual yo me siento un poco avergonzada; Alis, en cambio, es tan descarada que da miedo.

—Veamos, me apetecerían... profiteroles, ¿sabes a cuáles me refiero? Esos que tienen mucha nata y chocolate oscuro como... ¿como tú?

—¡Alis! —le susurro.

Ella se ríe y se tapa la boca.

Dodo, por su parte, no se inmuta.

—Lo siento, pero no tenemos profiteroles.

—¿Y tiramisú?

—Tampoco.

Al final, Clod y yo pedimos.

—Nosotras tomaremos un chocolate con pimienta.

En fin, que cuando por fin se aleja soltamos una carcajada y nos sentimos muy ridículas. Pero la vergüenza no tarda en pasar y, luego, me divierto como una enana y, por primera vez en mi vida, me siento transgresora. No disimulo en absoluto, al contrario, lo observo mientras prepara el chocolate con la pimienta detrás del mostrador. Y de repente me siento frágil. Experimento una de esas sensaciones difíciles de entender. Cosa de un instante, él alza los ojos, nuestras miradas se cruzan y permanecen fijas la una en la otra quizá durante demasiado tiempo hasta que, al final, soy yo la que cedo y aparto la vista mientras enrojezco cohibida. Cuando vuelvo a mirarlo, él ha desaparecido.

—Alis...

—¿Sí? ¿Qué pasa?

Me mira con gravedad, un poco preocupada.

—¿Qué pasa? ¿Qué ocurre?

Le sonrío.

—Pues que me gusta de verdad...

—¡Menudo susto me has dado!

Me golpea en el hombro de manera que casi me hace caer de la silla.

—¡Alis!

—Bueno, pues a mí también me gusta un montón.

Y, de esta forma, empieza la competición.

—Te veo muy sonriente, Caro.

—¡Sí, abuela, lo estoy!

—Demasiado sonriente.

—¡Sí, abuela, lo estoy!

Nos echamos a reír. Me ha pillado. Le hago compañía mientras prepara la comida. Me encanta que los abuelos vivan cerca de nosotros, así puedo ir y venir sin problemas cuando me siento sola, cuando mis padres discuten, cuando Ale incordia demasiado o cuando de repente echo de menos a Rusty. En todos esos casos, me refugio allí.

—¡¿Qué están haciendo mis mujeres preferidas?!

El abuelo Tom es genial. Tiene el pelo lleno de canas y lo lleva siempre despeinado. Es alto, un poco rollizo y, pese a que sus manos son grandes, tiene los dedos muy finos. Le encanta construir, crear, pintar y dibujar. Y yo siempre me echo a reír cuando lo veo.

—¡Chismorrear!

—¡En ese caso, no os mováis!

Coge la cámara fotográfica que lleva colgando del cuello, una Yashica digital, y nos saca unas fotografías en el sofá. Yo me descalzo en un pispás, levanto las piernas y las coloco detrás, posando, después me recojo el pelo con ambas manos, hacia arriba, sobre la cabeza.

—¿Se puede saber quién eres tú?, ¿Brigitte Bardot?

—¿Quién? ¿Quién demonios es ésa?

Mi abuelo baja la cámara de fotos.

—Los verdaderos hombres de antaño no pueden olvidarla.

—¡En ese caso, sí, se parece un montón a mí!

Y esbozo una sonrisa dejando a la vista un sinfín de dientes. El abuelo saca más fotografías.

—¡Voy en seguida a imprimirlas! Tengo ganas de ver cómo han salido...

Exultante, con sus piernas largas y torpes, se mueve por el pequeño salón, poco le falta para tropezar con la alfombra y luego choca contra el canto de una mesita. Una cajita de plata se cae al suelo. Tom la recoge. La coloca donde estaba antes, la mueve un poco, intenta dejarla en la misma posición en que estaba. Acto seguido sonríe por última vez a la abuela Luci y desaparece al fondo del pasillo. La abuela lo sigue con la mirada. No se enfada por las cosas que hace caer el abuelo. Nunca se lo recrimina. Y sus ojos reflejan alegría mientras permanecen fijos en esa dirección. Mi madre jamás ha mirado así a mi padre. Después se vuelve hacia mí.

—¿Qué era lo que me estabas contando, Caro?

Le explico lo del sitio donde vamos siempre, Cioccolati, lo de Dodo y la competición que hemos organizado entre las tres.

—Ten cuidado...

—¿Por qué dices eso, abuela?

—Porque tal vez una de vosotras se enamore realmente y podría pasarlo mal.

—¡De eso nada, sólo es un juego!

—El amor no mira a nadie a la cara.

Me encojo de hombros y sonrío. No sé qué responderle. En parte me gusta la frase de la abuela, pero sus palabras me han dejado una extraña sensación.

—Mira... ¡Mira lo bien que has salido! Eres la nueva B. B.

El abuelo llega con las fotografías impresas en blanco y negro. En ellas aparezco yo con el pelo recogido, riéndome, mientras me dejo caer sobre el sofá, bromeando y abalanzándome sobre la abuela. En ese momento lo decido.

—¡Quiero hacer fotografía!

—Me parece muy bien... Empieza con ésta.

Y me cuelga la cámara del cuello.

—Abuelo..., que pesa...

—Colócatela delante de los ojos y mira... ¡Mírame!

La levanto y enfoco al abuelo. Acto seguido abro el otro ojo, el que no queda tras la cámara. Veo que él me sonríe.

—Eso es... Ahora aprieta arriba. ¿Ves que ahí, a la derecha, hay un botón?

—¿Éste?

—Sí, ése.

—Vale...

Trato de que quede todo dentro del objetivo, pero el abuelo está gordo. No obstante, al final lo consigo.

—Enséñamela. —El abuelo me quita la cámara del cuello y mira la pantalla. Por un momento se queda perplejo, mas en seguida su semblante se relaja al esbozar una preciosa sonrisa—. Vas a ser muy buena.

Jamás habíamos ido tanto a Ciòccolati como en los días siguientes, cada una por su lado. Para Clod fue un verdadero festín, con la excusa de ligar con Dodo seguro que probó todos los pasteles. Al final se convirtió en un auténtico reto. Hasta el día en que comprendí que, tal vez, la victoria era mía.

—Hola…, ¿y tus amigas? ¿Dónde has dejado a tus guardaespaldas?

—¡Oh! —Le sonrío—. No tardarán en llegar.

—Bueno, ¿quieres que te traiga algo mientras tanto?

—Sí, un chocolate caliente, *light*…

—Eres el polo opuesto de Claudia, ¿eh?

—Pues sí.

¡Si sabe hasta el nombre de mi amiga! Seguro que sabe también el de Alis. Faltaría más. Alice le habrá dicho su apellido, dónde vive y a qué se dedica su padre. De manera que quizá no sepa sólo el mío. Mejor, así no me confundirá con las demás.

—Aquí lo tienes. Te he traído también unas galletas nuevas que estamos probando, una es de coco y la otra de naranja; tienen un sabor muy delicado. Pruébalas, a ver qué te parecen.

Le doy de inmediato un pequeño mordisco a la primera.

—Mmm, ésta me parece deliciosa.

Doy un mordisco a la segunda.

—¡Y ésta también! Hay que ver lo rico que está todo aquí…

—Sí y, además del chocolate, de vez en cuando preparan pequeñas sorpresas…

Me mira y me hace sentirme un poco avergonzada, de manera que echo una ojeada al móvil.

—No me han llamado, lo más probable es que ya no vengan. Si me traes la cuenta, me tomo el chocolate y me marcho.

Dodo se acerca a mí.

—Oh... Ya está pagado. Invita la casa... —me susurra.

—No, de eso nada.

—Sí, es justo. —Se pone serio y muy erguido—. Acabas de probar las nuevas galletas, ¡no eres una clienta cualquiera, sino nuestro conejillo de Indias!

Me guiña un ojo antes de alejarse de nuevo.

—Bueno, pues en ese caso, gracias.

Veo que se queda detrás del mostrador y que, de vez en cuando, me mira. Hago como si nada, de tanto en tanto echo un vistazo al móvil simulando que, de verdad, estoy esperando una llamada o un mensaje de Alis o de Clod. En realidad hemos establecido turnos bien precisos. Una tarde cada una para ver cuál de nosotras consigue ligar antes con Dodo. La verdad es que está cañón. Cada vez que me sonríe, yo... No sé. El corazón me late a mil por hora. Aunque quizá se deba sobre todo a la idea de competir con mis amigas y, en parte, también al deseo de superar la timidez... Bah, no lo sé. Quiero decir, es guapo, sobre eso no se discute, pero no me gusta. Miro alrededor, ¿dónde se habrá metido? Bueno, basta por hoy. Me marcho. Salgo del establecimiento y echo a andar.

—¿Puedo acompañarte, Carolina?

Me vuelvo. ¡No me lo puedo creer! Es él. Ya no lleva el uniforme. ¡Y sabe mi nombre!

—Claro, pero ¿no te dirán algo? —Señalo el establecimiento.

—Oh, me han dejado salir.

—Qué amables.

—Sí, me aprecian mucho.

—Tampoco exageres.

—Sí, empecé a trabajar aquí porque quería cambiarme la moto y necesitaba ahorrar un poco de dinero.

—¿Y te contrataron así, sin más?

—Bueno, la propietaria siente debilidad por mí...

—¡Vaya!

—Hablo en serio..., ¡soy su hijo!

Volvemos a casa charlando, y os aseguro que incluso me divierto. Es un bromista, y le gusta jugar a fútbol.

—En mi equipo todos somos modelos... ¿Te acuerdas de los Centocelle Nightmare? Pues nosotros estamos aún mejor. ¡Nos gusta el fútbol, pero si no podemos formar un equipo nos dedicaremos al *striptease*!

Me río. La verdad es que, bien mirado, tiene un cuerpo bonito. Hablamos por los codos. Es muy simpático, en serio.

—Diecinueve años. ¿Y tú?

—Catorce.

Qué más da, ya casi estamos llegando.

—Ah...

No sé por qué, pero cada vez que digo mi edad se produce la misma reacción. ¿Desilusión, sorpresa o el deseo de poner pies en polvorosa? Quién sabe... ¡Imaginaos si llego a decirle que todavía tengo trece!

—¿En qué estás pensando?

—¡Oh, en nada! Tiene gracia..., jamás se me habría ocurrido que podías ser el hijo de la propietaria de Ciòccolati.

—En realidad preferiría no trabajar con mi madre pero, ¿sabes?, hago lo que quiero, y cuando lo necesito me concede un poco de libertad...

Me mira divertido.

—Ah, claro...

—Hace poco he leído un libro que me ha gustado mucho, *El diario de Bridget Jones*.

¡No! No me lo puedo creer. Es el mismo que me aconsejó Sandro, el de Feltrinelli, y todavía no lo he leído. Podría haber quedado como una reina y, en lugar de eso, hago el ridículo, como siempre.

—¿Lo conoces?

Si le digo que yo también lo tengo pero que aún no lo he leído pareceré una mentirosa.

—Sí, me han hablado de él.

—Léelo. Ya verás, estoy seguro de que te gustará.

Llegamos al portón. Me paro. Entre nosotros se crea un extraño silencio. Me mira risueño.

—Me alegro de que hoy hayas venido sola.

No digo nada.

—Así he podido acompañarte a casa.

Otro silencio. Después Dodo hace acopio de valor. Se acerca lentamente a mi boca, por encima de ella, sin dejar de sonreír. Creo que hay momentos en los que todo se decide. Es un instante, pero después nada vuelve a ser igual. Y Dodo avanza lentamente, cada vez más lentamente, mirándome a los ojos y sonriendo. Sus dientes son perfectos y su sonrisa preciosa. Sus ojos oscuros, profundos, intensos. Y, sin embargo... Justo en el último momento me vuelvo de golpe y le pongo la mejilla. Me da un beso fugaz que manifiesta decepción, desilusión, amargura. Después se aparta.

—Pero...

—Hasta la vista, ahora tengo que marcharme. —Y escapo así, sin añadir nada más.

Abro la puerta, entro y la cierro a mis espaldas. Veo que sigue allí y que me mira. A continuación se encoge de hombros y se aleja. Sé de sobra lo que se estará preguntando: ¿cómo es posible que una chica de catorce años lo haya plantado de esa forma? A saber durante cuánto tiempo rumiará ese pensamiento. O, por el contrario, ¿se tratará simplemente de una nube ligera que en poco menos de un segundo se disipará en su mente? Quién sabe. Yo, en cambio, sonrío. Estoy convencida. Era un simple juego con mis amigas. Y, por algún motivo, ese beso no me decía nada, no me inspiraba en lo más mínimo.

Oigo un ruido. El portón se abre a mis espaldas y entra... ¡no me lo puedo creer! ¡La señora Marinelli! Si bien he llamado el ascensor, no lo espero.

—Buenas tardes.

Subo corriendo la escalera. Sólo me faltaba eso, que hubiese presenciado otro beso... ¡Y con otro chico! No lo habría soportado. Le habría faltado tiempo para tapizar el portal con octavillas.

Durante los días siguientes no les dije nada a Clod y a Alis. No sé muy bien por qué. Volvimos sólo una vez a Ciòccolati y bromeamos con Dodo como si no hubiese ocurrido nada.

—Sí, gracias, las tres queremos lo mismo.

Alis y sus alusiones. Él se ríe. Luego, en cuanto se aleja, Alis saca el móvil del bolso.

—Mirad esto. —Se trata de una fotografía de Dodo disfrazado de pelota—. Me la ha mandado con el móvil...

Clod suelta una carcajada.

—¿Ah, sí? Pues vaya.

Saca el móvil de un bolsillo. La misma fotografía.

—¡Qué capullo! —Alis pierde los estribos. Alza la barbilla en dirección a mí—: ¿Tú también la tienes?

—No... En la mía está nadando... ¡Sin traje de baño!

—¿Ah, sí? —Alis se levanta, nos coge del brazo y nos saca a rastras del local—. ¡En ese caso, invita él!

Nada más salir a la calle echamos a correr, escapamos sin pagar, riéndonos, con Alis, que, de vez en cuando, vuelve la cabeza para ver si él ha salido del establecimiento.

—Lo tiene bien merecido. Así aprenderá a no ser tan cretino.

Los días sucesivos son tranquilos. He empezado a leer *El diario de Bridget Jones*. Me gusta, ¡pero cuando lo leo por la noche suelo quedarme dormida!

He ido a ver a *Joey*. Hemos paseado a orillas del río mientras Rusty James escribía en la barcaza. Es un sitio precioso, el verde, las flores, y el Tíber, que en ese punto no parece tan sucio como en otros. Por la orilla pasan siempre unos chicos que hacen piragüismo. Llevan unas camisetas azules y quizá formen parte de un equipo. Llegan y se marchan veloces sin tener siquiera tiempo de saludar. Debe de ser un deporte agotador.

El otro día Alis prácticamente nos secuestró a la salida del colegio.

—Venga, acompañadme.

—Pero ¿adónde vamos?

—¡Tú sígueme!

Acabamos en un lugar absurdo. Yo, en el coche con Clod, y ella delante.

—Mamá, no voy a ir a casa.

—¿Se puede saber adónde vas?

—A comer con Alis. Clod también viene. Después estudiaremos en su casa.

—¡No volváis tarde!

—No...

—¿Me lo prometes?

—Te lo prometo.

Nos ha llevado a comer al japonés. Clod se niega a entrar.

—No me gusta, es todo pescado crudo.

—Es el mismo que comes cocinado, con la única diferencia de que así no engorda.

—¿Sabéis una cosa?... Una vez tuve un pececito.

—¿Y eso qué tiene que ver?

—Pues que se llamaba *Aurora* y una mañana no lo encontré en el acuario, había saltado a la pila y por lo visto encontró el camino del mar...

Clod y sus fantasías.

—Sí, lo mismo que ese de Disney, ¿cómo se llamaba? Ah, sí, *Nemo*.

—Eso es, muy bien, Caro. He visto esa película cuatro veces.

El entusiasmo de Clod, el cinismo de Alis.

—Venga ya, *Aurora* murió porque tus padres lo tiraron a la basura... No quisieron decírtelo para que no te sintieses mal.

Clod reflexiona por un instante.

—Bueno, en una ocasión le cambié yo el agua y luego me lo encontré del revés en el acuario, boqueando.

—¡Claro! A buen seguro le echaste agua helada. Lo dejaste medio tieso. Probablemente se murió.

—Pero ¿y si está vivo, lo acaban de pescar y yo voy y me lo como en ese japonés?

—Eres un coñazo, Clod, estás fatal.

En fin, una discusión interminable. Al final hemos ido a un japonés que está en la via Ostia donde sirven también comida tailandesa, china y vietnamita. Así despejábamos cualquier duda sobre lo que queríamos pedir.

—Mmm, estas chuletas de cerdo están deliciosas.

Clod prácticamente las engulle en un abrir y cerrar de ojos. Parece una ametralladora de comer.

Alis espera a que haya acabado para decírselo.

—Veo que te han gustado, ¿eh?

—Sí, estaban riquísimas.

Como tiene por costumbre, Clod se chupa los dedos.

—¿Sabes que, en la mayoría de los casos, la carne que comes en los chinos es, en realidad, de gato..., de ratas callejeras?

—Pero ¿qué dices?

—Sí, son idénticos: los matan y los trocean.

Clod nos mira a punto de echarse a llorar.

—Yo tenía un gato, *Tramonto*, desapareció hace tres meses...

—Perdona..., pero... ¡no nos habías dicho nada!

—Confiaba en encontrarlo.

—¡Y, en lugar de eso, te lo has comido!

Al oír eso, Clod se levanta de un salto.

—¡Ahhh! ¡Qué asco! —grita.

Todo el restaurante se vuelve hacia nosotras.

—Perdónenla..., se ha comido a *Tramonto* sin darse cuenta.

Alis es realmente terrible. Sólo que a veces nos hace reír y, además, tiene otra cualidad fundamental: siempre invita ella.

Pero el plan de Alis no acaba ahí.

—¡Venid conmigo!

—¿Adónde vamos?

—Seguidme.

Sube a su coche y desaparece por la via della Giuliana. Yo me río con Clod.

—¡Sigue a ese coche!

Doblamos una curva contra dirección mientras circulamos junto a las murallas aurelianas. Nosotras detrás de ella. Nuestro microcoche detrás del suyo. Parece una de las «*misiones imposibles*» de Tom Cruise. No estaría de más conocerlo, aunque no tanto por él, sino porque eso significaría que somos realmente guays. ¡En esa película todas las mujeres son guapísimas! Alis conduce de maravilla. Derecha, izquierda, serpentea entre los coches como si estuviese haciendo un eslalon. Después, sin poner el intermitente, gira a la izquierda. Clod la sigue.

—¡Cuidado!

Casi volcamos. Las dos ruedas del lado derecho se levantan. Clod suelta el volante, lo recupera de inmediato, el coche aterriza de nuevo en el suelo, se balancea un poco y a continuación enfilamos la cuesta a toda velocidad. Derecha, izquierda, y de nuevo derecha.

—¡Oh, no nos superaría ni Daniel Craig en James Bond!

Clod está muy tensa.

—No puedo perderla. Conduce como una loca.

—Tú tampoco te quedas corta —le digo mientras me sujeto para no perder el equilibrio—. ¿Cómo lo haces? ¡Jamás has conducido así!

Clod me mira y respira profundamente por la nariz, parece un toro enfurecido.

—Pienso en *Aurora*, mi pez, y, sobre todo, en *Tramonto*, mi gato, ¡dado que la imbécil de Alis dice que me los he comido! Les dedico esta carrera.

Y con esta última frase acelera aún más y embocamos a toda velocidad la vía Aurelia adelantando a Alis, que nos mira pasmada sin dejar de reírse.

Un poco más tarde. Avanzamos en dirección a Fregene, entre los campos verdes y oscuros de la Aurelia más apartada.

—Eh, pero ¿dónde estamos? ¿Por qué hemos venido hasta aquí?

—Las Palmas...

—¿De qué se trata? ¿De una bendición?

—Venga, bromas aparte, ¿qué es?

—Un club.

—¿Puedes explicarnos algo más?

Pero ella está tranquila. Saca un paquete de cigarrillos del bolso y enciende uno. En realidad no es que le guste fumar. Lo hace adrede cuando debe darse aires o decir algo importante. Luego me mira.

—¿Qué hora es?

—Casi las seis.

Alis tira al suelo el cigarrillo que acaba de encender y lo apaga con el pie.

—¡Vamos!

La seguimos sin comprender adónde nos dirigimos. Clod y yo nos miramos por un momento.

—Bah... —digo en voz baja.

Clod sacude la cabeza.

—Está como una cabra.

—¡Venid, pasad por aquí!

Recorremos un corredor que rodea el club y llegamos a un gran campo de fútbol.

—Sentémonos aquí.

En cuanto nos acomodamos en la grada, los jugadores salen de una suerte de túnel.

—Ahí está... ¡Es él!

Alis se pone en pie y salta eufórica agitando los brazos.

—¡Dodo, Dodo! ¡Estamos aquí! ¡Aquí!

La verdad es que resulta muy gracioso, porque si alguien mira hacia las gradas sólo puede vernos a nosotras, que lo llamamos.

Dodo se separa de los demás y se acerca.

—Chsss. —Sonríe llevándose un dedo a los labios—. ¡Que os he visto! —Acto seguido se aproxima a la valla—. Qué bonita sorpresa... Me alegro de que hayáis venido. Después os presentaré al resto del equipo. Quizá vayamos juntos a comer una pizza...

Miro a Alis y después a Clod.

—Yo, la verdad, no sé si voy a poder...

Alis se encoge de hombros.

—Eres un muermo.

Permanezco en silencio, pero he de reconocer que me enfado cuando me dice esas cosas; sabe de sobra cómo es mi padre.

Dodo me mira ladeando la cabeza.

—¿Qué pasa? ¿Todavía estás enfadada por lo de la otra noche?

—No, no...

Miro a Alis y a Clod intentando restar importancia a la situación. Piiiiii. Se oye un silbato. Dodo se vuelve.

—Disculpad pero ahora tengo que marcharme. Están empezando.

Y se encamina hacia el centro del campo.

—Caramba, si hasta tienen un árbitro.

Alis me mira de soslayo.

—¿A qué se refería? ¿Qué ocurrió la otra noche?

—No, nada.

—Nada, no, de lo contrario no te habría preguntado si seguías enfadada.

—Te digo que no es nada.

—¡Cuéntanoslo!

Resoplo. Ya no puedo echarme atrás.

—Bueno, fui a Ciòccolati y me acompañó a casa y, luego, cuando estábamos abajo...

—Cuando estabais debajo de casa...

—Me pidió...

—¿Qué te pidió?

Alis está empezando a ponerse nerviosa.

—Me preguntó si quería salir con él y yo le dije que no, que mi madre no me dejaba.

—Entiendo, y ahora se preocupa porque la que se fastidió fuiste tú...

Alis se dispone a mirar el partido. Clod me escruta y tuerce la boca de manera divertida, como si dijese: «Ya sabes el carácter que tiene.» Alis enciende otro cigarrillo y me mira de improviso.

—No sé por qué tengo la impresión de que no nos lo has contado todo, ¿me equivoco?

—¡No, Alis! —Me echo a reír confiando en que todo esto la confunda y evite que la verdad salga a la luz—. Te lo aseguro..., no ocurrió nada más.

—Como me hayas dicho una mentira...

—Pero ¿qué motivo podría tener para hacerlo? Además, se trata de una competición, ¿no? Así que... todavía no has ganado tú.

—Mentirnos equivale a negar nuestra amistad.

Y de nuevo desvía la mirada hacia el campo. Han empezado a jugar y ella anima a los jugadores enardecida. Se pone en pie y grita.

—¡Sí, vamos, Dodo! ¡Dodo! ¡Dodo!

Al final entonamos incluso una especie de coro.

—¡Dedícanos un gol, Dodo Giuliani!

Nos abrazamos y casi nos caemos de las gradas y nos sentimos amigas..., y nos reímos un montón..., ¡somos amigas! Y yo me alegro mucho de haberle mentido a Alis.

Clod no ha podido resistirlo y se ha comprado un paquete de Smarties.

—Eh, pero ¿por qué los sacas? ¿Eliges los que prefieres y el resto vuelves a meterlos dentro?

—¡Porque me gustan los de chocolate!

—Pero si son todos de chocolate...

—Los marrones llevan más chocolate.

Clod y sus manías. Todas referentes a la comida. La dejo por imposible y decido pasar de ella.

Los jugadores han acabado.

—Van a los vestuarios. —Alis los mira por el rabillo del ojo. Espera a que el último de ellos desaparezca—. ¡Venid conmigo!

Tira de nosotras aferrándonos los brazos. A Clod se le resbala el paquete de Smarties.

—¡Nooo! Has hecho que se cayeran.

—¡Te compraré otro paquete, vamos! Además, he visto que sólo te quedaban los amarillos.

—¡No, los azules también están buenos!

—Venga, venid.

Tira sin cesar e incluso nos empuja. Nos hace seguir un extraño recorrido. Prácticamente rodeamos el edificio del club y acabamos detrás de él, donde hay un campo lleno de hierba, árboles y setos.

—Eh, pero si esto es campo abierto.

—Tengo miedo...

—¡Chsss! ¿De qué tienes miedo?

—De los animales.

—¡El único animal que hay aquí eres tú!

Clod resopla. Avanzamos entre la hierba alta.

—Mirad...

Nos sentamos en la ladera de una pequeña colina. A nuestros pies, a poca distancia, están las ventanas estrechas y largas que ocupan la parte alta de la construcción que hay detrás del campo.

—Ahí están..., ahí están.

Llegan. Veo entrar a los jugadores y, después, a Dodo.

—Nooo... Pero si son los vestuarios.

—Sí. —Alis sonríe ufana—. Y están a punto de desnudarse.

Miro a Alis sorprendida.

—¿Cómo lo sabías?

—Mi madre frecuenta este club. Ése de ahí, el de la izquierda, es el vestuario femenino. El verano pasado solía venir por aquí, hay una piscina.

Sigo mirándola. No sé si me está tomando el pelo, aunque la verdad es que no me importa mucho.

—Mirad, mirad...

Varios de los chicos se han quedado en calzoncillos. Otros ya no llevan nada encima. Se meten en la ducha, se enjabonan. Ríen y bromean, pero no podemos oír lo que dicen, sólo algún que otro retazo de frase que rompe el silencio nocturno, que no logra atravesar esas ventanas, que tropieza con los sonidos que producen los bancos o las bolsas de deporte que dejan caer al suelo. Poco a poco se van desnudando ante nuestros ojos.

—Mira... Mira ése, qué tipazo...

—¿Y ése? —Alis señala a otro. Está desnudo y tiene las manos *ahí* . ¿Habéis visto una cosa igual?

—¡Alis!

—¡Pero es que es impresionante!

—Sí, pero...

—Chsss.

Nos quedamos un rato allí, en silencio, observando esos cuerpos.

Los oímos reírse a lo lejos y hablar sin poder apartar los ojos de ellos. Miro hacia abajo, entre sus piernas. Me ruborizo un poco, por un lado preferiría no mirar, aunque por el otro sí. Me siento extraña, y tengo calor. Pero ¿hace calor? Quizá no...

Clod parece preocupada.

—Yo sólo sé una cosa... Creo que será dolorosísimo.

—Sí... ¡Cuando llegue el momento!

Luego, de repente...

—¡Eh, vosotras! ¿Qué estáis haciendo ahí?

Una voz, casi un grito, en el silencio de la noche. La figura de un hombre a doscientos metros. Es negra y parece envuelta en una aureola luminosa. Alis es la primera en levantarse.

—¡Vamos, escapemos!

Y echa a correr delante de nosotras bajando por la colina, en medio del campo verde y oscuro. La sigo con Clod pisándome los talones.

—¡Eh, esperadme!

Corremos a toda prisa con el corazón en la garganta, jadeando. Alis está cerca de mí, le he dado alcance. Clod se ha quedado rezagada, avanza a duras penas.

—No puedo. Tengo ganas de vomitar.

—¡No hables! ¡Corre!

El vigilante está detrás de nosotras. Sí, el hombre nos persigue, pero todavía está muy lejos. Cuando llegamos abajo vemos una valla.

—No... Sólo nos faltaba esto.

—¡Mira!

En un rincón hay una especie de cobertizo lleno de herramientas de jardín y, a su lado, un muro bajo. Alis trepa por él sin perder tiempo. Sube al muro y después al tejado del cobertizo. Acto seguido se agarra a la valla y, levantando una pierna, consigue saltarla y aterriza en el suelo. Yo la imito y en un abrir y cerrar de ojos estamos al otro lado.

—Hay que reconocer que la gimnasia artística sirve, ¿eh?

—¡Sí, para fugas como ésta!

En ese momento llega Clod con el vigilante a pocos pasos de ella. Jadea con la lengua fuera y tiene las mejillas encendidas.

—¿Habéis pasado ya? Yo no lo conseguiré nunca.

Sube al muro lentamente, con gran dificultad, hasta llegar a lo alto.

—¿Y ahora?

—Ahora tienes que meter la pierna ahí abajo y franquearla.

Clod da dos saltos, pero no lo logra. El vigilante se aproxima. Miramos a Clod, después a él, luego de nuevo a nuestra amiga. Alis lo tiene muy claro.

—¡Tenemos que irnos!

—¡No! —grita Clod desesperada—. ¿Pensáis dejarme aquí? A mí, a vuestra amiga...

«Sí, a ti y a tus Smarties», me gustaría decirle. En cambio, se me ocurre otra cosa.

—Tírate al suelo, quizá así no te vea.

Echamos a correr por el camino que bordea la valla. El vigilante cambia de dirección. Nos persigue corriendo en paralelo a nosotras.

—¡Deteneos! ¡Deteneos! Quiero saber vuestros nombres.

Es viejo y le cuesta respirar. Nosotras nos precipitamos hacia los coches. Por fin, Alis abre la puerta del suyo y yo me apresuro a montar a su lado. Introduce la llave en el contacto. El vigilante ha salido por la puerta. Alis pone en marcha el coche y, tras hundir el pie en el acelerador, damos un salto hacia adelante y partimos a todo gas con los faros apagados.

—¡De prisa, vamos!

Miro por el espejo retrovisor. El vigilante corre ahora por el camino blanco que se encuentra a nuestras espaldas. Después se detiene y desaparece en la noche, envuelto en una nube de polvo.

Alis exhala un suspiro.

—Ufff... Poco ha faltado para que nos metiésemos en un buen lío.

—Pues sí, pobre Clod, a saber cómo saldrá de ésta...

Alis me mira y a continuación se encoge de hombros.

—Pues como hace siempre...

—¿Tú crees?

—Por supuesto...

Finjo que me ha convencido, aunque lo cierto es que no es del todo así. Por otra parte, era la única solución.

Un poco más tarde recibo un mensaje mientras estoy en la cama. Es de Clod: «Todo ok, ya he conseguido escapar. He tenido que esperar a que cerrase el club. Muchas gracias, amigas.»

Pasados unos días logramos hacer las paces. Para ello ha bastado que la invitásemos a alguna que otra merienda durante una semana. Como no podía ser de otro modo, las ha pagado Alis. ¡Por otra parte, fue ella la que nos involucró en la «misión», más que «imposible»..., «erótica»!

He pasado tres días estupendos. Me he divertido de lo lindo. Mi madre me ha dejado dormir en casa de Rusty. He estado fuera, sentada en una tumbona, mirando el fluir del río bajo la luna. Qué silencio hay allí. No se oye nada, ni siquiera los coches que pasan por encima de nosotros, por el Lungotevere. Rusty me ha puesto una estufa, una de esas que tienen un sombrerete en lo alto, esas que parecen una seta con fuego en el interior y que te caldean evitando que sientas frío. La ha encendido y la ha colocado a mi lado. Después ha empezado a andar arriba y abajo por delante de mí con unos folios en la mano.

—Bueno..., ¿estás lista? Eres la primera persona a la que se lo leo... «Un día como tantos otros, pero nunca más a partir de ese momento. Nunca más desde que se conocieron...»

Me mira risueño. Es su novela.

—¡Me gusta! Sigue...

—«Él es un chico introvertido, serio, con el pelo largo y las manos encallecidas por el duro trabajo que realiza a diario... —Y sigue leyendo sin dejar de caminar lentamente, poniendo pasión en cada palabra, moviendo la mano derecha como si tratase de detener el tiempo. Lo miro y pienso que su relato me gusta. Es una historia de amor. Lo escucho—: Le gustaba esa chica, delgada, casi flaca, pero con una mirada hambrienta, rebosante de curiosidad... —La chica me cae bien de inmediato, me la imagino a través de sus palabras. Luego me adormezco al calor de la seta. Sólo oigo la voz de Rusty, a lo lejos, que no ha dejado de leer—. Y su mirada fue tan intensa que...» ¡Caro!

Abro los ojos casi instintivamente, quizá porque he oído mi nombre, con esa sensación extraña que experimentas cuando te sientes espiado.

—Te has dormido...

—Perdona... La verdad es que es precioso...

—Sí, mira si es precioso que te has quedado dormida... Venga, acompáñame.

Deja su novela sobre una mesita. Pone un libro encima, pese a que en ese instante no sopla el viento y, sin darme tiempo a levantarme, me coge por debajo de las piernas y me levanta. Me aleja de allí y yo me aferro con todas mis fuerzas a su cuello con ambos brazos.

—No te vengues de mí... No me tires al río.

Rusty suelta una carcajada.

—¡La verdad es que no te vendría mal! Seguro que así te despabilabas.

Lo abrazo aún más fuerte. Me sonríe, no está enojado. Él es así. Y yo me siento querida.

—Es que estoy un poco cansada... Pero me gustaría leer tu novela.

—Sí, sí, tienes todo el tiempo que quieras... Todavía debo corregirla y luego la enviaré a las editoriales. Por eso quería saber tu opinión.

—Las mujeres llorarán, y después sonreirán.

—¿Qué quieres decir?

—Llorarán leyéndola porque se emocionarán, ¡y sonreirán cuando te conozcan porque querrán salir contigo!

—Tonta...

Me tumba en la cama y me tapa con el edredón. Me cubro con él y me alegro de haberme lavado ya los dientes.

—Rusty...

—¿Sí?

—Hablo en serio, quiero leerla.

Una última sonrisa.

—Buenas noches, Caro. Que duermas bien.

Apaga la luz y yo me vuelvo del otro lado. Y, pese a que estoy en el río, no tengo miedo. Al contrario. Oigo fluir el agua por debajo de mí. Y me gusta. Y me quedo profundamente dormida.

Al día siguiente voy a casa de mis abuelos. El abuelo Tom me explica unas cosas sobre fotografía. Hacemos varias fotos e incluso las imprimimos.

—¿Te gustan, abuela? Mira qué bonitas son... A ver si adivinas cuáles he hecho yo y cuáles el abuelo Tom.

Se echa a reír.

—Ésta la has sacado tú...

—¡No, te equivocas! La mía es ésta, la de las flores.

Y me voy corriendo.

Cuando, más tarde, me acerco a la cocina, veo que está triste, en silencio, pero ella no se percata de mi presencia. Está llorando. Salgo sigilosamente. Después me detengo en la puerta y miro por última vez hacia atrás. La veo reflejada en el cristal, me mira. Nuestros ojos se encuentran por un instante. Se da cuenta de que la he descubierto. Me marcho.

Luego, en la cena, me sonríe.

—Abuela, pero si has preparado ese plato de carne que me encanta: chuletas con salsa de tomate.

—Sí, pese a que a tu abuelo no le gustan.

Lo mira con unos ojos..., no sé cómo expresarlo, y esa sonrisa que refleja todo el amor que siente por él. O, al menos, a mí me lo parece. El abuelo finge enfadarse.

—De vosotras dos no cabe esperar otra cosa... Voy a lavarme las manos.

Sale de la cocina, la abuela se pone seria y me mira con una dulce sonrisa en los labios, ligeramente triste, quizá un poco preocupada.

—No le dirás nada, ¿verdad? Será nuestro secreto.

Me sirvo de beber sin mirarla, después apuro mi vaso y, con él aún en la boca, asiento con la cabeza. Ella sonríe de nuevo. En realidad no tenía sed, pero si hubiese tenido que hablar en voz alta, a buen seguro me habría echado a llorar. A continuación regresa el abuelo.

—Entonces, ¿qué comemos? ¿O lo habéis devorado ya todo? —Se sienta presidiendo la mesa, entre las dos, y me coge la mano con la suya, que es grande y está fresca, recién lavada—. Monstruo, que eres un monstruo, ¡pero al mismo tiempo eres tan preciosa que te comería ahora mismo!

Y prueba a morderme la mano y a metérsela en la boca. Yo trato de zafarme de él mientras me río a carcajadas. También la abuela está ahora de buen humor, de manera que olvido nuestro secreto.

¡Sólo faltan dos! Mañana por la noche se celebra la fabulosa fiesta de Borzilli en Supper. Empiezo a preparar el terreno en casa.

—Mamá, Alis me ha invitado a dormir mañana en su casa.

—¿Quiénes vais?

—Clod, Alis y yo.

—¿Y ya está? —Mi madre arquea las cejas, ligeramente desconfiada.

—Es verdad, ¿quieres llamarla? También estará su madre, por supuesto.

Ella sacude la cabeza.

—Esa familia es un desastre.

—Pero Alis no, Alis es mi amiga, no tiene nada que ver con los problemas de sus padres.

—¡Caro! Ya está bien, no me gusta que hables así... Parece que formes parte de esa familia. ¿Acaso te han adoptado?

Me modero.

—No, perdona, mamá.

—Está bien. Hablaré con tu padre. Por mí puedes ir.

—Sí, pero convéncelo a él. ¡De lo contrario, no sirve de nada! Vamos, cuando quieres lo consigues.

La abrazo con fuerza. Al principio, mi madre levanta los brazos. Da la impresión de que se ha rendido. Después los deja caer y me abraza a su vez.

—Eres terrible. Vete ya al colegio, que si llegas tarde mañana no irás a ningún sitio, te lo digo en serio.

—Sí, sí, claro.

No me hago de rogar y me dispongo a marcharme en seguida. Y la tranquilizo sobre el hecho de llegar tarde.

Parezco Raffaelli, una de esas chicas que sólo viven para ir a la escuela ¡que adoran estudiar y no se avergüenzan! Y lo hago tan bien que me merezco un Oscar como actriz. Y, cuando vuelvo de clase, obtengo el permiso como premio.

—¡Papá ha dicho que puedes ir!

Mi madre es genial. La abrazo aún más fuerte.

—Eh..., quieta, quieta, ¡que me voy a caer! ¿A qué viene tanta euforia? ¿Acaso debo preocuparme?

Vaya, es cierto. Me he comportado como una estúpida. Me controlo.

—No, es que me alegro de que entiendas hasta qué punto es importante para mí la amistad de... Alis y Clod...

Mi madre me mira.

—Cuando yo tenía tu edad tenía una amiga, Simona. Un día, de repente, no quiso volver a verme.

—Quizá le parecías demasiado guapa.

Sonríe y ladea la cabeza.

—No bromeo. El caso es que la busqué para pedirle una explicación. Le pregunté si había hecho algo malo, pero ella se limitó a decirme: «No, no, en absoluto. Supongo que he estado muy ocupada.» No obstante, a partir de ese día nunca volvió a llamarme.

La miro perpleja.

—¿Qué quieres decir, mamá?

—Que yo consideraba a Simona mi mejor amiga. Para ella, en cambio, yo no significaba nada, sólo que yo no lo había entendido.

—Sí, mamá, pero Alis, Clod y yo nos lo contamos todo, estamos verdaderamente unidas, es un caso distinto... El problema es que no estás con nosotras... Tú no puedes entenderlo.

—Ah, claro, yo nunca comprendo nada. ¿Sabes lo que solía decirme mi madre? «A veces hace falta golpearse contra un cristal para saber que está ahí.»

—Eso es porque la abuela no veía nada... Yo veo de maravilla.

Me escabullo.

—Llámame cuando llegues.

—Sí, mamá. Bajo la escalera como un rayo y, tal y como hemos acordado, veo que Clod me está esperando fuera.

—¡¡¡Holaaaa!!!

Subo al coche, pero antes saludo a mi madre, que, como no podía ser de otro modo, se ha asomado a la ventana.

—Vamos. ¡Venga, Clod, vamos!

Arranca a toda velocidad.

—¡No tan de prisa, que mi madre está asomada!

—Pues sí que... Primero de prisa..., luego no. ¡No hay quien te entienda!

—¿Qué te pasa? ¿Estás enfadada?

—¿Yo?

—¿Quién, si no?

—No me pasa nada.

—¡No es cierto!

—Está bien... Lo que pasa es que podría haber ido con Aldo a la fiesta. Hemos hablado y ¡lo han invitado!

—¿En serio? ¿Y cómo es que la conoce?

—Por lo visto es amiga de un amigo suyo. Esta noche habrá un montón de gente allí...

—Bueno, mejor así. Ya lo verás en la fiesta.

—Eso..., por una vez que podemos quedar fuera del gimnasio... ¡tengo que verlo allí! ¿Y si luego no lo encuentro?

—Mira que eres pesada... Mejor. ¡Así te deseará más!

—Pero ¿y si no me desea?

—Si empiezas así, estás perdida... No funcionará de ninguna manera.

Clod se encoge de hombros.

—Si tú lo dices...

—¡Confía en mí!

La miro, parece un poco desconsolada. Intento cambiar de tema.

—Eh, ¿has traído la bolsa? —Dicho así, esto parece una película de esas en las que todos disparan, corren, huyen, tienen unos cuerpos que quitan el hipo, son negros y hay de por medio un lío de drogas.

—Sí, sí, está aquí detrás...

Me vuelvo. ¡Dentro de las bolsas de Catenella están nuestros supervestidos! Los tops de lentejuelas, las minifaldas y las botas con el calcetín incorporado.

—¡Caray! Será una noche fantástica.

Clod me mira y al cabo de un instante recupera la sonrisa.

—¡Sí, será genial!

Pasados unos minutos llegamos a casa de Alis. Nos abre la puerta y se abalanza sobre nosotras gritando.

—¡Yujuuu! ¡Qué bien que ya estéis aquí! ¡Vayamos a vestirnos, vamos!

Nos arrastra dentro. Su madre aparece en el pasillo.

—¡No corras de ese modo, Alis, vas a romper algo!

—Mira que eres plasta, mamá, dijiste que nos dejarías solas.

Alis acompaña a su madre hasta la puerta del salón, donde la espera una amiga. Casi la saca a empellones de *su* casa.

—Sí, sí, ya me voy... Con tal de que no destroces las cosas de casa...

—¡Qué más te da! Pues compramos otras. ¡Tú tráeme una bonita sorpresa, que todavía no hemos hecho las paces!

Y tras decir esto las echa de casa y cierra la puerta. La amiga de su madre sacude la cabeza.

—¿Tu hija se comporta siempre así?

—¡Huy, esto no es nada! ¡Últimamente ha mejorado mucho!

Segundos después, Alis entra a toda prisa en el salón y pone Tokio Hotel.

—¡Vamos! —Empieza a bailar como una loca, saltando sobre los sofás, pasando por delante de nosotras, mareándonos tanto a Clod como a mí—. ¡Esta noche va a ser alucinante! Venid, vamos.

Entramos en una habitación enorme en la que hay una gran cantidad de espejos. Nos probamos los vestidos, uno, dos, a continuación otros, todos diferentes.

—¡Verás cómo éste te sienta de maravilla!

Alis tiene muchos más, y ha cogido sin decirnos nada otras prendas para nosotras. Al final, organizamos mucho más que un desfile. Un mayordomo impecable se acerca de puntillas.

—Señorita, le he preparado té verde, tisanas y chocolate.

—Déjalos ahí y esfúmate. —Alis ve que la miro con aire de reprobación. Entonces corrige la frase—: Por favor.

Y probamos también a maquillarnos poniéndonos un sinfín de coloretes y sombras de ojos.

—Éste... Éste más oscuro. Prueba este lápiz azul.

—Éste plateado me queda fenomenal.

Alis se aproxima.

—Es cierto... Rebájalo aquí arriba. Un poco más...

Acto seguido, me miro al espejo.

—Yo me pondría el celeste, luego el azul claro y a continuación el blanco para difuminarlo...

—¡Pero vas a parecer una loca!

—¡Por eso mismo!

Alis sube el volumen de la música y seguimos así, riéndonos, empujándonos, maquillándonos y bailando como tres auténticas chifladas.

Son las ocho. Ya estamos listas.

—¡Estamos buenísimas!

De eso nada, y lo mismo piensa el portero, que, cuando nos ve salir, se lleva la mano a la frente.

—¡Hola, guapo! ¡¿Qué tal estamos, eh?!

Alis y su manera de comportarse. Al menos bromea, se ríe y no lo trata mal.

Bajamos hasta llegar a los coches. Clod tiene un aspecto muy cómico con su vestido corto. ¡Su elegancia, por decirlo de alguna forma, resulta simpática!

—¿Por dónde vamos?

Alis arquea las cejas.

—Yo tengo que pasar antes por un sitio. Nos vemos allí.

—¿Allí, dónde? ¿Y si no nos dejan entrar?

—Venga ya, estáis en la lista. Está en el centro, al lado del cine Barberini: bajando, a la derecha... Supper, ¡todo el mundo lo conoce!

Desaparece en el interior de su coche rosa con todos los accesorios posibles de Hello Kitty, y arranca casi derrapando.

—A saber adónde va.

—Bah..., siempre tiene alguna extraña sorpresa...

Clod es más dura:

—Yo creo que está como una cabra.

—Para mí es Alis y punto.

—Sí, vale. —Se da por vencida—. Busquemos ese Supper.

Bajamos por la cuesta de la piazza Barberini.

—Tienes que ir por ahí.

—No, Alis dijo a la derecha.

Clod se para.

—Pero ¿qué haces?

—Pregunto...

—¿A un marroquí?

—Eh, disculpe, ¿sabe dónde está Supper?

El marroquí se acerca al coche.

—¿Qué?

Clod insiste:

—Supper.

—Ah, perdona, ¡no entender antes! Local estupendo, segunda calle a la derecha y lo verás.

—¡Gracias!

El marroquí se aleja. Clod me mira satisfecha.

—¿Has visto?

—¡Sí, pero yo ya te había dicho que era a la derecha!

Encontramos aparcamiento, después el local, nuestros nombres en la lista y, en un pispás, estamos dentro.

¡No me lo puedo creer! Están todos los Ratas... Y Cudini con su amigo.

—¡Hola!

Un tipo pasa por mi lado. Es Matt.

—Hola —lo saludo con frialdad.

—¿Estás enfadada?

—¿Yo? ¿Por qué?

—Bueno, por la fiesta de aquella noche que subimos..., y yo no te había contado lo de la chica...

—En absoluto..., ¿por qué debería estar enfadada? Y ahora perdona, pero voy a saludar a mis amigos. ¡Ahí están! Ven, Clod.

Me escabullo y nos alejamos de él. Clod escruta a la multitud.

—¿Se puede saber a quién has visto, Caro?

—A nadie, sólo que no tenía ganas de hablar con él.

Luego los veo de verdad.

—Mira. ¡Gibbo y Filo!

—¡Hola, chicos!

Nos aproximamos a ellos. Están pegados al disc-jockey. Gibbo lleva unos auriculares enormes. Me guiña un ojo y sonríe. Filo coge el micrófono, baja la música, y se pone a cantar *When did your heart go missing?* de Rooney encima de la canción.

Clod y yo nos miramos.

—Caramba, canta de maravilla...

—¡Sí, desde siempre!

A continuación Filo rapea y dice algunas cosas sobre la velada. Nosotras empezamos a bailar enloquecidas, saltamos, nos empujamos y nos abrazamos. Clod se detiene de improviso.

—¿Qué ocurre?

—Acabo de ver a Aldo...

Aldo, sí, ahí está. Camina entre la gente arrastrado por una chica que lo lleva de la mano.

—Pero ¿sale con alguien?

Clod no contesta a mi pregunta, baja al vuelo de la tarima del disc-jockey y se dirige al centro de la pista. Se pone a bailar. Se coloca justo en medio de su trayectoria y, de hecho, la chica que arrastra a Aldo no tarda en pasar por delante de ella. En cuanto la deja atrás, Clod se pone a bailar delante de él para llamar su atención. Él la ve y la saluda.

—¡Hola!

—Ah, hola —le responde muy seria, forzando una sonrisa—. ¿Ya estás aquí?

—Pues sí, ¿has visto cuánta gente?

—Sí.

La chica se acerca a ellos.

—Ah... Ella es Serena, y ella Claudia. —Luego se dirige a Clod—: ¿Sabes que ella también sabe hacer imitaciones? ¡Te gustarían un montón!

Clod da media vuelta y lo deja tirado.

—Pero Claudia...

Aldo extiende los brazos, pero la chica vuelve a cogerlo de la mano y se lo lleva.

Clod se me acerca y empieza a bailar con los ojos reducidos a una hendidura, apretando tanto los dientes que casi le rechinan de rabia.

—¿Qué pasa?

—¡Que es un cabrón!

—Ah, pues sí, tienes razón.

Como si de repente todo estuviese más claro que el agua. Y justo en ese momento la veo.

—Mira, ahí está Alis.

Camina entre la gente con la cabeza erguida. Sonríe, saluda, agita la mano para decir hola, besa a algunos. Y detrás de ella..., no me lo puedo creer: ¡Dodo Giuliani! Así que ésa era la sorpresa... Cuando nos ve, sacude la cabeza risueña, como si dijese: «Esto sí que no os lo esperabais, ¿verdad? ¿Habéis visto a quién os he traído?»

Empieza a bailar delante de él. Dodo la mira, no se ha percatado de nuestra presencia. Le dice algo al oído. Ella se ríe echando la cabeza hacia atrás. Se ríe aún más fuerte, como si pretendiese darnos a entender a nosotras, a todos, a cualquiera que pudiese albergar alguna duda, que lo que él acaba de decirle al oído es un cumplido precioso. Alis baila ahora con mayor convencimiento, se mueve alrededor de él, se acerca, lo roza, y al final aproxima su boca a la suya, cerca, demasiado cerca. Lo mira a los ojos, le sonríe, se mueve lentamente. Tiene la boca entreabierta mostrando sus dientes perfectos, su sonrisa ligera. Dodo no puede resistirlo, es evidente, de manera que la besa. La música cambia como en una explosión. Alis se separa de él y se pone a bailar alzando las manos a la vez que nos mira. Sonríe y grita: «¡Sí!» Levanta los dedos índice y corazón de la mano izquierda y hace el signo de la victoria. Clod y yo nos miramos.

—Ha ganado...

Simulo que lo lamento, si bien soy la única que sabe lo que podría haber ocurrido con el tal Giuliani. Clod parece más disgustada que yo. Intento consolarla.

—Venga... Hay que reconocer que Alis se lo ha currado.

—¡Me importa un comino! Dodo no me gusta nada. Sí, admito que es guapo, pero es también un imbécil. ¡A mí me gusta Aldo!

Menuda historia. Alis se ha jugado el todo por el todo y está feliz de haber ganado... ¡Y va y resulta que nosotras estamos encantadas de habernos librado de él!

—Bueno..., quizá a Aldo le importe un bledo esa especie de tanque. —Miramos las dos en la misma dirección. Aldo está sentado en un rincón bebiendo un zumo, mientras ella baila delante de él como si fuese una odalisca metida en carnes—. Oh, Clod... ¡Creo que se está aburriendo como una ostra!

—¡Y a mí ella me parece una vacaburra!

—Eh, chicas, coged esto.

De repente nos dan un par de botes de Nutella.

—¿Qué pasa?

—¿No lo sabéis? ¡Está a punto de empezar el *Tuca, Tuca sweet*!

—¿Y eso qué es?

Tratamos de entender algo, pero la tipa con el uniforme de *cow girl* de Supper, que lleva colgados los botes de Nutella de un extraño cinturón doble, desaparece de inmediato entre la gente.

—Pero ¡¿para qué son estas cosas?!

Clod sonríe.

—¡Bah! ¡En cualquier caso, se come!

Justo en ese momento suena una canción de Tiziano Ferro: «Y Raffaella canta en mi casa, y Raffaella es mía, mía. Mía. Sólo mía. Y Raffaella...» Y todos bailan enloquecidos mientras el vídeo se proyecta en las pantallas.

—¡Venga, chicos, elegid compañero!

En un abrir y cerrar de ojos se forman un montón de parejas. Y el disc-jockey se apresura a mezclar perfectamente la canción de Raffaella Carrà: «Se llama, mmm... tuca, tuca! Lo he inventado yo...»

Todo el mundo sujeta una gran cuchara de plástico y empiezan a untar de Nutella a la persona que tienen delante. Las piernas, el cuello, los brazos, la barriga, en cualquier lugar donde se pueda, vaya, y luego comienzan a lamer y a mordisquear al ritmo de la música, en pocas palabras, a recuperar la Nutella.

—¡Qué asco!

—¡Pero si es genial!

—¡Sí, pero engorda!

En fin, que en un instante estalla una guerra de chocolate. Pasados unos segundos, y siempre al ritmo de *Tuca, Tuca*, todos untan de Nutella a los demás y se muerden y se lamen. Es una suerte de círculo dantesco de golosos. Y en medio de ese extraño *Tuca, Tuca sweet* aparece ella.

—¡Eh, Clod, Caro! He ganado... ¿Habéis visto?

—¡Sí, eres la mejor!

Alis desaparece al fondo de la pista, donde se encuentra Dodo. Clod ve que Aldo está solo y se acerca a él. El disc-jockey mezcla de nuevo y yo me pongo a bailar *Happy ending* de Mika. Tengo los ojos cerrados, extiendo los brazos y giro sobre mí misma sacudiendo el pelo, siguiendo la música. Los demás me temen y nadie osa aproximarse. Y me echo a reír sola, en mi interior, y pese a que nadie desea untarme de Nutella, me siento feliz. A continuación abro los ojos. El techo del Supper también está tachonado de estrellas.

—¡Ha sido una fiesta genial!

Clod me coge del brazo a la salida del local. La gente se aleja armando jaleo, unos van del brazo, otros patean una lata como si estuviesen jugando un partido de fútbol.

—Sí... ¡Salvo que ahora soy un pedazo de chocolate andante! ¡Un tipo se puso a untarme mientras bailaba y después quería lamerme el brazo! ¡Me cabreé tanto que casi le doy una patada!

—¡No tenías el día! Se veía a la legua...

—Mira quién habla. Aldo te ha jorobado la noche.

—De eso nada, hemos hablado. Sea como sea, he entendido lo que te sucede, Caro: te molesta lo de Dodo y Alis.

—¿A mí? Pero ¿qué dices?... ¡Ahí están!

Justo en ese momento pasan por nuestro lado corriendo, cogidos de la mano.

—¡Eh, nos vemos en mi casa!

Desaparecen al doblar la esquina.

—¡Qué locos! Me alegro por ellos, oye.

—Ya...

—¿Qué te ocurre, Clod?

—¡Nada!

—Estás rara.

—Ya te he dicho que nada.

—Acabas de decirme que has aclarado las cosas con Aldo.

—Sí, de hecho...

—¿Entonces?

—Uf, nada...

Permanece en silencio hasta que llegamos al coche. Después se para. Miro alrededor.

—¡Eh, el tuyo no está! ¡O se lo han llevado o, peor aún, te lo han robado! Por eso estabas así. ¡Lo presentías! ¿Te das cuenta, Clod? ¡Tienes poderes! —La sacudo por los hombros—. ¿Entiendes? Lo presentías... ¡Eres médium!

Ella me mira desconsolada.

—De eso nada: se lo he prestado a Aldo.

—¡¿A Aldo?!

—Sí, para que pudiese acompañar a la tipa que estaba con él.

—¡En ese caso no es que tengas poderes, sino que eres idiota!

—¡Oye, no te permito que me insultes! ¡El coche es mío y puedo prestárselo a quien me dé la gana! ¡Pareces mi madre!

—Puede, pero al menos tu madre tiene su coche consigo. Nosotras no tenemos ninguno. ¿Qué hacemos ahora?

—Esperar. Volverá.

—Pero ¿cuándo? Llámalo al móvil.

—Ya lo he hecho. Lo ha apagado.

—¡Pues vuelve a intentarlo!

—Hace una hora que pruebo.

—En ese caso, el que tiene poderes es él. ¡Menudo gilipollas!

Echo a andar.

—¿Adónde vas?

—A casa de Alis.

—¿Y me dejas aquí tirada?

—¡Tú me has dejado aquí tirada! Yo me voy a casa.

—¡Espérame! —Me da alcance corriendo de medio lado debido a los tacones—. ¡Justamente tenía que ponérmelos esta noche!

La miro con odio.

—Todo estaba saliendo a pedir de boca hasta que le prestaste el coche.

—¿Y qué podía hacer? No quería parecer celosa cuando me lo pidió.

—¡Pues has quedado como una imbécil!

Caminamos en silencio. La oigo cojear a mi lado, la miro por el rabillo del ojo. Tiene una expresión de dolor en el rostro. Le hacen daño los zapatos. He sido demasiado dura con ella. Me vuelvo, la miro y a continuación esbozo una sonrisa.

—Perdona, Clod...

Ella también sonríe.

—No te preocupes..., si tienes razón.

La cojo del brazo. Me guiña un ojo.

—Además, Caro, sé que estás nerviosa.

—¿Por qué?

—Porque en el fondo te gustaba Dodo, ¿eh? ¡A mí no se me escapa nada!

Niego con la cabeza y alzo la mirada. No hay nada que hacer. Exhalo un suspiro. Clod sólo piensa en eso.

—Sigamos andando, venga.

Más tarde. Caminamos exhaustas por la piazza Venezia.

—Pero ¿cuánto falta?... ¡Ya no puedo más! —Clod va detrás de mí jadeando.

—¡Ánimo, ya no queda nada!

Pasa un coche y el conductor toca el claxon. Uno de los chicos que van dentro se asoma por la ventanilla trasera.

—¡Hola, guapas! ¿Cuánto queréis?

Y se alejan sin dejar de tocar el claxon como locos. Otro coche se arrima a nosotras de inmediato.

—Perdonad.

—¿Sí? —responde Clod con ingenuidad.

La cojo del brazo.

—Ven, crucemos.

—Pero si quería preguntarnos algo...

—¡Por supuesto! ¡Quería saber lo que estás dispuesta a hacer!

Cruzamos la calle sin esperar a llegar al paso de cebra. Los coches tocan la bocina, frenan. Uno se detiene en seco delante de nosotras, no nos atropella por un pelo. Clod y yo nos quedamos patidifusas. Son el profe Leone y la profe Bellini.

—Pero Carolina..., Claudia...

Esbozamos una sonrisa forzada.

—Venimos de una fiesta.

La profe Bellini se asoma y nos mira divertida.

—De disfraces..., ¡qué bien!

—Sí... Bueno, nos vemos mañana.

Me pongo detrás de Clod y acabamos de cruzar la calle.

—La profe Bellini es una estúpida... ¡Una fiesta de disfraces, dice!

—Bueno, Caro, hay que reconocer que vamos vestidas de una forma un tanto estrafalaria...

—¡Estrafalaria! ¡Es la moda!

—Si tú lo dices... ¡Qué guay que salgan juntos, ¿no?!

—¡Salen juntos!

—¡Genial! ¡Dos profes que salen juntos! ¡Es extraño! Creo que el reglamento no lo permite. En cualquier caso, yo no lo habría adivinado jamás. A Alis le va a sentar fatal.

—¿Por qué?

—¡Porque le gustaba el profe Leone!

—¿También?

—Pues sí... ¿Por qué? ¿Acaso no te gustaba también a ti?

—¡¿A mí?! Yo sólo dije que es un hombre atractivo, un tipo simpático...

—Ah... Sea como sea, el caso es que, cada vez que a ti te gusta alguien, no sé por qué pero automáticamente también le gusta a ella.

—Venga, ahorra saliva, que ya estamos llegando.

Caminamos de nuevo en silencio. Qué curioso, nunca lo había pensado. No obstante, he de reconocer que es cierto. Tal vez el hecho de que tengamos los mismos gustos se deba a que somos muy amigas... Aunque recuerdo que, en una ocasión, Alis salió con un tipo que yo no podía ver ni en pintura. Iba siempre cubierto de tachuelas, con los pantalones desgarrados, pero si no lo soportaba no era por su manera de vestir. Quiero decir que cada uno puede hacer lo que le parezca. Por lo que no lo aguantaba era por su forma de actuar. Estaba en la III-E y era el primo de uno de los Ratas. En fin, que cada vez que el tipo me veía, un tal Gianni, al que en realidad llaman Giagua porque es sardo y se apellida Degiu, bueno, se burlaba siempre de mí, me empujaba en la escalera o me tiraba del pelo, y se metía con Clod diciéndole que debería hacer una de esas dietas extremas. A saber lo que pretendía. Y Alis, nada, al revés, daba la impresión de que en el fondo se divertía. No sé cómo podía salir con un tipo así. Decía que porque era alternativo. ¿Alternativo a qué? Montaba escenas por los pasillos durante el recreo, llegaba y la cogía en brazos, pero no de una manera dulce, no, sino como un *bulldozer*, mientras que Alis se limitaba a soltar grititos. Sí, he de reconocer que estaba un poco agilipollada. Nunca entenderé esa clase de cosas. Lo único que sé es que un tío como Dios manda respeta también a mis amigas y, por descontado, no les toma el pelo. Además, un chico que venga a verme a mí no debe montar todos esos numeritos para hacerse notar; tiene que acercarse a mí y darme un beso porque le apetece y punto.

Alis me contó, además, que él quería hacer el amor con ella; bueno, él, como no podía ser de otro modo, no decía «amor», sino «sexo».

Alis vacilaba. ¡Yo le dije que, en mi opinión, era un poco pronto! ¡Tenía trece años! «¡¿Estás de guasa?! Haces el amor con un tipo así y en dos semanas lo sabe todo Roma.» En cualquier caso, y pese a que yo me siento mucho más cercana a Clod, es Alis la que lo sabe todo sobre mí, con ella consigo abrirme más. Con estos últimos pensamientos llegamos a su casa. Alis sale a nuestro encuentro a la carrera. Se ha desmaquillado ya y se ha puesto un pijama muy elegante. Faltaría más.

—Pero ¿se puede saber dónde os habíais metido? ¿Había otra fiesta? No me habéis dicho nada, ¿eh? ¿Habéis ligado? ¡Bueno, sea como sea, he ganado yo! ¡¡¡He ganado yo!!!

Baila sobre la cama, salta, lanza los almohadones al aire, en fin, que arma un buen jaleo. Nos descalzamos sin perder un segundo y empezamos a saltar con ella. No le cuento nada del coche de Clod, ni de Aldo y todo lo demás. ¡No le digo que Dodo lo intentó en primer lugar conmigo! Es agua pasada. Salto y me río, me río y salto. Nos abrazamos y, al final, nos caemos de la cama. Pero por suerte...

—¡Ay!

Aterrizamos sobre Clod. Se ha hecho daño, no consigue librarse de nosotras, cuanto más lo intenta, más nos enredamos encima de ella, y os juro que en mi vida me había reído tanto.

Luci, la abuela de Carolina

Soy la abuela de Carolina. Me llamo Lucilla, aunque ella me ha puesto el apodo de «abuela Luci». Amo mi terraza, las flores que me saludan por la mañana en cuanto subo las persianas, y mi taza de té, que, en esta ocasión, es de flores silvestres. Me encanta estar aquí, sobre todo a última hora de la tarde, cuando el cielo se tiñe de naranja y se levanta esa brisa... La casa, las habitaciones, la cocina donde me gusta estar preparando algo apetitoso. Los cuadros en las paredes, las fotografías de Tom y mías, mi Tom. En fin, mis costumbres, mis puntos de referencia, cuando uno se convierte en anciano, en una persona madura o de la tercera edad, como prefieren decir hoy en día, que, a fin de cuentas, la sustancia no cambia. Es bonito mirar alrededor y sentirnos a gusto en medio de lo que conocemos tan bien. Así resulta más agradable recordar la vida y todas las cosas que ésta nos ha regalado. En particular, el amor; me refiero al verdadero. Y yo me siento afortunada porque lo encontré. Ahora me divierto mucho con mi nieta favorita, Carolina, que me hace recordar mi juventud, si bien no viene a verme muy a menudo. Me gustaría que siempre estuviese aquí. Pero la entiendo: es joven, tiene la edad de las novedades, de los descubrimientos en los que el tiempo y el espacio nunca son suficientes. Es divertida, simpática y realmente inteligente. Además, me escucha con curiosidad, y eso es muy importante cuando uno tiene el pelo cano, es agradable. Si bien a veces tengo la impresión de que la aburro; entonces, le digo: «Vete, sal con tus amigas, te divertirás mucho más que escuchando todas estas viejas historias.» Pero ella hace caso omiso, se queda, como mínimo hasta que llega la hora de volver a su casa para evitar el sermón de su padre. Lamento que él tenga un carácter tan brusco y desconfiado, creo que Carolina sufre un poco por ese hecho, al igual que Giovanni, o Rusty James, como lo llama ella. Los dos son muy sensibles y noto que necesitan hablar, contar sus cosas simplemente, como cuando uno se siente verdaderamente relajado y no tiene la impresión de estar diciendo tonterías. No obstante, a veces, cuando el padre es un poco expeditivo, uno se avergüenza y tiende a decir tan sólo lo que él quiere oír. Mi hija es diferente, sé que ella, Carolina y Giovanni siempre han hablado un poco más entre sí, pese a que no han logrado tener la misma confianza que tienen con nosotros, sus abuelos. Por eso me alegro de verlos. De alguna manera, me siento como una segunda madre. En particular me gusta cuando Carolina y yo podemos cocinar juntas. Sin ir más lejos, *focacce*. A ella le encantan. Cocinar juntas es un momento mágico porque mientras preparamos los ingredientes, los cocinamos y, a continuación, esperamos el resultado, nos sentimos en sintonía. Creamos algo que luego comeremos juntos. Es precioso. Trescientos gramos de harina, un sobrecito de levadura, una pizca de romero y aceite. Carolina empieza echando la harina formando un hueco en el centro de la artesa, yo añado la levadura que previamente he disuelto en agua tibia, un pellizco de sal y después ella lo mezcla todo bien. Cuando llega el momento de dividir la masa en cuatro partes y estirarla, Carolina me pasa el testigo alegando que ella no lo hace bien. Entonces yo unto la masa con un poco de aceite y echo por encima el romero y la sal. Luego viene la cocción. Están ricas así, sin más. Sin rellenos u otros condimentos. En parte como el amor, crudo y desnudo. Sí, quizá sea una abuela muy sincera y quizá ése sea el motivo de que me lleve tan bien con mi nieta. Cuando salen las *focacce,* nos las comemos todos juntos, tal vez incluso con Giovanni, porque Carolina le manda siempre un sms para avisarlo y él, si puede, pasa por casa y está un rato con nosotros. Giovanni y su sueño de escribir. Cómo me gustaría que se realizase y que fuese feliz. A veces me deja leer algo, es realmente bueno, intenso y capaz. Pero su padre no lo entiende, quiere para él un futuro más cierto, más seguro. Que sea médico. Y él no, ha decidido que no quiere seguir ocultando su verdadera pasión y se ha marchado de casa. Qué valor. Lo admiro, aunque al mismo tiempo temo por él. Lamentaría que sufriese. Espero que pueda transformar su sueño en un auténtico trabajo, se lo merece de verdad. Mi nieta Alessandra, sin embargo, es el verdadero misterio de esa casa. No acabo de entenderla. Aun así, la quiero mucho. Como siempre digo, cada uno de nosotros se comporta como sabe, de nada sirve enojarse demasiado. Cada uno sigue su camino y su manera de vivir y, si bien a veces no nos sentimos en sintonía con alguien, no debemos juzgarlo. ¿Cómo podemos saber a ciencia cierta lo que piensan los demás? Así pues, confío en que también Alessandra encuentre su camino, el que más le guste. Tom y yo hemos coincidido siempre en esta manera de ver las cosas. Mi Tom. El amor de mi vida. La persona con la que lo he compartido todo, que me comprende, y me hace reír y soñar. Vivir con él, levantarse todas las mañanas mirándolo a los ojos, compartir alegrías y penas, dificultades y sorpresas, además del deseo de seguir así un año tras otro, siempre juntos. Soy una mujer afortunada. Amo y me aman. Y la cotidianidad no ha menoscabado nuestra relación, no le ha restado magia. Nuestro amor ha ido evolucionando con el tiempo, ha sabido crecer gracias a nuestra voluntad. Porque las historias sólo funcionan con el esfuerzo, el sentimiento y la colaboración. No bastan las mariposas en el estómago, como dice a veces Carolina. Ése es el punto de partida. Luego es necesario el deseo de construir un proyecto. Nosotros lo hemos logrado. Y espero que mis nietos puedan vivir tanta belleza y felicidad.

Ahora hay un problema en el que prefiero no pensar. Tengo confianza. Quiero tenerla, entre otras cosas porque no me queda otro remedio.

Febrero

Si fueses una cantante, ¿cómo te llamarías? Caro X.

¿Cómo te llama tu madre? Pequeña.

¿Qué edad te gustaría tener? Dieciocho años.

¿Qué serás «de mayor»? Espero que yo misma.

¿Haces realmente lo que te gusta? Casi nunca.

¿Tienes algún «sueño en el cajón»? Ser fotógrafa.

¿Intentarás abrirlo alguna vez? Si encuentro la llave...

¿Tienes novio? No.

¿Estás enamorada? Eso creo.

¿Cuál es tu canción preferida este mes? *Goodbye Philadelphia,* de Peter Cincotti.

¿Cómo es él? ¿Rubio, moreno...? ¡Moreno y guapo!

¿Tienes éxito con los chicos? Cuando no me interesan, sí.

¿Qué es la última cosa que has comprado? Un cinturón plateado de esos blandos.

¿Un adjetivo para describirte? *Nice*.

¿Tienes animales en casa? Sí, mi hermana.

Dentro de un mes será primavera. Cuánto me gusta esta época del año... ¡Los primeros colores, la idea de que el verano ya no queda tan lejos! ¡Todo resulta cada vez más ligero! Los domingos hacemos las primeras excursiones a las afueras de Roma con los coches de Alis y Clod, pero, sobre todo, con la moto de mi hermano. ¡A veces me parece increíble que él, precisamente él, me dedique un domingo! Sí, en ocasiones sucede que, después de comer, y a menos que yo no haya quedado con Alis y Clod y él no tenga a alguna tipa rondándole, me pregunta si me apetece salir un rato a probar la moto. ¡Qué guay! Lo abrazo con todas mis fuerzas y me siento segura. Vamos por esa carretera que lleva al campo que se encuentra en los alrededores de Bracciano, circulando a toda velocidad mientras contemplo el paisaje que desfila por mi lado. Cuando acelera, agacho la cabeza porque tengo la impresión de que el casco va a salir volando y me acurruco contra su cuerpo mientras todo va quedando rápidamente a nuestras espaldas. Será que hoy es un bonito día soleado, el primero de este mes. Cudini nos ha hecho reír como locos. Faltaba en clase Triello, el famoso empollón, peor aún que Raffaelli. ¡Si no ha venido es que debe de estar verdaderamente enfermo! En fin, que llega el profe Pozzi, que enseña arte, con un programa muy preciso, muy bien estudiado, supermetódico. ¿Recordáis ese juego de hundir barcos? Pues aún peor. Todos los pupitres están numerados: 1A, 1B, 2A, 2B, etcétera, por nombres y apellidos, y también en función de los exámenes que hemos hecho o de los que nos faltan.

En fin..., escuchad ésta.

—Venga, chicos, a vuestros pupitres... Sentaos, por favor. ¡Vete a tu sitio, Liccardi!

—¡Soy Pieri!

—Ah, sí. A tu sitio, Pieri.

Pues sí, porque el profe Pozzi tiene un defecto absurdo. ¡No se acuerda del nombre de nadie! Aunque quizá, bien mirado, sea una ventaja. Sea como sea, nos hemos divertido como enanos. El profe se acomoda en su asiento. Saca un dossier de su bolsa y lo abre.

—Veamos, hoy le preguntaré a... ¡Triello!

Sin darle tiempo a alzar la mirada del papel, Cudini se apresura a ocupar el puesto de Triello: pupitre 6A. Raffaelli, la otra empollona universal, levanta la mano para intervenir sin perder un segundo.

—Disculpe, profesor...

Pero Bettoni, el amigo del alma de Cudini, la detiene.

—Ni se te ocurra... o verás cuando salgas.

El profesor Pozzi busca en su lista a quién pertenece esa mano levantada.

—Sí, dime, Raffaelli.

—No, nada. Es que pensaba que me preguntaría a mí.

—No, a ti ya te he preguntado. Falta Triello. A ver, dime...

Cudini se ha puesto en pie y tiene las manos detrás de la espalda, está erguido y muy serio, preparado para cualquier pregunta.

—Háblame del arte romano...

Cudini sonríe como diciendo: «¡Genial, ésta me la sé!» Bettoni, como no podía ser de otra forma, saca el móvil y empieza a grabar.

—El arte romano fue prácticamente «robado» de la antigua Siria, las primeras pinturas, además, pertenecían a los babilonios... ¡Y a los sumerios!

El profe Pozzi se levanta las gafas de la nariz como si eso le permitiese oír mejor.

—¿Robado por quién?

—Ah, disculpe..., por los egipcios.

—¿Por los egipcios?

—Pero ¿qué estoy diciendo? Por los franceses.

Por los franceses...

—No, no, eso es , ¡por los búlgaros!

En resumen, una retahíla de sandeces que, claro está, nos hacen reír a todos a carcajadas, sobre todo al imaginar que Triello habría sabido responder acertadamente y, en cambio, ahora ha quedado como uno de los más ignorantes de la clase. ¡Y eso sin estar siquiera presente!

—¡No me lo puedo creer, Triello! ¿Has perdido el juicio?

El profe Pozzi golpea la mesa con su dossier.

—¿Se puede saber de qué os reís? De su ignorancia... ¡Muy bien! ¡Me parece fantástico! No debéis reíros, ¿lo entendéis? ¿Qué te ocurre, Triello, te has enamorado? ¿Ha perdido tu equipo favorito? ¿Te ha caído un rayo en la cabeza? Tenías una media de sobresaliente. ¿Y sabes lo que pienso ponerte ahora? ¿Eh? ¿Sabes la nota que te voy a poner? Pues no, ¡no tienes la menor idea! ¡Un suspenso como una catedral!

Ya nos duele la barriga de tanto reírnos.

Cudini insiste.

—Profesor, eso no es justo, algo sí sabía.

—¿El qué?

—¿Cómo que el qué? ¿Acaso no me ha escuchado? Le he enumerado un montón de civilizaciones.

—¡Sí, incluso algunas posteriores a los romanos! ¡Triello, eres la vergüenza de este instituto!

—¡Y usted un borrico que no entiende nada!

La discusión entre ambos llega a tal punto que Cudini-Triello acaba siendo expulsado de la clase tras obtener una nota pésima.

Al día siguiente el auténtico Triello, ya recuperado de su enfermedad, vuelve a clase.

—Hola, ¿cómo estás?

—¿Cómo te sientes?

—¿Todo bien?

Triello nos mira estupefacto. Todo el mundo le pregunta por su estado de salud. La clase jamás lo ha tenido en tan alta consideración.

—¡Estábamos preocupados por ti!

Triello se dirige a su sitio. Evidentemente, nadie le cuenta nada, pero no dejamos de mirarlo y de reírnos.

Por la tarde Cudini le manda un sms: «Echa un vistazo a www.scuolazoo.com. Y... ¡gracias!» Cuando Triello entra en la web y se ve respondiendo a las preguntas del profe Pozzi pese a estar ausente, bueno, casi le da un patatús.

—Mamá...

Sobra decir que, posteriormente, la nota de Triello pasó a Cudini, que, sin embargo, permaneció entre los mejores de www.scuolazoo.com durante diez semanas. Todo un récord.

Febrero me parece el mes más guay del año. En primer lugar porque nací yo, el 3, para ser más exactos, y en segundo lugar porque durante dicho mes se celebra la fiesta de los enamorados. Quiero decir que el hecho de que un mes se elija como el período en que se festeja a los enamorados es ya de por sí importante, ¿no? En cualquier caso, he entendido que el 3 de febrero es un día especial. En esa fecha nacieron varias personas importantes: Paul Auster, escritor; Felix Mendelssohn, compositor, y Simone Weil, una socióloga francesa. No es muy conocida, pero lo que he leído de ella me ha impresionado mucho. Tenía un carácter profundo y sensible, y en eso me reconozco un poco, pero lo que me preocupa es que justo a los catorce años sufrió una crisis adolescente que la llevó a las puertas del suicidio. Cuando lo leí me quedé de piedra. He de reconocer que a mí también se me ha pasado por la mente. Lo he comentado con mis amigas.

—¿En serio? ¿Y por qué?

Clod me mira sin saber muy bien qué decir.

—Me refiero, es absurdo... ¿Cómo se te puede haber ocurrido una cosa así?

—Bah, no lo sé, quizá sea porque todo me parece muy difícil, el mundo de los adultos parece tan... alejado del nuestro que, cuando pienso en lo que nos espera y a lo que deberemos enfrentarnos, preferiría desaparecer.

Alis permanece durante un momento en silencio. Luego nos mira sonriente.

—Yo lo pienso con frecuencia. —Se calla y a continuación prosigue—: Quizá porque me aburro.

Y nos mira con fijeza adrede, de esa forma que sabe perfectamente que nos hace enfadar.

—¡En una ocasión incluso lo intenté!

—¿Y qué hiciste?

—Bebí ginebra para envalentonarme.

—¿Y después?

—Pues luego no sabía muy bien qué hacer, la cabeza me daba vueltas, me sentía fatal. Al final vomité muchísimo. Mi madre se enfadó porque le manché su alfombra preferida, imagínate... En cualquier caso, ahora que ha pasado todo, no puedo soportar la ginebra ni tampoco la alfombra de mi madre... ¿Salimos?

Ese día se compró de todo y compró también cosas para nosotras. Le habían regalado una tarjeta de crédito no sé por qué extraño motivo. Quizá porque le había contado a su madre esa historia y ella, como no sabía qué decir o qué hacer, le había dado la tarjeta en cuestión. Sea como sea, el hecho de que Simone Weil pensase también en el suicidio me hizo sentir mejor. A una se le ocurren una infinidad de cosas y cree que sus pensamientos son extraños y únicos cuando, en realidad, no es así. Todos pensamos determinadas cosas, pero son pocos los que las cuentan. De manera que la tal Simone Weil debió de decírselo a alguien porque, de lo contrario, no figuraría escrito en su biografía, ¿no? ¡En cualquier caso, me encanta esa Simone! Quiero decir que primero era profesora, luego abandonó la docencia, se convirtió en obrera y escribió sus *Cuadernos*, donde figuran todas sus poesías y reflexiones que, según leo, son «de una rara integridad existencial». Bueno, eso me encanta, porque, si bien no acabo de entender del todo lo que significa, es inusual. Creo que se refiere al hecho de que siempre trató de hacer lo correcto y que, por aquel entonces, quizá no resultaba tan fácil, y, además, la circunstancia de que naciese el mismo día que yo o, mejor dicho, yo el mismo día que ella (dado que vino al mundo mucho antes que yo) nos hace muy similares. Al igual que debo de tener grandes afinidades con el escritor Paul Auster y con el compositor Mendelssohn, dos personas profundas y sensibles, famosas en el mundo porque son o fueron capaces de expresar lo que sentían a través de las palabras y de la música.

Un tipo con el que no me identifico en absoluto es, sin embargo, el director de cine Ferzan Özpetek. También nací el mismo día que él, pero de no haber sido porque Rusty lo adora y me llevó al cine, quizá no habría visto jamás una de sus películas. Ahora, en cualquier caso, no, porque sus películas son... ¿cómo decirlo?, dolorosas, eso es. Y hay ya tantas cosas dolorosas en este mundo que a uno se le quitan las ganas de pagar los 7,50 euros que cuesta la entrada para que alguien le cuente durante dos horas cuánto se sufre. Ya lo sé por mí misma..., ¡y a mí no me paga nadie! Pero, dado que Rusty me había regalado la entrada y que él estaba deseando ver la peli, pues fui, aunque he de decir que después de dos días había olvidado ya *No basta una vida* y ni siquiera la mencioné en mi agenda como un «recuerdo negativo». Quizá tenía razón Rusty cuando me dijo: «Oh, Caro..., algún día lo entenderás.»

Y él no lo dice como nuestro padre, que parece estar llamándome imbécil cuando lo hace, sino con afecto, eso es, igual que el abuelo Tom. En fin, que me hizo entender que no hay que tener prisa para ciertas cosas, que son sensaciones, emociones que maduran con el tiempo, al igual que ciertas clases de fruta, que resulta maravilloso morder cuando llega el momento adecuado. ¡Pero lo que me vuelve realmente loca es que yo nací el mismo día que «Carosello», el mítico programa televisivo! A ver, no es algo que conozca bien o que haya visto, pero mi madre siempre me ha dicho que era fantástico. La abuela Luci le decía siempre: «Acuéstate después de "Carosello".»

Y a mi madre le gustaba esta idea. Después de cenar se lavaba los dientes a toda prisa para poder verlo. Que, a fin de cuentas, era simplemente un conjunto de anuncios como los que hacen hoy, sólo que, por aquel entonces, y según me contaba mi madre, estaban protagonizados por los actores más importantes. Y eran sólo anuncios divertidos, con melodías alegres, con muchos dibujos animados, en fin, que por eso mi madre siempre dice: «¡Yo soy hija de "Carosello" y de su buen humor!»

Quizá se deba a eso su manera de saber tomarse la vida con una sonrisa en cualquier caso, incluso cuando está agotada, ha tenido un día complicado, corriendo para volver a casa, con el tráfico y todo lo demás, para prepararnos la cena.

Pero si mi madre es «hija» de «Carosello»... y yo soy hija de mi madre..., ¿no será por eso que me llamó Carolina? ¡A veces tengo unas paranoias realmente absurdas! ¡Sea como sea, mañana es mi cumpleaños y ya no tendré que mentirle al Lore o al Lele de turno, que consideran tan importante el hecho de tener catorce años!

Pero yo digo... ¿será posible que, de repente, mi visión del mundo, lo que opino de mi padre, de Rusty, de la escuela, de los hombres en general y de cualquier otra cosa que pueda habérseme pasado por la cabeza hasta ahora cambie mañana? No. Yo seguiré siendo la misma, con catorce años en lugar de trece, lo que, en el fondo, quizá incluso me traiga suerte.

Sólo hay algo que me da mucha rabia: Dakota Fanning. ¿Sabéis quién es? Una joven actriz estadounidense que cumple catorce años el 23... Bueno, ella ya es mucho más famosa que yo, pese a que vino al mundo veinte días después, de manera que yo soy mayor que ella. Aprendió a leer a los dos años, sí, pero mi madre me ha contado que yo empecé a escribir a los cuatro, de modo que tampoco me quedo corta, ¿no? Y, en cualquier caso, no cuenta, porque ella ha tenido la suerte de poder relacionarse en seguida con personas que los demás tal vez no conozcamos en toda nuestra vida: Sean Penn, Robert de Niro, Denzel Washington, Tom Cruise, Steven Spielberg, Paris Hilton, Michelle Pfeiffer... En pocas palabras, si frecuentas a gente mayor sueles aprender algo. Si, además, la gente en cuestión es ésa, ¡no es ningún mérito que aprendas a leer a los dos años!

Sea como sea, tengo que reconocer que es realmente buena. Una noche Rusty trajo a casa *El fuego de la venganza*, y, dado que mi madre no quería que la viese, simulé que me iba a la cama y la vi entera con mi hermano.

¡Es genial! Rusty dijo que Dakota Fanning llega a emocionar en esa película, y que Denzel es único, y yo la verdad es que estoy de acuerdo con él y pienso que mi madre se equivocaba al no querer que yo la viera.

La película no me dio miedo en absoluto. Era un poco violenta, eso es cierto, pero he visto cosas peores con Alis y Clod. La relación entre Dakota y Denzel se parece un poco a la que tenemos Rusty y yo, ambos nos sentimos protegidos. Tal vez sea por ese motivo por lo que, a pesar de que la fama que tiene ya a los catorce años, en realidad no me importaría ser amiga suya, y estoy incluso segura de que nos llevaríamos muy bien.

Bueno, ahora me voy a dormir.

El abuelo Tom me dice siempre que «el secreto para vivir mejor es reír y soñar».

No sé si me reiré o si soñaré cosas bonitas, lo único cierto es que me voy a la cama. Considero que no hay nada mejor que pasar el tiempo esperando una fecha que sabes de antemano que te hará feliz. Y mañana será así. El mero hecho de pasar de los trece a los catorce años y de no verme obligada a contar más mentiras me parece lo más. Bueno, ya no tendré que seguir mintiendo... ¡sobre mi edad! Buenas noches.

A la mañana siguiente. El aroma es fabuloso.

—¡No me lo puedo creer! ¡Mamá! Pero si has preparado el roscón de crema y chocolate..., ¡lo adoro, no hay nada mejor para empezar el día! ¡Gracias!

El desayuno es fantástico.

—¡Felicidades, Caro!

Incluso Ale me parece más simpática. Me ha dado un beso por detrás, un abrazo muy fuerte, y he de decir que jamás habría esperado algo así de ella. Pero lo mejor llega cuando salgo de casa.

—¡Noooo!

Están todos ahí: el abuelo Tom, la abuela Luci, Rusty y, detrás de mí, aparecen mis padres y también Ale.

—¿Te gusta?

—Es preciosa...

Camino con los ojos anegados en lágrimas, conmovida por su regalo: una Vespa 50 Special último modelo, de color negro.

Dios mío, la miro con más detenimiento, tiene algunos arañazos y el sillín beis claro, un color un poco garrulo. Por lo visto, la han comprado de segunda mano. Camino alrededor de ella, sí, tiene también alguna abolladura... A decir verdad me habría gustado que me regalaran uno de esos cochecitos, un Aixam, para cuando llueve, o un Chatenet gris oscuro con los cristales ahumados como el de Raffaelli... Pero quizá costaba demasiado incluso usado.

De manera que, después de haberla observado con detenimiento, me detengo y, como una consumada actriz, cierro los ojos conmovida.

—Es realmente preciosa..., en serio.

—Me alegro de que te guste, Caro.

Mi madre me da un beso en la frente.

—Tengo que irme pitando a trabajar.

—Yo también, he pedido una hora de permiso para poder asistir a la sorpresa, pero ahora debo marcharme.

—Gracias, papá. Es un regalo verdaderamente bonito.

—Oh.

Hace un gesto con la mano como si pretendiese decir: «Basta, no digas nada más...» Ese tipo de cosas que se hacen cuando no sabes exactamente por qué has hecho algo.

—Ten, esto es para ti.

Ale me da un paquete, lo abro. Es un casco rosa oscuro con un número en lo alto.

—¡14! Genial...

Luego Rusty se acerca y me da otro.

—Y éste por si debes llevar detrás a una de tus amigas... —y añade, alusivo—: o a uno de tus amigos.

—Monísimo, el mismo casco con otro número encima, ¡14 bis!

—Nosotros hemos pensado en la cadena, así no te la robarán...

—No lo digas ni en broma, abuelo, ¡que trae mala suerte!

—¡Carolina!

—Y este llavero...

—¡Es ideal! Ahora mismo meto las llaves...

Han elegido uno con la letra K que es todo de acero, justo como a mí me gusta, como cuando soy Karolina, con K de Kamikaze. En fin, mi yo de cuando intento hacerme la dura y parecer segura de mí misma... y luego... ¡luego no lo consigo! Y la abuela Luci lo sabe de sobra.

Mi madre intenta poner un poco de orden.

—Venga, Rusty, acompaña a tu hermana al colegio o llegará tarde.

—¡Qué bien! Podemos ir en la Vespa.

—Giovanni conduce, ya te lo he dicho... ¡Tú todavía no tienes el permiso y estás aún medio dormida!

—Pero, mamá, sé llevarla de sobra. ¡Es imposible que me pille un guardia de aquí al colegio, está muy cerca!

—Bueno, si lo prefieres, puedes ir a pie entonces. Venga, Carolina, no protestes tanto, tu hermano te llevará.

Resoplo. ¡Vaya coñazo! Incluso el día de mi cumpleaños tienen que controlar todo lo que hago.

Pero nada más doblar la esquina, Rusty se detiene.

—Coge la Vespa...

Me hace bajar las piernas, acto seguido se apea él también y mete el casco 14 bis en el pequeño baúl que hay detrás.

—¿Qué haces?

—Me voy a casa. Adiós, diviértete en el colegio... ¡y felicidades de nuevo!

Se aleja con esa sonrisa irresistible, ajustándose la cazadora y metiendo las manos en los bolsillos.

—¡Gracias, Rusty James! —grito como una loca y arranco lentamente mi *Luna 9*.

La he bautizado así porque mientras buscaba información sobre lo que había sucedido el 3 de febrero leí que justo ese día, en 1966, una nave soviética aterrizó en la Luna. Se llamaba *Luna 9*. La verdad es que no se puede decir que esos soviéticos tengan mucha imaginación, pero a mi Vespa le queda bien. De hecho, *Luna* me hace quedar de miedo cuando «aterriza» en la puerta del colegio.

—¡No me lo puedo creer! ¿Dónde la has robado?

Gibbo, Filo y Clod se aproximan a mí corriendo, también Alis y algunas otras compañeras me hacen fiestas.

Alis siempre lo sabe todo.

—¡De robar, nada, imbécil, hoy es su cumpleaños!

Me abraza.

—¡Toma, esto es para ti! —Me da un paquete que abro muerta de curiosidad.

—¡Qué pasada! ¡Un iPod Touch! Alis..., ¡es ideal de la muerte!

—Así puedes escuchar todas las canciones que quieras mientras conduces tu nueva Vespa... Te he metido Finley, pero también Linkin

Park, Amy Winehouse y Alicia Keys, para que puedas empezar a usarlo en seguida.

Mola muchísimo, basta con tocar la pantalla para mover las carátulas de los CD. Elijo una canción de Rihanna y me pongo los auriculares. Empiezo a cantar como una loca, bailo, río, salto y grito, con una felicidad que... Choco con una barriga prominente, importante, propia de un profesor. Me quito los auriculares.

—Profesor Leone...

—¿Sí, Carolina?

—Nada..., ¡es que hoy es mi cumpleaños!

Espero un segundo. Luego él también me hace un regalo espléndido: ¡sonríe!

—Bueno, ¡en ese caso, felicidades! ¿Y vosotros, chicos? No es también vuestro cumpleaños, ¿verdad? Pues todos a clase, venga...

La mañana ha sido genial. Todos los profes se han enterado de que era mi cumpleaños y se han abstenido de preguntarme la lección.

Las 11.30. Suena el timbre del recreo.

—Quietos, chicos, no salgáis.

—Pero, profe, tenemos hambre, es la hora del recreo.

—Si os digo que os estéis quietos será porque tengo un motivo, ¿no os parece?

Me quedo un poco sorprendida, pero hago como si nada. En realidad estoy jugando con el iPod Touch... Sin embargo, de repente, entran por la puerta el abuelo Tom y la abuela Luci.

—¡Por eso no quería que bajaseis! —dice el profe.

—En caso de que no lo sepáis, hoy es el cumpleaños de nuestra querida nieta. ¡Felicidades, Caro!

¡La abuela Luci y el abuelo Tom han traído bandejas con pizza caliente! ¡Y además unos sándwiches buenísimos! Y unos bocadillos cuyo simple aroma hace que te ruede la cabeza...

—Abuelo, abuela, no deberíais... Después de la sorpresa de esta mañana...

Y me precipito en dirección a ellos y los abrazo con todas mis fuerzas, primero a uno y luego a otro. Y sólo pienso en ellos. En parte porque mis amigos se han abalanzado sobre las pizzas y ni siquiera nos miran. Pasado un momento, me suelto.

—Gracias, sois realmente un encanto.

Y me dirijo corriendo hacia las bandejas.

—¡Eh, dejadme algo!

Los abuelos permanecen en un segundo plano, mi abuelo con el pelo canoso, mi abuela, en cambio, no. Él es alto y ella, en cambio, no. Se abrazan y se miran de una manera que no soy capaz de describir, pero parecen incluso más felices que yo. A pesar de que luego la abuela cierra los ojos y veo que le aprieta la mano al abuelo y, por un momento, tengo la impresión de que se ha emocionado por algo, de que está a punto de echarse a llorar. Pero después mi atención se centra en Clod.

—Ya has comido un montón de bocadillos.

—Oh, es que me pirran...

—Ya, pero podrías dejar alguno para los demás.

—Pero si ellos prefieren la pizza.

Me encojo de hombros, en cuestión de comida es imposible razonar con ella. Cuando me doy la vuelta veo que mis abuelos ya no están. Por eso son maravillosos. Porque llegan y se van con una sonrisa, porque te sientes amada, porque nunca tienes la impresión de que te están riñendo, porque es como si ellos supiesen en todo momento lo que piensas pero hiciesen como si nada. En fin, que de alguna manera son mágicos, sólo que cuando intento explicarlo no lo consigo.

Luego, a primera hora de la tarde, se produce una extraña sorpresa. Me suena el teléfono. ¿Filo? ¿Qué querrá a estas horas? Son las tres.

—¿Qué pasa, Filo?

—Tengo un problema. Ahora no puedo explicártelo, pero... ¿puedes venir a la estación?

—¿A la estación? ¡Pero si estoy estudiando!

—Vamos, tienes toda la vida para estudiar. Te lo suplico, estoy metido en un lío.

—Pero, vamos a ver, ¿no puedes llamar a Gibbo?

—Tiene el teléfono apagado.

—Sí, eso no te lo crees ni tú.

—¿Acaso crees que si no lo necesitase de verdad te molestaría justamente el día de tu cumpleaños? ¡Tú eres la única que puede ayudarme!

Guardo silencio por un momento. Vaya rollo.

—Te lo ruego...

Pausa. Tengo la impresión de que hace una pausa un poco más larga.

—Eres mi amiga.

—Está bien, ahora voy.

—¡Gracias, Caro!

Cuelga. Hay que reconocer que Filo tiene la increíble capacidad de encontrar las palabras adecuadas para convencerte de que hagas cosas que, de otra forma, nunca harías. Y, si al final no las haces, el tipo encima logra... ¡que te sientas culpable! Él sabe lo importante que es para mí la palabra amistad. Sin embargo, antes de salir quiero despejar una duda.

Marco el número. Sí, es cierto: Gibbo tiene el teléfono apagado.

La estación. Apago la moto, meto el casco en el baúl y después, pese a que no pienso quedarme mucho rato, pongo la cadena que me ha regalado el abuelo. Nunca se sabe. Incluso unos pocos minutos pueden ser fatales.

Me abrocho bien el abrigo, me encasqueto el gorro y recojo dentro de él mi melena rubia, así, para que no se me reconozca mucho, y no porque yo sea famosa como mi amiga Dakota, sino porque una chica sola en la estación... ¿Sabéis cuando en menos que canta un gallo se te pasan por la mente todas las cosas que te han dicho cuando eras pequeña? «Cuidado, no vayas sola a sitios peligrosos, no hables con desconocidos, no abras la puerta a nadie...» ¡En fin, hasta el punto de que si uno te pregunta la hora se arriesga a que le des una patada en cierta parte!

Me calo aún más el gorro, parezco Matt Damon en *El caso Bourne*... Bueno, más o menos, porque yo no tengo problemas de memoria. ¡Sólo me gustaría saber dónde narices está Filo! Lo llamo.

—Hola, ¿se puede saber dónde estás?

—¿Y tú?

—Frente a la estación.

—Entra.

—¿Que entre?

—Sí, pero date prisa, no quiero que me vean.

—¿Se puede saber qué pasa?

—Venga, Caro, no hagas tantas preguntas, eres la única que puede ayudarme. Andén número 7.

—¿Tengo que ir hasta ahí?

—Sí, yo no puedo hacerlo solo.

—Oye, si no me dices lo que sucede, no voy.

—Venga, no seas así, lo sabrás dentro de un minuto.

—Está bien, cuelgo.

—No, sigamos hablando...

—Vale. En ese caso, acabo de entrar...

«Y me estoy gastando un pastón en la llamada», me gustaría añadir, pero me parece un comentario feo. Tal vez sea verdad que tiene un problema serio.

—Vale, ahora dirígete a los andenes...

—Ya está.

—Sigue recto y ve hacia el número 7...

—Bien.

Echo un vistazo al panel de salidas. Andén 7. Antes de un cuarto de hora parte un tren para Venecia. Qué pena, en el de llegadas la procedencia ha desaparecido ya. Bueno, puede que no tenga nada que ver con el hecho de que Filo esté ahí.

—Eso es, Caro. Te veo, sigue avanzando..., vamos...

—Pero ¿dónde estás? Yo no te veo.

—Pero yo sí. Eres tú. Llevas un gorro azul..., ¡para que no te reconozcan!

Resoplo.

—Que sepas que ésta es la última vez; tú eres el único que me mete en estos líos. Gibbo no habría hecho jamás nada parecido...

—¡La verdad es que él también está implicado! —Y los dos aparecen de un salto de detrás de una columna—. ¡Felicidades!

Filo y Gibbo se abalanzan sobre mí, me abrazan y me cubren de besos. La gente que pasa por nuestro lado sonríe divertida.

—¡Venga ya, basta! ¡Sois unos tontos! ¿Era necesario hacerme venir hasta aquí para darme la sorpresa?

Me sueltan.

—Sí. —Filo sonríe—. Mira esto...

Me enseña una sudadera rosa, con su foto y su nombre estampados.

—¡Nooo! ¡Qué guay! ¡Biagio Antonacci! ¡Mi cantante preferido!

—Y esto... —Gibbo las saca del bolsillo—. Son tres entradas para su concierto en Venecia.

—¿En Venecia?

—¡Sí! Y esto. —Filo los saca del bolsillo—. Son tres billetes para el tren. Así que... ¡vamos! ¡Está a punto de salir!

Me cogen de la mano y me arrastran. Tropiezo y estoy a punto de caerme.

—¡Estáis locos! Pero ¿qué voy a decirles a mis padres?

Gibbo me mira risueño.

—Tú tranquila... ¡Hemos pensado en todo! Te quedas a dormir en casa de Alis, que, en el último momento, te ha organizado una fiesta sorpresa.

—Eso es... ¡Tus amigas te han regalado incluso ropa para que te la pongas mañana!

—E irás directamente al colegio desde allí.

Los miro y sacudo la cabeza.

—Lo tenéis todo pensado, ¿eh?

—Claro, no hay que saltarse ni un solo día de clase...

—Eh, que somos chicos serios... ¡Este año tenemos el examen! ¡No podemos tomarnos el curso a la ligera!

Subimos al tren con el tiempo justo. Un instante después siento cómo se mueve debajo de mí y me parece increíble. Me pongo la sudadera. ¡Menos mal que he atado bien la moto! Nos sentamos en un compartimento.

—Ésos son nuestros asientos. Si quieres puedes sentarte ahí. ¿A que no te lo esperabas?

—En absoluto, pensé que Filo se había metido en uno de sus líos...

El tren va adquiriendo velocidad gradualmente. Miro por la ventanilla. Muros altos, calles de cemento y, después, cables de acero, vías que rodean viejos trenes abandonados con el color del óxido.

Chuf. Chuf. Dudum, dudum. Va cada vez más rápido. Dudum, dudum... Y luego, de repente, el verde, los campos húmedos, los árboles, y esa naturaleza que en invierno resulta tan fresca, tan sana y vivificante. Respiro profundamente.

—¡Chicos, son los catorce años más bonitos de mi vida!

Filo y Gibbo sueltan una carcajada. ¡Empieza la aventura! Pasa el revisor y le mostramos los billetes. Tengo sed, pero Gibbo lleva tres botellas de agua en la mochila; me entra hambre y Gibbo tiene también dos Bounty de coco y chocolate, de esos que me gustan a rabiar. En fin, ¿os acordáis de *El caso Bourne*?, pues aún mejor.

Un poco más tarde: son las 18.00. He hablado con Alis, que, claro está, no se ha cortado en decirme lo que pensaba.

—¡No me lo puedo creer! A mí también me habría gustado ir... Es una sorpresa fabulosa..., ¡me muero de envidia!

—Venga ya... ¡Es mi cumpleaños! Duermo en tu casa, ¿vale?

—¡Vale!

Llamo a casa. Por suerte, me responde Ale. A veces es un engorro, pero en ocasiones resulta ideal, es muy fácil mentirle, como coser y cantar.

—¿Lo has entendido? Me quedaré a dormir en casa de Alis y mañana iré directamente al colegio desde allí.

—Vale.

—Repítelo.

—Uf... Te quedarás a dormir en casa de Alis e irás al colegio directamente.

—Y en caso de que quiera hablar conmigo...

—Que te llame al móvil.

—¡Eso es! ¡Veo que estás mejorando!

De hecho, justo cuando estamos a punto de llegar, me suena el teléfono.

—Es mi madre, ¿y ahora qué hago?

—Espera.

Gibbo se levanta y cierra la puerta del compartimento.

—Vale... —Exhalo un largo suspiro—. ¡Hola, mamá!

—Hola, Caro, ¿todo bien?

—Sí, de maravilla, Alis y mis amigas me han organizado una sorpresa estupenda.

Pero justo en ese momento la «sorpresa» me la da el tren. Por la megafonía suena una voz metálica: «Atención, los pasajeros que deseen comer algo tienen a su disposición el vagón restaurante...»

No espero a que siga: pulso una tecla y apago el teléfono.

—Vaya tela. ¡Sólo me faltaba esto! ¡Tenían que anunciarlo precisamente ahora! Espero a que acabe y luego llamo de inmediato a mi madre.

—¿Qué ha pasado?

—Nada, que no tenía mucha batería y se ha cortado.

—Ah...

Intento calmarla.

—Por suerte, una de mis amigas tenía el cargador y lo hemos enchufado.

—Está bien. Pero ¿cómo lo harás para ir mañana al colegio?

—Me han regalado una camiseta, e incluso una muda de ropa interior.

—Ah..., veo que tus amigas han pensado en todo.

—Sí...

Miro a Gibbo y a Filo. Han estudiado hasta el último detalle de esta preciosa sorpresa...

—Está bien... Yo hablaré con tu padre.

—Gracias, mamá.

—No llegues muy tarde, Caro.

—No te preocupes, nos vemos mañana a la hora de comer.

Cuelgo y exhalo un suspiro de alivio.

—¡Yujuuu! Todo ha salido a pedir de boca.

Los abrazo y salto con ellos de felicidad. Y me siento más ligera, como si me hubiese quitado un peso de encima. Justo en ese momento, el tren se detiene.

—Venecia.

Esta vez soy yo la que los coge de la mano.

—¡Venga, bajemos!

Los arrastro fuera del tren y salimos de la estación. Nos adentramos en los canales de Venecia. Hay agua por doquier. Atravesamos pequeños puentes. La ciudad está llena de turistas. Hace un poco más de frío que en Roma, quizá porque es más tarde.

Nos divertimos sopesando la posibilidad de dar un paseo en góndola.

—Sí, finjamos que somos una pareja de tres... Aunque seguro que cuesta una pasta.

—Bueno, intentémoslo de todas formas.

Filo es así. Tiene la cara muy dura. Va a hablar con uno de los gondoleros, un tipo simpático con un bigote muy poblado y cuatro pelos rubios. Gibbo y yo lo contemplamos desde lejos. No hay nada que hacer, el gondolero sacude la cabeza. Filo vuelve a nuestro lado.

—¿Y bien?

—¡Pide doscientos cincuenta euros!

—¿Qué? ¡Eso será por vender la góndola! Si es que alguien la quiere.

Me echo a reír.

—¡Yo ni siquiera sabría llevarla!

—Esperad un momento —decido—. ¿De cuánto dinero disponemos?

—Yo tengo veinte.

—Yo treinta.

—Yo cincuenta.

Gibbo hace la suma en un abrir y cerrar de ojos.

—Tenemos cien euros en total.

—Ya... Pero si luego necesitamos algo, si tenemos hambre o si pasa algo...

Los dos se llevan la mano al paquete al mismo tiempo.

—Por mucho que queráis espantar la mala suerte, tenemos que pensar en todo...

Decido probar en cualquier caso, de manera que me dirijo al gondolero.

—Buenas... Tal vez le parezca raro lo que voy a decirle, pero resulta que hoy es mi cumpleaños y mis dos amigos me han dado una sorpresa y me han traído hasta Venecia. Sólo que ése de ahí...

Y le cuento una historia que ni siquiera yo sé cómo se me ocurre. Sea como sea, resulta tan creíble que logro conmover al gondolero.

—Está bien... De acuerdo.

Vuelvo toda contenta al lado de Gibbo y de Filo.

—Nos dará una vuelta más corta, pero ¿sabéis cuánto nos costará?

—Desembucha.

—¡Cuarenta euros!

—¿Cómo lo has conseguido?

—Bueno, de alguna manera el mérito es tuyo, Gibbo.

—¿Por qué?

—Venga, vamos y luego te lo explico.

—Hola... —El gondolero nos ayuda a subir. El último en hacerlo es Gibbo—. Hola...

Lo saluda casi con pesar, de manera que Gibbo nota que pasa algo raro y se acerca a nosotros. Los tres nos sentamos sobre el cómodo banco tapizado con una extraña tela peluda. Gibbo se asegura de que el gondolero no nos mira y luego me pregunta:

—Pero ¿qué le has dicho?

—¿Por qué?

—¡Me ha recibido como si se tratase de mi último paseo en góndola!

—De hecho, es así.

—Venga ya, déjate de bromas.

—Nada. Le he dicho tan sólo que tus padres te acaban de dar la noticia de que se van a separar.

—Bueno, podría ser..., se pasan la vida discutiendo.

—Y que tú irás a parar a una especie de internado.

—¿Ah, sí? Espero que, al menos, hayas elegido un buen sitio.

—¿Y qué más da?, si, de todas formas, no irás.

—¿Y eso por qué?

—Porque te has escapado.

—¿Y mis padres no me buscan?

—No, les importa un comino. Además, tu padre se ha enterado de que no es tu verdadero padre.

—¡Lo que faltaba!

Filo se echa a reír.

—¡Con un desgraciado semejante a bordo, debería darnos la vuelta gratis!

Pasamos por debajo de los pequeños puentes que unen las calles de Venecia. El gondolero se llama Marino, es amable y tiene una bonita sonrisa bajo el bigote. No sé por qué, pero tengo la impresión de que es una buena persona, y no tarda en demostrármelo.

Cuando bajamos de la góndola, Gibbo, que se ocupa del fondo comunitario, le paga. En ese momento, Marino me llama y hace un aparte conmigo.

—Carolina, la historia de ese chico era muy triste... Tan triste que al final... no creí ni una palabra.

Nos miramos a los ojos y él suelta una carcajada.

—Diviértete, vamos —añade luego con acento veneciano—: Quien no la hace en carnaval la hace durante la cuaresma.

En la práctica, eso quiere decir: «Quien no hace las locuras de juventud las hace después durante la vejez.» Muy simpático, sí, si bien no acabo de estar del todo de acuerdo con lo que dice... ¿Por qué una cosa debe excluir a la otra? ¡Yo quiero seguir haciendo locuras cuando sea abuela! Y con el propósito de no dejar de hacer locuras en el futuro, doy alcance a Gibbo. Oigo que está leyendo la guía que ha comprado por doce euros. Filo lo escucha y le hace preguntas a su manera, o sea, en parte estúpidas y en parte no. Yo camino detrás de ellos; como ha dicho Marino, para mí es a la vez carnaval y cuaresma. Me siento mayor paseando por Venecia, y estoy segura de que ésta será una de esas cosas que un día, de pronto, no importa cuánto tiempo haya pasado, recordaré con todo detalle. Y espero que entonces Filo y Gibbo sigan estando presentes en mi vida, y que todo sea como ahora, que no cambie nada, ni siquiera una coma. No obstante, mientras lo pienso me invade cierta tristeza. Sin saber muy bien por qué. Quizá porque, en el fondo, sé que no podrá ser así.

Gibbo se vuelve hacia mí.

—Eh, se me ha ocurrido una idea...

Entonces me mira y se percata de que algo no va bien.

—¿Qué te ocurre, Caro?

—Nada, ¿por qué?

—No sé, tenías una cara...

—Te equivocas... Venga, ¿qué era lo que querías decirme? ¿Se te ha ocurrido una idea? —Vuelvo a sonreír y hago como si nada; Gibbo es un cielo porque o bien se lo traga, y eso quiere decir que me estoy convirtiendo de verdad en una consumada actriz, o se hace el sueco y cambia de tema.

—Mirad. Leo, ¿eh?... —Señala la guía—. En los *bacari* a esta hora se toma la «sombra». Se trata de un aperitivo con bacalao, aceitunas, pescaditos y croquetas... Además de muchas otras cosas ricas. ¿Os apetece ir?

Poco después nos encontramos sentados en unos taburetes altos de madera con unas pequeñas mesas delante abarrotadas de comida deliciosa, para chuparse los dedos. Bacalao desmenuzado con leche, sardinas marinadas, almejas, caracolas de mar, chipirones apenas hervidos, y «nervios», que son pedacitos de ternera con vinagre y aceite. La verdad es que estos últimos no me gustan mucho porque están algo duros, ¡pero el resto está riquísimo! Y así..., me olvido de la dieta. Por otra parte, esto sólo se hace una vez cada catorce años, ¿no? Luego descubrimos que el nombre de «sombra» se debe al hecho de que justo a esa hora el sol se pone y, por tanto, se bebe... una sombra. De manera que nos tomamos el *spritz*.

—Debe de llevar un poco de bíter o alguna clase de aperitivo, agua mineral y vino blanco. Es ligero...

Gibbo y su guía, de la que no se separa bajo ningún concepto.

Sólo que el tal *spritz* no es tan ligero como dice y, al final, un poco aturdidos, mejor dicho, prácticamente borrachos, llegamos sin saber muy bien cómo a Mestre, la localidad donde se celebra el concierto de Biagio. ¡Qué hombre!

Empieza cantando *Sappi amore mio*, después *Le cose che hai amato di più* y *L'impossibile, Se è vero che ci sei*, y luego *Iris*. Y con esta última os aseguro que me emociono. ¿Sabéis cuando sientes un extraño estremecimiento y te gustaría que te abrazasen? Estoy con mis amigos, de acuerdo, pero no sé por qué echo de menos a Massi. O, mejor dicho, el amor. ¡Quiero decir, el sabor de un beso, la felicidad absurda, poder llegar con la punta de los dedos a tres metros sobre el cielo! Todo aquello que sólo el amor loco, repentino, mágico, absurdo y único puede hacerte experimentar. Sin embargo, en lugar de eso, me abrazo a Gibbo y a Filo.

—Eh, bailemos juntos...

—Tengo una idea: vamos a mandarles un mms a Clod y a Alis. ¡Por favor! ¡Me gustaría que supiesen lo que estamos viviendo! Venga, Gibbo..., ¿me grabas tú?

Y bailo con el escenario a mis espaldas mientras Biagio canta *In una stanza quasi rosa*, sonrío a mis amigas, les mando un beso y me siento como una especie de *video jockey* en medio de toda esta gente mientras canto la canción: «Mira este amor que crece y hace que nos sofoquemos en esta habitación, así que fuera, vistámonos y salgamos a iluminar todos nuestros sueños», y al final cierro los ojos emocionada.

—¡Hecho!

Gibbo me devuelve el móvil y yo echo un vistazo a lo que ha grabado.

—¡Es superguay! ¡Al fondo se ven las luces y a Biagio!

En un abrir y cerrar de ojos, se lo mando a Alis y a Clod a cobro revertido mediante el número 488.

Alis me responde en menos de un segundo: «Me muero de envidia.»

Después llega la respuesta de Clod o, mejor dicho, la de Telecom Italia. ¡El mms ha sido rechazado! Recibo su mensaje poco después: «¡No tengo un euro! ¿Te estás divirtiendo? ¡Espero que sí! Me lo enseñas mañana en el colegio, ¿vale?»

Luego sigo cantando bajo las estrellas, bajo las nubes que pasan ligeras. Y bailo, bailo con los ojos cerrados, a un paso del escenario, entre la gente que se abandona en el estadio de Mestre, y me pierdo entre las notas de esa música y me siento mayor y feliz y, por un instante, no estoy muy segura de querer volver a casa. Pero es sólo un instante. Poco después, en el tren de regreso, río para mis adentros.

—¿Qué hace Gibbo? ¿Duerme?

Filo lo mira y asiente con la cabeza. Seguimos contemplando la noche por la ventanilla que corre ante nuestros ojos y vemos algunas casas que todavía tienen las luces encendidas. También algunos televisores con sus reflejos. Alguna habitación vacía, alguna persona asomada al balcón fumando un cigarrillo. Ellos no saben que los estoy mirando, que una parte de su vida ha entrado en la mía. Filo ha encontrado un trozo de cuerda y lo balancea delante de la nariz de Gibbo, que se la rasca rápidamente y después sigue durmiendo inmóvil, en tanto que nosotros nos reímos.

—¡Chsss!

Me tapo la boca con la mano por miedo a despertarlo. Pero Filo vuelve a repetir su juego como si nada... Y el tren no se detiene, sino que, en cambio, vuela en dirección a Roma. Llegamos con el tiempo justo para bajar.

—¿Qué hora es?

Gibbo es el único que ha dormido. Filo lo empuja.

—¡Deberías estar más despabilado que nosotros y, en cambio, estás atontado perdido!

—Son las siete y media... Tenemos el tiempo justo para ir al colegio.

—Pero ¿no pensáis desayunar?

—¡Claro que sí, en el bar de enfrente!

—Vale.

Nos precipitamos a nuestros respectivos medios de transporte. Por suerte, la moto sigue allí. Me pongo el casco y, debajo, los auriculares del iPod Touch. Y pongo ni más ni menos que *Iris* de Biagio y, mientras conduzco en dirección al colegio, tengo la impresión de estar todavía en el concierto. En cuanto bajo de la moto, Alis y Clod se abalanzan sobre mí.

—¡Tía, menuda chulada! ¿Te has divertido? Pero ¿qué habéis hecho? ¿Dónde cenasteis? ¿Habéis visitado algún sitio guay?

—¿Cómo es que no os habéis quedado en Venecia? Enséñame esa película que querías mandarme...

Alis la empuja.

—Ah, yo ya la he visto..., ¡es superguay!

—Me había quedado sin saldo.

—Como de costumbre.

Y falta poco para que se pongan a discutir.

—¡Chicas, a clase!

Esta vez es la profe de matemáticas la que nos salva. A todo esto, yo ni siquiera he desayunado. No obstante, ha sido lo más divertido que he hecho en mi vida.

Recibo un mensaje de mi madre.

«¿Todo bien? ¿Estás en el colegio?»

«Sí, claro», le respondo.

Y me entran ganas de echarme a reír. Si sólo pudiese imaginarse que he cogido un tren, he ido a Venecia, después a Mestre, que he asistido al concierto de Biagio y he pasado la noche en el tren de regreso a Roma, se moriría. Me vuelvo. Filo se ha desplomado, duerme sobre el pupitre mientras la profe explica la lección. Gibbo, en cambio, está fresco como una rosa y, mientras la profe escribe en la pizarra, se inclina sobre el pupitre y le hace cosquillas a Filo en la oreja con un trozo de papel.

Filo se agita, después se despierta de golpe y empieza a rascarse con fuerza. Todos rompen a reír. Cudini, claro está, lo graba todo. La profe se vuelve.

—Quietos, chicos... Pero ¿se puede saber qué os pasa hoy?

Gibbo está inmóvil en su sitio. Sonríe. De una manera u otra, se ha vengado de Filo.

¡Soy genial! ¡He aprobado el examen para el permiso! ¡He cometido dos errores, pero he aprobado! Mi madre estaba muy contenta, mi hermano también, mi padre... un poco menos. Quizá no acababa de creérselo. ¡Ni siquiera yo misma me lo creo! De hecho, la vez que hice algunas prácticas en el patio de casa con la moto de mi hermana no mostré, lo que se dice, grandes habilidades. Por un pelo no choqué incluso contra el coche de Marco, mi vecino, ¡pero por suerte conseguí desviarme a tiempo! Sin ocasionar daño alguno. Así que ahora ya tengo el permiso... ¡A toda Vespa! Bueno, aunque la verdad es que la he conducido mientras tanto.

Ahora voy como un rayo. Se acabaron los problemas. Al contrario, me divierto recorriendo las calles. Aunque he de reconocer que para ir a casa de los abuelos, dado que nunca he ido conduciendo por mi cuenta, he tenido que consultar el callejero de internet, que es genial: te da el recorrido exacto y lo imprimes en menos que canta un gallo. Luego te lo metes en el bolsillo, y ¡zas!, en menos de ocho minutos, dos menos de los que decía Google Maps, estaba ya en su casa. Sólo me he parado una vez para consultar una calle donde debía girar. La abuela ha salido a hacer la compra. El domingo quiere invitar a varias personas a comer porque es su cumpleaños. El abuelo está en su pequeño estudio dibujando. Lo hace muy bien. Con unos cuantos trazos consigue crear en un instante una escena, un paisaje, una casa o una persona.

—¿Qué estás haciendo, abuelo?

Me sonríe sin mirarme.

—Una tarjeta para tu abuela... Mañana es 14 de febrero, el día de los enamorados.

—Sí, ya lo sé.

Sigue dibujando. Usa rotuladores de diferentes colores, los abre, pinta, cierra el tapón y los deja caer sobre la mesa, y luego otro, y otro más.

—¿Te gusta?

—¿A ver? ¡Me encanta!

Reconozco a la abuela cocinando; además, hay una mesa al fondo con gente sentada alrededor.

—¡Pero si ésa del rincón soy yo!

—Sí... Y el que está a tu lado es tu hermano, ¿cómo lo llamas? Rusty John...

—¡James!

—Eso es... Rusty James, Alessandra..., ¡y ése soy yo!

—Sí, ya me había dado cuenta.

—Y ella está cocinando todas esas cosas tan ricas que sabe hacer...

—Pues sí...

El abuelo sujeta un corazón grande y rojo en el que puede leerse: «Para ti, que alimentas mi corazón.»

—¡Es precioso, abuelo!

Mira satisfecho su dibujo y sonríe complacido. Lo mira otra vez. A continuación se oye el ruido del ascensor y después la llave en la puerta.

—Chsss... ¡Es ella!

—¿Estáis en casa?

La abuela Luci entra en el estudio.

—Hola... ¿Se puede saber qué estáis tramando? —Arquea las cejas risueña.

—Nada, sólo estábamos charlando...

—¡Sí! —Miro al abuelo con alegría—. Quiero llevar al abuelo en la moto, detrás de mí...

—Está prohibido, te pondrán una multa...

—¿Y tú qué sabes?

—Lo he leído... Tienes que esperar a tener dieciséis años.

Luego se acerca al abuelo y lo besa ligeramente en la boca con una sonrisa que, desde donde me encuentro, puedo sentir rebosante de amor.

—Te he traído lo que me has pedido...

—¿Lo que me gusta?

En un abrir y cerrar de ojos, el abuelo se transforma en un niño mucho más pequeño que yo.

—¡Sí, eso mismo! Voy a prepararos algo de comer, ¿os parece bien?

—¡Sí, abuela, deja que te eche una mano!

Así que entramos en la cocina. La abuela abre un paquete de patatas fritas y las echa en un plato grande.

—Esto era lo que me había pedido..., patatas con pimentón.

—Ah...

Y yo que me esperaba no sé qué misterio... Acto seguido comenzamos a dar vueltas por la cocina, preparando la comida, colocando las servilletas, los vasos y todo lo demás, hablando de nuestras cosas. La abuela me hace un montón de preguntas y yo le contesto encantada, encantada de que estemos juntas, disfrutando de ese amor que se respira por toda la casa. Todo me parece muy sencillo y le cuento un sinfín de cosas que, en ocasiones, incluso haciendo un esfuerzo enorme, no consigues decir verdaderamente.

Los profesores han empezado a hablarnos de los exámenes, ¡pero yo los veo todavía tan lejos que no quiero ni oír hablar del tema! Entre otras cosas, en abril se celebrará una reunión general con los padres, la última, la definitiva, madre mía, no puedo volver a meter la pata. Pero ¡¿no habían dicho que iban a dejar de hacerla?! He bajado de internet un montón de tesinas, pero no sé si serán suficientes. Mi hermana me dijo una vez que lo de la tesina es una chorrada, pero con ella nunca sé a qué atenerme, no se parece en nada a mí. De manera que me parece que en historia podría hablar de la Italia de la posguerra; en geografía, de Oceanía; en italiano, de Svevo o de Calvino; ¿y en ciencias? No lo sé. ¿Podría relacionar Oceanía con terremotos y volcanes, porque es una zona muy dada a ellos? Ni idea. Para francés y arte había pensado en Henri Matisse. ¿Me iría bien con esa época? En inglés me centraré en Australia; música no sé si entra en el examen, pero de todos modos la podría incluir en historia y hablar de jazz; en tecnología, no sé cómo hacerlo. Además, no tengo claro si es mejor repasar todo el programa de las asignaturas o si al final no sirve de nada. ¡Bah! No lo aguanto más. Mientras me debato en este mar de dudas, desenvuelvo el bocadillo bajo el pupitre, me inclino escondiéndome detrás de la compañera que se sienta delante de mí y trato de lamer un poco la Nutella que se ha salido por el borde. Clod me ve desde su pupitre y me llama. Faltaría más, está dispuesta a ofrecerse como voluntaria. Oh, como si la hubiese invocado, suena la hora del recreo... Y en seguida llega la noticia bomba:

—He roto con Dodo.

—¿Qué quieres decir?

—Pues eso, que se acabó... Estaba harta.

Clod y yo permanecemos en silencio. Después me encojo de hombros.

—Lo siento, pero... Quizá podría haber llegado a ser una historia importante..., con el tiempo...

Clod, la gran curiosa, le pregunta con malicia:

—¿Quería ir demasiado lejos?

—¡Ojalá fuera ése el motivo! —Alis se enciende un cigarrillo, quiere parecer transgresora—. Nada, hasta eso le importa un comino... Sólo piensa en jugar a fútbol con sus amigos, en beber con sus amigos, en salir con sus amigos y, cuando no es así, se pasa el tiempo en el establecimiento de su madre... ¡Joder, chicas, ¿quién puede desear una vida así?!

—Ya...

Lo cierto es que no sabemos muy bien qué decir. Se esforzó tanto en conseguirlo que, por un momento, parecía incluso enamorada. Puede que sólo lo hiciera porque organizamos esa competición, porque quería demostrar que era la más fuerte y destacar como de costumbre. Pero esto lo pienso y punto; es evidente que no puedo decírselo.

—Habéis roto justo hoy, el día de San Valentín...

—Ayer. Le había comprado un regalo incluso, pero la sola idea de pasar la velada con él... No podía soportarlo.

—¿Qué le compraste?

En ciertas ocasiones Clod, en lugar de estarse calladita como debería, no para de hablar; es superior a sus fuerzas.

—Oh, una cámara de fotos digital. No se la he dado, la tengo aquí. Es más, ahora mismo os saco una foto...

Posamos y Alis nos retrata alzando la cámara y enfocándonos a las tres mientras ponemos unas caras absurdas. Luego comprueba cómo ha salido.

—¡Perfecta! Oíd, hagamos algo...

—¿Qué?

—Esta noche podríamos cenar las tres juntas en las mismas narices de todos los enamorados, ¿os apetece? Yo invito... ¿Sabéis adónde podemos ir? A Wild West, en la Giustiniana. Es un sitio genial.

—¡Vale!

Y, por suerte, la tarde transcurre sin sobresaltos, sin muchos deberes que hacer siquiera. Me tumbo sobre la cama con los pies en alto y el iPod encendido. Escucho un poco de música al azar. Es increíble. Parece que esos cantantes te conozcan, que vivan contigo y que puedan oír incluso tus pensamientos. Ésa es, al menos, la impresión que tengo cuando escucho determinadas canciones. Dicen, palabra por palabra, todo lo que siento y lo que me gustaría poder decirle, por ejemplo, a Massi. Hasta la manera en que me gustaría hacerlo. Ni más ni menos. Habría que agradecer a los grupos y a los cantantes que hablen por nosotros. Quieres a alguien pero eres tímida o piensas que tal vez te equivocas, así que le dedicas esa canción y arreglado. Y, si eres afortunada, bueno, él entenderá todo lo que no has logrado decirle, y hasta puede que te dedique otra. Canciones para canturrear, escuchar una y otra vez y bailar juntos en una fiesta. Canciones para permanecer abrazados, canciones para copiar en el diario... Massi y yo tenemos nuestra propia canción. Qué gracioso, no tenemos una relación, pero sí una canción.

—Esta noche salgo, mamá.

—Eh, ¿no estás estudiando poco últimamente?

—No tenía mucho que hacer para mañana.

—Vale, pero a las once te quiero de vuelta... —Luego reflexiona por un momento—. ¿Por qué sales precisamente esta noche? San Valentín... ¡¿Con quién vas?!

—¡De eso nada! —«¡Ojalá!», me gustaría decirle—. Salgo con Alis y Clod.

—¿Seguro?

—¡Por supuesto! Te lo diría, ¡¿no?!

Pienso de nuevo en Biagio Antonacci y ya no estoy tan segura.

Justo en ese momento Ale pasa por nuestro lado.

—Pero, mamá..., ¿quién iba a ser el guapo que querría cargar con ella?

—Qué simpática... ¿Y tú qué haces? ¿Sales con Giorgio o con Fausto?

—Con ninguno, los he dejado a los dos.

—Oh, vaya... ¡Has hecho bien!

—Sí, pero ahora salgo con Luca...

Mi madre pone cara de desesperación. Trato de animarla.

—Lo dice adrede, ya sabes cómo es. No es cierto. Sólo lo dice para molestarte.

Veo que se siente un poco más aliviada, pero yo, si he de ser sincera, no estoy tan segura.

Son las 20.30. Suena el telefonillo.

—¿Podéis abrir? ¿Quién será a estas horas?

—Es para mí, papá. ¿Sí?

—Estoy aquí abajo —me responde Clod.

—Voy en seguida.

—Por lo visto, ahora sales todas las noches...

—De eso nada, papá... Jamás he salido entre semana. Además, se lo he dicho a mamá.

Mi madre aparece en ese momento con unos platos.

—Sí, es verdad, me lo ha dicho.

Mi padre insiste. Debe de estar nervioso, como de costumbre.

—El hecho de que lo haya dicho no significa nada.

—Pero si sale con sus amigas...

—No es eso.

—Pero...

Empiezan a discutir. Lo siento mucho por ellos, pero Clod me espera abajo. Además, me apetece salir. Me ahogo en esta casa. Sobre todo cuando se producen esas discusiones tan estúpidas, tan inútiles, tan..., ¡tan así que me sacan de mis casillas! Salgo del salón dando un portazo. Adrede. Y a continuación bajo a toda prisa la escalera y salto los últimos escalones antes de cada rellano. Dos. Acto seguido, tres. Después incluso cuatro a la vez. Estoy enfadada. Mucho. Mi padre siempre trata mal a mi madre. No entiendo por qué ella sigue con él. Quizá sea por nosotros, sus hijos. Sí, de alguna forma es culpa nuestra. Odio a mi padre. Odio que ataque de ese modo mi felicidad.

—Venga, vamos.

—Eh, ¿qué te ocurre?

Clod arranca a toda velocidad obedeciendo a mi orden.

—Nada, no sucede nada.

Golpeo con fuerza el salpicadero del coche.

—Eh, no se lo hagas pagar a él, que no tiene la culpa... Si te sirve de consuelo, yo también he discutido con mi madre. No quería dejarme salir... A veces me gustaría cambiarme por Alis...

—Pues sí.

Nos callamos, permanecemos en silencio durante un buen rato, salvo cuando le doy las indicaciones pertinentes.

—Al fondo y a la derecha. Luego todo recto.

Y Clod sigue conduciendo concentrada, sin abrir la boca, sin hablar. Poco a poco me va pasando la rabia, sin ningún motivo. Es más, incluso llego a olvidar lo que ha sucedido.

—¡Caray, es fantástico!

Abro el estuche y lo miro.

—Tienes el último de Maroon 5... ¿Quién te lo ha dado?

—Aldo me ha hecho una copia.

—¿En serio? Es un ciclo...

La miro. Me mira. Sonríe.

—¿Me lo prestas para que lo suba a mi iTunes y así lo tengo en el iPod?

—¡Claro!

—Bien.

Y sigo bailando hasta que llegamos a Wild West. Alis nos espera fuera del local.

—¿Qué pasa?

—Nada, ¡que sólo hay tres parejas y, por si fuera poco, son más viejos que nosotras!

Miro dentro.

—Bueno, a mí no me parece tan mal... ¡Además, uno de ésos se parece a mi hermano!

—De eso nada, ojalá, me derretiría nada más verlo... Es suficiente con mirarlo a los ojos, ¡ése es viejo por dentro! Venga, larguémonos...

Y sube a su coche.

—¡Pero si has reservado mesa!

—¡Sí, sólo que a nombre de Clod! ¡Seguidme!

Arranca a toda mecha. La seguimos a dos mil por hora y al final llegamos a Celestina, en Parioli. Alis deja el vehículo en manos del aparcacoches.

—Si me lo rayas, te mato...

Se lo dice riéndose, pero tengo la impresión de que no habla en broma. Entramos.

Se acerca un camarero.

—Buenas noches.

—Hemos reservado mesa para tres, a nombre de Sereni.

Alis debe de haber llamado desde el coche. Esta vez ha dado su nombre: estaba segura de que nos quedaríamos.

—Hola, Alis.

—Buenas noches.

La saluda una mujer que está cenando con un tipo extraño, los dos tienen la cara un poco retocada. Quizá sean amigos de su madre. Por el modo de vestir es muy probable.

—Ésta es vuestra mesa.

Nos sentamos. Alis mira alrededor.

—Aquí estamos mucho mejor.

—Sí, claro.

—Y también está más cerca...

—Sí, pero la gente no es muy interesante que digamos.

Aun así, en las mesas se ve un poco de todo, hay parejas de todas las edades.

—Eh, pero ¿ésa no es...? ¿cómo se llama? Sí...

Miro en la dirección que Alis nos indica con la barbilla. Sí, es ella. Y está con otro, el día de San Valentín precisamente, quiero decir, no en una cena cualquiera.

—Claro que es ella, pero yo tampoco recuerdo su nombre.

Alis insiste:

—¡La novia de Matt!

—Melissa...

—¡Eso es, Melissa!

Pese a que nos separa cierta distancia, la chica parece habernos oído y desvía la mirada hacia nosotras. Clod y yo nos hacemos las locas. Alis, en cambio, se la sostiene. Es más, veo que incluso arquea las cejas como diciendo: «Eh, guapa, ¿qué haces cenando con otro?» Después se vuelve hacia nosotras. Al parecer, por fin ha dado por zanjado el enfrentamiento.

—No me lo puedo creer. Él le ha cogido la mano. Se la está acariciando...

—¿Y qué?

—¡Pues que Matt y ella han roto!

—Mañana lo llamo...

—¡Alis! Pero si ése apenas se acuerda de mí, y a ti debe de haberte visto una sola vez.

—Sí, pero por la forma en que me ha mirado... Verás cómo se acuerda. Se acuerda...

—Lo que tú digas...

Abro la carta. Alis me saca de quicio cuando hace esas cosas. ¡Está demasiado segura de sí misma! Y, además, perdona, quizá vaya yo antes, ¿no? Ya está, me estoy poniendo nerviosa, pero, en realidad, no con ella, sino conmigo misma. Creo que debería decirle esas cosas. Debería discutirlas con ella y hacérselas notar, en parte porque sé que tengo razón. Bueno, quizá la próxima vez. Y también esto me cabrea un poco porque al final lo pospongo siempre para la próxima vez. Y, en ocasiones, cuando me gustaría contestarle no me salen las palabras adecuadas, de manera que lo dejo estar. Luego, cuando llego a casa, se me ocurre la respuesta perfecta, ¡pero entonces ya es demasiado tarde!

—¿En qué piensas?

—Oh, en nada...

Como muestra, un botón...

—Entonces, ¿qué? ¿Lo habéis decidido ya? Daos prisa, que el camarero ya viene.

Alis nos mira esperando a que nos decidamos.

—Yo tomaré un entrante de carne, y luego pasta *all'amatriciana*.

—Veo que quieres guardar la línea, ¿eh?... ¿Y tú, Clod?

Clod cierra la carta.

—Yo sólo una ensalada.

—¿Eh?

Alis y yo nos miramos a punto de desmayarnos.

—No me lo puedo creer...

—¿Qué te ha pasado?

—¿Te ha entrado por fin en la cabeza esa palabra que tanto odias..., dieta?

—Qué graciosas. Es que no tengo mucha hambre.

Cuando llega el camarero pedimos lo que hemos elegido. Alis opta por una langosta a la catalana, que yo probé una vez y me pareció que tenía demasiado vinagre, pero por lo visto a ella le encanta. En cuanto el camarero se aleja retomamos nuestras pesquisas.

—¡Queremos saber el motivo de esa dieta!

—Sí, qué es lo que te ha llevado a entrar en razón...

—¿Qué ha pasado?

—¿Alguien te ha hecho algún comentario?

—¿Tus padres? ¿Un chico?

—¿Ha sido por algo que has visto en una película?

—¿Un sueño?

Nos divertimos acribillándola a preguntas hasta que, por fin, Clod no puede resistirlo más.

—Vale, vale... Ya está bien.

Se queda por un instante en silencio. Nosotras también.

—Es que...

—¿Qué?

Clod nos mira por última vez, después esboza una amplia sonrisa.

—Estoy saliendo con Aldo.

—¡Nooo!

—¡No me lo puedo creer!

Alis se echa hacia atrás con tanta fuerza que está a punto de caerse de la silla. Yo estoy feliz a más no poder, si bien aún me cuesta dar crédito.

—No es una broma, ¿verdad?

—¿Te parece propio de mí bromear sobre esas cosas?

—Cuéntanos...

Poco a poco, en nuestra mesa se produce una suerte de silencio, ese que sólo la palabra amor sabe crear. Porque el amor, es decir, la manera en que dos personas se conocen, se frecuentan, se llaman por teléfono, empiezan a salir juntas o rompen, le interesa siempre a todo el mundo, es inevitable. Si, además, quien te lo cuenta es alguien como Clod, te emocionas aún más.

—Pues bien, la clase de gimnasia se había acabado ya. Me había duchado y todavía tenía el pelo un poco mojado. Cuando salí, él estaba allí, en la puerta del gimnasio. Llovía y las gotas se veían a contraluz porque la bombilla de la farola estaba fundida...

—¡Caramba! Es perfecto...

Clod le sonríe a Alis.

—Extrañamente, Aldo no hizo ninguna imitación. En lugar de eso, nos miramos y nos echamos a reír. Después pasó un coche pegado a la acera a gran velocidad; no nos había visto, y poco faltó para que quedásemos como sopas.

—¡Precioso, igual que en las películas!

—Sí, de manera que acabamos pegados el uno al otro... Y, no sé cómo, nos besamos.

—Como dos imanes que se atraen...

—Sí, claro, como dos imanes...

Alis siempre tiene que reventarlo todo.

—¿Entonces? ¿Se puede saber qué haces aquí?... ¡Deberías estar celebrándolo con él, ¿no?!

—De hecho, me ha mandado un mensaje, quizá nos veamos luego.

—¡De eso nada, ve ahora mismo!

Clod mira a Alis como si le estuviese preguntando «¿Puedo?». Pero yo no lo pienso dos veces e insisto:

—¡Venga! ¡Yo me quedo con Alis!

—¡Claro..., nos haremos compañía mutuamente!

En cuanto acaba la frase, Clod casi vuelca la mesa.

—Gracias, habíamos organizado una cena pero no sabía cómo decíroslo...

Y sale del local. Alis y yo nos quedamos comiendo y hablamos por los codos, comentando la increíble noticia.

—¿Te das cuenta? ¡Clod tiene novio y nosotras no!

Aunque la verdad es que estoy encantada. Ella era la que, en teoría, tenía menos posibilidades de todas nosotras. Por un momento tengo la impresión de que Alis está triste, y la verdad es que no sé por qué. Deberíamos alegrarnos por nuestra amiga. ¡Su sueño se ha cumplido! La verdad es que la idea de pasar todos los días con Aldo y soportar continuamente sus absurdas imitaciones me parece una pesadilla. ¡Pero ella está contenta! Y eso es lo que cuenta en la vida, ser felices gracias a las cosas que realmente nos hacen felices... Se lo digo a Alis, pero ella parece estar pensando en otra cosa.

—Perdone, ¿tienen tarta de chocolate? —le pregunta al camarero.

—Sí, por supuesto.

—¿Me trae un buen pedazo?

A continuación me mira sonriente.

—Tal vez el año que viene estaremos aquí con nuestros novios y ella estará sola de nuevo...

—Sí... Puede ser, aunque quizá estemos las tres... ¡con tres chicos!

Alis me mira de una forma extraña y se encoge de hombros.

—Sí, claro.

Y me resulta extraño que no haya pensado en esa posibilidad.

Tom, el abuelo de Carolina

Soy Tommaso, el abuelo de Carolina. Mi nieto Giovanni, o Rusty James, como lo llama ella, captura el mundo en una página en blanco. Yo también, sólo que uso otro tipo de papel: el fotográfico. El objetivo contiene el espacio que quiero inmortalizar; un círculo tan pequeño que, sin embargo, puede retener un momento mágico, irrepetible. La fotografía detiene el tiempo, vence el temor de que todo se pierda algún día. Es suficiente con un clic. Esa imagen y, sobre todo, lo que evoca serán nuestros para siempre. Ésa es la idea que siempre me ha gustado del arte de la fotografía. Los momentos que puedo compartir con los demás, con mi Lucilla sobre todo. En mi opinión, ella es una modelo bellísima. Un rostro que cambia con frecuencia de expresión y que inspira innumerables fotografías. Tendríais que verla. Tiene unos ojos indescriptibles. Todavía hoy me pierdo en ellos. Cuando la miro me siento seguro. Ella camina por la casa tranquila. Ordena las cosas, lee, se prepara un té, me habla. Y yo me siento feliz. Sé que podría morirme hoy mismo y que me daría igual, porque he tenido todo cuanto deseaba. Mejor dicho, he tenido todo cuanto sabía que deseaba, porque a menudo nos equivocamos al desear las cosas. Creemos saber qué es lo mejor para nosotros y, en realidad, nos lo imponemos. Es el riesgo que uno corre cuando no se escucha realmente a sí mismo. Con mi Lucilla, en cambio, he aprendido a buscar lo que quería mi corazón. Así, cuando cojo mis fotografías, todas ellas, puedo reconstruir cada momento del viaje que he realizado con ella. Ella, que me ha enseñado a vivir y me ha convertido en una persona mejor.

Ella, que nunca se rindió cuando estábamos desesperados porque no teníamos dinero. Se arremangó y, serenamente, empezó a construir, aprovechando lo poco que teníamos. Con el paso del tiempo, esas fotografías han acabado conteniendo una vida que hay que volver a mirar para sentirse de nuevo como en todos esos instantes que intenté detener. Sin perder nada. Incluso cuando dejemos de existir, esas fotos sabrán conservar lo que cuentan. Y los que aman podrán captar en cualquier momento ese matiz que, quizá, han perdido en el frenesí de la vida. Hago fotografías desde hace muchos años. Las conservo en unos álbumes que guardamos en el salón, y alguna que otra noche Lucilla y yo nos sentamos en el sofá para hojearlos. Cuántos recuerdos y alegrías, aunque también cierta tristeza por lo que ya no puede volver. No obstante, el placer consiste en mirarlas una y otra vez. Y, por encima de todo, en comprobar que nuestros rostros aparecen siempre, y verlos cambiar, una página tras otra. Ella y yo. Qué amor. El amor. Todavía recuerdo la primera vez que la vi. Ambos éramos muy jóvenes y yo, desde luego, muy torpe. Paseaba en bicicleta y la vi caminando de una manera que nunca he conseguido olvidar. Un paso hermoso, sólido y ligero al mismo tiempo. Un paso que me reconfortaba. Lo primero que me pasó por la mente y que me asustó fue que podía perderla, que si no hacía algo entonces, en ese preciso momento, jamás volvería a verla caminando así. Tenía que lograr que se detuviese, inmortalizarla de algún modo. Pero no tenía nada para hacerlo, aparte de mí mismo. De manera que bajé de la bicicleta y me presenté. Al principio ella pareció asustarse un poco, pero acto seguido se echó a reír. Se echó a reír... En aquella época si un desconocido abordaba a una chica y entablaba conversación con ella, ésta tendía a mostrarse reacia, en parte por miedo a lo que pudiese decir la gente. Pero ella no. A pesar de que estábamos a plena luz del día, se echó a reír. Y habló conmigo. Y yo supe de inmediato que jamás podría estar sin ella. Así fue. He conocido a otras mujeres y nunca ninguna me ha parecido tan maravillosa como mi esposa. Cuando se rió, decidí que necesitaba a toda costa una cámara de fotos. Para fotografiarla a ella. Tuve que comprarla a plazos, con el dinero que gané con mi primer trabajo. Pero la compré. Y empecé a fotografiarla en todo momento, y ella se avergonzaba. Era hermosísima, incluso cuando me hacía muecas. Después, los paisajes, los objetos, mis otros seres queridos, nuestra hija, mis nietos, todo cuanto me rodeaba fue capturado también por el objetivo. La fotografía es mi manera de expresarme. También el dibujo, mi otra pasión, pero no es lo mismo que cuando pulso el disparador de la cámara. Cuando miro una foto veo un fragmento de mi vida y recuerdo perfectamente ese día. Luego sonrío. Sé que seguirán estando ahí cuando yo me haya marchado. Tal vez alguien que sepa mirar bien dentro de ellas pueda llegar a ver la sonrisa de mi alma. En caso de que así sea, serán mi verdadera herencia.

Marzo

¿Durante cuánto tiempo has conseguido mantener el móvil apagado? ¡Nunca!

¿Algo que lamentas del mes pasado? No haber encontrado a Massi.

¿Qué es para ti la primavera? La ligereza.

El peor sms que has recibido este mes: «¿Por qué los elefantes no pueden chatear? Porque temen a los ratones.» ¡Me lo mandó Filo!

¿Pelo largo o corto? Largo.

¿La película más guay que has visto? Guay, no lo sé..., pero *Ratatouille* me encantó.

¿Blanco o negro? Blanco.

¿Uñas cuidadas o mordidas? Ninguna de las dos.

¿El cumplido que más te gusta? Qué guapa eres.

¿El que odias? Estás muy buena.

Recuerdo que cuando era pequeña solían decirme que marzo era un mes loco. No entiendo por qué decían eso, porque ni siquiera rima. Como mucho, «marzo, gran gastazo». ¡Así podría ser el mes preferido de Alis! O «marzo, gran esfuerzo». Y en ese caso se podría aplicar a Clod y a su dieta.

Pensándolo bien, todos los meses pueden ser locos. Depende de lo que suceda. En cualquier caso, ¿cómo iba a imaginar yo que marzo cambiaría mi vida? No. Así no. Pero bueno, empecemos por el principio.

Nico es un tipo realmente divertido. Es alto, bastante más que yo, tiene un cuerpo robusto, es guapo, con el pelo rizado y los ojos azules. Conduce una moto que, según aseguran todos, es «veloz como el viento». Él se ríe, hace el caballito y está siempre alegre. Tiene una Honda Hornet negra, agresiva. No obstante, consigue conducirla sobre una sola rueda durante un buen rato.

—¿Te apetece venir a dar una vuelta? Venga, Carolina, sube atrás... Vamos a echarle una carrera al viento.

Me mira así, con unos ojos azules y profundos que me recuerdan el mar cuando está en calma, cuando miras a lo lejos y no ves dónde acaba, cuando te pierdes en ese azul claro hasta el punto de no llegar a entender dónde empieza el cielo. En fin, que me gusta, no puedo negarlo. Pero una vuelta sobre una sola rueda...

—No, gracias, Nico.

—Como quieras...

Derrapa y hace girar la moto sobre la rueda de atrás, frena con la de delante y da vueltas mientras la trasera levanta una nube blanca, como si se estuviera quemando. Pero al poco aparece una mujer gorda vestida con un chándal que le echa la bronca.

—¡Ya está bien, Nico! ¡Menuda peste estás dejando! ¡Aquí se viene a trabajar!

Nico se para, apaga el motor y aparca la moto. Luego vuelve a ponerse la gorra y se acerca al surtidor. Ahora parece un poco triste y abatido. En pocas palabras, que ya no fanfarronea como antes.

—Tienes que llenar el depósito, ¿no, Carolina?

—No, gracias, ya lo he llenado antes.

Pues sí: Nico es el hijo del gasolinero. Pero no ha sido por eso por lo que no he querido dar una vuelta con él, ¡sino porque de verdad me da miedo! En cualquier caso, desde que lo he descubierto voy siempre a echar gasolina allí. Aunque no por Nico, a él lo conocí después, sino por Luigi, su padre. Es un tipo bajito con un bigote enorme, bajo el mono lleva siempre corbata, y es risueño y amable incluso conmigo, que como mucho me gasto cinco euros. Porque, a veces, los gasolineros, cuando se dan cuenta de que no piensas ni por asomo en llenar el depósito, que les haces poner en marcha el surtidor por tan sólo cinco euros, te tratan mal, ni siquiera te miran cuando les pagas y tampoco te dicen adiós

cuando te vas. En cambio, él y su esposa Tina son siempre encantadores.

Tina es una mujer gorda, rechoncha, con un pecho abundante y el
pelo oscuro y ondulado. Es la que antes ha gritado a Nico. Aunque
físicamente Nico haya salido a ella, los ojos los ha heredado de su
padre. Esa mujer trabaja como una mula, a menudo la veo lavando
los coches que le llevan. Ella es la que se ocupa de esa tarea: los hace
pasar por el túnel de lavado y luego los seca. Se abalanza con dos
grandes trapos encima del capó y prueba a secar el parabrisas y después el techo, aunque el tamaño de su busto no es que le facilite la
labor precisamente. Resopla porque le aprieta el mono, pero ella sigue con el pelo cayéndole por la cara, sudando y jadeando, y aun así
hace su trabajo con gran meticulosidad. Y Nico haciendo cabriolas
con la moto mientras su madre se desloma... En fin, es asunto suyo.

Un día, sin embargo, mientras vuelvo del colegio noto que una
moto se acerca a mí. Se pega tanto que casi me hace caer y me obliga
a frenar. Hasta que se quita el casco no me doy cuenta de que es él.

—¡Nico! ¡Me has asustado!

—Perdona... —Hace una pausa y luego dice—: ¿Por qué no quieres
salir conmigo? ¿Porque soy el hijo del gasolinero?

No sé qué responder. Lo veo allí, delante de mí, con el pelo rizado
y el semblante resuelto pero que deja entrever un buen corazón, diría
que incluso parece un poco cortado.

—¿Por qué dices eso? No tiene nada que ver.

—¿Estás segura?

—Por supuesto.

—Demuéstramelo.

—Para empezar, no tengo que demostrarte nada. Y, por si te interesa, no salgo contigo porque quieres llevarme con esa moto tuya que
conduces como un loco... Ahora mismo he estado a punto de caerme.
Si conduces sobre una sola rueda, nunca montaré contigo.

Nico sonríe.

—¿Y si te prometo ir muy pero que muy despacio? ¿Y que no haré
el caballito?

—Si me lo juras...

—Te lo juro.

Permanecemos en silencio unos segundos.

—¿Vamos a dar una vuelta?

—No puedo.

—¿Ves? Lo sabía...

—No puedo porque tengo que estudiar. Hoy no he hecho nada aún.

—¿Mañana por la tarde?

Veo que me mira arqueando las cejas. Me está poniendo a prueba.

—Vale. Sobre las cinco, siempre y cuando no llueva.

Nico está encantado. Parece un niño caprichoso que acaba de obtener cuanto quería.

—Dame tu dirección para que pueda pasar a recogerte...

—No, nos vemos en la escuela. En el Farnesina.

—¿Por qué? Eso también me parece sospechoso.

—Porque mis padres no me dejan ir con nadie en moto. Y nunca se tragarían tu juramento.

—Juro que lo mantengo.

—Vale. Adiós... Hasta mañana.

Echa la moto un poco hacia atrás y me deja pasar.

—Adiós...

Pero mientras vuelvo a casa siento que me voy poniendo cada vez más nerviosa. Maldita sea. No debería haber aceptado. Quiero decir que me ha puesto entre la espada y la pared. No me he sentido libre de poder elegir. O sea, ¿sabes cuando te das cuenta de que tienes que hacer algo a la fuerza? ¿Que incluso, aunque en un principio te apeteciera, luego no tienes ningunas ganas? Siempre he sido libre de elegir a las personas con las que salir y ahora me pasa esto, todo porque quería que entendiera que el hecho de trabajar en la gasolinera no tenía nada que ver... Bueno, he de reconocer que el lío me lo he buscado yo solita. Maldita sea.

Por la noche sigo agitada. Por suerte, Ale ha salido a cenar, porque, de no ser así, nos habríamos tirado los platos por la cabeza. Además, no tengo el número de móvil de ese tipo —ni siquiera consigo llamarlo Nico de lo nerviosa que estoy—, de modo que no puedo mandarle un sms con una excusa cualquiera... ¡Menudo coñazo!

—¿Qué te pasa, Caro? Te noto muy nerviosa...

—No es nada, mamá.

—¿Seguro?

Me mira a los ojos entornando levemente los suyos. Da la impresión de que consigue leer mis pensamientos, y la verdad es que, en cierto modo, así es. Pero no quiero que se preocupe.

—Te repito que no es nada... He discutido con Alis.

—Siempre he dicho que esa chica es extraña, ¡sois demasiado distintas!...

—Sí, lo sé... Tienes razón, pero ya verás cómo se me pasa en seguida.

Y así es. Después de lavarme los dientes y de arrebujarme entre las sábanas, me tranquilizo un poco. Pues sí, ¿qué más da? En el fondo sólo se trata de salir un rato mañana por la tarde, nada más. Puede que hasta me divierta. Sea como sea, es guapo y, además, a saber adónde me llevará. Y con estos últimos pensamientos, me voy calmando poco a poco y me duermo.

Sin embargo, cuando me levanto a la mañana siguiente vuelvo a sentirme inquieta. Es una agitación extraña, como cuando te das cuenta de que has tenido una pesadilla pero no recuerdas nada, tienes ganas de comer algo para desayunar pero no sabes qué, querrías estar sentada en el pupitre sin moverte y, en cambio, no dejas de toquetear el estuche y de sacar un lápiz tras otro, o de abrir la bolsa y buscar lo que sea, no importa qué...

—¿Qué te ocurre, Caro?

—¿Por qué lo dices?

—No paras de moverte.

—¡Uf!

Incluso tu compañera te lo dice, y tú sabes que ha acertado pero aun así te molesta, en particular porque no le falta razón. En fin, por la tarde, después de haber estudiado lo justo, me planto delante del espejo. Me pruebo varios vestidos y al final elijo lo que me parece más adecuado: un par de vaqueros, una camisa azul oscuro de cuadros celestes y blancos, una sudadera Abercrombie azul claro, unas zapatillas Nike negras, un cinturón ancho D&G y una cazadora azul oscuro Moncler. En pocas palabras, que no quiero ni pasarme ni quedarme corta. Hasta me he recogido el pelo y estoy sentada en la cama mirando fijamente el radiodespertador que hay sobre la mesa donde, a esta hora y en circunstancias normales, seguiría estudiando.

16.10.

16.15.

16.18.

Me recuerda a algo que me contó Rusty James una vez. Cuando hacía el servicio militar se despertaba prontísimo y siempre tenía el día muy ocupado, pero una hora antes del permiso de salida, se quedaba de brazos cruzados. El tiempo se le hacía eterno. Algunos se sentaban sobre un muro con las piernas colgando, otros paseaban arriba y abajo, fumaban un cigarrillo u hojeaban el único periódico disponible, casi reducido a jirones, por enésima vez. ¡Luego, por fin, sonaba la trompeta! Y entonces todos se precipitaban hacia la pequeña puerta, que era la única salida del cuartel. Pues bien, yo me siento exactamente así. Sólo que yo no salgo de permiso. ¡Salgo con el «coronel Nico»! Es como si el reclutamiento fuese de nuevo obligatorio sólo para mí. Bueno, al final, de una manera u otra, incluso ordenando mi habitación por segunda vez, se hacen las 16.50 y yo también puedo salir a toda prisa.

Dejo una nota para mi madre: «Vuelvo en seguida, Caro.» Quizá ésta sea la única vez que será cierto. Al menos, ésa es mi intención. Cuando llego delante del colegio, él ya está allí, apoyado en la moto con dos cascos idénticos, uno sobre el depósito y otro a su lado, sobre el sillín.

—¡Hola!

Está exultante.

—Hola...

Espero que el tono de mi voz no me haya delatado. Veo que no. No arranca la moto y se marcha, de manera que no tiene ni idea de lo que pienso.

—Pongo el candado y en seguida estoy contigo...

—Claro, no hay prisa...

Mientras pongo la cadena me inclino junto a la rueda delantera y, como si se tratase de un pequeño detalle situado entre el carburador y el caballete, veo asomar sus zapatos: son de ante, con unos flecos peinados hacia adelante y una pequeña hebilla en un costado. Dios mío, ¿de dónde los habrá sacado? Ni siquiera buscándolos en internet se puede dar con algo semejante, ni aun entrando en eBay y escribiendo en el buscador: «La cosa más horripilante del mundo.» ¡Ni siquiera allí son capaces de llegar a ese extremo! En cualquier caso, da igual. Ahora ya no tiene remedio.

Poco después me encuentro detrás de él, sentada en el sillín. Al menos conduce despacio, tal y como prometió.

—¿Adónde vamos? —pregunto, curiosa.

—Oh... Es una sorpresa...

Me toca la pierna con la mano izquierda y me da unas palmaditas, como si yo fuera uno de esos perros a los que les haces «pam, pam» para tranquilizarlos. Me entran ganas de gritar «¡uuuh!», de aullar al cielo por mi maldita capacidad de meterme en líos. Pero desisto y miro fijamente la calzada al tiempo que le aparto la mano de la pierna.

—Conduce con las dos manos, que me da miedo...

Así está mejor.

Poco después aminora la marcha, se mete entre dos coches parados y aparca la moto.

—¡Hemos llegado!

Baja y se quita el casco.

—¿Te gusta?

El Luneur. El parque de atracciones. Me mira risueño, radiante de felicidad..., ni que lo hubiese construido él.

—¿Has estado ya?

—Oh..., sólo una vez.

En realidad solía ir con mis padres cuando era pequeña y me divertía como una enana. Quizá porque a mi madre le daba miedo todo y mi padre le tomaba el pelo y la asustaba. Recuerdo que en una ocasión queríamos entrar en la Casa del Terror y mi madre se negaba a subir a la vagoneta con la que se hacía el recorrido. Al final, ella y yo subimos juntas en la primera vagoneta, y gritábamos tan fuerte que debimos de asustar incluso a los monstruos.

—Ven, vamos por aquí. —Me coge de la mano y me lleva al Laberinto de los Espejos—. ¿Te apetece?

—Bueno.

—Dos entradas, por favor.

Entramos, pero casi resulta sencillo orientarse allí dentro, de modo que al cabo de unos minutos estamos de nuevo fuera.

—¿Te ha gustado?

—Oh, sí, sólo hubo un momento en que no sabía muy bien hacia adónde ir.

—Lo has hecho muy bien.

En realidad, he chocado dos veces contra un cristal que ni siquiera había visto. Me he echado a reír. Menos mal que no se ha dado cuenta.

—¿Disparamos un poco?

—¡Sí!

Nos dan dos rifles. Yo mantengo apretado el gatillo todo el tiempo, como si fuese una ametralladora.

—¡No, así no! —me riñe el encargado—. Un disparo cada vez...

Sigo sus instrucciones, pero eso no impide que Nico se vea obligado a pagar otros diez euros. Le estoy costando una pasta. Aunque, por otra parte, la idea de venir al parque de atracciones ha sido suya.

Después subimos al «Tabata», saltamos por todas partes cuando acelera, y Nico se separa del borde y prueba a llegar hasta el centro. Otro tipo lo consigue también. Se mantienen en pie solos, en el centro, con los brazos extendidos como si se tratase de un desafío entre ambos, un desafío personal, a ver quién resiste más. La chica del otro tipo y yo nos miramos. Ella sacude la cabeza por solidaridad, como si quisiera decirme: «¿Has visto lo que tenemos que aguantar?» A mí me gustaría contestarle: «¡Sí, pero yo no salgo con ése y, en cambio, tú sí!» Pero me contengo.

Poco después nos encontramos delante de un montón de peceras de cristal, yo me quedo cerca del borde e intentamos meter dentro una pelotita de ping-pong. Sólo que Nico al final se cabrea y tira cinco a la vez. Las pelotas rebotan sobre los bordes y acaban fuera, no hay nada que hacer. Es gafe. Yo tiro una y doy en el blanco.

—¡Muy bien, Carolina! ¡Bravo!

Un hombre anciano se me acerca con una bolsita transparente que sujeta con dos cordeles, está llena de agua y dentro hay un pez de color rojo.

—Enhorabuena. Es tuyo.

—Gracias.

Miro al pobre pez rojo que hay dentro de la bolsa. Prácticamente boquea. Está quieto, en la única posición que le permite el espacio. Me da pena, pero es mejor que dejarlo allí.

—Ven, ¿te apetece comer algo? Vamos.

Nos detenemos delante de un extraño marroquí vestido con ropa abigarrada y alegre que habla por los codos, si bien apenas se entiende lo que dice.

—Entonces, ¿qué quieres dentro?, ¿*tzatziki*? Yo, si quieres, le echo tomate y cebolla, además del kebab y la ensalada fresca. Ya lavada, ¿eh? Tú no te preocupes.

Y le enseña a Nico unas manos un poco mugrientas... ¡Madre mía, se las haría lavar cuarenta veces!

—Oh, yo lo quiero con mucha cebolla... ¿Y tú, Carolina?

—No, yo tomaré un helado... industrial, gracias.

El marroquí abre una de las puertas de la nevera que hay a su lado.

—Elígelo tú, coge el que quieras.

Al final opto por un polo de menta. Nico se hace preparar una pita rebosante de kebab, cebolla, mayonesa, nata ácida, tomate y lechuga. Comemos sentados a una mesita de acero, las sillas son de hierro y están un poco oxidadas. Delante de nosotros hay una caja de plástico roja, descolorida, donde hay embutidas un montón de servilletas. Nico come con avidez.

—Mmm, está para chuparse los dedos.

Habla sonriendo con la boca llena de comida, pero, por suerte, la mantiene cerrada.

—Ese tipo sabe lo que hace...

Y yo no digo nada. Incluso el envoltorio del helado me parecía mugriento.

Poco después subimos a la noria del Luneur. Es grande, enorme. Nuestra cabina abierta sube balanceándose peligrosamente. Estamos sentados uno junto al otro. Yo llevo en la mano la bolsita con el agua y mi pececito aturdido dentro. Nico huele a cebolla. De repente, la noria se detiene. «Stutump.» Un ruido frío, sordo, procedente del mecanismo central. La cabina oscila hacia adelante y hacia atrás. Acto seguido, lentamente, se queda por fin quieta. Nico se asoma.

—Oh, somos los únicos... —A continuación me mira risueño—. Han querido darnos el gusto de parar la noria...

«Pues vaya gusto...» Pero me abstengo de hacer comentarios.

—Mira. Mira qué bonito ahí abajo, se ve la puesta de sol.

Detrás de las casas que se ven a lo lejos, al fondo, hacia el mar de Ostia, se vislumbra un último gajo rojo. Sí, debe de ser el sol. Los edificios que hay alrededor están envueltos en una luz anaranjada. Nico me señala algo a la izquierda.

—Ése debe de ser el Altar de la Patria...

Un pino alto tapa por completo el monumento.

—Allí —añade volviéndose hacia mí— está el Coliseo... Y allí al fondo está el Stadio Olimpico..., donde el domingo jugará la Magica Roma contra la Juve... Esperemos que vaya bien...

Y yo, silencio. Os lo juro. ¿Sabéis lo que significa silencio absoluto? Quiero decir que no logro encontrar una palabra, un comentario, una frase cualquiera. Sólo tengo una idea fija en la cabeza: que el tipo que está ahí abajo ponga en marcha la noria cuanto antes. Nico me mira y se acomoda la cazadora.

—¿Sabes? Me alegro mucho de que hayas querido salir conmigo... Me arrepiento de haber pensado que eras un poco..., un poco así, en fin, por el hecho de que soy el hijo del gasolinero...

—Ya ves... —Le sonrío—. Bueno, no pienses en eso...

Me gustaría saber qué habría pasado si le hubiese dicho eso mismo a Alis, qué habría contestado ella. Después, lentamente, Nico se aproxima a mí.

—Eres preciosa...

Más cerca, cada vez más cerca... Dios mío..., ya huelo la cebolla. Socorro. ¿Y ahora qué hago?

—Perdona, Nico... —Me aparto volviéndome hacia el otro lado—. No te lo tomes a mal, pero es que apenas nos conocemos.

—Sí, tienes razón...

¡Carolina! Pero si así parece que le estés diciendo que quieres seguir viéndolo y que luego, querido Nico, ¿quién sabe?, ya veremos...

Bingo. Nico sonríe esperanzado.

—Bueno, una de estas noches podríamos salir a cenar...

Me mira muy seguro de sí mismo. Eso sí que no. Basta. El hecho de que no te importa que sea hijo del gasolinero se lo has demostrado ya. Ahora basta.

—Lo siento... —Entonces se me ocurre algo genial—. Pero ya salgo con un chico...

—¿Qué?

Vaya, no lo había pensado, ahora es capaz de decirme de todo, reprocharme que no se lo haya contado antes.

—Bueno, en realidad hemos roto. Nico..., es que no puedo dejar de pensar en él... En fin, que quería probar a salir contigo... Creía que podría...

Me viene a la mente una de esas estupideces que se oyen decir a veces.

—Ya sabes..., un clavo saca otro clavo...

Silencio. Sin embargo, Nico sigue sonriendo, todavía abriga alguna esperanza. ¡Y, de repente, me veo gorda, obesa, con un pecho enorme, embutida en un mono de gasolinero y lavando los cristales de los coches junto a la madre de Nico! A continuación, como en una especie de rápida metamorfosis, adelgazo en un abrir y cerrar de ojos, vuelvo a llevar puesta mi ropa, vuelvo a ser yo misma, la de siempre, libre...

—Pero, en lugar de eso, he comprendido que no hay nada que hacer, que todavía estoy obsesionada con él...

De nuevo, silencio.

—¿Lo entiendes, Nico? Es lo que hay, lo siento.

Poco después nos bajan y abandonamos la cabina. Me acompaña a casa sin pronunciar una palabra durante todo el trayecto.

—Gracias, me he divertido mucho. —En ocasiones se impone la mentira—. Ya nos llamaremos, ¿no?

—Sí, adiós. —Se despide con la boca pequeña y la espalda encorvada, disgustado.

Luego se aleja lentamente con la moto y me deja así, con el pececito en la mano.

Cuando llega al extremo de la calle, hace el caballito, alza la moto y echa a correr con una sola rueda, acelerando y frenando. Por suerte, no se cae. Sólo me habría faltado tener que acompañarlo al hospital.

Amy Winehouse. *Me & Mr. Jones*. Alegre, bonita, efervescente. Voy circulando con la moto y el pez casi parece bailar al ritmo de la música, hasta tal punto se balancea en su bolsa llena de agua, que he colgado en el perno del parabrisas. ¡Madre mía, menuda tarde! Nunca más. En serio, no me gustaría volver a repetir una salida similar, aunque la verdad es que no estoy muy segura de que, si me vuelve a ocurrir, sea capaz de tener la lucidez y la determinación que he demostrado hoy. Ya está: lo llamaré el Día de la Cebolla. Quiero ver si de verdad seré capaz de olvidarlo cuando me vuelvan a proponer un «Día de la Cebolla».

Antes de regresar a casa paso por Valle Giulia. Está lleno de curvas y debo prestar mucha atención para no acabar con la rueda de la moto dentro de los raíles del tranvía... ¡De lo contrario, puedo salir volando! Llego frente a la Galería Nacional de Arte Moderno, giro a la derecha y subo por Villa Borghese.

Bajo de la moto y me quito el casco. Prácticamente ha oscurecido ya, pero la fuente está iluminada.

—Mira, aquí dentro encontrarás un montón de pececitos como tú... Ya verás cómo vas a estar fenomenal..., *¡Sam!*

Lo llamo así, pese a que no sé si es un macho o una hembra. Lo único que sé es que el Día de la Cebolla ha servido para salvar a alguien, al menos por el momento. Vierto el contenido de la bolsa de plástico en la fuente. Plof. *Sam* da un buen salto, se hunde y se detiene por un momento como si estuviera aturdido, pero acto seguido se libera de la estrechez de la bolsa de plástico, sacude la cabeza y, poco a poco, empieza a nadar con alegría.

—Eso es, *Sam*, diviértete... Vendré a verte pronto.

La verdad es que no sé si lo haré durante los próximos días, el mes que viene o incluso a lo largo del año, pero me gusta la idea de tener un amigo pez que de nuevo nada libre en esa fuente tan bonita. Lo reconoceré porque es rojo y tiene una pequeña mancha en el dorso, justo debajo de la aleta, y me encantará acercarme a él y decirle: «Eh, *Sam Cebolla*, ¿cómo te va?» Y verlo llegar procedente de cualquier rincón de la fuente y aproximarse a mí moviendo la aleta, pese a que no es un «pez-perro». Sí, ya sé que eso nunca ocurrirá, pero me gusta imaginar que podría ser así... por otra parte, si tú no crees en tus propios sueños, ¿cómo puedes esperar que otra persona lo haga por ti?

De manera que vuelvo a casa muy satisfecha y algo hambrienta. Pero cuando entro no encuentro a nadie. Sólo una nota: «Ve cuanto antes a casa de los abuelos. Todos estamos ahí. Tu madre.» Esa firma, esa poca información, ese «Ve cuanto antes», esa prisa repentina incluso en la escritura... Esa manera de recalcar que es *mi* madre. Como si una chica de catorce años todavía no estuviera preparada, como si con los años no hubiese ido desarrollando las emociones, la manera de sentir, como si sólo fuera un motivo de preocupación y hubiera que temer su manera de reaccionar. Y mientras me dirijo hacia allí con la moto no dejo de pensar, de razonar, trato de entender. Pero no alcanzo a imaginar qué puede haber sucedido. No sé que en unos instantes oiré el silencioso sonido que produce la ruptura de un sueño.

Qué extraño. La puerta está abierta.

—Hola... Estoy aquí... ¿Mamá?

La veo al fondo del pasillo. Está mirando dentro de una habitación. A continuación me ve y esboza una sonrisa. Frágil. Leve. Cohibida. Llena de dolor. A un paso de las lágrimas. Una sonrisa que cuenta una historia. Que no entiendo. Que no quiero entender. Se acerca a mí, primero lentamente, después cada vez más veloz, hasta que casi echa a correr. Me abraza, me estrecha y cierra los ojos respirando profunda y prolongadamente. Pretende ser una madre, grande, fuerte. Y, en cambio, sólo es una hija con los ojos anegados en lágrimas.

—El abuelo ha muerto.

—¿Cómo?

Me entran ganas de gritar y rompo de inmediato a llorar.

—Chsss..., chsss..., tranquila, pequeña...

Mi madre me acaricia el pelo, me estrecha entre sus brazos, después me lleva consigo sin soltarme por el pasillo hasta que llegamos a la última habitación, la misma frente a la que ella se encontraba antes. El abuelo yace en la cama con un semblante sereno, aunque condenado al silencio. Siento cierto temor. No sé qué hacer. Alzo la mirada. Tengo los ojos llenos de lágrimas. Empañados. Como si fuesen unas lentes que cambian mi manera de ver las cosas.

En la habitación hay varias personas. Parientes. Parientes que hace tiempo que no veía. Alessandra. Rusty James está en un rincón. Mi padre habla al otro lado con su hermana. Me separo de mi madre. Me libero de ella y me acerco al abuelo. Me detengo junto a una de las esquinas de la cama. Después me armo de valor y me aproximo cada vez más. Siento sobre mí los ojos de los presentes. No levanto la mirada. La mantengo fija en el abuelo.

Lo siento mucho. Te echaré de menos. Siempre me hacías reír, y dibujabas tan bien. Me habría encantado llegar a ser tan buena como tú, que tú me enseñases. Siempre te mostrabas paciente, tranquilo, nunca alzabas la voz y me contabas cosas que me mostraban todo cuanto tú habías visto y yo desconocía. Además, ese amor tan grande que sentías..., como el dibujo que hiciste hace tan sólo unos días. Tu amor por la abuela. Alzo la mirada. Ella está sentada delante de mí en una silla pequeña. Tiene el pecho encogido, la cara lavada, sin una gota de maquillaje, está pálida y en silencio. Me mira sin decir nada. Luego mira de nuevo al abuelo. Y yo no aparto los ojos de ella. Primero ella, después él, a continuación los dos. ¿En qué estará pensando la abuela? ¿En alguno de los recuerdos que les pertenecían sólo a ellos dos? ¿Dónde está ahora? ¿En qué tiempo, en qué lugar? ¿En qué momento de los innumerables en los que ha sido amada? Me gustaría decirle: «¡Ha sido magnífico, abuela! Hacíais una pareja fantástica, siempre cogidos de la mano. ¡En vuestro amor no se percibía la menor huella de vejez! ¡A veces vuestros besos me obligaban a volverme! Emanaban el aroma del amor. ¿Qué vas a hacer ahora, abuela?» Se me encoge el corazón. Extiendo la mano, hago acopio de valor y la apoyo sobre la del abuelo. Está fría. De repente me siento sola.

Al cabo de unos instantes veo cómo se desvanece un sueño: yo, llevándolo a él en la moto. El abuelo que me abraza y se ríe, con sus piernas largas y las rodillas tan altas que casi puedo apoyar en ellas los codos mientras conduzco. Nos lo habíamos prometido. Era una promesa, una promesa, abuelo. Menuda faena. Y me echo a llorar a lágrima viva.

Abril

¿Tu bebida sin alcohol preferida? El zumo de manzana.

¿A quién te gustaría encontrarte? Habría dicho Massi de no haber sido por la historia del abuelo. Ahora él ocupa el primer lugar porque me encantaría haberle podido decir una cosa.

¿Ves el vaso medio vacío o medio lleno? ¡Lleno hasta arriba!

Si tuvieses que elegir una profesión, ¿cuál sería? Fotógrafa.

¿De qué color te teñirías el pelo? De azul.

¿Consigues hacer castañetas con todos los dedos? Sí.

¿Alguna persona te ha «dado algo» últimamente? ¡El profesor de italiano! ¡Me ha puesto un sobresaliente en la redacción!

¿Has amado ya a alguien hasta el punto de llorar por él? Sí, pero nunca se lo he contado a nadie.

¿Colcha o edredón? Las dos cosas.

¿Cuáles son tus platos favoritos? La pasta a todas horas. Y la pizza.

¿Prefieres dar o recibir? Dar.

¿Prefieres dejar o que te dejen? No hay respuesta.

No sabía lo que estaba a punto de ocurrir, pero desde el 1 de abril, ese día en que todo el mundo gasta bromas, ya sean grandes o pequeñas, comprendí que iba a ser un mes especial... El más especial de mi vida.

—¿Y qué más? Sigue, Rusty James.

Me hundo en el sofá rojo, mi sofá. *Joey* está a mis pies, tranquilo, mueve de vez en cuando la cola y escucha conmigo las palabras que mi hermano nos lee. Su primera novela.

Nubes. Aunque todavía no está muy seguro del título.

—Me gusta muchísimo..., continúa.

Rusty respira profundamente y luego retoma la lectura.

—«Sólo disponía de un instante para alcanzarlo. Lo miraba mientras se alejaba corriendo con el pelo al viento...»

Escucho sus palabras, lo veo detrás de esa mesa de madera con pocos objetos encima, la silla de paja en la que está sentado y esas páginas que vuelve una tras otra mientras su historia va cobrando vida. Lo contemplo mientras lee, mueve las manos, se divierte, se adentra en lo que ha escrito, contándome mucho más de lo que expresan sus palabras. Y lo escucho con los ojos cerrados, me emociono, no sé por qué me entran ganas de llorar. Quizá esté más sensible últimamente. Tal vez echo de menos al abuelo. Lamento que no pueda estar sentado aquí, en el sofá, escuchando conmigo las palabras de mi hermano. Luego sonrío, pero mantengo los ojos cerrados. Quién sabe, quizá las esté escuchando.

—«Y acto seguido la abrazo con fuerza. Ella me mira a los ojos.

»—Pero...

»—Chsss.

»Le pongo un dedo en los labios.

»—Silencio, ¿no sientes mi amor?

»Ella esboza entonces una sonrisa. Yo también.

»—No vuelvas a marcharte.»

Rusty acaba la última página. Apoya las manos sobre la mesa. Yo abro los ojos.

—¡Caro! ¡Has vuelto a quedarte dormida!

—No... —Sonrío. Tengo los ojos brillantes de la emoción—. Te estaba escuchando... ¡«No vuelvas a marcharte»! Es precioso... ¿Cómo se te ocurren ciertas cosas?

—No lo sé... Se me ocurren sin más...

—¿Debbie tiene algo que ver?

—En absoluto...

Rusty se ruboriza levemente. Es la primera vez que lo veo un poco confuso, en fin, enrojecer de ese modo. A continuación me mira y sonríe.

—Bueno..., un poco sí tiene que ver... —Se pone serio de nuevo—. Pero tú también... En la vida del escritor todo el mundo tiene algo que

ver, dejan una palabra, una señal, una sonrisa, una expresión del rostro que permanece ahí, en la memoria, como una pincelada que nadie
podrá borrar jamás...

«Ring.»

—¿Caro? ¿Estás ahí?

Oigo fuera los gritos de mis amigas.

—¡Eh, son ellas, han llegado!

Joey y yo salimos corriendo. Clod y Alis están ahí. *Joey* se pone a
saltar delante de Clod.

—¡Ven aquí..., precioso!

Se inclina hacia adelante y lo acaricia. *Joey* le hace un montón de
fiestas y yo me siento algo celosa.

—¡Veo que al final lo habéis conseguido!

—Había mucho tráfico...

Cierran sus coches, que han aparcado al lado de mi moto.

—Las bicicletas están ahí.

—Yo quiero la blanca... Es la más elegante.

Alis lo dice riéndose. En cualquier caso, la coge la primera y sube
de inmediato a ella. Clod monta en la otra y yo en la que queda libre.

—Pero ésta es demasiado alta para mí...

—¡Pues baja el sillín, Clod, así de sencillo!...

Ya está quejándose.

—Sí, pero no corráis demasiado, ¿eh?...

Rusty se asoma a la puerta.

—¿Me habéis oído? Id despacio, ¿eh?... Ya os imagino haciendo
carreras. Y no vayáis más allá de las caravanas que hay al final de la
pista para bicicletas; cuando lleguéis allí, dad media vuelta...

Alis ya se ha puesto en marcha.

—Pero así es muy corto.

Rusty se enoja un poco:

—Caro, hay cuatro kilómetros hasta allí ... Es perfecto. No hagáis
que me arrepienta de haberos dejado las bicicletas... —Y ayuda a Clod
a bajar el sillín.

—Ya está, así deberías ir bien. Prueba a ver.

Clod monta encima.

—Sí, es perfecto.

Y partimos así, a orillas del Tíber, por la pista para bicicletas roja, en silencio, con el río que fluye apenas un poco por debajo de nosotras y el ruido del tráfico a lo lejos. Me levanto sobre los pedales y alcanzo en seguida a Alis con dos pedaladas veloces.

—Vaya sitio tan fantástico, ¿eh?

—El que es fantástico es tu hermano...

Me mira con el pelo ondeando al viento y aire malicioso.

—¿Te molesta si lo intento con él?

Sonrío.

—No, en absoluto. —A fin de cuentas, mi hermano no saldría jamás con una chica mucho menor que él.

Alis prosigue:

—Una vez me dijo que le recuerdo a su primera novia..., Carla. ¿Qué crees que quería decir?

—Vete tú a saber.

—Yo creo que se refería a otra cosa. No creo que te parezcas mucho a ella. Quizá se equivocase...

—Si no me parezco a ella, entonces tengo yo razón. Era una manera de decirme que le gusto.

Alis alza los hombros y se pone de pie sobre los pedales para aumentar la velocidad. Yo también empiezo a correr. E inicia una carrera veloz en la que avanzamos una detrás de otra como si fuese el último *sprint* poco antes de llegar a la meta.

—¡Eh, mira que lo sabía! Esperadme... —Clod no altera su marcha y sigue con su pedaleo lento.

Un poco más tarde. El sol está a punto de ponerse, la pista para bicicletas está vacía, casi hemos recorrido ya los cuatro kilómetros. Me vuelvo hacia ellas.

—Eh, chicas, regresemos...

Clod asiente de inmediato.

—Sí, estoy cansada. —Me mira—. Hace más de media hora que pedaleamos.

Alis, en cambio, insiste:

—No, yo quiero hacer otro cuarto de hora; después podemos volver.

—Pero de ese modo dejaremos atrás las caravanas.

—¿Y qué más da?, no hay nadie. Tengo que adelgazar.

Alis se pone los auriculares del iPod, como si no quisiese escuchar a nadie, se levanta de nuevo sobre los pedales y arranca a toda velocidad con un impulso increíble, como si pretendiese hacer un último esfuerzo.

—Espera..., espera...

Pero ya no nos oye.

—Venga, Clod... Vamos.

—No puedo, de verdad...

—No podemos dejarla sola...

Empiezo a pedalear de nuevo. La verdad es que yo también estoy un poco cansada, pero no tardo en darle alcance. Alis me sonríe.

—¡Tenemos que volver! —Nada. Lleva puestos los auriculares y no me oye. Grito un poco más fuerte—: ¡Tenemos que volver, no podemos alejarnos tanto!...

Alis parece hacerlo adrede. Mueve el pulgar y el índice señalando una oreja como para decirme que no me oye. Luego acelera, pedalea cada vez más fuerte y parte como un rayo. Sigue todo recto, más y más de prisa, hasta que desaparece detrás de la última curva que hay al fondo.

Yo aminoro la marcha y espero a Clod, que al final llega a mi lado.

—Qué palo... ¿Se puede saber adónde va esa loca? ¿Acaso no sabe que después hay que recorrer la misma distancia para regresar?

—Debe pensar que ya ha llegado...

—No... ¡Sólo piensa en adelgazar!

—Pues la delgadez está pasada de moda... Aldo siempre lo dice... Yo le gusto porque estoy un poco rechoncha.

Nota mi perplejidad.

—¿Por qué pones esa cara?... ¡Aldo no es el único que lo piensa! Lo he leído también en un periódico que hablaba de la moda de París.

Clod parte a toda velocidad.

—¿Qué periódico?

—Bueno, la verdad es que no me acuerdo del nombre...

Clod y su consabida vaguedad. Excesiva. Detrás de la curva, sin embargo, nos aguarda una bonita sorpresa. Alis se ha detenido y está rodeada de tres chicos. Deben de tener unos diecisiete o dieciocho años. Uno de ellos parece algo mayor que sus amigos, y también más avieso.

—Aquí están tus amiguitas... —comenta con una extraña y antipática sonrisa. Es extranjero. Tiene un corte en una ceja. Detienen de inmediato nuestras bicicletas.

Veo que uno de los chicos tiene en la mano el iPod de Alis. Se pone los auriculares.

—Ésta es preciosa... ¿Qué es? —A continuación mira el iPod y lee—: ¿Irene Grandi? Es la primera vez que la oigo.

Alis arquea las cejas. El mero hecho de que ese tipo haya usado sus auriculares supone que ella no volverá a utilizar el iPod, ni siquiera cambiándolos. Otro de los chicos se aproxima a Clod.

—Baja...

Sin esperar su respuesta, la obliga a hacerlo. El tercero le mete las manos en los bolsillos de inmediato.

—¡Eh! ¿Se puede saber qué estás haciendo?

Clod intenta zafarse, pero el otro se acerca también a ella y entre los dos empiezan a registrarla.

—Aquí está. —Encuentran el móvil—. Vaya..., fíjate,... tiene un viejo Motorola.

—Devuélvemelo...

El tipo más mayor hace una señal con la cabeza al pequeño.

—Tíralo lo más lejos que puedas... No sirve para nada.

—Sí, pero antes quítale la batería.

Lo coge y, tras desmontarlo, arroja las dos piezas bien lejos. La batería acaba, de hecho, en medio de unas zarzas.

Con un movimiento veloz, lanzo mi Nokia 6500 detrás de mí, bajo la pista para bicicletas. Justo a tiempo.

—¿Y tú? Danos el tuyo...

—Lo he llevado a reparar. No lo llevo encima..., comprobadlo si queréis.

Y levanto las manos dejando caer la bicicleta al suelo. Los dos tipos se acercan a mí sin perder tiempo y me hurgan en los pantalones, detrás, delante, sus manos están sucias, mugrientas y sudadas. Me dan asco. Cierro los ojos y respiro profundamente.

—No tiene nada. —Se dan por vencidos y me dejan—. Sólo esta cartera pequeña...

—¿Cuánto llevas dentro?

—Veinte euros...

—Bueno, siempre es mejor que nada.

A continuación nos quitan los relojes, la cadena de Alis y también la de Clod.

—Pero si es la de la primera comunión... —protesta ella.

No le responden. Suben a nuestras bicicletas con nuestras cosas en los bolsillos. El tipo mayor, el que le ha quitado el iPod a Alis, se pone los auriculares en las orejas.

—Larguémonos, venga...

Y empiezan a pedalear alejándose de nosotras por la pista para bicicletas, regresando quién sabe adónde. Quizá se dirijan a las caravanas. En cuanto están lo suficientemente lejos de nosotras, echo a correr hacia atrás. Bajo de la pista y busco entre la hierba alta. ¡Ahí está mi móvil! Tecleo a toda prisa el número de mi hermano.

—Hola, ¿Rusty?...

—¿Qué pasa? ¿Qué ha ocurrido?

Se lo cuento todo y casi me echo a llorar de la rabia, pero Rusty no me reprocha nada. No me riñe. No me dice: «Ya os advertí que no fuerais más allá de las caravanas...»

Permanece un instante en silencio.

—¿Y tus amigas? ¿Están bien?

—Sí..., están bien.

—Vale, regresad a la barcaza, entonces.

—Vale... —Me callo un momento—. Rusty James...

—¿Sí?

—Lo siento...

—No te preocupes... Echad a andar antes de que oscurezca.

Colgamos.

—Vamos, en marcha. Tenemos que volver a la barcaza...

—¿No viene a recogernos?

Alis aún tiene el valor de protestar.

—No... Ha dicho que echemos a andar y que quizá nos salga al encuentro.

—No podía venir en seguida, no...

—Oye, que si estamos en este trance es por tu culpa.

Alis no me contesta y echa a andar a toda velocidad.

—Venga, Clod, vamos.

—¡Pero no encuentro la batería!

—No te preocupes, yo te compraré una... Tenemos que irnos.

Y empezamos a andar apretando el paso por la pista para bicicletas. Cinco minutos. Diez. Veinte.

—Tengo calor... —se queja Clod.

—Venga, que ya casi hemos llegado.

—Echo de menos la bici... ¿Podrías prestarme el móvil para llamar a casa?

—Claro...

Alis camina delante de nosotras, da la impresión de que no oye lo que decimos. Tiene la cabeza erguida, la barbilla levantada, como si le irritase toda esta historia. Y eso que... sabe de sobra que la culpa es suya. Pero a ver quién es el guapo que se lo repite. Uno de los rasgos principales y más absurdos de Alis es que ella nunca es responsable de nada. Si algo no sale bien es porque no tenía que salir bien, y en estos casos siempre se acuerda de una frase que le dijo su abuela calabresa en una ocasión: «Eso quiere decir que no tenía que ser...»

Pero tras doblar la curva nos encontramos con otra sorpresa. Una furgoneta pequeña con dos tipos gruesos al lado y nuestras bicicletas encima. Y, además..., no me lo puedo creer...

—¡Rusty James!

Echo a correr en dirección a mi hermano y lo abrazo; le salto al cuello con tanto impulso que casi le rodeo la cintura con las piernas.

—Sí, sí. Sólo haces eso cuando a ti te conviene... Toma.

Me separo de mi hermano y veo que me tiende la cadena de la comunión de Clod, el iPod de Alis y varias de las cosas que esos tres tipos nos han robado.

—Este dinero debe de ser también vuestro...

—¿Sesenta euros? Pero si sólo me quitaron veinte...

—Ah... —Rusty James se queda mirando el dinero sin saber muy bien qué hacer—. Ten... —Le da el resto a uno de los chicos de la furgoneta—. Para que os toméis unos cuantos cafés.

El tipo rompe a reír, pero, en cualquier caso, se mete el dinero en el bolsillo. A continuación dirigen la mirada hacia la pista para bicicletas. A lo lejos, entre el follaje que hay a orillas del río, veo a los tres chicos que nos han robado. El más gordo arrastra la pierna como si cojease. Otro se tapa la cara con la mano y de vez en cuando la aparta y mira la palma para comprobar que no hay sangre. Se vuelven de tanto en tanto hacia nosotros, pero resulta obvio que lo que quieren es alejarse lo más rápidamente posible.

—Aquí tenéis vuestras bicicletas.

Uno de los dos tipos la deja en el suelo dando un golpe en la rueda y se la pasa a Rusty.

—Ve con cuidado, ¿eh, Ciro?

—Es que rebotan...

Por lo visto, son napolitanos. El otro chico lo ayuda.

—Ésta es la mía...

Me acerco a la furgoneta mientras descargan la que yo llevaba. Rusty me echa una mano.

—La verdad es que son mías... Y piensa que os las dejé para que fuerais por la pista, y no más allá de las caravanas.

—Tienes razón...

Clod examina su cadena, que se ha colgado del cuello. A continuación coge su bicicleta. En la parte de atrás de la furgoneta quedan todavía varias cosas. Clod sonríe al verlas.

—Eh, ¿jugáis a béisbol? Me encanta... Yo me he inscrito para poder jugar a sófbol en el campo que hay detrás del Anienc...

Ciro se dirige al otro chico.

—Giuliano, cubre con la lona los bates de béisbol..., así podrían estropearse...

Después el tipo le sonríe a Clod.

—No jugamos a menudo... Sólo cuando un amigo nos necesita...

Mira a Rusty. Se sonríen el uno al otro.

—Ahora volvemos a la «base», en cualquier caso, ya sabes dónde encontrarnos...

Y se marchan con la cómica furgoneta multicolor, que lleva pintada una pizza a medio comer y, debajo, el nombre de «Gennarie».

Volvemos lentamente a la barcaza. Rusty monta su bicicleta. Nosotras pedaleamos delante de él. En cuanto llegamos, colocamos las bicicletas en su sitio. Rusty las asegura todas con una larga cadena que fija a un palo clavado en el suelo.

—Bueno, menos mal que todo se ha resuelto.

—Pues sí... —le respondo con las manos metidas en los bolsillos de los pantalones.

En parte, me siento culpable.

—Marchaos ya, venga, o llegaréis tarde... Saluda a mamá de mi parte, Caro.

—Sí, Rusty...

—¡Adiós! —también Alis se despide—. Hasta la vista.

A continuación sube a su coche, arranca y se aleja a toda velocidad. Yo subo al lado de Clod.

—Mira... —me dice muy contenta mientras me lo enseña—. Me lo ha regalado...

Clod tiene en la mano el iPod de Alis.

—Bien..., me alegro por ti.

Clod lo apoya en el salpicadero. Me mira con cierta perplejidad.

—¿Crees que no debería haberlo aceptado? Me ha dicho que, si yo no lo quería, lo tiraría...

—No, no es eso. Es sólo que nunca comprenderé del todo a Alis.

Clod me sonríe.

—Pero la amistad también es eso, ¿no? Alguien te cae bien, la quieres y punto... No creo que sea indispensable entenderla...

Coge el volante.

Sí, es verdad. Tal vez sea así. Hay ciertas cosas que se te escapan a veces y, en cambio, las personas más simples, como Clod, las entienden en seguida. La miro risueña. También ella me sonríe. Respiro profundamente y acto seguido exhalo un breve suspiro. Sea como sea, ha sido un bonito día, y el libro de Rusty me ha gustado muchísimo. ¿Cómo era el final? Ah, sí: «No vuelvas a marcharte.»

He pasado por casa de la abuela. Me ha preparado una tarta.

—Gracias, es mi favorita.

Mi abuela me sonríe.

—Dale un trozo a tu hermana.

—Sí, pero yo lo cortaré, ¡de lo contrario, es capaz de comérsela entera!

—De acuerdo, como quieras...

Nos callamos, salimos a la terraza y paseamos por ella. La abuela ha puesto un montón de macetas con todo tipo de flores.

—Mira... —Se acerca a una planta que baja por la pared, una cascada verde y aromática—. Es una glicinia...

La coge con su mano delgada, huesuda, y se la lleva al rostro. Se sumerge en esa flor lila, cierra los ojos y la huele como si allí dentro se encontrase toda la primavera, un fragmento de su vida, el amor que se ha marchado...

—Huele, huele qué aroma...

Casi no llego, de manera que me abraza por detrás y me aúpa. Es delicada y ligera. Me pierdo entre sus pequeños pétalos. Y leo en sus ojos, que, curiosos, escrutan los míos.

—Sí, es delicioso...

Deambulamos de nuevo por la terraza, ella mete una mano bajo mi codo, yo lo separo del cuerpo y, así, ella puede aferrarse bien. Seguimos caminando en silencio, ensimismadas en nuestros pensamientos, si bien yo puedo imaginarme los suyos y no la interrumpo. La observo por el rabillo del ojo y tengo la sensación de que está buscando algo entre sus recuerdos. Cuando por fin lo encuentra esboza una sonrisa y cierra los ojos. Tengo la impresión de que se le encoge el corazón al comprobar cómo esa imagen se está evaporando poco a poco. Entonces apoyo una mano sobre la suya, que sujeta mi brazo, la acaricio ligeramente, sin molestarla, atenta a ese dolor, que, tan educado, sin el menor aspaviento, camina a mi lado.

Algunos días más tarde, por la noche.

—¡Eh, te he mandado un mensaje!

Estoy estudiando en la cama y no he cogido el móvil hasta que me ha llamado.

—Ah, sí, Clod, ahora lo veo.

—Quería saber qué habías decidido. ¿Qué haces, Caro? ¿Vienes o no?

—No lo sé... No me apetece mucho.

—Pero si lo pasaremos guay... Aldo no puede. Paso a recogerte, venga, verás cómo la música será genial.

Lo cierto es que tengo que estudiar.

—Vamos, celebran el cierre de Piper, no puedes faltar...

—Bah, no lo sé. Hablamos luego.

Cuelgo. Permanezco con los pies apoyados en lo alto de la pared y las piernas medio dobladas. Las muevo a derecha e izquierda, juntas, balanceando los gemelos para desentumecer los músculos.

El móvil vuelve a sonar. Lo miro. Es Alis. Contesto.

—Acabo de hablar con Clod. Ni lo sueñes... O bajas dentro de veinte minutos, o subo y te pongo la casa patas arriba.

—Vale, vale.

Sonrío. Sé que bromea, aunque sería capaz de hacerlo.

—Hablo en serio, ¿eh?, dentro de veinte minutos me tienes debajo de tu casa... No me hagas esperar...

—¡A la orden!

La oigo reírse al otro lado de la línea. Cuelgo.

Después de una estratégica aunque rápida negociación, consigo que mi madre me deje salir. ¡Pero menudo esfuerzo! En cualquier caso, llevo toda la semana encerrada en casa. Empiezo a prepararme. Pasado un segundo vuelve a sonar el móvil. Es Clod.

—No entiendo una palabra, te lo digo yo y nada... Te lo pide ella y en seguida le dices que sí.

Sonrío.

—No es cierto... Al principio también le he dicho que no... Sólo que después me ha contado que estabas mal, ¡que Aldo y tú habéis estado a punto de romper! Que debíamos hacerte compañía...

—¡Pero eso es mentira! ¿Qué pretende?, ¿gafarme?

—Bueno, eso es lo que me ha dicho. Y, dada la situación, le he dicho que sí.

—Sí, sí, ¡no sé cuál de las dos es más falsa! ¡Sois unas cenizas! Cuando tengáis novio, ya me encargaré yo de aguaros la fiesta. Bueno, nos vemos enfrente. ¡¡¡No tardéis!!!

Cuelgo, me echo a reír y sigo preparándome.

Es genial estar sola en casa. Ale ha ido a ver a su nuevo novio, creo, o quizá vuelva a salir con el de antes. A saber, con ella no hay modo de aclararse. No sé cómo lo hace, debería saber si le gusta un chico u otro, ¿no? ¿Cómo es posible que dude tanto? En cuanto da por zanjada una relación, empieza a salir de inmediato con otro, luego los compara y echa de menos al anterior. Se acuerda de algo y tiene la impresión de que antes le iba mejor, así que regresa con él. Entonces, apenas vuelven a salir juntos, ocurre una nadería, qué sé yo, una de esas discusiones insignificantes: «Vamos a casa de tus amigos», «No, de los míos...», o «¿Cine?», «¡No, pizza!», y, zas, ¡automáticamente añora al nuevo! Mi hermana... Si sé todo esto es porque se pasa horas y horas hablando de ello por teléfono con Ila, su amiga del alma. ¡Conmigo se muestra indiferente, incluso parece que tiene las ideas muy claras! Me hace gracia.

Sigo maquillándome delante del espejo. Me pongo un poco de rímel, no mucho, ¿eh?... Acto seguido, un toque de azul con un lápiz ligero. En la radio suena *Mercy*, de Duffy, así que bailo siguiendo el ritmo. Doy un paso, giro sobre mí misma y me encuentro de nuevo delante del espejo. Sonrío. He de reconocer que ahora me han entrado ganas de ir a la fiesta. Por suerte, he decidido hacerlo. Yo aún no lo sé, pero mi vida entera está a punto de cambiar.

—¡Ahí está, ahí está Clod!

Aparcamos a un metro de ella.

—¡Mira qué emperifollada viene!

Lleva una chaqueta de color rojo cereza y una especie de boina vaquera.

—¡Eh, vas ideal!...

—¡Por fin habéis llegado! —Mira irritada el reloj.

Me apeo del coche.

—Yo no he tardado nada en prepararme...

Alis me da un empujón.

—No hace falta que lo jures..., ¡para meterte en la cama! Venga, venid, que estamos en la lista.

Saluda al tipo de la puerta.

—Vienen conmigo, Edo.

—¡Está bien, entrad!

Alis nos arrastra mientras bajamos la escalera.

—Vamos, de prisa, ¡la música es genial!

Alis se dirige al guardarropa y lanza su chaqueta sobre el mostrador.

—¿Me coges el numerito, si no te importa?...

Después se adentra entre la multitud. Me quito la cazadora y la pongo junto a las de Alis y Clod.

—¿Las tres cosas juntas? —nos pregunta la encargada del guardarropa, una chica muy mona con el pelo negro y flequillo peinado de lado, un *piercing* en la nariz y un chicle demasiado grande que mastica con la boca abierta.

—No..., no..., póngalas por separado.

—Vale, son quince euros...

Clod abre los ojos desmesuradamente.

—¡Madre mía!

—No te preocupes, pago yo.

Por suerte llevo dinero.

La chica nos da los tres tickets.

—Toma, éste es el tuyo...

Me meto uno en el bolsillo de atrás y conservo el de Alis en la mano.

La veo, está bailando como una loca en medio de la pista. Me acerco a ella.

—Ten...

—¿Qué es?

—¡El ticket de tu chaqueta! —le grito al oído.

—¡Ah, gracias!

Se lo mete en el bolsillo delantero arrugándolo por completo.

—¡Caro, escucha qué maravilla!

Alis cierra los ojos y gira sobre sí misma. Alza los brazos y baila enloquecida saltando y cantando, siguiendo perfectamente el ritmo, con los ojos entornados, gritando a voz en cuello, alegre, dejándose llevar. Yo bailo delante de ella sacudiendo la cabeza, con mi espesa melena perdida en la música y agitando los brazos. Clod se une a nosotras sin perder un minuto y también ella se dobla sobre sí misma, baila divertida. ¡Vamos, chicos, somos grandes! Me alegro de haber venido a la fiesta. ¡El disc-jockey es fabuloso! Entra con Finley, pasa a Battisti, se supera con Tiziano Ferro y después de nuevo con la Pausini. Es un gran DJ, la música es genial, y todos bailan envueltos en las luces reflectantes que una bola proyecta con sus espejitos por encima de nuestras cabezas. Láser, humo, sonidos y ritmo, nos perdemos en la penumbra de la discoteca. Parecemos una marea imprevista, un mar danzante, unas olas musicales. Somos reflejos de sonrisas en la sombra, unos brazos que siguen el ritmo. Es una locura, se oyen risas constantemente, pero nadie bebe, fuma ni se ayuda de ninguna otra forma. Nuestra locura es natural, responde a la idea de estar vivos, de ser libres y despreocupados, y de tener la capacidad de abandonarnos a la música. ¡Ahora entran!

«*Macho, macho man!*...» ¡Los Village People!

—¡Genial!

Bailamos las tres juntas, haciendo los mismos movimientos, precisos, que se ajustan perfectamente al ritmo. «*¡Macho, macho man*, tengo que ser un *macho man! ¡Macho, macho man*, tengo que ser un macho! ¡Hey!»

Felices como nunca. De repente, el volumen de la música va bajando progresivamente. El disc-jockey habla con una voz cálida, suave, se diría que lo hace casi de puntillas.

—Y ahora, una dedicatoria especial... De un chico para su amor... Un amor que no ha dejado de buscar por todas partes... —El DJ se echa a reír—. Ese tipo debe de estar verdaderamente enamorado... Para ella, a la que por fin ha encontrado...

Y nos deja así, con esta última frase que se pierde en la oscuridad de la sala en tanto que suenan las primeras notas de *Shine on*.

No me lo puedo creer... Es mi canción. La que me regaló Massi. Las parejas que abarrotan el local se abrazan y se besan con pasión. Lentamente, al ritmo de la música, siguiendo sus suaves notas. «¿Nos están llamando para nuestro último baile? Lo veo en tus ojos. En tus ojos. Los mismos viejos movimientos para un nuevo romance. Podría usar las mismas mentiras de siempre, pero cantaré. ¡Brillaré, simplemente, brillaré!»

Una pareja abrazada delante de mí. Besos interrumpidos por algún que otro rayo de luz. Él le acaricia la cara sonriendo. Otra pareja... Bailan lentamente, él le coge el pelo con las manos de vez en cuando, lo levanta, lo deja caer, y luego, sin dejar de sonreír, la besa. Un poco más allá, otra pareja baila mirándose a los ojos, como si alrededor no hubiese nadie, como si nosotros, ninguno de nosotros, estuviésemos aquí, sólo ellos y su amor. De improviso oigo una voz a mis espaldas.

—Tú eres lo que siempre he buscado. —Sus brazos me rodean por detrás—. Y esta noche te he recuperado al fin...

Cierro los ojos. No me lo puedo creer: es su voz.

—Te lo pregunto de nuevo... Dime que no eres un sueño...

Me vuelvo. Su sonrisa.

—¡Massi!

Nos miramos a los ojos. Tengo la impresión de estar perdiendo el juicio.

—No me lo puedo creer... No me lo puedo creer...

—Chsss...

Sonríe. Me pone un dedo sobre los labios y a continuación señala hacia lo alto, nuestra canción... «Cierra los ojos y se habrán ido. Pueden gritar que han sido vendidos, pero pagaría por la nube sobre la que estamos bailando. De modo que brilla, ¡simplemente brilla!»

—¿Ves...?

Y se acerca a mí. Y me besa. Tengo la impresión de que el mundo se detiene. Y siento sus labios, su lengua, y me pierdo en su sabor, que me parece mágico. Y casi me da miedo abrir los ojos... Decidme que no estoy soñando..., ¡os lo ruego, decídmelo! Y cuando abro los ojos él sigue ahí, delante de mí. Sonriente. Me parece más guapo que en el pasado, que en mis recuerdos, que nunca. Y no sé qué decir, no logro articular palabra. Me gustaría contárselo todo: «¿Sabes?, perdí el número. Lo grabé en el móvil pero luego me lo robaron en el autobús, así que volví al lugar donde me lo habías dado, pero habían limpiado el escaparate. Prácticamente fui todos los días a Feltrinelli, bueno, a decir verdad, al menos una vez por semana; también la última, la pasada. Pero de ti... no había ni rastro.» Me gustaría decirle todo esto y mucho más, pero no consigo hablar. Lo miro a los ojos y sonrío. Mi torpeza sólo puede deberse al amor. La verdad es que no sé qué decir, sólo consigo esbozar una sonrisa increíble y después pronunciar su nombre: «Massi.»

Y de nuevo: «Massi.»

¡Y él pensará que soy idiota, que he fumado o bebido, o que hace mucho tiempo que he dejado de ir a la escuela y que por eso no consigo formular ni una sola frase!

—Massi...

—Carolina..., ¿qué te pasa?...

—¿Podrías volver a darme tu número, por favor? Y dime también dónde vives, a qué colegio vas, a qué gimnasio...

Él suelta una carcajada, me coge de la mano y me secuestra allí mismo, en medio de la gente. En un abrir y cerrar de ojos nos encontramos en el guardarropa, saco el ticket, cojo al vuelo la cazadora, subimos la escalera y salimos a la calle. Mando un mensaje a Clod y a Alis mientras monto detrás de él en su moto. Él arranca y yo me inclino hacia adelante y me abrazo a él, y me pierdo así, feliz, en el viento de la noche. Hace un poco de frío, de manera que estrecho el abrazo. No me lo puedo creer. ¡Así que los milagros existen! Quería volver a verlo. Durante mil días habría sido capaz de hacer de todo, habría renunciado a lo que fuese con tal de que esto llegase a ocurrir. ¿Y ahora? Ahora estoy detrás de él. Lo abrazo con más fuerza. Nuestras miradas se cruzan en el retrovisor y él me sonríe y me escruta con curiosidad, como si dijese: «¿A qué viene este abrazo?» Y yo no le contesto. Lo miro y siento que mis ojos se tiñen de amor. A continuación los cierro y me dejo llevar por mi suspiro... y por el viento.

Un poco más tarde. Todo está en calma. Incluso las hojas de los árboles parecen no querer hacer ruido, están prácticamente suspendidas en el silencio de una noche mágica. Estamos bajo la luna en un gran prado.

—Mira. —Massi me indica unos arbustos que hay en una colina—. Desde aquí no se puede ver, pero allí hay un castillo; este camino se llama del Agua Ancha. Cuando era pequeño venía a correr aquí, porque vivo al otro lado de la curva, en la via dei Giornalisti.

Y yo sonrío. Poco importa que en adelante alguien vuelva a robarme el móvil: yo ya siempre sabré dónde encontrarlo. Respiro profundamente. Ahora sólo estoy segura de una cosa: a partir de hoy ya sólo dependerá de nosotros que volvamos a perdernos. Y espero que eso no suceda nunca.

—¿En qué estás pensando?

Bajo la mirada.

—En nada...

—No es cierto. —Sonríe y ladea la cabeza—. Dime la verdad, me has mentido, ¿eh?

—¿Sobre qué?

—El móvil robado, el escaparate..., ¡que ibas a menudo al sitio donde nos conocimos! Al principio ni siquiera me reconociste.

Me acerco a él. Lo miro a los ojos y, de improviso, tengo la impresión de ser otra persona. De tener dieciséis o diecisiete años, Dios mío... ¡Puede que hasta dieciocho! Me siento convencida, segura, serena, decidida. Una mujer. Como sólo el amor puede transformarte.

—Jamás he dejado de pensar en ti.

Le doy un beso. Largo. Ardiente. Suave. Afectuoso. Soñador. Hambriento. Apasionado. Sensual. Preocupado... ¿Preocupado? Me separo de él y lo miro a los ojos.

—No vuelvas a marcharte...

De acuerdo, he de reconocer que esa frase se la he copiado a Rusty, pero a saber si el libro se publicará alguna vez... y, además..., ¿acaso no es preciosa? Massi me mira. Sonríe. Acto seguido me acaricia el pelo con delicadeza, su mano se enreda en él. Yo me apoyo sobre ella, como si fuese un pequeño cojín, y me abandono posando mis labios levemente entrecerrados sobre ella. Como las alas de una delicada mariposa, respiran su olor, esa flor escondida... Es el hombre que estaba buscando. El hombre de mi vida. Qué importante suena eso...

—Ven, sube.

Me pongo de nuevo el casco y en menos que canta un gallo me encuentro detrás de él. La moto asciende por un camino cada vez más angosto, culea, resbala sobre algunas piedras redondas que saltan a nuestro paso y abandonan el sendero perdiéndose en la hierba alta que lo circunda. La luna nos guía desde el cielo. Y la moto escapa por la vereda sin dejar de ascender, más y más cada vez, entre la hierba alta. Y sus ruedas, grandes y seguras, doblan las espigas, el verde y las plantas silvestres, y yo me abrazo con fuerza a Massi mientras subimos por la colina.

—Ya está, hemos llegado.

Massi pone el caballete lateral. Apoya la moto a la izquierda y me ayuda a bajar. Me quito el casco y lo dejo sobre el sillín.

—Ven...

Me coge de la mano. Lo sigo. Detrás de un gran árbol hay una pequeña plaza. Una explanada de tierra rojiza y, en el centro, un pozo construido con ladrillos antiguos. Es circular, con un cubo de cinc medio roto apoyado a un lado y una polea todavía unida a un viejo arco de hierro antiguo, negro, similar a un arco iris, sólo que de hierro y sin todos sus colores, que desaparece en los bordes del pozo.

—Mira abajo.

Me asomo, atemorizada. Massi se percata de mi miedo y me abraza.

—¿Ves el agua que hay al fondo?... Se ve la luna.

—Sí, la veo... Se refleja en ella.

—La luna está tan alta porque está llena. Hay una antigua leyenda...

—¿Cuál?

—Tienes que formular un deseo, y si consigues acertarle en el centro a la luna con una moneda, tu sueño se hará realidad. Es la leyenda de la luna en el pozo.

Se calla y me mira risueño. A lo lejos se oyen algunos ruidos nocturnos. Alguna luciérnaga se enciende y se apaga en la hierba de alrededor. Nada más. Massi se mete la mano en el bolsillo y encuentra dos monedas.

—Ten. —Me pasa una, después me da un beso y me susurra—: Procura acertarle a la luna...

De manera que me asomo al pozo. Ya no tengo miedo. Me inclino un poco más y alargo la mano. Ahí, en el centro, por encima de la luna. Cierro los ojos y formulo mi deseo. Uno, dos... Abro la mano y dejo caer la moneda en la oscuridad. Ésta se aleja cada vez más de prisa, desaparece en el silencio del pozo. La veo girar, volar durante unos instantes... Luego nada. Entonces me concentro en la luna que está ahí abajo, en el fondo del pozo, reflejada en la oscuridad del agua. Y, de repente..., ¡plof!, veo que la moneda da de lleno en el blanco.

—¡Le he dado! ¡Le he dado!

Salto de alegría, abrazo a Massi con todas mis fuerzas y le planto un beso en los labios. Él se echa a reír.

—¡Muy bien! Ahora me toca a mí...

Espera a que el agua oscura del fondo vuelva a calmarse. Ya está. De nuevo reina el silencio. Una luna virtual resplandece otra vez en el fondo del pozo. Massi extiende la mano, cierra los ojos y, en ese momento, formula su deseo. Yo también los cierro y aprieto los puños deseando ardientemente que sea el mismo que el mío... Luego veo que abre la mano de golpe. La moneda cae en la oscuridad del pozo. Me inclino un poco más sobre el borde para intentar seguirla hasta que... ¡plof!

—¡Ahí está! ¡¡Yo también he dado en el blanco!!

Y nos abrazamos y nos damos otro beso y otro y otro, mirándonos a los ojos, hambrientos de amor. Después nos separamos por un instante. Silencio. Lo miro.

—Qué pena que los deseos no puedan contarse.

—Ya... Si no, no se cumplen...

Massi sonríe en la oscuridad de la noche. Busca mis ojos.

—Sí..., así es.

Sin dejar de sonreír, se acerca a mí y me da un último beso, precioso, tan maravilloso que casi parece susurrar: nuestros deseos son idénticos...

Mayo

Películas que hay que ver en mayo: *Aspettando il sole.*

¿Canción del mes de mayo? *Tre minuti,* de Negramaro.

¿La atmósfera más romántica? En mayo, por descontado. El atardecer entre las 7 y las 8, cuando oscurece y el crepúsculo es rosa.

¿Estás enamorada en este momento? Me asusta decir que estoy enamorada, pero lo cierto es que soy inmensamente feliz.

¿Crees en los fantasmas? Creo que, en ocasiones, los recuerdos son fantasmas.

¿Perdonas la traición? Engañar significa que se ha dejado de amar. No hay nada que perdonar, lo que ocurre es que algo se ha acabado...

¿Eres vengativa? No.

¿Crees en el verdadero amor? Por supuesto.

¿Cuál es tu flor preferida? El ciclamen. Mi madre tiene uno precioso.

¿Crees en el flechazo? ¡Sí! Supongo que te refieres al amor, ¿no? Aunque no me gustaría recibir uno en el cuerpo.

No me lo puedo creer. Es el amor. El amor con mayúsculas, el amor loco, esa felicidad absoluta, ese que desplaza a todos los demás, por guapos que sean. Amor infinito. Amor ilimitado. Amor planetario. Amor, amor, amor. Tres veces amor. Querrías repetir esa palabra mil veces, la escribes sobre el papel y garabateas su nombre, pese a que, a fin de cuentas, apenas sabes nada de él. Nos vemos todos los días, aunque sólo sea diez minutos debajo de casa o por la calle.

—¿Quedamos un momento?

—Caro, pero si acabo de dejarte hace un instante en casa...

—Tengo que decirte algo...

—Está bien.

Massi se ríe y al cabo de unos minutos estamos en medio de la calle, entre los coches, los autobuses, entre los vehículos que pasan a nuestro alrededor sin hacer ruido aparente. Estamos allí de pie, parados, mientras el resto del mundo gira.

—¿Y bien?... ¿De qué se trata?

Me mira sonriente, arquea las cejas con curiosidad. Le gustaría poder leer en mis ojos y en mi corazón. No lo consigo. No lo logro. Y, al final, opto por la solución más fácil.

—Es que... soy feliz

Massi me abraza y me estrecha con fuerza. Después se separa un poco de mí, sacude la cabeza y me mira divertido al comprobar hasta qué punto estoy loca de amor.

—Estás completamente chiflada...

—Sí, por ti.

Los días sucesivos transcurren con tranquilidad. ¡Incluso me va bien cuando me preguntan en clase! Es increíble, casi no tengo que prepararme. Me basta con estudiar un poco para saberme la lección. Es magia. Clod y Alis no dan crédito.

—Por eso desapareciste de golpe... ¡Era él! Bueno, he de reconocer que el chico está muy bien.

—Sí, está muy bueno...

—Alis, con eso te quedas corta...

—¡A mí me lo parece! Además, no es que lo conozca tanto, sólo lo vi esa tarde y las dos veces que ha venido a recogerte después. E insisto en que está muy bueno...

Alis siempre consigue hacerme reír.

—¿Te has acostado ya con él?

—¡De eso nada!

—Pues si no lo haces, te dejará...

«¿Por qué tienes que ser siempre tan aguafiestas?», me gustaría responderle. ¡Tengo catorce años! En mi haber cuento con algún que otro beso, un poco de confusión con respecto a los dibujos que hicimos en Ciòccolati... Luego Lorenzo y su mano... Y las cosquillas. Eso es todo.

—¡Bueno, esta tarde quedamos en mi casa! —Alis parece muy decidida—. Las tres. Clase de anatomía. En pocas palabras, educación sexual... ¡Que no se pierda la experiencia que he adquirido gracias a Dodo!

—¡Alis!

—No nos dijiste nada...

Nos mira sonriente.

—Porque no sucedió nada. Mantuvimos relaciones varias veces, sin llegar al final... ¡Aun así, quiero que comprendáis algo! Ahora sois vosotras las que tenéis novio...

Clod y yo nos miramos. Ella abre los brazos.

—¡Nos toca!

Alis nos coge a las dos del brazo.

—Tiene razón.

—¡Bien! ¡En ese caso, esta tarde «estudiamos» en mi casa!

Justo en ese momento pasa por nuestro lado el profe Leone.

—¡Muy bien, así me gusta!

Alis se da media vuelta.

—¡Las convertiré en dos estudiantes modelo!

Después se dirige de nuevo a nosotras:

—¡Muy bien, así me gusta!

¡La tarde en casa de Alis es increíble! Ha instalado una pizarra en la sala.

—Entonces, a ver cómo os lo explico... Esto, como podéis ver, es... —dibuja con una tiza blanca— su cosa... Puede ser más o menos grande... La de Dodo era así.

Y nos indica la medida con las manos. Clod no logra contenerse.

—Veo que lo recuerdas bien, ¿eh?

Alis sonríe.

—Como si se pudiese olvidar fácilmente. Bueno, debéis mostraros afectuosas con esa cosa, no tirar de ella, ser dulces, acariciarla arriba y abajo, sin empujar mucho hasta el fondo... Y sin tirar demasiado hacia vosotras... ¡Si no, se la arrancaréis!

Clod suelta uno de sus comentarios.

—Sí..., ¡para poder llevármela a casa! ¿Quién te crees que soy?, ¿el tío de *Saw*?

En ese preciso momento entra la madre de Alis.

—Chicas, yo salgo... —Luego ve la pizarra—. ¡Alis!

—¡Mañana tenemos clase de educación sexual, mamá! No querrás que me suspendan, ¿no?

La madre mira de nuevo el dibujo que hay en la pizarra.

—Bueno..., si se trata de estudiar.

Y sale. Nosotras retomamos la lección. Alis es una profesora magnífica y con ella descubro cosas que jamás me habría imaginado que podían hacerse.

—¿Os dais cuenta de que nuestros padres habrán hecho todo eso?

—¡Puede que incluso más!

Me imagino a mis padres. Me resulta extraño. Luego a Massi y a mí..., y entonces me parece de lo más natural. Socorro. Se acerca el momento. ¿Qué sucederá?

Vuelvo a casa.

—¡Ya estoy aquí!

Mis padres, Ale, están todos. Voy al baño, cierro con llave y me desnudo. Abro el grifo de la bañera, echo las sales que he comprado. Me pongo el albornoz y me encamino hacia mi habitación. Me encuentro con mi madre.

—¿Qué haces?

—Quería darme un baño. A fin de cuentas, la cena tardará todavía un poco, ¿no?

—Sí.

Y me sonríe. Entro en la habitación, cojo mi iPod, los altavoces, y regreso al cuarto de baño. Cierro la puerta, lo conecto y lo enciendo. Ya está. El agua está ardiendo. Me quito el albornoz y después, poco a poco, me meto en la bañera. Me deslizo lentamente hacia abajo. Quema un poco, pero en cuanto me acostumbro me parece perfecta.

Empieza la música, al azar. Suena Alicia Keys. Me pirra. Lentamente me voy deslizando más hacia abajo. Mi cabeza toca el agua. Está caliente, está buena. Es relajante. El ligero aroma de las sales. Massi. Me encantaría que estuvieras aquí. Y así, pensando en él, me acaricio una pierna. Me lo imagino. Imagino que es una de sus manos. Siento su beso, su perfume. Subo la mano por la pierna. Su mano. Y, de improviso, sigo las instrucciones de Alis. Sonrío medio sumergida en el agua. Ahora sería capaz de hacerlo. Lo haría todo. El agua caliente es perfecta, echo la cabeza un poco más hacia atrás, arqueo la espalda, separo un poco las piernas. Apoyo los pies en las esquinas de la bañera, no pueden ir más allá... Sigo ligera, delicada, suave. Alis me lo ha explicado de maravilla. Me gusta. Y no me avergüenzo. No me avergüenzo estando así...

Tum, tum, tum.

Alguien llama a la puerta.

Me incorporo.

—¿Quién es?

Intentan abrir. Está cerrada. Por suerte.

—¡Soy yo, Ale! ¿Cuánto tiempo piensas estar ahí dentro, Caro?

—Oye, estoy muy a gusto, ¿de acuerdo? Así que espera un poco.

—¡Mira que si no sales echo la puerta abajo!

Pum. Oigo que da una patada en la parte baja de la puerta. Con fuerza.

—Usa el otro baño.

Pum. Otro. Mi hermana, qué coñazo. Me pongo en pie. Me quito la espuma, me seco. Me pongo el pijama azul turquesa. Abro la puerta y salgo del baño toda perfumada, ligera. Me siento limpia. Tranquila. Relajada.

—Ya era hora...

Ale entra deslizándose por detrás de mí. No le hago ni caso. Gracias, Alis. Nos lo explicaste todo a la perfección. Sonrío. De una manera u otra, se puede decir que ha sido mi primera vez. Me siento en el sofá. La cena todavía no está lista. Enciendo la televisión. Busco el canal 5. Ha empezado «Amici». La verdad es que me gustaría ser una de las participantes, pero sin competir, eso no. Se marchan todos, salen del estudio, sacan a empellones a la presentadora y yo permanezco allí, con mi pijama azul turquesa y el micrófono en la mano. Canto de maravilla. Y en las gradas está sólo él, Massi. Canto para ti, Massi.

Cojo el móvil y me pongo en pie sobre el sofá.

Iris.

La canto casi a voz en grito.

—¡Caro! —Me vuelvo. Es mi madre—. ¿Has perdido el juicio?

Le sonrío.

—¡Es mi canción favorita!

—Sí, sólo me faltaba ahora que participases en el festival de San Remo... Ven a la mesa, venga, la cena está lista.

—Sí, mamá...

Le sonrío y me ruborizo ligeramente. Un pensamiento repentino. Si sólo pudiese imaginar, si sólo supiese lo que ha ocurrido en el cuarto de baño. Y todo lo que me está sucediendo. Qué bonito sería en ocasiones no tener prejuicios y poder confiarse abiertamente, sobre todo con alguien como ella. Me siento frente a mi madre, despliego la servilleta y le sonrío.

—Mmm, qué bien huele... Debe de estar delicioso.

Mi madre no me responde y empieza a servirme. De manera que bajo los ojos y aparto de mi mente cualquier pensamiento, salvo uno. A menudo parece que estemos muy cerca cuando, en realidad, estamos muy lejos unos de otros.

He ido a ver a la abuela. Hacía tiempo que no iba a visitarla. Y, de alguna forma, me sentía culpable. Como si mi felicidad me apartase de su dolor. Hoy, sin embargo, Massi no podía venir a recogerme a la salida del colegio. De forma que he pensado que debía ir a su casa. Por todas las cosas bonitas que me han enseñado, tanto ella como el abuelo Tom. Una pareja maravillosa.

—¿Qué es esto?

—Un albaricoquero. Pero los frutos todavía están verdes.

—¿Se llama de verdad así? Es la primera vez que lo oigo.

Mi abuela sonríe, camina con sus zapatillas azul oscuro por la gran terraza, se aproxima a las plantas y da la impresión de acariciarlas. Ha cambiado. Ahora parece más taciturna.

—Hoy me ha ido muy bien en el colegio...

—¿Ah, sí? Cuéntame...

Le digo que me han preguntado sobre un tema, que me han puesto una buena nota, en fin, le cuento cómo van las cosas en general. De vez en cuando me mira de soslayo y después se concentra de nuevo en sus flores. Asiente con la cabeza mientras escucha, pero luego su mirada se torna más atenta, sus ojos se cruzan con los míos, los observa como si buscase algo nuevo. Por lo visto, se ha dado cuenta. Soy tan feliz... Me encantaría contarle mi historia con Massi, pero no lo consigo, es superior a mis fuerzas.

—Muy bien, veo que todo te está saliendo a pedir de boca...

—Sí, y ahora tengo que prepararme como es debido para el examen final...

—Sigues viendo a tus amigas Alis y Clod, ¿verdad?

—Por supuesto.

—Bueno, creo que estás viviendo una época preciosa.

—Sí, abuela, es justamente así.

Le sonrío y decido contarle lo de Massi. Pero cuando estoy a punto de empezar a hablar, ella se vuelve, coge un mechón de pelo que le ha caído sobre los ojos, se lo acomoda como puede intentando echárselo sobre los hombros.

Y, de repente, noto que se entristece, busca algo en un lugar indefinido, en el aire, entre los recuerdos, en un pasado remoto o arcano, en su jardín privado, lleno de flores, de setos bien cuidados, de tesoros enterrados, ese lugar umbrío que todos tenemos y en el que de vez en cuando nos refugiamos, ese lugar cuyas llaves sólo poseemos nosotros. Luego parece recordar mi presencia de improviso, entonces se vuelve de nuevo y esboza una sonrisa preciosa.

—Ah, Caro... Despéjame una curiosidad... Ese chico, ese que te había impresionado tanto..., ¿cómo se llamaba? —Mira el cielo como en busca de inspiración. Acto seguido sonríe, repentinamente feliz—. ¡Massi!

Lo recuerda, y yo no puedo por menos que ruborizarme un poco.

—Lo llamabas así, ¿verdad?

—Sí.

—¿Lo has vuelto a ver?

Me encantaría contárselo todo, la fiesta a la que no quería ir, nuestra canción que suena de repente y él, que en ese momento se encuentra a mis espaldas y me besa... Pero se me encoge el corazón, me siento como una estúpida. Su historia de amor era la más bonita de este mundo y ha acabado así, sin que llegasen a romper. De manera que todavía no ha terminado. La miro y me percato de que ya no consigo hacerla feliz, de que ya nada le puede bastar, ser su razón de vida, su felicidad. ¿De qué puedo hablarle yo? Me entran ganas de echarme a llorar, de morirme.

—No, abuela, por desgracia no. No he vuelto a verlo...

Abre los brazos.

—Lástima...

Y entra en casa.

—¿Te apetece beber algo, Carolina?

—No, abuela, gracias. Tengo que marcharme.

Le doy un beso fugaz, a continuación la abrazo fuertemente y cierro los ojos mientras apoyo mi cabeza sobre su hombro. Cuando los abro lo veo de repente a una cierta distancia, sobre la mesa. El dibujo. El dibujo que le hizo el abuelo para el día de los enamorados: un corazón grande coronado por la frase «Para ti, que alimentas mi corazón». Exhalo un largo suspiro, larguísimo. Las lágrimas afloran a mis ojos.

—Perdona, abuela, pero es que llego tarde.

Y me marcho.

Bajo la escalera a toda velocidad, salgo a la calle, respiro profundamente, cada vez más. Él. Sólo él. Ahora, de inmediato. Saco el móvil del bolsillo y tecleo su número.

—¿Dónde estás?

—En casa.

—No te muevas de ahí, por favor.

En un abrir y cerrar de ojos me encuentro junto al portón. Llamo al interfono. Por suerte, responde él.

—¿Quién es?

—Soy yo.

—Pero bueno, ¿es que has venido volando?

—Sí. —Me gustaría decirle: «Necesitaba volar para venir a verte.» No lo puedo resistir—. ¿Puedes bajar un momento, por favor?

—En seguida...

Y mientras lo espero debajo de su casa veo un relámpago. El cielo se oscurece de repente. Oigo un trueno a lo lejos. Tengo miedo. Pero justo en ese momento Massi sale del portal.

—¿Qué pasa, Carolina?

No digo nada. Lo abrazo. Coloco mis manos detrás de su espalda, apoyo mi cabeza en su pecho y lo abrazo con más fuerza. Aún más. Lo estrecho entre mis brazos. Otro trueno y empieza a llover. Al principio es una simple llovizna, pero, poco a poco, va arreciando.

—Venga, Carolina, entremos, o nos empaparemos...

Trata de escapar, pero yo lo aferro con mis brazos.

—Quédate aquí.

Mejor. Mis lágrimas pasarán desapercibidas con la lluvia. Levanto la cabeza, ya estamos completamente mojados. Sonríe.

—Estás como una cabra...

El agua resbala por nuestras caras. Nos besamos. Es un beso precioso, infinito. Eterno. Dios mío, cuánto me gustaría que fuese eterno. No me detengo en ningún momento, lo beso y vuelvo a besarlo, mordiendo sus labios, poco menos que hambrienta de él, de la vida, del dolor, del abuelo, que ya no está con nosotros, de la infelicidad de la abuela.

Sigue lloviendo a cántaros. Estoy empapada. Es el llanto de los ángeles. Sí, pese a que estamos en el mes de mayo, también llueve ahí arriba. Un rayo de sol ha horadado la oscuridad y atraviesa las nubes. Ilumina una parte de la periferia que queda al fondo. Te amo, Massi. Te amo. Me gustaría proclamarlo a voz en grito. Querría decírselo mirándolo a los ojos, con una sonrisa. Pero ni siquiera logro susurrárselo. Me enjugo la cara con la palma de la mano y me echo el pelo hacia atrás, como si pudiese servir para algo. Qué tonta, estamos bajo la lluvia.

—¿Qué pasa? ¿En qué estás pensando? —me pregunta risueño.

Me refugio de nuevo en su pecho, en el hueco que hay junto al hombro, escondida de todo, de todos. Sola con él en lo más profundo, en tanto que la lluvia sigue cayendo.

—Me gustaría escaparme contigo...

Y nos damos otro beso, tan fresco como no lo había probado en mi vida. Prolongado. Bajo ese cielo. Bajo esas nubes. Bajo esa lluvia. A lo lejos está escampando y ha aparecido un sol rojo perfecto, limpio en su ocaso. Y yo me estrecho contra su cuerpo y sonrío. Y soy feliz. Respiro profundamente. Estoy un poco mejor. Por el momento. Por el momento he comprendido que lo amo. Y es precioso. Algún día lograré decírselo.

En los días sucesivos hemos hecho cosas increíbles.

Hemos pasado toda una tarde sentados en el mismo banco bajo la virgencita de Monte Mario. Es una virgen preciosa, enorme, que se puede ver a lo lejos. Es toda dorada, pero eso es lo de menos. Massi ha querido saberlo todo de mí en lo tocante a los chicos con los que he salido. Le he contado las pocas cosas que he hecho. Prácticamente he reconocido que no he hecho nada. Al principio parecía preocupado, luego menos, hasta que al final ha sonreído. Después me ha desconcertado diciendo: «Mejor así.»

No he acabado de comprender si está pensando en algo en concreto. Aunque lo cierto es que no me importa mucho, no estoy inquieta, sino serena. Tengo ganas de conocerlo, de conocerme, de descubrirlo y de que me descubra. De acuerdo, debería estar preocupada. ¿A qué se debe que un chico quiera saber con quién ha salido una? ¿En qué puede cambiar eso lo que siente por ella? ¿Y si le hubiese dicho: «Massi, ya no soy virgen, he estado con tres chicos, mejor dicho, con cuatro, y he hecho esto, aquello y lo de más allá...» ¿Cómo habría reaccionado? Maldita sea, debería haberlo pensado antes. Ahora ya no tiene remedio. Aunque siempre puedo decirle que le he contado una mentira. Sí, ésa sí que es una buena idea.

—Massi —le digo risueña—. Te he mentido.

Veo que le cambia completamente la cara.

—¿Sobre qué?

—No te lo digo. Basta que sepas que he sido sincera... pero, en cualquier caso, te he dicho una mentira.

Se queda perplejo por un momento, sin saber muy bien qué pensar. Luego, imaginando que le estoy gastando una broma, se echa a reír y me besa.

—Así que no has sido sincera...

—Sí, sí, por supuesto... —Me desprendo de su abrazo—. He sido totalmente sincera, sólo te he dicho una mentira.

Él sacude la cabeza y se encoge de hombros. Me mira a los ojos curioso, me escudriña como si tratase de entender qué parte es verdad y qué parte no. Yo le sonrío y me vuelvo hacia el otro lado. Por el momento no las tiene todas consigo. Mejor.

Durante los días siguientes hemos ido a comer varias veces fuera. Al japonés de la via Ostia, riquísimo, a una pizzería que hay junto a la via Nazionale y que se llama Est Est Est, alucinante, y en la via Panisperna, 56, La Carbonara, para chuparse los dedos. ¡En los tres locales apenas he probado bocado! Massi me ha mirado las tres veces preocupado: «¿No te gusta el sitio?» «¿Odias la comida japonesa?» «¿La carbonara es demasiado pesada?»

En cada ocasión me he echado a reír como si fuese medio idiota, pero no he dicho nada.

—Ah..., ahora lo entiendo, ¡aún estás a dieta!

—¡De eso nada! Estoy de maravilla, me encanta el sitio y todo está delicioso.

—¿Entonces?

—No tengo mucha hambre...

—Ah, ¿eso es todo? ¡Mejor así! —Coge mi plato y engulle las sobras, se lo mete en la boca con voracidad—. ¡Ya veo que me saldrás barata!

Pruebo a darle un golpe.

—¡Imbécil! Eres un macarra...

Y él come adrede con la boca abierta.

—¡Qué asco! ¡Se acabaron los besos, ¿eh?!

Massi exagera a propósito, mueve la cabeza arriba y abajo como si pretendiese decir: «¡Ahora verás si te doy asco!»

Y organizamos un buen bullicio, le tiro de la manga de la camisa para que se detenga, él intenta hacerme cosquillas, bromeamos, simulamos que discutimos y no dejamos de reírnos en ningún momento. La verdad es que, cuando estoy con él, es como si perdiese el apetito.

—¿Tregua? ¿Paz?

No puedo más, al final me rindo.

—Está bien.

Massi sonríe, me sirve un poco de agua, después él también se llena el vaso. Nos miramos mientras bebemos y a los dos se nos ocurre la misma idea, fingimos que nos salpicamos con el agua que tenemos en la boca. Pongo cara de preocupación. Al final Massi se inclina hacia mí como si tratase de echarme el agua, pero se la ha tragado ya. Sacudo la cabeza, sonrío y, poco a poco, nos vamos calmando. Lo miro, el corazón me late acelerado, siento la emoción en los ojos. Se tiñen de amor. No entiendo lo que me está ocurriendo. Me miro al espejo que tengo al lado. Nada de dieta... ¡Esto es amor! Es amor, amor, amor. Tres veces amor. ¡Estoy acabada!

Hoy vamos a ver *Juno*.

¡Qué guay! Lo ha escrito Diablo Cody, una joven *blogger* que ha ganado un Oscar por su primer guión. Los americanos son geniales. Viven en el país de las grandes oportunidades. Como cuando ganan la lotería o en el casino, de inmediato los ves en las fotos junto a un cheque gigantesco con la cifra que se han embolsado escrita encima. ¡Y puedes ver a los afortunados en persona! Unas personas auténticas, con una maravillosa sonrisa escrita en la cara. En nuestro país nunca se sabe nada, la noticia de que alguien ha ganado en el casino sólo se hace pública si el afortunado es Emilio Fede, el periodista del canal Retequattro. En cambio en Estados Unidos, sin ser siquiera mínimamente conocida, esa *blogger*, Diablo Cody, ha ganado un Oscar. ¡Imaginaos si eso le ocurriese a Rusty James! Me vestiría con mis mejores galas, lo acompañaría a Los Ángeles a recogerlo y haría como Benigni: me pondría de pie sobre la butaca y gritaría: «¡Rusty James! ¡Rusty James es mi hermano!»

¡Ya me imagino resbalando y cayéndome al suelo!

Estamos en el intermedio de la película. Es una peli muy chula, muy ocurrente, realmente divertida. La actriz protagonista es muy joven, además de muy buena. Creo que se llama Ellen Page. *Juno* es la historia de una chica que decide hacerlo con su novio, un tipo gracioso, un poco gafe, pero muy mono y tierno..., ¡y se queda embarazada!

—A veces ocurre...

Massi se inmiscuye en mis pensamientos.

—Menudo lío.

—No sé cómo consigue arreglárselas tan tranquila... Quizá porque se trata de una película...

Massi me toca la barriga.

—¿Y tú qué harías?

Cierro los ojos.

—No niego que me encantaría tener un hijo, ¡pero tengo catorce años! —Los abro de nuevo—. ¡Ella tiene quince, de modo que todavía me queda un año de libertad!...

—Si lo consideras un castigo... ¿De verdad no te gustaría?

—Bueno, lo ideal es que suceda cuando haya vivido por lo menos el doble... O sea, cuando tenga veintiocho años.

—Vale, me parece justo. Me reservo para cuando llegue ese momento...

Me sonríe y me coge la mano.

Tiene diecinueve años, uno menos que mi hermano. ¿Qué diría Rusty si lo conociese? ¿Sentiría celos de él? Y mientras pienso en eso apoyo la cabeza en su hombro. Mi melena rubia se esparce sobre su camiseta azul. Espero tranquilamente a que empiece la película.

—¿Quieres palomitas, Carolina?, ¿algo de beber?

Reflexiono por un instante y miro al vendedor de helados que está ahí, en un rincón más abajo, junto a la pantalla, rodeado de un montón de gente.

¡No! No me lo puedo creer. Veo que delante de mí se levantan Filo, Gibbo y varios más de la clase, Raffaelli, Cudini, Alis y Clod, con Aldo.

—No, no, gracias, no quiero nada.

Y me deslizo hacia abajo en mi asiento. No sé por qué, pero el caso es que me incomoda. No quiero que me vean. Con él no. Massi es mío. No quiero compartirlo con nadie. Bueno, tampoco es eso. Es que me siento muy feliz y esta felicidad me parece muy frágil, eso es, como una telaraña. Sí, está compuesta de unos sutiles hilos de cristal y yo me encuentro en el centro, tendida, prisionera, con mi pelo rubio esparcido sobre mis hombros mientras Massi avanza, camina a cuatro patas y me mira, como un magnífico hombre araña, un Spiderman vestido de negro... Y sólo se necesita una menudencia para que nuestra mágica red se deshaga, puf..., y yo me caiga.

De manera que me deslizo un poco más hacia abajo en mi asiento, casi desaparezco. Luego, por suerte, se apagan las luces. Presto atención a la película, pero ya no me divierto como antes. Los vislumbro a lo lejos, reconozco sus perfiles incluso en la penumbra de la sala. De vez en cuando, alguna escena algo más luminosa los alumbra un poco más y entonces puedo verlos mejor. Aunque, por otra parte, ¡los conozco sobradamente! Los veo a diario desde hace tres años. Incluso en los matices más nimios. ¿Cómo puedo confundirme? Son mis amigos. Y, al pensar en eso, me siento un poco más tranquila, me agito menos y me acomodo en la butaca. Me concentro de nuevo en la película y me río otra vez como todos, a la vez que ellos, relajada, confundida entre la gente que ocupa la platea, como ellos, como mis amigos, así, despreocupada.

Acaba la película. Me levanto en seguida, pese a que, por lo general, me gusta leer los créditos para averiguar el nombre de determinado actor o la pieza de música que me ha gustado. Me vuelvo dando la espalda a mis amigos y me encamino hacia la salida. Massi me sigue. Sus anchos hombros me tapan.

No tardamos nada en salir, pero en cuanto doblo la esquina...

—¡Carolina!...

Es Gibbo.

—Caramba, ¿estabas en el cine? ¡No te he visto!

Se acerca a nosotros y en un instante llegan los demás.

—¿Te ha gustado?

—Sí, menudo enredo.

—Ya ves, imagínate que me quedara embarazada a esa edad. ¡Al menos a ti eso no puede sucederte!

—¿Por qué lo dices? Tal vez el año que viene...

—Sí, con la ayuda del Espíritu Santo...

—¡Anda ya, ni aun así! ¡Ni siquiera con un milagro!

—Sí, sí, con un milagro del...

Algunos se ríen. La vulgaridad de Cudini no tiene remedio. Y siguen bromeando y soltando frases maliciosas y empujones, como siempre que nos encontramos en grupo. Entonces veo que algunos miran a Massi con curiosidad.

—Ah, él es Massimiliano.

—¡Hola!

Massi alza la cabeza a modo de saludo general.

—Ella es Clod, Aldo... Él es Cudini, y éstos son Filo, Gibbo. Ella es mi amiga Alis. ¿Te acuerdas de ella? Te he hablado de Clod y de Alis...

Se dan la mano, se miran a los ojos y yo, no sé por qué, noto algo extraño.

—Sí, sí, me has hablado de todos...

Pero Massi es excepcional, le ha bastado con decir esa frase genial para dominar la situación, me ha superado. De manera que, divertida, observo la expresión que ponen mis amigos mientras lo miran. Cómo lo estudian, curiosos y curiosas, cómo hacen como si nada, como si estuvieran distraídos. Quizá lo estén realmente, y al final dejan que nos marchemos.

—Simpáticos, tus amigos...

—Sí, es cierto. Hace mucho que vamos a la misma clase...

—Tu amiga es muy mona...

—Sí... —Me entran ganas de atizarle, pero disimulo—. Tiene novio.

Massi sonríe.

—Bueno, no soy celoso.

No es la primera vez que oigo esa ocurrencia. Paolo la soltó en una ocasión, uno de los novios de Ale... Lo aborrecí cuando lo dijo. Acto seguido miro a Massi. Bueno, he de reconocer que en su caso el efecto es bien diferente. Él se da cuenta, se echa a reír y se abalanza sobre mí para darme un abrazo.

—Venga, que lo he dicho sólo para picarte...

Me mantengo firme.

—Bueno, pues lo siento... ¡No lo has conseguido!

Intenta besarme, forcejeamos un poco, pero al final cedo de buen grado.

Lo más bonito, sin embargo, me sucedió a finales de mayo.

Primera hora de la mañana. Bueno, no tan pronto. Llego jadeante al colegio. Le pongo el candado a la moto y cojo la mochila, que he dejado a un lado. Cuando me incorporo veo a Massi con un paquete en la mano.

—¡Hola! ¿Qué haces aquí?

Me sonríe.

—Quiero ir a clase contigo.

—Venga ya, tonto, sabes que no se puede... ¿No tienes que estudiar?

—Han aplazado el examen de derecho para mediados de julio.

—Mejor, ¿no? No acababa de entrarte en la cabeza. —A continuación lo miro con curiosidad—. ¿Y ese paquete?

—¡Es para ti!

—Qué sorpresa más estupenda, ¿hablas en serio? ¡Gracias!

No quiero besarlo y abrazarlo aquí, delante del colegio, pero lo cierto es que lo haría de buena gana... Sólo que ¿y si me ven los demás? Podrían aguarme la fiesta. Sea como sea, estoy muy emocionada, pese a que intento con todas mis fuerzas que no se me note. Me apresuro a abrir el paquete.

—¡Pero... si es un traje de baño!

Lo despliego, es azul oscuro y celeste, precioso.

—Has adivinado la talla. —Lo miro perpleja—. ¿Estás seguro de que es para mí?

—Claro. —Me coge la mano—. Estaba convencido de que no tenías ninguno.

—Como éste, no..., pero sí otros distintos.

—No tenías uno aquí, en cualquier caso, porque ahora... —se acerca a su moto, saca un segundo casco y se sube a ella— nos vamos a la playa.

En un segundo pasa por mi mente el profe de italiano, la de matemáticas, la tercera hora de historia, el recreo y, luego, la clase de inglés... Me preocupa, y no porque tenga dificultades con los idiomas, no, sino porque no ir a clase así, sin haberlo planeado siquiera de antemano, de haber inventado una excusa por si... Luego lo miro y con una ternura que no soy capaz de describir me pregunta: «¿Y bien...?». Es tan delicado, tan ingenuo, que casi se ha disgustado ya por una hipotética negativa por mi parte. «¿Vamos?» Su sonrisa despeja todas mis dudas. Cojo el casco, me lo pongo al vuelo y en un instante me encuentro detrás de él, lo abrazo con fuerza y me apoyo contra su espalda. Y miro al cielo y casi pongo los ojos en blanco. ¡Estoy haciendo novillos! No me lo puedo creer. No lo he pensado dos veces, no he tenido ninguna preocupación, miedo, sospecha, indecisión o duda. ¡Estoy haciendo novillos! Lo repito para mis adentros, pero ya no estoy...

La ciudad desfila ante mis ojos. Una calle tras otra, cada vez más rápido, los muros, las persianas metálicas, las tiendas y los edificios. Después, nada. Campos verdes apenas florecidos, espigas secas que se doblan con el viento, flores amarillas, grandes y numerosas que abarrotan las parcelas de tierra. Avanzamos así, enfilamos la carretera de circunvalación y después descendemos en dirección a Ostia.

El pinar. No hay nadie. Ahora Massi ha aminorado la marcha. La moto protesta ligeramente mientras nos lleva hacia esa última playa, donde desemboca un pequeño río. Massi se detiene y se quita el casco.

—Ya está, hemos llegado.

Un cartel: «Capocotta.» Pero ¿acaso ésta no es una playa nudista? No se lo digo. El sol está alto en el cielo, precioso, y el calor no aprieta. Massi saca unas toallas del baúl; ha pensado en todo.

—¡Ven!

Me coge la mano, corro a duras penas detrás de él exultante de felicidad, riendo en tanto que me dirijo hacia ese inmenso mar azul que parece esperarnos sólo a nosotros.

—Pongámonos aquí.

Lo ayudo a extender las toallas. Una junto a otra. No hay viento. La playa está vacía.

—¿Sabes? Aquí suelen venir nudistas.

—Eh, sí, de hecho, me acordaba del nombre.

—Sí, pero hoy por suerte no hay nadie.

Miro alrededor.

—Ya...

—Podemos hacer nudismo, si te parece.

—¡Imbécil! Voy a ponerme el traje de baño.

Menos mal que a pocos metros hay una casa medio derruida, las antiguas ruinas de una importante villa romana. Doy varias vueltas hasta que encuentro un rincón apartado para cambiarme. Qué bien. Por suerte no hay una alma en los alrededores.

El traje de baño me sienta bien o, al menos, eso creo; por desgracia, no hay ningún espejo aquí. Me pongo la camisa por encima y salgo de las ruinas.

Massi se ha cambiado ya. Está de pie junto a las toallas. Tiene un cuerpo magnífico, delgado, aunque no enjuto. Además, no es muy peludo. Se ha puesto un traje de baño negro, ancho pero no excesivamente largo. Me doy cuenta de que le estoy mirando ahí, me da vergüenza y me pongo colorada. Por suerte estamos solos y nadie puede darse cuenta.

—¿He adivinado la talla?

—Sí. —Sonrío—. Y eso no me gusta.

—¿Por qué?

—Habría preferido que te equivocaras... Eso quiere decir que tienes buen ojo, ¡porque no te falta experiencia!

—Boba...

Me atrae hacia sí. Me besa, y el hecho de que estemos tan próximos, casi desnudos, me resulta extraño, pero no me molesta. Al contrario.

Poco después estamos tumbados sobre las toallas. Lo espío. Lo miro. Lo admiro. Lo deseo. Toma el sol boca arriba. Juega con mi pierna, me acaricia. Me toca la rodilla, después sube. A continuación vuelve a bajar. Pero en su ascenso siempre llega más arriba. Y el sol. El silencio. El ruido del mar. No lo sé. Me estoy excitando. Me siento arder por dentro. Qué sensación tan extraña. No entiendo una palabra. Llegado un momento, Massi se vuelve lentamente hacia mí. A pesar de que tengo los ojos cerrados, puedo sentirlo. Entonces ladeo poco a poco la cabeza y los abro. Me está mirando. Sonríe. Yo también.

—Ven.

Se levanta de golpe. Me ayuda y poco después empezamos a correr por la arena. No está demasiado caliente. En un abrir y cerrar de ojos llegamos a las viejas ruinas. Mira alrededor. No hay nadie. Me aparta como si pretendiese examinarme.

—Ese traje de baño te sienta realmente bien.

Me siento observada y me avergüenzo. Estoy blanca. Demasiado pálida.

—Me gustaría estar un poco morena. Me quedaría mejor...

—De eso nada, así estás guapísima...

Me atrae hacia él. Estamos en un rincón de las ruinas, ocultos entre dos muros. El mar es el único espectador curioso. Pero educado. Respira silencioso formando alguna que otra ola pequeña. Siento la mano de Massi en un costado. Me atrae hacia sí. Me besa. Lo abrazo. Lo siento encima de mí. Noto que está excitado. Tanto. Demasiado. No por nada, es que no tengo la menor idea de lo que debo hacer. En cambio, él sí sabe cómo moverse. Poco después siento su mano en mi traje de baño. Lenta, suave, delicada, agradable. Se detiene en el borde, tira un poco del elástico y, plof, se sumerge delicadamente. Su mano acaricia mi cuerpo. Desciende, cada vez más abajo, sin hacerme cosquillas, entre las piernas, me acaricia despacio y yo me abandono en su beso como si fuese un refugio capaz de contener todo lo que estoy experimentando, que me sorprende, me maravilla, que me gustaría parar, fijar para siempre, sin vergüenza, con amor.

Seguimos besándonos mientras mi respiración se va haciendo cada vez más entrecortada, jadeante, hambrienta de él, de sus besos, de su mano, que me ha secuestrado, que sigue moviéndose dentro de mí. Y casi me entran ganas de echarme a gritar... Al final me muerdo el labio superior y, casi exhausta, permanezco con la boca abierta, suspendida en ese beso. Pasan unos segundos. Ahora lenta, más lenta, su mano, como una última caricia, casi de puntillas, educada, se separa de mi traje de baño. Noto que me mira como si me espiase, como si buscase detrás de mis ojos alguna huella de placer. Y entonces, emocionada, con los ojos entornados, le sonrío. De improviso siento algo que casi me asusta. No. Me relajo. Es su mano, me acaricia el brazo derecho, se desliza por el antebrazo hasta llegar a la muñeca. Me toma la mano. La sostiene por un instante así, suspendida en el aire, inmóvil, como si fuese una señal. Pero no lo entiendo. Lo oigo respirar cada vez más rápido, me aprieta la mano y, poco a poco, la guía hacia su traje de baño. Entonces comprendo. Qué tonta. ¿Es la hora? ¿Qué se supone que debo hacer? No es que no quiera..., ¡es que no tengo ni idea de qué debo hacer! Y en un instante lo recuerdo todo. Las explicaciones de Alis. Pero ¿serán adecuadas? ¿Serán ciertas? Repaso mentalmente todo lo que creo recordar, y en un abrir y cerrar de ojos me encuentro allí, sobre su traje de baño, es decir, mi mano está allí sola, porque la suya acaba de abandonarla.

Me quedo inmóvil por unos segundos, no más. Luego empiezo a moverme lenta y suavemente, sin prisas, sin miedo, entro en su traje de baño, con delicadeza, buscando abajo, siempre más abajo, hasta encontrarlo. En ese mismo momento busco su boca y lo beso, como si pretendiera esconderme, huir de mi vergüenza. Pero a la vez muevo la mano arriba y abajo, lentamente, poco a poco, después algo más rápido. Siento que Massi respira cada vez más de prisa. Y sus besos son apresurados, hambrientos, se interrumpen de repente para atacar de nuevo, y yo prosigo cada vez más decidida, segura, veloz, otra vez, más, mientras noto aumentar el deseo en su aliento. Y, de repente, esa explosión caliente en mi mano, prosigo mientras sus besos se frenan, ahora son más tranquilos, casi se detienen en mi boca. Luego Massi apoya la mano sobre el traje de baño, encima de la mía, para que me detenga.

Sonrío.

—Me parece que la he liado...

Él se encoge de hombros.

—Da igual... Ven.

Me coge y me arrastra fuera de las ruinas, por la playa desierta, abandonada, barrida por un viento ligero, yerma, vacía. Somos los únicos que caminan por esa arena suave, blanca y caliente, como lo que acabamos de vivir. Llegamos a la orilla. Massi entra corriendo en el agua, yo me detengo.

—¡Pero está fría! ¡Mejor dicho, helada!

—¡Venga! ¡Está genial!

Echa de nuevo a correr para dejar bien claras sus intenciones y después, ¡plof!, se tira y apenas emerge del agua empieza a nadar a toda velocidad para dejar de temblar de frío. Al cabo de un momento se para y se vuelve hacia mí.

—¡Brrr! Una vez dentro es fantástico.

De manera que me convence y yo también lo hago. Corro sin detenerme y al final me tiro, emerjo y nado aún más de prisa, cada vez más, hasta llegar a su lado. Él me abraza de inmediato y me da un beso dulce, aunque salado, suave y cálido, hecho de mar y de amor. Acto seguido se separa envuelto en los rayos del sol.

—¿Estás bien?

—De maravilla.

—Yo también...

—¿En serio? Nunca lo había hecho.

Me mira buscando algún indicio de mentira. Entonces recuerdo que debo procurar que no se sienta excesivamente seguro.

—¿Me estás diciendo la verdad, Caro?

—Por supuesto...

Me alejo nadando a toda velocidad. Después me paro, me vuelvo y lo miro, está guapísimo ahí, en medio de nuestro mar.

—Yo siempre te digo la verdad, salvo alguna que otra mentira...

Junio

¿Sencillo o complicado? Sencillo.

¿Amistad o amor? Las dos cosas.

¿Moto o microcoche? Por el momento estoy contenta con *Luna 9*, mi Vespa, luego ya veremos.

¿Móvil o tarjeta telefónica? Móvil.

¿Maquillaje o sólo agua y jabón? Depende, Alis dice que debería maquillarme más.

¿Una cosa extraña? Sentirme como me siento ahora.

¿Una cosa buena? Massi.

¿Una cosa mala? La ausencia de Massi.

¿Un motivo para levantaros por la mañana? ¡Massi!

¿Un motivo para quedarse en la cama? La ausencia de Massi...

¿Qué estás escuchando ahora? El silencio.

¿Qué escuchas antes de acostarte? Ahora, a Elisa.

¿Un vicio al que no puedes renunciar? El chocolate.

¿Una cita que siempre queda bien? «Tenemos que emplear lo mejor posible el tiempo libre», Gandhi.

¿Una palabra que siempre suena bien? Amor.

¿Sabéis una de esas mañanas en que no tenéis ganas de levantaros y la cama os parece el lugar más bonito, cómodo y acogedor de este mundo? Pues bien, eso es lo que me ocurre hoy. Sólo que no puedo regodearme. Qué pena. Todo me parece tan lento, tan fatigoso, tan negativo. Las zapatillas no están en su sitio y además tengo un ligero dolor de cabeza. El sábado o el domingo, cuando por fin puedo dormir, resulta que nunca lo hago. Al revés, a veces me sucede que esos días me levanto temprano incluso aunque no deba hacerlo. ¿Será posible que sólo cuando hay que ir al colegio la cama me parezca tan maravillosa? Uf.

Cuando me levanto, mi madre ha salido ya. Mi padre también. Sólo queda Ale, con su consabido cruasán de crema, y eso que luego se lamenta porque engorda. Faltaría más. Por si fuera poco, lo moja invariablemente en un tazón de leche enorme.

—Buenos días, ¿eh?

Nada, no habla. Emite una especie de extraño gruñido como si fuese un cerdo concentrado en unas bellotas deliciosas. Esta mañana Ale está más esquiva de lo habitual. ¡Refunfuña! Me visto, pero hoy me falla la imaginación, de manera que me pongo un par de vaqueros con un bordado en un costado y la camiseta azul claro. Me miro en el espejo de cuerpo entero de la habitación. Un desconocido que me viese hoy por la calle no se pararía a mirarme ni de coña. Hay mañanas en las que no te gustas en absoluto y, si por casualidad alguien te hace un cumplido, te cuesta de creer. De repente se me pasa por la cabeza: «Después de todo, la verdadera belleza está en el corazón.» Me lo decía siempre el abuelo. Y a él se lo había dicho Gandhi. Quiero decir, no directamente, el abuelo había leído la frase en un libro de citas suyas. No sé si mi corazón es puro o no, lo que está claro es que me gustaba cómo me decía esa frase el abuelo. Por un momento siento un extraño vacío en mi interior, algo indefinido, como una suerte de vértigo. Digamos que hoy dejo la hermosura para mi corazón, no para la cara.

Bip, bip.

Debe de ser Alis. Seguro que me pide que la espere frente a la escuela para poder copiar algo. Quizá matemáticas, ya que la lección de ayer era un poco difícil. No entendí mucho de las ecuaciones algebraicas. Y digo yo, ¿para qué hay que poner letras si en el fondo se trata de números? Ya entiendo poco las cifras, así que sólo me faltaba el alfabeto. Además, nos han dicho que esto se estudia en primero de bachillerato, pero la profe quería enseñárnoslo antes para que estemos más preparados. Bueno, la verdad es que si Alis espera que yo... ¿No podría habérselo pedido a Clod?

Abro el sobrecito del mensaje. ¡Es de R. J.! Qué extraño, a esta hora. «Hola, Caro... ¿Vas al colegio o inventas una de las tuyas?» Voy, voy, ojalá tuviese un poco de imaginación. «¿Te apetece acompañarme a un sitio esta tarde? Manda OK si tienes ganas y puedes y pasaré a recogerte a las tres.»

No hay nada que hacer. Rusty siempre es así. Jamás te dice adónde va, lo descubres después. O aceptas la caja cerrada o nada.

«OK», y envío el mensaje. Desayuno de prisa, me lavo los dientes, me preparo y salgo. Ale incluso se despide de mí. Increíble. El día está empezando a cambiar, vuelvo a estar de buen humor. De todas formas, pensándolo bien, las sorpresas de Rusty James me gustan por el misterio que entrañan. Lo que no sabía era que esta vez me iba a sentir ya mayor. Una de esas sorpresas que sabes que existen, que se producirán tarde o temprano, y que, en cualquier caso, nunca estarás preparada para ellas.

En el colegio he tenido que copiar la ecuación de Clod. Pero todo ha salido a pedir de boca. Las horas sucesivas han pasado volando y ahora estoy detrás de él.

—¿Se puede saber adónde vamos? —le grito con el casco puesto.

—Cerca.

Serpentea entre el tráfico.

Rusty James ha pasado a recogerme por casa, haciendo una llamada perdida al móvil para evitar que mi madre lo oyese. Ahora estamos zigzagueando por las calles de Roma y no logro entender adónde vamos. Veo que Rusty está sentado encima de un sobre amarillo.

—¿No se te caerá si lo llevas así?

—No. Si eso sucede, tú te darás cuenta. Si no, ¿de qué me sirves? Además, hay un motivo...

—¿Cuál?

—Luego te lo digo.

Después de un par de cruces más, nos detenemos. R. J. aparca la moto y coge el sobre. Yo bajo con mi habitual saltito sobre los estribos. Miro alrededor. Veo un palacete antiguo con un gigantesco portón de madera y un sinfín de placas a un lado.

—¿Dónde estamos?

—Subo un momento. Espérame aquí.

—Pero ¿por qué no puedo ir yo también?

—Por superstición.

—¿Qué pasa?, ¿traigo mala suerte?

—Nunca se sabe.

Y me deja allí plantada tras cruzar a toda prisa el portón. Me acerco a la hilera de placas. Hay de todo: un asesor laboral, un agente comercial, un abogado, un notario, un editor, una empresa de estudios de mercado, una agencia inmobiliaria, una modista y, por último, un letrero que destaca sobre los demás, un centro de estética que ofrece depilación incluso para hombres. ¿Adónde habrá ido? Entro en el patio y veo la escalinata y el ascensor, pero R. J. ha desaparecido. Pasados diez minutos regresa bajando de tres en tres los peldaños. Se acerca a mí y me levanta en volandas.

—¿Y bien? ¿Cuándo me lo vas a contar? ¿Adónde has ido?

—¡Adivina! Si no me equivoco, debes de haber leído todas las placas.

—Mmm... ¡te has depilado y no quieres decírmelo!

Rusty se levanta una de las perneras de sus vaqueros y me enseña la pantorrilla. No es que sea muy peludo, pero tampoco tiene la piel fina.

—¡En ese caso, te has metido en un lío y has ido a hablar con un abogado!

—¡No, no tengo antecedentes penales!

—¡Has encargado un traje propio de un tipo serio! ¡Una americana y unos pantalones!

—Quizá uno de estos días...

—¡Me rindo!

—Tiene que ver con lo que te he dicho antes.

—¿Con el sobre en el que estabas sentado?

—Sí, me he sentado encima para ver si le transmitía un poco de... suerte.

—¡Ah! ¿Y qué había dentro?

—Mi libro...

—¡Noooo! ¡Podrías habérmelo dicho!

—¿Y qué habría cambiado? ¡Quizá luego me habrías pedido que te lo leyese! ¡En cambio, me has acompañado a entregarlo a la editorial y quizá así me traigas suerte! ¿Te apetece andar un poco? No tengo ganas de coger otra vez la moto.

—De acuerdo, a fin de cuentas, he quedado con Clod y Alis dentro de dos horas.

—Pero ¿es que vosotras no estudiáis nunca?

—¡Por supuesto, de hecho vamos a estudiar!

—¿A las seis de la tarde?

—¡Claro, es la hora en que mi biorritmo está más activo! ¡Me lo ha dicho Jamiro!

—No das un paso sin él, ¿eh?

—¡Jamás!

Reímos mientras caminamos juntos. El sol está alto en el cielo, hace un día precioso y me siento mejor, mucho mejor respecto a esta mañana. El mérito es de R. J. Es una especie de tifón que arrasa con el aburrimiento. Pasamos por delante de un escaparate. Una tienda de fotografía. Nos paramos a la vez. Detrás del cristal hay varias cámaras digitales, las más modernas, alguna que otra réflex, unos cuantos objetivos, fotos de mujeres sonrientes. Nos miramos. Es cosa de un instante. Una sonrisa consciente, un silencio que no necesita palabras. Tenemos la misma idea. El abuelo. Nuestro querido abuelo. El abuelo dulce, grande, bueno, el abuelo que añoramos, que nos hacía sentirnos seguros, o al menos, a mí. Y evoco esos días absurdos. La casa abarrotada de gente silenciosa. La abuela sentada en una silla a su lado. Y él, que parecía dormir. Me parece imposible. La muerte me parece imposible. Ni siquiera sé qué es. En ocasiones me gustaría poder olvidarlo, coger la moto e ir a su casa como solía hacer y encontrarme con una bonita sorpresa: ver al abuelo Tom sentado a su escritorio manipulando algo. Y luego su perfume. Esa loción para después del afeitado que usó durante toda la vida. No puedo pensar en eso. Sin poder remediarlo, se me humedecen los ojos. Rusty se percata.

—Venga...

—Venga, ¿qué? ¿Cómo se hace? —Sorbo por la nariz—. Lo echo

de menos. Y sé que es irremediable. Además, ni siquiera puedo hablar de él con mamá, porque en seguida se echa a llorar y tengo la impresión de que sólo consigo incrementar su sufrimiento...

—Yo también lo añoro, pero pienso que no debo hablar sobre ello. No dejo de pensar en cómo debe de sentirse la abuela... y, frente a ella, creo que no tengo derecho...

—Sí. No es justo.

Realmente pienso que no es justo. ¿Cómo es posible que una persona como mi abuelo, tan bueno, tan curioso, tan vital, un abuelo joven, vaya..., nos haya dejado así? No comprendo la muerte. Te arrebata a las personas de repente. Te impide volver a hablar y reír con ellas, tocarlas y verlas. Jamás podrás oírlas de nuevo, regalarles algo o decirles eso que nunca tuviste el valor de contarles. Sí, sólo una última vez, por favor, una última vez. Me encantaría poder decirte cuánto te quiero, abuelo.

—¿En qué piensas?

—Ni siquiera yo lo sé... En muchas cosas. —Lo miro—. ¿Piensas alguna vez en la muerte, R. J.?

—No... No mucho. —Me sonríe—. ¿Sabes? Creo que sólo la puedes aceptar como viene y ser feliz por lo que te haya podido suceder mientras tanto.

—Parece algo que has leído; hablas como un escritor.

—Bueno, es más sencillo que todo eso: es lo que siempre me decía el abuelo.

—¿Hablabas con él de la muerte?

—No, de la vida. Me decía que si no existiese la muerte la vida no podría seguir adelante. La muerte es la forma que tiene la vida de defenderse a sí misma. En una ocasión me leyó algo precioso de un poeta que se llama Pablo Neruda.

Seguimos caminando mientras Rusty trata por todos los medios de recordar, después su voz se dulcifica:

—«Muere lentamente quien evita una pasión, quien prefiere el negro sobre blanco y los puntos sobre las "íes" a un remolino de emociones, justamente las que rescatan el brillo de los ojos, las que convierten un bostezo en una sonrisa, las que hacen latir el corazón ante las equivocaciones y los sentimientos.»

—Es precioso...

—Sí. Y, además, es cierto. Caro, los que mueren de verdad son los que no viven. Los que se reprimen porque los asusta el qué dirán. Los que hacen descuentos a la felicidad. Los que se comportan siempre de la misma forma pensando que no se puede hacer nada diferente, los que piensan que amar es como una jaula, los que nunca cometen pequeñas locuras para reírse de sí mismos o de los demás. Mueren los que no saben ni pedir ni ofrecer ayuda.

—¿Es también de Neruda?

—No, eso es lo que pienso hoy gracias al abuelo...

Volvemos a subir a la moto y nos alejamos en medio del tráfico, de la gente, de toda esa vida. Los transeúntes caminan por las aceras, algunos hacen cola delante de un bar o de una tienda, otros esperan a que el semáforo cambie de color para cruzar la calle, algunos se ríen, otros charlan o se besan. Gente. Tanta gente. Y por un instante me siento mejor y ya no tengo ganas de llorar. Estoy serena, quizá haya madurado y, entre todas esas personas, por un momento, me parece vislumbrar al abuelo. Quizá ya no lo echo tanto de menos porque vivió y nos dejó tantas cosas que sé que no tendré tiempo de olvidarlo.

Ya está. Me siento un poco triste. Dentro de veinte días empezaremos con los exámenes escritos, después los orales, y luego nuestra clase se disolverá. Qué extraño. Todo parece tan remoto y después, de repente, plof, llega. Siempre bromeo, pero he de reconocer que los exámenes me asustan de verdad. Estoy haciendo todo lo que puedo. Hoy, sin ir más lejos, hemos estudiado en casa de Alis. Clod está encantada de cómo le van las cosas con Aldo. Nos morimos de la risa cuando nos cuenta sus historias, y se confía abiertamente para compartir con nosotras hasta el último detalle de lo que le está ocurriendo. Yo no podría. Al menos, no así. Ella está serena. Quizá se sienta más cómoda con nosotras. No lo sé. Mientras pienso en esas cosas, Alis interviene de improviso.

—Estoy saliendo con uno...

—¿De verdad?

Alis ha dejado caer la bomba mientras merendamos despertando nuestra curiosidad.

—¡Pero si no nos habías dicho nada!

—Os lo estoy diciendo ahora... Volvimos a vernos la semana pasada en casa de una de mis primas. Es de Milán, tiene veintiún años y es guapísimo...

—¿Veintiuno? ¿No son muchos? —lo pregunto pensando en Massi, que tiene diecinueve.

Bueno, son sólo dos más, ¿qué diferencia puede haber? Aunque el mero hecho de pertenecer a la misma década te da una sensación de normalidad, de cercanía. Me siento como una estúpida por decir todas estas cosas, parezco mi madre. Bueno, con eso no quiero dar a entender que ella sea una estúpida..., ¡sólo que son ese tipo de cosas que las madres suelen decir! Esas observaciones que únicamente tienen sentido con el paso del tiempo... Qué pesada soy a veces.

—¿Y cómo es?

Clod y su curiosidad. Alis sonríe y parece encantada con su presa.

—Bueno, pues es alto, moreno y tiene un cuerpo impresionante. Trabaja en el mundo de la moda, su padre es un famoso empresario, vende ropa italiana en el extranjero, en Japón. Lo primero que me dijo es que yo podría ser perfectamente una de las modelos de su catálogo...

—¿En serio? ¡Qué guay!

—¿Y luego?

—¡Pues luego quiso verme desnuda!

—¡No!

—Ajá... —Alis asiente con la cabeza—. Estábamos en el salón de mi tía, habían servido ya la cena y los demás se habían ido al comedor, de forma que deslicé el tirante de mi vestido y lo dejé caer al suelo. Se puso colorado como un tomate, ¿sabéis?

—¡Me lo imagino, sí!

—Miraba continuamente hacia el comedor por si venía alguien a llamarnos. Acto seguido me dijo: «Bien. Eres perfecta...» Durante la cena no le quité ojo. Él evitaba mi mirada.

—Lo asustaste...

—¡¿Con veintiún años?!

—Tal vez nunca había conocido a ninguna chica como tú.

—Bueno, es posible... —Alis se encoge de hombros—. La cena no duró mucho, pero incluso así al final me aburría. Le pregunté si le apetecía acompañarme...

—¿Y él?

—Accedió. —Sonríe mirándonos a las dos—. En mi casa no había nadie... Lo invité a subir. —Se interrumpe por un momento—. Nos besamos, después entramos en mi habitación e hicimos el amor...

—¡Hala! —suelto sin querer.

Alis se vuelve de golpe hacia mí.

—¿No te lo crees, Caro? ¿Por qué iba a inventarme algo así? ¿Piensas que quiero demostrarte algo? ¿Crees que no soy capaz de hacerlo?

—No, es decir... Sí, claro, ¿eso qué tiene que ver?... —Me siento violenta por todas sus preguntas—. Es que me parece raro..., apenas lo conoces.

—Nos vimos el verano pasado en la playa, pero nunca antes había sucedido nada. Siempre me ha gustado. Creo que me he enamorado. No dejo de pensar en él, y hablamos continuamente. Quizá sea un poco obsesiva... —Suelta una carcajada—. Ahora ha vuelto a Milán... Quiero darle una sorpresa e ir a verlo. Tal vez podríais acompañarme...

Ah, por supuesto —pienso—, en avión, con el permiso de nuestros padres. A veces Alis no es consciente de la edad que tenemos.

—Sí, sí, claro..., sería genial.

Clod no parece de la misma opinión.

—Además, debe de ser superguay ir de compras por Milán, hay unas tiendas increíbles, es la capital de la moda. Cuando Paris Hilton viene a Italia, pasa en primer lugar por Milán. La cita es ineludible.

—Alis... —La miro intentando comprenderla mejor—. ¿Cómo fue?

—Bonito... Al principio me hizo daño, pero luego fue precioso. Lo único es que tuve que decirle que se pusiera un condón.

—¡Caray! ¿Y no te dio vergüenza?

—¿Estás de guasa? No quería acabar como Juno... Además..., yo seguro que me quedaría con el bebé. Por un lado, me encantaría pero, por el otro, eso supone un sinfín de complicaciones siendo tan joven...

—Sí, por supuesto... —le digo, si bien, con todo el dinero que tiene, me cuesta imaginar cuáles podrían ser esas complicaciones a las que alude.

La miro. No alcanzo a comprender si nos ha contado una mentira o no. Alis es capaz de todo, en serio, es imprevisible. Algunas veces no la entiendo en absoluto. La quiero mucho, es mi amiga, pero hay algo en ella que se me escapa.

—Él no llevaba condones...

—¿Y qué?

—¡Pues que por suerte yo tenía uno!

—¿En serio?

—Sí.

Se dirige hacia un cajón y saca una cajita abierta. Control. De manera que es cierto.

—Los compré porque sabía que tarde o temprano iba a ocurrir... ¡Y que él no llevaría! Así que, para no arriesgarme a no poder hacerlo..., ¡preferí comprarlos yo! Ten...

Le da uno a Clod.

—Y ten... —También a mí. A continuación, nos sonríe—. Es estupendo, chicas... Para el día en que queráis... ¡Para cuando estéis listas!

Clod se lo devuelve.

—Yo ni me lo planteo antes de los dieciséis... Guárdalo tú, de lo contrario caducará.

—¿Por qué no quieres antes de los dieciséis?

—No lo sé..., he decidido que sea así...

En realidad Clod siempre tiene miedo de las novedades. Alis me mira con descaro.

—¿Y tú?

—Y yo..., pues te digo que gracias. —Me lo meto en el bolsillo—. No he establecido un día concreto..., sucederá cuando tenga que suceder. Sólo quiero estar segura de una cosa...

Alis me mira con curiosidad.

—¿Segura de qué?

—Del amor, de su amor... Sobre el mío no tengo duda alguna.

Clod esboza una sonrisa.

—¿De verdad? Me parece maravilloso lo que sientes.

—Sí. —Me ruborizo un poco. Se diría que me asusta tanta felicidad—. Disculpad, pero ahora tengo que marcharme.

—¿Adónde? ¿A casa de Massi?

—Sí.

—Te he dado una idea, ¿eh?

—Eso es...

Sonrío y salgo de casa de Alis. Quito la cadena de la moto, me pongo el casco y arranco. Me paro junto a un contenedor. Meto una mano en el bolsillo, saco el preservativo que me ha regalado Alis y lo arrojo dentro. Vuelvo a poner la moto en marcha. No por nada. Simplemente creo que trae mala suerte llevar un condón en el bolsillo hasta que lo haces. Además, a saber cuándo ocurrirá. Pero, sobre todo, imaginaos si me olvido de esconderlo en algún sitio y mis padres me lo pillan. Me muero, vamos. Es demasiado arriesgado. De modo que, ya más aliviada, avanzo entre el tráfico. Me detengo en un semáforo y me pongo los auriculares del iPod. Lo enciendo. Al azar. Quiero ver qué canción suena en primer lugar... Música. Oigo el inicio. ¡Nooo! ¡No me lo puedo creer! Vasco. «Quiero una vida temeraria..., quiero una vida llena de problemas...» Me echo a reír. Claro que, después de haber tirado un preservativo a la basura por miedo a mis padres, no puedo hacer otra cosa que reírme, ¿no? La vida es así. Unas veces parece que te tome el pelo y otras hace que te sientas importante, parece que lo haga adrede. Ni siquiera sé por qué les he mentido a Alis y a Clod. No es cierto que vaya a casa de Massi, en realidad voy a ver a la abuela, le prometí que pasaría a saludarla y no quiero faltar a mi palabra precisamente con ella. Es más, se me ha ocurrido una idea estupenda.

—¡Hola!

—¡Carolina! ¡Qué magnífica sorpresa! Disculpe, ¿eh?

Sandro se aleja de un anciano con el que estaba hablando y se aproxima para saludarme. Me da la mano. Siempre me da la risa cuando hace eso. Algunos días después de haber encontrado a Massi me pareció justo ir a ver a Sandro para contárselo todo. Al fin y al cabo, nos conocimos allí y, después, de una manera u otra, Sandro me ayudó a buscarlo. Desde entonces, cada vez que me ve se interesa siempre por nuestra relación.

—¿Qué haces aquí? —Acto seguido, me mira a los ojos—. Todo bien, ¿verdad?

—¡Por supuesto! De maravilla... ¿Y tú? ¿Cómo va con esa tal Chiara, que se muestra siempre tan celosa de nuestra amistad?

—Hum, regular. —Sandro se encoge de hombros—. Le pregunté si quería salir a tomar algo conmigo después del trabajo y me contestó que sí.

—Bien.

—Sí, pero luego añadió que no podía quedarse mucho rato porque su novio es muy celoso.

—Eso ya no está tan bien...

—Pero lo dijo riéndose. Daba la impresión de que quería darme a entender que está un poco harta de su relación con él.

—¡Genial!

—Sí, pero no hay que apresurarse.

Me sonríe.

—Disculpe, ¿es éste? ¿Es éste el que habla de...?

El anciano tiene un libro en la mano. Leo desde lejos: *La pequeña vendedora de prosa*, de Daniel Pennac.

—No, no creo que le guste.

El señor se encoge de hombros, lo coloca de nuevo en el estante y sigue buscando. Sandro se vuelve hacia mí y alza la mirada al cielo.

—Ven, alejémonos un poco... Ese tipo es muy pesado. Coge los libros al azar, me obliga a que le cuente el argumento con todo detalle... ¡y luego casi nunca compra ninguno! ¡Bueno! —Sonríe otra vez—. ¿Qué te trae por aquí?

—Quiero regalarle un libro a mi abuela...

—Ah, sí, tu abuela Luci.

Se queda callado.

—Ya te he contado lo que sucedió.

—Sí, claro. Lo recuerdo.

—Cuando puedo me gusta ir a verla, puesto que mi madre, su única hija, trabaja todo el día...

Me mira y me sonríe con ternura, como si eso fuese algo especial. A mí, en cambio, me parece de lo más natural.

—Déjame pensar... Sí, aquí está... —Coge un libro—. Éste podría gustarle: *La soledad de los números primos*. Es la historia de dos personas que se quieren, pero que al final se quedan solas...

—¡Qué triste, Sandro!...

—Sí, un poco, pero al mismo tiempo es precioso.

—Entiendo, sólo que la abuela ahora necesita sonreír.

—Tienes razón... En ese caso, te recomiendo éste, *La elegancia del erizo*. Es más ligero y divertido, pero igualmente bonito.

—Mmm... —Lo cojo—. ¿De qué trata?

—Es la historia de una portera muy inteligente y culta que simula ser una ignorante por miedo a despertar la antipatía de los inquilinos del edificio... Y entabla amistad con una niña...

—Mmm, éste ya me parece mejor, pese a que en su bloque no hay portero...

De repente nos interrumpe una voz:

—¡Oh, yo creo que podría gustarle! La chica ha pensado en suicidarse justo el día de su cumpleaños, la amistad con la portera la alivia de su soledad y... —El anciano, cómicamente vestido con un traje príncipe de Gales de cuadros grises, con chaleco y pajarita, se percata de cómo lo estamos mirando tanto Sandro como yo. De repente balbucea—: Bueno..., quizá sea mejor que no cuente demasiado... En cualquier caso, a mí me gustó mucho.

Y se vuelve poco menos que molesto por nuestro silencio.

Sandro lo contempla mientras se aleja.

—Quería pegar la hebra.

—Sí, y contarme el final.

—¡Y ni siquiera lo ha leído! Recuerdo que todo eso se lo conté yo... Está muy solo, ¿sabes? Viene aquí para charlar y a final de mes se lleva un libro, el más barato quizá, ¡puede que para demostrarme que no he gastado saliva en balde!

Lo miro. Está en un rincón apartado hurgando entre los libros. Abre alguno, lo hojea, lee algo, pero lo hace distraídamente, para disimular, porque en realidad nos observa por el rabillo del ojo, sabe que estamos hablando de él. Luego se vuelve por completo. Sonríe. En el fondo debe de ser simpático. Él y la abuela Luci. Quién sabe, tal vez algún día podrían encontrarse y tomar un té, conversar y hacerse compañía el uno al otro. La abuela sabe infinidad de historias, podría contarle una al día hasta el final de su vida. No. Es probable que a la abuela no le apetezca hablar con ningún otro hombre. Ya habla a diario con el abuelo Tom, sólo que nosotros no podemos oírlos.

—¡Carolina! ¡Qué bonita sorpresa!

La abuela me hace pasar, me da un beso en la mejilla y un largo abrazo, rebosante de cariño. A continuación pone las manos sobre mis hombros y me mira como si buscase algo en mí.

—No te esperaba...

No sé si creerla. Tengo la impresión de que no es verdad. Se habría puesto triste si no hubiese pasado a verla. Mucho. Exhala un suspiro de alivio y acto seguido vuelve a ser la abuela de siempre.

—¿Cómo estás? Cada vez me pareces cambiada...

—¿Cambiada en qué sentido, abuela?

Cierra la puerta a mis espaldas.

—Mayor. Más mujer. Más mujercita, quiero decir...

—¡Es que soy una mujercita!

Me vuelvo para mirarla riendo.

—Sí, sí, ya lo sé... —Luego se muestra de nuevo curiosa—. ¿Tienes algo que contarme?

—No, abuela. —Entiendo que pretende aludir a algo—. Tranquila.

Entramos en la sala y nos sentamos frente a una mesita, a la sombra del albaricoquero.

—Están saliendo las primeras flores.

—Sí...

Las miramos, acaban de brotar y se doblan ligeras y frágiles con el primer soplo de viento. A saber qué recuerdos le traen. Veo que sus ojos se tiñen de emoción. Se cubren con unas lágrimas ligeras y opacas. Se queda ensimismada, quizá esté viajando al pasado. Esa mace-

ta. Ese árbol. Un beso recibido en ese rincón. Un regalo. Una promesa. Permanezco en silencio en tanto que ella navega lejana,
transportada por una corriente cualquiera de recuerdos. Luego vuelve en sí repentinamente. Exhala un largo suspiro. Me mira de nuevo y
sonríe serena. No se avergüenza de su dolor. Le sonrío a mi vez.

—¿Te apetece tomar un té?

—¡Sí, abuela! Un té verde, si tienes...

—Claro que tengo. Desde que sé que te gusta, nunca falta en esta
casa...

Y se dirige a la cocina.

Yo permanezco sentada a la mesa de madera allí, en ese rincón,
junto a los jazmines y las rosas silvestres. Recuerdo que el abuelo sacó
unas fotografías preciosas de esas rosas. Cierro los ojos y huelo su
delicado aroma. Me siento relajada, descanso, pese a que no tengo
ningún motivo para estar cansada. Bueno, tal vez sí, puede que haya
estudiado demasiado. Incluso me he saltado la clase de gimnasia. Son
las últimas lecciones, aunque también es cierto que los exámenes están al caer. Permanezco absorta en mis pensamientos cuando, de repente, recuerdo algo que me contó mi madre poco después del funeral del abuelo, al regresar a casa. Se había quedado en el salón, yo no
tenía sueño y me la encontré allí por casualidad, sentada en el sofá
con las piernas dobladas bajo el cuerpo, igual que hago siempre yo.

Esa noche.

—Eh, ven aquí...

Me siento frente a ella en la silla.

—No, aquí, a mi lado...

Me deja un poco de sitio en el sofá y me acomodo a su lado. Me
siento igual que ella. Somos dos gotas de agua separadas por un poco
de tiempo.

—¿En qué piensas, mamá?

—En algo que siempre he imaginado y que nunca ha sido posible...

Permanece en silencio con la mirada perdida más allá de la televisión, que está apagada, del sofá que está al fondo, de la alfombra gastada, del espejo antiguo.

—¿Puedo saber de qué se trata?

Adquiere de nuevo conciencia de sí misma. Se vuelve lentamente hacia mí. Sonríe.

—Sí, faltaría más. Se quieren tanto. Mejor dicho, se querían tanto que me habría gustado que desaparecieran juntos, a la vez... Pese a que para mí habría supuesto un palo enorme.

Me acerco a ella y apoyo la cabeza sobre su hombro.

—Todavía se quieren, mamá —le digo casi en un susurro.

Me acaricia el pelo, la cara, de nuevo el pelo.

—Sí. Todavía se quieren.

La oigo llorar. Silenciosa, incapaz de contener el llanto, los sollozos, que poco a poco se hacen más fuertes. Y yo también lloro en silencio y la abrazo con todas mis fuerzas, pero no consigo articular palabra, ni siquiera imaginar algo, encontrar una frase bonita que poder decirle que no sea: «Lo siento mucho, mamá.» Y seguimos llorando así, como dos niñas de madres diferentes.

—Aquí tienes tu té.

Lo deposita tambaleándose ligeramente sobre la mesa de madera. Abro de nuevo los ojos y me los enjugo a toda prisa para que no se dé cuenta de que he vuelto a llorar.

—Estupendo... ¡No sabes cuánto me apetecía, abuela!

Lleno mi taza de agua, abro el sobrecito y meto la bolsita dentro.

—¿No quieres probarlo?

—No, gracias. —La abuela se sienta delante de mí—. Prefiero el normal, el *English*, y sonríe mientras lo dice, orgullosa de su pronunciación.

Me encojo de hombros.

—Como quieras, abuela...

Acabo de servirme el mío y pruebo una galleta.

—¡Abuela! Son de mantequilla...

Sonríe.

—¡Por eso están tan ricas!

Sacudo la cabeza. No quiere ni oír hablar de mi dieta, no me ayuda para nada, al contrario.

—¡Estarías mejor con algún kilo más!

—Sí, sí..., en lugar de ayudarme...

—Pero si yo te ayudo... ¡a estar guapa!

Cojo mi bolsa, que he dejado bajo la mesa.

—Bendita tú, que te lo crees, abuela... Toma, te he traído esto.

Apoyo sobre la mesa un paquete.

—¿Qué es?

—Ábrelo...

La abuela deja la taza de té y coge el paquete. Empieza a desenvolverlo. Está emocionada.

—¡Gracias!

Hace girar el libro entre las manos. *Los ahogados*.

—Espero que te guste. La historia la ha escrito un chico joven, pero es tan romántica...

Me mira con ojos conmovidos, casi se echa a llorar.

—Bueno, abuela... Eso es lo que me han dicho.

—Sí, claro... No te preocupes. Yo también tengo algo para ti. Espera aquí...

Permanezco allí, muerta de curiosidad, dando sorbos a mi té, que se ha enfriado ya un poco, pero que, en cualquier caso, está rico. La abuela aparece de nuevo en la puerta con un regalo.

—Ten, un día salimos y la vimos... Queríamos esperar a Navidad... —Se detiene.

No añade nada más. No dice: «Por desgracia ya no tiene ningún sentido esperar» o «El abuelo ya no está». Simplemente se calla. Y es como si dijese todo eso y mucho más. Intento comprenderla. Y me entran ganas de echarme a llorar. A ella también. Entonces exclamo adrede:

—¡Qué bien, qué sorpresa! ¿Qué podrá ser?

Desenvuelvo el paquete a toda velocidad, rompo el papel en pedacitos sin dejar de reírme y, al final, después de arrugarlo, lo tiro a una papelera que hay cerca. Pero no doy en el blanco. La abuela me mira y sacude la cabeza, yo le sonrío.

—No importa... Luego lo recogeré. —Miro más atentamente la caja—. ¡Pero si es preciosa! ¡Una cámara de fotos!

—¿Te gusta? Él decía que tenías dotes, que te gustaría mucho porque es de esas..., esas que pueden hacer muchísimas fotografías sin carrete...

—¡Digital!

—Eso es, digital...

—Me encanta...

Abro la caja, saco la cámara y le doy vueltas entre las manos tratando de entender cómo funciona. La enciendo.

—Está cargada... Caray, es genial... —Veo el disparador en lo alto. Quiero sacarle una a la abuela—. ¡Sonríe! —Y, ¡clac!, la hago al vuelo. A un lado se lee «Autodisparo». Aprieto y empieza la cuenta atrás. Treinta. Veintinueve. Veintiocho. La coloco sobre la mesa junto a la tetera—. ¡Ven, abuela! ¡Hagámonos una juntas! —Y la arrastro hasta que quedamos delante de la cámara fotográfica, entre las rosas. Le doy un abrazo y espero en esta pose con ella, que, al final, apoya la cabeza sobre mi hombro en el preciso momento en que... ¡flash!—. ¡Ya está! ¡La hemos hecho!

Corro hacia la cámara y compruebo cómo ha salido.

—¡Mira, abuela! ¡Estamos guapísimas! Parecemos dos modelos...

—¡Sí, sí!

La abuela se ríe mirando la cámara. A continuación la cojo y empiezo a manipularla. Entro en el menú para averiguar cómo funciona. 430 fotografías disponibles. ¿Cómo es posible? La caja decía que tenía capacidad para 450. Pulso un botón, retrocedo y, de improviso, aparece él. El abuelo. El abuelo que sonríe. El abuelo que hace muecas. El abuelo con los brazos cruzados y después otra fantástica de los dos abrazados, una imagen preciosa, ella se ríe apoyándose en él junto al albaricoquero. Quizá fuese eso lo que pensaba antes. Recordaba ese día, esa fotografía, esa sonrisa, su felicidad. La miro. La abuela me sonríe.

—Están también nuestras fotos, ¿verdad?

Asiento con la cabeza. No consigo pronunciar palabra. Tengo un nudo en la garganta y unas enormes ganas de llorar. Uf. Pero ¿por qué soy así? No puedo contenerme. La abuela me acaricia. Lo ha comprendido todo y quiere ser fuerte por mí.

—¿Me las puedes imprimir? Si no lo consigues, no importa... No te preocupes.

Exhalo un hondo suspiro y recupero el control de mí misma.

—Por supuesto, abuela. Te las imprimiré, cuenta con ello... Gracias. Me habéis hecho un regalo precioso.

Y le doy un abrazo.

¡Unos días después!

—¡Hola, Caro!

Me abraza y me da un beso que me deja sin aliento, que me hace saltar el corazón a la garganta, que me emociona como la primera vez que nuestras miradas se cruzaron en aquel espejo de la librería. Massi. Lleva una camiseta azul oscuro y está ya un poco moreno. Para ser sólo mitad de junio, está espectacular. Huele a mar. Sí, ese azul, su sonrisa, sus ojos, su moreno huele a mar..., a amar. Una playa de una árida isla rodeada por las olas que rompen contra las rocas, su pelo, su sonrisa y él mismo..., que me acoge.

—¿En qué estás pensando, Caro? Tienes una cara...

—Es que dentro de poco me examino.

Miento.

—¿En serio pensabas en eso? ¡Sonreías!

Me encojo de hombros y me hago la dura.

—Faltaría más, a mí los exámenes me dan risa...

Me coge el brazo y me levanta sin dificultad, me alza del suelo.

—Eh..., ¡espera! ¡Se me van a caer!

—¿Qué me has traído?

—Pizzas de Mondi.

—Mmm..., qué ricas... Luego.

Me las quita de la mano, las coloca sobre la mesa de la cocina y a continuación me arrastra por el pasillo y el salón hasta su dormitorio.

—Hemos llegado...

Me tira sobre la cama, salta encima y se queda a un paso de mí. Yo me aparto para no acabar debajo de él.

—Estás como una cabra, por poco me aplastas.

—Quiero aplastarte ahora...

Lucha con mi cinturón, casi famélico, lo abre frenético. Le sujeto las manos para detenerlo.

—¿Has cerrado la puerta, Massi?

—No...

Sonríe.

—¿Y si vienen tus padres?

—Imposible. Se han ido a la playa, no volveré a verlos hasta finales de julio...

—¿Seguro?

—Claro que sí... Así que puedo comerte tranquilamente... ¡Ñam!

Me muerde los vaqueros, entre las piernas, y casi me hace daño.

—¡Ay!

Sigue fingiendo que es un animal.

—Soy el lobo..., qué piel tan suave tienes...

Me desabrocha los vaqueros, me muerde ligeramente y me chupa la piel ahí, por encima de las bragas.

—¡Ay! ¡Me estás mordiendo!

—Sí, ¡para comerte mejor!

Y emite un extraño gruñido.

—Más que un lobo pareces un cerdo...

—Sí..., soy una nueva especie de lobo cerdo...

Me baja los pantalones. Me los quita a la vez que los zapatos y los calcetines, y yo me quedo así, entre sus brazos.

—Hay demasiada luz...

Se levanta a toda prisa abandonando mis piernas y baja las persianas. Penumbra.

—Así mejor, ¿no?

—Sí

Sonrío.

—Veo tus dientes blancos, preciosos... ¡Tus ojos azules, intensos!

Se desnuda, se quita toda la ropa y se tumba a mi lado. Sólo se ha dejado los calzoncillos puestos, y ahora se desprende de ellos a toda prisa. Se queda completamente desnudo. Empieza a acariciarme, su mano se adentra entre mis piernas, se pierde, yo lo abrazo con fuerza, casi me aferro a él, mientras él me procura placer, cada vez más intenso.

—Quiero hacer el amor contigo —me susurra al oído.

Me quedo callada. No sé qué decir. Tengo ganas. Tengo miedo. No sabría qué hacer. Recuerdo *Juno*. Me asusto. Quizá sea mejor aguardar cierto tiempo.

—Todavía es pronto... —le digo esperando que no se enfade.

Se detiene. Pasado un momento esboza una sonrisa.

—Tienes razón...

Y me toma la mano con dulzura. Me besa la palma y me la apoya sobre su barriga. Siento su vello ligero, sus abdominales ocultos. Entonces, lentamente, me deslizo hacia abajo, poco a poco, con delicadeza. Lo encuentro entre el vello más espeso. Lo cojo, lo aprieto un poco y empiezo a subir y bajar. Lo oigo jadear. Después pone su mano sobre la mía y la guía hasta llevarla un poco más arriba. Sonríe.

—Así...

Vuelvo a moverla arriba y abajo.

—Así... Más... Más rápido —me dice con voz entrecortada.

Y yo sigo haciendo lo que me dice, un poco más de prisa, cada vez más, más rápido. De repente, se pone rígido y acto seguido todo él está en mi mano, encima, sobre su barriga. A continuación sonríe, se pierde en un beso más dulce, se abandona en mis labios. Poco a poco su corazón se va ralentizando, suspira siempre más profundamente. Permanecemos abrazados en la penumbra, rodeados de este nuevo aroma, de ese ligero placer que huele a piñones, a resina, a hierba fresca. Sí..., que huele a amor.

Más tarde nos duchamos juntos, la música suena por toda la casa, somos libres y adultos.

—Ten...

Me pasa un albornoz fresco, perfumado, de color rosa muy pálido, y yo me pierdo entre sus mangas largas mientras me miro al espejo.

Tengo el pelo mojado y los ojos brillantes de felicidad. Él aparece de improviso y me abraza.

—Es de mi madre...

—¿No se enfadará?

—No tiene por qué saberlo.

Cierro los ojos y me abandono en su abrazo, echo la cabeza hacia atrás, la apoyo sobre su hombro y siento su mejilla suave, su perfume, su boca entreabierta que me besa fugazmente, que respira a mi lado, que me hace sonreír. Abro los ojos y lo miro. Nuestras miradas en ese espejo, como entonces, como la primera vez. Emocionada, en silencio, sigo escrutándolo. Las palabras se detienen en el confín de mi corazón, acaban de salir de puntillas, para no hacer ruido; tímidas, les gustaría gritar: «Te quiero.» Pero no lo consigo.

Volvemos a la cama. Tengo las piernas abiertas. Acaricio lentamente su pelo rizado. Blanda, abandonada, noto cómo se mueve su lengua. Sus ojos divertidos y astutos asoman por debajo, lo veo sonreír disimuladamente mientras sigue haciéndome gozar sin detenerse. Es más, insiste. Más a fondo, con brío, con rabia, con deseo: lo siento, secuestrada, abandonada, conquistada... y al final grito. Después, exhausta..., respiro entrecortadamente. Poco a poco me voy recuperando. Mi respiración se normaliza. Le acaricio el pelo. Después sube y se coloca a mi lado. Me besa, sonríe y yo con él, ebria de placer. En cualquier lugar, entre nosotros, entre las sábanas, entre nuestros besos, en el aire. Cómo me gustaría tener el valor suficiente para hacer el amor.

—Espera un momento, vuelvo en seguida.

—Sí...

Sonrío mientras lo veo salir de su habitación, de nuestra habitación. Desnudo. Descalzo. Libre de todo y de todos. Sólo mío. Me giro sobre el albornoz abierto. Aprieto la almohada. La abrazo con fuerza y en un instante naufrago en un dulce duermevela. Floto ligera. Cierro los ojos. Los vuelvo a abrir. Extasiada de los ruidos lejanos, delicada y soñadora, recordando los instantes que acabo de vivir, me quedo dormida.

«Plin, plin.»

Abro los ojos. Un sonido repentino. Miro alrededor. Despierta y lúcida, extrañamente atenta.

«Plin, plin.»

De nuevo. Ahí está, ahora lo veo. Está sobre la mesa. Debe de haberle llegado un mensaje. Me levanto sigilosamente. Doy dos pasos de puntillas y en un instante estoy delante de su móvil. En la parte derecha de la pantalla centellea un sobrecito. El mensaje que acaba de recibir. Me quedo parada, inmóvil, suspendida en el tiempo, mientras el sobrecito sigue parpadeando. ¿Quién le habrá mandado un mensaje? ¿Un amigo? ¿Sus padres? ¿Una chica? ¿Otra chica? Esta última idea casi hace que me desmaye. Se me encoge el estómago, el corazón, la cabeza. Todo. Me siento enloquecer. Otra. Otra chica. Miro hacia la puerta, después el móvil. No lo resisto más, voy a perder el juicio. Basta, no puedo contenerme. Cojo el móvil, lo sujeto entre las manos mientras lo miro fijamente. Después nada volverá a ser como antes, quizá se acabe para siempre, será imposible recuperar. Tal vez sea mejor no saber, dejarlo estar, no abrir el sobrecito, no leer ese mensaje. Pero no puedo. La duda me carcomería: «Ah, si lo hubiese abierto...»

A fin de cuentas ya estoy aquí, ¿para qué echarme atrás? Pero ¿y si no fuese nada? En ese caso juro que si no hay escrito nada comprometedor, si se trata de un amigo, de sus padres o de algo parecido, jamás volveré a leer sus mensajes. De manera que, envalentonada con esta última y desesperada promesa, abro el mensaje: «Todo OK. ¡Jugamos a las 20 en el club de fútbol! Camiseta azul oscuro.»

¡Camiseta azul oscuro! ¡Nunca había leído algo que me hiciese tan feliz! ¡Camiseta azul oscuro!

Borro el mensaje para que no se dé cuenta de que lo he leído, coloco el móvil sobre la mesa y vuelvo a meterme en la cama de un salto.

—Caro... —Massi entra con una bandeja—. ¡Pensaba que te habías dormido!

—Un poco... —Le sonrío—. Luego me he despertado...

Me observa con curiosidad. Recorre el dormitorio con la mirada. Luego, tranquilo, se encoge de hombros y deja la bandeja sobre la cama.

—A ver, he traído tus fantásticas pizzas... ¡Me he comido ya alguna! Mmm, están deliciosas... Y, además, te he preparado té... ¿Te gusta de melocotón?

Sonrío.

—Sí, está muy bueno.

—Sé que te gusta el té verde, pero se ha acabado.

Se acuerda incluso de las cosas que me gustan. No me lo puedo creer. Es perfecto. Lo acaricio. Apoya su mejilla sobre mi mano, casi la aprisiona contra el cuello. A continuación cojo una pizza y le doy un mordisco.

—Mmm..., la verdad es que están para chuparse los dedos.

Lo miro sonriente y le meto en la boca el trozo que ha sobrado. Lo mastica, sonríe y nos damos un beso. Un beso de tomate. Nos reímos al notar ese sabor. Me dejo caer sobre la almohada y él se echa encima de mí. Me besa con pasión. Luego se incorpora y me mira a los ojos. Sonríe. Da la impresión de que quiere decirme algo, pero permanece en silencio.

A mí también me gustaría decir algo: «Massi..., ¡has de saber que jugaréis con la camiseta azul oscuro!»

Pero no puedo. Me descubriría. De forma que lo estrecho entre mis brazos y me siento enormemente feliz de haber leído ese mensaje. Juro que jamás volveré a abrir uno, ¡lo juro, lo juro, lo juro! A menos que me lo pida él, claro está.

—¿Qué te pasa, Caro, por qué sonríes así?

Pobre, no tiene ni idea, claro.

—Pensaba que ésta es la tarde más bonita de mi vida.

—¿En serio?

Me mira entornando un poco los ojos, como si no acabase de fiarse de mí.

—Por supuesto, te lo juro.

—No sé por qué, pero siempre tengo la impresión de que me estás contando alguna mentira...

—Ya te lo he dicho... Siempre te digo la verdad..., ¡salvo en contadas excepciones!

Y, más contenta que unas pascuas, doy un bocado a la pizza que Massi estaba a punto de comerse.

He ido montones de veces a su casa durante el mes de junio. De vez en cuando le llevo bocadillos, pastelitos, croquetas, incluso calzones... Todas las cosas ricas que se pueden comer en Roma.

Hemos contemplado el atardecer desde la ventana de su habitación. Me he aprendido de memoria cada centímetro de su maravillosa espalda, y si fuese capaz de dibujar me bastaría cerrar los ojos para verlo frente a mí y copiarlo en una hoja de papel hasta en los más mínimos detalles: sus manos, sus dedos, su boca, su nariz, sus ojos, tan guapo como sólo yo consigo verlo, yo, que conozco su respiración, que lo he sentido quedarse dormido entre mis brazos y despertarse al cabo de un rato con una sonrisa en los labios.

—¿Eh? ¿Quién es...?

—Chsss...

Y mimarlo como al más dulce de los niños. Y oírlo reír mientras me muerde el pezón y simula que mama, él, que de nuevo se queda dormido, sereno, respirando todo mi amor.

Durante los días que hemos pasado en su casa de vez en cuando ha recibido algún mensaje, pero yo, tal y como me prometí a mí misma, no los he leído.

Bueno, no es cierto. Los he leído todos. Cada vez que llegaba uno lo leía si estaba sola, y en cada ocasión al principio el corazón me daba un vuelco, y después sonreía.

El último mensaje fue el que acabó de convencerme: «¿Por qué has dejado de venir a los entrenamientos? ¿Te has enamorado?»

Sí, después de leerlo he sonreído y he tomado mi decisión.

Haré el amor con él, y por ese motivo me siento la chica más feliz de este mundo.

Julio

¿Héctor o Aquiles? Aquiles.

¿El pato *Donald* o *Mickey Mouse*? *Mickey Mouse*.

¿Luz u oscuridad? Depende del momento.

¿De qué color son las paredes de tu habitación? Azul claro.

¿Qué has colgado en las paredes de tu habitación? El póster del concierto de Biagio en Venecia, pese a que mi madre no sabe que fui; el calendario con las fotografías que hizo el abuelo; el póster de Finley y de Tokio Hotel, y un marco grande con mis fotos.

¿Bajo la cama? Espero que no haya un monstruo.

¿Qué te gustaría ser de mayor? Mayor.

Julio. Mes de playa. Circulamos arriba y abajo con los coches como locas. A Alis y a Clod les pirra la playa.

Por suerte, los exámenes nos han ido bien a las tres.

Si pienso en lo preocupada que estaba, por ejemplo, por las redacciones... Al final los títulos eran: «Escribe una carta, un artículo o una página de diario describiendo los años que has pasado en el colegio y las expectativas que tienes para el futuro», «Habla de un problema de actualidad que te parezca urgente resolver», «Escribe un informe sobre un tema que hayas estudiado y que te haya interesado particularmente». Elegí el primero, e hice bien. ¡Me pusieron un sobresaliente! Jamás había recibido uno durante el año en las redacciones; vamos a ver, siempre estuve por encima del suficiente y en una ocasión me pusieron un bien, pero sobresaliente jamás. En matemáticas tuvimos que resolver un problema sobre un prisma cuadrangular regular que tenía superpuesta una pirámide, además de resolver varios cálculos de áreas y de perímetros y, por último, cuatro ecuaciones. Además, las traducciones de inglés y el test de comprensión. También el examen oral del final me salió bien, en realidad sólo me preguntaron sobre la tesina.

¡El profe Leone nos felicitó a las tres!

—Muy bien, chicas, la verdad es que no me lo esperaba...

Nos miramos. Al terminar el tercer año de secundaria tienes la impresión de haber puesto punto final a una etapa de tu vida, como si hubiese concluido un ciclo, y luego te marchas así, sin más.

—¡Adiós, profe!

Alis y Clod están charlando alegremente. A mí me resulta difícil pensar en otra cosa distinta de cómo será mi vida a partir de ahora.

Caminan delante de mí. Las miro y sonrío. Clod, con sus pantalones anchos algo bajos de cintura, el pelo recogido como suele tener por costumbre, la mochila que le pesa sobre los hombros y agitando las manos para ayudarse en su explicación.

—¿Lo has entendido, Alis? ¿No estás de acuerdo conmigo? Es importante..., fundamental...

Fundamental. ¡Menuda palabra! A saber de qué estarán hablando. Alis sacude la cabeza risueña.

—No, yo no lo veo así...

Faltaría más. Alis y sus convicciones. Alis siempre rebelde, revolucionaria a más no poder. Alis y su pelo suelto, siempre con algo de marca y ropa nueva.

Les doy alcance y las abrazo por detrás. Alis está a mi izquierda, Clod a mi derecha.

—Venga, no riñáis, siempre estáis discutiendo.

Las estrecho.

—Es que tenemos una visión distinta de las cosas...

Clod exhala un suspiro.

—Lo tuyo no es una visión, es el mundo a tu manera...

Y como si pretendiese consolarse, saca unos caramelos de chocolate Toffee del bolsillo de sus pantalones y empieza a desenvolverlos.

Nada, no dan su brazo a torcer. Intento distraerlas.

—¿Os dais cuenta de que hemos terminado el colegio? Quiero decir que hemos acabado un período de nuestras vidas..., quizá no volvamos a vernos...

Alis se suelta de mi abrazo y se para delante de mí.

—Eso no lo digas ni en broma... Nosotras seguiremos viéndonos siempre. No debe haber ni escuela, ni chico ni nada que pueda separarnos.

—Sí, sí...

Me asusta cuando se comporta de ese modo.

—No. —Me mira intensamente a los ojos—. Júramelo.

Exhalo un suspiro y acto seguido sonrío.

—Te lo juro.

Alis baja un poco los hombros, parece más tranquila. Luego mira a Clod.

—Tú también.

—Ah, menos mal... Me habría molestado si no me lo hubieses preguntado también a mí. Te lo juro por Snoopy.

—De eso nada. Así no vale. «Te lo juro por Snoopy» es una pijada, y además ya está algo pasado...

Alis le arrebata el paquete de caramelos de las manos y echa a correr riéndose.

—¡No! ¡Te arrepentirás de haber hecho eso!

Clod la persigue para recuperarlo.

—«Te lo juro por Snoopy» es un juramento perfecto.

Alis sube a su coche y se encierra dentro.

—Venga, devuélvemelos...

Alis saca un par, los desenvuelve y se los mete rápidamente en la boca. A continuación baja la ventanilla y le da los que sobran.

—Eh, el sábado quedamos en mi casa de campo. He mandado que preparasen la piscina. Será divertido, vendrán todos.

—¿Todos, quiénes?

—Todos..., todos los que cuentan... ¡Y quienes vosotras queráis!

Arranca como suele hacer ella, acelerando y haciendo chirriar las ruedas. Un coche que aparece por el otro lado tiene que frenar en seco y le toca el claxon para protestar por su repentina salida.

—¡He sacado un notable, mamá!

—¡Muy bien! ¡Fantástico! Me alegro mucho por ti.

Me abraza, me estruja, me besuquea. Y no me molesta como me sucede en otras ocasiones. Estoy muy feliz.

—¿Has oído, Dario? ¿Has visto qué bien le ha ido a Carolina?

Llega papá de la otra habitación con el *Corriere dello Sport* en las manos. Sonríe. Lo justo. Él es así. Jamás un derroche de efusiones.

—Bueno, en ese caso, podrás pasar unas vacaciones tranquilas... No como tu hermana Alessandra.

Alza un poco el tono para que mi hermana lo oiga desde su habitación. Acto seguido, se va.

Mi madre sonríe arqueando las cejas.

—Ha suspendido dos: este verano tendrá que estudiar. Deberá llevarse los libros a cuestas. ¿Y tus amigas? ¿Cómo les ha ido a ellas?

—¡Oh, bien! —Me siento a la mesa—. Clod ha sacado un suficiente...

—Bueno, no es como para echar las campanas al vuelo...

—Le da igual, lo que importa es que ha aprobado. Alis, en cambio, ha sacado sobresaliente.

—¡Faltaría más, si se habrá pasado el curso haciéndoles la pelota a los profesores!

—¡Pero qué dices, mamá! Siempre la miras con malos ojos, incluso cuando hace algo bueno...

—Esa chica no me gusta. No me gusta su familia. Su madre nunca está en casa, su padre sólo llama para las fiestas...

—¿Y eso qué tiene que ver con sus notas? Si ella ha sabido responder correctamente y los exámenes le han ido bien, ¿por qué no debería sacar un sobresaliente?

—Bueno, supongo que me molesta que le haya ido mejor que a ti...

—Ah, en ese caso... —me acerco a la pila, donde está lavando la ensalada para la cena—, me parece bien.

Y la abrazo. Sonríe mientras me pego a su espalda.

—Nadie puede superar a mi hija...

—Pero, mamá, si soy una nulidad en matemáticas...

—Ya mejorarás... Estoy segura de que mejorarás, ¿no?

Se vuelve hacia mí y me pellizca las mejillas con las manos mojadas.

—¡Mamá, que me estás mojando!

Me aparto de ella y me encamino hacia la puerta, pero antes de salir me paro y le dedico una sonrisa preciosa, la más bonita que he esbozado en mi vida.

—El sábado celebramos una fiesta de fin de curso en Sutri, puedo ir, ¿verdad?

Mi madre se vuelve, irritada.

—¡Me he enterado esta mañana, te lo juro!

—Sí, sí..., te lo juro por Snoopy.

¡Caramba, también ella conoce la frasecita! Me encamino radiante hacia mi habitación, contenta porque esa respuesta es propia de ella, sí.

—¡Holaaa!

—Eh, Caro, no te esperaba...

Rusty James me sonríe al verme subir a la pasarela de su barcaza.

—He venido para darte una sorpresa.

—Bien... —lo dice en un tono extraño.

Luego oigo ruidos en la cocina y de repente aparece ella.

—¡Debbie! Qué bien, no sabía que estabas aquí...

—¡Hola! —Debbie coloca una bandeja sobre la mesa. Me precipito hacia ella y la abrazo.

—Cuánto tiempo hacía que no te veía... Te ha crecido mucho el pelo, y estás morena...

—Tú también estás muy guapa, Caro.

Rusty James abre los brazos.

—¿Por qué no os dais los teléfonos? ¡Parecéis dos viejas amigas que no se han visto en mucho tiempo!

Debbie y yo nos miramos sonrientes.

—Pues sí..., tienes razón. Iré a coger un vaso para ti.

Desaparece en la cocina.

Veo que Rusty James lleva un sobre en la mano.

—Muy bien, R. J., me alegro por ti...

—¿Por qué? —No quiere confiarse.

Sonrío y me siento a su lado.

—Me alegro y punto... Ya sabes lo bien que me cae.

Cuando estoy a punto de añadir algo, vuelve Debbie.

—¿Quieres el té helado al limón o al melocotón?

—Lo que haya...

—He traído de las dos clases.

—En ese caso, melocotón.

—Bien, veo que todos tenemos los mismos gustos...

Debbie sirve el té en los vasos. Cojo el mío y lo levanto.

—¡Brindemos porque me han puesto un notable!

—¡Eso es fantástico, me alegro por ti!

Debbie hace chocar su vaso con el mío mientras R. J. silba.

—Uff..., menos mal, creía que te habían suspendido.

—Estúpido...

—Bueno, que los debías repetir. ¿Acaso te diferencias en algo de Ale?

—¡En todo! Y también de ti...

—Sí, es cierto —responde, serio—. Nosotros dos somos muy distintos.

—¡No! ¡Ni hablar! —Me abalanzo sobre él con todas mis fuerzas—. ¡Yo quiero parecerme en todo a ti!

—¡Ay, Caro! —Me empuja a otro sillón—. Mira que Debbie es muy celosa, ¿eh?

—¿Yo? —Debbie da un sorbo a su té—. De eso nada... Yo creo que lo estás haciendo adrede... Abre de una vez esa carta...

Rusty James coge la carta que llevaba antes en la mano. La mira, le da vueltas, le echa un vistazo a contraluz.

Debbie se impacienta.

—Ábrela, venga... Lleva haciendo eso desde esta mañana.

—Pero ¿qué es?

Rusty James me mira.

—Es una carta de una editorial. Deben de haber leído mi novela.

—¿Y te escriben?

—Sí, para decirme si les ha gustado o no.

—¿Quieres que la abra yo?

—No. Quiero disfrutar del momento en que lo haga. Ya está. —Mira el reloj—. Son las siete y cuarto, el atardecer es maravilloso y me acompañan dos mujeres preciosas.

Le sonrío.

—Y un magnífico té al melocotón...

—Exacto.

A continuación se decide. Exhala un hondo suspiro y la abre con decisión, poco menos que desgarrando el papel. Saca el folio, lo desdobla, lo aplana y empieza a leer.

Debbie y yo nos quedamos inmóviles, casi sin aliento, preocupadas de que algo, incluso el más mínimo movimiento, pueda estropear una decisión que de todos modos ya está escrita en esa hoja de papel.

Rusty James dobla el folio. Nos mira y abre los brazos.

—Bueno... No ha salido bien. Lástima... —Se levanta—. En fin, voy a coger algo de la nevera.

Me levanto del sillón y lo sigo por un momento.

—No te preocupes, habrá otras oportunidades. Algún día llegará la buena... La has mandado a más sitios, ¿verdad?

—Sí, claro...

—¡Pues eso!

—Sí, tienes razón...

Lo dejo que vaya a la cocina y regreso al lado de Debbie.

—Lástima..., me sabe mal que se lo tome así...

Cojo el folio y empiezo a leer mientras Debbie dice: «Apreciado señor Bolla: Sentimos comunicarle que su novela no se ajusta a nuestra línea editorial...»

Bajo la hoja.

—¡Sí, es exactamente lo que pone! Pero ¿cómo sabías...?

Debbie abre un cajón cercano.

—Mira...

Está lleno de cartas de otras editoriales. Me aproximo a él. Elijo una al azar. Después otra.

—Ya ha recibido otras... nueve, y todas dicen más o menos lo mismo...

Leo la carta con más detenimiento. En la parte de arriba figura el título de su novela.

—*Como el cielo al atardecer.* Al final la ha titulado así... Es bonito.

—Sí, a mí también me gusta mucho.

—Estoy segura de que tarde o temprano la leerá alguien capaz de apreciarla y será todo un éxito.

Rusty James regresa en ese momento de la cocina.

—Tened, he traído unas fresas...

Pone delante de nosotras un cuenco lleno de fruta con un poco de helado de vainilla.

—Te he oído, ¿sabes? Es una pena...

—¿A qué te refieres?

—Que todavía tengas catorce años... ¡Si fueras mayor, te contrataría como agente!

—Para eso ya tienes a Debbie...

—Ella no me vale, no es objetiva. Se deja influenciar demasiado. —Rusty James la abraza con fuerza—. Cuando alguien rechaza el libro en lugar de exponer los aspectos positivos de lo que he escrito, les tiraría el té a la cabeza... ¡Me amas demasiado!

Y la besa en los labios. Debbie se agita entre sus brazos y se echa a reír.

—Sobre una cosa tienes razón.

—¿Me amas demasiado?

—¡Le tiraría el té a la cabeza!

—Ah, qué malvada...

Debbie se desembaraza de él, se escabulle por debajo de sus brazos. Echa a correr y se inicia entonces una persecución.

—Verás cuando te coja...

—No, no, socorro... ¡Socorro!

Debbie no deja de reírse mientras pasa rozando los sofás, se esconde detrás de una columna y al final se para utilizando un sillón como parapeto. Hace amago de moverse hacia la derecha, luego a la izquierda y después de nuevo a la derecha. Rusty James se abalanza sobre ella, prueba a cogerla, pero ella se echa hacia atrás y él tropieza, va a parar sobre el sillón y lo hace caer.

—¡Ay! Como te pille...

Prueba a atraparla desde el suelo, a aferrar su pierna desde abajo, pero ella salta, alza ambas piernas y echa de nuevo a correr.

Rusty James se levanta y empieza otra vez a perseguirla.

—¡No! ¡Socorro! ¡Socorro!

Acaban en el dormitorio. Se oye un batacazo.

—¡Ay! ¡Ay, me estás haciendo daño!

Después reina el silencio. Sólo se oye una risa ahogada.

—Venga...

Alguna voz a lo lejos, ligeramente sofocada.

—Quieto, que tu hermana está ahí afuera.

—Sí, pero ya se marcha.

Desde el salón puedo oírlos perfectamente y no tengo ninguna duda al respecto. Alzo la voz para que me oigan:

—Adiós, me voy...

—¿Lo ves? Eres un idiota...

—Adiós, Caro... ¡Eres la mejor!

—¿Por qué? —le grito al salir.

—¡Por el examen!

—Ah, pensaba que lo decías porque me voy.

Oigo que se ríen. Subo a la moto, la arranco y me pongo el casco. Parto así, envuelta en el leve aroma de unas flores amarillas y del maravilloso atardecer que se ha quedado encajado en el arco de un puente lejano.

«Me amas demasiado.» Acto seguido, sus risas. La fuga. La caída. Y ahora estarán haciendo el amor. Sonrío. «Me amas demasiado.»

Una vez superado el miedo inicial debe de ser precioso.

Massi... ¿Y yo? Yo todavía no he logrado decirte que te amo. «Te amo, te amo, te amo.» Pruebo todas las entonaciones posibles mientras circulo con la moto por la pista para bicicletas. Como si fuera una actriz. «Te amo.» Seria. «Te amo.» Alegre. «Te amo.» Pasional. «Te amo.»

Despreocupada. «Te amo.» Canción napolitana. «Te amo.» Umberto Tozzi. «Te amo.» Culebrón venezolano. «Te amooooo.» Una chalada que grita.

Dos chicos que corren en dirección contraria se vuelven riéndose. Uno de los dos es más rápido que el otro.

—¡Y yo a tiii!

Y se alejan sin dejar de reírse.

Ahora estoy lista y mucho más serena.

Cuando entramos en su espléndido jardín la música suena a todo volumen. Todos bailan junto a la piscina, algunos en traje de baño, otros vestidos, en tanto que el disc-jockey, subido a una plataforma que han colocado en lo alto de un árbol, alza una mano al cielo, con los auriculares medio caídos en el cuello, y la otra mano contra la oreja, escuchando un tema que está a punto de cambiar. ¡Ahí va! *Please, don't stop the music.*

—¡Ésta es genial! ¡Me encanta! Aparca ahí, Massi, hay un sitio libre.

Massi sigue mis indicaciones y detiene su Cinquecento azul petróleo con la bandera inglesa en la explanada del parking.

—Vamos.

Me apeo del coche y tiro de él.

—¡Espera al menos a que lo cierre!

—¡Qué más da! Aquí nadie te lo robará.

De modo que echamos a correr en dirección a la gran pista que ocupa el centro del prado de la magnífica casa que Alis tiene en Sutri.

—¡Aquí están, por fin han llegado!

Varias personas nos salen al encuentro.

—¡Holaaa! Os presento a Massi.

—Hola, Virginia.

—Hola, nosotros ya nos conocemos, soy Clod, la amiga de Caro.

—Por supuesto, te recuerdo. Y él es Aldo, tu novio...

Lo miro orgullosa. Massi se acuerda de todo.

—Y ella es Alis, la homenajeada.

Se sonríen.

—Sí, pero tú y yo también nos hemos visto ya.

—Sí, en el cine.

—Eso es. ¡Pero yo no soy la homenajeada! ¡La fiesta es para todos! Vamos a bailar, Caro...

Alis me arrastra hasta el centro de la pista. Clod se une a nosotras y nos divertimos a más no poder, bailando al unísono, siguiendo el ritmo, saltando y cambiando de movimientos a la perfección, sí, porque somos las amigas perfectas.

—¡Este sitio es fabuloso!

—¡Precioso! —grito para que me oigan a pesar de la música.

—¿Te gusta?

—¡Muchísimo! ¡No recordaba que fuese tan bonito!

—No hace mucho que construimos la piscina y que compramos los caballos. Mira.

Me doy media vuelta. A mis espaldas, Gibbo corre a toda velocidad y se tira en bomba a la piscina salpicando a todo el mundo.

—¡Nooo! Pero ¿has invitado también a los profes!

El profe Leone y la Boi se encuentran en el borde de la piscina mirándose la ropa, que Gibbo les acaba de empapar.

—¡Faltaría más, nos han aprobado a todos! ¡Era justo que también ellos recibiesen un premio!

En ese momento, del otro lado de la piscina, llega la bomba Filo, que acaba dejándolos como sopas.

—Bueno, ¡justo premio, justo castigo!

—Sólo falta que ahora se tire también Clod, ¡entonces la ducha sería completa!

—¡Imbéciles!

Y seguimos bailando como locas, empujándonos y riéndonos divertidas, mientras por el rabillo del ojo veo que Massi está bebiendo algo con Aldo, hablando de sus cosas.

Pasan las horas. Escuchamos *Fango* de Jovanotti y después *Candy Shop* de Madonna, además de Caparezza y Gianna Nannini. La luna está ya alta en el cielo. Muchos están bañándose en la piscina de agua caliente. Hasta el profe Leone y la profe Bellini se han metido en el agua y están disfrutando de lo lindo. El profe está jugando a waterpolo y de vez en cuando algún alumno lo agarra y le hace una ahogadilla con la excusa de que lo marca.

—Perdona, Aldo, ¿has visto a Massi?

—¿A quién?

—A Massi, mi novio.

—Ah, Massimiliano. Antes hemos estado hablando un rato, pero luego se ha ido en esa dirección.

Miro a donde me señala. En un rincón, Filo y Gibbo están charlando con Clod. Me aproximo a ellos.

—Eh, ¿no te has bañado?

—No.

—¿Tú tampoco, Clod?

—No puedo...

Pone una cara extraña al decirlo, como si pretendiese subrayar algún tipo de imposibilidad femenina. Creo que lo único que le ocurre es que le da vergüenza desvestirse. Como prefiera, no insisto.

—Oye, ¿has visto a Massi por casualidad?

Clod me sonríe.

—Por supuesto..., está ahí.

Y se vuelve hacia el gran árbol. Justo debajo, en los bancos que lo rodean, hay unos cuantos chicos y chicas que fuman y se pasan una cerveza. Unos están sentados, otros en pie. En el banco central veo a Massi con Alis. Él está en pie, bebiendo una cerveza, y ella está sentada sobre el respaldo del banco, con los pies sobre el asiento. Se ríe. Escucha lo que le está contando él y se ríe. Está atenta a lo que dice, divertida, colada. ¿Colada? ¡De eso nada!

Pero ¿qué me ocurre? ¿Estoy celosa de mi amiga? Quiero decir que nos ha invitado a su casa, es nuestra anfitriona, y en lugar de alegrarme de que charle con todo el mundo, incluso con mi novio, ahora me siento mal. No es posible. Clod pasa por mi lado.

—¿Lo ves o no?

—Sí, sí..., ya lo veo. Menos mal.

Filo y Gibbo se ríen.

—¿Cómo que «menos mal»? ¿Pensabas que lo habías perdido?

—No es un crío...

—¡Supongo que puede encontrar solo el camino de vuelta a casa!

—Qué simpáticos que sois... ¿Me acompañas, Clod? Tengo hambre.

—Por supuesto.

Nos acercamos a las mesas donde está la comida y pido que me preparen un plato.

—Sí, de ésa, gracias..., la pasta.

El camarero la señala.

—¿Ésta? ¿Pasta *alla checca*?

—¿Qué?

—Con tomate y mozzarella.

—Sí, perfecto.

Como no podía ser de otro modo, Clod interviene.

—¿Me prepara uno a mí también?

—Por supuesto.

Al cabo de unos segundos nos pasa los platos. Cogemos unos tenedores y unas servilletas y nos acomodamos allí cerca.

—Mmm, está muy rica.

—Riquísima.

—Me habría extrañado que no hubieses estado de acuerdo.

—Está buena de verdad, en su punto.

Miro bajo el gran árbol. Massi sigue allí. Ahora él también está sentado sobre el respaldo del banco y se ha acercado a Alis para seguir charlando.

—¿Qué pasa? ¿Te molesta?

Me vuelvo hacia Clod.

—¿A qué te refieres?

Da un bocado a su pasta y a continuación me señala con el tenedor ya vacío a Massi y a Alis.

—A ellos.

Los miro una vez más y acto seguido yo también me pongo a comer.

—No, para nada, sólo los miraba.

—¿Y se puede saber qué mirabas?

—Lo que se dicen. Pienso qué hubiera pasado si Massi hubiese conocido a Alis en lugar de a mí...

—¿Y eso no te molesta?

—No. Ella habla con él porque es mi novio. —Luego me vuelvo risueña—. Y seguirá siéndolo.

Continuó comiendo tranquila.

Justo en ese momento Edoardo, el novio de Alis, se aproxima al banco bajo el gran árbol. Se planta delante de ambos y empieza a discutir con ella. Clod se da cuenta.

—Caro... Mira...

Me vuelvo y veo la escena. Massi se levanta del banco y se aleja. Clod sacude la cabeza.

—El novio de Alis no ha podido soportarlo más... No es como tú.

Sigo comiendo sin mirarla.

—Porque es un tipo inseguro.

Engullo el último bocado y dejo el plato a un lado.

—Jamás hay que demostrar inseguridad... ¿Vienes a bañarte?

—Pero si ya te he dicho que no puedo.

—¿Qué consejo acabo de darte? Nunca hay que manifestar inseguridad.

Clod reflexiona por unos segundos y acto seguido esboza una sonrisa.

—Cojo una toalla y voy en seguida.

Jugamos un partido de waterpolo.

—¡Lánzala, lánzala!

Recibo la pelota y trato de marcar. ¡Nada! El profe Leone la para y pasa al ataque. Seguimos jugando durante un rato más.

—¡Vamos, Clod, tíramela!

Me pasa la pelota. Massi intenta detenerme pero consigo evitarlo y marco.

—¡Gol!

Un poco más tarde, a la luz de la luna llena. Montamos unos elegantes caballos que se mueven entre la hierba alta. Uno guía el paseo.

—Por aquí, seguidme...

Cabalgo detrás de Massi, nos hemos cambiado el traje de baño. Siento su piel y la del caballo. Lo abrazo y siento que me gustaría ser una salvaje. Ahora. Tocarlo así, desde atrás, en la oscuridad del pinar. Pero no puedo. Lo abrazo y lo beso en la espalda, calentándolo con mi aliento. Se vuelve y me sonríe.

—Eh —me susurra—, me entran escalofríos si haces eso.

—Quiero que sientas escalofríos... —Lo beso de nuevo.

Él se rebela. Me río y sigo besándolo. Alis pasa por nuestro lado. Nos mira y después se aleja. Detrás de ella va su novio. Montan dos caballos diferentes. Él no nos mira. Estrecho a Massi entre mis brazos. Él echa la cabeza hacia atrás, ahora está más cerca de mí. Vislumbro su boca.

—¿Has sentido celos antes, mientras hablaba con Alis?

Permanezco con la cabeza apoyada.

—¿Debería haberlos sentido?

—Sí, pero sin motivo alguno...

—Entonces, no, no he sentido celos.

El caballo sigue avanzando con nosotros dos a lomos de él bajo la luna grande, en el silencio del pinar, entre otros caballeros que, como nosotros, cabalgan en la oscuridad. Massi me acaricia una pierna.

—Mejor así.

Sonrío y finalmente me siento preparada.

—¿Massi?

—¿Sí?

—Te amo.

Y lo estrecho entre mis brazos. Y siento que sonríe y que echa un brazo hacia atrás para apretarme contra su espalda, para hacerme sentir considerada, querida... y feliz. Después se vuelve hacia mí, risueño.

—Ídem...

¡No! ¡No me lo puedo creer! ¡Me lo ha dicho como Patrick Swayze en *Ghost*! La historia más bonita de este mundo. No sé cuántas veces he llorado viendo esa película. Sólo que yo quiero ser feliz con él. Soy feliz. Y lo abrazo con más fuerza, repitiendo para mis adentros: «Te amo, te amo, te amo...», mientras nos perdemos en medio de la noche.

De modo que aquí estoy.

Esta mañana.

Todo lo que os he contado sucedió durante el año que acaba de pasar. Y soy feliz. Y a veces resulta verdaderamente difícil reconocerlo.

Voy en moto con las flores entre las piernas, protegiéndolas para que su aroma no se pierda en el viento. Escucho música con mi iPod. *Solo per te*, de Negramaro. Es preciosa. Conduzco lentamente entre el tráfico fluido de esta fresca mañana de julio. Es 18. Un día que me resulta simpático, quizá porque, de alguna forma, señala la madurez. Y hoy me siento dulcemente inmadura.

Me he comprado un vestido nuevo que, dado lo fino que es, veo revolotear entre mis piernas. Siempre he pensado que hay que ponerse cosas nuevas cuando se trata de un día especial. Un acontecimiento, un examen o una fiesta. Y hoy están sucediendo todas esas cosas a la vez.

¡Sólo espero que no me suspendan!

Llego a casa de Massi. Aparco la Vespa, pongo el candado, porque no sé cuánto durará este día... y, como una tonta, me echo a reír, me ruborizo por haber pensado eso. A continuación me siento en un banco que hay allí cerca. Apoyo sobre él las flores, la bolsa con el capuchino en la botella, los cruasanes y los periódicos. Permanezco un rato así, ligeramente adormecida, feliz y ensimismada, dejándome acariciar por el sol. Nada. No logro estarme quieta. Siento un gran desasosiego. En fin, sonrío una vez más, es normal sentirse algo nerviosa, emocionada. Todo lo que no se conoce se desea con cierto temor. Ésta me gusta. La frase le va como anillo al dedo a la situación. Quizá ya la haya dicho alguien, pero prefiero pensar que la he inventado yo.

Abro el bolso y la anoto en mi agenda. A continuación cojo el móvil. Lo llamo. Nada. Está apagado. Sonrío. Es cierto. Se habrá acostado tarde. Miro el reloj. Son las 10.20. Me dijo que no lo llamase antes de las once. En estas cosas es muy preciso. En otras, no, pero en lo tocante a dormir, no atiende a razones.

Saco del bolso un espejito redondo. Lo abro y me miro en él. Compruebo si el ligero maquillaje que me he puesto se me ha corrido; a fin de cuentas, llevo dando vueltas por la calle desde las ocho de la mañana. Y mientras me miro al espejo me parece oír a lo lejos que su portón se abre. Lo reconozco porque chirría un poco. Cierro el espejito y miro en esa dirección.

La plaza está vacía. Hay algunos coches aparcados, pero en ese momento no circula ninguno. La única persona que veo es un quiosquero que se encuentra a cierta distancia y que está ordenando los periódicos. Eso es todo.

Me acomodo mejor en el banco, me yergo y miro más a lo lejos. Me ha dado la impresión de oír un golpe en el portón. Me tapa un coche que hay justo delante de mí. Puede que me haya equivocado. Pero mientras lo pienso lo veo: Massi. Aparece delante del portón y abre la verja como si se dispusiera a salir. En cambio, se detiene, gira lentamente la cabeza a la derecha y acto seguido sonríe. Espera a que alguien salga. Está tranquilo, sereno y feliz. ¿Será un vecino del edificio? ¿Un amigo? ¿De quién más podría tratarse? Y en un instante mi corazón empieza a latir a toda velocidad, cada vez más fuerte. Respiro entrecortadamente. Tengo miedo, debo marcharme, quiero marcharme... No, lo que tengo que hacer es quedarme. Me parece un sueño, no es posible. Massi está ahí, completamente despierto. Y mantiene la verja abierta con una sonrisa en los labios. ¿A quién va dirigida? Pese a que apenas pasan unos segundos, la espera se me hace interminable, a decir poco, una eternidad. Luego aparece ella. Camina con parsimonia. Alis. Se detiene al lado de él, junto a la verja.

Le sonríe. Se atusa el pelo como le he visto hacer mil veces y, lentamente, inclina la cabeza y se aproxima a él, poco a poco, cada vez más. A mí me gustaría gritarle que se detuviera, decirle algo. Pero permanezco muda, soy incapaz de articular palabra. Sólo logro mirar. Al final, veo que se besan.

Y yo me siento morir. Siento que me desmayo. Que desaparezco. Que me disuelvo en el viento. Permanezco así, muda, con la boca abierta y el corazón despedazado. Aniquilada. Es como si el cielo se hubiese teñido de negro de repente, el sol hubiera desaparecido, los árboles hubiesen perdido sus hojas y alguien hubiera pintado los edificios de gris. Oscuridad. Oscuridad absoluta.

Como puedo, trato de recuperar el aliento. En vano. Me falta el aire. No logro respirar. Me siento desfallecer, la cabeza me da vueltas, se me empaña la vista. Apoyo las manos en el banco, a mi lado, para sentirme sobre tierra firme.

Todavía viva.

Por desgracia encuentro la fuerza para mirar de nuevo hacia ellos. Veo que ella le sonríe. Que se marcha agitando la melena, alegre, como la he visto mil veces, pero en compañía de Clod o mía. En mil fiestas, ocasiones, excursiones, en el colegio o en la calle. Nosotras, sólo nosotras, siempre nosotras, las tres amigas del alma.

Alis sube a su microcoche. ¿Cómo es posible que no me haya dado cuenta de nada antes? Me habría bastado eso para entender, para marcharme, para evitar esa escena, ese beso, ese dolor inmenso que jamás podré olvidar. Sin embargo, hay ocasiones en que no ves. No ves las cosas que tienes delante cuando lo único que buscas es la felicidad. Una felicidad que te ofusca, que te distrae, una felicidad que te absorbe como una esponja. No las ves. Sólo ves lo que quieres ver, lo que necesitas, lo que te sirve. Y me quedo sentada en ese banco como si fuese una estatua, una de esas que hacen de vez en cuando para recordar algo. Sí. Mi primera auténtica desilusión, la mayor de todas.

Veo que Alis se marcha con el mismo coche con el que me ha acompañado a casa mil veces, en cuyo interior hemos compartido mil veladas y paseos por la playa, de un lado a otro de la ciudad, riéndonos, bromeando, charlando de nuestras cosas, de nuestros amores...

Nuestros amores.

Nuestra promesa.

Nuestro juramento.

Nada nos separará nunca...

Jura que no nos separaremos jamás.

Miro hacia el portón. Massi ya no está allí. Ha vuelto a entrar. Y entonces, casi sin saber cómo, como una autómata, echo a andar. Dejo los periódicos sobre el banco, junto al capuchino y los cruasanes. No se me ocurre dárselos a un mendigo, a alguien que pueda tener hambre, auténtica necesidad.

Hoy no.

Hoy no quiero ser buena.

Y me alejo así, abandonando las flores celestes en el suelo. Parecen casi esos ramos que se dejan sobre el asfalto en memoria de alguien tras una muerte causada por un dramático accidente, quizá por culpa de la distracción de otra persona. No. Ésas están ahí por mí.

Por mi muerte. Por culpa de Alis. Y de Massi. Y mientras camino recuerdo sus besos, aquella vez en la playa, las carreras sobre la arena, detrás de él, en la moto, abrazada a su cuerpo al atardecer, con la mirada feliz y perdida en las remotas olas del mar y en su amor. Y rompo a llorar. En silencio. Siento que las lágrimas se deslizan por mis mejillas, lentas, inexorables, una detrás de otra, sin que yo pueda hacer nada para detenerlas. Resbalan dejando líneas negras sobre el maquillaje que cubre mi cara, expresando mi dolor. Me las enjugo con el dorso de la mano y sollozo sin dejar de caminar. No consigo detener el pecho, que sube y baja ruidoso, distraído, impreciso, desahogando todo el dolor que experimento. Enorme. Inmenso. No es posible. No me lo puedo creer. De improviso oigo sonar el móvil. Me enjugo las lágrimas y lo saco del bolso. Veo su nombre en la pantalla: Massi. Miro el reloj. Las once. Qué cabrón, por eso no quería que lo despertara antes.

Lo dejo sonar, lo pongo en modo silencio. Luego, cuando la llamada se interrumpe, lo apago. Por ahora. Mañana. Por un mes. Para siempre. Cambiaré de número. Pero eso no cambiará mi dolor. No borrará sus caras. Esa sonrisa, esa espera, el beso que acabo de presenciar. Sigo caminando. Quizá fuese durante la noche de su fiesta, cuando estuvieron hablando en el banco, bajo el árbol grande. Debieron de intercambiarse los teléfonos en ese momento. Luego debieron llamarse. Siento una rabia repentina. Mi respiración se acelera de nuevo. Demasiado. Siento unas terribles punzadas en el estómago. Pero no consigo detenerme. Imagino, pienso, razono, me hago daño. Se habrán visto antes, varios días, en otra parte, y más tarde lo habrán decidido. Pero ¿quién habrá dado el primer paso? ¿Quién habrá dicho la primera palabra, quién habrá hecho la primera alusión, quién habrá dado el primer beso, la primera caricia? Qué importa, eso cambia muy poco. Mejor dicho, no cambia nada. ¿Tiene sentido saber cuál es el más inocente de dos culpables?

Pero, aun así, no dejo de desgarrarme, de destruirme, de aniquilarme, de sufrir y de sentir unas inmensas ganas de gritar. De estar quieta. De tumbarme en el suelo. De escapar. De no volver a hablar. De correr. De cualquier cosa que pueda liberarme de esta presión que me ahoga. ¿Quién habrá dicho «Nos vemos en tu casa por la mañana, a primera hora» o, peor aún, anoche? Sí, anoche. Habrán dormido juntos. Y al pensar en eso siento que me mareo. Se me empaña la vista, noto un extraño hormigueo en la cabeza, tengo la impresión de tener los oídos tapados con algodón. Poco falta para que me caiga al suelo. Me apoyo en un poste cercano y permanezco así, sintiendo que el mundo gira a la vez que mi cabeza en tanto que las lágrimas, por desgracia, se han acabado ya.

—Caro... —Oigo una voz. Me vuelvo. Un Mercedes azul claro, uno de esos antiguos, frena delante de mí, todo abierto, nuevo, precioso. Sonrío sin comprender—. ¿Qué ocurre? ¿Qué te pasa? —Veo que se apea—. ¿Qué te sucede, Caro?

Es Rusty James. Se acerca a mí corriendo, me coge de inmediato, antes de que me desplome. Sonrío entre sus brazos.

—Nada... Que apenas he dormido... Estoy un poco mareada. Debo de haber comido algo que me ha sentado mal...

—Chsss. —Me tapa la boca con una mano—. Chsss, tranquila...

Y me sonríe. Y yo lo abrazo con todas mis fuerzas.

—Oh, Rusty James..., ¿por qué?

Y me echo a llorar sobre su hombro.

—Vamos, Caro, no te preocupes... Sea lo que sea, lo resolveremos.

Me ayuda a subir al coche, a sentarme, me levanta las piernas y cierra la puerta. A continuación sube a mi lado y arranca. Me mira de vez en cuando. Está preocupado, lo sé, lo siento. Luego intenta distraerme.

—Te estaba buscando, ¿sabes? Quería enseñarte el regalo que acabo de hacerme. ¿Te gusta?

Asiento con la cabeza sin pronunciar palabra. Trata de evitar que piense, lo sé..., lo conozco. Sólo que no lo consigo. Sigue mirándome mientras habla e intenta sonreír, pero sé que está sufriendo por mí.

—¡Han aceptado *Como el cielo al atardecer*! ¡Tenías razón! De modo que he decidido celebrarlo y te estaba buscando porque quería compartir este momento contigo.

Por un instante me gustaría alegrarme por él, como se merece en este momento, pero me resulta imposible. No lo logro. Perdóname, Rusty. Apoyo una mano sobre la suya.

—Disculpa...

Me sonríe y cierra los ojos lentamente como si pretendiese decir: «No te preocupes, sé de sobra lo que es. No digas nada, yo también he pasado por eso.»

Y a saber qué otras muchas cosas más hay en esa mirada.

—¿Adónde quieres ir? —se limita a decirme, en cambio.

—A ver el mar...

De forma que cambia de marcha, acelera un poco, conduce tranquilo y yo siento que el viento me acaricia el pelo. Apoyo la cabeza en el asiento y me dejo transportar así. No tardamos en dejar la ciudad a nuestras espaldas. Me pongo las gafas grandes de sol y Rusty enciende la radio para escuchar un poco de música. Cierro los ojos. Cuando los vuelvo a abrir, ha pasado algo de tiempo. Sé que el mar está delante de mí. En calma. Unas olas pequeñas rompen en la orilla, las dunas de arena se alternan con un poco de verde aquí y allá. Respiro profundamente y huelo el aroma de los pinos, del mar y del sol sobre el asfalto que nos rodea. Leo un cartel, estamos en las dunas de Sabaudia.

En la playa hay una pareja. Él corre arrastrando una cometa. Ella está parada con las manos en las caderas, mirándolo. Él corre sin cesar. Pero, dado que apenas hay viento, la cometa traza lentamente una parábola y a continuación cae en picado y acaba clavándose en la arena. Ella se echa a reír y él le da alcance a duras penas, derrotado por esa inútil tentativa de vuelo. Ella se ríe aún más y se mofa de él. Entonces él la abraza y la aferra tirando de ella. Ella forcejea un poco, pero al final se besan. Se besan así, frente al mar, en esa playa libre y vacía, intemporal, con el infinito azul del cielo, con el sol en lo alto y con ese horizonte lejano donde el mar y el cielo se confunden. Y yo me echo a llorar de nuevo. Las lágrimas se detienen en el borde inferior de la montura de mis gafas, de manera que las levanto para dejarlas salir. Y suelto una carcajada. Me río. Lo miro. No se ha dado cuenta. Después se vuelve hacia mí y me acaricia el brazo, me sonríe, pero no me dice nada. Así que me inclino y me apoyo en él. Me rodea los hombros con su brazo. Me abraza y, de repente, me siento un poco más serena y dejo de llorar. Claro que sí. Mañana será otro día. Me siento realmente estúpida. Me entran ganas de echarme a reír de nuevo. Estoy muy cansada. Me río y después vuelvo a llorar, sorbo por la nariz y él esta vez se da cuenta y me estrecha un poco más entre sus brazos. Cierro los ojos. Lo siento, pero no lo consigo. Me da un poco de vergüenza. Pero la verdad es que estaba muy enamorada. Estoy muy enamorada. Exhalo un prolongado suspiro. Abro los ojos. Ahora el sol se encuentra justo delante de nosotros. Algunas gaviotas sobrevuelan el mar. Rozan levemente el agua y se elevan de nuevo hacia el cielo.

Tengo que conseguirlo. Ya añoro el amor. Y me siento sola, terriblemente sola. Pero volveré a ser feliz algún día, ¿verdad? Quizá necesite algo de tiempo. Da igual, no tengo prisa. Entonces sonrío y miro a Rusty James, que, a su vez, me mira y me sonríe también. Exhalo un hondo suspiro y noto que voy recuperando la seguridad.

Sí, lo lograré. Porque, a fin de cuentas, sólo tengo catorce años, ¿no?

Agradecimientos

Gracias a Giulia y a todos sus relatos. Algunos son realmente diverti-dos y, a pesar de que esos días yo no estaba allí, al final me hicieron reír tanto que tengo la impresión de haberlos vivido yo también de alguna manera.

Gracias a Alberto Rollo, que ha leído este libro con particular afecto, ha conocido y encontrado entre sus páginas todo lo que había-mos comentado ya durante nuestras conversaciones, y ha sabido dar-me sugerencias adecuadas.

Gracias a Maddy, que se apasiona y te arrastra con su entusiasmo y su gran profesionalidad.

Gracias a Giulia Maldifassi por su curiosidad y su diversión, en ocasiones tan extraña, y a todo su departamento de prensa.

Gracias a Ked, Kylee Doust, a su pasión y a todas sus útiles suge-rencias.

Gracias a Francesca, que me sigue siempre divertida y sabia, pese a que al final ha decidido cambiar de moto.

Gracias a Inge y a Carlo, que te acompañan con su sonrisa mien-tras trabajas.

Gracias a Luce porque está presente en estas páginas con todo su amor.

Gracias a Fabi y a Vale, mis atentas y divertidas lectoras.

Gracias a Martina, en ocasiones casi tengo la impresión de estar en clase con ella, e incluso un poco en sus días. ¡Bueno, eso quiere decir que, por esta vez, te debo un mordisco!

Gracias al Departamento de Ventas de Feltrinelli, que, con unas cuantas preguntas sencillas, me ha permitido enfocar mejor lo que pretendía contar.

Gracias a todo el equipo de *marketing*, ¡su entusiasmo es tan grande que logran transmitirlo!

Y, además, un agradecimiento especial a los amigos de mis padres. Creo que cualquier libro se compone de todo lo que te ha sucedido, y puede que incluso de más cosas. Quizá en el pasado se me escapó algo y escribir me ayuda a recuperarlo en cierta manera, a entender mejor, a no perder ni siquiera uno de esos instantes que, de cualquier forma, he vivido. De manera que mi agradecimiento va, con todo mi corazón, a esas personas que me acompañaron durante mi adolescencia en Anzio. A los simpáticos amigos de mis padres que hace más de treinta años dieron vida a los bellísimos recuerdos de hoy.

Un agradecimiento especial también para mi amigo Giuseppe. Si bien a menudo tengo la impresión de equivocarme en algo, no me preocupa. Sé que siempre estás ahí para echarme una mano.

Índice

Septiembre   19

Giovanni, el hermano de Carolina 141

Octubre 145

Silvia, la madre de Carolina 193

Noviembre 197

Dario, el padre de Carolina 263

Diciembre 267

Enero 339

Luci, la abuela de Carolina 383

Febrero 387

Tom, el abuelo de Carolina 425

Marzo 429

Abril 445

Mayo 467

Junio 489

Julio 515

Agradecimientos 537

**Otros títulos de
Federico Moccia**

*Perdona si te
llamo amor*

*Perdona pero quiero
casarme contigo*

Tengo ganas de ti